当代中华诗词集成·四川卷

上

滕伟明　周啸天　主编

四川文艺出版社

图书在版编目（CIP）数据

当代中华诗词集成. 四川卷 / 滕伟明，周啸天主编. —— 成都：四川文艺出版社，2018.12
ISBN 978-7-5411-5253-5

Ⅰ.①当… Ⅱ.①滕… ②周… Ⅲ.①诗词—作品集—中国—当代 Ⅳ.①I227

中国版本图书馆CIP数据核字(2018)第282353号

DANGDAIZHONGHUASHICIJICHENG · SICHUANJUAN（SHANG）

当代中华诗词集成·四川卷（上）

滕伟明　周啸天　主编

责任编辑　李国亮　奉学勤
封面设计　刘　亮
版式设计　史小燕
责任校对　蓝　海
责任印制　喻　辉

出版发行　四川文艺出版社（成都市槐树街2号）
网　　址　www.scwys.com
电　　话　028-86259287（发行部）　028-86259303（编辑部）
传　　真　028-86259306

邮购地址　成都市槐树街2号四川文艺出版社邮购部　610031
排　　版　四川最近文化传播有限公司
印　　刷　成都东江印务有限公司
成品尺寸　169mm×239mm　1/16
印　　张　82.5　　　　　　　字　　数　1650千
版　　次　2018年12月第一版　印　　次　2018年12月第一次印刷
书　　号　ISBN 978-7-5411-5253-5
定　　价　288.00元（全二册）

前　言

　　四川地处中国西南。北有秦岭，东北有大巴山，西北为高原，南有横断山脉，中部为平原为盆地，长江横贯全境，东部为丘陵。重江复关，自为区域。山川雄奇幽秀，风光独特，物种珍异。早在三千多年以前，就产生过灿烂的古蜀文明。秦汉号称天府之国。三国时建立过与中原、东吴相鼎立的蜀汉政权。为道教文化的发源地。中国是诗国，四川则是当之无愧的诗歌大省。蜀中地灵人杰，是初唐文宗陈子昂，盛唐诗仙李白，宋代文豪苏东坡，新文学巨匠郭沫若、巴金的故乡，又是唐代大诗人杜甫、高适、岑参、元稹、李商隐，宋代大诗人黄庭坚、陆游、范成大等居官或流寓之地。自古文人多入蜀。剑南蜀道、嘉州峨眉一线以及长江三峡自古以来就是诗歌之路。新文化运动后的一段时间，人们认为诗词，乃至汉字已走到尽头。而诗词在四川仍广有作者，高校中文系教授，往往工诗。改革开放后，值词章改革之大机。作者取题日广，创获尤多，于时诗家腾骧，派称岷峨。省诗词学会每五年选编一辑《剑门诗词丛钞》，累计印行五辑。《岷峨诗稿》每十年选编一辑，累计印行两辑（《春雨集》《春雨集续编》）。此外还编有《岷峨诗丛》二十六家，《岷峨诗词精华录》三十六家，《岷峨诗侣》十二家。迩来四十年矣。适逢中华诗词学会诸君于2013年通电各省诗词学会负责人，相聚北戴河，商定编纂当代（新文化运动以后，重在改革开放以后）诗词集成，省自为卷，共襄盛举，以为一代诗词文献。编者欣然受托于李维嘉会长，历时五年，于畴昔基础之上，补苴罅漏，张皇幽眇，始成《四川卷》之初编。又经蜀文献编委员主任何郝炬披阅全稿，提出详细增删意见。于是乎厘定诗家约五百人，录诗四千余首。虽未敢称备，亦可谓洋洋大观。由于资料占有不周，及主客观条件的局限，遗珠之憾在所难免。欢迎广大读者不吝批评指正，以俟修订，以期渐入佳境。

编者

2018年7月24日

目次
（以生年为序）

「上卷」

曾 缄（1893—1968）

字慎言，又作圣言。四川叙永人。早年就读于北京大学文学系，受教于黄侃。民国期间，曾任西康省临时参议会秘书长，早期蒙藏委员会委员。四川大学中文系主任兼文科研究所主任、教授。有《寸铁堪诗稿》《寸铁堪词存》等。

布达拉宫辞　　1930

拉萨高峙西极天，布拉宫内多金仙。黄教一花开五叶，第六僧王最少年。僧王生长蒉湖里，父名吉祥母天女。云是先王转世来，庄严色相真无比。玉雪肌肤褓褓中，侍臣迎养入深宫。峨冠五佛金银烂，绛地袈裟氍毹红。高僧额尔传经戒，十五坐床称达赖。诸天为雨曼陀罗，万人合掌争膜拜。花开结果自然成，佛说无情种不生。只说出家堪悟道，谁知成佛更多情。浮屠恩爱生三宿，肯向寒崖依枯木。偶逢天上散花人，有时邀入维摩屋。禅参欢喜日忘忧，秘戏宫中乐事稠。僧院木鱼常比目，佛国莲花多并头。犹嫌少小居深殿，人间佳丽无由见。自辟篱门出后宫，微行夜绕拉萨遍。行到拉萨卖酒家，当垆有女颜如花。远山眉黛销魂极，不遇相如空自嗟。此际小姑方独处，何来公子甚豪华。留髡一石莫辞醉，长夜欲阑星斗斜。银河相望无多路，从今便许双星度。浪作寻常侠少看，岂知身受君王顾。柳梢月上订佳期，去时破晓来昏暮。今日黄衣殿上人，昨宵有梦花间住。花间梦醒眼蒙眬，一路归来逐晓风。悔不行空似天马，翻教踏雪比飞鸿。踪迹分明留雪上，何人窥破秘密藏。哗言昌邑果无行，上书请废劳丞相。由来尊位等轻尘，懒坐莲台转法轮。还我本来真面目，依然天下有情人。本期活佛能长活，争遣能仁遇不仁。十载风流悲教主，一生恩怨误权臣。剩有情歌六十章，可怜字字吐光芒。写来旧日兜绵手，断尽拉萨士女肠。国内伤心思故主，宫中何意立新王。求君别自熏丹穴，觅佛居然在理塘。相传幼主回銮日，侍从如云森警跸。俱道法王自有真，今时达赖当年佛。始知圣主多遗爱，能使人心为向背。罗什吞针岂海淫，阿难戒体知无碍。只今有客过拉萨，宫殿曾瞻布达拉。遗像百年犹挂壁，像前拜倒拉萨娃。买丝不绣阿底霞，有酒不酹宗喀巴。愿将世界花千万，供养情天一喇嘛！

　　附自序：六世达赖喇嘛罗桑瑞晋仓央嘉措，西藏寞地人也。其父名吉祥持教，母号自在天女。五世达赖阿旺罗桑薨，而仓央嘉措适生，岐嶷出众，见者目为圣童。当五世达赖之薨也，大臣第巴桑吉专政，匿其丧不报，阴立仓央嘉措布达拉宫中为储君，其教令仍假五世达赖之名行之，如是者有年。后，清康熙帝微有所闻，传诏责问，始以实对。康熙三十五年，乃从班禅额尔德尼受戒，奉敕坐床，即六世达赖，正位时，年十五。威仪焕发，色相庄严，四众瞻仰，以为"如来三十二相，八十种随形好"，不是过也。正位之后，法轮常转，玉烛时调，三藏之民，罔不爱戴。格鲁派之制，达赖住持正法，不得亲近女人。而仓央嘉措情之所钟，雅好佳丽，粉白黛绿者，往往混迹后宫，侍其左右。意犹未足，自于后宫辟一篱门，夜中易服，挟一亲信侍者从此门出，更名荡桑汪波，微行拉萨市上。偶入一酒家，觌当垆女郎，殊色也，悦之，女郎亦震其仪表而委心焉。自是昏而往，晓而归，俾夜作昼，周旋酒家者累月。其事甚密，外人无知之者。一夕值大雪，归时遗履迹雪上，为人发觉，事以败露。有拉藏汗者，亦执政大臣，故与第巴桑吉争权。至是藉为口实，言其所立非真达赖，驰奏清廷，以皇帝诏废之。仓央嘉措被废，反自以为得计，谓："今后将无复以达赖绳我，可为所欲为也。"与当垆女郎过从益密。拉藏汗会三大寺大喇嘛杂治之，诸喇嘛唯言其迷失菩提本真而已，无议罪意。拉藏汗无如何，乃槛而送之北京。道经哲蚌寺，众僧出不意，夺而藏诸寺。拉藏汗以兵攻破寺，复获之。命心腹将率兵监其行，至青海以病死闻。或曰：其将鸩杀之。寿止二十三岁，时则康熙四十五年也。仓央嘉措既走死，藏之人皆怜其无辜，不直拉藏汗所为。拉藏汗别立伊喜嘉措为新达赖，而众不之服也。闻七世达赖诞生理塘，则大喜。先是仓央嘉措有诗云："他年化鹤归何处？不在天涯在理塘。"故众谓七世达赖是其后身，咸向往之，事闻于朝。于是清帝又诏废新达赖，而立七世达赖，以嗣仓央嘉措。迎立之日，侍从甚盛，幡幢伞盖，不绝于途。拉萨欢声雷动，望尘遥拜者不知其数也。仓央嘉措积学能文，工诗，所著有《无生缱利法》《黄金穗故事》《答南方人问马头观音法书》等。而歌曲六十馀篇，流传尤广，世谓之六世达赖情歌。流水落花，美人香草，哀感顽艳，绝世销魂，为时人所称，然亦以此见讥于礼法之士。故仓央嘉措者，盖佛教之罪人，词坛之功臣，卫道者之所疾首，而言情者之所归命也。观其身遭挫辱，仍为众望所归，甘棠之思，再世笃弥，可谓贤矣。乃权臣窃柄，废立纷纭，遂令斯人行非昌邑，而祸烈淮南。悲夫！戊寅之岁，余重至西康，网罗康藏文献，得其行事，并求其所谓情歌者译而诵之。既叹其才，复悲其遇，慨然命笔，摭其事为《布达拉宫辞》。广法苑之逸闻，存西蕃之故实。虽迹异《连昌》而情符《长恨》，冀世之好事者，或有取于此云。

戏题朱半楼藏如意馆画名伶谭叫天像　　1947

天下好戏推北京，戏中难唱是老生。晚清此色谁第一，内廷供奉程长庚。长庚尔后有三派，桂芬嗓高菊仙大。绝代销魂谭叫天，千回万转鸣天籁。歌喉一寸随高下，窄处容针宽走马。做功更比唱功奇，技进乎道请勿疑。白刃双飞王佐臂，金盔巧卸李陵碑。当时万口称歌圣，尽拨淫哇归雅正。一曲曾经动九重，莫谓叫天天不应。颐和优孟古衣冠，长得慈禧青眼看。宫内早开如意馆，功臣不画画伶官。古董先生杨啸谷，偶向燕台得此幅。凛凛英姿入画来，只少歌声从纸流。归来持赠朱虚侯，名伶像许名票留。一髯仿佛曾相识，两净固是金黄流。为君翻阅廿四史，从古到今一戏耳。试看世上假排场，何似图中真戏子。君爱清歌学叫天，我今太息草斯篇。愁来高唱空城计，却少知音在面前。

双雷引　　1952

何人捶碎鸳鸯弦，大雷小雷飞上天。已恨广陵成绝调，更堪锦瑟怨华年。朝来喧动成都市，焚琴煮鹤真奇事。少城西角有幽人，卜居近在君平不逐纷华好雅音，虽栖廛市等山林。晚为天女云英婿，家有唐时雷氏肆。
比似干将与莫邪，玉轸金徽光不朽。断漆斑斑蛇蚹纹，题名隐隐龙池后。
秋月春花朝复暮，手挥目送何曾住。朱弦巧绾同心结，枯木长开并蒂花。
换羽移宫随手变，冰丝迸出长门怨。万壑松风指下生，三峡流泉弦上鸣。
问君何处得此曲，使我魄动心魂摇。欻然急滚声嗷嘈，天风浪浪翻海涛。
峨眉山高巫峡长，天回地转归清籁。双雷捧出人人爱，自倚蜀琴开蜀派。
片云终古傍琴台，远山依归横眉黛。操缦谁如长卿好，知音况有文君在。
远人知爱阳春曲，海外争传大小雷。海客乘槎万里来，得闻古调亦徘徊。
绝代销魂惜此才，愿人长寿花常好。可怜中外同倾倒，名手名琴俱国宝。
岂必交通房次律，偶然挂误董庭兰。那知春色易阑珊，花蕊飘零柳絮残。
随身唯剩两张琴，周鼎重轻来楚问。负郭田空家业尽，萧条一室如悬磬。
忍将神物付他人，我固蒙羞琴亦耻。归来惆怅语妻子，幸与斯琴作知己。
不遣双雷污俗子，长教万古仰清风。何如撒手向虚空，人与两琴俱善终。
夫妻相对悄无言，玉绳低共回肠转。支机石畔深深院，铜漏丁丁催晓箭。
清商变徵千般响，死别生离万种情。已过三更又五更，丝桐切切吐悲声。
共工头触不周山，划然一声天地裂。最后哀弦增惨烈，鬼神夜哭天雨血。
不复瓦全宁玉碎，焚琴原是鼓琴人。双雷阅世已千春，为感相知岂顾身。
后羿轻抛弹日弓，嫦娥懒窃长生药。一段风流兹结束，人生何似长眠乐。
流水落花归去也，人间天上两茫茫。郎殉瑶琴妾殉郎，人琴一夕竟同亡。
但使有情成眷属，不应含恨为沧桑。刘安拔宅腾鸡犬，秦女吹箫跨凤凰。
毅豹养身均一死，木雁有时还两失。我闻此事三叹息，天有风云人不测。
询君身后竟何有，绝笔空馀数行墨。稽康毕命尚弹琴，向秀何心听邻笛。
昔时沙堰弹琴处，高冢峨峨起墓田。玉轸相随地下眠，金徽留作买棺钱。
声声犹似当年曲，只有春山啼杜鹃。从此九京埋玉树，更谁三叠舞胎仙。

附自序：蓝桥生者，家素封，居成都支机石附近。耿介拔俗，善鼓琴，能为《高山流水》《春山杜鹃》《万壑松风》《三峡流泉》《天风海涛》之曲，声名藉甚。英国皇家音乐学院致厚币征为教授，谢不往，人以此益高之。家藏唐代蜀工雷威所斫古琴，甚宝之。后从沈氏复得一琴，比前差小，龙池内隐隐有雷霄题字，因目前者为大雷，后者为小雷。先是成都有沈翁者，精鉴古物，蓄小雷，极珍秘。生有一女，将殁，谓女曰：若志之，有能操是琴者，若婿也。生适鳏，闻之心动，往女家，请观琴，为鼓一再。行归，遣媒妁通聘，故琴与女同归生。生于是挟两雷，拥少艾，隐居自乐，若不知此生犹在人间世也者。改革后，生以地主故，田产例充公。家中落，鬻所有衣物自给。将及琴，则大恸。谓女曰：吾与卿倚双雷为命，今若此，何生为。遂出两琴，夫妇相与捶碎而焚之，同仰催眠药死。死后，家人于案上发现遗书一纸，又金徽十数枚。书云：二琴同归天上，金徽留作葬费。乃以金徽易棺衾而殡诸沙堰。沙堰者，生之别业。生著有《沙堰琴编》一书，此其执笔处也。余初与生不甚稔，而数传言将招余为座上客，余漫应之。一日，果折柬见邀。至则同坐者三人，一为谢先生无量，一则杨君竹扉，其馀一人不知姓名。生指而介云：此熊经鸟伸之异人某君也。客既不俗，而庭前花木颇幽邃，所出肴馔茶具，皆精洁无比。宴罢，生出所藏诸琴示客，竹扉一一目之曰：若者唐，若者宋，若者元明以下，而唐最佳，小者尤佳，即小雷也。生大诧，自谓天下辨琴莫己若，不意竹扉亦能此。既而正襟危坐，援小雷，奏《平沙落雁》。曲终，顾诸客曰：何如？或应曰：甚善。生笑曰：君虽言善，未必知其所以善。其自负类如此。方改革时，生以耽琴故，不问世事，于革命大义殊懵然，人亦无以此告之者。使生至今尚在，目睹国家新兴，必将操缦以歌升平之盛，然而生则既死矣。余偶适西郊，道经沙堰，见一抔宛在，而人琴已亡，作《双雷引》以哀之。

丰泽园歌为袁世凯作　1959

昔日公路之子孙，不爱总统希至尊。六人巧立筹安会，一老戏呼新莽门。丰泽园中郁佳气，及时药物能为帝。储二移封异姓王，旧君翻作乘龙婿。金鳌玉蝀变陈桥，诸将承恩意气骄。补衮无功贻笑柄，刘伶先唱斩黄袍。义不帝秦矜爪觜，书生起作鲁连子。护国滇南举义旗，西南半壁皆风靡。绕室彷徨夜未央，送终一剂二陈汤。怀玺未登保和殿，陈尸已在怀仁堂。当时幽禁先皇处，今日为君歌薤露。挥斧还劳帐下儿，盖棺权借东陵树。草草弥天戢一棺，岂同漆纻锢南山。桓温遗臭非虚语，董卓燃脐一例看。化家为国由儿辈，何意人亡家亦败。皇子流离化乞儿，诸姬织履人间卖。重向修门蹑屧来，我登琼岛望渐台。园中池馆长如旧，鹭尾猴头安在哉？一代奸雄存秽史，八旬天子等优俳。园鸟犹呼奈何帝，日暮啾啾空自哀。

附自序：袁世凯任中华民国总统，以清丰泽园为总统府，署其门曰新华。国史馆长王闿运过之，佯为不识曰：此新莽门耶？盖讥其有异志也。未几，杨度、刘师培等六人立筹安会，刊发《君宪救国论》《君政复古论》，海内上书劝进者蜂起，世凯居之不疑。议封副总统黎元洪为武毅亲王，以女嫁清逊帝溥仪，收为子婿。重新保和殿，择日登极。安徽督军倪嗣冲先期献龙袍，以尺寸不合发还。倪大恚，移赠名伶刘鸿升。鸿升一日演《斩黄袍》一剧，所斩者即此袍，识者以此知其不忠。湘人贺振雄首发难，飞书总检厅，请检举总统叛国，梁启超亦著论掊击帝制。将军府将军蔡锷，潜走云南，起护国军讨之，西南各省多响应。四川督军陈宧，世凯倚为心腹，至是亦通电宣布独立。世凯知大势已去，中夜仰药自杀。时陕西督军陈树藩，湖南督军汤芗铭，同反帝制，故时人语云：杀世凯者，二陈汤也。世凯既死，陈尸怀仁堂，仓促不得棺。府中旧藏东陵老木，美材也。有老卫士曾习为匠，就木凿一棺验之。漆纻粗疏，尸腐，流液四出，腥闻于外，吊客为之掩鼻。国务参事沈钵叟襄理丧事，所见如此，为余道之，亦可骇也。世凯仕清，夤缘荣禄，谄事庆王，谮德宗于慈禧太后，幽之瀛台。慈禧晏驾，失势，放归田里。值辛亥革命，再起，帅北洋军阀抗革命，又藉革命以倾清社，攫总统位。为总统三年而觊为帝，僭帝凡八十三日而身败名裂，为天下笑。余重过燕京，登琼华岛，临丰泽园，望其所居，而作此歌。

注：黎元洪任副总统，其秘书长饶汉祥为通电文有"元洪备位储二"之语，览者笑之。

铮楼杂诗（录三）

楼前饶隙地，居人争种菜。纷纷树篱栅，各各理疆界。平生落人后，占土独湫隘。小女栽芋魁，日夜望其大。芳根擢紫茎，嫩叶团青盖。一母生九雏，小大皆可爱。捣作玉糁羹，填我口腹债。一饱信可期，引水勤灌溉。

前身倘蝴蝶，好作花间游。新居岂不好，无花令人愁。昨者得佳菊，来自西海头。移根才几时，苔发颖已抽。方期满眼花，散我心中忧。如何锄之去，不使须臾留。艰难值荒岁，寸土望有收。种菜可疗饥，种花饱人不。且看菜甲长，胜对花枝稠。

平生颇好诗，而不善饮酒。所以诗不佳，持此谢林叟。行年届七十，杯酒颇在手。近得五粮液，甘洌真可口。一酌每陶然，万事置脑后。醉后发狂言，未识惊人否。不敢问苍天，聊复搔白首。

六世达赖情歌汉译（录四）

曾虑多情损梵行，入山又恐别倾城。
世间安得双全法，不负如来不负卿。

密意难为父母陈，暗中私说与情人。
情人更向情人说，直到仇家听得真。

美人不是母胎生，应是桃花树长成。
已恨桃花容易落，落花比汝尚多情。

吩咐林中解语莺，辩才虽好且休鸣。
画眉阿姊垂杨畔，我要听他唱一声。

注：即仓央嘉措情歌六十六首，作者据于道泉白话译文重译。

康定杂诗（录五）

蛮 家

胡儿居处亦豪华，高阁文窗护绛纱。

桦木方床敷氍毹，葡萄小碗试酥茶。

大雪山琼台玉梳二峰

大雪山高万仞馀，瑶台偃蹇闷仙居。
朝来王母新妆罢，挂出天边白玉梳。

二道桥温泉

一泓温泉润百蛮，胡姬婉娈碧波间。
风流暗笑唐天子，只赐华清浴玉环。

将军庙

亭亭如盖聚香云，梵唱声清道路闻。
番女红妆僧紫褐，一时膜拜汉将军。

早起望郭达山

梦回孤馆思纷纷，淅沥寒声枕上闻。
晓起卷帘看郭达，半山积雪半山云。

十五夜月

诸天蹴起水精毬，下界清光满地流。
三五团圆君不看，待他后夜曲如钩。

题画猕猴

冠带登场献此生，何如山野保天真。
从今不食狙公芋，便是夷齐一辈人。

城隍神出驾后戏占

箫鼓喧阗沫水滨，纷纷赛社送残春。
城中百鬼无拘束，昨日冥君已出行。

李其相上将挽诗

八载斗中东，将军百战功。
裹尸须马革，归骨向蚕丛。
史策名长在，泉台鬼亦雄。
河山还我日，饮水合思公。

注：李家钰，字其相，著名抗日将领。

人日游草堂同杨啸谷刘湄村

何所可嬉春，浣花溪水滨。
此堂原是草，今日又为人。
客有乌皮几，池空赤尾鳞。
我来同二妙，长揖杜文勋。

谒子美草堂作

千古声名岂浪垂，一廛茅屋故堪思。
人居林壑最深处，门外江源无尽时。
当代并称惟白也，后来推重有微之。
今日万间开广厦，不须更乞草堂赀。

寄次女令仪之松州

仪常赴边区，为土地改革工作，出入松、理、茂万山中。曾骑匹马上汶岭，路径险绝，不以为苦。余望西山不得一至，而仪独遍观焉，胜乃翁多矣。

天外西山早拄颐，何时躐屐得登危。
空吟子美三城戍，未遂羲之一段奇。
走马悬崖惊汝健，回车绝坂念吾衰。

遥知黑水经过处，应忆爷娘唤女时。

川陕铁路将通喜而有作

行路休歌蜀道难，新铺铁轨到长安。
神人鞭石心可壮，力士开山汗未干。
剑阁何曾是天险，函关不用塞泥丸。
连云飞栈无颜色，试看金龟地上蟠。

一道长烟比墨浓，连车奋迅似神龙。
惊心白昼行千里，回首青山失万重。
才向蜀中辞汉柏，已从岭上对秦松。
终南积翠君休顾，火急褰帷望华峰。

寄谢无量先生北京

一去燕台万里馀，风流儒雅最怜渠。
池塘春草诗堪画，初日芙蓉语不虚。
幸免争墩逢介甫，颇闻完璧似相如。
他时排闼容狂客，拟向中郎乞异书。

赠湄村

疑君生有配军头，曾似东坡谪惠州。
一卷诗篇三雅集，十年人在四经楼。
小山丛桂歌招隐，玄观桃花感旧游。
我爱刘郎英气在，求田问舍笑庸流。

赠庞石帚

凤雏声价旧知闻，讲舍横经晚遇君。
十载沧桑惊换世，几人樽酒可论文。
庄周懒梦花间蝶，匠石犹挥鼻上斤。
多少夜乌栖不定，一区安稳羡扬云。

答杨承丕

杨生承丕，随怡荪至拉萨，来书言去时自兰州出河西，横绕昆仑入藏，行九千馀里。

西去长安万里多，行人转毂上嵯峨。
谁知一滴昆仑水，流出中原是大河。

过竹林村旧居，村在头瓦窑附近

翠竹千竿木数株，昔年于此庇寒儒。
托居曾与陶人近，身后真思作酒壶。

过秦岭隧道

地轴横通一径斜，居然鼠穴可乘车。
此身疑化穿山甲，去意难遮赴壑蛇。
浪说襄城迷七圣，何曾秦岭限三巴。
临风忽忆登坛者，暗度陈仓起汉家。

为人题画菊

连年人世有天灾，秋菊虽佳莫浪栽。

留取东篱种蔬菜，此花移入画中开。

报竹扉平安

竹扉老人饭时忽落箸中风，几死。妇饮以人马平安散复苏，自食金黄熊胆豆许，病良已。余往视之，赋呈一律。

座上曾无霹雳鸣，如何失箸壮心惊。

夫差尝胆成灵药，宋玉披襟识病名。

讹语竟传苏子死，平安仍报竹君生。

相看我岂寻常客，白首人间老弟兄。

秀才坟

张献忠屠应试秀才，丛葬一处，名曰秀才坟，又曰酸冢。偶过其下戏作一诗。

想是张王爱鬼才，故将措大付蒿莱。

千秋怨气冲霄汉，一片书声出夜台。

汉殿儒冠成溺器，秦庭经笈化寒灰。

人间不少攒眉事，唱彻秋坟君莫哀。

野 老

闲时扶杖过东津，野老相逢笑语亲。

亦拟杀鸡为一饭，可怜鸡更瘦于人。

闻蛙声作

一片宫池鼓吹声，夜深听此忽心惊。

而今食到蛤蟆肉，语汝人前莫浪鸣。

雨后戏作

漫云造化属天公，今日天公似我穷。
雪雨风雷都卖却，更无一物有清空。

春 旱

积岁逢荒旱，经春雨未闻。
地将灰作色，天以火为云。
官粟从谁贷，邻蔬偶见分。
艰难供一饱，搔首对斜曛。

上巳与竹扉老人禊游青羊花市

修禊连三日，论交五十秋。
最青知己眼，难白故人头。
有分供茶具，无心上酒楼。
与君成二老，袖手看云浮。

武侯祠

为酬三顾出隆中，定策先收鼎足功。
到死尚能奔仲达，平生独肯拜庞公。
出师表著叮咛语，诫子书敦淡泊风。
今日登堂拜遗像，南阳依旧布衣同。

何 鲁 (1894—1973)

　　字奎垣，四川广安人。早岁参加孙中山、黄兴领导的同盟会，1912年第一批勤工俭学赴法留学，获里昂大学数学硕士学位。1919年归国后受聘于多家大学讲坛，先后达五十余年之久，是最早将现代数学引进我国的著名学者和教育家。擅书法、工诗词，有《何鲁诗词选》《何鲁书法集》行世。

西湖杂咏三首（录二）　1923

平生书剑感飘零，十载瀛寰谈笑经。
故国归来春仍在，扁舟两度入西泠。

湖光遥见两堤青，一叶因风荡似萍。
绕过荷花三四里，南山麓下看嶂亭。

扬州雅集即席赋　1928

春风二月上梢头，豆蔻词成人倚楼。
十里扬州隔世梦，平山一览镜中游。
最难初识皆名士，合让谪仙领胜流。
我是牧之重载酒，画船箫鼓洗清愁。

莫愁湖题壁

一片荒凉更撩人，半湖才见水粼粼。
郁金香味知谁识，鱼鸟无言各自亲。

昆明红梅　1937

叶未凋零花已繁，年年处处见春痕。
暗香疏影入瑶席，相对无言倾玉尊。

自昆明飞成都途中口占　1938夏

虽无奋飞翼，飘然凌长空。滇池收眼底，西山一览穷。晴日豁游目，脚下罗群峰。金沙如长蛇，蜿蜒万山中。峨眉倏在望，积雪何玲珑。东望如观海，云山相接逢。白浪竞吞逐，有客比乘风。心惊造化力，人亦夺天工。如何相攫噬，举世日汹汹。愿言铭须弥，人类戢兵戎。

飞将行　1944

为陈怀民烈士作，君为子祥将军之子。

壮哉天下美男子，光荣何如空战死。升空夭矫如盘龙，星驰电掣快逝水。兴酣正与敌机逢，以一敌四敌崩圮。倏忽又陷重围中，面面火网簇飞矢。东突西击上下旋，将军馀勇犹未已。杀伤过半天为惊，油仓洞彻穷见匕。訇然直下三千丈，鹰击翩然林中止。飞将忽然在树颠，鼻折睛突未伤髓。民众争劳巷为空，赖有良医为之起。起后不复事调摄，转战湘楚鲁苏无休止。敌从轮战恣阴谋，阳诈防次油竭矣。腾空仍击敌机下，乘伞降落机弃屣。腿部伤甚旋夷兴，敌机倾巢向汉驶。是日铁翼惊蔽空，飞将从容乘风俟。瞬群机兮晌六合，鳞伤累累那可峙。宁甘玉碎不瓦全，猛扑敌酋同一轨。民间瞥见火花迸，一以悲叹一以喜。悲我飞将竟殉国，敌酋粉裂亦乐只。空前胜利四二九，空军一页光荣史。

和周孝怀饯经长韵

伯喈三体馀残帙，孟蜀石经只具名。周侯手钞六十馀万字，三十四年使人惊。文物保存四千载，昂火鸟虚逆推足证明。结绳石简与记诵，鼎彝甲骨各争衡。抱残守缺恣攻讦，孰知文化应从全面互经纶。长安碑林石经在，人民维护费经营。周侯在蜀去思尚不远，手迹移蓉笥箧盈。于今饩经成韵事，诗成何妨更同倾。

吴震寰挽辞，君为玉章先生长子

吴公革命天下师，生子卓荦多奇姿。吴公勋名老益盛，那堪丧明哭爱儿。劝公且无悲，听我歌挽辞。男儿最怕不成名，震寰名成不用疑。功业未竟诚可惜，留将后人善补之。震寰壮岁游法兰，格城学电理无遗。参加苏第二五年大计划，完成水电树良规。归来小试牛刀技，长寿光明至今垂。方冀都江电厂施长才，大功未就命忽危。电化西南君为之嚆矢，载诵载歌视丰碑。

乙酉中秋丕群约饮望江楼崇丽阁，蜀明诗先成因赋

卅载江楼系梦思，髫龄曾此赋分离。
身经欧亚越瀛渤，国步艰难转宴熙。
明月十分秋一半，平生知己友兼师。
凭栏锦水东流去，一样深情无尽时。

游清凉山翠微亭　1930

不见高台古翠微，河山面目已全非。
风波日日何须避，但觉情怀与世违。

南京作　1930

褪絮纷纷过短垣，沾泥落地便无痕。
颠狂飞舞能多日，细雨斜风满白门。

壬午沙坪夜饮大醉 1942

嘉陵江畔行吟去，歌乐山前尽醉归。
二十年来无此乐，酒痕重见上春衣。

甲申闰四月过沙坪坝遇雨 1944

连雨才经梅子黄，断肠烟草自风光。
江南江北无消息，检点青衫泪几行。

乙酉秋桂湖纪游 1945

红装出浴让娉婷，水佩风裳照眼青。
五百年来人寂寞，偶然同醉交加亭。

乙酉重九饮于文光家 1945

无端一醉过重阳，果酒欣然尽量尝。
午夜放歌岩壑应，秋高雾浅月如霜。

镇华自南京得李香君眉砚，无量赋诗，余亦成一绝

晚烟笼水忆秦淮，话到兴亡事总哀。
多少闲情付儿女，初三月影入帘来。

燕熙台二首 1947

风动木叶落，楚客正悲秋。
京华逐望眼，登临无限愁。

高台藤荫合，倚栏意独闲。

深秋聊纵目，一片好江山。

戊子除夕　1949

劳劳岁月愿相违，处处江干送落晖。

一卷休闲聊自得，千言下笔不停挥。

斗争世界风云变，就傅儿童络绎归。

安得大同如我望，人人乐业足轻肥。

五一节伯承将军宴集同仁诗以记之并柬孙志远二首　1950

劳动三八制，五一庆成功。

事事国际化，人人乐大同。

历史翻新页，将军百战馀。

痛饮一夕酒，胜读十年书。

注：伯承将军赐和二首如后："国际劳动节，游行示大同。无数先烈血，铸成此丰功。""中华新纪元，胜利歌有馀。共饮联欢酒，勤翻建设书。"

六月六日重到北京　1950

万里乘风上玉京，风流人物尽知名。

十年王气消沉后，亿兆黎元庆更生。

庚寅除夕　1951

人民为政恰期旋，国力康强比铁肩。

喜祝王师收藏卫，轰传美帝溃朝鲜。

欢腾田野秧歌舞，庆溢中华大有年。

争取和平诚卓尔，风流人物竞联翩。

成渝铁路道中　1955

轮铁催回锦里行，长房缩地忆成陈。

凭仵车窗闲眺望，一路桐花照眼明。

成　都　1955

东风得意锦江春，人事花时一例新。

盆地田畴农有土，参天梅柏鸟常亲。

便便官道熙来往，处处人民免困贫。

蜀乱后先从此了，断然先进法苏邻。

甲午除夕时寓成都

宾馆明灯迟未眠，客心即事总悠然。

儿时居里犹能识，百岁耻仇已尽湔。

锦水春风市野乐，征途节日景情全。

料知盛世须齐力，报国当勤学尚先。

乙未除夕怀仁堂夜宴　1956

欣觉阳春回地轴，升平歌舞喜多端。

高潮革命齐天涌，万亿人民彻地欢。

元首股肱同众乐，农工士庶共辛盘。

蒙歌一曲真堪赏，百族交欢万世安。

海拉尔诗咏二首　1961

伊敏河水不东流，人要常欢不要愁。
民族弟昆同劳动，无穷幸福无穷秋。

河水纵横九十二，不须大禹也浚穿。
忽见森森参天木，一重景色一重天。

癸卯端午民革同仁集于北海，余成长句　1962

卅九顷澄北海波，回廊曲槛倚嵯峨。
千云窒堵矗琼岛，冲汉庆霄响铁驼。
兴废六朝溯往迹，腾欢重午引高歌。
孤屿诗老今何在，幽愤无端吊汨罗。

第一颗原子弹爆炸成功喜赋　1964

光芒成眼火成团，顷刻冲霄胜狼烟。
质毁烬馀电粒在，能生恰等光速骈。
击碎核心由中子，进行程序自回还。
祥云似罩落尘世，从此销声静大千。

七月九日出京口占　1968

奇旱经冬望朔更，火云巴子敢从衡。
雨聊洒道行旌启，且御薰风出凤城。

途次偶成

燕鲁皖苏一日过，长江淮泗与黄河。

江山真个多佳丽，人物风流更足多。

别人海上

人生聚散等征蓬，我自北兮君自东。
草长莺飞花乱舞，江南三月又重逢。

上海青岛途中轮次口占

举头遥望天接水，四顾回环水接天。
临槛苍茫无限意，仙槎重泛卅年前。

青岛海边濯足

三面临流一背山，縠纹绉起燕飞还。
濯缨濯足浑无别，逭暑沧浪不等闲。

长相思 · 丙辰秋自渝返唐家沱成小令一阕

白沙沱，唐家沱。十里蔚蓝一水拖。中流发浩歌。　　喜颜酡，醉颜酡。逝者如斯可奈何。但愁双鬓皤。

浣溪沙 · 北京太平洋和平会议　　1955

槐子黄馀桂子香，微风细雨近重阳。凤城瀛海聚冠裳。　　寰宇不传青鸟信，江干伫听凯歌扬。折衡尊俎胜疆场。

庞石帚（1895—1964）

名俊，祖籍重庆綦江，生于成都。先后任教于华阳县立中学、成属联立中学、成都高等师范学院（今四川大学）。历任成都师范大学教授兼中文系主任、四川大学教授、华西协和大学教授兼中文系主任、光华（成华）大学教授兼中文系主任。新中国成立后任四川大学教授兼古典文学教研室主任，培养研究生。著有《养晴室笔记》《养晴室遗集》等。

吊杨子瑜用东坡吊李台卿韵　1917

杨君大布衣，观者每大笑。孰知藜苋肠，经史盈七窍。倾身钻故纸，意谓名可钓。端如嗜土炭，绝苦自言妙。茶寮俄顷耳，吐言无边徼。矻矻铼弗舍，成事固已料。颇闻彻夜诵，十烛不供照。窃叹力太勤，矧乃年甚少。怪迂自无嫌，人弃我所要。胡为遂短折，文采永不耀。吾愧尚流俗，浅交难往吊。聊欲记此缘，诗劣岂辞谯。

自注：子瑜名瑾，遂宁人，年十五岁，友人介以来，投诗三篇，见余于茶肆中。大衣阔袖，貌陋甚，口喃喃说书史不休，闻者皆笑。其读书极苦，夜四鼓犹不睡，殆有志此事者。余与君一见如旧，未两旬，而闻其遂死。

薛涛井

惆怅西风锦水浔，井泉落叶锁秋阴。
无情万里桥边月，曾照花间拥髻吟。

忧愤二首　1918

荒城节物百堪悲，又见春风满兔葵。
不独题诗无好语，残宵梦里泣流离。

怨李恩牛各是非，不知持此竟安归。
独容措大成痴绝，未信秦亡鹿尚肥。

乱后花市（录二）

作意东风吹发香，闹花深处断人肠。
不知得似江南未，乱眼吴姝堕马妆。

纸鸢不动觉风柔，倾市儿童剧未休。
人影渐疏花影密，夕阳红煞柳边楼。

冬夜玉麟共饮有辱赠之什次韵奉酬

十年画虎竟何成，寂寞身尘众所轻。
性不侮人惭叔夜，饥来驱我甚渊明。
追欢可叹无多子，好弄休嘲太瘦生。
一听乌啼满街月，良宵端欲共君行。

奉答香宋先生荣州　1920

流转兵间万首诗，一龛归卧雪中宜。
种桑已失三年采，霜鬓应教四海知。
生及苏黄吾未晚，请为弟子可无疑。
草堂今视江梅发，想得花前坠接罱。

赠刘见心 1922

花市谈诗岁又更，泊然韦布世无营。
一身端与饥寒敌，此事宁须口舌争。
得酒浇肠聊送日，爱书入骨可忘兵。
江山急劫春仍好，何地容人共短檠。

健 儿

浴血西川寇盗中，健儿身手若为功。
酒肉恣戏当垆妇，鞭下愁驱折臂翁。
直恐瓦投朱粲死，犹看冰倚国忠雄。
窜名恶少今多少，那得都虞似段公。

乱中元日立春 1924

题诗休拟七哀篇，甘食褕衣意自怜。
贫免盗憎成上策，酒随病减入中年。
莽朝回首黄农没，羿彀游身粉黛妍。
江上鼓鼙听惯熟，春风凄入蜀城弦。

凉雨偶成即寄吴雨生奉天

吹凉晚木见轻柔，旋听萧萧扇欲投。
便可摊书就灯火，坐令合眼梦沧洲。
故乡日月应须泪，残劫关河易作秋。
起望战云初不极，妒君皂帽便东浮。

桂湖杂诗

行似蜗牛常戴屋，闲如鸥鸟不惊尘。
一竿临水非关钓，知是蒲江放鸭人。

傅家坝浅山　1930

荒茅丛竹有人居，滴翠层岩画不如。
男出耕山女编笠，田翁身是四朝馀。

王　渡

颇黎江作颇黎亮，眉州山如眉黛斜。
半亩榕阴一河水，郎若泊船来吃茶。

阎王堍

笠际阴崖上界通，树如奇鬼瀑如虹。
霞光忽敛奇峰失，知是前山白雨中。

金　顶

绝顶茅庵大海船，蒙蒙一白浩无边。
便应摆落区中事，身在兜罗世界眠。

城　南

雨晴新燕拂江城，桥下春波失鬓青。
剩就花前对娇女，百年肠断此清明。

注：悼亡。

清音阁

竹梢阁子瞰龙飞，万古惊湍绿四围。

欲看千山鳞甲动，清钟那得一声微。

注：僧云：清音阁不撞钟，撞则全山皆震。

减字木兰花

江湖投老，催办青鞋商画稿。佳处茅庵，不道淮南胜剑南。　　鸥边寒绿，乞我秋峦晴一角。心事扁舟，种橘何年买别洲。

自注：宾虹游蜀，将卜居焉，畏乱南归，写此遗余，山公题句，诧为第一本也。冬暇抚卷，因补此词。

高阳台 · 炸后重过少城酒楼，赋示同坐

筝馆栖尘，毬场拥叶，劫馀园柳还青。倦侣呼尊，饯秋犹是旗亭。钩帘都盼斜阳好，甚霜风、画出芜城。暗低回，白马黄衫，年少承平。　　桥边日者还知否，隔浮云试问，明日阴晴。饮罢无归，销魂何必离情。城南十里鸥飞处，指菰芦、叶叶商声。便安排，草屦捞虾，足了平生。

刘东父 (1902—1980)

　　四川成都人。槐轩后人。青年时入刘湘幕，后出任《济川公报》总编
辑、川康通讯社社长等。1947年退职回家，鬻字为生。1954年被聘为四川
省文史馆员。有《旷翁诗钞》《旷翁书画》等。

春晴慧忠别墅观梅　　1943

探梅莫道我来迟，槛外晴光漾碧漪。
一缕暗香浮冷蕊，十分春色上疏枝。
不辞金谷飞觞日，却爱罗浮入梦时。
涉足小园成逸趣，乱红深处独寻诗。

布　裤

布裤凡两袭，合组贮吴绵。
暖我腰脚健，劳君织纫坚。
艰难依伴侣，离别感中年。
屈指三秋尽，音书总未传。

和安衢五兄人日游草堂原韵　　1953

一朝和气满晴空，陌上轻车踏软红。
新柳渐看舒媚眼，老梅重约醉春风。
南来锦水伤诗客，北定中原念放翁。
吟兴如君真不浅，游踪到处乐融融。

买得丹桂数枝供案头清赏三首　1955

是处园亭游赏忙，秋阴漠漠午风凉。
买来金粟供瓶盎，老干疏花一例香。

乞得名花只二分，居然座上挹清芬。
幢幢老树繁如锦，剩与吴刚试斧斤。

羡尔芬芳已不孤，瓦瓶清供胜泥涂。
爱花纵更公同好，鼻观留香感独殊。

省门饯别谢无量先生　1956

离筵杯酒怅分襟，车腹船唇百虑侵。
惜别莫辞弦管夜，题诗各慰岁寒心。
蟾光入户酬佳节，华发惊秋托短吟。
见说风人多感旧，桃潭千尺比情深。

一九五八年元旦宝成铁路全线通车

层峦叠嶂一时降，百二秦关谁可当。
鬼斧神工开陇蜀，蚕丛鸟道变康庄。

秋日彭云生先生约访江楼诗碣二首　1963

商意满林薄，园亭叶渐飞。
云深迷竹径，潮落见渔矶。
秋树晚蝉寂，遥天江雁稀。
故乡风景好，犹是恋斜晖。

千古才人恨，江声咽暮潮。

风尘悲薄命，佳丽惜前朝。

古井犹能鉴，芳魂不可招。

何时一樽酒，香冢带愁浇。

万里桥观雪　1970

万里桥头风力尖，江流清浅响溅溅。

天公着意夸豪富，垫絮铺棉满大千。

七十生日偶成示儿辈　1972

漫言七十古来稀，马齿徒增未足奇。

俭腹空空滋我愧，虚名草草畏人知。

迷途困惑犹知返，老境回甘敢自欺。

但愿汝曹勤奋勉，劻勷为我答明时。

癸丑二月十三日与梁映晖游草堂同饮光华村　1973

工部草堂花事繁，海棠低压绛桃翻。

娇憨红紫描春色，醒醉生涯纪梦痕。

愧我闻鸡怀越石，羡君赁庑隐吴门。

相逢杯酒添吟兴，又见斜阳没远村。

国宁姨侄离蓉廿七年今冬来川亲戚欢聚旬日又将话别　1972

襁褓离蓉今始来，卅年人事费低回。

亲朋聚首相看老，岁月无情着意催。

英气喜从眉宇发，虚心休负国家培。

遥知春酒欢堂上，灯火团圞笑举杯。

参观都江堰新建水利工程　1975

川西自古称天府，水利灌溉缘都江。平畴沃野亘千里，李守导江功难忘。二千年事殊颠倒，地富反得千斯仓。农民何曾享其利，官税私租如抢攘。村中十室九破产，往事历历心为伤。鼎新革故换天地，人民当家作主张。承先启后兴水利，安排系统超旧章。溢洪防旱事调节，闸门启闭操有方。劈山穿穴引水出，扩大灌溉增产粮。十年远景期必现，导者为我言周详。抚今思昔感弥切，游观益觉功辉煌。索桥跨过犹战栗，回首但见风涛狂。江山处处添明媚，草木欣欣含辉光。同行诸老多健步，愿祝年年登涉寿而康。

宝光寺禅院即事三首（录二）　1976

天涯到处是吾庐，偃息招提兴不孤。
最爱烹茶来静院，何妨酌酒到僧厨。
登盘瓜果鲜难得，入口肥甘味独殊。
四大不空也无著，人天欢喜即真如。

四十光阴似梦中，桂湖游迹忆朦胧。
怕寻隔世乌衣巷，休问当年碧纱笼。
客去客来同逆旅，花开花落笑春风。
玄都千树今如在，一样惊呼白发翁。

重　庆　1976

西南重镇两江分，楼阁云连磴道平。
巨浪翻腾奔字水，繁星灿烂绕山城。

干戈霸业终成梦，歌舞明时倍有情。
倚槛迎风一长啸，又看江月带潮生。

防震移居南郊长女家　　1976

下榻危楼十七年，燕巢飞幕暂求安。
论交不识陂千顷，托庇犹思厦万间。
门可张罗尘渐满，人稀问字径常宽。
匆匆袱被趋南亩，灯火团圞一破颜。

曲曲田塍小径通，秋花明媚夕阳中。
竹棚把酒待新月，土锉烹茶迎好风。
被发未忘饥溺苦，处堂敢说燕巢工。
近来消息偏沉寂，拄杖溪桥话老农。

自注：近日震情似趋和缓。

次韵和陶亮生见赠一首　　1978

休将豚犬比兰芽，问字玄亭望敢赊。
茅屋秋风怀杜曲，孤松篱菊羡陶家。
伯鸾庑下人同老，潘岳闲居座不喧。
贻我珠玑启茅塞，更从鼓瑟听瓠巴。

缪　钺（1904—1995）

　　字彦威，江苏溧阳人。曾任保定私立培德中学和保定私立志存中学国文教员。历任河南大学、广州学海书院、浙江大学、华西大学教授，后为四川大学历史系教授兼古籍整理研究所名誉所长。四川省杜甫研究学会前会长。有《诗词散论》《冰茧庵诗词选》等。

寒夜感怀

三年时命秋荼苦，千里关河战伐新。
子路有亲思负米，少陵伤乱每沾巾。
寒风籁籁偏侵袂，明月娟娟肯向人。
此夜何堪怜病弟，万端愁绪入孤鼙。

九　畹

九畹生奇卉，花开香满林。
孤芬惟自惜，湘水向君深。
不遇美人折，空悲斜日沉。
坐看萧艾长，恐负屈原心。

疏　雨

疏雨夜犹滴，秋灯冷不明。
西风吹落木，一夕满孤城。
北雁难传信，中原尚阻兵。

天涯几亲故，远梦正关情。

感　愤

曲突谁防患未萌，火焚危幕始知惊。

东封竟作珠崖弃，儿戏真怜灞上兵。

拔舍尚能观士气，哭秦宁肯履前盟。

礼亡早识伊川祸，陈策无由愧贾生。

注：九一八事变后作。

今出塞四首

男儿志报国，释耒着兜鍪。十载阋墙争，虽胜犹足羞。毒浪涌东海，长蛇吞神州。荷枪赴卢龙，壮志今得酬。甲上结层冰，雪落风飕飕。汽笛数声动，千里无停留。

阴山走渤海，屹然立雄关。关下筑长垒，萧萧风夜寒。我闻安将军，捐躯白刃间。田横五百人，赴死无一还。军心尽如此，金瓯终可完。慷慨陇上歌，壮士思陈安。

太学三千士，铿铿善说经。平生誓许国，闻警飞冥冥。有如蒲柳质，望秋竟先零。嚣气不足责，心死实可矜。我生行伍间，书史学未曾。忠义相感激，宁知利与名。赴敌无反顾，欲以愧苟生。

天道若张弓，高下互相因。强梁不得死，此语古所闻。蜂虿犹有毒，况我亿万人。胜负非一时，所斗百年身。精诚苟不亏，可以动鬼神。愚公能移山，三户终灭秦。

自题元遗山年谱汇纂后四首

宣宗南幸避胡戈，虏骑纷纷又渡河。
本谓莺花留上苑，谁知荆棘卧铜驼。
营巢双燕归无处，失水神龙可奈何。
惟有南冠老词客，伤心空续小娘歌。

自古虚名总累人，几看密网脱游鳞。
猖狂阮籍惟耽酒，寂寞扬雄竟美新。
皎日覆盆千古案，馀生九死百年身。
冥鸿天外谁能弋，应羡渊明是逸民。

粲然大定与明昌，文献彬彬忍散亡。
蔡子有心存汉史，孟轲无命沮臧仓。
横流沧海身犹健，夜雨荒亭志可伤。
若使当年操史笔，纵输班马近欧阳。

国亡零落怅何之，天使穷愁意可知。
白傅乐章多讽世，杜陵诗句最哀时。
波澜欲出苏黄外，气骨真如敕勒辞。
两卷行年谱遗事，如公身世亦堪悲。

卢沟桥事变后自保定违难开封感赋

困厄宜尝胆，春秋大复雠。
强梁宁久炽，哀惧启多谋。
於越五千甲，燕云十六州。
此身常健在，会见海西流。

感　事

屏障先亡十六州，河山三晋草惊秋。

已闻马谡诛军令，未见刘琨运妙谋。

上党空为天下脊，清汾愁向乱中流。

归元先轸应遗恨，花发空山血未收。

注：1938年作，山西战事吃紧。马谡，此指韩复榘。刘琨，晋时曾任并州刺史，此指阎锡山。先轸，春秋晋大夫，战死后敌方将首级送还，此指捐躯将士。

将离宜山感赋三绝（录二）

岭海丛山险不开，谁知虏骑竟西来。

相逢莫诵兰成赋，岂独江南事可哀。

粤西淹迹再经秋，瘴雨灯痕记小楼。

今日驱车倍惆怅，顽山不语枕寒流。

四君咏

避寇豫中，忧时念乱，援翰述古，藉以自伤。

王　粲

仲宣世家子，窜身值崩裂。

思治伤下泉，怀才惜井渫。

信美非吾乡，登楼感骚屑。

沧桑发文采，诗赋逞才杰。

挚　虞

挚虞生民秀，才思何通敏。

作赋人莫及，论礼世所准。

鄂杜已流离，洛京复艰窘。
空自垂遗书，无能救身陨。

庾　信

子山文藻才，本非将帅器。
御寇竟先奔，哭秦亦无济。
星槎不可期，天心有时醉。
萧瑟哀江南，千载为流涕。

杜　甫

杜公热肠人，期君尧舜上。
丧乱哀民生，升平责诸将。
拾栗向空山，避盗托孤舫。
垂老望中兴，焉敢怨飘荡。

惘　惘

惘惘心情入世非，宛然弱丧渐知归。
滋兰未必花能发，访旧其如燕已飞。
夜读不嫌灯照影，早行犹惜露侵衣。
芬馨难尽追怀意，争奈秋桐叶日稀。

秋　怀

黔北羁栖再度春，一年凉意与秋亲。
远书到眼皆陈迹，久客观山似故人。
云日欲晴看不定，风梧自语听难真。
新来疏懒殊堪怪，未灌庭兰已浃旬。

桃溪寺探梅

寺隅荒寂见红梅，虽近僧厨尚肯开。

一夕只愁吹蕊尽，去年曾为忍寒来。

何郎词笔春弥健，杜老乡思乱未裁。

他日湖边千树发，应怜此地有遗材。

吴雨僧先生挽诗

长恸幽明隔，交亲五十年。

旧游如梦里，卓节记生前。

藤影荷声夜，黔山滇水间。

平生相契意，追忆泪如泉。

注：吴宓清华大学旧居曰藤影荷声之馆，作者每往访晤，辄留住数日。抗战间，吴任教于昆明西南联大，作者任教于遵义浙江大学，常通书论学。

十　年

十年涉世惜知难，一札沉吟慨万端。

敢说滋兰花易发，勿忘采药路常寒。

风前拾蕊春犹昨，梦起推枰局已残。

他日相逢蓬岛路，沧波回首尽漫漫。

古　意

冰蚕长七寸，生于员峤山。结茧霜雪下，弱质凌风寒。织成五彩锦，水火不能干。奇情寄壮采，抗节期贞坚。有客赏我趣，恻然鸣心弦。贻我绝妙辞，美如金琅玕。灵均求佚女，乘龙翔九天。陈思赋洛神，绵邈区中缘。岂若赠诗者，悟赏在世间。远海通微波，呼吸生芳兰。古人不足慕，托想徙空言。吾愿宝真契，试写古意篇。

注：事出《拾遗记》，其语颇荒诞。王嘉《拾遗记》云："员峤山有冰蚕，长七寸，黑色，有角有鳞，以霜雪覆之，然后作茧，长一尺，其色五彩，织为文锦，入水不濡，入火不烧。"吾独爱其义，取名书室焉。

秋　怀

海燕栖香度夏春，一年幽绪与秋亲。
微云作意偏宜雨，疏叶因风渐远人。
闭户著书多岁月，端居养性悟真淳。
自强不息天行健，喜看人间百态新。

送叶嘉莹教授赴沈阳讲南宋词

班昭自有东征赋，江令能为南浦辞。
小聚顿嗟千里别，鸿文共勉百年时。
姜吴意境多新悟，辽海风光又一奇。
词说相期成续集，荷开明岁莫归迟。

注：与叶嘉莹教授合作《灵溪词说》由上海古籍社出版，尚拟合撰续集。

早春书怀示景蜀慧

治学长宜放眼宽，平芜千里独凭栏。
从来魏晋称衰世，每读歌词感百端。
作者数人神不灭，奇文万字写应难。
君看梅蕊垂垂发，能抵春风十日寒。

注：时景生正撰写博士论文《魏晋诗人与政治》。

戏占一绝

欲辨妍媸本自难，谁言西子美无端。

东施亦有倾城色，留待知音仔细看。

念奴娇

癸酉初夏，余以事至北平，时值胡骑凭陵，都人惶恐。两月之后，重复北来，势异时移，不胜凄黯。适张孟劬先生出示《槐居唱和诗》，记事哀时，无愧诗史，感赋此阕，并呈孟劬先生。

江山如此，听几声啼鴂，乱愁难醒。匝地胡尘迷紫塞，膻雨腥风无定。劫后残棋，微时故剑，此意谁能省？灵均虽老，犹馀词笔哀郢。　　两月流水光阴，神京重到，举目悲风景。乔木也知人世换，都共斜阳凄暝。瓦黯甀棱，波沉太液，中有沧桑影。金瓯残缺，待看何日重整。

念奴娇

寄友人沪上，时余自保定违难开封。而沪战方起也。

羯胡无赖，又群飞海水，欲倾天柱。十六燕云瓯脱地，赢得伤心无数。杜甫麻鞋，管宁皂帽，萧瑟兰成赋。凉飙惊起，晚花开落谁主？　　闻道佳丽东南，玄黄龙血，一掷成孤注。地变天荒心未折，薪胆终身相付。玉貌围城，哀时词客，健笔蛟龙怒。江干烽火，几回相望云树。

齐天乐

乱离避地，又值重阳，阴雨经旬，倍增烦损。时客信阳。

昏昏阴气迷清昼，孤城雨声凄断。木落惊寒，蛩啼怨别，多少羁怀零乱。青山照眼。奈流潦妨车，湿云封巘。古寺幽花，只应惟向梦中见。　胡尘犹未净洗，故园今日菊，凉露增泫。玉液持螯，霜风落帽，争觅当年游伴？凭栏念远。正骨肉他乡，山河殊甸。愁绝秋宵，暗空时过雁。

自注：信阳城西六里许有贤首山，山中景物略似北平香山。

念奴娇

1935年冬余居广州，赏梅罗冈。抗战军兴，转徙粤西黔北，偶睹一两株，楚楚可怜。1946年揭来成都广益学舍，梅花盛开，感念旧踪，因赋此解。

疏红艳白，倚危崖、曾赏环山千树。匝地胡尘迷海暗，蔓草沾衣多露。灵琐交疏，星槎路断，哀绝江南赋。仙云娇好，除非魂梦相遇。　谁料十载栖栖，天涯重见，玉蕊还如故。未许寒风吹便落，轻逐江波流去。月影浮香，霜华侵袂，且共殷勤语。殢人凄怨，待教裁入诗句。

鹧鸪天·立春

又见江春入旧年，玉峰积雪尚馀寒。锦城渐觉花期近，禹域尤宜放眼看。　乘彩凤，御青鸾，云端俯视海漫漫。纵教碧浪千层涌，自有鹏飞万里翰。

注：作于1985年，时与加拿大叶嘉莹教授隔洋合作《灵溪词说》。

鹊踏枝

春分已过，春寒未减。

谁识兰成心独苦。哀罢江南，又复哀枯树。风信花期方细数。浓阴莫碍春来路。　天下澄清空自许。不读离骚，且上高楼去。依约黛痕相媚妩。西山近日无风雨。

踏莎行

世风争利，斯文日丧。草木有本心，何求美人折。或亦士君子处世之道，而国事则可忧矣。

榆荚腾飞，兰蕊价减，世间谁著分明眼？镜中自赏黛痕新，从今不把珠帘卷。　　山雨增寒，海风吹暖，几人能识阴晴变？千峰万水梦中迷，凭君一夕思量遍。

鹊踏枝

当日乘桴南海徙，豪气元龙，破浪凌云志。燕幕危巢时有几？渔阳鼙鼓惊魂起。　　瓦解金陵何太易，龙水娄山，落照苍茫里。几度沧桑人换世，旧游如梦依稀记。

注：宜山有龙江，遵义北有大娄山。

洞仙歌·咏杜鹃花

魂归望帝，化含冤花鸟。省识人间恨多少。向空山、点点碧血苌弘，相映发、几处凄迷蔓草。　　春心浑忘却，踯躅长途，总道不如归去好。又只怕归来，风雨无端，凋零早、护花人杳。纵姹紫嫣红遍疏篱，待换了流年，宿根将老。

鹊踏枝·庚午重阳

不惜秋光来又去，只惜垂杨，难系芳春驻。大雁南飞烦寄语：重阳近日无风雨。　　采菊东篱传秀句，澹泊高风，千古相称许。填海精禽干戚舞，始知别有伤心处。

王笃业（1905— ）

四川江油人。长居梓潼。医药公司特福尔药房经理。

自　况

苍颜皓首未龙钟，气沛声宏尚耳聪。
涉世曾无名士气，持家犹有古人风。
存身喜是劫馀客，奋志堪称不倒翁。
朝气晚霞试健步，春山不老水长东。

鹧鸪天·自遣

小院深居容膝佳，医传五世寄生涯。三槐相继唯勤俭，告退归来学养花。　　清气爽，月光华。风送笛声夕照斜。图书补拙灯相伴，一任他人笑语哗。

思佳客·老去

老去情殷舞几回，荒坡秃岭茶桑栽。繁花竞艳天涯发，春意欣从劫后来。　　波起伏，笑开怀。离人相会梦魂偕。韶华虚逝丹心在，共庆馀年酒一杯。

胥端甫（1906—1992）

　　四川盐亭人。1937年毕业于四川大学国文系。四川省政协第五、六届常委。

北京追念台湾玉山

玉山奇突雾蒙蒙，父老情怀海峡东。
骨肉乖离卅载后，人心向背九州同。
联盟宿谊留徽范，两制新型创阵容。
匡济喁喁天下望，童孺相协唱雄风。

嘉州初到放歌

浩荡青衣大渡河，绕城波影挂帆多。
桑麻对岸村庐合，塔影横拖夕照过。
汉栈秦关来剑外，岷山锦水入烟萝。
卅年故国伤离久，午睡凭栏一放歌。

　　注：此次回国，由美国乔治亚州飞北京，再经西安下广元到成都，故有汉栈秦关一联。

泛舟看大佛

推船三面看乌尤，旧地重游又值秋。
我佛庄严悬峭壁，昔年烽火不胜愁。
星球运转人间世，核子为殃大九州。

拨乱兴邦当务急，澄清四海再登楼。

注：首句借张问陶句。民国二十六年（1937）上海虹桥事变之日，随宪兵三团出川，乘船过此。

罗绵晚程

地入罗江动客魂，凤雏墓道近黄昏。
丘陵起伏千年在，人物轩昂一代尊。
鸦带斜阳归远树，岸明渔火照孤村。
绵州一枕乡关梦，明日登高上剑门。

周虚白（1906—1997）

四川成都人。1936年四川大学国文系毕业，先后任成都石室、女师、省男中女中语文教师，成华大学中文系副教授。后为四川师范学院（在南充）、南充师范学院（今西华师大）中文系主任、教授，兼南充师范学院教务长。1975年兼任《汉语大字典》四川编辑出版领导小组成员。民进四川省委第二、三届委员会主委，四川省第五届政协委员。南充果州诗社名誉社长。有《周虚白诗选》。

成都扬雄洗墨池

迟回苦觅草玄亭，萍里阴阴见墨痕。
尚有侯芭欲问字，荆榛满地不开门。

自注：作于成都中学，池在校舍后，水草杂生，不可踪迹。

书　愤

谁柱天将压，年深望更新。
早秋寻故疾，白日送闲身。
长朔饥难饱，寒郊岁不春。
浮思入天际，生事漫沾巾。

敬题黄宾虹先生山水画

微雨连街独少人，潜分蜗角战云陈。
犹携白岳诸峰趣，为写清秋几叠皴。

泼墨临窗横客座，风帘出屋荐吟身。

心倾劲节抒多艺，山自嶙峋木自春。

自注：先生入蜀讲学，1932年成都兵祸作，日赴危城中燕如也。偶随家六叔拜谒先生于成都玉带桥客寓，危楼一席，略私俯仰，先生喜，即席写《北岳纪游》诗意作山水画，以秃笔运皴，宿墨点染胸次丘壑，从相对客座中出之。谨拜嘉赐并纪以诗。

读秦史

燔书何与苍头事，偶语难禁陇上声。

可惜秦臣不识鹿，中原留付两雄争。

过苏坡桥吊石帚师

徒觅荆扉旧绿苔，寻诗无复主人回。

青山未辨招魂处，悔不桓荣负土来。

注：庞俊字石帚，见本书作者小传。桓荣，《后汉书》有传。荣事九江朱普，普卒，奔丧九江，负土成坟。

"文革"后首次与陈克农、傅平骧、郑临川、周子云诸老游白塔公园

无计嬉春负上元，强从巾屦出喧阗。

长桥野市波光泛，孤塔晴郊树影悬。

梦岂关人且饮酒，老贻阅世海成田。

三年一解心如絷，坐对林花转泫然。

炳英师逝世成都，未及奔吊，衍褆世兄今又卒于南充，不胜悼念，诗以哭之

病身成一世，三十鬓先斑。

正字严如律，谈经细不捐。

忘羊悲挟策，数马辍扬鞭。

孺慕寻泉路，师门宿草边。

注：李炳英，四川师范学院中文系主任、教授。衍褆，炳英先生之子，南充师范学院副教授。

哭徐无闻永年

尊人吾死友，君又及吾门。

当日论文会，今惟想象存。

坐倾老泪尽，梦绕别途音。

澹澹双樽奠，同招父子魂。

南充重建陈寿万卷楼

峻极崇楼亦改天，莺声旧谷乐新迁。

生憎二代相倾际，史证三书独创前。

直笔仍多言外寄，匠心巧运世能传。

山招水聒遗风在，千载煌煌孰比肩。

遵义城谒烈士墓

高林堆绿漫流霞，佳气沉沉两万家。

俯首强魂几抔土，小红坟满小红花。

和树梁赐题拙诗选集

钟子怀芳节，偏怜北道辞。
史创三书例，仙飞白日疑。
流水高山意，天寒木瘦时。
遥思潭上路，春信碧琉璃。

哭季弟天予

季弟久无闻，忽惊蒿里歌。
勤劳约长处，劫难壮尤苛。
得果曾分小，临财窘让多。
锦城抵足夜，一念泪滂沱。

军垦农场军事演习

白梃为枪好战场，急装并入老兵行。
一声飞渡桥头外，无敌穷呼逐敌忙。

都江堰市访亡兄故居

气压青城出世奇，登临每失弟兄期。
老怀凄断儿时影，孤露分沾母氏慈。
午市人潮红姹娅，霁山秋绽碧淋漓。
留看子侄诸成业，敢告乃翁九地知。

刘克生（1907—2008）

四川乐至人。成都国学院肄业。曾任乐至中学、私立钦仁中学教员，《乐至县志》副总编。内江市诗词学会顾问，乐至县政协委员。

海埂公园傣族村、白族村

竹楼四面纳风凉，景物还推傣族乡。象教一灯传妙法，龙舟双棹泛轻航。远观山色身清净，闲听潮音舌广长。消尽人间尘俗念，巍然宝塔更灿光。精雕细琢样翻新，白族风华艺绝伦。奇巧灵岩摩石佛，清凉活水荐茶神。好花红过重三节，芳草绿萦九十春。镇日探逝殊汗漫，夕阳迟送踏歌人。

成都寻顾复初夫妇墓不获

莲幕蜚声健彩毫，簿书词翰亦风骚。
青来剑外云千里，绿送江南水一篙。
鸳冢埋香名不朽，螺峰点墨画尤高。
九泉莫谓无相识，近有升庵远薛涛。

朝发别故人

车轻路熟软尘红，变幻烟云过眼空。
作客情怀千里外，磨人墨耗十年中。
萧疏短发新霜易，缱绻离愁旧雨同。
遥想昆明湖水碧，一泓清与寸心通。

滇池揽胜

金马碧鸡颂吉祥，后贤能续汉文章。
波摇楼影层层蜕，花竞楹联字字香。
人事千秋惊代谢，云山六诏感兴亡。
登临便觉神飞越，浩渺诗情接水长。

将赴青海留别桐荫

卅年株守寂无闻，雪鬓霜髭镜里纷。
游兴高飞澄海月，离怀远化出山云。
诗因惜别偏难赋，袂到临歧不忍分。
此去吟踪嗟落落，天涯回首最怜君。

惜　逝

年华早促鬓丝皤，生死交情奈别何。
白马解人偏恨少，青蝇吊客那嫌多。
关山险阻枫林梦，泉壤悽怆薤露歌。
吟罢闲评今古事，斯文永不废江河。

己卯逢建国五十周年迎澳门回归

鹡鸰原上苦相思，百载韶光过半时。
破浪嘘云龙化早，书空嘹月雁归迟。
澳门补缺圆新镜，荆树分香艳旧枝。
乐奏清平隆庆典，怀人朗诵去来辞。

反贪声中荧屏扫描四首（录一）

几经拨乱国隆昌，激浊扬清政有常。
蝼蚁溃堤喻韩子，豺狼当道愤张纲。
休轻路哭怜家哭，要重民伤视己伤。
手段果能施霹雳，不因怒目怪金刚。

留别成都钟树梁、傅承烈、
曾道吾、段枕流四老并简学会同仁

早从艺海识津梁，白傅名山事业香。
巧不随心宁守拙，柔能绕指应摧钢。
藐躬慎独三番省，虚枕清流一味凉。
若假天年临换届，花溪揽胜共飞觞。

百岁作

奢望人生百岁过，今过百岁又如何。
才低倚马新思少，技拙雕虫旧样多。
搔首乍惊锋退笔，怆怀难靖海扬波。
校雠本是吾家事，滴露研朱细琢磨。

树梁老寄诗慰勉次韵奉酬

文采何须夺凤凰，其中得失寸心量。
仅随孟子分狂狷，几见庄生论帝王。
海纳百川曾示范，兰滋九畹自流香。
老成行健仍忧国，岂敢消忧癖杜康。

戊寅岁初杂咏

台澎烟雨望迷离，岛影微茫浪影移。
荆树紫开兄弟艳，竹林翠倚祖孙枝。
莺歌旧曲声堪友，孤涉坚冰性不疑。
记取明年春早到，澳门燕子有归期。

万钱下箸小开支，大笔狂挥俨上司。
廉吏能安寒素日，贪官甘作骂声时。
迷金醉纸行无忌，宿柳眠花遇不赀。
反腐工程希望久，效宜见早莫推迟。

评章无错不成书，帝虎难分字迹糊。
古典龙文乖定本，丛编鱼目混明珠。
扫黄政令心虽切，曳白人群智尚疏。
树德育才关大计，总期弦诵乐三馀。

桂湖吟二首

三百年来半寡恩，忠良幸有几人存。
谥净庙号坚廷议，血染朝衣渍杖痕。
饮泣狂歌将进酒，思归远滞未招魂。
戍边换得名山业，愁见煤山帝座昏。

老桂扶疏正养秋，塘开水鉴倍清幽。
红莲过雨香痕湿，翠盖摇风倩影柔。
士处困穷难独善，天因福慧忌双修。
永昌雁断无消息，孤负名媛适状头。

望江楼纪游

竹院风梳翠影流，八年三访望江楼。

漫夸虎帐开金印，重写鸾笺咏玉钩。

茗碗碧清佳士句，花颜红避美人羞。

名园占得西川胜，不让鸳湖与莫愁。

富乐山鱼池

春水绿波泳赤鳞，俨然鱼水契君臣。

请看大小相忘处，更比濠梁乐趣真。

乳燕飞·昆明赋归慨然思古

暂别南疆土。数千年，兴亡历史，令人回顾。金马碧鸡陈迹在，多少苍黄风雨。有宋柏唐梅亲睹。少帝蒙尘僧又老，只山茶、红恋前朝树。朝市改，焕新宇。　　平芜绿软西山路。况登临、龙门身价，倍增高度。未识滇池盈盈水，深过翠湖几许。问箐竹、昙花知否？我幸探幽神健旺，览春城，陶醉群芳坞。华满月，送归去。

踏莎行

读桐荫近词两阕，爱其感时抚事，关合自然，勉赋一解。

香国春浓，邓林春小。近来竹报平安少。才鸣天籁翠摇风，何期又被东风恼。　　雪艳轻鼙，朱颜浅笑。飘茵堕溷谁能料。花开花落自年年，芳魂付与词人吊。

金缕曲 · 悼念诗友何宁归道山

代撰琴铭后。便惊传、殃生二竖，病癌磨久。怅惘红榴消息断，卧榻怎消清昼。愿天予、鹤龄松寿。检读岷峨诗几卷，载华章、字字声情茂。天不愁，促君骤。　　花潭去岁萍风绉。闰端阳、群贤觞咏，绿斟蒲酒。胜会不常劳燕别，一曲骊歌叠奏。叹落月、屋梁知否？流水高山成绝响，慨山阳、笛语长思旧。挥泪墨，痛搔首。

水龙吟 · 立春细雨如烟赋此寄远人

蒙蒙比雾还轻，帘开忽讶风吹绉。韶光大好，昨朝人日，明朝上九。曾记前时，花溪隔雨，滞归鸿后。愿新晴乍放，共寻芳约，登高会、呼莺友。　　苦咏诗拼梅瘦。寄天涯、绿杨知否？春回南国，相思难了，更拈红豆。润袅炉烟，香寒砚墨，画栏凭久。况文缘未断，暂安吟榻，望云归岫。

蝶恋花 · 本意

修到几生花里住。舞态轻盈，赚得何人顾？除却东君谁作主，萋萋芳草双飞路。　　一霎柳颦花又妒。才闰重三，不忍春归去。色相皆空无觅处，卿犹似梦曾知否？

高阳台 · 静居书室观电视故事片书慨

托古谈空，盗名欺世，伪书早乱真经。忌服雷丸，应声愈显虫灵。论传变本无休止，到今朝、加厉荧屏。事荒唐、枪口床头，情秽血腥。　　闭门虚构哗观众，尚狂言不讳，取宠忘形。黄毒文盲，合当涤垢清醒。如何字幕淆鱼鲁，读音乖、最不堪听。笑啼非、谁挽颓风，谁称明星。

卢剑予（1908—2007）

四川合江人。旧制中学毕业，任中学、专科学校教学工作四十二年。于成都市树德中学退休。有《退庐诗稿》《草草生涯》。

读沈从文散文选编

捧读沈君书，珍其泥土气。古人重泥土，后土享其祀。日月所照临，江汉所流溉。众生何芸芸，各各遂生意。亦有青云子，高标乐睥睨。肆意擅威福，染指炫滋味。攀龙索斗杓，扪天逐星纬。如何沈君笔，深情别自系。湘西一片土，处处无声泪。妻为望夫釐，夫作荷戈士。沅陵妇女多，充代男儿事。负载累锱铢，摊店列廛市。弄船皆旷夫，性命悉如寄。连山骇崔嵬，惊涛震腾沸。一夕暂温存，百骸旋粉碎。望娘滩上魂，吊脚楼头妓。情意亦缠绵，生涯邻鬼魅。噫嘻屈大夫，寂寂已长寐。焉知二千年，似此人间世。泥土复泥土，凌践岁其岁。偶尔尘埃扬，气息聊相吹。恻恻问人生，梦梦罔天视。何用诵离骚，读此湘西志。锥心应有之，一字一垂涕。

韩 干

韩干喜画马，画肉不画骨。唐世尚丰腴，将无媚其俗？衔勒装黄金，鞿辔缀珠玉。光彩耀通衢，朱楼送青目。路人趋下风，嚏涕出相续。谓可托生死？只堪事征逐。干师出曹霸，霸也往不复。缅维魏武帝，壮歌震九服。老骥不自老，羞为枥下伏；子孙虽陵夷，其诗尚可读。地下鬼犹雄，此公当一哭！

海 瑞

海公腾世誉，谁复讼其冤。诏狱一经岁，谤书传万言。何事张江陵，钩党森篱樊。天听如可塞，翻手为覆盆。误公十六载，寂寞依衡门。夕瞻北辰垣，朝迎扶桑暾。一心系饥溺，宁甘负曝暄。果然得天眷，终酬国士恩。明主克有终，贤宰不炎昆；前车若有鉴，后车焉折辕。君听湘水曲，声声啼青猿。人事有今古，未必无渊源。厚今而薄古，何以为公论。

贪 吏

昔优人为楚王歌曰：贪吏可为而不可为。今引其意而反复之，盖一唱而三叹焉。

楚相孙叔敖，子孙守贫困。负薪跋坡岭，短衣不掩胫。贪吏不可为，优戏岂为病。宵眠白玉床，昼绾专城印。一呼百夫唯，一诺千金进。天地有何知，呆杀汉扬震！悠悠身后名，付与闲评论。君不见：孔子之墙空万仞，两楹寂寞栖贤圣；燕王之台高几许，乐毅之进知隗始，廉吏下风徒悻悻。闾阎百姓曲士多，偻惶三复《南风》咏。

仙人球仙人掌之歌

仙人球、仙人掌，以拱以揖来相访。推诚许与共朝夕，勿用暮云春树系遥想。昔贤论友重三益，此球此掌得其两。直则不偏不欹守其正，谅则情高意真可与见肝脏。长与三春芳草共一碧，驰逐时宜矜好色。一抔之土大可畅生机，不向玉砌雕栏希一席。或言遍生芒刺有何用，不闻君子守身唯自重？圣言不重则不威，那许妄人狎亵辄摸弄。退休庐，小闲斋，幸然执手乐偕来。颇谓主人市隐甘朴拙，天光云影还与共徘徊。避世避人往往多憎愤，试问寿阳二子如今安在哉？君有言，我颔首，我为君歌君击缶。乐与闲闲然也否？恬静生涯谓非苟。何必魏紫姚黄羡封国，扑面红尘一日几升斗。何必望眼云天碧桃红杏花？云间往往吠苍狗。何如绿蚁红炉自己煨，月下风前共尽一樽酒。此情合与地厚天高共长久。

赠友人

一祖风怀见素心，几人古道此孤寻。
筚门从未留车辙，幽谷居然听足音。
喝月倒行惊壮语，扪天咄问是高吟。
何当为我再挥手，响振渊渊霹雳琴。

谢老友存问

喜抽心绪与君知，竟日倾心只诵诗。
老抱枯肠羞宛转，天留病妇伴吁噫。
可堪肤发怜清白，那复生平记险夷。
拍下且听凌乱响，笺头难认短长诗。

奔 狐

奔狐者，案头镇纸也，陶制。大手笔，具轮廓，不求精细而得神似，足供坐对，非徒清玩也。

曳尾奔狐太可怜，犹听大野急惊弦。
跳梁天与专城擅，列鼎人憎臭味膻。
穴处几曾工媚世，丹还未必许成仙。
退庐居士多情惯，耐得同参集灭禅。

注：苦集灭道，释氏小乘法。

题新订子年跨丑年日记册子，至丑年，余遂八十九岁矣

岁序重翻又值牛，可怜同命也含羞。
反刍颇似肠犹热，舐犊难禁泪欲流。
犁雨犁风留断梦，疑丰疑歉剩闲愁。
苍茫四望黄昏迫，还想明年是好秋。

病后二首

又与阎王斗一回，风寒感冒也成灾。
何曾海屋争筹算，未肯心肠化死灰。
有爱有憎甘自苦，疑生疑死许人猜。
阴曹尽可书功罪，底事频催归去来。

居然病起又还阳，未肯人生便散场。
比舍友邻来语笑，自家慈孝致和祥。
期颐敢忘贪长寿，望眼几希见小康。
请学尧民歌击壤，三呼万岁颂陶唐。

拾得庐

高僧古德此称呼，敢借清誉榜退庐。
取不伤廉聊拾掇，贫而无诌是功夫。
新醅蚁酒邻翁好，几落榆钱天意殊。
已乐丰年占瑞雪，寒煨榾柮自吹嘘。

解 嘲

由他笑我管闲多，那是闲多讨折磨。
也听民家呻疾苦，常疑世道有偏颇。
飘零落叶劳人叹，黯淡乡愁客子歌。
乙乙抽丝宁自恤，聊堪天网补云罗。

注：李太白诗云："落叶别树，飘零随风，客无所托，悲与此同。"今世打工者遍天下，信其然也。余光中有《乡愁》诗云："乡愁是一湾浅浅的海峡。"同此乡愁者，当不止余君一人而已。

固 穷

老死惟堪许固穷，残书一柜旧家风。

孤怀妄拟宵深月，钝凿还雕壁上龙。

小阁尚陈留客酒，微情犹系挂蓑篷。

生涯到此亦劳止，退职头陀撞甚钟。

沁园春 · 以当寿润瑞兄献辞

寿子一觞，请进片言，子意如何？是灵均恸哭，乃成涕泪；相如献赋，只算依阿。这里机关，个中消息，应在钟情为甚么。诗三百，只兴观群怨，此外无他。　　问君底事行歌？把世道人心看许多。便披肝沥胆，自甘倾吐；移宫换羽，纵意揆挲。不惯缠绵，稍嫌慷慨，夜夜星辰次第过。由他去，任时贤指点，字句磋磨。

沁园春 · 寄十一妹

念念西园，隐隐南山，一带渭河。又瓜棚架架，牵延宛宛，人家户户，语笑呵呵。女孝慈亲，翁怜病媪，不趁当年得到么？真难得，也家常话够，不怕啰唆。　　经过日月如梭。像滚滚双轮下陡坡。便东隅坐了，桑榆剩许，人怜瘦损，树叹婆娑。好在昂藏，犹多意气，看得艰危未足多。相看好，指峨眉雄秀，太白嵯峨。

注：1975年西园为受贬斥诸人所聚居，升沉未定，乃得优游自得，芥蒂都捐。斯难得矣。

金缕曲 · 为友人楼居作

倘使陈登在，问当年、上床睥睨，作么姿态？狎虎韝鹰聊两寄，输尔依违狡狯；一吕布，关何兴废。信许楼高真百尺，问高楼、矗向谁疆界？

湖海气，几钱卖？　　陈陈旧史凭沙汰。喜今朝、乾坤刷洗，换来新代。到底书生非负却，高卧无妨天外。挹化雨、临风而沛。有友来兮呼快饮，喜樽盏、总是随车载。舒望眼，地天大。

沁园春·旧作《退庐诗稿》卷一自题

甚的雕虫，屈杀刀钩，壮夫不为。问守身一世，将无尽错？劳形到老，未必全非。也有年华，尽多鬼蜮，当日何曾心念之。由他去。任飞霜促景，染鬓成丝。　　心期耐与谁知。况作意低回强赋诗。是望里云烟，风头铩羽；当前空阔，枥下长嘶。未免留情，难能遣此，脱颖毛锥聊一挥。平生事，只行间点子，纸背些儿。

沁园春·感遇

一世艰难，坎坎坷坷，欠得优游。只浮江远水，抽思渺渺，乾陵夕照，怀古悠悠。长记秦川，难忘洛邑，也笑情深岁月稠。东流水，便滔滔一逝，楚尾吴头。　　休休！涕泪难收。便长寿期颐也自羞。恸鸳鸯瓦冷，绵绵引恨，鸰原风紧，故故添愁。浊酒难浇，斑衣枉戏，生事多馀懒自谋。吟诗去，把牢骚吐了，自己风流。

沁园春·悼亡

夕夕朝朝，过了中秋，是汝生期。念生生世世，前缘未了；凄凄楚楚，往事堪悲。力尽心疲，形销骨瘦，只任心头一点痴。穷人命、但相看泪眼，没法求医。　　噫嘻忍赋分离。剩一捧寒灰一捧泥。痛凄凉鬼哭，依稀可听；衰残我老，去住难知。叵耐今宵，难消永夜，薄奠虚呈酒一卮。清露冷、便霜染红橘，怎盼魂归！

李从周（1908—　）

四川乐山人。1930年四川大学法政学院毕业后从事制盐业。新中国成立后为五通桥市工商联主任。退休前为乐山市五通桥区人大常委会副主任。

登岳阳楼三首

晓来雾满洞庭湖，隐隐君山若有无。
识得二妃幽恨在，凭栏何处望苍梧。

湘水北流去不还，九嶷云气掩重山。
只今惟有洞庭月，犹照丛筠滴泪斑。

胜迹登临意湛然，名楼名记两辉联。
难忘忧乐规箴句，千载流传仰大贤。

李伏伽（1908—2004）

四川马边人。四川大学外文系毕业。一生从事文化、教育工作，业余为文。四川省诗词学会顾问。有《涓埃集》。

知青舍

茕茕知青舍，一字列三间。土墙畸且裂，茅檐朽欲穿。知哥四五位，合住在东端。桄木搭通铺，铺长亦颇宽。可以翻筋斗，杂耍开笑颜。可以打扑克，拱猪到夜阑。中间是堂屋，炉灶杂磨盘。瓢盆锅碗盏，锄镢桶筐箪。门内遍垃圾，门外尿成滩。煮饭烧柴火，尽室烟雾漫。白日情绪恶，高卧梦邯郸。夜深恒苦饥，偷菜去前湾。清水煮一锅，聊且解肚馋。西厢一知妹，生小体质单。去家七百里，覆巢无卵完。背上黑锅重，心中积愫酸。常畏遭物议，收工早闭关。虚室有馀地，屋角砌鸡栏。鸡雏慰人意，人禽两相安。夜深鸡睡去，伏枕泪汍澜。

落实归来寄介平

七十艰虞劫后身，无端得丧总难论。
舞台世事歌还哭，春梦人间假亦真。
九曲黄河终入海，十年枯木又逢春。
平生风义兼师友，何日青山共卜邻。

史学家贺昌群先生部分骨灰返乡安置

一叶飘零出故关，周流饼远路漫漫。

青山角鼓哀时泪，黑海波澜冲发冠。

沙碛汉唐探简牍，缥缃元宋聚娬媛。

文章风概清标在，仰止高岑共式瞻。

郭沫若《甲申三百年祭》发表五十周年书感二首

义师百万向天京，大业垂成铄古今。

岂意昏昏复瞆瞆，还看攘攘又营营。

绿珠掳去藏金屋，紫绶拘来系圜圄。

四十天中浑一梦，九宫山冷对斜曛。

震波半纪感依稀，旧话重提有所思。

勃忽兴亡非运定，始终治乱在人为。

长堤蚁穴隳千里，静水沉舟误一时。

莫道三春花柳好，于无声处听秋飔。

新世相杂咏

穷 年

穷年兀兀本书生，也逐浪潮股市行。

一夕高呼我发了，狂歌躄踊泪纵横。

眼 前

要得富来挖古墓，万元富户建生坟。

悠悠世事新翻旧，冥币时兴纸美金。

夏初临·感事

消尽祁寒，春生阳谷，东风万里明霞。绿涨园林，高枝累累繁花。
流莺乳燕声哗。起九泉，久蛰龙蛇。高楼凭眺，天长水阔，芳思交加。　　恍然一梦，雾锁灯昏，城狐拱穴，社鼠穿衙。灵根听丧，营营蝇血争夸。腐朽神奇，更喧聒，野水群蛙。因循久，徙薪未早，额烂空嗟。

蝶恋花·功德林

别传禅师，湖广云梦人。明嘉靖时来峨眉山，尝于白龙洞清音阁间，手植楠木树六万九千七百七十株。每植一树，辄礼《法华经》一字。人称功德林，今尚存约百株。

翠盖幢幢张万幕，风矫龙蟠，兀立西天柱。冷雨荒烟朝复暮，尘寰历劫知无数。　　礼罢法华投锡去，留得轻阴，长把行人护。饮水思源君记取，人生合种常青树。

诉衷情·晌午收工

水田漠漠绿州微，风暖日初长。午休人倦饥渴，且卧北窗凉。　　蛛结网，鸟呼什，蝶成双。墙头翠竹，竹顶青山，山外斜阳。

菩萨蛮

霜风吹汗落禾土，收工复值潇潇雨。雨汗一身粘，身寒心更寒。　　当门鼬拱立，似向人趋谒。柴湿不成炊，烟熏双泪垂。

临江仙·除夕

裹雪惊风寒彻骨，黄昏紧扃柴门。短檐破壁室无温。空山岑寂夜，凄恻听狐鸣。　　乍忆年时樽酒绿，灯花笑靥盈盈。黄粱炊梦不须惊。冬威方凛凛，春信尚冥冥。

鹧鸪天 · 夜饮赠人

沧海回澜梦已陈，不磨名节尚坚贞。衰年已惯伤哀乐，盛世何由说怨恩。　　灯黯淡，意殷勤，且将薄酒慰劳生。疏棂雨过清辉皎，苦忆天涯几故人。

屈义林（1908—2004）

四川荣昌（今属重庆市）人。毕业于国立成都高等师范国文部、南京国立中央大学艺术系。曾任重庆国立女师学院、四川省立教育学院等校教授，四川省人民政府文史研究馆馆员。有《义林吟稿》等。

题张书旗画雁

阵阵寒云浅浅滩，当年芦苇苦盘桓。
几多塞外流离意，带与江南儿女看。

题《古柳寒鸦图》

浅水横临柳数株，荒寒唯听暮鸦呼。
樱桃凤竹今安否，写罢凄凉忆后湖。

注：南京后湖多古柳凤竹。

题《妆罢仕女图》

欲起还临鸾凤镜，妆成犹试象牙梳。
画眉婿有通天笔，何须更问入时无。

题《剑门夕照图》

天下雄关今失险，世间曲路总销魂。
凄风细雨诗情外，无限斜阳写剑门。

闻人说知名度

三代以上好名稀，逃名洗耳说由齐。
渊明逸兴归田日，司马文章入狱时。
涕泣歧途南北辙，混淆名实东西施。
纷纷夺取知名度，更贵知名是自知。

题龙透关泸州起义纪念碑二首

两江险护一关雄，铁铸泸州血染红。
独有将军能首义，敢将星火烛长空。

龙透当年乱冢多，丰碑从此树嵯峨。
大江日夜东流去，总为人民唱凯歌。

游清江故里留赠乡友

昙岩高洞卅年违，合是清江故旧稀。
叹我归来翻似客，喜君作客亦如归。
升平人聚青灯暖，肺腑深谈酒力微。
莫惜衰年明日剔，好迎春雨上春衣。

题红橙图

满山红艳脐橙霜，揖接千人拜佛场。
书画怡情三界梦，文章憎命九天香。
衰年未减登临乐，老腕偏多翰墨忙。
云顶山巅云下水，清清冽冽一泓长。

客有问诗书画之境界者，诗以答

不囿前贤不媚时，不同人处是吾师。
豪情无碍传和创，逸兴浑忘中与西。
雁影澄江天转近，莺声晓树梦回迟。
无穷妙境无穷笔，一落言诠便是痴。

蚕室二首

直书史册当朝事，不惧宫刑太史公。
自笑平庸年九五，空留蚕室过三冬。

九死犹馀半缕命，一生如见万花筒。
群仙梦里多情甚，曼舞轻歌慰病翁。

注：余病前列腺癌，医院为作手术。

病榻吟

古今同叹逝如斯，病榻悠悠转费词。
妙手回春逢绝症，隆情似海尽交期。
诗留讹本难重订，画剩亲图待更题。
深愧蹉跎临上寿，了无毫末答明时。

浣溪沙·答谢程千帆尊兄三寄《涉江词》

采得芙蓉寄所思，江波浩渺草迷离。人间难遇两心知。　　蜀道闻鹃
红泪句，江南失伴白头时。几回肠断涉江词！

黄稚荃（1908—1993）

女，又名黄先泽，号杜邻。生于四川江安县水清乡。早年毕业于成都高等师范，后入北京师范大学研究院，受教于黄节（晦闻）。曾任国民政府国史馆纂修、立法委员、四川大学文学院教授等职。新中国成立后，曾任四川省政协常委、中华诗词学会顾问。有《杜诗札记》《杜邻存稿》等。

明孝陵

天下龙蟠胜，人间玉匣藏。百灵排卤簿，众像备冠裳。苔鲜横阶砌，松楸隐殿廊。虚檐巢蝙蝠，废瓦堕鸳鸯。大隧行幽阒，明楼览碧苍。英雄兴草昧，华夏拯沦亡。扫荡胡尘净，揩磨日月光。版图尊禹域，文德被遐荒。礼乐追周汉，讴歌媲宋唐。山林长寂寂，神武永堂堂。今者天仍醉，穷瀛寇正狂。妖星逼南斗，兵气动欃枪。退鹢知时变，瞻乌实自伤。酣歌多马阮，定乱念徐常。不尽园葵感，长怀国运康。通天空有表，怊怅对斜阳。

瀛台行

瀛台三月东风冷，柳䑏柔条花堕粉。中有沉冤帝子魂，星移物换犹凄哽。中原积弱夷寇边，安危廷议动天颜。防川决堵穷当变，夜虚前席接群贤。垂帘豫政愁尧母，远追汉雉比唐鹉。菜市衣冠碧血腥，明堂天子成孤虏。蓬壶方丈渡不得，一身何有限清切。海外孤臣信息稀，传餐中使私太息。已知国是今已矣，塞默低头更无语。眼见危亡随播迁，佯愚贲志生犹死。只今清社作蒿莱，幽思有客访瀛台。烟锁长堤波森森，云开楼观高崔嵬。白头老监还相指，此室昔曾居帝子。绿纱已灭幺凤纹，朱尘犹识延年字。低回怊怅意屏营，金床玉几苦忧生。人间错认神仙界，终古难消怨毒情。日暮台前有啼鸟，长廊暗影心魂悄。北渚微风动芷兰，古城春色看看老。

太白楼

长庚仙人本仙骨，咳唾九天生珠玉。振衣一别香炉峰，苍黄竟堕浔阳狱。远从蛮徼赐刀环，归来却爱谢家山。姑溪扬子好风日，东梁西梁双玉鬟。每寻菌阁当时路，明月清风共来去。酒边横目倒接篱，醉后高吟动平楚。开元旧事漫垂论，簪笏难羁江海情。长星堕地三千年，顿使溪山获重名。慈姥矶头烟树碧，燃犀亭下春潮急。白也祠堂百尺楼，千古风流尚横溢。人生当作鲲鹏游，肯与鷃雀同啁啾。古今代谢一俯仰，安能出入长忧愁。我来登高倚瑶馆，酒魂诗魂招不返。大江浩荡自东流，坐看青山日晼晚。

友人寄赠杜邻石章二方诗以为谢

天宝诗人锦水滨，诛茅近之榜杜邻。天末故人有佳兴，劂冻锼琼远相赠。分明篆出小园名，入手喜欢冠平生。试钤纸尾生颜色，锦裹檀装重护惜。曹侯并世推贤豪，江南塞北提风骚。悠悠布政夜郎道，下车先表巢经巢。我生不乐尘鞿绊，嚼徵含商弄柔翰。误挝布鼓向雷门，以此华予增愧叹。百花潭北杜老庄，云中万古星光芒。直继楚骚追风雅，群流争效徒张皇。平生爱读杜老篇，买邻何惜万千钱。望里江流仍脉脉，分来翠竹故娟娟。到此凡襟应入圣，不计功名为世病。我吟既愧杜老邻，我书敢用曹侯印。惨淡乾坤秋色悲，万方多难此栖迟。愁读杜诗探凤髓，萧条异代不同时。黄叶走阶丛菊瘦，却对瑶华排僝僽。安得名山绝业成，好同此石千秋寿。

扶桑砚歌

扶桑一砚如瓠子，割云切玉青且紫。得意曾颂太和魂，败降持售金陵市。张子得之以见贻，谓雪中华百年耻。蓄墨不胶受墨腻，载笔兰台时相倚。压得归装上峡船，回头吴蜀五千里。天魔劫中文物尽，此砚独存良有以。晴窗广案日相对，令我如温受降史。病来无力强拈毫，忍教涸尽砚池水。沧海扬尘石尚坚，日月奔轮人老矣。断烂诗书不厌披，偃蹇栖迟浣花里。昨朝喜得金陵书，张子相存今尚尔。

旧蓄鹦鹉脱链飞失怅然赋此二首

西域生灵鸟，咬咬有丽容。
莲花诵秋月，杨柳话春风。
红豆犹馀粒，绿衣竟杳踪。
尖寒消受日，惆怅旧帘栊。

岂无羁旅憾，敛羽怨途穷。
噩梦惊初说，绦镟怅已空。
但能归陇上，何必贮笼中。
好作贝多诵，虞罗免再逢。

寄晦闻师二首

长安棋局望生愁，忽忽芳春已素秋。
愿守藜床困辽海，不堪霜露悯宗周。
六朝词苑尊颜谢，两汉经筵数郑刘。
回首龙津风浪远，空堂听雨动离忧。

未作东平西靡枝，手拈香瓣寄遥思。
他乡滞病缄愁日，客里衔恩食德时。
讵有文章干贺监，差无鄙吝愧牛医。
关山直北烟尘暗，问字何年到绛帷。

当涂望夫石

化石望夫处，有情合断肠。

吴天高不极，楚水青茫茫。

块独经风雨，贞坚阅海桑。

行人亦何意，掉臂即相忘。

牛渚矶怀古

几人名士几英雄，天畔蛾眉蹙两弓。

扬子波光遥裔去，谢家山色有无中。

朱衣赤帻惊幽渚，白纻新词唱恼公。

欲效袁生作高咏，苍茫古意付江枫。

丁丑秋避寇还蜀杂诗十四首（录十）

佳丽南朝地，偏安不可求。

风掀黄海浪，兵逼白门秋。

未觉还家乐，翻成避地忧。

覆巢悲累卵，何处足淹留。

送者临崖返，茫茫此过江。

人声喧急濑，岚翠到篷窗。

海曲频传檄，孤城讵可降。

如何临巨变，先上木兰艭。

天地扁舟窄，凄凉八月槎。

荒墟馀废垒，古树有归鸦。

江水湛湛际，寒芦瑟瑟花。

离心杂孤愤，日暮怅天涯。

不改庐山面，屏风九扇开。
名区藏霸略，济世盼雄才。
陶白高踪远，金张避暑回。
扁舟西溯日，谁识客心哀。

晚餐人散后，斗室影伶俜。
引睡书抛枕，搴帷风过棂。
电灯光玓珠，江水夜泠泠。
鼻息鼾邻榻，长宵感独醒。

飞蓬随意栌，那怯晓寒侵。
浓雾藏初日，晨风郁茂林。
隔江村犬吠，鼓棹水龙吟。
一舸微茫里，炊烟上远岑。

三镇富刀钱，青楼自管弦。
西投宁乐土，东望尽烽烟。
坐虑严城警，不逢上峡船。
提携愁众稚，留滞楚江边。

何处招黄鹤，三千客路赊。
美人遗玉佩，仙子弄梅花。
木叶辞江树，萍风动水涯。
悠悠望天际，云我共无家。

落日大江滨，行吟念逐臣。
离忧今不遣，忠爱古无伦。

绁马临风急，滋兰佩芷身。
沉哀楚人语，三户可亡秦。

束江峰似巷，偃蹇望中迷。
白日行山鬼，阴岩响怪鸱。
居人邻鸟兽，石隙见茅茨。
庸蜀矜天险，安危倘在兹。

独游玄武湖

雨馀湖上味秋凉，迥溯蒹葭水一方。
剩有心情似丁令，输将颦笑共船孃。
花边楼阁今谁主，柳外烟波又夕阳。
莫向楸枰问遗劫，钟山无语送齐梁。

武昌阻雪独游黄鹤楼

银装城郭静如喑，江冷鱼龙窟宅深。
千里峰峦群玉积，四围栏盾朔风侵。
难舒黄鹄云中翼，摧绝朱弦汉上琴。
独对长空看雪舞，寂寥天地寂寥心。

北碚雨夜

群山如墨夜迢迢，暂息烦忧味寂寥。
灯有馀明照四壁，雨无停响彻中宵。
老亲念远情怀苦，稚子憨眠睡态娇。
敢怨劳生负慈孝，人间何处不风涛。

书李义山诗后十首（录八）

一往深情注笔端，楚骚兰芷溯波澜。
西昆撷拾曾何似，温李同称恐未安。

大笔为诗起杜韩，开成诗史数樊南。
偏怜锦瑟佳人者，未向骊龙颔下探。

峡猿哀雁郁奇文，地迥天高更不闻。
捡遍中唐才士集，更谁哀感到刘蕡。

皇都喋血遍横尸，此日唐家事可知。
罪太无名冤太酷，独将孤愤寄危词。

吟到无题事有无，诸家笺释颇嫌迂。
人生哀乐知多少，那得篇篇怨令狐。

楚云巴雨怅淹留，朋党中朝怨未休。
若向千秋论功罪，不妨同坐李崖州。

锦瑟非难索解人，一经穿凿便离真。
如烟似梦平生事，自抚年华自怆神。

卧疾高楼易岁时，深思熟读玉溪诗。
人间度量多相越，千载探微岂尽知。

茂陵已无司马相如卓文君遗迹三首

史称司马相如家居茂陵，武帝以相如病甚，命人取其书。相如已死，其妻曰：长卿固未尝有书也，时时著书，人又取去，即空居。想见相如、文君之高致。丙寅秋过茂陵，遗迹不可访，诗以志之。

> 谕蜀归来倦宦情，衡门偕隐傲公卿。
> 春风鬒影朱弦畔，千仞翱翔有凤声。
>
> 相如无书只著书，书成人取即空居。
> 千秋留得文君语，深致高情两不殊。
>
> 信是人间有凤凰，早辞武帝况梁王。
> 茂陵石井今何在，望极秋原草不芳。

隆 莲 （1909—2006）

　　女，祖籍乐山，二十二岁时到成都参加四川省培训县长、区长的县训班，获第一名，成为省府第一位女文官。不久，弃官。受菩萨戒为居士，昌园法师为隆莲举行皈依仪式，法名隆净。1955年增选为中国佛协理事。参与撰写《佛教百科全书》中国部分条目。四川省诗词学会顾问。

朴老九秩寿辰，献诗四章，用陈秉之先生原韵

　　　　　　海上当年劫火场，胼胝护法早升堂。
　　　　　　病中偶读虚公传，略见维摩行脚乡。
　　注：《虚云和尚年谱》具载赵朴老护法事。

　　　　　　风雅慈悲并一肩，书坛更仰墨花妍。
　　　　　　许身稷契儒犹佛，恺悌能赓三百篇。

　　　　　　岂同厉鹗仅词名，言业言功孰可伦。
　　　　　　若识普贤无尽意，仙凡能辨古今人。
　　注：朴老斋名无尽意，与厉樊榭斋名相同。

　　　　　　共知黄许世无双，道德文章日月长。
　　　　　　欲奉寒梅遥颂寿，蜀山千里致馨香。
　　注：黄，黄香；许，许慎。

朴初会长灵右

当代宗师，木坏山颓。长星遽陨，缁素咸悲。献身佛教，誓志靡回。七十馀载，震旦扬辉。兴寺弘法，振敝扶危。丛林处处，松柏芳菲。世界和平，奔走匡维。慈祥恺悌，无亢无卑。刊经印籍，业绩崔嵬。宏扬文化，广见丰碑。雄文伟论，妙理精微。竞珍墨宝，大笔勤挥。僧材后继，擘划护培。禅净并举，显密同恢。吾蜀尼院，首赖详规。于今六届，绿树成围。夙承嘉诲，屡挹清徽。关怀提掖，杖履曾随。乍传噩讯，如响惊雷。江河呜咽，砥柱今隳。群伦安仰，五内如摧。哲人永逝，箕尾难追。燕京远望，拜祭空违。心香一瓣，泣荐灵帏。

奉和孔凡章先生甲戌年迎春曲

诗旨宜人品亦高，漫将明鉴察秋毫。
但祈禹甸盈嘉谷，何逊绥山觅异桃。
鼓吹升平歌击壤，行吟枯槁让离骚。
献之妙语谈生死，莫谓微官似马曹。

哀四弟秉安

杏花空折上林枝，其奈风寒雨亦凄。
数米量薪三载急，牵萝补屋一巢危。
醉乡半世家何处，苦酒千卮死不辞。
玉碎珠沉谁管得，仓皇手足坠楼时。

峨眉山金顶华藏寺落成

西南一柱峙神州，苍翠浮空静不流。
双扫黛痕天地秀，半轮玉魄古今秋。

至人大愿恒无尽，游子归心志必酬。
华藏庄严恢净土，天龙万棋护金瓯。

戊子秋谒杨升庵祠

剥落丹青杖血痕，是非功罪有谁论。
虎狼暴政千年毒，犬马孤臣九死冤。
桂树有情环废沼，荷衣无主发荒园。
村翁不识南迁客，只向祠堂看状元。

咏装订女工

荏弱休言百不胜，人挥铁臂子挥针。
凿穿太古鸿蒙窍，联络寰球亿兆心。
三绝韦编何足虑，万篇胝手尚能勤。
涓埃凭仗东风力，也向高峰泰岱行。

百字令·为草堂纪念馆作

草堂今日，何处觅、破碎秋风茅屋。笼竹柏林精点染，粉砌朱栏新
簇。万本传抄，八荒重译，插架三千轴。集贤如堵，遗编竞挹芬馥。

回忆文彩当年，中书落笔，何补穷途哭。一事算公输我辈，及见龙蛇
起陆。广厦万间，眼前突兀，谁复歌同谷。偃师抔土，只今直已瞑目。

注：杜甫归葬于偃师县，见唐书文苑传。

王云凡 (1909—1978)

　　四川天全人。早岁以文才名世，游学日本，归国后一直从事文化工作。1937年参与发起成立全国文化界抗敌救亡协会，为最先签名者之一。致力于文宣工作，并在战后参加反蒋民主斗争，新中国成立后，长期受聘为湖北省文史馆员。长于诗词、书法、考古，著述颇丰。

忆成都少城故居

芙蓉池上起轻雷，梅子黄时更举杯。
一自江南断肠后，至今无有贺方回。

言上海者必及外滩

负手行吟只自难，潘江陆海呕心肝。
春申浦上哦诗处，别有深情记外滩。

哀聂耳海难

楚客魂归唱九歌，曲成大路万人过。
伤心神奈川中水，海上流光照汨罗。

论诗绝句（录五）

张若虚
月华海上共潮生，潮水春江连海平。
好句千秋谁拟得，春江花月夜深沉。

王昌龄

独携汉月出秦关，百二崔嵬憨不还。
忽见春闺怨杨柳，教人肠断望夫山。

高 适

暮云初晴雁阵翔，壮歌慷慨正当行。
论交李杜成知己，人日题诗寄草堂。

王安石

两山排闼送青归，暝色春悉霍画帏。
不是临川王介甫，何人解得汉明妃。

陆 游

曾是惊鸿照影来，庐江小吏见君才。
伤心桥下春波绿，酥手黄藤荐夜台。

自题《论诗绝句九百首》

良臣谆嘱断吟篇，暗自思存怕呕肝。
余生得为哦诗死，已过通眉四十年。

借人词句写心声，獭祭文鱼字作烹。
彩凤鸣鹃金翡翠，寒机夜夜费经营。

虎头岩刘园樱花

海棠红上虎岩巅，回首樱花十丈妍。
东国娇娆怜委顿，中原戎马尚烽烟。
托根物偶同力梦，暂醉何须挂杖钱。
道是猖狂犹自累，但能荷锸未通禅。

秋兴八首（录二）　1949

星桥十二拥桤林，麦气秋坰尚郁森。
大地兵戈销国运，一天云雾压城阴。
但争三界红尘事，谁发寻常赤子心。
割尽蚕绵裁几尺，将焉用汝捣衣砧。

淝水功高一局棋，风声鹤唳几人悲。
中原将帅归何日，海内苍生望此时。
划地不同神鬼助，挥空应有电波驰。
苻秦朝断投鞭志，还卧东山起梦思。

东坡生日值北京解放纪念为诗寄谢、马、何三老

介甫犹称咏雪诗，尖杈选韵胜当时。
黄州作赋平生事，银海嘉名若个知。
畴昔汴梁输一注，祇今幽蓟贺千祺。
骚坛举国尊三老，分得瓣香奉楚祠。

史编会与参事室同有东湖之游，因在菊展会中口占

陶潜荒径谢招邀，懒向狙公问暮朝。
老去郢中歌白雪，兴来湖上听秋涛。
两开丛菊杜陵泪，一片芦花吴相潮。
风景不殊人暗换，诗情欲赋晚云烧。

岳阳夜游

黄陵初负木兰舟，眉月三分绊客愁。
酒圣诗豪休独漉，狂朋侠侣真同游。

香尘轻染浪遣步，白袷豪微翻照篝。

醉里川湘人不识，朗吟登上岳阳楼。

东湖杂咏（录一）

长天楼

秋水长天照此楼，谁家亭馆任悠游。

滕王蛱蝶征夫泪，野寺桃花怨女愁。

江南江北云梦泽，楚咻楚些赋离忧。

落霞孤鹜齐飞处，灿烂韶华万古留。

有怀大千

长髯张郎应无恙，倾城消息隔重洋。

论交几辈托毫素，把臂相期过草堂。

十二桥边成独往，八千里外转投荒。

罨画溪头一惆怅，秋山红树任苍凉。

贺新郎·独酌秦淮河船房

落霭分凉热，送几番杏花微雨，小楼吹笛。人在江南佳丽地，未有哀鹃啼血。听昨夜行云俱遏，舣棹天涯巴蜀客。见吴头楚尾浪花白。情泛泛，意凄恻。　　衣行鬟影芳时节，望隋堤，牙樯锦缆，杨琼销歇。京口瓜洲盈盈水，指点扁舟叶叶。挡住了青山一发。燕子衔泥归计好，但莫衔红泪胭脂血。休上我，小浮宅。

壶中天·秣陵怀古

碧天无际、送斜阳芳草，城头吹角。泪浪渊渊揾不住，有梦都成惊噩。铁锁千寻，寒鸦万点，庙貌祠云鑿。舣枻乌桕，鸟声叮咚啄剥。　　放眼翠柏苍松，神州禹甸，奕世邀盟约。名士过江挥麈尾，待放乡关梅萼。虎踞东吴，潮生北固，鼎铸成三国。一笑江横，前朝飞燕能说。

柳梢青 · 和无量题残荷

柳下青阳，湖波万顷，水佩风裳。十里扬州，三生杜牧，禅智山光。　　残绡泪湿红装。梦回处，翻愁断肠。一寸相思，百般哀怨，锦瑟年芳。

浣溪沙 · 云查、孝刚、旭初、晓石玄武湖联吟

草长莺飞梦此生，青帘白舫咏诗人。两钩罗袜碾轻尘。　　长映黛鬟知有夏，薄垂蝉翼已无春。江南十载证前因。

小梅花 · 和大壮波外乐章

千山雪，长城月，铜仙辞汉金茎缺。雁足明，马蹄惊，夜阑无梦，春草杂花生。葡萄美酒胡姬舞，红柳乌孙驼铃雨。霍将军，望归云。惟报渔阳鼙鼓战书闻。　　楼兰远，汉恩浅，千愁万醉都忘返。金泉刀，宝弓弢，活生花里直驾五陵豪。黄尘复道谁家子，丙夜微醺甘泉水。掷长筹，倒金瓯，兰沼翡翠不复下延秋。

步月 · 与大壮、云查夜饮仁泉山馆

剪取巴云，镂空关月，三川名胜属君。鞭丝灯影，红紫度芳春。听飞瀑岩头溅溅，似华台泷泻东瀛。还思饮，湘帘不卷，索酒向红裙。　　开尊。指远村渔火，几个归人。半潭烟霭，欸乃一篙声。甚蜿蜒、巴江学字，到瞿塘总是黄昏。寒香馆，青山白发望嘉陵。

东风第一枝·东湖之游

鸟唤春归，鱼吹浪起，东风绿染门户。醉吟鄂渚桥边，绝胜邯郸学步。红颜鹤发，竟惹动探幽绪。有垂袖车驭欣然，驶过大江而去。　　今日香尘软雾。明日报惊雷骤雨。爱他助美天公，携我耄龄伴侣。屈原吟馆，把画本商量精取。更指点九女墩前，钞写宋何题句。

万年欢·长江大桥通车记盛

莽荡平原，渡头招国魂，犹染殷血。卷起茫茫烟水，几千年月。解放红旗插遍，未容汝，大江横绝。地舆上，图案标新，顿教群吠都歇。　　算来几多俊杰，在疆场折戟，沙丘埋骨。百战而还，祇有太平人物。曾向江心跨过，竟先写光荣篇页。如今是，碧落行车，创开历史轮辙。

念奴娇·大桥上作

长江万里，几千年、无改南天方物。楚国山川多禹庙，呵向灵均残壁。筚路蓝缕，高城对峙，洒上夔巫雪。霸图销尽，孙刘谁是人杰。　　犹记北伐功成，遽分宁汉，只为浮云发。独有英雄驱虎豹，终把狂澜湮灭。六亿神州，竞弹帝虎，一缕千钧发。金陵春梦，白云苍狗岁月。

桃源忆故人·题海庵忆故人巴金诗卷

华阳黑水梁州路，闻道不如归去。落尽桃花红雨，锦里真天府。　　甘棠召伯人何处，传说端明物故。织得春蚕缣素，到死为君吐。

注：1977年吴丈蜀与王云凡等巴金旧友，因传闻巴金去世，各撰悼诗，后闻系误传，即拟销除此事，为巴老所知，坚持索要，只好装裱送去，遂成一段文坛逸事。

邓崇本（1910— ）

四川内江人。原内江县民建公社医院医生。

蜀山谣

群山东走攒巴蜀，万壑千岩竞追逐。历落奇峰高插天，嵯峨相向巍然矗。我生万山中，烟峦常在目。天堑雄关叠作城，锦屏画障森如轴。剑阁峥嵘根峙雄，巫山岌巢峰峦簇。岷峨西望郁崔嵬，突兀巴山绝羁束。中有零星百万峰，峰峰挺秀撑鳌足。萦纡磴道凌峻航，烂漫山花满岩谷。澄潭大壑不可窥，绝壁千寻挂飞瀑。峰头野鹤唳云中，俯瞰清川流碧玉。锦江春色天下无，浦溆萦洄映寒绿。从古骚人题咏多，只觉山山水水都芳馥。山川毓灵秀，间世出名宿。显晦各有时，穷通焉用卜。李白曾歌蜀道难，白头梦断匡山麓。都亭入梦题桥客，犹向临邛充隶仆。远戍滇边迁谪人，踏歌放浪伤穷蹇。眉州城西纱縠行，春梦婆前空局促。古来贤哲且如斯，下此区区更谁属。古人日以远，奸宄犹滋伏。军阀专横据高位，豪门歌笑千村哭。山川满眼尽疮痍，豺虎磨牙食人肉。世乱起英豪，冲薄有鸿鹄。蜀中豪杰应时生，浴血沙场争逐鹿。朱公佽佽人中龙，指挥若定失颇牧。戎马仓黄战格雄，辛勤涤荡千年毒。桓桓遗直陈将军，满腹韬钤如韫椟。逼人英气莫敢当，瑜瑾在怀诗在簏。赫赫刘公握策奇，似抱阴符曾默读。只眼能窥造化权，金戈铁马功谁续。就中更有英雄人，半死半生遭屈辱。锄奸拨乱洗沉冤，泽被九泉恩愈笃。海山历历吐光芒，老辈风流增感触。岿然勋业照千秋，史笔昭昭垂简牍。山水钟灵会蜀州，要令版籍新如沐。我歌蜀山谣，中心常肃肃。但愿当代群公寿恺增，一杯遥向东风祝，我能默默挥毫谱新曲。

早春即事三首

豆蔻春风二月初，小园花事复何如。
樱桃未熟芭蕉冷，嫩绿妖红绕故居。

楼头疏雨欲浇花，屋角柔桑渐努芽。
别是一翻新气息，芭蕉攒绿上窗纱。

小楼春暖雪初融，芳树含葩曲槛中。
人说今年风信早，举头惊见杏花红。

冯建吴（1910—1989）

字太虞，别字游。四川仁寿人。四川美术学院教授，曾任四川省诗书画院副院长。

题画《苍山洱海图》

朝阳未出雪山红，照得征帆过海东。
欲掣鲸鲵拓堂庑，直倾天地入舟篷。
大鹏境界波澜阔，泰岳圭棱气势雄。
剪取望夫云一段，几多墨沈湿鸿蒙。

岁暮书怀二首

斗转阳回积雪融，九州生气撼华嵩。
头颅白误机关事，花朵红贪造化功。
位显却惭才短缺，年衰恰遇国兴隆。
荣枯不似晨烟逝，彩绘新图兴未穷。

幸未同遭鼎鬲烹，还魂鹤老更思鸣。
好年难遇偏多挠，恶事无关总不平。
医国方忧民计活，养疴愁戒世怀萦。
闲时惯喜邮书至，鼓我扬芬四海情。

汤炳正（1910—1998）

字景麟，室名渊研楼，山东荣成人。语言学家、楚辞学专家。1935年大学毕业，考入苏州章氏国学讲习会研究班，受业于章太炎先生，章先生称其为"承继绝学唯一有望之人"。生前为四川师范大学教授、中国屈原学会会长。有《屈赋新探》《楚辞类稿》《渊研楼屈学存稿》等。

彩云曲

赵彩云即赛金花，清末名妓也。仙槎随使，名扬海外。联军入侵，事涉邦交。今也已醒蝶梦，久矣寄迹燕都。落花入溷，伤生前薄命。焚香礼佛，忏来世尘缘。仆栖迟衡门，沉吟斗室。一事无成，虚度廿载光阴。三生有幸，得识前朝风月。偶经造访，辄深感慨。欲写绝代佳人，愧无传神妙笔。况樊老载歌于前，巴君复赓于后。自知刻鹄似鹜，难免狗尾续貂。然白头商女，既肯重诉身世。青衫司马，何妨再谱琵琶。爰就询访所及，谨缀鄙俚之词。

虎丘山下昌亭畔，绿杨一带绕曲岸。曲岸深处有人家，楼阁参差落天半。中有一女字彩云，云鬟半剪梨花面。十三向人娇解语，十四能弹金缕曲。十五对镜学新妆，飘飘欲作霓裳舞。门前小立惯含羞，情丝一缕无觅处。一时艳名南北传，萧家巷里花无主。见说花好难护持，春风偏折出墙枝。自古红颜命如叶，娇娆稚憨复何知。檀板金樽将进酒，华灯待宴绮罗筵。苏门名士噪洪郎，凌云才思世无双。一度相逢两倾倒，燕语呢喃玳瑁梁。屧响长廊筑金屋，花生妙笔喜催妆。从此江南无限春，春光一半属侯门。珠帘暮卷西山雨，画栋朝飞南浦云。朝朝暮暮高唐梦，只解欢笑那解颦。忽闻玉旨来天上，重洋远渡弥烟瘴。朱颜有幸得相随，楼船掩映鸳鸯帐。蒙眬睡脸晕带霞，依稀翠袖花翻浪。到来海外讵萧索，共诩美人云中

落。六幅湘裙廿四铃，粉鞋步步生莲朵。暂向柏林筑香巢，四时佳木蔚楼
阁。皇后折节见提携，蛾眉意气五云齐。当朝拜谒俾斯麦，军门结识瓦德
西。樱唇巧擅西戎语，黄手妙佐东国炊。葡萄酒美日交宴，杯盘狼藉晓乌
啼。啼鸟惊破仙槎梦，长风骇浪还相送。去时山河犹依然，归来国事渐堪
痛。兵部印缓承天官，哀哉国士摧梁栋。鬐海狂澜卷地起，琵琶有泪空掩
泣。金谷绿珠曾坠楼，争奈碧玉年华惜。妆台冷落钿钗残，燕子飞去尚书
第。重扫眉黛落风尘，梦兰小字耀春申。春申江上保康里，五陵车马看花
人。苏小门前春意闹，薛涛井畔月满樽。花开花落无南北，邯郸旧梦绕燕
津。北国金花张艳帜，一度缠头百万金。震天炮火响如雷，八国联军海上
来。正阳雉堞翻断瓦，长安门巷飞劫灰。车马辚辚两宫去，惊鸿谁闻万黎
哀。哀声直上彻霄汉，朝臣相顾鸟兽散。联军统帅瓦德西，等闲识得春风
面。如何中华无男儿，红妆宛转叩马谏。海国魑魅毒似蛇，貔貅万灶霜龇
敛。议和破裂费殷勤，挺身游说克夫人。仗马寒蝉嗫无语，满朝朱紫愧王
臣。莺声独啭三春树，樽俎折冲靖胡尘。烽烟消散联军去，瓦帅临别期再
遇。海上未见青鸟来，约爽三生成鬼蜮。萍踪南北繁华薮，太液芙蓉白门
柳。芙蓉零落柳飘飞，老大依人奉巾帚。谁知落花难归根，歌残薤露复分
首。香屏梦醒色相空，故都蛰居室如斗。斗室阴阴色似铁，携友投刺共访
谒。莓苔小院绕短墙，葡萄满架珍珠缀。老态龙钟喜逢迎，双鬟隐约昆仑
雪。宫眉犹带旧时痕，莺喉堪想当年舌。含情凝睇说平生，如泣如诉声幽
咽。同人相顾悄无言，窗前飒飒秋风烈。长白山头烽火红，鸭绿江上阵云
黑。呜呼国难正堪忧，谁拯灾黎收东北。

注：原载1935年1月16日《大公报》。序中"巴君复赓于后"句，指巴人
《彩云曲》，见1932年4月22日《大公报》。

东山橘花盛开吟《橘颂》抒怀

梨花无色桃无香，春去天涯莫断肠。
绝爱东山千树橘，秋来圆果有文章。

蜀中怀乡

故乡久别事茫茫，场圃桑麻忆断肠。
一抹炊烟添画笔，几声渔唱见归航。
山门红叶珊瑚树，海国青鳞莫邪光。
毕竟蜀中景物异，竹风蕉雨送秋忙。

川北春望

几经颠沛暂栖身，客到蜀中第一春。
屐齿留痕知足健，夹衫飘影觉身轻。
菜花十里金成海，山色千重翠作屏。
不是剑南无胜事，雄关险栈费逡巡。

东郊秋游

秋来野菊遍山郊，曲径崇丘入望遥。
双鬓早凋馀健步，重阳已过补登高。
藤蟠古店花装壁，木卧清溪树架桥。
细竹绕村添雅兴，归来著句费推敲。

重九祝芷云六十二岁寿辰

肥鸭青蒌又举觞，寿辰时节逢重阳。
病多恰似千年鹤，食少应留百岁粮。
曳杖郊行忘路远，挑灯夜话爱更长。
相随卅载尝甘苦，莫负东篱晚菊香。

七十自寿寄姚奠中君

七十古稀今不稀，树人原是百年期。
劫馀试笔翻成拙，病里贪书仍似饥。
学圃岂缘无大志，爱庐殊觉负明时。
村村腊鼓催春到，折却驿梅寄所思。

屈原故里秭归怀古

为寻屈里到江村，一叶轻舟出峡门。
野渡谁人闻鼓枻，滩声终古奏招魂。
贬骚枉自留班序，草宪何辜放楚臣。
一自汨罗归去后，千秋功罪费评论。

赏梅忆旧

任他讥笑酿成灾，对景依然骋旧怀。
明月只看八分满，梅花喜赏半枝开。

甲子夏居

莫道锦城非故乡，东山卅载且徜徉。
长空雨过云烟净，大壑风来草木香。
半世生涯吟屈宋，小楼岁月胜羲皇。
生平未展经纶志，白首甘为著作郎。

梅晓初（1910—2001）

四川内江人。内江一中教师。退休后任市老年书画研究会副会长、市政协委员。曾任市文联副主席、书画函大教师及内江书画院顾问。

鲁迅故居三首

蜗庐虎尾世咸钦，独向幽斋叩国魂。
酸枣刺空秋夜迥，热风野草刻心痕。

鸟声仿佛唤嵇康，小院阴阴秋气凉。
庭树也知人世改，紫丁香对白丁香。

板床藤箧倚南窗，漫画骚联墨发光。
谁解一枝金不换，锋芒如戟战文场。

北京访老舍故居不果

斜阳古道访京弄，十扣衡门九答非。
只有新楼无老舍，太平湖畔问湘纍。

西湖岳路近已斗蟋蟀成风，有一掷千金者

半闲堂下草如烟，蟋蟀哀鸣欲曙天。
讵知千载人间换，金盆虫斗万人看。

猴 戏

铜锣几棒调声悠，冠戴居然效列侯。
假面落时真面出，帝王将相一鞭抽。

小游苏轼黄州二赋堂车上口占三首

黄州说鬼与谈禅，二赋长留天地间。
明月清风收拾去，人生到处有青山。

乡梦寥寥灯烛残，坡仙遗迹满人寰。
他年元祐重修史，野语齐东未忍删。

旷代奇才草不如，乌台诗案更糊涂。
断云零雨黄州路，浩浩江声似哭苏。

倦 游

竹杖支身到处家，出门一笑即天涯。
九衢车马纷拿甚，心随明月上三巴。

哲儿过鹧鸪山写寄

万里临边壮志殊，云崖壁立望模糊。
车如蝇点人如蚁，莫倚冰峰听鹧鸪。

北碚数帆楼

嘉陵水落去帆空，楼占佳名诗思浓。
斜日苍黄松影乱，缙云山色有无中。

张爱萍（1910—2003）

四川达州人。1928年加入中国共产党。1929年参加中国工农红军，并参加了长征。抗日战争时期，任新四军第四师师长兼淮北军区司令员。解放战争时期，任第三野战军前敌委员会委员。新中国成立后，任国务委员兼国防部部长，是现代国防科技建设的领导人之一。1955年被授予上将军衔。

堵　敌　1935

金沙浪激追兵来，穿越枪林攀石崖。
火焰山前布奇阵，笑贼徒收烂草鞋。

注：写于长征途中。

仄调南乡子·急于归去　1947

漫天飞白雪，茫茫大地音尘绝。脑伤异地就医忙，北国，暝暝长夜梦千叠。　　南天见曙色，疾风强劲扫枯叶。望穿烽火满神州，透彻，欲归速去捣狼穴。

注：时作者在苏联伏罗希洛夫城养病。

清平乐·我国首次原子弹爆炸成功　1964

东风起舞，壮志千军鼓。苦斗百年今复主，试看英雄伏虎。　　霞天喷射云空，飞腾万丈长龙。霹雳轰鸣宇宙，全球悚听洪钟。

注：写于戈壁滩。

郑大谟 (1910—1984)

字功禹，四川蓬安人。1942年四川大学中文系毕业。曾任蓬安县女子中学教导主任、蓬安兴华中学国文教员。新中国成立后，曾任蓬安县文教科长。继而先后在岳池师范、南部中学、南部县建兴中学任教。"文化大革命"中下放农村劳动改造。1978年后重新走上讲台，随后在南部县政协文史委员会工作至退休。

新 月

天上微微月，户外淡淡风。
山形明暗下，树影有无中。
岁大休悲老，囊空不叹穷。
团圆当自足，何惧缺如弓。

梦游龙角山

飞峙嘉江何处山，峥嵘龙角古时传。
千军万马齐俯伏，三殿一楼尚巍然。
幽韵斜阳来牛渚，彩霞晓日接渔篮。
此生只谓绝登览，犹得依稀梦里还。

注：龙角山位于蓬安县城周口镇西北、嘉陵江东岸。

食 鸡

备战备荒肉食稀，一家大小座围齐。

三杯淡白高粱酒，两碗红烧芋子鸡。

为己贪多愚手足，互相劝食老夫妻。

孙玲爱啃双肥肋，说比头胸好吃些。

注：1969年作，以下作于同一时期。

梦醒口占

上课恍如昨，改文兴亦豪。

事与愿违久，空有梦魂劳。

远　望

池树清如洗，远山翠欲流。

夕阳天外落，好景古树头。

雨天即事

楼高风劲疾，山远雨蒙迷。

寒慑檐前鸟，欲啼不敢啼。

劳动两周年

前年此日来此间，忽焉七百二十天。

文化革命我劳动，不知何日是归年。

杂　感

前恭后慢岂一家，只重金钱遇等差。

休怪他人富贵眼，年来世事薄如纱。

不羡人

三顿稀粥米一斤，无油无菜蘸盐吞。
隔灶虽闻香肉味，我行我素不羡人。

回家之夕

赢得六旬两鬓霜，残灯伴影话衷肠。
风情千种老无分，恰似枯枝对夕阳。

伙食难

二人伙食办来艰，九两三餐苔补添。
六十斤煤烧一月，下坛萝卜又无盐。

蝶恋花·春暮

春来春去可太快，寻遍青山，影子都不在。蝴蝶泄漏春消息，三只两只飞墙外。　　须霜鬓白时难再，纵有千金，天涯也莫卖。事儿休把他人怪，强与流光作比赛。

卜算子·莫怄气

谁能百岁春？帝乡非吾意。宇宙是一阔舞台，人生在做戏。　　得固无所欢，失仍不足虑。事大如天醉亦休，千万莫怄气。

长相思

米也无，钱也无，生活逼人痛彻肤。绝不哭穷途。　　朝宝书，暮宝书，贫贱难移大丈夫。运动是洪炉。

雷履平（1911—1985）

　　蒙古族，四川成都人。1942年毕业于华西大学中文系。历任成华大学中文系讲师，四川省师范学院中文系副教授。中国作协四川分会常务理事，四川省人大常委会委员。

无　题　1930

大业遗宫败火流，鸡人声断叫钩辀。
他年铜辇思环燕，此日银妆隔女牛。
异国胶弦难续命，华清锦瑟可忘忧。
少翁纵有招魂术，不拜文成汉时侯。

三峡夜航

怒马奔腾上峡舟，星摇斗动碎光流。
航标浊浪藤萝月，并作夔巫一段秋。

总理逝世述哀　1978

悲风起天际，北望肺肝摧。
棠树千秋念，松声万国哀。
反修昭大义，治世擢群才。
病懦闻风立，蓬心未许灰。

移居和敦仁

蜂房户牖困郁蒸，散带披襟气自横。
窃比徽之空宅佳，犹贤王寿负书行。
千秋功罪评儒法，旷代交期见死生。
还是少年歌啸地，南台草木正关情。

村舍酬树梁

寂寥自比扬雄宅，床有残书不算贫。
虫臂鼠肝凭置我，青松翠竹好为邻。
倏鱼共乐思濠上，妙质难求见郢人。
恨不连墙来结宅，一花并作两家春。

纪念建党六十周年

风雨长征路，栖栖六十年。
犁庭清四穴，历史写新篇。
怀抱行多兴，前途别有天。
白头矜对比，登座说桑田。

夜飞鹊   1932

沧波旧游地，魂梦常通，凄绿改尽愁红。河桥一带柳阴路，年时曾伴欢惊。烽烟散离会，探秋前邻里，竟已难逢。堂前谢燕，算归来、却误帘栊。　　因念故家池馆，经纪渐无人，分付东风。何意重栽芳树，碧阴夹径，依旧重重。画楼绣阁，自徘徊、淑景情浓。又遥天催暝，疏钟伴晚，愁驻归骢。

菩萨蛮 1932

关前又误双鱼信，归期漫数应无准。明月几时圆，此时刚下弦。
枕屏围彩凤，薄醉迷残梦。依约记寻春，四山飞乱云。

少年游

娇花宠柳惹流连，小队凤城边。绮陌行歌，江浔藉卉，胜赏记当年。
重来又是春三后，花柳遣相干。泽畔孤吟，扁舟独载，光景未荒寒。

蝶恋花二首

种得垂杨千万树。迟暮春寒，独战风和雨。记绾长亭三月暮。断云飘
雨风飘絮。　　旧约佳期空记取。魂梦音书，一例无凭据。纵使轻躯扶梦
去。殊乡不是销魂处。

箭径酸风吹雨到。南院西园，断送春多少。细语叮咛谁与道。帘花未
落迎征棹。　　独倚高楼思悄悄。无奈东邻，竟日香红绕。一任朱颜愁里
老。钗盟钿约萦怀抱。

琵琶仙

春水涵空，总低映、旧日亲栽红药。曾是吹笛阑干，无端伴离索。凭
望眼、蛛丝漫织，更谁解、旅愁绵邈。六桨波柔，千香径折，情事依约。
待重趁、京洛尘香，奈冶游、心期怕抛却。颠倒绿情红意，遣韦郎销
削。闲昼永、临花对酒，料隔江、雨冷花薄。也应呜咽江声，共伊孤酌。

临江仙二首

换到春衫心便怯，宵来瘦骨生禁。分携两地梦难寻。小怜新浴罢，珍重薄寒侵。　一自鸳帷人去后，凄凉是处关心。远天鱼雁又沉沉。粉檀香易散，明月不如今。

婉娩年华愁里度，风流雨散云屏。鸳鸯凤枕解留情。南谯传鼓角，容易到三更。　强起挑灯思悄悄，愁多不下帘旌。瑶笺小字欠分明。下弦初过了，怎待月华生。

长亭怨慢

又斜照低迷烟树。上巳清明，悉成幽阻。只恐花骢，后期难认翠微路。客情依黯，争踏向天涯去。送目远岑时，合未识、奔波尘土。

愁苦。便拈红拾翠，忍问弄箫俦侣。梨花榆火，尽消得旧情无数。料刻意伤别伤春，定愁损萧娘眉妩。待帘影西窗，重剪春灯低诉。

杨　超 (1911-2007)

　　四川达州人。毕业于延安中央党校。历任中共四川省委书记、中共四川省顾问委员会常委、中国人民政治协商会议四川省第五届委员会主席、四川省人民政府副省长。周恩来同志政治秘书，第五、六、七届全国人民代表大会代表。四川省诗书画院院长。

甲子夏病中画玉兰

参差玉佩排空出，烂漫香鳞带醉看。
莫道涂鸦无俊赏，高悬诸子画廊间。

满江红·兴文石林

　　石海洞乡，四十里雄观奇绝。放眼处，万驼漫步，千骑竞发。泻玉流光挥彩练，涌泉漱瀑疑飞雪。似桂林山水兴，蕴笆真仙阙。　　扶筇杖，攀绝壁。穿邃谷，绕幽穴。看六龙腾跃，满天霞赤。敲笋神永钟磬响，悬棺古俗僰人迹。喜从头，装点旧山河，皆春色。

题　壁

诗言志，书养性，画传神。更有一老迎嘉宾。

王体诚（1912—2000）

字元骧，四川资中人。早年就读于川大附中和四川大学。新中国成立后在板栗垭乡务农，有《王体诚诗词对联集》问世。曾任四川省诗词学会理事，四川省楹联学会理事，内江市诗词学会理事，资中县重龙诗书画院副院长。

寄怀朱汝略老师

神交万里友兼师，虓虎重山铸伟词。
倚马千言花梦笔，灵犀一点藕牵丝。
何期临海迷蟾影，望到衡峰断雁时。
莫吝鱼书上三峡，江南红豆慰相思。

题画杂诗四首

醉倚珠江水上楼，青山雨过白云流。
几行人字南飞雁，写破长天巨幅秋。

秋水兼葭两岸风，烟波只合狎渔翁。
十年旧梦浑忘却，一舸横江下钓筒。

缥缈云峰画不成，桃花流水晚霞明。
苍崖对峙江流束，锁尽惊涛拍岸声。

舟泊青溪绿草汀，来登碧巘白云亭。

无边风景囊收尽，留下涛声枕梦听。

秋日放歌

鸡虫得失且高歌，姜桂情怀剑气多。
日拥红云题赤壁，秋清白露掷金梭。
重游洛水惊鸿渺，残梦巴山匹马过。
伏枥常思驰朔漠，苍茫谁为挽阳戈。

怀台省十弟

无边秋色隔天涯，海上蓬莱客思赊。
离合悲欢馀幻梦，阴晴圆缺老年华。
何堪树绕乌三匝，长忆风流手八叉。
衣带宽怜衣带水，彩云飞渡早还家。

漫　兴

髻髻雕虫浪得名，桑榆犹自拥书城。
生花彩笔长无梦，食叶春蚕尚有声。
不用文章干狗监，难希身价重龙庭。
霞天赛唱黄昏颂，候补吟坛作老兵。

成善楷（1912—1989）

　　重庆忠县人。1937年毕业于四川大学。白屋诗人吴芳吉弟子。退休前为四川大学中文系教授。有《霜叶诗词选》。

发洪泽湖

一自恶名去，归心箭出弦。
池鱼思故水，笼鸟羡新天。
廿载无他限，终生失盛年。
庄周如可问，薪尽火焉传。

杜道生（1912—2013）

学名高厚，曾用名博明、我乐山人等。四川乐山人。1937年北京大学中文系毕业。1942年至1946年曾在乐山复性书院等处听马一浮、熊十力讲学。四川师范大学中文系汉语研究所教授，《汉语大字典》编委。

题黄冈东坡赤壁

世仰眉山秀，东坡树此堂。
连篇赋赤壁，再闰守黄冈。
乡梦岷峨远，归途江汉长。
浮云等富贵，不朽是文章。

韩柳起衰敝，先生绍厥风。
巍科联介弟，高论震欧公。
有宋诚多士，无人再此雄。
同游楚蜀彦，合唱大江东。

金绍先（1912—　）

湖北阳新人。新中国成立前曾任迪化市长，立法委员，新中国成立后任民革中央委员，全国政协委员。退休前任四川省人民政府参事室副主任。

谒海南东坡书院

我爱东坡文，光焰垂万古。字字吐珠玑，齿颊留芳句。三绝见奇才，诗词书画赋。诡谲百讥诿，栖皇三谪戍。鳞甲动云山，崖谷醋风雨。南下谒儋琼，低徊不能去。我生邻黄州，又傍眉州住。废置复澄清，视昔犹幸遇。何敢媲前贤，荣枯时所主。世盛士方尊，屠宋贤终误。多士佐中兴，公灵其乐许。

哭稚荃大姐

绛帐弦歌绕画堂，锦城春色满门墙。
眉山传外添三绝，漱玉词中又一章。
枣巷书声闻夜咏，芸窗谠论颂时康。
更无对坐清谈日，谁为予文细品量。

癸酉国庆前夕恭祝张秀熟同志期颐大寿

二声雅颂传新集，百岁风猷仰老成。
倾慕勋名荣锦里，常钦才辩动嘉陵。
苍生仍系山中望，白发长悬赤子情。
秋月恰同人意满，国辰家瑞庆升平。

武汉大学成都校友会成立书怀

珞珈山上白云飞，老屋扶疏树几围。
座上常思投笔起，坛前犹许挂书回。
只今旧德晨星少，又见新葩雨露肥。
闻道东湖亭阁好，海疆学侣望同归。

渡口纪行二首

西南轨辙已纵横，五月泸河瘴雾清。
桥密如舟连渡口，峡长为市作山城。
江流一线从天降，矿石千层匝地生。
举世争夸钒钛美，不毛寸土尽黄金。

曾是攀枝处处花，参差几户猎人家。
蜿蜒百里环山市，迢递三巴走铁车。
横断高原输异宝，竖穿裂谷发奇葩。
鸿漾开辟新都邑，极目雄边赞物华。

水调歌头·中秋寄怀台湾旧友

明月出东海，人隔海天东。犹是清辉旧识，流照与君同。不碍山长水远，刹那灵犀万里，飞念架长虹。嫦娥应笑语，愿助一帆风。　　泯恩怨，邦两制，豁然通。相逢一笑，同根何事背初衷？欢聚九州兄弟，响彻九天箫鼓，痛饮百花丛。共赏团圆影，皓魄丽长空。

高同璟（1912—2003）

四川南溪人。新中国成立前历任南溪、江安、叙永、宜宾等中学数学教师。新中国成立后历任川南工专、四川化工学院、成都工学院、成都科技大学讲师、成都科技大学应用数学系副教授。

耳聋吟

从来自诩两耳聪，孰料而今左耳聋。人前问答多笑料，缘是入耳音朦胧。幸而一耳尚可使，只须风送声右至。有损有益信由之，壅通何必问天意。我今语言分渭泾，与耳立约严遵行。恶言左耳对，善语右耳听。毋须苦心破烦恼，清听自然心态平。

思　亲

幼年失怙苦无依，多感劬劳继母慈。
吐哺衔虫如老燕，垂怜舐犊胜亲儿。
乡村校远愁行早，山径途难怕到迟。
最是一生忘不得，送朝待晚倚门时。

峨眉山牛心石

双桥虹落碧流深，化作飞龙水上吟。
最是亭前风景异，扶筇冒雨看牛心。

病中蜀山青例会日怀诸吟友二首

一春花事付东流，奔马难拴伏隐忧。
独对小窗吟伐木，欲行又被鹧鸪留。

放荡情怀老自娱，吟鞭同指并驰驱。
蜀山此日青于昔，茗馆春风忆我无。

注：冠心病心律失常出现奔马律。

峨眉杂咏四首（录二）

朝辞报国晓风轻，人向岚光雾里行。
一路云环看不足，近山相送远山迎。

淡烟轻抹衫石收，小作峨眉数日游。
掬得清芬满怀抱，梦中醉拥一山秋。

醉花阴·石林剑峰池

一剑嗖然池底起，直向蓝天刺。借问是何人？忍把龙泉，掷到崖边水。　　风吹雨蚀心难已，岂听人捐弃？无语立寒波，戴月披星，静待青云士。

高阳台·偕两妹同游

劳燕分飞，多年阔别，今朝庆幸同游。悦目怡情，桂湖花径寻幽。海棠待发含苞瘦，喜玉兰，开满枝头。更啼鸠、啼绽桃花，啼散离愁。
堪怜半世辛酸泪，痛中年丧偶，少小丁忧。艰苦生涯，问谁能与相伴。如今处处蒸霞路，把伤痕、付与东流。盼来秋，更上青城，再去眉州。

曾青石（1912— ）

　　四川简阳人，原籍内江。新中国成立前曾任四川省银行石桥办事处主任。新中国成立后任简阳市百货公司经理。

天书二首

新潮名士弄之无，所欲随心鬼画符。
太上老君都不识，凡人那得识天书。

东添西补任纵横，乱点鸳鸯乱配成。
见者唏嘘垂泪道，请君手下要留情。

注：参观某当代书法展作。

九十初度抒怀六首（录二）

两鬓秋霜染，蹉跎九十春。
常存诚信志，岂作胁肩人。
问道尊师长，交朋重德伦。
传家敦孝悌，三省课儿孙。

回首前朝事，饕蚊得势喧。
轻摇三寸舌，横敛五铢钱。
鼠朴原非玉，山魈岂是仙。
刳脂成显要，鸡犬亦升天。

梅　雪

读卢梅坡诗，反其意而用之。

梅雪相期下玉堂，联床抵掌话衷肠。

梅怜白雪冰心洁，雪喜红梅劲节香。

雪兆丰年滋麦黍，梅开春色暖菲芳。

两情缱绻存知己，枉费卢生论短长。

浣溪沙·灭鼠

灭鼠兵临鼠早藏，雷霆出击每空忙，可怜累坏美猴王。　　莫怨魔生千里眼，还防室有透风墙，军机预泄费猜详。

许息卿 (1913—1992)

　　四川古蔺人。先后执教古蔺中学、兴仁中学。新中国成立后任教金尼小学。退休后聘为县教师进修校、县诗书画院顾问，县史志学会常务理事，县政协第一、二届委员。

漫　兴

草屋斜临曲涧头，门前高树映平畴。
诗成不入名家选，山好时招野叟游。
岩畔蝉声闲送晚，水边云影淡生秋。
客来漫比东坡老，却少烟波一叶舟。

晓　出

夜深凉雨动秋思，晓踏晴泥出短篱。
客卖桂花香满路，邻炊籼米滑流匙。
早成衰病非关酒，不合时宜岂独诗。
何似孤蝉餐玉露，长吟只在最高枝。

即　事

小屋临溪不筑墙，为贪空翠纳山光。
无能味向闲中得，即景诗多醉后忘。
吹浪鱼惊无片影，带花蜂过有馀香。
寻春应笑少陵叟，自许狂夫老更狂。

茅 亭

茅亭一雨向山低，亭下波明岸草齐。
村酒饮馀犹买醉，新诗吟就始安题。
半窗帘影风徐动，一树斜阳鸟正啼。
已是不为人所识，柳州何处记愚溪。

与友人论明史及日知录偶作绝句

天下方平气已粗，繁华转眼变榛芜。
从来成败由当定，空把兴亡责匹夫。

平反后与昭德闲游赋此

闲步溪边笑语宽，榴花开后尚馀寒。
老来真觉诗才浅，但把奇峰指与看。

周北溪（1913—2003）

笔名周宇啼，重庆合川人。合川县政协副主席。曾任四川省政协常委，四川省人民政府文史馆馆员。有《周北溪诗选》。

太平湖上口占

小雨太平湖上行，轻舟微动细涛生。
九华一梦缘根浅，再向黄山叩宿因。

住北海晚晴见始信峰

北海笼烟全日雨，满怀奢望付空蒙。
谢天不负非香客，待许云开两处峰。

石宝寨

南天宝玺锁江秋，巧叠精雕十二楼。
画做边章携不去，留它为砥镇忠州。

题画五首

裁剪云烟载画游，征帆点点破江秋。
秋光也共忙人老，一夜芦花尽白头。

一卧芦花又暮天，西风摇宕短篷船。

无边细浪连衰草，碧嶂丹枫照眼眠。

枕楫芦边卧晚潮，江风低送暮林萧。
去乡人远回春梦，梦过野塘花下桥。

玉叶琼柯三两株，清枝冷韵影模糊。
边烽七载鸥朋散，避地相邀入画图。

萧疏浅翠绝轻柔，拂水拂烟自写愁。
愿把一竿投醉客，横披烟雨钓残秋。

瞿塘两首

瞿塘烟冷客思深，乱指江峰错唤名。
高架楼船分巨浪，满川诗意下西陵。

麦秋送暖下夔关，博大雄奇两岸山。
一度盘桓千度想，好峰迎我几回看。

屈守元（1913—2001）

号廙翁，四川成都人。1940年毕业于四川大学中文系。曾任四川师范大学中文系教授，中国文选学会顾问，四川省诗词学会顾问，四川省杜甫学会名誉会长。有《中国文学简史》《昭明文选杂述及选讲》《经学常谈》《韩诗外传笺疏》《韩愈全集校注》（主编）。

壬申人日草堂作诗纪念诗圣杜甫诞生一千二百八十周年二首

人日千年戏浣花，崔娘韦相擅风华。
高三十五题诗好，游客今仍访杜家。

岁阳玄黓又相逢，我亦今年八十冬。
百纪迟公仍丐馥，湖湘巩义愿寻踪。

注：纪年壬年称玄黓。

丁亥除夕

孤愤难销岁易除，强留残夜亦何须。
百年身世供惆怅，壮日文章有叹吁。
苕折漫劳鸠系发，风高徒苦雁衔芦。
明朝苜蓿呼妻子，照眼春盘笑腐儒。

甲戌腊八戏作

八旬过二尚年轻，随笔容斋话此龄。

两载耻寻姜尚路，八年早治伏生经。
长谣德耀勤敷席，高卧元龙漫伏棋。
去马来牛安用辩，短亭碌碌又长亭。

养晴师百岁纪念白敦仁兄斥资印其遗集感念赋此

片云天远百年期，中寿门生老泪垂。
无辈张温真绝代，感音向秀忆当时。
出门觅醉常呼我，入座挥毫疾写诗。
缀玉穿珠传好本，名山珍重赖扶持。

注：庞石帚先生室名养晴，盖取杜诗"晴天养片云"之意也。"片云天共远"，亦杜句。向宗鲁先生称石帚先生为张温当今无辈。此顾雍赞张温之语，见《吴志·张温传》。余赁宅槐树街时，先生赠诗有"吹笛邻家过几回"句，盖此宅乃向宗鲁先生旧居，而隔墙即吴君毅宅，先生时时到吴宅，故用向秀《思旧赋》事也。

杜子美墓

傍有双坟二子从，佳城几处郁葱葱。
青山异代争埋骨，茅屋当年不御风。

注：巩县杜子美墓，旁有二坟，谓是宗文、宗武墓。除巩县外，耒阳、平江、偃师皆有杜墓。

沪杭杂诗

杨浦二桥

春申港口耸双桥，壮势逶迤薄九霄。
空说鼋鼍曾驾驶，真成瑶象巧镂雕。
层楼拔地森如笋，巨舰浮江舞似绡。

老我登临抗寒薄，安车纵目且逍遥。

上海夜市
止酒喝茶脸未红，短筇扶我入人丛。
霓虹灯下南京路，倚立天桥一老翁。

西湖苏堤
至今堤姓尚称苏，兴利曾修内外湖。
子野少游僧佛印，曾无一个似林逋。

岳飞张苍水秋瑾墓
于今庙貌尚巍峨，雨霁晴光潋滟波。
苍水波澜秋雨恨，忠魂终许伴金陀。

八月十五夜雅州作

破庙秋风下夕阴，一灯愁伴野虫吟。
心惊病鹊呼前侣，梦断孤城急暮砧。
骨肉岂能忘煦沫，交游今已异升沉。
小山丛桂明年发，会要移根植上林。

孟淳书来谓德和客死茂州感赋

壮岁徒嗟叱咤才，荒州埋骨太悲哀。
十年臭味薰兰芷，九死烦冤冷烬灰。
地下岂容干戚舞，人间犹有菊花开。
当时若守陶生辙，终古东篱酒一杯。

花市绝句（录四）

多难逢春眼暂开，西郊路熟又重来。
六年不问花消息，可要东风日夜催。

熨黛含朱满市欢，谈天炙毂尽登坛。
漫悲桑女成游女，不见伶官即教官。

酒边颂德愧深衷，花底寻春爱残红。
今日芳塍问游客，独醒何止是家风。

濯锦江边雨洒尘，青羊市上草如茵。
子规声里游人散，来岁风花又作春。

蒺 藜

移根掘土费经营，三尺槎牙气便横。
汝毒纷纷谁近得，向人先作眼中钉。

舜英来医院视疾

连朝伏枕计寒温，忽见君来似返魂。
妙处解颐皆淡语，悲中回首是烦冤。
澧兰沅芷花仍好，山鬼鲛人泪暗吞。
清浅蓬莱盈一水，几时方驾到昆仑。

履平逝世十年作

碎琴掷斧十年哀，看冢新从北郭回。
遗响绕梁惊曲学，奇书覆瓿冷寒灰。
三家村里成钩党，百草园中植美栽。
杂识月河愁散佚，倩谁辛苦为编裁。

鹧鸪天·丁巳元月用白石韵

相见何如不见亲，窥墙应是隔墙人。兰苕惘惘游仙梦，梅杏依依别院春。　　香入室，玉当门。藐姑冰雪想前身。东风唤醒冬藏燕，百转笙簧听未真。

段枕流（1913—2006）

重庆人。毕业于河北师范学院。曾任《民舆公报》编辑，中学语文教师。民盟成员，新加坡新风诗协会名誉会长，《峨眉月诗词》主编。曾任四川省诗词学会理事。

抒　慨

少共青灯消岁月，老背红日过山林。
洞房自笑登科早，枉作栽花植桂人。

题周北溪猴画录

盗过蟠桃取过经，龙宫玉阙任横行。
花花世界无心恋，冲破蓝天踢破云。

扫墓吟

满眼寒云暮色苍，徘徊无处认仙乡。
凭将一掬思亲泪，洒向荒原当酒浆。

归　田

田园归去伴春鹃，只羡溪山不羡仙。
家住渠江浓绿处，几间茅屋一村烟。

登合川文峰塔

七十年来梦寐中，童心千里恋玲珑。
全凭孤塞扼天险，一览三江入海雄。
云栋风铃微醉客，长桥夕照老渔翁。
可怜蒲节初更夜，灯火辉煌月似弓。

怀诗友刘老传苿

戎马书生气自豪，青龙巷里说风骚。
清明血雨三吟草，泪海诗山恨未消。

晚　眺

云水天涯横醉眼，东津渔火两三星。
钓鱼山下风光好，一路垂杨绿到门。

答勾鉴清吟翁《赠别》

翰墨因缘太偶然，吟笺飞到小窗边。
锦城春尽识荆晚，黄甸人归别梦圆。
毕世多艰添白发，此生无愧对苍天。
蜀山青士堪为友，经雨经风傲岁寒。

注：青士，竹之别称。

雪泥鸿爪认依稀二首

榴花红映锦江湄，留得青山伴夕晖。
翰墨因缘承教诲，石兰同契勉追陪。

九旬岁月如驹过，千里诗心逐雁飞。
待到百年重展卷，雪泥鸿爪认依稀。

回首一生殊觉惭，盛情难却故人笺。
频惊老我荒书卷，深谢诸君颂鹤年。
古道热肠心可鉴，暮云春树梦相牵。
神交远比黄金贵，留与儿孙世代传。

高阳台·无题

一霎烽烟，终身潦倒，谋生求死都难。凌辱揪心，惟馀泪渍吟笺。黄金岁月随流水，到而今，已是残年。最难忘，假案成真，千古奇冤。

萦怀儿女饥寒事，怕清宵对月，子夜闻鹃。监外牢笼，家亡炊断谁怜。石门浩劫惊回首，搅愁肠，辗转无眠。伴孤灯，漫写悲歌，付与哀弦。

王晓晴（1914—　）

四川南川（今属重庆市）人。退休前为重庆一中语文教员。

村路偶见二首

淡黄衫子红罗裙，脚踩飞车趁夕曛。
休道背篼身负重，秋风袅袅去轻盈。

三三两两农家女，田里归来闻笑语。
一霎云飞雨打头，争擎荷盖迎风舞。

鹧鸪天·湖畔

花娟长堤柳弄晴，东君招我到湖滨。且开笑靥随人喜，暂敛忧时一片
心。　　闲趁步，路芳尘。碧波环绕小山亭。斜倚栏干一眺望，丛林深处
罩红云。

余毅恒（1914— ）

四川屏山人。国立政治大学毕业。先后任宜宾市一中、宜宾县二中、宜宾市八中教师，原宜宾市政协第二届至第八届委员。离休后应宜宾师专（即今宜宾学院）特聘，主讲中国古代文学史，任该校学术委员会委员、副主任委员。有《黄山谷诗选注》《余毅恒诗词选集》。

癸酉元夜

爆竹声中感岁华，嗜书成癖甚于痴。
精微领悟思维阔，至义探寻想象遐。
词学组篇能著录，文章有旨利邦家。
桑榆犹得常摸索，盛世讴歌遍地花。

咏 梅

雪染江梅啸傲开，霜禽展眼逐香来。
当成众芷高标格，应是群芳上等材。
俯仰雍容松作伴，观瞻肃穆竹邻台。
昂情浑括河山意，朵朵红云耀碧苔。

筑渝道中

车走雷声细雨来，凉飙乍起玉尘开。
才离花谷清幽处，又过娄山曲折回。
孤岭盘旋天际合，碧萝缭绕道旁栽。

书生未展凌云志，落月荒村伴绿苔。

长宁竹海

白云天际看迷茫，疑是蛟龙大海藏。
翠叶饮泉常作雨，碧桃吹浪任弹簧。
虚心自觉情高洁，昂首应知格正方。
载上巨轮过月畔，众仙鼓掌舞霓裳。

扬州慢·夜游新都升庵桂湖

杨柳楼台，桂花庭院，绿湖曲槛烟笼。访升庵故里，恰晚送秋风。度香径，流连馆榭，漫抒幽兴，追溯贤踪。想当年，迁客南巡，人去园空。　琴歌笔会，有新声、思托芙蓉。念荔子江阳，滇池瘴疠，乡梦情浓。三十五年羁旅，任诗酒、老病飘蓬。料清泉明月，还来长伴青松。

注：升庵有"梦里江阳荔子丹"句。

临江仙·丁卯重阳敬老日值十三大召开

岁岁佳期风雨误，青衫冷对秋江。今朝难得又重阳。小园晴好，曲径锦葵香。　盛会京华兴国祚，遥天旖旎春光。春晖洒遍旧门墙。童颜苍首，一笑尽千觞。

张伯通（1914—1999）

四川成都人。1935年起在成都七中、成都师范学校任教四十三年，1973年起在四川省教育厅教材处、师范处编写教材达十年。

游龙泉二首

山泉铺

山村乘兴两三杯，欲览张侯点将台。

石径横吹风乍起，桃花如雨打头来。

大田弯

山上李花山下桃，风开昨夜太妖娆。

大田弯里曾相识，魂断车前红袖招。

游中岩二首

东坡读书楼

先生楼下读书时，想见翩翩雏凤姿。

咫尺上岩行不到，山风片片雨丝丝。

巨石下山虎

下山威虎视眈眈，守护长廊千佛龛。

尽食豺狼清道路，好招鸾鹤住烟岚。

夔 门

对起神工削，夔门天下雄。

险关千尺铁，不锁大江东。

归　途

两鬓繁霜衣带赊，归途还喜逐轻车。
流连竟日无佳句，孤负满山桃李花。

园中二首

灌园筋力久衰迟，犹记当年风雨时。
松柏千章亲手种，如今挺出拂云枝。

老杏坛边春色迟，闹春无意复当时。
横陈一笑东风里，尚有疏花著丑枝。

柳梢青·杨知非新居

出于幽谷，阳春三月，莺迁乔木。万里桥西，萧家河上，鹊喧高屋。　东轩有酒盈尊，好醉把、陶诗细读。更趁天晴，荷锄门外，自栽松菊。

念奴娇·苏祠，用东坡韵

拈香一瓣，近清明，来访眉山风物。玉匣金题真迹在，夭矫琳琅四壁。洗墨池边，竹烟松霭，数点梨梢雪。芒鞋筇杖，悄然危坐诗杰。　遥想岭表南迁，崎岖万里，魂断梅花发。日啖荔枝三百颗，曾未豪情销灭。渡海归来，中原北望，杳杳山如发。掀髯一笑，此心明共孤月。

马识途（1915—　）

生于四川忠县（今属重庆市）。西南联合大学毕业。新中国成立前曾任中共川康特委副书记。新中国成立后曾任中共中央西南局宣传部副部长、四川省人大常委会副主任、四川省文联主席。现任中国作家协会顾问、《岷峨诗稿》主编。已出版《清江壮歌》等十余部小说、散文。

游万县太白岩怀诗人何其芳

太白古岩横苍穹，踞似猛虎卧如龙。脚底大江流日夜，昂首蓝天望彩虹。青藤翠竹为毫发，白云紫气荡层胸。手摘群星撒山城，琳琅璀璨照夜空。忽然张口吐云雨，甘霖沛泽润寰中。夔龙衔命东行急，彩云纷飞西忽东。忆昔其芳曾语我，家乡万县有奇峰。九年始得睹丰采，仰高望坚果然雄。惜哉太白、其芳皆长逝，空持金樽照月影难同。噫吁兮，诗人魂兮其归来，举杯共进太白酒，太白岩下太白宫。

桂林妙

初来桂林游，挺秀赞奇峰。再来桂林游，奇幻说地宫。三来桂林游，才识烟雨蒙。众说桂林山水妙，山水妙处各不同：一说妙在象鼻嘴，一说妙在叠彩峰，一说妙在月下桂，一说妙在水帘风，一说凤羽扫天竹，一说苍虬云里松。我说桂林山水妙，妙在烟雨朦胧中。山朦胧，水朦胧，烟朦胧，月朦胧，雾里花朦胧，水中筏朦胧。山在浪里飘，朦胧。船在云中行，朦胧。林中侬语声朦胧，岸边轻歌意朦胧。桂林山水妙中妙，妙在朦胧复朦胧。

游庐山会议旧址十韵

惊雷从天落，风雨黯庐山。廿馀年前事，至今齿发寒。净言诬机枪，谁识寸心丹。廷争获贬谴，帽子惊千官。众口如寒蝉，几人庆弹冠。"文革"继张扬，国步日益艰。宵小窃国柄，元戎命如菅。幸得重持平，国泰民复安。人事如逝水，凭吊还长叹。会址今来游，流水仍潺潺。

归故园

江湖浪迹十三年，风雨黎明归故园。
斗志未酬悲白发，河山零落哭黎元。
激昂鸡唱将明夜，慷慨剑啸欲曙天。
七尺堂堂安所用，誓将热血荐轩辕。

五十自寿

荏苒韶华五十秋，江湖风雨寄沉浮。
不伤半世流亡苦，但憾平生志未酬。
朽木诚难充砥柱，滴涓仍可入洪流。
虽然驽马难重任，孤竹识途说未休。

注：春秋时齐桓公伐孤竹，风雪迷路，幸为识途老马引归。

十二桥公园

十二桥边起晚烟，霞光散落老江边。
正当夏雨新晴后，又是华灯未上前。
弄影花枝摇水榭，逐波野鸟戏浮莲。
长眠烈士应宽慰，童稚红巾誓墓前。

初遇彭德怀于南充

彭大将军谁复识，灯前白发老衰翁。
为民请命千秋范，立马横刀百代功。
皎皎易污随处是，峣峣必折古今同。
任他朔北霜风劲，岂撼长城铁甲松。

栖　迟

无端获罪此栖迟，正是江山摇落时。
残菊独寻荒草地，寒鸦晚噪冷霜枝。
文章有骨身当罪，宦海无能命似鸡。
忍看严冬笼四野，春花怒放曷能期。

流放峨眉，古庙怀亡人

黄花满地为谁开，古刹秋风寄远怀。
怜我朝朝愁里过，感卿夜夜梦中回。
捉襟犹问深山冷，拂帽还嘘鬓发衰。
无奈啼猿惊好梦，惟馀寒月破窗来。

寒　村

寒村买醉独踟蹰，萧瑟秋风万木疏。
一片蝉声催落日，几行雁影过前湖。
当年慷慨充豪客，此日萎颓学钓徒。
且喜河山依旧壮，临流磨剑听召书。

囚中自嘲

亲朋无字一身孤，寂寞檐前数滴珠。
半世空磨三尺剑，一生尽误五车书。
宁沦穷巷师屠沽，耻向朱门乞唾馀。
老朽惶惶何为者，驰车竟日在歧途。

山 中

山中风雨几时休，大树飘零我白头。
古庙霜钟沉百感，荒林夜雾凝千愁。
屠龙盛事成陈迹，描凤壮怀获罪尤。
自古文章经国事，是非功罪待千秋。

苦 歌

文章平地起风波，谪往深山苦学歌。
顾影朝朝怜白发，望云处处叹蹉跎。
北山恶虎嗜人久，东海凶龙造孽多。
下海上山皆素愿，长缨不在奈之何。

书 愿

顽石生成不补天，自甘沦落大荒间。
耻居上苑香千代，愿共山荆臭万年。
何畏风波生墨海，敢驱霹雳上毫颠。
是非不惧生前论，功罪盖棺待后贤。

峨山流放中登华严寺

苍郁华严浮雾海，巍峨金顶耀高空。
回头万岭烟霞里，迎面千岩雨雪中。
路断遥闻梵鼓急，途穷喜看巨轮红。
巉危何畏雄千丈，坦道从来出绝峰。

流放中登金顶观日出

东方欲晓步瑶阶，玉树琼华灿烂开。
月映岷山千里雪，风摇绝顶万寻岩。
纷纷彩箭从天落，赫赫金轮破雾来。
我欲狂歌还大笑，乘风追日何快哉。

苗溪劳改农场偶遇胡风

仓皇逃窜到苗溪，犬逐鹰追命似鸡。
大树飘零怜涸鲋，秋风怒吼哭文师。
祸由自取成钦犯，罪任人云笑妄痴。
肯信文章千古事，是非得失寸心知。

囚中悼罗广斌

红岩今又血花开，雾里山城噩耗来。
我历千灾人不死，君临万劫命偏乖。
曾将汗水流文苑，又把血珠荐艺台。
锦里春寒伤殂折，苍天竟不佑斯才。

狱中偶见青天

平生哪得这般闲，饱食三餐坦腹眠。

斗室日行三十里，尺床一坐百馀年。

提镣且学银铛舞，击铐聊吟风雨篇。

喜见青山铁窗外，青山之外更青天。

注：度日如年，百日如百年也。"风雨"篇，指《诗经·郑风·风雨》。

凝眸

嶙骨生成自倔强，苦杯细啜当佳酿。

文章奉命皆修正，赤匪翻新变黑帮。

高帽人夸冲斗汉，黑牌自顾笑荒唐。

开心最是凝眸处，几树红梅过狱墙。

狱中逢邓华将军

昔日威名安在哉，将军古刹蹒跚来。

谁知阶下囚中客，竟是当年上将才。

铁岭指挥云变色，汉江咤叱敌成灰。

情知廉颇当能饭，指日重登点将台。

注：邓华曾在援朝志愿军司令员彭德怀麾下为副司令员。入狱后不久忽失踪。不久听广播，已被指定为中央委员矣。

狱中赠杨超书记

凌烟书记种瓜来，古庙拓荒两鬓衰。

斗室穷思挥汗雨，空庭苦坐听蚊雷。

豆棚摇扇评凉热，瓜架品茶说福灾。

廉颇执谤三遗矢，看君重上指挥台。

重读邓拓《燕山夜话》

燕山夜话重新读，我亦三家一小民。
岂料杂文兴大狱，无端凡世造天神。
跳梁小丑承恩泽，开国元戎坠孽尘。
自古文章憎命达，巴山后死哭斯人。

注："文化大革命"初，邓拓、吴晗、廖沫沙以文字获罪，定为"三家村"反革命集团，一时全国揪"三家村"。我亦因文字得罪。与李亚群、沙汀被诬为四川"三家村"，我被指定为黑掌柜，于是入狱。

四川党史座谈会上赠友人

幸存百劫未亡身，回首烟云泪满襟。
创业维艰惊白发，征途多故说风尘。
书生意气磨难灭，烈士丹心死复生。
莫叹世途多畸变，未衰喜见泰阶平。

登东坡楼

诗人自古赞嘉州，我许嘉州更擅秋。
山老峨眉红叶乱，风翻大渡碧波流。
船随秋水桡声远，鸟入空山幻影留。
人寿年丰光景好，登楼何必强言愁。

重访李劼人菱窠

菱窠傲菊舞秋风，人去多年楼已空。

力鼓微澜死水里，狂挥巨笔大波中。

书台又见龙蛇迹，素壁还悬雪月松。

犹忆茅居评拙著，三杯老窖酡颜红。

注：《死水微澜》及《大波》，均李劼老名著。李劼老曾召我去菱窠小酌，评谈拙著《清江壮歌》。

悼胡公二首

春宵忽听一声雷，铁骨钢筋遽化灰。

赤胆为民谁可比，黄金掷地究堪哀。

纸花又撒两回白，热泪重流十里街。

大计将成身却没，苍天竟不佑雄才。

是非功过凭谁论，欲写悼诗泪已涟。

痛贬只凭话一句，厚诬岂可罪千年。

纸花冷冷系青树，疏雨潇潇落漠天。

国步维艰伤殂折，为君一叹一泫然。

刘少奇纪念馆索诗

刘氏少年出奇才，潇洒指挥点将台。

运筹帷幄开国运，折衷尊俎祛民灾。

鸿图岂敢窃天命，厄运谁知卷地来。

万古留芳身后事，苍天不死地难埋。

访季羡林

荷塘雨霁柳迎风，朗润幽园访季翁。

鲁酒齐歌堪自得，东文西学贯而通。

谈锋似剑鞭辟里，清议如流发聩聋。
且向书山深处去，雕章琢字乐融融。

武昌黄鹤楼重建

谁道仙人去不回，鹤楼今又竦崔嵬。
楚王梦里神为赋，黄祖刀头血是才。
烟火千家芳草渡，笙歌两岸野云开。
一桥飞架通南北，万里长江滚滚来。

秋日登楼自嘲

叶自飘零水自流，登楼无意强言愁。
分明人目失途马，何竟自矜孺子牛。
不识花言多巧语，误将铁铐作金镏。
老而不死斯为贼，却道天凉好个秋。

八五自寿诗

行年八五未衰翁，眼亮心明耳尚聪。
历尽沧桑馀铁骨，敢将剩勇刹邪风。
扪心自省无惶愧，有笔还当发昧蒙。
老去三言传后代，勿贪戒诏莫盲从。

又见王蒙

蓉城再度见王蒙，茂发直腰未老翁。
谈吐潇洒还旧貌，华章幽默特从容。
天磨人算寻常见，水远天高是处同。

蜚短流长何足道，如椽健笔写豪雄。

注：2014年8月4日，生活书店在成都为拙作《百岁拾忆》举行首发式，王蒙远道来贺，致激情洋溢之祝辞。感甚，即作一首回赠。

迎巴金老归

锦城秋色好，清气满苍穹。
美酒酬骚客，墨缘结玉钟。
才如不羁马，心是后凋松。
翠羽摇天处，依稀晚照红。

净水溪行

流人殊不惬，晚径独踟蹰。
霞散归鸦尽，寒林古木疏。
清泉鸣乱石，小瀑泻飞珠。
落日山更远，无心得赦书。

云阳张飞庙

江上风清一望收，丛林古庙枕洪流。
桓侯刚烈人皆仰，自古精忠尽断头。

注：张飞庙临江墙上有"江上风清"四字。

谒屈原祠立就

薄雾初开见晓曦，暮年始拜大夫祠。
谗言误国郢宫冷，前事不忘后世师。

剑门微雨步陆游入剑门七绝诗原韵

衣有征尘无酒痕，雄关伫立吊诗魂。
江山一统酬夙愿，万里秋风入剑门。

流放中见囚鹰，感怀

君因何事入牢笼，四顾昂然血眼红。
何不冲天逞一搏，九天云外驾雄风。

峨山远望成都

秋林乱叶石径斜，北望愁云不见家。
大渡河边花胜雪，峨眉山里雪如花。

小南海僧舍题壁

来自海之角兮天之涯，浪迹江湖兮四海为家。
韬光养晦兮人莫我识，风云际会兮待时而发。

注：1939年秋，我在鄂西做地下工作，偶游川鄂边小南海小岛古庙，正浏览僧舍题壁诗，老僧捧砚请题。挥笔而就，老僧惊问："先生无乃有天下之志乎？请留名。"不应，掷笔而去。

王仲镛（1915—1997）

名启琳，又名沛，尝自号梅荪，而榜其所居曰居易室。四川南充人。1935年考入华西协合大学中文系。1939年毕业留校，1945年转任华西大学国学研究所副教授。1954年院系调整，留任四川医学院秘书科长。1957年调四川师范大学，历任历史系、中文系、中国古代文学研究所讲师、副教授、教授。有《唐诗纪事校笺》《升庵诗话校笺》《梅荪诗词辑存》。

题金华山陈子昂读书台

射江逶迤来北边，势到金华方回旋。挺生子昂于其间，终古感遇垂宏编。如彼河源开百川，杜老仆仆遍通泉。过瞻故宅尚修椽，赞公名与日月悬。赵郭题壁银钩连，是冬杖策跻层巅。书堂石柱青苔斑，涪翁来题蔚蓝天。遗迹惨淡悲寒烟，今者突兀复旧观。玉貌亭亭耸风前，高冢巍峨独坐山。治波余韵相联翩，太白坡老与升庵。千秋诗国峻蜀贤，后来继起无穷年。

人日草堂纪念杜甫诞生一千二百八十周年大会作歌

年年载酒向西郊，人日梅花作雪飘。今年元旦伴春来，破红露白初满梢。梅花满枝空肠断，叹息开天人不见。迸泪追酬事如昨，锦里春光仍烂漫。维公降诞岁逢壬，壬寅弹指便壬申。三十年前寿公者，亦有异时批儒人。天地生公公不朽，蚍蜉撼树终何有。颂洞风尘四海昏，挈妇携儿避饥走。犹幸成都住五年，浣溪花木长风烟。还添水栏供垂钓，朋友时时乞酒钱。自公一去越千春，诗卷长留拱北辰。茅屋溪边应好在，鳞鳞万瓦眼中新。西川视学何猿叟，笔追鲁公熔篆籀。草堂人日我归来，题句如今传众口。

陈寿万卷楼歌

癸酉秋为陈寿诞辰一千七百六十周年作。

巴山蜿蜒横千里，石黛碧玉嘉陵水。妙笔交夸吴道玄，间气独钟陈庶子。庶子当年良史才，博物张公迁固推。已令孝若焚笔砚，更教元凯荐兰台。高才远士多谗毁，丸药未平归葬起。几番废辱了生平，身后是非犹不已。黜蜀帝魏议更张，将略武侯非所长。千斛浪索丁家米，挟恨还连马幼常。宁知秉笔尊统绪，当涂代汉典午继。阳秋习氏重南朝，通识温公终不易。武侯遗爱在蜀人，平生用意最惺惺。全集编目亲上表，管萧匹亚定一评。谣诼纷纷何足理，诸葛故事从公始。虎斗龙争竞才雄，异算奇谋春云委。戏文说部共发扬，三国群雄传万方。烟云过眼逾千载，逢人犹喜说关张。

桃园行

祖龙门外神传璧，方士犹言仙可得。东行欲与羡门亲，咫尺蓬莱沧海隔。那知平地有青春，只属寻常避世人。关中日月空万古，花下山川长一身。中原别后无消息，闻说胡尘因感昔。谁教晋鼎判东西，却愧秦城限南北。人间万事愈可怜，此地当时亦偶然。何事区区汉天子，种桃辛苦望长年。

拟新乐府养蚕苦

阳春二三月，蚕事正匆忙，劳劳农家妇，携筐采陌桑。一眠复二眠，只望蚕眠早，免得蚕儿饥，那顾蚕儿饱。辛勤三十日，人瘦蚕儿肥，蚕眠人虽瘦，买桑质破衣。孰意雨连绵，十日无或已，乍寒乍暖中，蚕儿先后死。小心加调护，始获存少许，得茧不盈筐，犹复勤抽煮。吁嗟时事艰，新丝贱如土，空自费辛勤，仰天悲命沮。寄意纨绮者，须念蚕家苦。

送 春

　　春归无计驻春脚，春归意兴转落寞。东风无言不解愁，风过万花皆萧索。怅惘独立斜阳晚，荼蘼架上蛛丝满。樱桃红透美人唇，芭蕉绿腻舒还卷。软絮游丝飞漫天，子规啼处漾绯烟。晚钟徐动新月上，鸣蛰四起鸟飞还。兴来举杯还独倾，闲愁涤荡风满襟。耳鸣目眩颓然醉，恍忽春莺满上林。

读李维嘉兄《冰弦集》，慷慨心声，感不能已，率题

　　　　昨夜龙泉壁上鸣，清晨失喜迓诗舲。

　　　　开缄骤警风云气，入咏忽流金石声。

　　　　半世艰危酣战斗，百年歌啸杂悲辛。

　　　　坚冰已破休惆怅，自有骅骝接后尘。

追忆张秀熟先生　　1995

　　　　巴蜀论耆硕，岿然此独尊。

　　　　大勋国史在，隆爱士林存。

　　　　悯世成孤愤，开怀发畅言。

　　　　煌煌师表义，清范树黉门。

　　　　教泽传桑梓，髫年熟令闻。

　　　　每因文史会，得识丈人真。

　　　　实学博南重，乡情太白亲。

　　　　平生文献志，遗业付何人。

　　注：20世纪20年代初，先生任教南充中学近三年。有《畅言诗录》，并著《巴蜀师表》序，阐明师道。博南山人，杨升庵别号。

游峨眉诗七首（录一）

锋车过午发嘉阳，渐见峨眉媚晚妆。
才跨瑜珈经院水，出林山月便非常。

颐和园

国老碧云留玉棺，金元遗迹在香山。
重湖翠巘清凉境，可惜不当红叶天。

除　夕

灯外顽云拨不开，一年除夜少佳怀。
满前儿辈何关我，且喜雏孙确是乖。

广汉连山看桃花　1987

频岁梦游地，来迟惜丽华。
无言真道要，不变是桃花。
崖草金英灿，梨云绿意赊。
何当排世网，重与问山家。

滇行杂咏十四首（录三）

甲子暮春，与同志数人入滇访升庵谪戍遗迹，于役两月，途经万里，聊缀短句，以纪行踪。

揽辔南行万里思，寻春空订来年期。
圆通山上绿阴满，红过樱花去已迟。

柳港新修黄土堂，交夸好手让船娘。

盐豉未下和鳞煮，宋嫂鱼羹一样尝。

注：渔家午饭。宋嫂鱼羹，汴都名品，见《东京梦华录》。

万顷洪波金碧辉，斜阳帆片远空微。

白鱼口外滇池景，不看休教草草归。

注：同人已去，与三妹自篆港纵渡滇池，至飞鱼口。

昆明见三妹

历劫难期骨肉存，白头忽得对灯昏。

国闻传已经三世，家道何须论一门。

快意交谈倾肺腑，开怀畅饮叙寒温。

从今万里情无隔，强饭犹堪慰梦魂。

注：昆明与三妹一家团聚，不见逾十年矣。

阳朔舟行四首（录二）

江风吹浪恻轻寒，雨湿衣衫久不干。

独倚危舷贪露立，船头无数好峰峦。

云作轻裾雾作裳，偶披霞帔鉴晴江。

当年宋玉若教见，未必高唐独擅场。

戏题逍遥坡

一线通千里，双崖翠欲交。

角门连讲舍，嘉会盛夭桃。

白日行将暮，青春价正高。

他年落世网，能不念逍遥。

诗　案

诗案从来野史传，平生恩怨直须捐。

君家妙语殊堪噱，许是当时箭在弦。

注："文革"中陈某诗被人逐句分析上纲，油印成册。陈以精工装裱其册，到处征题，聊缀短句解之。末句用陈琳对曹操"箭在弦上，不得不发"语。

题西安碑林怀素草书千字文　1982

狂僧千字山阴后，群玉诸帖此称首。

飞谤犹闻记南国，摩挲定入龟堂手。

余公传刻置碑林，毡腊精工识盛明。

山雉楼头观笔意，醉里真如华岳云。

注：新都余之俊明成化中为陕西布政使，刻石。怀素，唐长沙岳麓寺僧，钱起赠诗有"狂来轻世界，醉里得真如"之句。

履平遗稿《梅溪词注》闻将出版感赋

平生每念吟肩瘦，白首长怀痛逝情。

一卷萧然身后事，人间重识史邦卿。

注：君注《梅溪词》，阐明其爱国思想，时论题之。

新正初三日，国武招集淡芳、文才诗会，附庸风雅，聊复打油

白酒黄鸡粳米香，逢辰重得一称觞。

雪多已兆年成好，会少能知意味长。

远有诗章传汉上，近来吟兴数刘郎。

酡颜相对殊堪乐，况是荆榛肃万方。

读存周七十五岁自寿诗，次韵奉和

顾影相矜二妙材，几番秋禊共南台。

年华电掣风驰去，世事排山倒海来。

尚有陈篇堪熨眼，都忘前梦早成埃。

羡君豪兴今犹在，触手芳菲到处栽。

和刘霁晴花朝集饮诗

会合良非易，繁霜鬓已催。

肺肝多苦语，文史尚清才。

意气终须敛，行藏究可哀。

太平行自至，且覆手中杯。

香港回归喜赋

往事从头不忍言，伤心一百五十年。

屡朝错遣伊犁戍，宝岛翻嵌颉利冠。

曼衍玉龙百戏幻，嵯峨樯橹万商繁。

方来世纪看华夏，海上先收故土还。

注：香港被称为英王皇冠上的宝石。

临江仙·戊辰端午陈子昂学术讨论会上作

难得今年重五日，群贤高会江城。一尊相属细论文。少陵诗在口，寒绿射洪春。　　太息雄才遭毒手，金华黯淡愁云。千秋遗恨总难平。试浇江上水，通向汨罗津。

水调歌头 · 蜀秦道上

劳动创世界，双手劈山河。蜿蜒嘉陵拍岸，钢轨驾鼋鼍。关启阳平故道，奔走乱峰扑面，移不待夸娥。一百八十洞，飞渡如穿梭。　　冲雾雨，越秦岭，仰巍峨。小小崖边车站，大字报偏多。喜讯忽传天外，绝汉横飞氢弹，威力震群魔。航行靠舵手，满路载欢歌。

满江红 · 读南方来信

边海河南，有多少亲人消息。凭旅雁、千重云水，带归河北。字字奔腾家国恨，篇篇讨伐仇雠檄。开读罢，掩卷向遥天，眦全裂。　　香江畔，玉山侧，乡园美，豺狼穴。盼乌云消散，相思相忆。共忍一眶儿女泪，起寻五尺床头铁。要狂牛火阵化成灰，血还血。

减字木兰花 · 头痛无眠戏作

匡床辗转，锥刺头颅难合眼。痛痒无关，邻室妻儿自在眠。　　起觇星斗，大好秋光非我有。鱼鸟鸡虫，各得天机生意浓。

注：入厨取水，适见四物，不禁哑然。四物者，谓坩鸡三、儿童瓶养鱼一、竹笼小鸟一、纸匣中络丝娘鸣叫正欢也。

毛任秋（1915— ）

四川邻水人。退休前任泸州市第一中学教导主任。

摸鱼儿·客纳溪忆朱德同志

过年来、水乡如画，高楼满眼林立。桥横阶际为何处？还似苏州风色。装点别。这一派、新城诗意谁吟得？寻南访北。笑老叟重游，荒丘古道，那见旧踪迹？　　君知否？此地当年护国。烽烟多少豪杰！将军去后吴郎赋，堪叹一时萧瑟。今作客。人世改、吹寒不再闻羌笛。凭栏望极。看暇日繁华，依稀海市，天上度佳节。

水调歌头·三峡

落木萧萧下，滚滚大江流。昨宵梦醒何处？风急古夔州。船过险峰绝壁，告别巫山神女，空阔浪悠悠。堤闸巍然立，吞吐主沉浮。　　锁三江，供水电，万家讴。明妃故里，今日当不再悲秋。蕴玉含珠千载，尚待西陵高峡，兴利为民谋。试看沧桑后，人境变丹丘。

临江仙·游草堂题杜甫石雕像

何故诗人憔悴甚，一生忧国忧民。秋风茅屋不堪贫。况因伤战乱，长使泪沾襟。　　天下兴亡多少事，山川草木情深。艰难苦恨放怀吟。倘无千古句，谁识百年心。

点绛唇·江干

独立江干，雨随云去空无际。柳丝风细，尚有春寒意。　　几点青山，一碧连天水。花村外，牧童牛背，晚径归犹未？

定风波·八十抒怀

梦断吹箫古市缘，一枝偏爱蜀南天。绛帐门前风雨歇，难得，青毡依旧乐年年。　　崇拜孔方非我愿，贫贱，管城除却有谁怜？已赋闲居归去好，娱老，秋窗高卧蝶翩翩。

游端敏（1915—　）

女，四川乐山人。历任中小学语文教员。退休前任四川尼众佛学院古汉语教师。

寒　夜

寒夜不成眠，落月满庭树。
披帷读素书，几案凝霜露。
时闻远鸡鸣，渐见东方曙。
漾漾晓雾开，日照芭蕉雨。

艺　菊

自艺阶前菊，辛勤树绿阴。
提壶喷雨细，把锸壅根深。
篱竹轻将护，莓苔莫漫侵。
清风盈袖袂，浣我俗尘心。

初发渝州

秋风袅袅水茫茫，隔岸层峦迤逦长。
灯火四围星玓瓅，虹霓双影锦辉煌。
晓霞渐拥朝暾出，巨艇初开万里航。
回首山城霄汉里，倚弦笑语浴晨光。

水调歌头·瞿塘峡

　　舟下瞿塘峡，绵亘耸奇峰。深峡阴云瀚郁，烟雨正迷蒙。百幅米颠山水，容我从头评赏，人在画图中。一线窥天处，波底隐鱼龙。　　转危岩，回峭壁，几多重。冲破惊湍骇浪，磊落顺江风。谁使神工鬼斧，斩断山根石骨，万里径朝宗。何限陶钧力，疏凿叹丰功。

杨林由（1916— ）

四川广安人。国立中央大学师范学院教育系毕业，新中国成立后又在北京师范大学学校教育专修班学习毕业。曾任广安中学、广安女中、广安师范、阆中中学教师、校长四十年，阆中市人大常委会副主任，离休。有《阆中历代诗词选》《零爪集》等。

春游锦屏

嘉陵三月旖旎春，为看桃花上锦屏。
莫道韶华属年少，东风吹我白头人。

赠熊开茂同志

几度沧桑存冷眼，十年磨尽少年心。
空馀白发无拘检，两鬓斑斑自在生。

谒汉桓侯祠

馨香俎豆两千年，那得清明尧舜天。
贪墨督邮随处有，将军为我痛挥鞭。

心字碑

誓夺孤危不顾身，廿年扶病走风尘。
深恩厚德铭何处，三十九颗破碎心。

注：金堂县某民警解救被拐卖妇女三十九人，事成身死。获救者为其立墓碑，刻三十九个心字。

锦屏初秋

屏山初见瘦，照水未萧疏。
竹树埋幽径，楼台入画图。
雨催黄叶坠，风送落花浮。
青壁少陵意，千年为结庐。

升钟水库阆中干渠建成

平波渺渺出甘泉，灌我区乡万顷田。
当日凿山曾动地，而今驭水可惊天。
年年稻麦腾金浪，处处牛羊下紫烟。
童子不知荒旱苦，老翁闲坐说从前。

丽江古城

短巷长街石径斜，小桥流水过千家。
烹泉待客闲题品，檐外杜鹃一树花。

梦回萧溪

梦里乡关未改颜，长街如带系秋山。
征帆片片关门石，流水潺潺竹节滩。
巨木庵封红叶树，冲相寺拥白云天。
往来尽是生人面，千里空劳一夜还。

辛巳四月车行峨边甘洛间

越溪穿岭几盘旋，万壑千峰一线天。
树未葱茏花未发，春风何日度相山。

过岳池石垭镇

十里荷花杂稻田，新街如井楼矗天。
沉思六十年前事，旧梦难寻一怅然。

阆中金银台水电站

阆苑新开万顷湖，山环水护画图殊。
层楼处处澄清影，垂柳深深荫坦途。
一片仙槎来海角，无边星斗落村墟。
嘉陵一泻三千里，知是联珠第几珠。

注：嘉陵江梯级开发，电站如联珠。

仙 桃

支农十载闹喳喳，不见枝头硕果斜。
端若仙桃来阆苑，三千年始一开花。

说 梦

飞阁危楼映晚霞，瑶池十里砌连衙。
东风催放花千树，道是唐王帝子家。

蝶恋花

早岁飘摇高意气，不慕扬州，不恋平波水。一扫妖氛挥剑起，头颅抛向千夫指。　　身老沧州心未死，皤鬓萧条，数叠清吟纸。欲写春园红间紫，害虫密密潜花底。

忆少年 · 雪汀两岁时

疏疏短发，圆圆小脸，深深笑靥。阿姨膝上坐，有莺声呖呖。　　长短纵横三五笔，歪斜斜，行行列列。是些什么字？我爷爷认得。

浣溪沙 · 秋登白塔

桥上风来岸柳摇，斜阳携我去登高。白云白发共肩飘。　　百丈丹梯梯寸寸，一江碧水水迢迢。枫红似火照天烧。

金缕曲

余九十初度，明英八十有五，结缡六十年矣。

昵我缘何事？只青衫、秋风满袖，立锥无地。共念苍生沦水火，愁看月斜窗纸。无声处、惊雷乍起。烽火连山鼙鼓激，抛头颅、矢志同生死。天下白，鸡鸣已。　　新图重绘神州喜。检书箱、高烧银烛，许身孺子。蓦地风云多诡谲，往事那堪追忆。何时见、尧天舜世？澹荡东风杨柳绿，剩白头、相濡还相倚。邻妪赞，是天意。

赵蕴玉（1916—2003）

原名文蔚，字蕴玉。四川阆中人。著名书画家。1945年到成都入大风堂，师从张大千。1949年后在川北行署从事戏剧改革工作。1952年入四川省博物馆专事书画鉴定和复制古字画工作。

辛卯仲冬初登峨眉山因赠同游张挣侯居士

游人都说峨眉好，十载梦魂绕翠辇。我来正是梅初开，时闻暗香出幽谷。同行惟有老诗人，酷爱山青与水绿。欲将辞赋赠名山，不顾山高高插天。策仗前行去，讴吟带笑攀。陟彼峨眉顶，现身云海间。长啸当崖侧，振衣望逝川。下昧尘寰不见底，凌虚浩荡何茫然。朝访村店饮，暮就僧房宿。村店瓮头三百樽，僧房贝叶五千轴。一读一轴倾一卮，紫裘笑倚维摩屋。兴酣高唱动山灵，栏外雪花竞相逐。白云送君归，双屐走如飞。归来好句贮囊橐，露满霜毫雪满衣。

题画《高泉出云图》

掣空直下三千丈，穿破白云几十重。
会向人间滋畎亩，终归沧海护蛟龙。

满江红·游石柱观秦良玉故宅

绣座凝香，正花绕将军旧宅。长想望、点兵高帐，关山云黑。蜀锦征袍霜露冷，桃花战马胭脂湿。卸兜鍪，归卧故山丘，声烜赫。　　蜀山险，野江阁；据犄角，连峰绝。聚川东猛士，总依巾帼。黄虎犹传一二舍，白杆曾抵万夫敌。问世间、几个女英雄，垂青册？

满江红·四省文史同人由桂林去阳朔舟中作

　　八桂同舟，为领略河山佳处。喜都擅、墨林神致，艺坛风度。湖海相逢联棣萼，丹青列岸轻缣楮。看玉簪罗带尽新姿，迎诗侣。　　苍梧迹，伏波路。留胜概，辉今古。仗彩毫搜入、画笺吟谱。白首惯邀天共老，壮心未觉春将暮。待扣舷、朗诵起江灵，潜蛟舞。

钟树梁（1916—2009）

四川成都人。四川大学中文系毕业。成都大学中文系教授。四川省诗词学会名誉会长。有《中国古声韵学要籍辨析》《评瑞典汉学家高本汉〈中国音韵学研究〉》《杜诗研究丛稿》《钟树梁诗词集》等。

黄果树瀑布

潮来天地青，瀑落天地白。古人先我观，吾思徐霞客。高峻世有之，阔大无与敌。片言为至公，轰隆似相答。以瀑鸣古今，造物真伟设。雾迷犀牛潭，蒸成云梦泽。徙倚丛绿前，玉沫沾衣湿。衣湿心扉开，斯游诚快极。

抗洪急书

漫说黄河之水天上来，大江南北遍洪灾。湘鄂皖赣屡告急，坚忍护堤不可摧。血肉长城御淫水，争分夺厘压惊雷。二仪积风雨，百谷漏波涛，浑浑噩噩复滔滔。大禹精神李冰志，长征气壮渡江豪。抗洪军民数百万，不逊于古不愧于今朝。誓与大堤共存亡，水没胸腹正气干云霄。战天战人理一致，拯饥拯溺无所挠。洞庭湖，城陵矶，荆江险危噫吁嘻，中央领导多人来救险，智勇兼备集群思。蹈水发言字字响，与民共命心心齐。波涛万叠紧束金堤带，前沿势峻展红旗。共产党员身先赴，突击队员无反顾。迎接挑战风萧萧，多少官民悬命将堤护。千钧一发方案定，人定胜天天可胜。政策、科技与人力，从来历史前行由物竞。他时同唱抗洪曲，壮烈史诗江河流不尽。他时同哭英雄与亲人，万水千山血泪迸。他时食果更查因，事有本末同探经验与教训。同声高唱诸天应。

留别峨眉诸学友

飞云沉黑山苍苍，松花涧水流汤汤。散发高歌今欲别，遏泉裂竹声凄惶。催行祖帐置道旁，泪流雨湿沾衣裳。欲行不行感君意，遥知白发长相望。衰颜明镜悲萱堂，弟幼族薄谁扶将。为学但识墙千仞，负郭曾无田一方。子勿为我忧拳曲，我言颠沛亦何伤。豆羹粟足改吾乐，敝袍何碍身昂藏。丹经独抱心坚石，一扫横流空秕糠。维松有根竹有节，请以质之炎与黄。我今入世归故乡，高山流水意何长。回眸伏虎报国寺，峨眉九月秋风凉。山有芝兰芬且芳，岩阿倒结扬辉光，愿以佩之慎勿忘！

注：川大迁峨山，二月后，第二学年开始，我因母老弟幼家贫，不敢放弃维生之工作，唯有请休学假回成都。诸同学饯我于山下，赋此留别，时己卯九月。

哀"七二七"

钻燧再改木，二年痛犹积。蜀民衔恨深，不忘六一一。前岁端节前，寇机犯城阙。锦里半丘墟，锦水为之赤。屋庐成焦灰，死亡相枕藉。甫二周年祭，万家哭呜咽。重罹旷世灾，重被大屠杀！大暑才四朝，时维七二七。炎云张火伞，草木迎秋发。是日在西村，其时方巳刻。离城十数里，又闻警报急。随众复前行，小丘暂憩息。地名罗家碾，幽寂殊可悦。水声流汩汩，苍蒲有佳色。杂坐竹林下，未知凶与吉。惟忧恶鸟来，蜀城再遭劫。忽闻沉浊声，其声在咫尺。忽惊竹林摇，鸟飞如电掣。目搜不见影，惟见晶光白。耳熟炸弹声，轰响达千百。久久四无闻，飞鸟复来集。戛然汽笛鸣，解除长音彻。随众复回城，惶急心如捏。回行七八里，惨景呈阡陌。或路毙无声，或呻吟流血。哭声不忍闻，风声助凄恻。一牛倒田塍，一童卧血泊。童手犹执鞭，牛肩犹负轭。一着军服人，睁目倚坟侧。视其黄呢装，恐是军官级。未能杀敌死，定知怒横臆。城乡遍遭殃，祸比前岁烈。吾闻华西坝，学子悲窀穸。黄公有少女，年才十七八。吾曾见其人，姣好亦沉默。如云复如荼，含冤皆夭折。又闻少城园，芰荷花未歇。

环池多乔木，血肉粘木末。面目不可辨，肢体皆断缺。复闻骡马市，毁夷数家宅。吾师李先生，侍母病榻疾。慈母与孝儿，同时登鬼牒。吾邻有幼子，其名小红橘。尚无餐桌高，破片削其额。大哭呼阿母，儿与母长别！其母抚儿恸，俄顷昂然立。悲啼声暗哑：儿何生中国！中国本光昌，近世被凌轹。倭寇侵吾土，更欲吾国灭。全民起抗战，齐心击顽敌。后方被狂炸，城市多破裂。城裂心尤坚，灭敌方朝食。血债必血还，安容逃罪责！伟哉我中华，岂向仇敌屈。誓当雪国耻，寸土必完璧。国政须民主，国人必团结。国共贵合作，还应除民贼。吾华必复兴，已见花苞坼。何以慰亡灵？沙场频报捷。何以誓丹心？长诗书尺帛！

注："六一一"及"七二七"我同胞伤亡惨巨，我皆有作。后者即辛巳年闰六月初四日。

成都海棠吟

草堂梅花最清绝，独惜海棠无处觅。嫣然一树经楼下，引我徘徊良久立。乱后仙姿忽不见，惆怅佳人难再得。千丝万蕊总萦心，为君曾费吟笺墨。猩红处处灿朝霞，应数城西巷子斜。二仙庵里亦殊异，道人酾酒对芳华。碧鸡海棠古所夸，鸿鹄衔子飞天涯。直令大苏楷病目，定惠院东赏复嗟。石湖乐为海棠至，繁花如屋可为家。从来春梦知难永，乞取春阴护贴梗。少陵狂与放翁狂，爱花心事谁能省？少陵未作海棠诗，后世诗人辄献疑。略迹知心超象外，纷纷著论亦奚为。天府平畴啼杜鹃，菜花黄拥绿麦田。桃李扬辉兰蕙静，海棠艳质共云天。金床玉几非吾羡，一枝闲插胆瓶妍。坐对何曾被花恼，挥毫与子相陶然。

紫荆花歌

出席全国人大七届三次会议。庆祝《中华人民共和国香港特别行政区基本法（草案）》在大会通过，并纪念鸦片战争一百五十周年，敬赋长篇。

南天一柱林文忠，虎门销毒烧天红。独具只眼看寰海，第一射手挽强弓，射手能射大海鳌。况有邓、关胆气豪，并肩直斫虎狼吭，三军志壮涌洪涛。民爱其国勇无怯，朝廷残民宁卖国。邓、林贬谪天培死，三军殉国天昏黑。香江割弃吾骨肉，白银流淌吾膏血。从兹香港属英邦，志士仁人咸愤泣！割地赔款此其始，一百馀年尽国耻。狼奔豕突任他人，龟缩鱼烂将焉止！岂无壮士拔刀举，岂无书生投笔起。爱国途路皆荆棘，国贼未除患不已。寸寸关河多悲风，行行简册成血史。咫尺香港肢相连，如隔万里成孤悬。孤悬有泪滴沧海，子子孙孙怨弃捐。港九之民吾同胞，自食其力皆勤劳。能令海壤成锦绣，琼楼翠岭郁岧峣。一从红旗升神京，香江日日望长城。出海云霞才见曙，同根荆树互关情。和璧能还玉镜合，一国两制诚英明。五年同写基本法，酌理循情辞毕达。港人治港开新例，九章细琢光腾匣。红旗之上荆花开，恰似游子回母怀。红白鲜明相附丽，吉祥如意两和谐。两色旗、徽表制度，五星花蕊示民心。万众欲擎紫荆旗，万民欢动海潮音。全国人大岁庚午，四月四日春光溥。会堂通过基本法，荆花耀采花瓣五。齐投历史之一票，伸吾肱兮直吾股。庄严隆重诏遐迩，如震雷霆鸣钟鼓。国人咸赞党领导，邓公宏策迈今古。还须酹酒告林公，百五十年气一吐！我曾几度香港行，中秋同待月华生。民族千年凝聚力，园亭竟夕笑谈声。亦曾太平洋上望，甲年岁首情激荡。滔滔海水跃长鲸，一角香江天下壮。台湾港澳明三星，统一回归众心向。昆仑峻极自当攀，黄河奔流无所让。居今思昔尤应勉，迎风更踏千重浪。昔年铁蹄碎山河，罂粟花繁毒害多。自强不息剥终复，今朝同唱荆花歌。

游乌尤寺，见赵熙所书东坡送渊师归径山诗，因步其韵

避地来作乌尤客，端爱乌尤好山色。草木葱茏秀有馀，丰容盛妆若无骨。两流会处气相蒸，渔舟掠水立鱼鹰。大佛不动观万象，深夜犹明船尾灯。江山容我三番至，昔年景物今仍是。只愁除旧到禅门，破损山头诗与字。

注：1969年底即毁。

辛巳咏梅迎新纪

琼枝玉蕊遍天涯，新纪观梅兴倍赊。
雪里孤山和靖宅，水边一树少陵家。
瑶琴三叠翻今调，华夏千秋重国花。
不愧先行春信使，领头次第放群葩。

偕敦仁龙泉区山泉看梨花

银海迷离眩也甘，清明微雨润烟岚。
层峦傅粉花千万，绝巘支筇人两三。
起舞定随曹白马，长吟宁作李春蚕。
人生难得埋忧地，月色溶溶可更探。

九龙车站与树楠弟会见

相看狂喜复沉吟，三十三年系念深。
死别同悲母姊弟，生逢难罄去来今。
九龙车站成双影，一统河山共此心。
正是香江波浪暖，埙篪偕奏且登临。

偕树楠弟隆琼女甥游观港九

百年载耻国南门，恨雨愁风海气昏。
国治方能家有庆，秋清已觉涨添痕。
登山指点观今貌，作赋铺陈待后昆。
芳草夕阳裙屐盛，维多利亚寂无言。

履平兄周年祭

扬子亭边每共行，短檠灯下马班声。
黯然回首寒云里，数十年间手足情。

哀悼刘传莿兄

少年参战伐，晚岁益呕心。
朗朗霜晨月，萧萧马上吟。
岷峨留断稿，风雨泣遥岑。
呜咽嘉陵水，乡人不再临。

丙辰六月二十日独行至龙泉镇

晓行荦确趁微明，不寐山如太古清。
树色千重争曙色，虫声一路答蛩声。
荡胸云起层峦失，转盼青浮大野平。
难理难忘多少事，心忧何日见朝晴。

辛酉冬得树楠弟自香港来长途电话

别时何易见何难，三十二年万仞山。
一线相通贴耳语，百言无忌称心谭。
虽非觌面如当面，强把长谈作短谈。
最是乡音犹未改，弟兄垂老更相关。

乙丑岁暮在北京香山访曹雪芹旧居

策马西山日色温，樱桃沟畔古槐存。

红楼一梦人间世，黄叶千峰别有村。

满纸荒唐曾渍泪，数间老屋为招魂。

壁头题字非耶是，恍见先生正掩门。

注：壁上题字之可靠性未敢定，是日同游者有刘老西林。

有闻记事

蘼芜过雨岸花开，燕子帆樯笑语回。

昨夜星辰非梦幻，前山桃李已尘埃。

情如柳絮飘难尽，愁似春潮去又来。

最是相思忘不得，一痕新月共徘徊。

沉　吟

前事不忘后世师，惩前毖后莫迟疑。

巴金厚愿非多事，近史严箴应有为。

车鉴沉沉安可讳，鼎铭凛凛庶长思。

阿房宫赋真须读，垂诫千秋万古知。

杂　诗

少青失教父兄伤，庠序几如射雉场。

德不勤修长虮虱，恶多流毒正披猖。

莫教墨子悲丝染，要助商君整社纲。

三老五更同祝愿，百年大计系朝阳。

孙钢诗老寄示近作，中有《纪念曹禺先生诞生九十四周年》二首，同深感喟，爰答四章，以相研讨（录二）

费尽才思献剧台，许多憧憬冀将来。

谁知日出东隅后，尚有昏尘散不开。

注：孙老诗句："日出光明憧憬中。"

天道张弓人道殊，茫茫左道又何如。

剧家悲剧谁来写，废了曹禺死了舒。

注：当时《日出》剧本扉叶上有两句《老子》的话："天之道，其犹张弓欤？天之道，损有馀以补不足；人之道，损不足以奉有馀。"

风入松·壬午仲春

连朝风雨喜新晴，相约远踏青。菜花一路黄金海，纵黄金、不解忧情。童子书声难继，田翁药费无凭。　　已知盛会集瑶京，农事议盈庭。扶贫济困多良策，纵策良、贵在真行。休更高台鹤步，由他野渡舟横。

浪淘沙

吴君毅先生枉顾，嘉问拙词，并出示《浪淘沙》感时四阕，赋呈。

长者款柴扉。迎坐书帷。高轩过我问芜词。击节兴嗟还曼咏，庭树新枝。　　大雅示丰碑。绝妙宏辞。国殇赋了赋无衣。沉痛声中融切望，雪后春归。

忆旧游

报载汪精卫在南京作《忆旧游》，萧公权先生嘱即以此调斥之。先生亦有作。

问中山陵阙，松柏森森，何面重攀？强说情怀苦，向胭脂井照，忸怩尊颜。凤钗携手齐赴，同是失心肝！便夜月寒螀，秣陵秋树，耻与相怜！ 冥顽，卖宗国，竟受豢仇雠，肆虐黎元。词赋难遮掩，任游踪处处，华夏江山！"佳人作贼"休论，恶竹斩千竿！共愤击倭魔，九州聚铁拳更坚。

注：汪之词末句为"寒螀夜月愁秣陵"。当时有人以"卿本佳人奈何作贼"而怜惜之。

浣溪沙·送治澄兄行

慈母视君子侄行，送君远别意情长。祝君安吉到遐方。 一月款留殊草草，满天雾瘴尚茫茫。冲寒待子迓春阳。

注：郭治澄在川大（峨眉）被迫离校。在宜宾被捕。越狱出，遭通缉。得其情，坚邀来我家，住一月又半。

浪淘沙·谢张恨水先生赐画《郊居图》

四面竹亭空，流水淙淙。皖人来蜀寄游踪。责重稗官闲不住，运笔成风。 何日九州同？遍地哀鸿。锦城一叙惜匆匆。遣魅驱魔无假贷，振起洪钟。

注：指《八十一梦》。

水调歌头·甲申冬夜成都东郊望月

亘古一丸月，今夕几人看？金波尽泻天宇，浓浸万家寒。忽听征鸿惊远，只恐烽烟望处，不似此清圆。栖鸟起林末，未忍一枝安。 沧桑感，今古恨，萃眉尖。昔人颜色都杳，一脉素心传。我欲安排尊罍，齐集人天佳士，歌乐舞翩跹。此意何由达，孤影上茅檐！

临江仙 · 戊子除夕抒怀寄赵秀林夹江

又是一年除夜里，屠苏饮罢登楼。六街爆竹替更筹。春声来耳底，剑气起心头。　　遥想青衣江水畔，伊人今夕绸缪。寒空如墨不须忧。鸡鸣天下白，明岁志堪酬！

西江月 · 偕树桂姐、树椿弟游广汉城郊，步稼轩韵

古渡多人洗马，疏林竟日鸣蝉。盲翁弹唱二千年，荷叶荷花一片。　　闲坐文宣庙外，便临房琯湖前。紫薇开满泮池边，队队儿童喜见。

摸鱼儿 · 过杭州西湖就所闻见用辛稼轩韵作

听惊风又挟狂雨，画船无地能去。岳坟于墓都逢劫，猿鹤从知无数。湖边住。空对着、断桥流水长堤路。渔樵无语。只几处高楼，千行碎墨，散作漫天絮。　　三年艾，未可金针屡误。况兼红粉凶妒。出乎尔者反乎尔，他日有人投诉。忠字舞。早则是、忠魂多难香埋土。西湖乐苦？且花港观鱼，惠庄休辩，是是非非处。

沁园春 · 杭州西湖，十一届五中全会公报传来

春色蒙蒙，笑语盈盈，今日西湖。正高峰南北，传来吉报；涌金云月，绘出新图。门对江潮，楼观海日，纵目神州见坦途。情无限，更梅林访鹤，花港观鱼。　　岳王祠墓不殊，喜重拜英灵意气舒。算千秋柏桧，终分忠佞；六桥烟水，唤起白苏。同庆明时，还追高躅，吟啸湖山岂自娱。堪持赠，借西泠笺纸，遥寄蜀都。

南乡子 · 癸酉人日草堂听田茂君唱杜诗

怨恨曲中论。塞外琵琶月夜魂。杜老《咏怀》成绝调，千春。指上新声续续闻。　　吟唱正入神。人日梅花不染尘。顿挫低昂挑复抹，氤氲。锦水香溪一片云。

水调歌头 · 悼小平同志

倾堕江河泪，悲悼小平公。荧屏笑貌常见，今日是遗容！二十一年前事，也正晨曦初现，哀乐划长空。总理含忧殁，承烈有青松。　　吾党志，吾民愿，已雕龙。腾飞更看万马，所向气如虹。缅想丰功伟绩，景仰宏仁大勇，日月转苍穹。皓皓骨灰撒，安息海天中！

满庭芳 · 读金庸武侠小说，赋黄蓉

妙语常谐，慧心多计，女中诸葛非夸。敝衣常着，不掩貌如花。觅得英雄夫婿，随他去、海角天涯。怀亲舍，桃花宝岛，几度白云遮。　　侯芭。曾载酒，得传竹棒，打狗驱蛇。作丐帮帮主，小小年华。勇可三军夺帅，围城里，笑指胡沙。亡国恨，义钗忠弁，千古共嗟呀。

注：侯芭，扬雄弟子，以善学著称。

凌文远（1916—2002）

四川江津（今属重庆市）人。新中国成立前曾参加中国共产党的地下工作。新中国成立后历任县委书记、专员、重庆政协副主席。中华诗词学会理事，四川省诗词学会副会长、顾问。有《望海楼诗存》《凌文远自选集》等。

追忆邹荻帆同志二三事

最怜妙解著乌尤，小语诗林一径幽。
莫道春归花事了，百人犹自咏嘉州。

好语连床车马喧，评弹遥祖百家言。
楼头看尽佳山水，载酒东坡侃故园。

九九阳城

九九黄花晚更香，濮湖秋月听更长。
吹箫击筑流杯罢，好酒咸夸在合阳。

八十晋二首

八十行年六十诗，少陵得失寸心知。
绿洲向使无寻处，三叠阳关更唱谁。

毕生忧患万千诗，一入文华语便痴。
难得此生无搁处，巴山夜雨悟何迟。

登巫山观景台偶忆黄陂父子五首（录四）

才下渝州又万州，平湖高峡两悠悠。
故园归去无多路，芳草连天又上楼。

履痕卒卒觅天涯，鸳梦依稀识旧家。
绝是两江楼上客，剧怜起眼是梅花。

留得乡情继楚骚，桃花人面两非遥。
青山绿水同雠校，愿为先生损二毛。

迢迢归思接萧疏，白袷青靴足画图。
何物龟蛇同石化，巫山云水落水湖。

郑临川 (1916—2003)

湖南龙山人。1938年考入西南联大中文系，师从闻一多、罗膺中诸先生，1942年毕业。曾先后任教璧山同文中学、成都华英女中、重庆南开中学、巴县一中，新中国成立后调入南充四川师范学院中文系，先后任副教授、教授、硕士研究生导师。有《闻一多论古典文学》《稼轩词纵横谈》《苔花集》（诗文合集）等。

沅陵夜宿

辞家第一程，径向山城宿，孤馆夜灯昏，时闻风雨骤。辗转不成寐，飘零伤幽独。何处起悲歌？哀音协丝竹。隔墙游学人，奏此流亡曲。同客天之涯，中原胡马逐，百感交胸臆，前尘屡回顾。髫龄寄枉川，长身事教育。移芝两岁余，桃李满园馥。国运方蜩螗，艰虞四海蹙。谆谆诚诸生，誓挽狂澜局。铁鸟横空来，烧杀鬼神哭。连连六七朝，疮痍纷满目。缘兹罢讲席，绝弦无复续。暂为劳燕分，俱作潜龙伏。今我西南行，相期骋骥骤。尝胆复卧薪，霸越十年足。岂倚半壁安，翻忘九州覆？乡关日以遥，归梦阻崖谷。

国殇行悼吴子玉将军

报载吴将军拒受伪职，为日人戕害，壮其威武不屈，晚节可风，赋诗致悼。

将军将军胡竟死，威武不屈好男子。当年图霸绍齐桓，牛耳之盟竟后先。南北纵横气盖世，文韬武略至今传。虎战龙争终折戟，项羽天亡亦人力。息影都门悟禅机，暗鸣叱咤空陈迹。清风两袖故儒生，成败何妨旧令名。奉皖馀子俱沉寂，独留壮节垂丹青，浮云世事今来变，极目神州狐鼠遍。烽火芦沟战血殷，人声愤起偕亡怨。重陷东南半壁分，断鳌立极仗群伦。西山衔石名亏实，遗臭张刘有后身。耻为虎伥绝强虏，春秋大义自齐鲁。心存皇汉身番营，北海吞毡一样苦。岁晚霜严识劲松，将军出处天下崇。遥怜家祭叮咛语，应似当年陆放翁。如此英雄赍志殁，国仇必报子孙接。三军指日向扶桑，椒酒黄龙再奠设。呜呼！招魂南国怅如何，为唱文山正气歌。

注：西山衔石，斥汪精卫。张刘，指南宋张邦昌、刘豫。

黑龙潭怀古

潭水澄泓深万丈，有龙则灵现奇象。此中祠主祀阿谁？道是南明薛尔望。先生节义凛千秋，耻向旗人作楚囚。吾子与孙宁俱绝，忠魂潭底自悠悠。百战山河恨终古，六诏孤臣心独苦。遗庙荒凉浩气存，洪吴竖子不足数。避地弦歌忧患深，烟尘长望客愁新。中兴大业须人杰，莫令神州坐陆沉。

注：薛尔望为明末滇中爱国志士，明亡，全家与犬俱沉潭底殉国，邑人立庙祀之。洪吴，指明末洪承畴与吴三桂。

七七口号二首

戎马动边声，妖氛卷北平。
百年仇必报，十日射当倾。
誓作云中守，勿为城下盟。
湖湘多壮士，火急请长缨。

决胜存亡际，群争驱义先。
忠诚惟报国，勇毅定回天。
速破偏安局，齐捐少壮年。
虎狼方入室，亟力定幽燕。

故 乡

风物故乡好，莺花三月天。
沧江摇画舫，绿树听啼鹃。
野祭清明近，春耕寒食前。
胡尘今满地，回首痛狼烟。

春暮杂题依少陵韵（录二）

亲朋遥不见，花落倍思君。
夙抱澄清志，难同鸟兽群。
时危思奋翼，气壮欲凌云。
脱颖知何日，勋名天下闻。

三军犹讨贼，战骨委泥沙。
国土殊难复，征程未有涯。
同仇指落日，跂足望京华。
痛下哀时泪，流亡亿万家。

得家书故居被炸

万里烽烟信，亡家倍可哀。
慈亲安所托，游子若为怀。
不尽同仇感，空惊浩劫摧。
还乡如有梦，难认旧楼台。

哭一多师二首

党锢摧贤达，匹夫百世师。

虚陈召穆谏，终化邓林枝。
探赜穷周易，哀时课楚辞。
赓歌黄鸟曲，岂独哭其私。

一仆千夫起，捐躯为国殇。
觉民奋狮吼，骂贼显鹰扬。
毅魄人钦敬，遗孤孰抚将。
春江明月在，懿范讵能忘。

送弟子赵义山移教之岭南

送远难为别，斯文骨肉亲。
东川擢秀士，南海跃鳞人。
集义隆师道，出山存璞珍。
家临珠宝地，行止慎风尘。

孤峰春望

边庭烽火照榆关，三楚烟花尚自闲。
帆影远飘青浦外，塔身雄峙白云间。
凭高每易作豪语，望极应难展笑颜。
为报奇男休短气，待君重整旧河山。

病中闻蝉

同向天涯抱病深，怜君相唤有知音。
碧梧老去歌空在，黄叶飞残恨不禁。
自以超行矢素志，漫将摇落怨霜林。
汉宫一曲情弥重，长系骚人万古心。

登灌县离堆公园伏龙观后楼

离堆雄观此登楼，西蜀平川眼底收。
四面云山张画本，一条铁索压飞流。
中兴漫忽前车鉴，长治须关天下忧。
老去元龙豪兴在，高歌犹胜少年游。

锦 瑟

锦瑟悲凉风雨天，生涯蓬转损华年。
饥驱蜀道同诗叟，罪系浔阳后谪仙。
抱玉精诚空自累，伤麟心事竟谁传。
从今检点鲛人泪，莫问沧溟何处边。

镜 湖

拂净涟漪一抹平，岚光翠色影分明。
侬心愿效此湖水，长向沧浪鉴浊清。

登岳阳楼

杜范诗文壮此楼，千年湖水共悠悠。
古今多少登临客，几个凭栏天下忧。

游姑苏灵岩二首

远上灵岩访古都，吴宫陈迹久模糊。
凭高聊问旧山石，记得当年西子无。

争雄吴越霸图空，如画江山今古同。
尽说国亡缘女祸，千秋谁鉴馆娃宫。

阆中锦屏山杜少陵祠

锦屏云石动人间，不放先生诗笔闲。
我亦两川流寓客，愧无新句美灵山。

薛涛井

乐籍沉沦事可伤，浣花笺纸姓名香。
须眉才子知多少，枉把风流附女郎。

还乡杂诗

总角辞家老大还，浮云春梦散如烟。
行来往日嬉游地，听得乡音便少年。

念奴娇·哀故都兼悼佟赵二将军

气吞胡羯！望幽燕、情伤故都风物。铲地妖风惊乍起，摧裂长城坚壁。铁鸟横空，铜驼没棘，奇耻何由雪？双忠效命，悲歌遥奠灵杰。　　因念甲午深仇，沼吴壮志，星火燎原发。待取射乌后羿箭，消得偕亡恨灭。大汉封疆，神州宝鼎，系千钧一发。会当破虏，芦沟重览新月。

注：用苏东坡《赤壁怀古》韵。

忆江南 · 思归二首

故乡好，芳草暮春天。片片花飞疑舞雪，声声莺语似调弦。一别又经年。

故乡好，叶下井梧秋。岸苇白连平渚阁，霜枫红映夕阳楼。惟向梦中游。

点绛唇 · 题《巴蜀艺文五种》

巴蜀江山，地灵人杰纷无数。诗词歌赋，一一称翘楚。　　百代英华，开卷娱心目。关情处，灵泉灌注，更乳新生虎。

王荪青（1917— ）

四川崇州人。中央大学法律系毕业。崇庆县园艺技术工人，退休后在崇庆县第二律师事务所从事律师工作。《峨眉月诗词》编委。

怀家润三首

六访眉山忆旧踪，三苏祠畔市廛东。
重逢已是沧桑后，问讯翻怜风雨同。
往事如烟劳想象，小楼促膝幸从容。
感君芝玉皆端秀，却笑平生类转蓬。

凭栏待月话清宵，老倦江湖恋故交。
锦里春秋思往昔，嘉陵山水记招邀。
风尘荏苒无飞雁，书剑飘零久系匏。
最是乡情犹入梦，归来孤燕已无巢。

从此天涯若比邻，几番为客共盘飧。
谊同昆仲不辞远，望里云山亦觉亲。
岂意飞笺传噩耗，纵然忍泪也沾巾。
夜台此际知何似，可有生前未了因。

折桂令·寄亚君

两间破屋常住，败壁低檐，萧瑟门户。锦绣才华，苍凉身世，老病无绪。怅秋江明月芦花，似长天落霞孤鹜。岁聿云暮，念寄笺素，珍重风雨。

沁园春

怅望寥空，回首前尘，梦已阑珊。念流年易改，壮心难抑，江山无恙，鬓发先斑。柳外高楼，天涯芳草，长使羁人泪暗弹。邯郸道、问邮亭安在？空有寒烟。　　飘零风雨关山，人道是孤舟一叶还。只旧时月色，依然照我，堂前燕子，都已他迁。老倦江湖，闲寻诗酒，剩有云霞朝暮间。秋色好，看飞鸿天际，黄菊篱边。

高阳台·吴颍吾教授逝世周年祭

异国南天，星空碧海，记曾目断征鸿。境隔婵媛，而今何处寻踪。经年怕入巴山梦，恐梦醒、细雨梧桐。更难忘、万里风烟，半世飘蓬。　　文章价重归何用？纵珍悬桂壁，难慰幽宫。地远天高，凭谁更寄诗筒。遥怜儿女奔临日，抚孤坟、泪洒鹃红。问何年、化鹤来吟，故国春风。

注：予为先生所撰写寿序，一直悬于多伦多故居堂上。

高阳台

甲戌暮春，得海外来书，稽久未复。迫岁云暮矣，赋此致意。

海上飞鸿，云中青鸟，因风有幸临空。相望无言，空劳来去匆匆。芸窗旧事浑如昨，梦嘉陵明月青松。叹文旌、一去川巴，便隔瀛蓬。　　沧桑阅后须眉在，有苔枝缀玉，无碍春红。老去林泉，登台早谢雄风。千秋多少英雄气，算辉煌、汉阙秦宫。问阿谁、揽辔潼关，来吊荒丛。

满庭芳·昆明龙门公园

日丽龙门，云飞远岫，洞奇岩峭林幽。滇池清渺，一望接天流。我欲扁舟载酒，凌波去，呼唤盟鸥。登临处，谁家玉笛，吹彻绿杨楼。　　清游，能几许，且寻快意，弛却闲愁。笑班超投笔，只羡封侯。梦醒长安不见，方惆怅，日远云浮。流连久，春城灯火，冉冉入吟眸。

金缕曲

回首西来路。是何年、天惊石破，精诚相与。云散风流音信断，重见推心如故。劳想象、郊原烟树。慷慨悲歌皆已矣，到而今、何处寻遗绪。算只有、梦来去。　　早知一别成千古。恨当时、匆匆挥手，未遑多叙。老去亲交多零落，知己尚馀几许。况又是、晴空雷雨。此去泉台知何似，问邮亭、可寄平安否？呼不应、天无语。

金缕曲

读太平军翼王石达开军帅肖轴在崇庆白云庵殉难题壁诗。

四野云垂幕。倚斜阳，挥戈立马，乱峰高处。十万横江朱帜拥，犹记激流争渡。轻骑袭，奔追孤旅。目断征鸿关塞黑，误连营、画角声凄楚。援断绝、士饥苦。　　疲师百战犹三鼓。正霖秋，歌悲壮志，有泪和雨。不信金陵王气尽，虎踞龙蟠无助。又怎奈、天心难度。一剑拼将酬君国，待春归、化作鹃啼诉。泪尽血、血凝怒。

金缕曲·惊悉严在宽兄逝世

噩耗悲何骤！算平生、天涯知己，数君雄秀。老去元龙豪气在，望尽江南烟柳。记几度、停云诗就。树帜吟坛行我素，又毫端、挥斥龙蛇走。惊四座、拿云手。　　巴山夜雨难回首。问年光、如能流溯，易招魂否？锦水风光多异昔，老了琴台故友。况西望、白云苍狗。五十年前轻一别，念归难、料是频倾酒。叹此后、更何有。

刘福善（1917—　）

四川岳池人。岳池师范学院文科高级讲师。

春日偶成

天道人生似有常，乐天只为少忧伤。
春来冰雪都消尽，惟独新添两鬓霜。

偶　感

华年逝水烟波渺，两度南冠志未消。
捉鳖屠龙俱往矣，诗心犹自起波涛。

悼亡妻

琴瑟和鸣忽断弦，清明又到倍潸然。
纸钱有意化蝴蝶，血泪无言托杜鹃。
芳草凄凄寒食墓，落花寂寂晚春天。
常思苦雨凄风夜，浩劫相依逾十年。

李高平 （1917—2000）

四川洪雅人。1938年赴延安参加工作，1983年离休。曾任四川省诗词学会顾问，四川石油老年诗书画协会会长。有《野闲集》《李高平诗词钞》。

离休书怀

逝水年华何处寻，无多奉献愧方深。
宜将旧事陈高阁，且看新红染上林。
乳燕梁间初学语，雏莺枝上正调音。
休伤老大繁霜鬓，应惜残英爱晚晴。

忆海口友人

凭高极目望南天，一样相思两地牵。
也拟琼州春共住，红情绿意润心田。

取汇忧伤

解困勤工客远方，锱铢汗血汇家乡。
镜花水月空嗟叹，邮局门前泪几行。

白条伤农（录一）

伤农最怕白条条，失信于民即此招。

不测风云舟可覆，将晴将雨看明朝。

乌夜啼·乡村教师叹

薄薪积欠甚来由？圣贤愁！无奈节餐授业喊干喉。　　吃公费，华筵醉，几时休？对比两般滋味在心头。

凤凰台上忆吹箫·己巳冬有感

沧海楫流，乱云飞渡，声声鸥叫枭啼。忍见那、征轮逆转，颠倒离奇！但阅千秋史册，还魂梦、终究灰飞。休嗟叹，阴晴变幻，雾暗清晖。　　滚滚黄河九曲，总东注，奔腾万里谁羁？等闲看，春兰凋谢，夏蕙葳蕤。且上高楼望远，寒夜里、隐约熹微。晨鸡唱，飘飘再展旌旗。

行香子·住洪椿坪

袖帽风吹，杖履云随。沿溪行，路转峰回。岩悬瀑布，寺倚崔嵬。看日将没，猿将宿，鸟将归。　　秋宅门朗，夜色生辉。借禅房，独自思维。前驱后继，物换人非。料路无阻，人无心，愿无违。

锦缠道·忆旧

记得初逢，恰正是人年少。喜同窗、心心相照。殷勤彼此倾怀抱。况味殊饶、日暖春风好。　　奈卢沟月沉，铁蹄侵扰。急匆匆、从戎分道。各一方、争忍音书杳。至今谁解？久久情难了。

李潜修（1917—　）

笔名李子，四川兴文人。1943年毕业于上海交通大学。1952年起在重庆港务局、重庆造船工程学会工作，1987年退休后任重庆退休工程师学会《晚晴诗刊》编委。

菩萨蛮·西双版纳风情二首

西双版纳风情艳。四时花茂春无限。有女着长裙，绮罗衫薄轻。　　椰林深处去，芳草如茵地。倚偎学鸳鸯，娇声唤小郎。

东山月已高于树。怨郎有约何迟误。本想按时来，客来离不开。　　晚风吹送处，切切人私语。月夜莫空归，良宵能几回？

但仲廉（1917—2017）

四川合江人（今属重庆市）。重庆西南师范学院毕业。曾执教重庆中学师资班、成都老年大学诗词班。为中华诗词学会会员、四川省诗词学会理事。有《但仲廉诗文集》。

幽兰行

兰性本芳洁，独秀青岩巅。蜂蝶纷纷不敢到，清芬四溢留飞仙。昔有张九龄，云是隐者悦。今何独不然，每遭富儿劫。富儿买笑营金屋，也学风流种花木。充肠酒肉说看花，秽气熏花花欲哭。叶枯花萎弃不顾，那知芳洁是何物？回头欲问卖花人，市侩见钱争逐鹿。穷收乱窜到深山，挖断兰根绝兰族。顿使乾坤少清气，只愁山海长沉没。几时唤得春风回，一扫腥膻洗尘俗。还我青山山更青，但见秋兰春蕙参差绿。

浣花夫人歌

百花潭上貌如花，从小学剑屠龙蛇。生性原与西子异，只浣僧衣不浣纱。桃花红映李花开，春风旖旎旌旗来。将军迎得枝头凤，美人原是出群才。琴瑟和谐双燕飞，流苏帐里长相偎。早起京华事朝觐，愿儿夫婿莫迟回。逆贼江阳伺机久，封豕长蛇乘夜走。芙蓉城外战云横，风雪漫漫贼乱吼。匣中宝剑夜长鸣，凝神细听风雨声。运筹决胜三千里，奇兵突出贼披靡。众志成城那可欺，英姿飒爽奇男子。前有木兰后红玉，巾帼长才差可拟。君不见，舞尽霓裳弄羽衣，马嵬坡前呼不起。又不见，朝来城上竖降旗，深宫更觉添羞耻。吁嗟呼：从古鱼龙性态殊，世间英物何时无。池中英物信有之，飞腾当趁云雨时。回看花发清江上，玲珑头角多蛾眉。

陪酒女郎醉死歌

五粮液，蝴蝶杯，花枝袅袅入罗帷，为君把盏君莫推。季子多金我多情，相看不厌两心倾。十斛明珠不足贵，桃腮红腻柳腰轻。那知君家重豪饮，开口一吸江海平。樱桃小口啜余沥，顿觉天昏人倒立。酒绿灯红了不知，醉成软玉娇无力。此时不待倩人扶，倒入君怀令君惜。拼将一命报相知，剩有芳魂向谁泣？须臾主人指点重开宴，眼前尽是桃花面。腰缠万贯客登楼，楼外风吹花落啼鸟怨。

悼郑君实

初闻心已惊，近门情更怯。谁知转眼间，遽尔成永别。翻疑三日前，前来为诀别。论交循古道，谈诗每心悦。犹记白果园，花下多词客。相携入座时，人笑星同月。胡为天不佑，此境难再得。独行何踽踽，思君常恻恻。

山中白雪女儿歌

连天风雪青山白，山中女儿眠不得。传闻山前岩欲飞，辗转夜深念行客。山间流水几时回，举头欲问天边月。檐前已结玉阑干，山中老树多腰折。快将健步向前行，冰雪难遮心头热。赫然途断苍岩崩，乱石云堆百丈绝。耳听大车滚滚来，势如千钧悬一发。情急人忙冲向前，手舞足蹈声嘶裂。声嘶裂，四山响应行不得。行不得！震撼来车不敢前，声声直到东方白。县长寻来颁奖金，怪底女儿不肯接。细问姑娘意如何，但愿将钱修桥补山缺。闻者仰天大笑世间污吏多，胡为山中女儿白似雪。回头我欲问姑娘，忽见云中飞双鹊。

闻黄金宴感赋

仙家点石只空论，今把黄金和酒吞。

夸斗早输王恺富，效颦可是季伦孙。
当年痛洒英雄血，此月谁招帝子魂。
泪眼绿珠楼上望，乱红啼鴂有馀痕。

怀海峡彼岸砚友杨廓

思君情味浓于酒，何日乘风过小楼。
我有狂歌无处寄，皂石红叶月中秋。

金厂沟彩虹

留得秦皇鞭一条，神光七彩措山腰。
撼将顽石和云去，好取清波染画桡。

鱼入天星

符阳胜景天星窝，大若面盆，有无数凤尾鱼，逆流而上，聚集其中。
清溪曲曲绕君庐，泼刺双双凤尾鱼。
不向龙门争跃进，天星窝里并头居。

游浣花夫人祠

毅魄英风壮锦城，百花潭上早飞声。
谁知商海云横日，潮自夫人脚下生。

忆亡妻甘淑琼

云寒风冷雁呼群，长夜思君复忆君。
记得十年灾难里，麦羹半碗让三分。

眷念龙泉长松寺亡妻寒灰

秋怜过雁孤飞翼，眷念桃花西复西。
精魂欲化相思鸟，夜夜长松寺外啼。

画　竹

爱煞文同画竹奇，不辞头白写疏枝。
老妻笑指千竿绿，记否当年作马骑。

蓑　笠

蓑笠难遮墙角风，破盆空接床头雨。
岂因力薄重凝寒，愁听东邻啼幼女。

访落实知识分子政策复查团

破笠遮头倩勿猜，鹑衣带雨渡江来。
天公倘若睁青眼，击鼓催花次第开。

别施公玳步韵

幽兰云外秀，野鹤信天游。
共饮一江水，长歌百尺楼。
调高殊寡和，义盛每多愁。
回首碧波静，娟娟枫叶秋。

鹅岭公园观菊展

重踏天鹅岭上霜，鬓毛带雪菊初黄。
金风飒飒摇秋色，玉露瀼瀼靓晓妆。
龙爪凤毛无俗态，美人香草忆潇湘。
归来翻作长征梦，一路看花到洛阳。

读临川兄扫昆明闻一多师衣冠墓诗

万缕情丝可奈何，衣冠千古葬云萝。
当年痛洒苌弘血，大地谁扬沧海波。
惆怅一潭如死水，低徊小唱洗衣歌。
秋来欲化双鸿鹄，啼遍东南涕泪多。

题笔架山飞仙亭

云封笔架为谁开，万里长江到此回。
四面青山三面水，飞仙亭上我归来。

赏　梅

平生不作南柯梦，卧看东山半岭霞。
剩有闲情三万斛，一时倾泻到梅花。

谢苏州李人俊惠寄芝麻糖

胡麻本是仙家种，青鸟衔来细品尝。
情似春江流不尽，味同蜂乳更添香。

遥知月淡梅花瘦，中有人兮逸兴长。
一点诗心云外寄，教余夜夜九回肠。

甲戌偕家人游青城

一路萦回春色里，数峰沉醉夕阳西。
何须掷笔惊山鬼，但有清吟伴老妻。
古木参天花气重，寒流咽石乱云低。
洗心池畔开心笑，戏说孙儿似水犀。

留别青城二首

云随雨脚山前过，鸟背斜阳贴水飞。
三十六峰天外秀，青城长住不须归。

长松倒挂千秋月，玉垒云寒杜宇啼。
笑我远来驴背客，青山红树不胜题。

喜读故人书

昨夜得君书，浓情如可掬。
明月出东山，开窗百回读。

抗日英雄之歌二首

吉星文

卫国谁开第一枪，横刀立马射天狼。
卢沟桥上凭栏望，犹有风云护战场。

王铭章

台儿庄上扫残晖，滕县城头大合围。
拼此一身成砥柱，万人争迓血衣归。

生日感怀四首

风霜散尽春方好，老去栽花翻觉狂。
但愿天清香满径，此身虽瘦亦何妨。

南华一卷几多时，梦里轻撚绿绮丝。
此境人间难再得，月明花下读新诗。

买得楼居一展眉，繁华照眼岂堪嬉。
万家灯火通明夜，应记当年风雨时。

造物忌盈还忌骄，载舟犹得认前朝。
巨人肝胆英雄血，毋使今宵叹寂寥。

迎接港澳回归三首

一从罂粟误中华，云锁香江噪暮鸦。
重向太平山上望，红旗招展灿如花。

天然骨肉总深情，喜听儿归唤母声。
寄语鹧鸪香水上，回头月是故乡明。

百年港澳雨初晴，大地春生沧海清。
唤起阳明山下客，云帆快向日边行。

中秋有怀四首

中秋露冷梦难成，岂有情痴意未平。
记得团栾双照影，不堪惆怅月孤明。

十年难得月华明，此夕欣逢玉宇清。
顾影独愁人不见，空馀零泪到三更。

浮生若梦是耶非，儿女楼头望汝归。
留得团团双月饼，夜深犹自仰清辉。

月下屡惊花弄影，梦中犹自唤真真。
此生恨不重相见，何处招魂李少君。

高阳台

人已春装，我仍冬服，年来衰病堪怜。应怪东风，几回乍暖还寒。柳枝渐共春波绿，强登楼、一望家山。负归心，只见鸥飞，不见吴船。　　梅边踏月情犹记，剩相思有分，再会无缘。谁怜哀禽？沉沉恨海难填。前盟尽在空劳梦，盼双鱼，久断书传。叹今生，伊误聪明，我误儒冠。

明 朗 (1918—2006)

陕西南郑人。1936年底参加红军，1938年加入中国共产党。历任红军宣传员，八路军一二九师三八五旅宣传科长，解放军三兵团宣传部长。中共川东党委宣传部长，中共四川省委宣传部副部长、部长。"文革"结束后，调任华东工程学院党委书记兼院长，1983年底离休。有《明朗诗词选》。

赴美探亲

年迈心犹壮，横穿北极光。披襟美利坚，濯足大西洋。昼夜虽颠倒，时针同往常。社资皆主义，优劣自评量。富强固有策，造物慨而慷。地广人稀少，凌空易翱翔。长才趋燕路，黑白杂棕黄。绿草连天涌，树多空气良。城乡被锦绣，豪富之天堂。欲深尺寸目，言语大屏障；欲览人间世，文盲对报章。幸有小孙女，咿呀绕膝旁；儿媳均和顺，伴游假日忙。南下白宫路，途经旧战场。北上纽约郡，世贸有馀殃。气势恢宏大瀑布，排山倒海乾坤壮。五湖之水齐咆哮，宣泄奔腾争酣畅。洪流直下三千尺，银练横宽八百丈。急湍雷鸣谷壑震，浪花飞溅九天上。为云为雾蘑菇影，雄跨彩虹成绝唱。车行百里犹回顾，环球罕见非虚妄。暮年难远适，老马恋故乡。旧屋总悬念，归心向锦江。秋风蜀水碧，秋雨巴山红。行行复依依，依依白云中。

注：美国东部夏季时间和北京时间完全相同，只是昼夜颠倒。

西 山

革命当官泾渭通，人情不与战时同。

名缰利锁污颜色，故叫枫林十月红。

八句又四杂感（录三）

步枪小米十年兵，姓社姓资半世灯。
纸醉金迷残月夜，涛声不断旧时情。

聚散风云岁月绵，山青水碧伴硝烟。
尘埃落定夕阳远，劲节寒枝入暮年。

熊熊炉火黄泉路，岁岁哀音送故人。
明月清风今论价，远山近水岂无情。

大跃进反思五首（录三）

炉火照天红，树林一扫空。
卫星日日放，都在报刊中。

苍藤古木泪，浮肿遍城乡。
争猜因何病，无人道缺粮。

万岁馀音杳，死灰易复燃。
至今思彭总，慷慨撼庐山。

王膏若（1918—1997）

四川渠县人。达县师专（今四川文理学院）中文系党总支书记、副教授。有《易沉诗稿选存》。

与客谈禅

抱树眠风乐自然，长吟不用郑公笺。
劝君且莫谈高洁，记取螳螂伺叶边。

遥复《当代中国人物》编辑部

浮生六十本平平，天外来鸿抚掌惊。
我若能登人物志，恒河沙数尽知名。

梦 呓

北窗午睡，蝶梦依稀，恍于三春夜雨之时，偶获野鹜沙鮀之句，醒续之。
三春夜雨听潇潇，晚景童心两寂寥。
野鹜蹒跚矜虎步，沙鮀泼剌笑鲸腰。
栽花总说姚黄好，得月犹夸地势高。
非是是非谁管得，竖吹笛子横吹箫。

评讲师

绛帐何能任纵横，执鞭卅载未成名。

辛勤为种红桃李，惶惑羞吹紫竽笙。
珠露风前难握手，蜡枪纸上不飞缨。
此生但愿松长茂，鼓动涛声共鹤鸣。

感　怀

平生不识马蹄骄，一卷残编一缊袍。
六十年来尘网里，几曾心事涌如潮。

参加地区文教先代会

六月巴山动好风，群英聚会话时雍。
雄筝急管情无限，彩笔教鞭意有通。
漫道辛勤云鬓改，莫愁婉转玉吭慵。
长征跃马频挥手，互许年年此地逢。

春节看《红牡丹》

遍地哀鸿活命难，八年烽火上眉端。
匹夫有责频尝胆，肉食无能枉作官。
艺女风尘忧国泪，青骢野谷出征鞍。
百花齐放谁魁首，一曲悲歌红牡丹。

日本文部省篡改侵华史

秋风八月受降幡，生者同仇死者冤。
不道倭刀藏笔里，奈何历史志根源。
火光尚在横眉际，血海难泯怒泪痕。
几个苍蝇空呓语，看他鼓浪撼昆仑。

退休二首

自把吟鞭作教鞭，桃开李绽蝶蜂翻。
凝情负手望春色，粉墨匆匆四十年。

讲席犹存可再留，他生未卜此生休。
喜看后浪推前浪，历史长河万古流。

国仵病中二章

锦瑟情深怕断弦，徘徊仰屋想当年。
墙高六尺歌声朗，饼厚三分笑影圆。
月下听书常系慨，炉边问字屡忘眠。
弋人空谈含沙伎，不料鸿飞上远天。

逃生容易养生难，无欲寡思乐等闲。
月落寒塘甘冷淡，风吹大海不波澜。
脏蝇腐鼠高门苦，茨草苔花野谷宽。
俚语全非弹铗意，惟求再有十年欢。

尹学进（1918—　）

　　湖北麻城人。武汉大学机械工程系毕业。退休前为四川省化工总厂副厂长，总工程师。

引退吟二首

　　芬芳桃李满园春，六五年华引退身。
　　体质未宜杯里物，襟怀略似剑南人。
　　衰犹好学真痴癖，老尚多情或寿征。
　　青白江边形胜地，机声塔影弄斜曛。

　　静鹤闲云意自悠，岷峨山色杖边收。
　　赞襄岂必躬逢盛，散置宁忘礼遇优。
　　壮志不教随齿谢，虚名应忌为身留。
　　晚晴一片饶生趣，勉力仍甘孺子牛。

嘉陵江索道

　　重来才隔岁，别样见山城。
　　夹岸高楼矗，腾空巨缆横。
　　纵身临舫舶，转瞬过嘉陵。
　　天堑真飞渡，风波了不惊。

白敦仁（1918—2004）

字梅庵，室名水明楼，四川成都人，祖籍河北通州（今属北京市）。曾就读于四川大学，毕业于华西大学中文系，师从庞石帚。1942年起，历任成都中等学校语文教师，华西大学中文系助教，成华大学中文系讲师，波兰华沙大学东方语文学院中文系讲师，成都大学中文系教授、系主任，李白学会副会长，杜甫研究学会顾问等。有《水明楼诗词集》。

白帝城

无复城头旌旗斜，中原万里净风沙。
雕青恶少成何用，一例公孙井底蛙。

注：王昭远谓李昊曰："领此二三万雕面恶少儿，取中原如反掌耳。"见《五代史》。

北京杂诗

蠹鱼身世不离书，未必今吾胜故吾。
说与雷钟应绝倒，相看白尽老髭须。

注：于冷摊见《焦桐集》，余二十岁时，与雷履平、钟树梁合刻词集也。

华　沙

乔木无风江水波，春城散策几经过。
未销折戟沉沙久，曾扫落花喂马多。
百战江山思壮节，几人筹策在讴歌。

仆碑发冢浑闲事，物色生机总不磨。

注：1959年市中掘土，得大量枪械弹药。葛常之诗云："慎勿扫花供喂马，恼人秀色自堪餐。"

摩斯基阿阁纪游

稽天不见碧粼粼，山态犹呈斧劈皴。
雪压平湖宽作镜，踏冰人是好腰身。

瓦银基公园

黄金秋色瓦银基，指点残垣说战时。
曾是花前同起舞，夜莺声里幻闻鸡。

注：波兰人称九月为"黄金秋"。

留别格拉波夫斯基

丁香如雪水平桥，万里归车自此遥。
六月华沙最相忆，高楼白夜诵离骚。

注：华沙夏夜尤短，人称白夜。

过乌兰巴托

天似穹庐地砥平，风嘘大碛作潮声。
沙头一点白于雪，道是乌兰巴托城。

周恩来总理逝世述哀

昔者东欧宴，堂堂大国宾。

众中忽顾我，廿载尚闻声。

食少事能久，功高业未成。

江流石不转，应是奋馀生。

柬守元

城西屈夫子，精爽近何如。

老至能无病，时需强著书。

向庞悲草土，儒墨有锱铢。

会奋铅刀割，乾坤一壮图。

迎　凉

百年寸寸挽强弓，文史倡优几异同。

玄晏频年常抱病，子桓三十已称翁。

料量药裹供长算，整顿书签诩近功。

更喜一凉秋睡美，江涵新月照帘栊。

新千年元旦试笔

汉家元始作初年，伏莽兴刘祀二千。

一虱裈中天地大，众狙栈畔日星悬。

书生爱说虫沙劫，泽雉惟薪饮啄权。

再掷千年与更变，蓍龟聊为卜其先。

注：汉平帝元始元年是为公元元年。

庚辰除夕立春

一饭三遗矢，三观一切空。

老来情味别，不复论英雄。

海岳当年事，声诗几辈同。

莫言今岁尽，今夕又春风。

瑞鹤仙·戊辰重阳呈二赵公

一杯须引满。正向老逢辰，意多世短。交亲半星散。甚茱萸能卜，隔年谁键。云边疾影，叹身是离群过雁。笑长年、自坐诗愚，依前信他书卷。　　不见、旧行吟地，跋扈飞扬，乱山成片。浮云万变。算玉垒，久经惯。傍锦江天地，黄花开处，记否城闉百战。望崦嵫、路远多艰，索求莫缓。

注：念君句云："史实焉能尽信书"。"计程知是恭州近，一片飞扬跋扈山"，元凯旧句也，余甚爱诵之。

李维嘉（1918—2018）

　　重庆人。高中修业。新中国成立前曾做地下党领导人。新中国成立后曾任川西行署委员、土改委副主任等职。拨乱反正后曾任中共四川省委委员、四川省文联党组书记、四川省政协副主席。长期任四川省诗词学会会长，《岷峨诗稿》编委。有《冰弦集》及其续编。

亡命途中三十初度

风雨江干路，空山泣杜鹃。
劳生惊卅岁，亡命闯千关。
愁结无眠夜，鸡鸣欲曙天。
雄师何日至，一为挽狂澜。

别朱翁召南

遮颜过闹市，投止入危城。
慷慨主人意，纵横客子情。
感君一瓢饮，报世两心倾。
挥手今朝去，龙泉昨夜鸣。

梦　兄

愧我长相累，犹来入梦频。
疏财恩义重，多难弟兄亲。
见在边荒地，流为刑役人。

问家家已破，一恸觉清晨。

自注：兄因我入狱，备受酷刑。

不　寐

浪阔河声近，月斜更鼓长。
青燐依旧垒，乌鸟吊新殇。
草折知霜重，柯横见树昂。
沉吟待天晓，浩浩野风凉。

乐山党史座谈会抒怀

青春一别白头逢，草履征尘忆旧踪。
百战旌旗开社稷，千秋节烈论英雄。
平生意气山河里，半世艰危风雨中。
又看夕阳无限好，高歌休叹阮途穷。

怀胡启芬烈士

塑像丛中觅旧知，风鬟绰约是耶非。
青春默默闲抛处，长夜漫漫欲尽时。
密语茶楼通暗讯，严妆灯市避缇骑。
洞天朗月千秋照，炼狱犹传一笑微。

自注：烈士为地下党重庆委妇委书记，1949年罹难于重庆渣滓洞。

怀陈然烈士

横眉英气仰风华，杯酒畅谈豪士家。
耐得祁寒冰入骨，忍听长夜鼠磨牙。

电波油墨传春信，灯火鸡窗露晓霞。

一掷头颅人往矣，半江凉月漾悲笳。

自注：烈士为《挺进报》代理特支书记。

怀何敬平烈士

牢底坐穿成绝唱，伤心又哭旧交残。

八年征战轻生死，半世情亲连肺肝。

抵脚宵深同被暖，围炉酒淡傲冬寒。

惟期再续鸰原梦，共坐江山一览轩。

自注：烈士为余加入重庆地下救国会之介绍人。

红岩梦忆

梦里红岩尚俨然，依稀犯险又登攀。

高榕聊志阴阳界，安步漫穿生死关。

小住横磨三尺剑，孤悬别拥一重天。

茫茫无际山城雾，灼灼明灯照夜阑。

自注：红岩村有一黄桷树，树左通八路军办事处，树右通国民党特务驻地。

咏马识途同志

沙场征战久，老马识途归。

说部传新作，吟坛试偶题。

牛棚怀旧咏，古庙悼亡词。

一诵三长叹，风吹万木悲。

哭传莐

一腔心血注岷峨，草草诗坛汗渍多。
不事张扬邀宠誉，但将岑寂助吟哦。
词翻江海波澜壮，春暖花溪笑语和。
作嫁馀生伤遽逝，望门惆怅抱琴过。

断弦吟

箫心剑气影娉婷，踏遍冰霜始识卿。
市隐掩扉人语细，宵征浥鬓露华凝。
赤旗雷鼓曈曈日，锦瑟灵犀脉脉情。
四十八年恩似海，忍听风雨断弦声。

少年游

少年子弟江湖老，旧梦恩仇日夜生。
拼得相思到头白，宝刀不负负柔情。

重访五通桥忆旧

皖南事件前夕
古榕夹岸荫芒溪，桥影波光入望迷。
盐井梆声寒夜永，满天风雨听鸡啼。

接 头
寻幽深入荻花洲，萧瑟西风草莽稠。
低诉满怀家国恨，樵人却认是鸾俦。

煤 窑
匍匐幽冥地底行，煤窑人鬼不分明。

小西湖畔风光丽，袅袅清歌杂怨声。

情　报

无边血雨任纷披，泪眼云天不偃旗。

虎穴初探终得子，东窗密计寇深时。

大风歌

遥忆溪桥肃杀秋，大风歌罢起轻愁。

难忘五十年前事，重到刘郎已白头。

注：五通桥属乐山市辖区，是作者当年地下活动基地。

昼　寝

百尺楼高一枕风，萧疏两鬓夕阳红。

江山万里馀孤鼠，忍看尘封壁上弓。

重到峨眉

峨眉山下月如霜，池馆双栖枕簟凉。

此日遗踪独寻遍，荷花不似旧时香。

咏京剧名家李维康

荧屏初识李维康，舍子悲歌绕画梁。

我有心肠如铁石，难禁老泪也盈眶。

香莲一曲琵琶词，声泪淋漓弃妇悲。

啼血子规凄恻夜，馀音袅袅沁心脾。

注：李维康演出剧目有《二堂舍子》《秦香莲》等。

悼杨析综同志

噩耗惊传难自安，愁云惨淡百花潭。
骚坛顿失擎天柱，遗响凄凉蜀国弦。

林下高吟对夕晖，虚怀相与切磋时。
笔底毫无颐指气，惟多山水性灵诗。

蝶恋花 · 答人

几许春秋忙里度。不解悲秋，不惯伤春暮。月缺花残由汝去，死人休挡活人路。　　今世风流应已误。遍地哀鸿，几对神仙侣？面向刀丛无反顾，无情正是多情处。

鹊桥仙 · 赠艾淑斌

芙蓉城郭，梵音街巷，倚户慈亲凄楚。残阳破庙寄天涯，愿尽把、华年相许。　　热情如火，幽姿胜雪，湖海女儿气度。个人读史夜挑灯，卷末处、鸡鸣风雨。

双双燕 · 念嫂

毁家也罢！纵儿女啼饥，慈亲悲诉，柔肠寸断，阿嫂一肩担负。那更分鸾燕侣！但放眼、谁家不苦？应惭累你千般，念我天涯何处！　　回顾。云乡鄂楚。向锦里漂流，强颜歌舞。绮罗金粉，旧梦泪珠难数。寻遍人间道路。望北斗、倾心相许。听取午夜荒鸡，隐隐秣陵鼙鼓。

自注：嫂因我一度被拘。

江城子 · 怀莫愁胞妹陕北

女儿生小住江城。夜潮升。一灯青。书韵悠悠、乌鹊已无声。萧瑟门庭知事早，悲世态，不平鸣。　长成憎爱最分明。自幽贞。更豪情。抛却愁多、留得莫愁名。一曲高歌人去也，十二载，付长征。

长相思 · 怀怡荪陕北

碧涧崖，紫烟崖，谷影林阴映绿苔。月明千嶂开。　雁频来，梦频来，皓魄当空风满怀。清霜湿玉阶。

减字木兰花 · 栽秧富顺海棠坝

清明节气，丽日春风三十里。初试栽秧，如醉情怀嗅土香。　平畴新绿，指点秋收万担谷。多谢乡亲，厚意浓茶满满斟。

南乡子 · 晚秋

寥阔蜀天秋。诗卷风怀一叶舟。回首烟波千里渺，何愁？岸柳萧疏月似钩。　小憩荻花洲。鸥鹭相亲认旧游。爱此枫林暝色好，堪留。不是消闲白了头。

武陵春 · 长沙

客馆春寒终夜雨，秋意满潇湘。彷佛孤灯消水塘，又听唱浏阳。　晓起晴霞明绮户，岳麓郁苍苍。爱晚亭前一瓣香，高冢吊国殇。

桃源忆故人·谒韶山冲

韶山冲里人何处？杨柳池塘门户。啼血杜鹃如诉。阵阵飞红雨。　　一家忠烈从头数。岳麓橘洲湘浦。井冈旗飘千古。遗恨功高误。

水龙吟·登济南解放阁

半城湖水迷蒙，画船疏雨轻烟里。衰杨几树，败荷数叶，晚秋况味。漱玉凄清，稼轩慷慨，聊斋诙诡。任游情怅惘，览今怀古，收拾起、骚人意。　　高阁重台雄丽。试登临、风前眼底。围棋一局，指挥若定，陈郎才气。破此金汤，全歼顽虏，义师青史。甚荒唐陷诟，满腔悲愤，至今难已。

水调歌头·游徐州

鬓浥剑门雨，飞毂入彭城。漫寻九里山下，楚汉旧刀兵。何似长淮鏖战，誓翦鲸鲵百万，雪阵舞红旌。烈士千秋血，广野扫连营。　　中原靖，鹿谁手？伫收京。且听十面埋伏，笑看大江横。今日黄河绿拥，沛泽歌风欢动，浊浪定澄清。重话英雄事，把酒快哉亭。

沁园春·妻弟自台返蓉探亲

十二桥边，旧梦依稀，稚庐绝尘。怅柴门白发，海隅赤子，望穿双眼，隔岸离人。四十馀年，八千多里，黯黯乡愁盈酒樽。残笺在，看少时家信，虫蛀啼痕。　　今朝似幻还真。纵化鹤、归来仍此身。见女兄健朗，犹饶才气；椿萱凋谢，难省晨昏。生养劬劳，哀哀父母，何处桐棺三尺坟？堪欣慰，对临风玉树，花市芳春。

锁窗寒·悼胡耀邦同志

习习清风，洋洋浩气，润物春雨。丛芳郁秀，脉脉此情谁诉？谢东君、酿花护莺，连天碧草欣无语。看绿阴广蔽，千家白屋，树高如许。　　难驻！归何处？听杜宇悲鸣，落红泣露。长街十里，目送心伤凝伫。蓦然间、云黑压城，逆流滚滚君识否？望北辰、眷眷招魂，大地消寒雾。

沁园春·悼婶

霜鬓秋宵，残睡疏钟，峭寒薄衾。忆蓉城负笈，少年落魄；婶尤怜我，一饭千金。触目飘零，御街偕步，飞絮蒙蒙春昼阴。风华茂，似相依姐弟，濡沫情深。　　兰闺悒悒芳心。望北国、茫茫鱼雁沉。任白头遗怨，采蘼抱恨；回天无力，徒抚孤琴。何以分忧？予怀渺渺，长路漫漫费苦吟。凄凉甚，待斩蛟归日，梦已难寻。

凤凰台上忆吹箫·白发吟

白发临风，青衫浥露，晚来忧愤难平。问一池波皱，底事干卿？忍赋铜驼荆棘，多少话，欲说谁听。新来病，销愁淡酒，遣闷骚经。　　铮铮！几根瘦骨，撑一副皮囊，犹自峥嵘。念井冈人去，高树凋零。惟有龙华血裔，应不负、金石前盟。孤吟罢，沉沉夜空，几点寒星。

南乡子·读杜牧泊秦淮诗

犹唱后庭花。烟月秦淮卖酒家。商女不知亡国恨，堪嗟。泪湿青衫北斗斜。　　同是感天涯，一片冰心两鬓华。独对寒灯如梦寐，啼鸦。凄绝东陵学种瓜。

游 冀 (1918—2001)

字骥德，祖籍四川乐山。十七岁参加四川省县训班考试获第一名，入省政府工作。后在尼众学院教古汉语，曾任《岷峨诗稿》特约编辑，四川省诗词学会副秘书长、顾问。

道旁候车书所见

农舍有雌鸡，觅食来道左。日暮思欲归，旧径远难果。踟蹰立溪边，鼓翼一飞过。直向大田趋，啄食犹未惰。遥见返其舍，篱门尚未锁。群雏争相迎，似为平安贺。候车见斯景，其事亦琐琐。小物有睿智，微吟赞曰可。

题允叔画竹

旧家庭院遍幽篁，一自楼居逸兴忘。
忽见疏枝留素壁，引将清梦绕潇湘。

新年戏占

又放新年假，三天不上班。
街前移几凳，竹下洗杯盘。
盐炒花生米，烟熏豆腐干。
悠然成一醉，不觉电灯燃。

悼稚荃先生

风冷绛帷日，雨寒玉垒时。
艺林悲硕彦，彤管失宗师。
史论两京著，才名九域驰。
岷峨留雅什，重读鹳园诗。

绵竹怀古

阴平守卒几时收，谁继深谋惜武侯。
父子兜鍪方力战，宫廷舆榇已先筹。
汉关难向遗踪觅，涪水依然绕郭流。
一役悲怆终鼎局，端因降策罪谯周。

满江红·长江科考漂流全程告捷喜赋

禹贡山经，喜今日、大书新页。方省识，通天河上，滥觞凝雪。魔鬼峡巅真虎跃，老君滩底潜蛟泣。羡骑鲸、长忆献身人，功何烈。　　钱塘外，素车捷。汨罗畔，彩舟疾。笑驾湖竞渡，怎能相匹。百六十朝风雨恶，万三千里波涛急。到吴淞、收棹话冰川、长空碧。

八声甘州·悼允叔

正春寒料峭冻桐花，惊讯北郊来。恸故交长逝，前尘历历，入梦犹哀。最忆桂湖书展，夜饮罄幽怀。尚有清标在，师竹名斋。　　当日翠屏诗会，共铁堂染翰，丹嶂云开。羡门墙桃李，一一手亲栽。问苍穹竟无公道，怎哲人多萎费疑猜。留遗墨，鸿篇梓就，勉慰泉台。

注：四川省诗词学会在宜宾成立，与铁堂均到会。师竹为其斋名。书法集已问世。

水龙吟·黄河

　　大河曾是摇篮，九州文化渊源早。仰韶彩绘，安阳卜契，先民璀宝。斧凿龙门，薪填瓠子，后贤何渺。更金堤蚁穴，桑田巨浸，花园口，惊魂绕。　　休恨前朝往史，任蹉跎、少年空老。新程再展，波扬海极，星驰云表。禹柱峰高，蹇槎路迥，莫停征棹。看炎黄世胄，飞腾广宇，笑昆仑小。

　　注："波扬海极"指南极探险。"星驰云表"指发射同步卫星。

王子壮 (1919—)

又名王举猷，贵州三都人。贵阳大夏大学毕业。曾任省立都匀师范教师，贵州省教育厅督导员。1952年起为四川大学任中敏教授的私人秘书，整理抄写文稿工作多年。1984年受聘为四川省人民政府文史馆馆员。

思 远

漫道蓬瀛隔万重，灵犀不碍总相通。
归舟何日浮沧海，坐待寒山寺夜钟。

客里重阳

茱萸重九佩衣襟，客里偏伤望远心。
极目家山花萼冷，登高摩诘独沉吟。

九日参观成都菊展抒怀

盆栽栏护满园芳，晚节清芬逸韵长。
帘卷西风人比瘦，花开战地马蹄香。
但从落落矜高洁，何惧年年斗雪霜。
惯惹吟怀游展兴，东篱访菊过重阳。

踏莎行·怀旧

片片飞花，嘤嘤啼鸟。撩人怀旧馀香袅。雪泥留爪尚依稀，绿窗绮梦知多少。　　岁月匆匆，生涯草草。江南哀赋庾郎老。赏心乐事付流年，丝连藕断情难了。

刘传莃 (1919—1992)

四川阆中人。曾任中共重庆特支书记、省委巡视员、南充中心县委书记、重庆委宣传部长。1941年去延安中央党校学习。后任葭县县委宣传部长、地委宣传部副部长。新中国成立后在成都市公安局工作。曾任四川省诗词学会副会长兼秘书长。有《三吟草》《刘传莃诗词钞》。

绿洲歌

星月何朦胧，整伍渡瀚海。狂风卷飞沙，扶头惟坐待。一盹醒还惊，东方见启明。流沙亘万里，何来鸡犬声？寻声觅奇迹，蓦然见绿洲。如云万树拥，似玉一溪流。溪畔多野花，溪清可见底。拣花投水上，游鱼喋喋起。过桥复穿林，土屋若鱼鳞。黄童依白叟，疑是避秦人。绝爱小村前，油油尽稻田。谁知瀚海里，竟睹江南天。能不忆江南，江南寇氛里。去去不须留，前头号角起。

雪霁

雪霁澄空净，寒凝髭有冰。
持枪登哨所，月下听边声。

葭县即景

浩浩黄河近郭流，白云山下有行舟。
仰攀鸟道登危塞，俯察狼踪望敌楼。
已喜金汤凝众志，长教大纛插城头。

由来形胜尊西北，况此巍然铜铁州。

注：陕北葭县（现改佳县），为古时军事要塞。与邻县吴堡有铁葭州、铜吴堡之称。

烽烟台

平时我上烽烟台，南去征鸿又北来。
河上浮冰随水逝，垄头野杏斗寒开。
中原腥秽终须扫，远路陂陀未足猜。
望里飞骑驰渐近，前军又送捷书回。

波罗堡

波罗堡上望前方，白草黄尘遍大荒。
划地西风吹急景，无边秋气失骄阳。
驼铃递响从容过，鹏鹗盘空得意翔。
肯负男儿好身手，待看射马复擒王。

宿草地

军行近海淀，弥望草纵横。
白日汗如雨，清宵髭有冰。
高天作帷帐，旅雁缔新盟。
篝火来何处，雁惊我亦惊。

终南山纪行六首

鼙鼓连宵脱锁羁，灞陵桥畔立多时。
荒坟洒泪酬知己，树影凄迷陇草低。

望断西秦半壁天，千盘百折走南山。
荒村淅淅无眠夜，起诵鸡鸣风雨篇。

跃上终南第一峰，地沉星落似凌空。
迢遥云海无涯涘，还隔蓬山路几重。

离愁浩荡自行吟，错把丹枫认赤旌。
砍得生柴煮糜粥，山家留客剧情深。

皑皑冻雪积难消，路绕层峰近碧霄。
二十四盘中夜过，酸风如割不知劳。

云开雾散艳阳红，莽莽平原在望中。
淮海频传新捷报，东行我欲御天风。

雪夜越二十四拐

1949年1月，西安出狱，入终南山，欲回陕南军区。至四峡口得悉：越过豫陕鄂边大山二十四拐，入湖北郧西县境，即我游击部队所在。二十四拐山高路险，积雪盈尺，月夜如入水晶世界。次晨日出，景尤奇丽，使人饥寒劳累俱忘。纪以二律。

肃肃宵征风刺骨，行行仿佛入重霄。
十八盘上银河近，廿四拐中冰柱高。
夜半月沉明若昼，岩边云涌怒于潮。
幽光异景无穷尽，肤裂衣穿不觉劳。

方惊雪夜多奇景，又见东方泛彩霞。
赤雾绛云争上下，金波绮焰斗横斜。

群峰幻作珊瑚岛，万壑齐开宝石花。
此日此身临此景，不妨九死路犹赊。

家广见寄喜闻离休

萍踪海北复天南，聚散匆匆实偶然。
跃马长城非旧约，听琴锦水亦奇缘。
神交不以衰风易，妙句应须白璧镌。
老退何妨寻故苑，一台诗债待君还。

南充地区党史座谈会上口占

果山依旧画屏开，嘉水含情绕郭来。
往日艰虞初阅历，故人生死总萦怀。
金泉莫问神仙迹，史局还期庶子才。
顾我朱颜今白发，旧盟鸥鹭不相猜。

水龙吟·长城

收缰驻马凭鞍，苍茫眼底迷今古。巍巍关塞，峨峨亭障，迢迢驿路。河水东流，云山北向，雁群南去。望黄沙浩瀚，碧空寥廓，浑不见，尽头处。　　几回铁骑夜度，又几回狼烟高举。秦汉魏晋，攻防征战，分明有据。鸣镝着垣，飞镖破甓，斑驳无数。更经受多少，严霜冷雪，烈风横雨。

西江月·解放朱仙镇时所见

漠漠烟迷平野，离离树影扶疏。古河淤塞断桥孤，萧艾蓬蒿当路。　　几处颓垣败瓦，谁家破灶空厨。繁华千载化荒芜，尽付盲风晦雨。

永遇乐·南京解放

六代名都，三吴重镇，岂容盘踞。伐罪雄师，拯民劲旅，揭地春潮怒。龙腾云起，鲸翻波涌，一霎长江飞渡。洗多年陈污积垢，几番烈风豪雨。　　雉堞高楼，长衢第宅，猎猎红旗飞舞。玄武湖滨，紫金山下，镗鞳催战鼓。朱门酒肉，后庭弦管，巢覆尽归尘土。喜今日，横揽天堑，势倾吴楚。

钓船笛·怀金陵树同志三首

金陵树，湖北人，原新四军五师警卫营排长。中原突围被俘，1948年与余同囚于敌西安集中营。余染回归热，陵树不畏传染，送水送饭，并串联狱中难友四十馀人，捐出主食一顿（杠子馍一个），通过伙食人员，卖给附近贫民，将钱买得"六零六"一针，注射后，我得救不死。陵树竟被传染，病死狱中。

涸辙水难思，濡沫那堪离别。执手雾消风起，落柳花如雪。　　浮云似欲慰离人，放出半轮月。惊动疏林鹃唳，还时啼时歇。

分袂到于今，历尽雨风霜雪。想象音容犹在，竟一别永绝。　　连年巨浪逐洪波，几曾计离合。战死骅骝无数，剩驽马休说。

生死定人生，轻重泰山毫发。我羡多君临难，坚壮心如铁。　　荒烟蔓草掩忠骨，任泾渭呜咽。遥想夜台难瞑，对终南山月。

西江月·初次乘火车进军

夜夜钻山越岭，朝朝渡涧栖洼。黄河两岸度年华，手足胼胝休讶。　　往日横穿铁道，今乘装甲长车。穷追残敌到天涯，万里风云叱咤。

注：当年敌控制铁路，分割封锁解放区，我军通过封锁线，常于深夜横穿铁路。

朝中措 · 隔离反省

神疲意倦思昏昏，天壤此闲身。自索枯肠无句，输他贝锦成文。　　欲眠还起，高楼人远，穷巷灯深。一夜潇潇秋雨，门庭遍布苔纹。

浣溪沙 · 牢房阴湿水盆生菌三朵

蜗篆高墙蚓上阶，虚窗蛛网落尘埃。月冷烟迷雁不来。　　九雨十风愁瑟瑟，盆生竹菌间青苔，幽森门巷几时开。

风入松

重阳之夜，梦中闻笛，惊醒乃墙外广播。

无花无酒过重阳，缧绁度韶光。西风向晚撩人意，卷枯叶飞进高墙。想得庭梧路柳，几番转绿回黄。　　连宵已觉枕衾凉，何以御风霜。多情惟有窗前月，移云影，暗护秋床。长笛惊醒短梦，梦回揉碎刚肠。

水龙吟 · 理狱中旧稿

十年坐想冥搜，当时情景今仍有。塞北烽火，河西旌旆，剑南诗酒。几叠残笺，一头华发，半生休咎。忆黄龙痛饮，青泥叱驭，悲欢事，频回首。　　不计疏狂谫陋，且留与心魂相守。书空呵壁，怀人吊影，销磨永昼。坠叶多情，落红无怨，同归枯朽。问茫茫天壤，伊谁击节，心肝自呕。

西江月 · 咏红苕

性耐贫瘠干旱，安于砾壤坡田。寸茎片叶插其间。衍作朱藤翠蔓。　　结果不矜不露，憨然硕大香甜。披霜出土报丰年，犹自黄泥满面。

山坡羊·忆南充旧事三首

纸伞布包，麻鞋草帽，轻装迈步嘉陵道。江涛高，江风峭，一天云锦星稀少。白露青霜洒树梢。山，冥迷了。水，自潇潇。

荒村鸡叫，寒林鸦噪，夜行百里东方晓。过板桥，茅舍到，苦竹编门不用敲。主人惊定喜相招。身，冰冷了。心，似火烧。

采药采樵，载言载笑，三三两两入山坳。作汇报，宜简要，亭午饷田茶饭到。豆渣酸菜掺红苕。香，似美醪。甜，似年糕。

刘德武（1919—　）

重庆奉节人。毕业于重庆南岸小温泉中央政治学校。

又秋登白帝城

心意随秋远，来登白帝楼。
危峰双壁合，悬雾半山流。
跃马公孙壮，乘骡后主休。
至今夔父老，犹忆武乡侯。

荆江夜航

荆江九曲月朦胧，隐隐长堤浮水中。
堤内良田千万顷，安危全系一堤功。

过城陵矶

城陵矶傍岳阳楼，雾绕君山二水流。
几度匆匆为过客，先忧后乐记心头。

秋　夜

庭院凉生月渐斜，虫声时透绿窗纱。
临轩小立晚风里，闲数东篱白菊花。

吴丈蜀（1919—2006）

字恂子，别署荀芷，四川泸州人。曾任湖北省文史馆馆长，中华诗词学会副会长，湖北省诗词学会会长。有《读诗常识》《词学概论》《回春诗词抄》等。

访海瑞墓

有幸滨涯葬海公，重修墓冢一碑崇。
多亏棺内馀残骨，助得天兵立战功。

乌纱草芥不留连，触犯天颜只等闲。
往事已逾三百载，高行犹累万民冤。

海口访五公祠

琼崖只合谪人居，贾祸忠言岂不知。
想见一封陈谏日，便为万里放流时。
椰林挺拔堪明志，茅屋清凉好赋诗。
千载是非人辨得，浓阴深处出幽祠。

注：祠唐李德裕及宋李纲、赵鼎、李光、胡铨。

访白帝城西阁怀杜甫

阁址千年已渺然，今朝重建峡西端。
濯缨澄澈东溪水，放眼嵯崎赤甲山。

曾是轩窗留丽句，每于晴暖钓寒潭。
范仪不见思无限，俯瞰来舟欲过滩。

访新都杨升庵太史故居

敢逆龙鳞出帝都，故园草长已荒湖。
滇南窜死原非祸，豆火催成万卷书。

赠流沙河

书生功罪一枰差，回首沧桑惜岁华。
词客酸甜君共我，且从雪后看梅花。

孟津访王铎故居

孟津旧邑似山园，故宇时经四百年。
庭院荒凉春草乱，窗棂破败宿尘牵。
已无仆役前迎客，久绝车轩此驻骖。
十一代孙难继业，设摊小卖宅门边。

天水观麦积山石窟

独峰峭壁比天高，举步攀登胆气豪。
伟貌宛如孤麦垛，酡颜恰似熟蟠桃。
百龛上下排蜂屋，千级回环架栈桥。
栩栩众神分窟住，诸神原自在云霄。

泾川观王母宫石窟

洞幽中柱立，四面尽琳琅。
巨佛临门坐，飞天背壁翔。
众神居左右，群兽态低昂。
比美云冈窟，毋须论短长。

访宝鸡炎帝陵

鄠县随州早建陵，宝鸡又见垒新茔。
神农愿得分身术，有利均沾不用争。

凤翔东湖访苏东坡祠

先生曾作凤翔官，身后兴祠净水边。
千古不刊真理在，民尊贤宰恨奸贪。

钟佑杰（1919—   ）

湖南平江人。自贡市政协委员。退休前任自贡市中山学校校长。

书　感

世态场中挤过来，何曾学得几回乖。
座间谁掷巴童栗，耳际时惊瓦釜雷。
车马危亡方重卒，鱼龙混杂苦求才。
无端费尽经营力，一指轻弹倒骨牌。

注：《郁离子》说：巴童抛栗于地，引猴子抢栗，破坏猴戏演出。

七十五岁自寿四首

沧海骊珠未及探，百年已过四之三。
早生白发人怜老，久嚼黄连水亦甘。
诗酒避眈狂士癖，论评偶作腐儒谈。
喜看改革长风劲，百万车行得指南。

壮岁功名事已阑，半窗风雨怯宵寒。
差堪老景妻孥好，却怪年来步履难。
纸上人情牛马走，筵前世味虎狼餐。
从心所欲随他去，笑逗孙儿唱酒干。

坐数生涯七五时，蚁行鸟道尽知之。
抗倭身许青年血，革命家传赤卫旗。

夷险分途争一步，去来定向每三思。
于今深味园丁乐，桃李繁华老有为。

几番遭际厄黄杨，耐得春来草木香。
零碎梦中长夜泣，牢骚酒后顿时狂。
应知国事连家事，愁说商场转赌场。
西下夕阳东逝水，老来岁月更匆忙。

注：《酒干》即歌曲《酒干倘卖无》。先父于第二次国内革命战争中任赤卫队长，作战牺牲。

念奴娇·中秋简留台故旧

玉盘光满，正清秋又是人间佳节。四十一年曾记否，四百馀回圆缺。风雨怀人，关山梦系，搔断青青发。徘徊应记，故乡今夜明月。　　海峡两岸波轻，乡思难遣，竟把归舟发。骨肉从无难解怨，况是情浓于血。大势奔潮，众口销铁，明断方豪杰。炎黄万世，尤当珍重团结。

章润瑞（1919—2015）

四川叙永人。武汉大学毕业，新中国成立前曾任成都《华西晚报》主笔。新中国成立后从事党政工作，离休前为南充师院党委书记兼院长。《岷峨诗稿》编委。有《山泉草》《山泉诗话》等。

儿 啼

邻家有婴儿，清夜断续啼。我疑亡其父，其父时嗔怒。我疑亡其母，其母时唤乳。嗟汝稚龄子，凄恻胡如许？岂伤生不辰，前路多风雨！

东河曲

东河挟雨北山来，雨雾迷茫天地浊。炸雷劈顶水腥红，腾空百丈悬飞瀑。小石随波大石摧，东城欲陷西城哭。水退嶙峋乱石滩，白眼向天喷突兀。昔年洪水漫东街，扫去如鳞三百屋。沉沉酣梦未惊回，滔滔浪黑漂人畜。我恨东河为害深，我厌东河形貌恶。父老闻言甚不平，东河喷血冤难赎。依稀还忆百年前，碧玉清溪盘九曲。千行杨柳杂桃花，小桥斜跨潺潺月。自从豺虎踞河滨，血溅林花残白骨。桃为焦炭柳为薪，屠刀斩尽参天木。可怜枯草染山黄，茫茫入望皆童秃。从此东河改旧观，马踏明珠成碎末。如今河上展红旗，大地迎春凝馥郁。莫道穷荒难绿化，英雄反手天工夺。银翼银光射碧空，黄金种子从天落。轻轻飞过大凉山，山头处处翻青绿。植树长蛇阵更奇，击破铜锣嘶号角。河边新土茁新苗，护堤怒发千竿竹。三年暴雨未成灾，夜夜城头鸦梦熟。行看云树郁苍苍，激滟朝霞金灼灼。纵横沟洫入花田，电光白炽南天烛。我为东河狂笑歌，我为东河深祝福。人民有党可回天，北斗高悬光闪烁。

谒什刹海宋庆龄同志故居

行柳拂长堤，浩渺烟波起。海畔仰高山，千古一奇女。楼阁颇玲珑，掩映绿荫里。遗物散幽香，遗照凝眸子。地本属王家，玉殿娇罗绮。天地忽翻覆，繁华成逝水。荒芜数十年，剥落更颓圮。自移伟人居，泉榭重光美。高檐淡金碧，藤萝喜披靡。仕女艳云霞，讴歌同顶礼：温雅昆山玉，润物无声雨。皎月悬中天，无尘千万里。

生日示儿女

行年近古稀，岁月渐云迈。筋骨幸康强，神志未昏怠。几杖赐殊荣，得偿林泉债。俯仰天地宽，三军可夺帅。汝辈娇宠儿，生逢隆盛代。不识饥寒苦，三口颇恩爱。虽无国士姿，修饬名声在。百市涨如潮，温饱尚足赖。重商国始强，腾飞凭货贷。待沽求善贾，孔丘不为怪。黄金光炫目，珠翠逐华盖。江水日滔滔，东去无回濑。教子唯一言，人格不能卖。古人称固穷，非甘寒乞态。舐痔乘高车，由窦邀青睐。赃贿满华屋，不如守清介。世若不知羞，国运将倾败。古今同一辙，欧美何能外：信誉重于生，求真安困殆。豪富不伤廉，老夫甘下拜！

为红军长征胜利七十周年作

洪炉炼狱长征苦，后无来者前无古。泣血椎心十送君，瑞金城外倾盆雨。湘江恶浪拍天流，铁壁铜墙安可堵？可怜兵法太仓皇，青山处处埋红女。桃溪侧畔回天心，娄山关上鸣鼙鼓。赤水神机敌阵迷，一夜皎平飞将渡。铁索横空穿火海，雪山插天入云雾。草地茫茫日色昏，扶病裹创移寸步。长城遥望六盘山，瘦骨空皮钢铁铸。动地惊天泣鬼神，黄河滚滚东流去。今日高歌迈汉唐，万木森森花满树。儿孙饮水应思源，一瓣心香泪如注。

草杜甫一饭不忘君试析书后

诗中圣哲民间苦，未揭长竿成地主。黄巢弓箭射金銮，终向长安尊九五。人讥一饭不忘君，君王可惜非神武。毫芒怨刺挟风霜，爱身不必登台辅。天地岂能无杜诗，逐鹿纷纷何足数？

读《罗扶元诗文》

君系已故西昌师专中文系主任。1957年，人或说君交出后台，可轻罪责。君风骨皎然，独当诬枉。今读遗文，低回无限。

拜读遗篇一怆然，南天云雾锁泸山。

诗才早擅生花笔，暑酷难消应指寒。

包庇何能惭恨我，挺身甘戴棘荆冠。

低回无限怀风骨，岂只文章起碧澜。

水 库

大坝凌空起，汪洋任吐吞。

蛟龙甘禁锁，沟洫喜纵横。

水远疑舟小，山平看雾升。

尽关流潦雨，春意满乾坤。

喜迁新楼

喜得迁新屋，生平第一遭。

楼高开视听，地僻远烦嚣。

白塔依天隐，晴江入雾遥。

夜深风伴月，悄悄上窗绡。

在凉山州党史座谈会上

白首欣重聚，悠悠战友情。
死生能互托，肝胆可相倾。
尽瘁非关己，忘身岂为名。
长怀愚古意，莫笑不趋新。

宫廷牌商标

人道宫廷美，名牌出帝乡。
豪华龙凤宴，莹润妾妃霜。
满饮无愁酒，争传不老方。
可怜唯太监，尚未换新装。

登黄鹤楼

极目空吴楚，长江地底流。
一桥天外远，万户雾中收。
芳草怜崔颢，烟花忆李侯。
东湖千顷碧，拥护白云楼。

名烟酒

仪态真尤物，人间最有情。
氤氲传默契，酩酊誓同心。
义重惊天老，恩深觉海倾。
区区何足道，季诺本千金。

回成都落户

四十年前地，重回竟白头。
文章惊敌胆，谈笑击中流。
鼎沸歌吹市，灯红锦绮楼。
桥边瞻烈士，风雨总飕飕。

题广元皇泽寺

千寻绝壁一江空，吹遍危栏竟日风。
杀气全消馀老媪，从来令辟亦奸雄。

薛　涛

枇杷花谢竹萧萧，独上江楼吊薛涛。
节镇休夸开玉帐，诬君第一是韦皋。

花蕊夫人

摩诃池上水晶亭，玉骨冰肌笑语轻。
十四万人殊死战，依然金粉小朝廷。

赠传苇

家住公安局，门来四海风。
老君炉内火，长剑匣中锋。
强项睁环眼，埋头作苦工。
最愁圆寂后，何处觅灵童。

交通岗警

独立高台铁铸身，狂飙四起不惊魂。

骄阳炙地戎装窄，大雪弥空足迹深。

剪影天边云霭霭，射潮岛下海沉沉。

九衢车马凭挥手，一路红光闪尾灯。

公共汽车驾驶员

朝迎青雾晚虹霞，人海航通百万家。

尽渡苍生宏大愿，誓追白日到天涯。

辟开波浪鸣长笛，振奋精神酽苦茶。

最羡钗环光闪处，凌风鬓插一枝花。

民工潮

闻道瀛壖百态娇，民工千万起春潮。

南流滚滚归珠海，东去滔滔入沪郊。

车里鲞汀无缝隙，梦中天地最妖娆。

劳来不识黄金宴，也掬三江水一瓢。

打工族

高楼广厦入红云，后备原来有大军。

攒动万头晴共雨，相依两极富和贫。

幸逢主雇垂青眼，敢把晨昏效赤心。

掬得一瓢江上水，还乡也作锦衣行。

老伴德明七十华诞暨金婚之庆

雨风半纪幸同舟，明丽荷花已白头。

草檄陈琳偕锦里，埋名张俭伴渝州。

曾经沧海难为水，却道天凉好个秋。

喜看儿孙如玉立，合江亭畔听啁啾。

岷峨诗稿创刊十年赠同人

不善悲秋不惜春，古人拜罢拜今人。

冬烘头脑无神韵，浅近文言有菜根。

一世拙愚宁九死，十年高谊幸三生。

狂歌也作长杨赋，细雨随风入锦城。

下　岗

攻坚号角正昂扬，百万劳工已下岗。

国有困难能坐视，人谁计议不从长。

曾将衣带缠三匝，环顾车间泣数行。

滚滚洪流东去矣，千秋铁闸一肩扛。

推销员

剥啄声声破寂寥，裙裾楚楚一推销。

姓名不报忘施礼，牌品先夸直入刀。

阅尽阮家青白眼，吹残吴市短长箫。

拒君千里心何忍，且立衡门听絮叨。

龙泉山桃花

人间天上蔚红霞，百里龙泉十万家。
锦绣江山何处是，倾城空巷看桃花。

都市雨景

洗净尘埃草色萋，高楼处处转低迷。
长街一片红黄绿，不尽人流逐雨披。

八十自嘲

锦里三千六百天，平平仄仄遣余年。
磻溪垂钓钩常直，人境关门地自偏。
遗憾儿孙无荫庇，忘情睡梦尚酣甜。
举杯怕听期颐颂，空耗人民养老钱。

人大高票通过《反分裂国家法》

记得百年耻，方为黄帝孙。
儿臣虽败类，金石铸民魂。
甲午留深恨，尧疆可再分。
庄严投票日，老泪更纵横。

岷峨诗稿一百期

喜向将军报百期，此生何幸得追陪。
吟风弄月惟儿戏，夕秀朝花举大旗。
颠倒神魂唯艺术，纵横老泪为烝黎。

诗坛不许文章死，春雨无声到陕西。

注：将军，张爱萍将军。陕西，西北大学房日析教授读到《春雨集续编》后来信说：续编纠正了我过去认为旧体诗词是死文学的错误。

贺新凉 · 秋思

砌下寒蛩泣。望天涯、关河清冷，声声凄切。郁郁巉崖迎夕照，晚景猩红颜色，映点点归鹰明灭。雅埂逶迤称绝岭，更乱云拥护黄金雪。天寂寞，空长碧。　　边城漫道多风月。纵飞扬、高歌跋扈，羁人殷戚。山雨欲来峰嶂暗，卷地西风萧瑟，看满院残花堆积。梦断陌头秋又老，听年年南雁惊寒咽。千种恨，凭谁说！

调笑令二首

彩　票
祈祷、祈祷，日夜神魂颠倒。尾生抱柱情深，别墅香车美人。人美、人美，恰似一江春水。

炒　股
牛市、熊市，天地悠悠万事。谁家袖里乾坤，可叹芸芸众生。生众、生众，地狱天堂一梦。

谢守清（1919—2015）

四川隆昌人。原中央大学经济系毕业。从事大中专文史课教学四十余年。泸州诗书画院副院长。有《泥爪痕诗文集》《谢守清诗词钞》。

老年浮想曲

绿到黄昏树已苍，苍苍一色黯平冈。忽然明月东山起，银光泻地白茫茫。茫茫大地千秋在，暮去朝来颜色改。生死荣枯时世移，桑田昔日为沧海。沧海勿嫌一粟微，汪洋巨浸细流归。征之社会亦如此，聚腋成裘理不亏。不亏春夏花如旧，不愧生平昂白首。猛醒南柯梦一场，天河南北繁星走。繁星走后我重来，我走人来酒百杯。尘土中来尘土去，天扉常阖亦常开。开阖风云人世事，春华秋实苍天意。人天相应古今同，且看纷纭新世纪。新纪钟敲曙色临，五洲万国肃衣襟。和平白鸽翩翩起，飞向蓝天无片云。

六十自咏二首

浮生六十意何如，俯仰无成愧读书。
一觉人间蝴蝶梦，清风明月见真吾。

一角红巾拭酒痕，如烟往事不堪寻。
青春无限蔷薇迹，淡入今朝白白云。

从古蔺去叙永

天风浩浩路迢迢，恰似乌龙下九霄。
竟日倦游归去晚，杏花影里出双桥。

过秦岭

巨龙夭矫上天墀，雾重云深任所之。
路尽终南无曲处，秦川八百雨如丝。

教师节前夕

杏坛春雨最相知，旧案青灯不夜时。
笔耨生涯饶是梦，醒来花发最繁枝。

市政协迎春座谈会后小酌成此

酒到酣时笔亦酣，酒如江海笔如椽。
不凭得失嗟荣辱，偶借茶烟佐笑谈。
盛日文章容易热，勤时天地自然宽。
鸡声催遍吴钩舞，明月千山二水寒。

天啸翁答谢宴会上再吟赠

小酌何当成大醉，沉酣弥月岂糊涂。
诗风吹落双江雨，哲理翻腾万卷书。
幅素等身都是债，生涯到此未全输。
梁鸿老接孟光案，一问鹣鹣笑也无。

赠容舒弟

忠山烟雨忆同游，红叶萧萧白露秋。
发语时如春水活，披襟几对大江流。
杏坛奏有双栖曲，学海封无万户侯。
为问南天飞雁影，青灯一室可忘忧。

苏州沧浪亭

拙者难为政，沧浪起一亭。
诗人沉破梦，名将慨惊钲。
未竟清忠谱，何堪水月情。
濯缨留一笑，秋柳淡疏星。

鼋头渚

西风扶我上鼋头，潋滟晴光水不秋。
莫问烟波何处好，忘机已在白蘋洲。

滨江路重游二首

今来重觅旧游踪，石径烟迷失去从。
六角亭前曾坐处，一行新柳半江风。

二月初晴惊蛰天，江边漫步数归船。
游人十里冠巾乱，都在桃红柳绿间。

王公必钧邀往其家顶楼花园小酌

上得青云百丈梯，碧螺春泛小涟漪。
举杯惊去穿花蝶，鸟入金笼鱼在池。

观张火丁《春闺梦》

小步轻盈水袖翻，清歌妙舞画屏前。
春闺一曲悲欢梦，只在红牙紫玉间。

自　慰

清风飒爽近身来，淡恨轻愁大不该。
自识才疏人愧影，仍甘情好月为怀。
江山历有才贤出，花草从无蜂蝶猜。
莫谈半生荆棘路，履危心静步金阶。

现实与玄想

宇宙生成未识源，抬头仰望日中天。
默思凡尘齐万物，短草长藤大叶桉。

轮番凉暖过春秋，前作耕耘后有收。
予取予求天命定，如山长在水长流。

岁末随笔二首

圣哲天生不强求，生涯且醉一壶秋。
春风此后平平过，只忌登高莫上楼。

拄杖萧然野外仙，文章锦绣说田园。
谢家子弟泸阳客，一憩长江六十年。

小孙女得压岁钱

小小女孙辞岁至，分将钞子压垂髫。
压丰未必眉高舞，给少何曾嘴半刁。
元日归来无所市，小箱储罢不多瞧。
从知爱抚谁为是，大款无能买凤毛。

窗下偶成二首

不因薄雾掩晴光，新绿初偷一树苍。
怨是今春诗债累，无多心绪为花忙。

几日杏花微雨过，晴丝一缕入清帷。
忽来小鸟楼头问，春半缘何未减衣。

西江月 · 池蛙

未是蟾宫仙种，合来水草栖迟。晚风吹处不平时，鼓说通宵不
已。　　也有慵人自扰，何当怪骇嗔痴。天生万物处其宜，要不人间尽死。

贺新郎 · 读王德宗无限斋歌诗小集后

无限情何似？算平生、苍然色调，居然犹是。抖落青春从无悔，过眼
烟云而已！人间味，原非一二。料理尘缘均苦乐，细思量未必聪明事。水
不息，山仍起。　　诗书一读糊涂始。想当年、江阳说法，大悲耘籽。绛

帐弦歌田家服，都作等闲看耳！只无限、空澄无际。山上清风云外月，撮将来、抵却沉沉醉。思不碍，心如水。

金缕曲 · 天啸逝世年半有忆

泉下公知否？弃红尘、音容迥隔，一年时后。皂角楼台花争发，红绿迎风依旧。只不见、皤然一叟。蓦地门开仍问好，却无声、肖像墙头候。情若在，谁持酒？　　纵谈肆论何时又。对遗编、精金粹玉，摩娑良久。哲理人天深沉事，生死磨勘早透。更翰墨、龙蛇山斗。留待后人夸瘦劲，一张张、竞作珊瑚秀。墨宛在，神长守。

注：天啸寓泸州市皂角巷，其书法诗联个性奇崛，为名家。

望海潮 · 宴水上城大酒家

画屏春暖，三杯酒过，居然水上人家。诗记石碑，清流满座，穿梭靓女娇娃。抖世上尘沙，约江头星月，俯仰兴嗟。船山在日，江南何处写清嘉。　　书空且自涂鸦，看玉山颓矣，醉句堪夸。风止水宁，衣冠不整，任他人影纷拿。宴赏兴无涯，清狂吟未已，玉笛金琶。文藻江山今在，不傍夕阳斜。

注：酒家在泸州滨江路，用张船山泸州诗"城下人家水上城，酒楼红处一江明"中"水上城"命名，颇富传统文化气氛，市诗书画界人士常饮宴于此。

王淡芳（1920—2005）

四川成都人。1945年毕业于四川大学中文系。此后即在泸县、重庆、成都等地任语文教师。1985年退休。曾任成都市诗词楹联学会顾问。《重庆艺苑》编委。有诗文集《雪村存稿》。

久雨新霁有怀郑承教兄巴山

愁霖撩远思，破梦坐黄昏。
醉叶红辞树，篱苔绿上门。
诗心妨悟道，客况欲消魂。
三月音书隔，寂寥何处村。

张思绪先生哀辞二首

相逢一话即相知，江海平生恨见迟。
何意封书犹在眼，赴君约是哭君时。

座中守默似枯禅，妙语新章百口传。
一卷诗论成绝响，何人可为补遗篇。

注：先生《诗法概述》一书已由上海古籍出版社刊行，而近作《江西诗派诗论》尚未脱稿，遽作古人，悲夫。

题高县怀乡诗书画展

五十年过叹白头，归来喜赏故园秋。

云笼远岫芙蓉隐，浪戏金鳞黑水流。
书画聊呈游子敬，诗文略志恋乡愁。
思家半纪常萦梦，桑梓深情恩未酬。

嘉州临江楼茶肆值雨

千家负郭小山楼，霹雳翻江讶素秋。
谁借米颠真画本，一天风雨拥嘉州。

忆嘉州旧游

牵人魂梦古嘉州，郭对青山绕碧流。
载酒撑船乘月去，夜深吹笛过乌尤。

注：壬午之秋，武汉大学避兵西迁乐山。余负笈入学，课馀闲游，颇为诗什。以年少无知，率未存稿。今已衰迈，子夜梦回，偶忆旧游，尚记此二绝句。烟云往事，都已散忘。谨录之以存游踪耳。庚辰岁暮记。

渡朝天门码头

千级危磴路，斜阳远水清。
云封仙禹寺，江锁古巴城。
行李惭生事，烽烟动上京。
儒冠何所用，故国正鏖兵。

同友人登南岸清水溪看花

胜事寻芳约，桃林眺远村。
桥危穿石涧，树老护云根。
鸡犬鸣墟落，人家住水源。

山醪留客醉，归路误黄昏。

题知退庵壁·"文革"中余受谴移居此屋

未成广厦安寒士，暂寄公家避雨庐。
长夜惟消三盏酒，卅年空负一床书。
欣无豪客临荒径，愧对春山说遂初。
当日不为子虚赋，茂陵何事病相如。

道恕书来有临寒斋之意以诗促之

经年涉世始知艰，难致清时一日闲。
得句每因倾白酿，移家半为看青山。
秋窗几净堪同坐，老圃蔬新可驻颜。
已自檐头闻鹊喜，巾车早晚叩蓬关。
注：余方移居新屋，平武诸山晴日可望。

江楼话旧

芸窗蠹简共穷经，散客江湖似断萍。
白首相看惭国士，酡颜自笑失娉婷。
十年动乱终残局，百事维新感病翎。
难得重逢杯酒会，骊歌一曲忍重听。

宿峨眉伏虎寺

凿石髹丹拟旧容，侵阶碧藓卧苍龙。
罂花犹是当时色，欠个山僧打夜钟。
注："浩劫"中寺毁于火，山僧已去。

洪椿坪古椿

世有桃源不避秦，禅门一树阅千春。
西风吹断沙丘梦，不见祖龙见此椿。

夜读涉江词集感子苾师车祸罹难不胜悲痛因呈千帆师

夜读涉江扣楚弦，低回灯影数流年。
湘灵归后悲兰芷，蜀客春来拜杜鹃。
廿载音书多涕泪，一程江水隔风烟。
当时谬许空群骥，霜鬓而今倍黯然。

寄达县郑承教兄

我住蜀西君蜀东，秋来相忆不相逢。
人当衰病长怀旧，酒入牢愁信有功。
半世青毡头已白，三更黄卷火犹红。
他年五岳从公约，紫翠青山任两翁。

注：兄来书有相伴出川旅游之约。

过秦始皇兵马俑坑

六国销亡帝业成，衡书量石抵天明。
坑儒已是长安策，地下何须十万兵。

谒闲堂师南京

卅载相思一面难，秦淮灯火到更阑。
几遭众口毁珠玉，不废千言沥肺肝。

老至但愁来日少，春归犹怯去年寒。
时清尚喜灵光在，独我箪瓢意自安。

白下西归

白下西陵十日间，归程无事逗诗顽。
蒲帆一幅三千里，吟尽江南江北山。

奉题开文先生藏辜子容前辈山水册子两图（录一）

墨痕淡扫蕙兰丛，远绝尘踪意自空。
添得溪山亭一个，几多秋思画图中。

甲戌除夜即事

爆竹江乡夜，千家赛福神。
瓶梅辞旧岁，炉火候新春。
压岁儿童喜，分鱼猫狗亲。
邻翁秋下海，除夕未归人。

读伯衡长女晓英哭其尊人之作潸然成句

雪鬓霜颜白日催，故交零落尽琼瑰。
空山悬剑人何往，远路归魂梦复来。
似我弩懦惭后死，感君风义总深哀。
承家自有中郎女，雏凤声清慰夜台。

题胆雪吟友诗集

洗尽铅华出素心，孤灯寒夜费沉吟。
我今读罢襟犹湿，想定诗人泪更深。

赴美探亲经日本上空作

一翼东飞雾海开，扶桑咫尺跨蓬莱。
当年徐福寻仙地，十万琼楼入画来。

环瀛科技逐年新，桃李园中各占春。
可惜多才秦汉主，但搜溟海觅仙人。

九日夜坐有怀成都诗友

窗为晚凉四扇开，孤鸿号侣久徘徊。
碧天月落千林暗，溟海潮回万马来。
归梦不成诗可续，乡书难达纸频裁。
故园应是黄花会，料得江楼正举杯。

晚过罗浮海上长桥

夕阳投海一丸红，万盏明灯灿碧空。
应是维摩呈妙相，满天花雨乱流中。

读史偶感

失鹿中原楚汉争，乃公马上浪得名。
重瞳自误三秦计，隆准忍分一杯羹。

狡兔尽时功狗死，瑶华梦断辟阳行。

心寒人彘终长恨，绝唱虞兮万古情。

诗二首

1976年岁暮，千帆师甫摘右派帽，当事者又令申请自愿退休，并斥迁出户口，为街道居民，呈诗慰之。

廿载牛倌万苦辛，摘冠另册入编民。

冶长缧绁缘何罪，白傅放言便种因。

百卷心书期定稿，三千桃李待传薪。

闲堂剩有闲风月，留慰东湖两散人。

注：师四十岁以后别号闲堂，并以题其居。子苾师亦于是年逼令退休。东湖书来，悉闲堂师将偕子苾师重游金陵，寻访旧游。余以道远不克侍陪，谨呈此什。

重过秣陵应卅年，秦淮芳草自芊芊。

齐梁旧事添诗话，王谢门庭化茗烟。

照影莫愁霜雪鬓，看山好是雨花天。

只今夜夜江南梦，长在先生杖履边。

过秦楼

并剪裁笺，吴云传雁，说尽一生幽怨。青衫湿泪，彩笔留香，辜负翠娥心眼。深夜悄自依阑，望断天涯，瘦销双脸。叹浮生似梦，花时难再，玉楼人远。　　空误了、万里儒冠，十年书剑。世事正如蓬转，朱颜怯镜，华发羞簪，暗省流年偷变。纵有相思寄归，吴质长愁，潘安多感。更樽前对酒，剩有愁心万点。

勾鉴清（1920—　　）

　　四川盐亭人。在党政机关工作多年。曾任四川省诗词学会理事，有《雨露集》行世。

庐山游

寻诗千里到匡庐，景物依然感受殊。
独占九江灵秀气，平添一幅旅游图。
天风吹雨分凉热，石径穿林介有无。
徒倚苍崖思往哲，空馀血泪万言书。

江南水患

频将泪眼望江南，泛物浮家总不堪。
城郭岂容成泽国，锱铢定可济灾黔。
弥天大患人能胜，蓦地哀鸿众所沾。
分得杨枝甘露水，炎黄一脉最相关。

题李劼人先生纪念馆二首

死水微澜起大波，笔花飞舞汉山河。
菱窠小筑明心迹，锦里春风公占多。

菱窠何止鲁灵光，一代文章付夕阳。
冷雨炎风消不得，口碑千古姓名香。

过剑门关

细雨轻车动客魂，秦松汉柏拥山昏。
蜀中名胜推巫峡，天下雄关数剑门。
阁道苍茫人事渺，闲云舒卷旅怀温。
秋风又响千林叶，疑是中原战马奔。

车行岷江道中

高原天气晚来秋，丹叶黄花豁倦眸。
一路飞车追逝水，乱山如倒夕阳流。

浮夸风

浮夸原不算新潮，市井官场共拔高。
侥幸俱从瞒处得，警钟留向过时敲。
焉知白眼无青眼，漫把鸡毛混凤毛。
国策民生关大计，兴衰成败责谁挑。

宴请风

宴宾随处出新招，规格排场试比高。
惯见华车迎大佬，还惊显客赛红包。
重洋买酒何妨醉，别墅藏娇不用邀。
一席耗资十年俸，不知草野有风谣。

圈　地

才惊广厦起桑田，又见围墙负郭圈。

沃壤岂容肥杂草，高楼原不限新官。
挥金如土源于土，标价从廉未必廉。
楚袖吴腰歌舞际，风雨潇潇白屋寒。

偶成二首

自诩刚强不倒翁，耳边时听马牛风。
青藜白发虽相似，铁面冰心总不同。
肝胆照人交有道，桑榆迫暮补无功。
司空见惯荒唐事，尽在掀髯一笑中。

一剑横磨岁月赊，蓬然搔首望京华。
疾风不折霜中草，倦眼翻怜劫后花。
七秩流光空俯仰，百年人事付虫沙。
元龙豪气知何在，敢傍青门学种瓜。

八十二岁生日述怀四首

海屋添筹又一年，桑榆何幸晚晴天。
鸡窗芸案堪留客，明月清风不论钱。
未许伤痕潜脑海，敢充浩气塞心田。
东篱竟日花争放，慰我身康梦亦圆。

白发红心老尚顽，布衣蔬食一般般。
精神有托眠知稳，眷恋无多泪欲潸。
识透恩仇馀病骨，寄怀泉石爱家山。
举杯不觉低眉久，检讨平生只愧颜。

矛盾人生百不成，暮年心态与时赓。

辄将饥溺忧天下，敢遣诗歌刺妄行。
眼底风云随变革，胸中块垒付批评。
天涯到处存知己，瘦骨嶙峋一杖撑。

与世无争与命争，鸡鸣风雨梦难成。
悼亡忍使肠先断，积毁从知面不惊。
歌唱大风关国运，心同孤月向人明。
书馀涉足溪山景，杖履逍遥酒一觥。

了 无

了无公职一身轻，净扫门檐学养生。
久雨常观蜗篆字，初晴又见蚁搬兵。
消闲不尽消愁尽，与世无争与命争。
邀月来陪花影酌，倾杯笑数满天星。

米寿抒怀

年登米寿复何求，离合悲欢总到头。
瘦骨偏经文祸硬，顽躯端为盛时留。
清风明月陪昏晓，旧雨新知托唱酬。
仿佛孤山林处士，梅妻鹤子逞风流。

蓬 门

蓬门远市噪音微，深院无尘车马稀。
带雨繁花红湿径，迎风密叶绿成围。
老鸡啼午争栖树，小犬嬉人乱扯衣。
万象昭苏堪骋目，何须白眼看轻肥。

九十初度抒怀自寿三首

倏尔驹光瞬眼过，暮年无计补蹉跎。
不忘前事方知鉴，偶读新书易着魔。
聊借诗坛倾肺腑，岂因衰朽废吟哦。
天涯倦客栖迟久，乡谊亲情欠太多。

盛世情怀意坦然，功名过眼等云烟。
雪山草地思前日，古道黄沙忆昔年。
淡泊竟成长寿诀，清贫何惜买书钱。
归来尽享农家乐，闲倚晴窗检稿删。

拙句吟成敝帚珍，暂凭翰墨振精神。
百龄上寿诚难料，九秩流光足感人。
酒带温情香入梦，诗留美忆感同春。
如烟往事空回首，舜日尧天寄世身。

一剪梅·留别蜀山青诸老

惆怅西风万里桥。衣带飘飘，鬓发萧萧。锦城泣别泪如潮。归路迢迢，心事滔滔。　　聊借清樽洗客袍。诗兴虽豪，魂梦何消。离愁不减倩谁浇。茶也无聊，酒也难邀。

杜 谷 (1920—2016)

　　本名刘令蒙，江苏南京人。曾在郭沫若领导的文化工作委员会文艺组工作。在《七月》《诗垦地》等刊物上发表诗作。1943年入四川大学文学院就读，从事学生运动。新中国成立后，主编《西南青年》。离休前为四川人民出版社副总编辑，编审。有《泥土的梦》《好寂寞的岸》。曾任四川省诗词学会顾问。

感　遇

也曾歌啸立潮头，讵料夏初惊入秋。
一夜西风凋碧树，卅年南社废清讴。
劫波度尽还真面，尘路归来豁远眸。
惨淡有家徒四壁，同心人在不须愁。

李立新（1920—2000）

四川合江人。1956年毕业于西南师院历史系，留校工作直至退休。曾任西南师范大学文物陈列馆馆员，西南师范大学历史系博物馆馆长、副研究员。

丁丑中秋寄怀台湾诸诗友

神州霞举矿湖耗，射的天狼早挂弓。
寥廓河山终一统，绸缪海峡应三通。
松峰玉骨凌霜翠，兰畹胭脂簇地红。
两岸秋光如画境，相思明月故乡中。

读美中先生全国中医研究班北京开学诗原玉奉和

漠漠春光杨柳烟，琼楼玉宇集群贤。
西山逦迤平芜绿，北海巍然旭日圆。
往日萍踪游国际，平生医术绝韦编。
故人相忆音书密，常赋新诗话乐天。

参观内蒙古博物馆民族民俗文物展览

日照蓝天塞外风，草原辽阔涌旗红。
射雕大漠功名立，套马高秋意气雄。
潇洒风华弦管颂，优良文化竹书丛。
楼头展望多娇物，万里河山入画中。

雪窦寺楠木

楠木参天竟可围，将军一别梦依稀。

卅年古寺僧仍在，为说狂飙吹我衣。

注：树为张学良将军禁居时手植。

奉答老友月季花展诗

喜共寒梅斗雪开，春风依旧故人回。

此花荣艳丹心足，疑是江阴地上来。

齐天乐·读谢稚柳先生山水图赋赠

平生爱读名山志，胸中更多奇字。墨染千鬟，泉观一瀑，笔笔都藏春意。卧游眼底。看屐没苍苔，谢公行地。枕席烟霞，壮游却忆少年事。　　回岩悬涧叠嶂，翠微高几许，云横无际。好手挥毫，苍松不老，阅尽沧桑身世。豪情壮思。信宝树馀辉，别传诗史。太学装池，为藏文博里。

虞美人·梅

孤山人去知音少，只是离魂绕。帘枕不卷月黄昏，洗净铅华无语对芳樽。　　檀心玉颊芳颜在，不为冰霜改。别来无恙寄诗筒，为问一庭花月笑春风。

金缕曲·石林览胜

丽日临霄顶。望南天、千峰叠翠，世无尘境。芳草游人寻春去，顿觉杨花糁径。渐唤起，雄峰剑挺。天外残云堪扫却，听豪情箫鼓声声竞。华发弄，风烟静。　　石林亘古多奇景。看今朝、红装素裹，叠相辉映。跨马圆坪英姿爽，依旧哈尼乘兴。又总是、登台人影。笑指园林成错绮，倚危栏云卧衣裳冷。回首忆，石如磬。

李道熙（1920—2007）

四川犍为人。五通桥中学教师。四川嘉州画派创始人之一。四川省人民政府文史馆馆员。

峨眉万年寺

一夜万年寺，松风卷怒涛。
彤云吸雾嶂，红日透林梢。
翠黛浮香麝，丹青染玉绡。
归来开粉本，逸兴满霜毫。

题 梅

暗香初放岁寒时，脂粉嫌污绝世姿。
我愧丹青无妙笔，勉将书法写琼枝。

杨骏卿（1920—　）

四川简阳人。简阳新市乡模范医院医生。

游峨眉

古径行斜高复低，孤峰独立与天齐。
两江水汇牛心石，一线天通洗象池。
人远仅能分上下，林深自不辨东西。
坎坷道路从心越，回首前程望已迷。

乙亥杂咏二首

欣看孺子已知名，底事为人抱不平。
岁月无心催我老，海山有誓证他生。
新词未就行吟苦，旧雨频添阔别情。
虚度年华歌杖国，学书学剑两无成。

吾生有涯知无涯，一息尚存莫怨嗟。
但愿此身镌毁誉，却嫌老眼近昏花。
人逢寂寞诗当咏，天赐平安饭转加。
记得死生齐物论，自邀明月卧烟霞。

注：杖国，指七十岁告老致仕。

黄　花

离离杂草丛生处，偏有黄花带笑开。
三径曾从陶令醉，一樽聊赚白衣来。
饱经风雨身尤健，独立寒秋志岂灰。
觅句无人知爱少，清香犹自满尘埃。

庚午中秋寄怀台湾老友

悄然一别难相见，佳节遥怜老尚存。
霜鬓那堪繁岁月，海天依旧隔乾坤。
心怀故国归无计，梦绕家山望有门。
试问何年归一统，好将消息告儿孙。

游黑水寺二首

荒凉黑水寺，寂寂季八踪。
曲径藤萝绕，残碑蔓草封。
地偏休自弃，天眷岂终穷。
何日重修葺，春山笑语中。

丛柏沿山翠，高堤蓄水深。
飞钟何处验，神话已消沉。
沱广潜鱼大，林丰宿鸟吟。
我来刚二月，天气正春阴。

病起书怀二首

老去无能百事灰，笔床茶灶费安排。

家因多故重重累，人到高年处处衰。
却病但求忧患少，谈心偏喜友朋来。
团圆欲享天伦乐，一日肠牵十二回。

有限光阴不忍抛，平居独坐觉无聊。
酒因患病从医戒，诗为陶情应友招。
薄俸充饥如画饼，读书无用误儿曹。
浮生老迈嗟何及，懒向旁人作解嘲。

胡光烈（1920—　　）

　　四川宜宾人。1950年毕业于重庆西南人民革命大学，分配到资中县人民银行任农业信贷员，后评为经济师。现为四川省诗词学会会员、资中县重龙诗书画院诗词研究员。

春山遇雨

　　四野时闻啼杜鹃，纷纷细雨润农田。
　　人稀村市花飞急，树密郊原鸟语喧。
　　莽莽群山白帐里，清清一水绿毡间。
　　单衣湿透何须计，笑指新秧大有年。

过徐州

　　明灯闪烁似繁星，乘客沉眠夜渐深。
　　战地炮声停息久，轻车安稳过彭城。

清平乐·重九登高

　　登峰眺远，淡淡秋山浅。桂子飘香梧叶卷，处处寒衣催剪。　　碧空如洗云微，北来鸿雁南飞。寄语天涯游子，慈亲召唤回归。

徐 征 (1920—)

字一粟，笔名三生石，四川成都人。金堂县人民法院退休干部。有《橘园诗草》。

定风波

浩渺沱波云水东，羞将白鬓对春风。路近八旬犹劲健，何怨。依依杨柳更葱茏。　我爱江涛朝夕涌，无恐。乾坤涤尽垢尘封。还我河山干净土，知否？腐贪邪祟化秋虫。

摊破浣溪沙

写尽千诗亦快哉，阴阳平仄动情怀。裁剪推敲何所用，扫狼豺。　八十衰翁心未老。雄心依旧洗尘埃。破浪乘风重振荡，笑颜开。

雍国泰（1920—2015）

四川渠县人。1945毕业于四川大学历史系。1949年任渠县私立来仪中学校长。新中国成立后，历任渠县中学、渠县师范校教师，达县师专副教授，退休后曾应聘执教于阿坝师专。有《野鹤集》《闲云集》。

览六十年前旧照

一纸欣然展旧容，青年负气出隆中。
若非先帝有三顾，诸葛沉沦与我同。

忆旧并序

1949年余执教渠县来仪中学，紧邻铁佛寺，晨钟暮鼓，鸣于耳旁。时解放军势如破竹直逼广州，国民党大厦将倾，人心惶惶，前程如何，不得而知，成律一首。

连朝风雨起江涛，花褪残红绿更娇。
梦断晓钟来古寺，课馀短杖过南桥。
幽居应警沧桑改，酩醉聊将块垒浇。
戎马关山谁做主，封侯正待霍嫖姚。

与友人共饮

久闻令德识荆难，老至方欣共饮闲。
野店舒怀醉薄酒，小楼逞气骂昏官。
正期友谊成磐石，何得人生再少年。

更待来朝登上寿，新开陈酿共陶然。

寄李满林同志

学理从文情意真，闲吟一卷叩诗门。
杏坛总是向阳地，桃满春原李满林。

汶川杂兴二首

琴碎音消思邈然，闲云野鹤任流连。
多情惟有威州月，犹自夜深伴客眠。

壁立群山列险峰，威州形势古今雄。
姜维毕竟无韬略，轻授魏军第一功。

思乡曲（录三）

负笈执鞭来此州，一枝鹪鹩暂淹留。
穹苍不管人憔悴，岷山东南日夜流。

骄阳白露又严霜，客里光阴和梦长。
本是无家归不得，每逢佳节也思乡。

蛶蛶蠹鱼实可悲，铎铃声里尽余晖。
橘红醪绿家山好，一息尚存胡不归。

教师营商

米珠薪桂扰心田，簧府而今逐贸迁。

弃学经商君莫笑，孔门子贡是先贤。

夫衣犊鼻妻当垆，东席叨叨西席呼。
客座未空钟已响，上堂犹自数青蚨。

思　过

垂暮方知万事非，常凭谔谔定依违。
身无媚骨谐人少，合对落花送夕晖。

倦读兴叹偶成

破书万卷又如何，白发萧疏耐折磨。
五柳归来惭釜甑，少陵老去卧江波。
穷达岂是前生定，坎坷皆因傲骨多。
抛却儒冠投袂起，挥毫新写送穷歌。

和王膏若同志《春日》步原韵

极目春郊万象幽，我公何事忒多愁。
旧居翠竹翳三径，新舍绿杨掩故楼。
防老终乖父母愿，长生应摒子孙忧。
达城四月风光好，正待诗人一笔收。

刘君惠（1921—1999）

名道和，以字行，号佩蘅，出生于四川华阳县（今属成都市），祖籍四川乐至县。1937年毕业于国立四川大学中文系。新中国成立后任川北大学、四川师范大学中文系教授。为《汉语大字典》编委，有《训诂学略例》《庄子字义疏证》等。

辛巳除夕大雪中归圣灯村舍饯岁作

峨峨飞雪迷归路，照眼琪花满珠树。孤绝旷野一探头，春风又送流年去。去去前村独树家，篱边疏影正横斜。矮屋打头三年住，真怜草莽送生涯。入室蜗牛明窗纸，流云回照光如绮。朝揽九流论是非，暮探六书究终始。四海如今愁沸羹，世上悠悠逐浮荣。我自隐几仰天笑，一庵容我心太平。一年将尽剩今夕，橐驼坐待东方白。绵蕝人夸礼乐兴，讲筵我叹戈铤逼。观河皱面闷无端，割锦欲尽写忧难。洗盏聊斟白兰地，一遣飙风刺骨寒。

浮图关放歌

丙辰八月避地震去渝州，居浮图关上，追感昔游，慨然作歌。

昔年我作渝州客，男儿弧矢矜昂藏。今来我乃若处子，朝吟暮哦西北窗。谈笑一挥三十载，飒然双鬓已苍苍。晨曦独眺浮阁冈，大江东去烟茫茫。旧游历历来入梦，江湖那得便相忘。怪石重摩应识我，木樨已谢犹闻香。竹楼旧有看云榻，花溪还忆泛月航。当时赤手骑祖马，阳言未老莫还乡。眼底江山凭指顾，胸中幽渺漫张皇。百年心事付横笛，膏赤高会吹笙簧。兴酣掷笔掉头去，一莎烟雨随麋麞。人事从来不可量，休将沉醉说悲凉。秋风一换人间世，起看红旗星煌煌。康衢击壤意飞扬，骈驢道路慨而慷。峻坂盐车俱往矣，好试明年春草长。

蜀中大旱又闻日寇侵占独山感愤赋诗

西蜀去年冬无雪，今岁春荒土膏裂。千里剥地龟无毛，烛龙射天光似血。自然六沴害阴阳，岂有五风应时节。陈涛新鬼声啾啾，谁遣敌兵窥上游。九州版图今馀几，一角残山马远愁。凤夕乡农过我宿，苦言家无担石蓄。只闻大府军食需，遑问小民生计促。城中斗米换一衾，城外大猾公劫侵。米贵仓空粜不得，官贪民困孰能禁。黔敖为食当街煮，豆区施济亦何补。出尔反尔定何时，此生此愿应能睹。大祸之来非自天，民劳终岁眼睊睊。如今识得昭回意，瘗璧霾牲漫偶然。

答千帆见怀之作

聚散真如风卷沙，劳人草草各天涯。
魂销泽畔甘牛句，香散城南精舍花。
已悟虫沙同寂寞，却怜肝肺老槎枒。
敲门落叶潇潇雨，梦煮巴山一鼎茶。

再寄千帆子苾

日诵蒹葭白露诗，浮沤人海聚何时。
峨眉雪照东湖月，忍死应留一见期。

荒　村

压顶黑云路欲穷，树如奇鬼飞蒙茸。
荒村夜色寒如许，赖有篝灯一点红。

无量先生招集贲园次大千韵

江左从来付谢安，寻常丝竹写忧难。

闲持东阁一尊酒，来遣西风九月寒。

地变天荒馀涕泪，佩声竹影在阑干。

嗟予侧坐称年少，钗股还容敛手看。

清寂师招集霜甘阁次无量先生诗韵

山川抚槛影犹存，此是陶公采菊村。

吹笛宁知风振海，围香自爱酒盈尊。

都将万恨供残岁，谁分横流到国门。

大藏长鱼聊复尔，新亭往事不须论。

龙山岁暮感愤作诗时在乡建院三首

四序都非我，遑遑欲何之。

弥天馀战伐，满目有疮痍。

楚璧真成碎，鲁戈谁与挥。

龙山风雨恶，前路正透迤。

虎尾真堪惧，履霜亦已多。

抚膺无一语，挥泪欲成河。

国难医无术，人同墨共磨。

龙蛇书万纸，郁郁此山河。

木落龙山静，萧萧白日寒。

行窝署安乐，尺雾足迷漫。

鬼趣添诗料，人情当画看。

高渐离在否，取筑与君弹。

赠周企何

风貌依稀柳敬亭，座中几辈眼青青。
征歌桑海无穷意，今日真成掩袂听。

丙戌春暮大千自北京归招同向仲坚（迪琮）饮大风堂纵观所藏宋元画本

小阁精严迥绝尘，画盘妩媚亦逢辰。
谁知花艳春深日，又见苍髯布袜人。
触手琳琅看秘笈，惊心桑海话微辛。
虾油酪碗闲滋味，只许虚堂二客亲。

甲申九日禊集霁园感事抒怀

簪履闲闲空尔为，鸡鸣士气恐全非。
重来问字抠衣处，剩有天回地转悲。
大字书墙人已渺，遗经在椟愿终违。
独携酸泪窥园过，分付秋风为一吹。

孤　怀

一往孤怀不可攀，新从人海见波澜。
蛾眉身世谁无恨，茧足江湖路总难。
自涤肺肝通尔汝，尚馀魂梦数悲欢。
不辞兀兀休灯坐，睫里焦螟得细看。

轻别二首

轻别江南计悔差，重云漠漠乱城鸦。
仓皇犹付千秋约，萧瑟应怜独树家。
梦里寒潭留蔗境，望中珍髦是天涯。
阴晴明日知难定，愁绝团洲一路花。

瑟瑟江村雀可罗，萧萧白日饮无何。
心随一雁沧州远，诗入中年苦语多。
长笛倚楼谁写韵，龙门卜夜昔听歌。
后湖清浅无多水，偏与离人照逝波。

小径二首

小径无人路欲穷，铿然一杖自从容。
沧桑袖手浑闲事，懒问前山何处钟。

瓦缶黄钟古有之，盐车峻坂亦何为。
年来已惯安心法，细嚼黄连不皱眉。

挽张秀老三首（录二）

弥天一老去堂堂，二月春寒草木长。
大德高行宜寿考，光风霁月著文章。
当年猛志经沧海，老去心声入混茫。
百年忧乐关天下，未许逍遥卧北窗。

平生风谊兼师友，送抱推襟六十年。
古寺圣灯迷辙迹，庞家水碾剩风烟。

一簔常引荒村路，七字高吟锦里篇。

藤榻绿阴清话处，一回追忆一怆然。

注：1937年予与秀老同任教于成都师范学校，回首五十七年矣。1941年夏夜，予与秀老饮于庞家碾，忽大雷雨，归后，予赋诗云："压顶黑云路欲穷，树如奇鬼飞蒙茸。荒村夜色寒如许，赖有簔灯一点红。"秀老嘉其善喻。当时，秀老赋《锦水篇》，今增改为四言，载《二声集》中。

题稚荃先生绝笔诗三首

易簀沉吟感遇诗，百年歌哭寸心知。

零缣断纸谁收拾，此是蚕丝欲尽时。

云梦盘胸不自聊，朝来袖手坐书巢。

天回地动浑闲事，此日澄怀懒续骚。

群鸥旧侣故依然，到此却悭一面缘。

白雪幽兰人不见，空馀清泪满吟笺。

点绛唇

玉漏沉沉，照人多少残灯事。芳情空系，一瞑真非易。　　数尽华年，愁写销魂字。危栏倚，江山如此，画角城乌起。

虞美人二首

柔尘吹黯铜河路，嫩约经年误。雨声无赖上芭蕉，又是微云河汉可怜宵。　　罗襟渍酒人憔悴，多少看花泪。十三筝柱背人弹，可惜梦魂犹绕旧栏干。

兰期初七闲追省，望断斜河影。可怜秋泪向人红，不道十年尘事太匆匆。芙蓉绦子霜华叶，怀袖双双叠。事如春梦了无痕，剩得心头小影自温存。

蝶恋花 · 展灯夕饮和清寂师

红绢前情休记省，年少青衫，更惜青青鬓。漫道今宵天色冷，当筵依旧三姝影。白发词宗高坐稳，哺啜风流，此意凭谁领。眉上新愁吹不醒，人间第一消境。

青玉案

浓芳已谢情如雾，乍柳外，闲凝伫。眼底惊鸿一瞥度。玉梅门巷，重来崔护，愁绝金河路。垂杨不解将春住，一箭流光镜盟误。好梦醒时春又去。吟边灯火，照人无语，细嚼相思苦。

鹧鸪天 · 癸未春暮和涉江词

燕剪剪春不剪愁，一春红泪费双眸。已拼心迹成泥絮，剩有风怀证白鸥。思渺渺，恨悠悠，曼歌离黍梦神州。危阑万里残阳在，望断白蘋天尽头。

浣溪沙三首

倚遍阑干日又斜，凭谁酒畔洗筝琶，当歌人更滞天涯。问字休猜禽字谜，回肠却负断肠花，忍从静里数年华。

度尽秋心一夜潮，香篝未觉水沉消，蓬山休恨万重遥。啮臂有盟商后约，同心无计待明朝，黄金铸泪负阿娇。

别酒尊前和泪吞，风怀憔悴那堪论，梅花细雨总消魂。　　往事空馀情宛转，如今却待梦温存，南楼忍见月黄昏。

踏莎行·大千为目寒夫妇画《峨眉感旧图》嘱题

暗暗是烟，蒙蒙是雾，双肩人在高寒处。一痕淡淡应难描，峨眉消瘦今如许。　　几度秋风，几番秋雨，旧游如梦凭谁语。纵烦摩诘画成图，云中那辨相思路。

南柯子

座上无馀酡，花间有断莺。轻雷乍过夕阳明，此际十年心事未能平。　　菰黍依前熟，芝兰分外清。水边歌吹与谁听，看取乱山当户暮云横。

阮郎归

微青李苦绿桃酸，甘瓜未入盘。馀情尽付荔支丹，轻绡著手难。　　杨柳岸，木兰船，藕丝冰样寒。来禽写就有谁看，人情真等闲。

江城子

清尊秀句漫相酬，蓼花洲，夕阳楼。不是梧桐池馆也惊秋。临水登山闲送目，山脉脉，水悠悠。　　霜空鸣雁橹声柔，误归舟，说前游。抛却锦城不住住他州。瓜苦三年仍在眼，除梦里，可无愁。

水龙吟

为谁轻别江南，沉沉前事堪回首。湖山无恙，几番同梦，金城衰柳。蜀客船回,吴霜鬓点,酒醒时候。换沧波身世,馀霞正绮,忍闲却,传杯手。　　犹记梅园清昼,乱繁花暗香千亩。辛盘荐了,北楼怅望,天寒翠袖。一霎沧桑,胸中云梦,春池吹皱。算多情惟有,当时月色,照人依旧。

李培根（1921—　）

重庆人。曾任四川省政协副主席、四川省诗词学会顾问。

访崇州街子古镇

山深藏古寺，塞上种梅花。
径曲通云壑，林幽掩酒家。
溪声逐风远，日影映桥斜。
何处诗人宅，枝头噪暮鸦。

注：镇为唐代诗人唐求故里。

白沙古镇

永记江津到白沙，涛声伴我入烟霞。
万商云集迷江渚，闹市幽居问酒家。

临江仙·钓鱼城

日暖风和人散去，春江水阔波平。轻舟飞泊钓鱼城。山川形胜处，想见巨龙腾。　故垒颓垣今宛在，苍松翠柏千寻。前人伟绩最关情。英雄传后世，遥听杜鹃声。

菩萨蛮·缙云山

缙云山上相思寺，巴山夜雨知秋至。丽日照晴空，攀登狮子峰。　南国生红豆，别后相思久。胜景美难收，清源无尽头。

秦　楚（1921—　）

　　安徽巢湖人。1939年参加新四军，历任班、排、连、营、团职干部，1980年离休，居四川省军区成都新蓉干休所。曾任四川电大附属电视中专校校长。成都市老年诗词学会副会长。

征夫曲

载酒南游下皖东，风樯阵马送归鸿。
桥头坐看巢湖水，托出黄山十二峰。

新　居

锦官城外是吾家，架上葡萄架下花。
扁豆痴情缠竹瘦，丝瓜任性压棚斜。
春兰素净三春雅，月桂清香八月华。
鹦鹉堂前迎送客，枇杷影透绿窗纱。

白头吟五首（录三）

战罢归来半白头，烽尘洗净泛轻舟。
消闲一日三杯酒，梦到雄关碧血流。

饮弹生还叹白头，当年破釜敢沉舟。
于今一日三回首，何处投鞭断水流。

镜里秋光照白头，长江破浪驭飞舟。
何期召唤南山马，一扫残尘入海流。

金堂县绿岛采风二首

白屋诗人试采风，禅林绿岛探春红。
三河紧抱青山走，魂绕金堂第一峰。

夕照园林树半红，桃花笑口唤春风。
溪声谱曲农家乐，燕剪垂杨烟雨中。

唐觉从（1921—　）

四川成都人。新中国成立前任成都市参议员，新中国成立后为成都市人民代表大会第一、二届代表，成都市工商业联合会筹备会秘书处处长，副秘书长。民建成员，成都市财产重估评审委员会评审处长。成都市政协文史委员会文史研究员。

南京梅花岭汪精卫墓址

燕市当年记慨慷，翩翩卫玠好文章。
同盟早岁称人杰，卖国旛头作虎伥。
万世史严诛叛逆，九原汗下愧孙黄。
饮刀空负平生诺，山上梅花耻姓汪。

退休感怀

六十年华去似梭，归来双鬓已婆娑。
心如止水浑知足，眼愧奇书读未多。
且喜江心添锦绣，惟期儿女少风波。
闲邀老友看花去，浊酒一杯颜自酡。

赴新疆途中两律

五十年前驭太空，而今垂老又乘风。
中华早已开新局，寰宇依然未大同。
云海波涛看起伏，国家郅治有英雄。

飞行万里如闲步，自笑龙钟八八翁。

不觉扶摇上碧霄，山川足下小鸿毛。
披襟便欲朝天阙，采兴何妨写俚谣。
绝域而今成坦道，绥边未易解征袍。
玉门关外思先烈，定远威灵应可招。

陶道恕（1921—　）

重庆人。四川大学中文系毕业。曾在北京师范大学苏联文学进修班学习。退休前为四川大学中文系教授。四川杜甫学会、四川省诗词学会顾问。

抗洪曲六首（录二）

出师言抢险，险段在荆江。
神勇排山至，洪魔束手降。
干堤期死守，沙袋尽飞扛。
砥柱中流峙，英雄绝等双。

洪泛三江溢，穿衢水接天。
奇兵波上斗，孤岛浪中悬。
已喜全油井，旋欣障甫田。
家园争再建，东省望丰年。

读于右任先生忆内诗有感

于翁忆内撰佳篇，芳草长怀故宇前。
痛哭有歌传大陆，凄风吹梦换流年。
鲁阳不返西隤日，穷老何归滞远天。
旦旦金婚空矢誓，高山埋骨恨绵绵。

过葛洲坝

南荆建坝壮荆州，蜀水西来会葛洲。
入闸风播随上下，启关囊橐载沉浮。
龙蛇古峡应长蛰，云雨巫山浑断流。
电气广输吴楚利，工程宏伟震寰球。

村居偶兴寄友人

白垩多情恋讲台，瓶梅相伴绮窗开。
常因伏案成疏懒，每愧高轩数往来。
嗜古穷年何进退，耽吟良夜总低回。
霜寒莫道无诗料，落叶前村正满堆。

追悼刘君惠先生

蜀庠渊雅早空群，尚忆霜柑酒半醺。
岁久金陵延盛誉，天开锦里播高文。
论诗绝赏黄公度，语释精研扬子云。
太息吟坛凋老宿，看花人待接灵芬。

天复兄以精印《清明上河图》年历见惠喜报以诗

士女东京野景殊，清明最喜上河图。
西涯题记飞声早，画院论才举世无。
事去千年犹艳说，历开新页见联珠。
春前未赴燕台会，雅贶遥承正慰吾。

癸未人日草堂观梅

惊春竞放信多姿，恰是迎祥庆岁时。

绝艳神清无俗韵，冷香风送有横枝。

名园红绽传佳什，东阁愁看拜雅词。

老喜游观逢旧雨，草堂人日又题诗。

甲申人日游草堂漫成五首（录三）

光芒万丈耀千秋，语不惊人死不休。

倘起杜公重振藻，草堂花鸟岂生愁。

茅卷翻忧赤子寒，床头屋漏几时干。

万间广厦何时见，从古诗家学步难。

古俗佳辰谈笑亲，浣花溪上遍游人。

画图吟出成都景，合让明星占早春。

念奴娇 · 题赵香宋先生手迹

笔酣墨饱，爱清词秀丽，比诗还好。世事人情多入咏，写景传神尤妙。濯锦波平，峨眉横翠，绿染乌尤岛。玉津阁下，短笺遥寄吟草。　　回首四纪巴山，慈香楼阁，教诲叨承早。恰似雏僧闻棒喝，一刹恒河惊老。耆旧凋零，遗编散落，鲁殿灵光少。蝇头细字，圆珠润玉堪宝。

章继肃（1921—2014）

四川渠县人。原达县师专（现四川文理学院）中文系副教授、系主任，四川省第五届人民代表大会代表，达州市书法家协会主席。有《章继肃诗文选》。

达县火车站

群山争赴一江分，自古通州通四邻。
今日铁龙过汉去，普天之下可来宾。

注：西魏时改万州为通州，因交通四达得名。隋改通川，宋改达州，清改达县，1976年设市，1973年襄渝铁路建成通车。

游真佛山

松柏葱茏一望中，为秋真佛上峣峰。
部娄万顷花遮眼，崖壑千寻翠滴空。
色相随时舍利子，经营作肆梵王宫。
菩提无树何须证，自有金身振聩聋。

退休杂咏四首

退休无事便聋痴，日日看花乐不疲。
万物静观皆自得，此机参到即忘机。

校园小步绕芳丛，一日千回风雨同。

不是与人夸足力，退居乐趣在其中。

朝看彩霞暮看云，闲来无事看新闻。
老年协会战麻雀，比赛居然得冠军。

随意桐阴坐夏凉，老伧何用问行藏。
校园花发红成海，乐与儿孙照相忙。

长江夜航

长江万里溯江行，船到南通玉镜升。
鸥鸟渐随人去远，微风送我上金陵。

夜航遇雨

舟人指点说云梦，暮霭苍茫泽气生。
一夜航行灯照水，满江风雨是归程。

兰亭雅集

　　绍兴书法家协会邀请四川省书法家代表团同志畅游兰亭，在曲水之滨流觞赋诗，在右军祠中交流书艺，信可乐也。
　　一序兰亭百代香，邀欢曲水咏流觞。
　　挥毫堂上惊风雨，也学右军写几行。

溆浦车站

江水安流波不惊，天禾苗壮鹧鸪鸣。
停车溆浦风光好，小站徘徊忆屈平。

橘子洲头

橘子洲头橘树青，湘江濯发午风泠。
游人向晚不归去，坐看云帆下洞庭。

舟过赤壁

东风吹我上船头，常恐惊涛决岸流。
赤壁山前飞白鸟，江南江北两悠悠。

贵阳作二首

大江南北一桥通，到眼芳菲春意浓。
为访名山求枕秘，轻车连夜赴黔中。

一片飞花满筑城，春波涵碧涨南明。
鳌头独占凌霄汉，甲秀一楼天下闻。

临江仙·大明湖访辛弃疾纪念祠

弱宋南浮国步，说和说战都难。十论九议欲回天。旌旗思壮岁，风雨
惜流年。　　豪杰之词绝六合，异军突起无前。大明湖畔礼先贤。祠堂登
肃穆，仰止向高山。

董怀舒（1921—　）

　　四川成都人。1945年四川大学文学院中文系毕业。毕生从事教育事业，先后在成都、华阳、简阳等地中学任教多年，1980年调内江教育学院（现内江师范学院），副教授，1986年退休。现任四川省诗词学会理事，内江市诗词楹联学会副会长。

抗洪歌

　　罡风吹落女娲石，恶云吞没羲和日。泛槎谁使决银河，飞流怒泻连天湿。卷屋穿堤势如扫，低成泽国高成岛。滚滚滔滔洪水来，田畴淹没知多少。电骇雷崩竞我欺，茫茫何处觅枝栖。一声号令齐奋起，钢铁人墙压浪低。跋涉艰难泥没膝，顶风冒雨无休息。党员干部子弟兵，中流砥柱巍然立。万众挥戈山可倾，力挽狂澜神鬼惊。风涛愈险人愈奋，人声压过风涛声。水怪河妖齐俯首，息鼓偃旗东海走。还我田园还我家，更展经纶补天手。捐衣赠物满船车，情暖人间笑语和。洗尽疮痍庆功日，坐对荧屏听凯歌。否去泰来百事举，陇头陌上倾心语。李冰父子凿离堆，鲧过禹功当记取。江南塞北又晴光，鼓腹讴歌奔小康。君不见，大灾之年无饿莩，盛世新风百代香。

送诗友还川西

论交淡如水，樽酒送君行。
风扫阳关怨，雷鸣警世声。
骚坛须激浊，吟友待扬清。
珍重千秋业，长歌万古情。

有　感

廉泉只合在高丘，一下芳郊染浊流。
鹦鹉俐言宁本色，鸱夷雅量却深筹。
道旁榆荚堪沽酒，院里苔花欲蔽眸。
疾俗忧民缘底事，书生又白两分头。

砭　俗

利锁名缰误毕生，矜然自诩猎虚荣。
阴晴反复诚难料，冷暖升沉惯不惊。
障目寻花非本色，胁肩哗众岂真情。
年衰莫叹无知己，聊共孔方入醉城。

感　事

鱼龙共舞杂刚柔，极目纷纭几度秋。
委曲须思全大体，周旋每怵陷深谋。
伤情总为钟情绝，好语常输不语优。
比岁多闻陵谷变，民灾急救解新愁。

灵隐寺

灵鹫今安在，洞悬一线天。
像雕三百座，寺建两千年。
拜佛诚痴绝，钟情亦枉然。
飞来溪壑意，小伫且听泉。

无 题

全身要术苦思寻，闭目低头慎守箴。

覆雨翻云能得手，亏人利己欲随心。

惊湍卷岸邻为壑，恶竹横空地满阴。

可惜栖栖谋进退，还将往事作沉吟。

念奴娇·题江津碑槽溶洞群

名山异境，见龙宫人世，太虚天府。妙演奇观真且幻，邃曲难穷佳处。疑塑疑雕，如禽如兽，造化挥神斧。唐钱宋币，历经多少寒暑。　　来此阆苑瑶台，应怜昔日，埋没羞无主。不是寻幽探胜客，安得明辉齐吐。暗穴攀危，阴河涉险，受尽诸般苦。功成刊石，悠悠情系千古。

金缕曲

亡妻甲申来归，丁未七夕逝去，戊辰七夕赋此志感。

二十三年事。那能忘、挑灯伴读，夜深无寐。冬夏栖遑同甘苦，谙尽病贫滋味。况多少、别离情意。数载艰难还似昨，又神惊、席卷狂飙至。嗟此夕、痛分袂。　　梦魂已断何由系？怅佳期、风凄月冷，几回心祭。盛世欣逢人垂老，长忆将军猿臂。更堪念、向平未遂。华鬓闲窗谁共语？卜来生、愿舛存馀悸。徒善饭、忍清泪。

穆显德（1921— ）

四川合江人。四川省合江县中学高级教师。

小三峡行

逼仄复逼仄，浪卷千堆雪。舟入大宁河，恍同与世隔。两岸山欲合，壁色立积铁。山腰遗栈孔，绵延未断绝。一滩又一滩，涛声似裂帛。漫山浅竹林，分绿与天接。江曲如游龙，美景似队列。时而熊猫洞，时而虎豹穴。时而鹰戏屏，时而猴捞月。或则面赤壁，或则对山阙。或荡银窝滩，或戏龙泉洌。又或瀑飞霰，又或涛吐屑。才是山封顶，忽又云雾撤。峰影入水深，波光闪明灭。前行疑无路，及进地天阔。一层复一层，山回水曲折。三峡小桃源，直与世间别。千姿与百态，真个景奇绝。凭将柳叶舟，有幸得饱阅。葛洲坝归来，异景同欢悦。舟回出峡口，转觉心头热。无边诗画意，尽在云峰侧。可惜万花筒，只容眸一瞥。依依山水情，重访念殷切。

读丰子恺漫画二首

泥牛竹马眼前情，信手拈来四座惊。
不画脸庞神自出，随心落笔趣横生。

东鳞西爪写新篇，入目人人展笑颜。
看似无奇刚欲弃，嚼同橄榄味回甜。

王文才（1922—2008）

四川崇州人。四川师范大学中文系教授，研究生导师，四川省诗词学会顾问。主编《杨升庵丛书》，有《杨慎学谱》《蜀梼杌笺证》《元曲纪事》等。

全国诗词学会中作

百年诗史论纷纷，我所欲言人亦云。变革从来缘时会，穷通兴废岂由人。中华诗词扬宏旨，旧体新声并二美。不信试征文苑传，汉晋唐宋皆如此。旧体新声形与神，体异神殊各不伦。形亡神灭如薪火，形骸非我神不存。因思艺苑好目宗，神形变尽走中风。匍匐邯郸失故步，公孙贻笑合异同。匝地新潮趋现代，诗何所化径何在？平生懵懂少宏观，偶闻玄说终茫昧。词坛九合集渝州，文运风流古无俦。若能末座聆胜义，俯首方家第一流。

离退小集

桃花流水三月三，例会农家集草庵。陋室正宜闲退客，况是满庭荫松杉。主人具食意亦厚，园中春蔬皋桥酒。更得盘飧能兼味，但须适意复何有。酒边往往述奇闻，窃国摸金已厌论。浊水鱼虾乘时运，齐民辙鲋伏刀砧。乡官掠地农无土，秋后此庵不复存。座中兴叹农家苦，主人一笑君何腐。将见琼楼开绮筵，我亦高迁都市户。且待西风黄叶飞，候君登高共歌舞。我闻此语终启悟，从来兼并是大贾。

龙池绝句二首

西峰残雪已融时，大壑春晴养玉芝。
行尽龙溪源上路，群山涌出古龙池。

地接羌方土俗淳，寒杉木屋近仙村。
云中灯火留人宿，黄豹巡更虎守门。

屯边纪行十首（录一）

嘶风万树卷雷霆，山怒云瞋石气腥。
一角堕岩天陷处，回潮飞上翼王亭。

渝州绝句六首（录二）

朝天门外市声哗，蜀锦犍盐载满槎。
三老长歌巴渝曲，佣儿叫卖老阴茶。

我自涂山禹寺还，斜阳正在小函关。
古榕树下黄茅店，借与行人看晚山。

剑门四首（录二）

画地为牢似系囚，桐花冻雨对人愁。
驱车北上剑门道，好向高岑望益州。

天外连峰似剑排，关门正对万山开。
居人每拾残锋镞，共说秦关百战来。

峨眉纪行二十二首（录四）

中峰凉雨湿山椒，云意留人掩客寮。
我与涪翁同习静，小楼占候听山潮。

注：住中峰寺。山中称谷风为潮，以验晴雨。

云色荒荒石栈行，密林茂草客心惊。
老僧殿角呼黑虎，满壑腥风冷气生。

注：大坪有虎，僧以名猫。

灵雨初收露法形，千峰列队佛头青。
斜阳忽化光明藏，似展华严百卷经。

涧壑淙淙百步遥，朱栏鸣玉听终宵。
晓来应有洪椿雨，涨过虎溪第四桥。

谒彰明故里四首（录一）

三楚飘流事尽违，乡人招得旅魂归。
墓头不要翰林字，犹是彰明一布衣。

三湘纪行九首（录一）

袅袅湘波初月斜，废祠巷曲贾生家。
待闻绛灌俱离退，天下才人鬓已华。

齐楚杂句六首（录一）

太白楼头月满弦，传杯读画忆开天。

君王不赏大鹏赋，只奏名花倾国篇。

注：济宁太白楼。

北游纪行十二首（录一）

幽险雄奇四境分，经如小品不兼能。
词人只道褒斜好，子午原为最上乘。

得宥师病后书及思乡作五首（录二）

巴峡猿声蜀道难，老来何用遣悲欢。
风情自胜花间上，多少词人异代看。

注：《续箧中词选》题为"清人"。

寂寞京华闭户居，残编留读未烧馀。
红楼显学成经解，谁问辋轩覆瓿书。

注：红楼既盛，奇闻争出。

酒　集

难得花朝约，春风几辈同。
相看如倦鸟，定痛各惊弓。
淡忘艰迍际，浮沉饮啄中。
衰迟不自意，一笑醉颜红。

遣时三首（录二）

旧　宅

新起泥墙护绿苔，旋移小树后庭栽。

劳人老去心生退，每卧南窗异梦来。

樱 花

东海移栽倾国花，艳妆娇粉忕夭斜。

闭门对读梅花谱，碧玉终须是小家。

续缀绝句五首（录三）

闭关却扫对相哀，经岁曾无故旧来。

姓字不堪污众目，新书改署半唐斋。

却后维扬湖外村，拥毡枯坐寂无人。

临分絮语他生事，黄叶萧萧不忍闻。

旁犯深推谏费词，许于身后削繁支。

遗编冷落谁珍护，惘惘回车腹痛时。

注：旁犯借指旁引众说而改之。昔在成都屡以曲稿下问，因谏以省繁。翁笑曰：俟我死后，任君删削。

锋晋海外寄诗三首（录一）

芳草萋萋玉露迟，远游佳兴发清思。

劳人草草中眠熟，正是海西对月时。

注：首为原句。时锋晋在美国探亲。

乱中重过武昌舟中留别千帆祖棻先生

雾失武昌庾亮楼，凘风脱叶下黄州。

故人寥落添新鬼，沧海重惊愧白头。

路转牛宫伤皂帽，梦回花市了藏舟。

长江催浪宁嫌恶，百步谁甘马少游。

丙辰纪事

节过黄梅仍漏天，阴霾人意更绵绵。
争传戴抃灵鳌舞，但恐绝维地轴颠。
弄雨翻云流雁户，传更报警费鸾笺。
氛言已验三川震，遮莫西山听杜鹃。

注：是年四凶就擒。《楚辞·天问》："鳌戴山抃"。相传海中有巨鳌负山作抃舞。抃，鼓掌也。

谢惠挂历

东风消息岁云除，小阁梅花发几株。
东海故人情兴好，雪中颁历到成都。

戏拟土地堂四绝句（录三）

堂下家家对影愁，膝前早早可忘忧。
一庵默坐相存护，送老公婆二百秋。

退院僧闲下法台，两行鸳鹭不须猜。
钵盂已寄牛栏侧，方丈前头挂草鞋。
注：末句宋人语。

脚立中流头顶天，床头看篆蛟龙眠。
前生应是天随子，抛却诗书坐钓船。

维嘉同志惠赠新集

重读冰弦四卷诗，刀丛吟到挂弓时。
眼中历历沧桑感，甘苦爱憎血性词。

水调歌头

瞿禅先生湘中，书有游蜀意，因次来韵。

水阔洞庭野，云开衡岳颠。泠然风御缥缈，冉冉降词仙。唤起湘灵楚客，商略清弦雅韵，乐府续新编。玉笛惊红萼，津鼓发兰船。　　西行计，蚕丛路，锦楼前。更向杜陵祠畔，一酹浣花泉。槛外留人暮雨，陌上啼鹃绿树，十里尽含烟。巫峡猿声里，春水碧于天。

水调歌头

半唐翁逝后百日，锡厚兄嘱和选堂先生雅作，以补哀词。

南海传新韵，身世忆飘蓬。初逢清寂堂上，鬻豆锦江翁。暂寄危巢一角，总录鸣沙断曲，铅椠夜灯红。咄咄书空字，孑孑返江东。　　待重见，伤白发，已心慵。依然一掬幽愤，骂座有雄风。天意无情伯道，黉舍狂且狗曲，留命化沙虫。悽绝维扬路，东望拜神宫。

文　奎（1922—　）

　　四川南充人。曾任川北革大、党校教员，曾做区、县宣传工作，内江市文化局局长。1989年离休。内江诗词学会、诗词楹联学会会长。

游贵阳市黔南公园

晚秋万物凋零甚，苗岭风光尚可人。
落叶纷飞浮石濑，随缘分得一溪云。

花溪公园

高山水碧出平湖，落叶秋风趣味殊。
登上峰尖遥望久，金乌西坠照征途。

西林寺送别友人

送客绵州去，西林蜀鸟啼。
孤篷烟水阔，今夜过涪溪。

甜城漫吟五首

连朝风雨看江船，忽见红霞抹远天。
明日渔家应晒网，与渠同醉大洲前。

沿岸徐行乐意多，老来心性厌风波。

峭帆飞处群凫起，拍拍呕呀瞬息过。

沙界倾颓事已迁，重修庙宇更岿然。
浩歌遥望沱江畔，劫后荻花分外妍。

江风吹面蹙晴澜，苇路萧萧鸭满滩。
八月西林亭子上，夹衣先受早冬寒。

秋水兼葭未寂寥，歌声依旧出兰桡。
参天双笋插江口，渺渺烟波卧二桥。

合江亭

绿叶红花芳草香，合江亭外望斜阳。
当年挚友今何在，雪岭西山枉断肠。

登锦江廊桥

碧波摇乱廊桥影，斜照馀晖百态生。
古邑繁华思往昔，几经风雨几枯荣。

汤 霖 (1922—)

重庆涪陵人。毕业于西南师范大学中文系。雅安师范学校讲师。退休后任凉山大学中文副教授，兼西昌师专古典文学及先秦文学史教职。已出版合著《千家诗注析》，独撰《李清照诗词赏析》。

题七五生日所赠蛋糕二首（录一）

晚而好易岂思玄，知命期符大自然。
一贯中庸通辩证，三宗互补误薪传。
柳阴喷鼻牛知老，客里思乡酒作船。
芳草无端入眼底，又思甘雨润帙田。

注：三宗互补即三教互补。

题相册

少年已是丑八怪，老来更是八怪丑。
也想风流学倜傥，临池妆对东风柳。
可怜弄巧反成拙，装模做样形枯朽。
还我自然对晚霞，不失潇洒一老九。

雅安碧峰峡

一剑峰寒出九霄，松涛万顷走盘雕。
鱼衔画毂冲云路，星落琼筵嵌柳腰。
明月猿怜鸿雁影，玉楼乐撼广陵潮。

旅游自是新鲜事，应谢陶朱拓内销。

雅安白马泉

云随白马涌清流，石径人家竹外鸠。

净绿一尘浑不染，寂岑万念可皆休。

清鲜空气虫鱼乐，雅趣风骚樵牧讴。

寄语新来开拓手，为留一线古春秋。

茶楼得句

烟霞云树自悠然，远水遥帆共一天。

最是引人佳胜处，看山不用买山钱。

蝶恋花

秋九月雅安雨城联苑为余暨几位八旬社友祝叚，盛情弥珍。地方能如碣阳诗社受领导以澡瀹民族精神为己任者鲜矣。成此短章。

报国书生何所有？绘草缔花，淡宕东风柳。吟苦不辞衣带瘦，昂扬旋律精神抖。　　纸贵洛阳邮价陡，惨淡经营，乞米羞开口。堪羡碣阳诗社友，明时更得文章守。

踏莎行·秋声

瘦岭啼猿，寒江柔橹。斜阳闲共霜枫语。琼楼谈笑正添衣，茅檐促织微吟苦。　　飒飒西风，潇潇暮雨。敲窗落叶惊何许？无端四处起秋声，鸣鸿又向寒塘去。

一剪梅·雅安风情

一片深蓝好个天，绿柳含烟，碧草含烟，游骢驻足意绵绵。燕舞翩跹，蝶舞翩跹。　　柔橹波光漾画船，山影婵娟，人影婵娟，廊桥听雨且偷闲。品酒看山，品茗看山。

夜行船·读王渔洋邵青门咏柳之什

春　柳

惺眼初开枝影瘦，便勾起，韶华非旧。燕剪停裁，莺梭偏掷，醉月束烟时候。　　曾记芳菲吟豆蔻，恣妩媚，难将伊守。杜宇凄凉，鹧鸪悲切，揉乱寸丝千万缕。

秋　柳

灞岸依依分手处。蹙眉峰，乱鸦啼暮。依旧涛声，苍茫汉苑，潮送碧帆何处。　　云黯关河风色苦。啥潇洒，断肠情绪。芳草谁怜，独怜芳草，也负绿裙期许。

许肇鼎（1922—   ）

四川巴中人。退休前任四川大学图书馆副研究员。

题成都市树银杏市花芙蓉

露蕊霜柯俱有神，清秋花果不争春。
若教细数群芳谱，风骨凭谁作比伦。

忆昭觉寺

驷马桥边昭觉寺，记曾载酒此中过。
寒鸦落日伤心地，检点青袍客泪多。

十二桥

青羊花市趁春开，十二桥溪涨绿醅。
桥上儿郎溪上女，几人解得为春来。

闻独山警

吴市吹箫恨未平，秋来江上客魂惊。
愁搔白发尊前乱，醉看青山雨后明。
已报妖氛窥井络，更传狼燧笼樱枪。
书生愧乏匡时计，独向新亭涕泪倾。

注：1944年作。

何郝炬（1922— ）

四川成都人。早岁参加革命，抗日战争中长期在鲁北敌后坚持对敌斗争，解放战争中先后在山东、淮海、渡江等战役中作战助支前工作。新中国成立后，曾任国家建工部副部长，四川省人大常委会主任，1995年离休。为《岷峨诗稿》主编。有《澄愚集》。

去乡吟十首（录五）   1938

激昂报国心，慷慨辞家门。
雒水去将远，回首已黄昏。

十五年方幼，救亡奚迟留。
挥手送乡关，一去不回头。

江南春意早，北地雪花飘。
河山信辽阔，国土讵可抛。

甘泉客店中，热炕暖心胸。
鸡鸣早将去，遄赴延安东。

塞下日趋近，故乡行更远。
向往今将至，长驱抑何短。

太行秋思 ₁₉₄₀

黍落豆黄麦色新，醒来又道是秋深。

锦城九月菊花好，埋里三山炮火惊。

举瞩两眶思亲泪，登临一片故国心。

何时尽斩鸱枭首，万里家山话远征。

注：埋里，时北方局驻地。

王 楼 ₁₉₄₂

王楼喋血天昏乱，长夜悲歌动地哀。

五载艰辛志不懈，河山重整待归来。

漯 水 ₁₉₄₇

漯水流江汉，关山隔楚秦。

中原战未歇，家国恨难平。

父老知何在，故乡不可闻。

投书从此去，终不得回音。

自注：元月随军次漯河，投书故里，因赋。

西 行 ₁₉₄₉

东南初稳定，大军复西行。

先遣夺关隘，前锋待后勤。

急驰千里路，云集两家军。

父老倚门望，解放功克成。

归来辞　1950

　　春晚下江南，秋深复远征。车行经徐汴，湍流过汉津。竹园留夜话，岳麓残屐痕。渡得湘江去，又沿沅水行。桃花江畔路，秋水问伊人。依依歌离别，分道且进军。矮寨坡上雪，崎岖多险程。深山苗家子，见我喜殷殷。三峰分楚蜀，茶洞两相邻。山道惊陡逼，乌江水流深。敌军逃走时，城邑尽夷平。飞越白马山，穿过万丈云。日行五百里，急驰不稍停。拂晓出南泉，雾晨上山城。街头人密集，解放齐欢腾。长驱六千里，今日罢征尘。暮涉嘉陵水，迈步上石门。少时离家去，归来凄且忻。白发老祖父，矍铄倍精神。慈母闻儿至，出门笑吟吟。稚弟倚壁立，无语似陌生。迂回革命路，曲折多艰辛。一朝解放日，家国同欢欣。长者素刻苦，多年守清贫。勉我勿懈怠，胜利休骄盈。节操益自励，得时更虚心。十载党培养，整风意念真。导师旗帜下，自我严批评。立志为阶级，岂敢忘本根。大局今已定，百废俱待兴。前趋路漫远，莫谓负荷轻。辞别长者出，儿事正纷纭。愿将思亲意，终身为人民。

乡　音　1952

　　烟笼平野日初斜，车到江城不见家。
　　未改乡音人不识，鬓年于此走天涯。

哀　母　1954

　　前日就医去，隔夕病渐痊。朝来忽传信，老母竟终天。送祖无多时（祖逝甫二载），而今失慈颜。昨犹对儿语，今宵已无言。一棺隔尘世，咫尺再见难。滔滔长江水，难洗心上酸。母早入女学，自幼识文史。从容任劳怨，终生无休止。卅载长岁月，守贫如一日。谁谓女逊男，重担孰与拟。少时遵礼教，远适心自安。时乱遭兵燹（杨森陈洪范之战），夫走十二年（父之申十二年始归）。爱子返文昌（兄恕聪颖过人，早夭，母哭之恸，以为文昌宫中神童子），女殇恸心弦。难拭眼中泪，勉承堂上欢。幼儿与逆子（父不归，诸兄多忤逆，不听继母教。浪荡如洗，又归母处养活），高堂有椿萱（母携儿归外父母家）。两家诸丁口，只手独承担。叔侄多相助，贫困苦熬煎（祖父年迈，母奉养终生，赖祖弟相助二十年）。朝夕教学童，粉笔常相伴。回家弄柴米，灯下改书卷。辗转蜀中地，桃李满三川。敢问先生行，生平无依偏。且将子女爱，善视诸少年。儿年渐已长，离家之远方。行前来告母，念子情怏怏。回首思家国，殷殷寄慈肠。蜀中多昏暗，汝行理应当（母信谓如无汝幼弟牵掣，我亦愿奔赴战场也）。愿汝多自爱，起居自主张。子行千里外，家书情意深。戒儿勿懈怠，正义须认真。满纸爱儿意，一片忧国心。捧书喜欲泣，有母堪自矜。自尽人子分，多年侍严尊。含恨埋夫骨（父晚年荡游数载病危，徒手归，逝母处），携儿傍青灯。石门种蔬菜，虎岩遇故人（母与蓉生叔祖父举家寄居石门静之孟如伯父母处）。生计益贫愁，物价日飞腾。思子心切切，守贫待时清。一朝庆解放，举家皆欢欣。儿归母心喜，俭朴如素行（母戒儿分公私，崇俭朴）。教书伴长者，为成孺子名（母年渐衰多病，仍教书，以所入养祖父、供幼弟读书。不以家累贻儿，不求助于公）。有力当自食，公私自分明（母语）。愿将此暮年，尽力为人群。祖父年迈故，弱弟今长成。方谓得渐息，遽尔赴幽冥（祖殁年八十一。母故，享年未及六十）。母侍父母孝，母对子女爱。正义明至理，自身置度外。阿弟未卒读，老母添愁怀。反复再思维，愉悦笑颜开（弟未卒业，调青年团工作，母不怿，闷坐久之，大义自明，欢笑而罢）。平生无他好，杯酒自宽裁。何期致宿疾，撒手赴泉台（母以酒疾复发，胃剧痛，遂不起）。儿今恨何及，未尽人子份。贫苦已多年，母身本多病。早劝母休憩，哪有今朝恨。公事感傍午，起居少过问。平素疏奉养，病来却无情。母常关切子，儿心少思亲。悔恨今太迟，回首泪沾襟。长者今已往，儿辈泪不干。送母涉江水，归葬狮子山。亡祖墓旁穴，父子相依眠。寒鸦绕白杨，流水声潺潺。他日来扫墓，青草满坟前。归来情何极，招魂梦不还。深夜自徘徊，人子恨难填。多年党教养，家国事为先，奈何心中恨，悲切痛欲穿。谨记慈母爱，弟兄齐勉旃。致力为公众，勤劳赎罪愆。

猛追湾

猛追湾外林深处，素腐绝尘喜静幽。

漫步纵谈天下事，壮歌为解黎民忧。

分飞天外经时日，世事风云几度秋。

千里归来风物异，行看平野起高楼。

注：追忆1937年冬与家英、国定于此话别去乡一事。

满江红三首（录二）   1967

年少胸中，无难字、壮志凌空。怀故国、弱冠投笔，气贯长虹。怒指朔方驱猃狁，笑呼东海缚苍龙。更南征中土、战淮徐，渡江东。　　岁时易，岂梦中。声讨急，叹途穷。便高冠过市，无地堪容。镞矢交加难自拔，弘文不识恨愚蒙。倩何人相顾、指迷津，迎东风。

虚度年华，感此身、根浅腹空。又道是，神州春暖，奔放奇虹。昔日横眉对虎豹，而今俯首变蛇龙。半生事、谁问是耶非，西与东。　　沐新雨，惊喜中，晨曦露，路非穷。正飞声天外，一扫戚容。莫道馀生添白发，老当千里警顽蒙。便扶床急起、向江河，顶霜风。

临江仙·群峰即事二首

岭上云天飞足下，群峰迎面回音。晨曦微露满山青。沟深红薯大，坡上落花生。　　荒地初开庄稼好，抢收最喜连晴。腰酸腿痛耳雷鸣。池塘冬应暖，击水一身轻。

眼底青山多妩媚，峰回路转林深。斜阳流水绕孤村。荷锄归且去，牧笛两三声。　　此处人称流放地，我言是快活林。可堪林牧又堪耕。种田予夙愿，学稼慰生平。

晓树将之宁南，接受贫下中农再教育，父被勒令远出，不及送子之行，口占两律以作留念 1967

旧园隔绝枉神伤，雏燕南飞辞故乡。
世事几经涉险阻，室家相累失戎装。
荷锄此去亦为战，插队生根自主张。
悲我将行难远送，梦魂客夜到金江。

舐犊情深常依傍，一朝远别我难忘。
几番风雨之湘楚，又抱热情下建昌。
渺小家园何足恋，农村天地任翱翔。
幼苗苗壮顶风长，筱树他年成大梁。

京 华 1971

别后风霜过几秋，京华梦断路无由。
河山重睹添佳丽，故友相逢感白头。
飘落三山魑鬼泣，翻腾四海波神愁。
漫天飞雪阻归路，却借东风下蜀州。

贺新凉·悼捷三

出牛棚，忽闻君于四年前不幸逝世。为词以悼。

战火纷飞烈。我与君、同舟年少，风雪鲁北。腰挂短枪书束囊，兀自从容不迫。裹素衫、罩头如雪。孤胆只身走虎穴，对重围追骑无惧色。长夜白、万夫灭。　　我下江南君来别。患难依、胆肝相照，故人情切。千里相思共明月，玉李时传消息。恨疏懒、音尘阻隔。才出牛棚忽听说，道中年壮士遭夭折。望北国、哀永诀。

六州歌头

自王村北行，倏已三十年矣。有怀荆山老友。

神州北望，年少气方高。茅津渡，登韩岭，入马窑，下泗交。雪地跣双足，走荒野，渴饮尿，稗堪笑，党指导，众熏陶。长者相教。忆岁寒三友，风露中条。正黑山云黯，回马岭雪飘。出入下陈，斗狂飙。　　自王村别，思风貌，行万里，海天遥。访晋邑，遇燕市，话中宵。絮唠叨。十载信音渺，经风暴，烈火烧。乍闻道、鬓铄叟，须飘萧。人说壮心未老。云山隔、千里迢迢。更重逢何日，把酒问今朝，意兴犹豪。

注：马窑、韩岭、泗交、茅津、下陈、王村皆村名。

初下川维

甲寅夏，予奉命主川中三化工程。四年中来往青白江、永宁河、长寿间，其中下川维廿余次，川化沪化亦多次。喜怒忧乐，变化日频，即兴口占，工拙诚不计也。

寒气无端花信迟，东风吹我着征衣。
马蹄阵阵催行色，江笛声声数约期。
重挽弓弦人未老，应如众愿力成归。
河山壮丽无穷意，化出飞虹映日晖。

鹧鸪天

客有自晋南来者，云曲沃农村老人以成都之郝炬非当年曲沃之郝炬见责。扪心自疚，感怀辄赋。仿稼轩体。

年少请缨下河东，出生入死志犹雄。扪虱抚疥从容去，背负肩挑群众中。　　今感昔，恨昏懵，如何竟不识渠侬。漫嗟父老不相认，自远工农忘弟兄。

西江月·喜晤尚志同志

十七年来疏隔，六千里路迢迢。相思只恨海天遥，望美人兮渺渺。　　客至乍惊寒夜，怜君两鬓飘萧。小窗风雨话今朝，却道壮心未老。

玉楼春

二十四年后重过沪上，喜见鲁中亲友。

故人怪我忒疏懒，重过申江嫌岁晚。儿曹笑问客何来，却道蜀山千里远。　　青春佳俪同艰险，漫语当初一笑遣。与君把酒话沧桑，却恨匆匆相见短。

苏幕遮·丙辰中秋二首

耿斜河，长夜寂。风露凄凉、雁过云无迹。何处远砧吹玉笛，惊起素娥、今夕是何夕。　　唤吴刚、挥桂斧。砍去婆娑、莫掩望中路。回首婵娟极目处，雾起人间、匝见龙蛇舞。

淡清辉，映皎洁。玉鉴琼田、寰宇俱澄澈。夜半广寒舞未歇，却问婵娟、何处歌声彻。　　漾金波，揽广宇。万里长空、驱尽风和雾。喜看人间又伏虎，赤帜乘风，浩荡欲飞举。

玉楼春·丙辰晚秋

西风何事哀人老，叶落长安吹又少。感时伤逝忧如焚，独对黄花空自恼。　　天涯何处寻芳草，霹雳一声惊破晓。莺歌燕舞竞芬芳，秋尽神州春意早。

水调歌头·九寨沟

莫道君行远，疾步下南坪。苍山林海云树，百里竞相迎。一任山高万仞，我自凌空飞下，薄暮落荒城。回首高原渺，弓杠入云深。　　溯幽谷，探长海，妙天生。林间瀑布奔泻，丛柳水中分。清澈洞天玉柱，倒影水晶宫壁，池暗五花明。九寨神仙境，白发不虚行。

注：弓杠，山名，意为雪峰。

临江仙

金堂农村灾后，翌年春节书所见。

洪水恍如昨日降，乌云弥漫城乡。惊涛骇浪卷三江，田园随水没，庐舍付汪洋。　　风雨声中呼救助，相依父老情长。频传佳话御灾殃。淘污疏积水，抢种争时光。

凤凰台上忆吹箫

壬戌秋日访九寨沟，过黄龙寺。碧水苍松，彩池琼液，恍入瑶池晶宫。浮想联翩，因以记之。

雪岭云低，冰封宝顶，飘然万仞清空。忽巨峰突起，直插苍穹。崖穴盘羊曾住，人道是、来去无踪。行漫远，正丛山绿绕，林海清风。　　玲珑。象雕玉琢，看千层碧水，一径苍松。更金沙铺地，十里长虹。绚烂彩盆琼液，天生就、翡翠晶宫。问何处瑶池广寒，惟有黄龙。

贺新凉·追怀张露萍（黎琳）同志

四十年迷雾，始分明、忠奸泾渭，英灵永赋。同学当年同远去，只为民间疾苦。悲长夜，凄零风雨。国恨家仇谁与诉，纵锦衣难束胸中怒。向北斗，赴征路。　　长安延水曾经处。问何时，飞鸿影逝，高歌声住。掩却庐山真面目，诧见衣冠楚楚。肩万钧，胸藏机武。潜上九天欲伏虎，叹黎明未竟沉霾布，风浩举，为君舞。

草地行

驻马松州，更上天台渺万山，步长征路远。黄关旧垒，蕞尔弹丸，路尽峰危，峰峦骤缓。水分黑白，云天漫展。车过巴西，神往当年，茫茫大地苍穹矮，芳草如茵山色黯。散几缕轻烟，牛羊点点。斜阳外，朱衣骏马雕鞍，低垂帐幕归来晚。　瑰丽多姿，老去刘郎带笑看，叹山河堪恋。天青云淡，旷野无边，九曲黄河，菜花灿烂。高原八月，群芳竞艳。千里西凉，尽现新颜。婀娜善射绿裳女，曼舞轻歌人未散。渐灯火阑珊，琴弦声乱。尽道是雪山草地依然，流年早被东君换。

山川吟

逶迤岷山千里，走鹿首龙冈。绕周边，七曜米仓，铸就铜壁铁墙。水奔注，金嘉沱涪，巨流汹涌汇瞿塘。揽西南形胜，尽道天堑金汤。高耸剑峰入云，更神女玉立俯峡江。自玉垒清寂，青城幽邃；摩岩绝顶，石窟琳琅。九寨晶宫，乌尤浩渺，峨眉云海苍茫。路漫远，草原无际；广穹庐，云淡天低，风吹牛羊。　雄姿天授，千古哲英，竞长河遨翔。人犹颂，文翁石室，学兴文昌。古柏森森，丞相祠堂。离堆凿堰，功推秦守，泽被三江源远长。焕殊彩，叹太白疏狂，少陵忧愤，三苏笔底波涛，瑰丽大块篇章。　凄零风雨，无边昏暗，迢迢长夜未央。怒涛疾，小波迭涌，蜀道激昂。大渡桥横，金沙强渡，烽火满西乡，百年兴废，沉浮易主，长空雾尽更沧桑。舞翩跹，弦拨琴扬。笑看蜀水巴山，八佾骈阗，日照大荒。

踏莎行·西山红叶

翠柏挺青，垂杨暗扫，寒凝北国西风老。霜摧红叶映长沟，京华秋色香山好。　　陌上芳尘，林间衰草，落英满径人声悄。休怜白首犹登攀，须凌绝顶众山小。

河西道中

河西千里走如飞，雾锁祁连风劲吹。
未洗尘沙先进酒，凉州古郡夜光杯。

水调歌头·达喀尔火格岛

日照西非角，绿野衬蓝天。波映朝霞点点，三五看渔船。百载荒村新市，十里长街画栋，城傍大洋边。空水漫无际，沧海云生烟。　　水天阔，峙孤岛，扬轻帆。风起粼粼细浪，隔岸自悠然。三百年间囚室，枷锁黑奴千万，历历动心弦。独立倍珍惜，苦难忆从前。

赠天宝

问君何故名天宝，民族精英胡不晓。
奔波万里苦行僧，莫道当初年尚小。
青春佳俪同欢笑，踏遍关山人未老。
举杯对饮吸长鲸，还忆康巴原上草。

谒马克思墓

伟哉马克思，弘著传东西。
真理无国界，力行启远知。
纪元经变易，墓地自葳蕤。
勖勉后来者，大同终可期。

五十二年后重来延安

弘伟高昂凝万钧，鬓龄于此定终身。

巍巍宝塔映天外，滚滚延河指远征。

好藉东风驱险阻，总依北斗长精神。

来归莫叹朱颜改，重睹芳华倍觉亲。

张文瑞（1922—　）

女，河北保定人。新中国成立前在北京市任中、小学教职。新中国成立后于成都市贸易公司做主办会计。

漫兴四首

空蒙烟雨了无痕，流水浮云绕故村。
一抹红墙千树柳，离魂不系系诗魂。

抹去浮尘理旧书，是真是假两模糊。
墨痕断句都成梦，风雨硝烟记得无。

北望烟云忆故家，空怜岁月付芳华。
八年沦陷惊烽火，忍看昆明湖畔花。

金银花下觅幽香，袅袅轻烟飞过墙。
风雨催春归去也，青青枝叶恋斜阳。

秋　思

萧飒楼头天际风，残秋只见雾朦胧。
万千珍重连朝暮，多少寒潮冷雨中。

浣溪沙·偶成

两鬓成丝岁月迟，乡音不改寸心知，燕云春树总神驰！　　老屋萧条难避雨，闲窗寂寞且吟诗，蝉鸣院静纳凉时。

浣溪沙·游踪

记否春光满景山？桃花红遍五亭前。丝丝宫柳袅残烟。　　白塔寻诗琼岛径，玉池摇艇碧波间。为谁留滞锦江边？

浣溪沙·过故人楼

丝柳摇黄草色青，紫薇花发艳春庭。风和日暖过清明。　　樽酒相邀欣话旧，疏林方润喜闻莺。故人聚首慰平生。

陈汝祥（1922— ）

四川泸州人。泸州市物资回收公司供销系统职工。泸州市诗书画院创研员，泸州市老年书画研究会顾问。

抒 怀

不负人间重晚晴，何须风雨叹人生。
春花秋月无聊甚，爱听惊涛激浪声。

叙永丹山观云海落照

登上紫霞第一峰，依稀景物有无中。
茫茫云海馀晖里，我爱丹山一片红。

倦 游

黄花三径点清霜，又见先生五柳香。
九万里行身已倦，不知何事爱泸阳。

周孔思（1922—　）

四川泸州人。国立中央大学毕业。四川省纳溪中学高中语文教师。泸州市诗书画院创作研究员。

枫　叶

万缕彤云啸晚风，秋光点染胜春浓。
芳华易逝情难逝，零落成泥色尚红。

阳台瞭望

新诗咏罢且凭栏，雨霁风轻为看山。
五顶浮云征代谢，三滩江水辨危安。
仰观隼雁翔云汉，俯笑鸡虫斗陌阡。
淡泊甘居情自适，何须一枕梦邯郸。

故乡行

绿柳春风拂校园，丝丝牵梦到梅边。
巢痕爪迹依稀在，花落花开五十年。

岁暮抒怀

妻孥白屋醉屠苏，弹铗无须赋乏鱼。
冬尽犹防云暗淡，腊残唯见梅清癯。

鸩人岂有晋羊祜，洁己常怀楚大夫。
闲看纤腰何氏女，缕衣檀板舞氍毹。

鹧鸪天·缫丝姑娘

不锁霞晖进厂房，机身轧轧韵如簧。天孙巧理千端绪，剪得蟾宫一段霜。　　头佩紫，耳垂黄，漫凭白帔裹红装。丝长不及情长甚，送得春光过五洋。

唐时雍（1922—　）

四川乐至人。退休工人。

停耕还草

滋生大地未容除，远望天涯何处无。
绿满窗前由发展，青浮闼外任平铺。
莺飞客唱江南好，马瘦兵愁塞北枯。
最是萋萋饶秀色，品同花重正须扶。

感　物

草色绿盈阶，春光何烂漫。
迁乔对对莺，营垒双双燕。
物既有情思，人能无眷恋。
殊愁白发增，顿使朱颜变。

赏　春

吹绿群山卉木滋，感春风雨最知时。
好花似锦娇难画，芳草如茵韵过诗。
带笑含颦桃灼灼，贪眠懒起柳丝丝。
物皆自得人皆醉，无限清香到酒卮。

浣溪沙·赏春

　　四处歌声透碧窗，嫌多旧调少新腔。不如赏景酒盈缸。织柳穿梭莺作对，裁茵试剪燕成双。还林树木乐兴邦。

　　天气暖和爱艳阳，嫣红姹紫好春光。尽情欣赏此芬芳。承露争夸荷盖妙，摇风不厌柳丝长。故乡总觉胜他乡。

浣溪沙·秋柳二首

　　老却长亭又短亭，苍凉不似旧时青，风霜未惯此番经。无可奈何秋冷落，谁能遣此影飘零，漫言飞絮化春萍。

　　池上陌头冷不禁，晓风残月那堪吟，诗情莫向灞桥寻。十里浮烟伤雨意，六朝如梦锁秋心，离亭有酒向谁斟。

廖永祥（1922—2003）

四川邻水人。1944年毕业于复旦大学外文系。历任新华通讯社分社正副社长，人民日报记者站站长等职。离休前任四川省社会科学院副院长兼文学研究所所长。曾任四川省诗词学会顾问、四川《新华日报》史学会常务副会长等职。有《柳季诗选》等。

为眉州纪念苏轼诞辰九百五十周年学术讨论会作

水竹清晖曲径通，南州胜迹又深逢。
乌台罗织成虚梦，一例韩潮仰岱宗。

创世文章宋典型，锻成诗狱久飘零。
恨公生不逢今日，好与重开著作庭。

乐山凌云寺郭沫若纪念堂落成感赋

堂构云窠集俊才，流光翰墨境新开。
毗邻先后崇苏郭，璧合珠联亦壮哉。

爱公文藻拜公祠，一瓣心香寄所思。
旧迹赏游心折处，荫溪松竹发华滋。

感　事

闲居二线未能闲，自许平生赴万难。

幸得白头逢盛世，喜凭青简度馀年。
蓬莱未信风飙阻，霖雨欣看稼穑沾。
俯仰乾坤何所念，宜将心事系当前。

悼念艾芜二首

大作辉煌墨尚新，俄惊辞世感悲频。
长篇未尽平生志，写梦谁赓动地文。

魄返新都亦胜缘，升庵门巷自清妍。
钟灵井络矜千载，西蜀从兹仰二贤。

王者香（1923— ）

字兰卿，笔名戈风。西南政法学院法学研究所副研究员，1988年离休。有《不阿贵斋存稿》。重庆诗词学会顾问。

下关万人冢

穷兵瘴水妄图边，十万貔貅一塚冤。
君命窥南连处处，怨魂望北自年年。
庸知洱海霓旌炫，已兆渔阳羯鼓喧。
春老炎荒啼杜宇，莫将天宝话开元。

登大理荡山寺升庵写韵楼

千尺云峰百尺楼，宜春宜夏更宜秋。
山岚射槛晴尤静，海月窥窗夜最幽。
属对偶偕名士步，品题多记逐臣游。
只缘谪戍裁清韵，雅擅西陲甲一州。

衡山祝融峰

众步同登极，何惟我独高。
五峰皆拔地，一崭始凌霄。
勿谓千山小，须知万里遥。
衡云时化雨，湘水始滔滔。

注：峰顶望月台有"惟我独高尊峙环中"刻石。

访曹雪芹西山故居

西营正白古旗屯，一带烟霞故宅存。
曲径果仍连薜巷，高槐尚自护蓬门。
沿溪种菜芹犹是，剥亚观诗墨未浑。
当日红楼原泪写，著书黄叶或斯村。

青玉案 · 癸丑深秋雨中游采石矶

石矶凌厉沧江表，数陈迹，知多少！太白楼高衣冢峭。风流但是，破金虞垒，索漠难寻找。　　峨眉亭外千帆小，对峙天门西山照。楚尾吴头看了了。一帘风紧，万重波涌，光景何当好？

水调歌头 · 甲申客里中秋

岁序正惊逝，不为旅人留。昨宵梦绕何所？今夜又中秋。信步苹花矶畔，仰望天边雁字，俯视水东流。我问雁和水，可得到潭州？　　风细细，云淡淡，月幽幽。银河寂寞，相隔织女与牵牛。回首去年今夜，携手清波江上，对月数渔舟。此刻月犹是，空对夜光浮。

江城子 · 彭督剪影

空劳作梗挽残阳。舌如簧，臂犹螳。喋喋嚷嚷，剩得满头霜。撩乱心情无奈甚，思壮语，惜枯肠。　　骊歌惨切送归航，夜茫茫，雨滂滂。浪打船舱，溢载是凄凉。岂仅小妮禁不住，留恋处，泪汪汪！

注：于香港回归之夜作。

贺新郎·贺钱学森教授获小罗克韦尔奖章 1989

睿智惊雷电。指长空、蘑云升处，弹花撩乱。箭托飞星从地起，绕地巡天无倦。便浩荡乾坤毕览。漫道巨灵威莫测，道天机、已被人窥见。非窃火、乃神算。 科峰造极膺荣典。况殊勋、环球偌大，岁才三券。百代中华初屈指，独许青钱万选。看烨烨光腾赤县。谦挹更如丰功伟，谓辉煌、业绩推群彦。令国士、仰风范。

注：小罗克韦尔奖章是国际理工研究所于1982年设立的最高奖励，每年最多授予三位在国际理工界有极高声望的科学家。

朱华耀（1923— ）

四川合江人。西南师范大学中文系毕业。合江县教师进修学校教师。《荔乡吟》编辑。

夏日农村行

百里枯禾赤，忧心系垄田。
保苗人有志，抗旱夜无眠。
月色浮银水，机声破晓天。
山湾塘汲尽，引领望前川。

四洞沟记游

百尺云崖挂水帘，飞花溅玉听鸣泉。
清流两岸浓阴里，别有风光四洞天。

山回路转野云低，雨过青峰景更奇。
月亮潭边留倩影，不知玉露已沾衣。

榕山聚雪

六出雪花开，银屏天外来。
坚冰封古塞，素幔掩苍台。
万籁何其寂，层林不染埃。
真人哪得去，千古费疑猜。

刘光洁（1923—　）

重庆忠县人。离休前为四川省邮电工会副主席。

窗　外

窗外有樟榛，倏然又返春。
萧萧枯叶落，点点嫩芽伸。
岁久树尤壮，年高人更淳。
韶光去何速，晚景实堪珍。

游百花潭

曲径幽篁里，林深一酒家。
百花开有序，锦水去无涯。
少壮争朝夕，残年爱绮霞。
蹉跎今已矣，寄兴品清茶。

从雅安至洪雅道中

朝辞雅州雨，傍水作南游。
车绕群山转，江随平野流。
梨花开院落，竹影映村头。
豆麦争春茂，欣欣满绿畴。

刘戒三（1923—　）

安徽无为人。空军二航校副政委。

偶感二首

俱是龙生大不同，几多布雨复兴风。
偏偏饕餮香烟旺，猛饮狂吞不世功。

一曲缠头数万金，歌星意冷不称心。
区区助学二三百，农妇村童热泪涔。

百　灵

忽入金笼作百灵，戎装解去一军惊。
可怜十五月圆夜，不唱边关唱后庭。

八声甘州·沙起额济纳

对黄沙滚滚蔽天昏，杞忧忍无言。看扶摇卷裹，越关入郭，直逼江南。欲问伊来何处，报说是居延。昔日丰腴地，人走城湮。　　历史千番昭示，记风凋统万，水涸楼兰。竟斗牛气壮，信足蹴泥丸。伴自然、花繁景丽，慎绸缪、贻厥子孙悭。千秋策、此生当效，夜半啼鹃。

李 戎（1923— ）

原名其翔，四川安县人。绵州诗词学会理事，青莲诗社《安州诗词》顾问。有《竹橘集》。

望邛崃天台山瀑布

飞流蟠曲复砑匐，落自九天大气雄。
伫立崖前凝目久，依稀与瀑化为龙。

过当涂

旧梦当涂一县知，今来唯见柳依依。
慰情赖有唐人酒，浅酌低吟李白诗。

咏安县沸泉

双池鼎沸水，诉语行吟子。
怀抱隐天心，俗尘蒙璞美。
明时慧眼开，废物嘉名起。
一曲黄金台，欢声飞故里。

纪念作家艾芜、沙汀诞辰一百周年

新繁生艾老，安县诞沙翁。
小说齐名世，文坛共振风。

铸情乡土上，焕采困穷中。

巴蜀同龄友，同年逝水东。

注：艾芜，原名汤道耕；沙汀，原名杨朝熙。同为乡土文学流派开派者。俱生于1904年，逝世于1992年。

重上窦圌山

画屏今出入，盘谷减浮沉。

泉落歌清涧，风生舞绿林。

三峰怀俊杰，极顶悟高深。

惜有通幽径，诗仙不可寻。

闻都江堰市某官员窃据华居赋此

工部襟怀足破庐，豫州才气暂锄蔬。

于今许汜高楼上，汉杰唐贤总不如。

无　题

相继收得某处惠函，或约以百元列名于名人大辞典，或约以百元赚取名誉教授之聘，等等。因有此作。

天下何人识马周，江湖惟见戏饥猴。

名人词典商家著，教授聘书钱姓收。

万卷读来犹半道，五铢输去即高流。

桂冠真可充香饵，无奈阮囊涩且羞。

陈天啸 (1923—2003)

重庆巴县人。新中国成立时进入二野军大，后转入泸州电业局子弟校任教。四川省诗词学会理事、泸州市书协副主席、泸州市诗书画院顾问。有《天啸诗联》。

古蔺偶成

边城尽在酒香中，欲醉何须问牧童。
但恐君家诗未就，今春负了杏花风。

还 乡

迷路烟霄指顾间，殷勤寻梦也堪怜。
泸州江水迟如许，流到渝州四十年。

好 雨

一误农时虞歉收，情知好雨贵如油。
粗诗借得三分润，和墨从容上笔头。

神 游

神游太古八荒外，人在危栏一望中。
赞绝珠峰新打扮，齐天开满映山红。

病 中

可怜过雁惊寒处，曾是飞花浪迹时。
留得病中愁郁句，神伤也是性灵诗。

夜 饮

推心倍觉人情暖，信命无端憾事多。
抵掌纵横形骸外，笑将杯酒谢春婆。

殷荈康（1923—　）

四川成都人。成都华西协合大学毕业。曾任四川省科协、省科普美协秘书长。

题画鱼骨

小康轮未到，独对几筐书。
有灶思烹鹤，无渊可羡鱼。
愁多人易老，俸少酒难储。
除夕画骨刺，也报年有馀。

寒　至

昨宵归路冷，把酒得微温。
寒木颤长夜，琼花落满庭。
青毡慵补洞，冻砚试呵冰。
应换壁间轴，朱砂画早春。

重　阳

重阳无绪醉黄花，百岁今生日又斜。
漫数新知同故旧，不埋墓草即天涯。
嚼心自品难知味，洗砚惟惭浪抹鸦。
寄语亡灵休我盼，余粱未熟梦还赊。

蒋正侯（1923— ）

四川简阳人。曾任《简阳报》《沱江日报》编辑、记者，简阳市广播电视局副局长。有《环溪诗词集》。

青城夏夜

葡萄架下话休闲，阵阵清风略带寒。
夜静同观云弄月，林幽共听鸟聊天。

世风吟

商潮澎湃浪滔天，学海无波寂似禅。
贩毒奸商成祸水，营私墨吏饮贪泉。
雷声虽已鸣霄汉，雨点偏难到旱田。
奇事如今都见惯，挽澜无力泪潸然。

渔歌子·世风三首

大战方城胆气雄，霓虹灯下猛冲锋。摸白板，碰红中，通宵达旦闹轰轰。

性感歌星百媚生，坦胸露脐染红唇。声婉啭，体轻盈，一场演唱累千金。

甜语声声诱惑人，清仓减价大酬宾。衣售尽，假充真，奸商骗术太多门。

临江仙·书怀

回顾征途三十载，扪心自问端庄。书生一介颇寻常，操觚为大众，喻利不思量。　　易逝光阴催白发，清风两袖还乡。闲居雁水小山冈，啸吟歌正气，拄剑倚天长。

一剪梅·世风

买个官儿混入朝，过市招摇，意气横骄。溜须拍马位升高，滥把权操，善把钱捞。　　在位三年便富豪，囊有洋钞，库有金条。东窗事发臭名昭，国法难饶，塞进监牢。

【中吕】十二月过尧民歌·悼亡

尔逝后衾床冷冷，忆旧情老泪淋淋。见墙外枯藤隐隐，听阶前蟋蟀声声。入陋室西风阵阵，出蓬门落叶纷纷。　　恨宵深忽地到宵深，怕孤零却又受孤零。新伤痕复旧伤痕，未亡人念已亡人。今秋，容光减几分，布履长三寸。

傅文凯（1923—　）

　　四川自贡人。四川石油局高级工程师。先后在甘肃、陕北、四川等油气田井队、机关供职。1986年退休。

客旅春情

麦绿花香客意深，春光迷眼一车轻。
奋蹄故道忘衰耋，翘首南天忆壮情。
嚼草犹赍涓滴乳，披荆总沐太阳温。
不忧竹老风吹节，喜看新篁上茂林。

读工部《水槛遣心》诗有感

佳句古人占，馀光百代延。
微风联细雨，独运近天然。
因景而情发，惟兴乃意含。
创新休率尔，善炼有精篇。

采桑子·悉尼奥运会跳水之战赞老将熊倪

　　跳台初战无消息，急煞熊倪。好样熊倪，一跃惊雷升国旗。　　五金相继无旁落，喜煞熊倪。心乐熊倪，弟妹堪当扛大旗。

西江月 · 公费旅游

学习多由内地，取经爱去南边。醉翁酒意本相连，却在海滨湖畔。　专业人员一二，挂名领导翻番。公然开拓考察团，端的私游官办。

王德宗（1924— ）

四川崇庆（今崇州市）人。尝求学于灌县（今都江堰市）之灵岩书院及重庆北碚之勉仁文学院。四川省宜宾市师范专科学校中文系副教授。

七十初度对镜见残发

忆我少年时，头上发青青。卷曲属自然，倔强亦天生。灰布长衫苎麻履，昂首阔步芙蓉城。欲穷经典无中外，欲清海宇意纵横。长发飘飘波涛起，有时愤怒冲冠缨。自云此发与我长相伴，孰料舟去山亦行。少年意气东流水，萧疏渐见雪霜盈。野火燎原残茎在，春风吹过仍峥嵘。清晨去朝市，梳理使之平；出门一回首，残发又回撑。虽则失茂密，缭乱无发型。倔强还如故，卷曲自堪惊。呜呼，大海浪尖头自白，峨峨雪岭白莹莹。我留残发何所用，敢与海浪雪岭相争衡？君不见秋来黄叶自飘坠，岂待西风始不胜。纵浪大化乘流去，任他残发落尽好为僧。

访西山曹雪芹故居

早读红楼梦，今来黄叶村。溪壑沉顽石，峰峦走白云。阴阴古槐下，黯黯见衡门。十年风雨夕，大笔苦耕耘。簌簌儿女泪，浩浩诗人情。笔底香如在，金钗何处寻。眼前黄叶落，遍地尽秋声。

海 问

我立大海旁，思绪海云飞。举言谓大海，为我开心扉：汝何气磅礴，声势若鸣雷，以天下至柔，无坚不可摧？汝从何处来，又将何所归？沧桑多变化，变化何所为？大海哗哗笑，笑我实太痴：宇宙何奥妙，人类安可知。西方有哲人，康德是汝师。大海浩无涯，我乃小涟漪；大海寿无穷，我生朝露晞。彼既不我答，我问徒费辞。苦思实伤神，不如无所思。乘化委运去，天地任所之。

对月歌五章

天上若无月，人间可有诗？有月无诗人，清辉空自持。诗人望明月，神思坐飞驰：明月怜诗人，流盼慰愁思。人月两痴绝，酬唱无已时。

蛾眉月，月弯弯。对我方一笑，顿失玻璃天。飘然一去何时还？君若不我弃，明宵待君银汉边。

弯弯月，如银镰，割人愁肠惹人怜。我方行役大荒山，山路高远攀登难，能不喟然伤肺肝！君怜我，惨不欢，脸苍白，彩云边。

团栾月，白玉盘，浩浩清光遍人寰。何处高楼乱管弦，卡拉OK叫声喧。我独寻君大江边，萋萋芳草就地眠，入君怀抱里，玉骨冰肌不觉寒。

李太白，苏东坡，恨不同时与我对月舞婆娑。千载而下可知我？知我惟有一轮明月舒清波。明月明月奈我何！

朱纵舫（1924—　）

四川荣县人。四川大学中文系毕业。内江教育学院副教授。

陈毅元帅乐至故居展室揭幕

蜀江无语下夔巫，战垒南天接楚吴。
梅岭春回花怒放，黄桥秋祀饼争沽。
纵横马上沂蒙晓，畅饮毫端大地苏。
为慰艰难遗恨日，万竿恶竹已斤除。

看电视剧《秦淮世家》

风月秦淮岁岁新，笙歌满院圣为邻。
谁将恨水连澜断，莫使三陪愧二春。

注：剧系张恨水同名小说改编。南京秦淮河毗邻夫子庙。

读何宁《江南诗草》题后

诗随游棹日清新，偶入牢骚益见真。
不是潇湘闻楚怨，江南烟水付何人。

冬　红

移自珠峰带绛霜，琼枝犹自灿炎方。
世间冷暖遭逢惯，未肯迎春始艳妆。

注：原产喜马拉雅山1300米以上，秋冬红花繁艳。移来南土，呼为冬红。

简赠庄君应聘新疆讲席三首

一去长门万里沙，漫将深浅诉琵琶。
天山十月看飞雪，不为封侯不为家。

长城西尽塞云低，踏遍昆仑绝顶栖。
莫谓书生少豪气，天陲起舞夜闻鸡。

为许瑶池不计年，巴山夜雨梦如烟。
归来玉垒浮云变，塞上翩鸿月满弦。

孙卫瑄（1924— ）

四川泸州人。早岁攻读于原中央大学土木工程系，后一直从事城市规划设计与建设管理工作，成都市规划管理局教授级高级工程师。有《浮想录》。

桃　花

几树秾桃映日开，清香漫吐沁胸怀。
娇红欲滴情如幻，一缕相思入梦来。

街子镇晨咏

霞染秋江意境殊，古街犹待晓妆梳。
闲飞白鹭偏相问，昨夜涛声入梦无。

偶　悟

昨夜星辰昨夜风，花开花落乱飞蓬。
啼鹃声软归途远，坠日云深照影蒙。
莫道山川何寂寂，休嗟岁月太匆匆。
世间但有情常在，一派生机诗意浓。

述　怀

淡泊生涯岁月匆，悠悠长夜听鸣蛩。

千回梦幻难先觉，半世沉浮类转蓬。

敬业胸怀终不改，求知情愫永由衷。

荣枯得失何须计，指点尘寰一笑中。

菩萨蛮·白水河消夏行

九峰山寂云环绕，凤鸣湖翠烟波渺。仲夏访林庄，山花一路香。　　宵来凉意漫，入梦蝉声伴。莫待问归思，难期兴尽时。

青玉案·访北湖

远山凝黛长湖秀，俏还数、堤边柳。彩带轻摇波绿皱。水天如幻，碧筠如绣，香浸春衫袖。　　望中拟把诗吟就，索尽枯肠汗珠透。画思情思谁领受？归来无绪，偏多萦绊，相约明朝又。

浪淘沙·槽渔滩赴会感怀

雾霭润桫椤，塔影婆娑。青衣湖上听渔歌。欸乃声回长峡静，浪抚青莪。　　良夜荡心波，岁月蹉跎。偏浇心血十年多。无悔馀生功后世，但种嘉禾。

喝火令·仲夏再访青城山

入夜凉催梦，晨风弄柳丝。峭崖如画沐朝晖。一觅就密林佳境，夏爽不思归。　　盛暑无眠日，休闲度假时。问君消夏欲何之。但看人流，但看小车驰。但看白云深处，有客醉如斯。

张修智（1924—2009）

　　笔名丈弦，别号圆通，湖北武汉人。家世业教，读私塾十年，学财经专业两年。1947年来四川广元，为四川省广元市纺织厂职工。有《圆通诗词》。

蜀道明月峡

凿石穿崖卷巨风，车行反复接云峰。
峡开一面嘉陵阔，明月疏星映照中。

荆楚纪胜

首义峥嵘地，临兵扼要津。
百关皆属楚，三户可亡秦。
海量绝缨会，雄风共庶民。
郢中皆雅调，白雪及阳春。

小　溪

石径寒泉出处高，潺潺不息绕山腰。
一经小聚江河后，汇入汪洋作大潮。

秋日寄思

烟树暮云收，藏身上小楼。

愚庸随世俗，名士自风流。
敢把千升饮，何妨万里游。
开轩见北斗，到老不知愁。

故里新吟四首（录三）

忆弟归程急，探亲道路长。
襄渝新气象，云鹤旧家乡。
大被情千里，高天梦一方。
无须吟折柳，西去尽垂杨。

白雪封仍暖，黄陂腊未寒。
足勤千里易，人瘦一身安。
备酒迎春乐，移樽带笑看。
含情同聚首，相对竟忘言。

奔驰乡镇路，巴士逐云霞。
冷树烟轻锁，寒塘雪着花。
宽怀容芥蒂，极目纳桑麻。
大厦红砖瓦，寻常百姓家。

怒江猎奇

域中常怒吼，出国便温驯。
岂是心存暴，只缘路不平。
刷冲凡万斛，提灌几千钧。
何时能清醒，殷勤为此民。

牡　丹

从来国色御天香，不爱长安爱洛阳。
羞与群芳同富贵，何曾迷恋作花王。

定风波·广元琴台

流水高山一抹收，虔诚播送献歌喉。蜀道雄奇词壮丽，微技，剑门峻峭调温柔。　　俏雅镜头倾北斗，新手，坚强基础撼西流。三日曲终人去后，依旧，绕梁馀韵未停留。

破阵子·凤凰楼

飞去招呼我我，归来传唤卿卿。岭上游人三四点，坡半明楼一两层。于飞相应鸣。　　雁阵横陈碧落，雪峰斜照银屏。南挡剑门关送影，北溯咸京路已平。河山无限情。

罗扶元（1924—1987）

四川会理人。1947就读于昆明五华学院。新中国成立初期，任会理县委秘书、宣传部副部长。1953年调任西昌专员公署文教科长。1957年调任西昌民族师范校校长，后错划为右派，1962年摘帽。1977年调西昌师专任中文系系主任。

忆　昔

忆昔群儿戏，夜阑不知寐。长天惟明月，空街馀犬吠。父促儿回归，转询月宫事。父吻知儿寒，强言及家对。抚肢小衣薄，爱急环以臂。怀中重温暖，不语蒙眬睡。及今十馀年，人事几变易。阶月旧时月，儿流思亲泪。

端　午

痛哭国其莫我知，汨江千古咽哀辞。
佯狂漆厉孤臣恨，披发行吟国士悲。
赤子初心原独洁，骚人意态岂入时。
由来方命多相负，独吊湘灵我最痴。

赠　别

蜀道萧条去莫知，天南惆怅此分离。
操琴宁记当时曲，戏语常留去后思。
故索赠言知有意，欲同欢笑已无期。

相逢不忍十年隔，彼此相看满鬓丝。

四十初度

长此甘为孺子牛，逍遥书海任沉浮。
莫贪微利常伸手，不计浮名自埋头。
稚女拈须贫亦乐，群英问字独何愁。
馀生自矢无他志，一卷青灯锐意求。

和党文彬老师

国际悲歌动地哀，锦城风雨迫南回。
深情挥涕读莎氏，激情锥心诵雪莱。
卅载辛劳贫复病，一生忠耿嫉还猜。
悠悠天道何须问，且把乾坤付酒杯。

踏莎行

望远含愁，凄凉别意，荒寒漠漠极天际。莫因离别更萧然，人间聚散原如是！　短梦江城，望中旧地，都来并作销魂味。天涯若是不忘情，剪烟还和梅花寄。

水调歌头 · 寄怀友人

满注杯中酒，极目故云山。别来短梦经月，吾子可依然？连日酒醒诗困，更念邛池旧侣，双鬓益髟髟。好友半零落，北望涕潺潺。　春风瘦，荼蘼老，杏花残。想君此日，固应憔悴为诗篇。多谢故人惠我，遥寄锦囊秀句，辞意两辛酸。怜尔多情种，寥落总不堪。

郭植生（1924—　）

湖南益阳人。大连工学院毕业。曾任四川省有色金属工业公司副处级干部，国务院三线建设办公室调研员。成都市诗词楹联学会理事。

九寨沟

泉华叠彩世间稀，仙境瑶池处处奇。
满饮茅台浑不醉，一游九寨醉如泥。

东方松

立地擎天一劲松，扎根净土永朝东。
虬枝碧叶生如虎，何惧霜刀与剑风。

鹧鸪天·卖花姑娘

袅袅婷婷二八盈，香花九畹是侬耕。春风连夜催春雨，卉圃侵晨运卉声。　　车轧轧，燕轻轻，欢歌一路入蓉城。买花人道花枝好，若比娇容辨不清。

曾　实（1924— ）

本名曾子中，四川成都人。退休前任绵阳市第一中学高级教师。

桃花湖

春风拂拂起红浪，四面桃花一片香。
最是龙泉湖水畔，山家女子自红装。

夏闲酒更香

夕阳透树满地金，自在蝉声出柳林。
最是街边闲共饮，浓香遍处绕楼阴。

赏幽谷

独坐悬崖望众岭，群峰围拢欲谈心。
青松好奇穿云出，巨石伸头似细听。

蒲继能（1924—2002）

　　四川合江人。1949年毕业于华西协合大学中国文学系，历任合江县中学、合江师范、合江教师进修学校语文教师。1980年退休后，任西南师范大学中文系本科高师函授辅导教师十年。泸州市诗书画院创作研究员，合江县诗书画院副院长。

闻　歌

座中谁解伯牙琴，一曲艳歌掷万金。
欲向卫星探广宇，几人鉴赏几知音。

七十自咏

七十年间学海游，未曾得意亦无忧。
此生不羡扬州鹤，再世当为孺子牛。
濯足清江千顷浪，寄怀明月一天秋。
兴来尚爱吟诗句，莫笑狂夫已白头。

桃子岩风景区

连峰势欲与云齐，曲水幽深入望迷。
人道夜分方见月，我来亭午不闻鸡。
山泉似酒供人饮，胜景如诗待客题。
倘有桃花红夹岸，风光犹胜武陵溪。

游兴庆宫沉香亭

拂槛春风似昔时，沉香亭外柳如丝。
玉环飞燕俱尘土，漫唱青莲醉后词。

笔架山翠屏

百丈高岩列翠屏，下窥幽壑亦心惊。
是谁云外挥神臂，一斧从天便劈成。

龙泉山

车行肆颠簸，迤逦上高山。草枯岩石露，萧萧风正寒。回眸野店家，群儿衣尚单。蔗茅遮屋顶，积石作门栏。竹篮盛橘柚，叫卖客心酸。济穷宁计值，遍购良独难。感此凄凉味，一食不能餐。

段文桂 (1925—2004)

云南鹤庆人。巴蜀书社原总编辑。

游工部草堂

百代称诗圣，千秋遗草堂。

沥呕忧社稷，血泪著文章。

博大空今古，雄深失海洋。

得聆宏伟论，天地忽苍茫。

注：1955年陪周总理、陈毅副总理游草堂，得聆陈总评杜宏论，追忆为此诗。

六州歌头·十年

十年戾气，魑魅尽枭雄。豺狼种，毛发耸，害人虫，祸心同。作孽丘山重，权操纵，群奸动，恶浪涌，摧梁栋，陷精忠。冤狱沉沉，多少刀笔讼，血溅长虹。又唆鹰嗾狗，鸣镝向元戎。诡计成空，欲何从？　继南柯梦，鸦装凤，借批孔，射鲲鹏。任喧哄，阴谋弄，伎终穷。岂能容？十亿炎黄众，回天勇，竟全功。续传统，民主颂，法制崇。今日寰中，天宪人尊奉，涤荡顽凶。更纵观华夏，高唱大江东，风送飞蓬。

王重豪（1925— ）

四川高县人。宜宾市中学语文教师。宜宾市翠屏区诗书画社副社长，宜宾市诗词楹联学会理事。有《四馀诗稿》《四馀文稿》。

抗战胜利五十周年感怀

高张汉帜靖狼烟，弹指驹光五十年。
白骨化燐萦国土，丹心贯日薄云天。
河山血洗仇应记，华夏尸横恨岂捐。
社鼓神鸦须警戒，嚣张忍看死灰燃。

窗外孤提红盛开

剑叶环孤提，一茎放五花。
含羞如少女，炽火赛红霞。
艳扫幽斋寂，容添盛世华。
年年频顾我，斗室趣偏加。

注：孤提红，俗名朱顶红，剑叶互生一茎顶端开数花，喷红似火，光艳夺目。

中央台焦点访谈播南溪县虚报扶贫假象

白鹅红掌踏清波，水库溪流尽是鹅。
扶贫资金数十万，可怜飞去向天歌。

【中吕】红绣鞋·竹海琴蛙

深谷传来逸响，叮咚琴韵悠扬，怨女痴男发清商。一声千滴泪，一曲九回肠，幽怨最难忘。

【大德歌】咏空巢

望儿回，倚柴扉，叹惜春归子不归。寂寞空巢内。遮望眼，柳绵飞，恼人肠断鹃声脆。唯见双燕绕梁飞。

李煜生（1925— ）

四川营山人。中共南充地委党校原副校长、党委书记。

忆　昔

1945年夏，出瞿塘峡经山间小道去中原解放区。

飒爽书生万里行，孤舟暗渡已三更。

夔门凄厉闻猿啸，江岸稀微见豆灯。

栈道凌空波撼动，荆藤满地露纵横。

眈眈虎视何曾惧，神女无言送远征。

闻一多殉难四十六周年

烛红摇影小楼低，说尽风骚岂蠹鱼。

死水拍波除毒螯，利刀刻篆刺痈疽。

惟悲战侣成新鬼，敢叱元凶死旧衢。

一杖一衫一髯美，长留正气遍寰区。

李添能（1925—   ）

四川古宋人。重庆大学数理系学历。曾任泸州高中教导主任。泸州市物理学会理事长，泸州市中区人大副主任，泸州市澄溪学校校长。

伏龙观望离堆

铁索安澜世所奇，伏龙观顶望离堆。
每思太守思天府，未见笼箅见大堤。
玉垒不教浓雾变，锦江焉得彩云飞。
宝瓶一口吞汹涌，泻入平川泛绿漪。

秋　兴

秋窗莫叹老红颜，绿水青山不我怜。
李白醉曾轻紫绶，刘琨愧未着先鞭。
时装华屋非吾福，淡饭粗茶只自恬。
六十二年多少事，几番搔首笑华颠。

南乡子·泸州

兴废问泸州，阅尽沧桑旧鼓楼。水底长桥星点点，江流。古渡馀甘别样幽。　　蜀地乱诸侯，风雨如磐数十秋。当代英雄谁跃马？朱刘。渔叟东风指渡头。

注：朱德元帅20世纪60年代初赴泸，在一渔叟指引下视察当年护国战争抢渡处。刘伯承元帅曾领导泸州、顺庆起义。

西江月 · 成昆道上

方骇天寒深夜，忽然明媚春浓。轰隆声破万山空，山洞又连山洞。　　昨夜锦城惊冷，今朝雪岭铺绒。要凭铁轨送飞龙，且喜滇池无冻。

踏莎行 · 杂咏

夜寂无眠，花孤有泪，天涯忧乐来心里。元知无事得清闲，清闲却又繁思起。　　江水奔腾，忠山郁翠。无端雁字撩人意。逍遥奋翅越千山，为何不管人间事？

减字木兰花 · 早霞

半空皆赤，满目云山如火炽。霎那长天，一片鱼鳞熠熠斑。　　火轮何处？半面含羞藏远树。顷刻三竿，杲杲高悬耀大千。

卜算子

据载2001年扳倒大小贪官十七万馀人，其中县处级六千零七十人，地厅级四百九十七人，省级十六人。

十七万馀人，此数诚非少。应谢秋风执法人，辛苦诸君了。　　此辈不为多，可与蝇蚊较。打杀刚完不几天，又见成群闹。

江城子 · 赠王生

休嗟尘世路茫茫。有凄凉，有匆忙。碌碌难逃，利锁共名缰。千古自由人几个，凌汗漫，任翱翔。　　达兼穷独史留香。半山王，谪仙狂。取义成仁，晚宋有天祥。只要利民均可事，勤学问，善经商。

何 宁 (1925—1999)

四川合江人。四川大学中文系毕业。西南民族学院汉语言文学系教授，获全国优秀教师称号。曾任中国红楼梦学会理事，四川省诗词学会副会长兼秘书长。

悼小平同志

万户春风报脱贫，冻泥消泽见精神。
谋成香港回归策，痛哭归时少一人。

溯瞿塘峡归渝州舟中作

下峡风光走急湍，少陵踪迹汉衣冠。
楼船颇解依依意，约我回航细细看。

赠别某部队诸同乡

柏桑桥外话乡关，边地功多君莫还。
长剑倚天如有意，丁山那似贡嘎山。
注：丁山在合江城西五十里。

回 归

六五四三二一零，千家读秒对荧屏。
白头终见香江水，映出红旗七月星。

听静海寺钟声

一杵能教万念空，寒山静海不相同。

百年辱国沦邦事，尽在今宵叩听中。

注：寒山寺钟为日寇所盗，今存赝品。

读朱镕基总理关于政府机构改革答记者问

一作惊雷雨便来，欣看简政始瑶台。

深谙积叠繁花影，不是呼童扫得开。

有感解放军抗洪抢险五首

雄师正绝破南京，重见当年百万兵。

可任惊涛吞日月，不教洪水困江城。

千军万马护江湘，又报洪峰过武昌。

颇记残林煨白铁，莫惊风雨战怀襄。

两间生死不徘徊，泽国汪洋最可哀。

护岸兵精轻处险，黄魔未伏耻归来。

将军舍死镇强台，百丈洪波打不开。

多有重情翁媪在，一肩红日送茶来。

面目全非化作泥，军民轮战九江堤。

换防一道南京令，千里貔貅直向西。

夜过石头城

买得吴船楼上楼，碧空遥接楚江流。
一宵灯火扬州路，已出虹桥过石头。

瘦西湖二首

西湖瘦似小蛮腰，北望风亭一水遥。
多谢绿波催石舫，晓随春涨下虹桥。

曲槛回波浅浸霄，扬州城北藕香桥。
春风不许西湖瘦，漫著新芽上柳条。

自广陵之杭州

商榷归心看水乡，蜀山携玉过钱塘。
吴娃一曲春风里，多少轻舟在绿杨。

随下柏桑文艺宣传队下生产队演出

碧草丹花喜自栽，一筐歌舞下田台。
溪桥夜涨成漂杵，舞袖金喉踏水来。

归下柏桑

东溪猎马带禽还，霁雨回看下彩环。
一剑倚天辉碧落，新都桥外贡嘎山。

注：下柏桑在新都桥西三十里。新都桥属营官，贡嘎山在其东南。

六 月

六月杨花入砚池，衣衫无改一冬宜。
市头才问遮阳帽，又报秋风落叶时。

猎 犬

不绩新麻不采桑，刲羊相对女承筐。
朝闻猎犬依山逗，旋报营官卖麝香。

注：猎犬逐兽，兽上树或匿穴中，犬固守长吠不去，似报知主人者，谓之逗。

牧 歌

芳草连天宛似苔，黄花瘦比白花开。
清歌又下斜阳外，知是阿搓放马回。

过三峡

高江绝壁驾崚嶒，不记云山第几层。
千里风涛吟啸里，兵书宝剑入西陵。

人日草堂即事

城南古道逐飞埃，半是商家射利来。
几个老翁风雅甚，杜祠人日唱诗回。

感事二首

闻君乍发长精神，点铁成金事似真。

诳道勤劳能致富，勤劳富过几家人。

设计寻方赋逐贫，半缘天意半缘人。
楚王不假将军节，那得田鸠便入秦。

编者注：田鸠欲见秦惠王，留秦三年不得见。后往见楚王，王悦，与将军节使入秦，因见惠王。事见《吕氏春秋》。

病久，中宵不寐，偶成二律

忍得倾家痛，来分福利房。
层楼非近水，玉兔晚临光。
人乐花添锦，吾嗟雪上霜。
白头逢二竖，愁对万金方。

注：某方能治此病，系自费，计一万八千。

老甘糊口业，时尚昧心钱。
退息交游少，临难弟妹贤。
药资频过万，岁蓄不成千。
独幸淮书稿，离青接兔年。

注：拙著《淮南子集解》文稿已八年矣。编者注：该著已由中华书局出版发行。

张星辅（1925— ）

四川阆中人。1947年毕业于国立梓潼师范。四川省阆中市中学语文教师。

偶 成

一别东乡四五春，师生历劫鲤书沉。

上周偶接探询电，近日频传问好音。

兴泽相邀江汉会，绍全约到省城行。

欣闻小树成梁栋，不慕千金万斛银。

注：达州宣汉县古称东乡，余1985年调离该县二中，至今已历四十五年。

怀天均挚友

去岁辞乡赴帝京，黄花初绽动离情。

今朝菊又枝头绽，不见年前别后人。

沁园春·登锦屏

川北名园，阆苑奇观，尽在锦屏。看雕鞍耸峙，天生城堞；群山拱卫，映带嘉陵。殿宇辉煌，亭楼挹秀，四季花繁溢素芬。探幽处，有条条芳径，竹柏森森。 江山如此峥嵘，引墨客骚人竞一登。谒洞宾仙侣，养生问道；放翁诗圣，朗诵低吟。落下观星，烈文饮恨，胜迹流连合断魂。回首望，喜如酥春雨，豆麦欣欣。

注：落下闳，阆中人，汉代天文学家。张宪，阆中人，宋代抗金名将，封烈文侯。

周汝森（1925—2003）

笔名秋实，重庆潼南人。历任三台中学等校语文教师、教研组组长，县联合教研组组长等职。

李素丽之歌

长安大道车如织，惟有一车竞殊特：夏坐春风冬拥炉，融融泄泄舒胸臆。票台三尺刻嘉箴，颇学雷锋苦用心。善解他人求助事，敢输自我解忧忧。车箱陌生纷入眼，静作微观常顾盼。照拂时时笑靥开，竭倾全力忘劳倦。客来万里自天涯，旅食京华向友夸：导引般般皆体意，谁云世味薄于纱！病者呻吟咳还唾，递水传杯耐烦琐。精心护理散愁云，怿色温言盈广座。到此瞽盲目似明，凭伊拄杖安步行。临别不识庐山面，挥手遥遥不胜情。尊彼媪翁同父母，待彼髫巾类儿女。虔恭慈爱一家亲，盛世文明朝夕谱。日日飞驰路一条，风华尤茂韵尤娇。平凡成就非凡业，应令须眉竞折腰。

注：李素丽为北京公共汽车21路1333号车售票员，共产党员，中共十五大代表。她十六年如一日，全心全意为人民服务，被群众誉为外地人的向导、病人的护士、盲人的拐杖、老人儿童的亲人。

杂感二首

缭乱光环变幻中，真容谁识茜纱蒙。
标新歌曲奇粗乱，避实文章假大空。
声势虚张偏饮誉，机关巧算却居功。
相孚相契休惊诧，沆瀣由来一气通。

物欲横流涨未消，几多浮泛恃优饶。
追星逐款争分秒，宠犬娇猫竞暮朝。
戈壁头颅渊博诩，井天眼界阔深骄。
可怜如是沉迷客，虚掷中华尚解嘲。

别梓州暨诸友好

喜从劫后获馀生，澎湃胸中万斛情。
报国文章新格调，育才事业美名声。
求真何羡千家富，传道谁忧两袖清。
好是明时知进退，前程不必问君平。

偕友游三台县东山公园

东园借得一身闲，入眼江山画里看。
翠岭微霜孤塔秀，沧江疏雨小亭寒。
神随雁阵云天邈，谊系鸥盟宇宙宽。
归去涪桥犹惬目，西风红蓼柳林滩。

春兴二首

锦帆风起海门潮，贾客天涯远可招。
楼矗滩涂开玉镇，树浓沙碛赴星轺。
兴邦经济才堪赏，华国文章志足骄。
同谱龙人新史册，岂因趋尚失云标。

注：在商品经济大潮中，许多科学家艺术家仍在执着追求，保持了中国士人的高尚情操。

世相纷繁七色中，须清尘眼辨冥蒙。

养廉何碍书生气，崇德宁容市侩风。

义重千金高凤鹤，情轻一纸薄鸡虫。

正邪区判真诠在，千载人心本至公。

蝶恋花·感时五首

声势虚张徒傅粉。上下相孚，始启云程钊。白昼公堂标执信，深宵私宅非杨震。　从此青蚨飞隐隐。玉馆朱轮，气派石崇逊。休诩安如泰山稳，东窗事发声名泯。

乘势趋炎争奋跃。多少良畴，迅化连云阁。开拓声扬音远扩，庭稀车马门罗雀。　饰作欢场金更擭。醉酒狂歌，日夜鸣弦索。陇亩年年随意掠，何时处处千仓获。

已是新辆偏见藐。趋逐时髦，更觉西洲好。气势骄矜资炫耀，个中奥秘何人道！　剜肉医疮高韵调。华毂朱轮，争购知多少！禁令群言徒一笑，尘飞不问昏和晓。

车急黄昏南陌路。幽室华灯，暗照新潮舞。彻夜春楼欢达曙，升平气象添妍妩。　竞道摇钱须有树。媚展花枝，自可招商贾。流毒联延千万户，狂飙正起驱妖雾。

长客华厅骄仕宦，肴馔纷陈，品色缭花眼。旨酒微醺声不断，金樽笑向芙蓉面。　异味奇珍尝已惯。浪掷千金，倾积沟中满。流淌民脂无忌惮，黔黎禄蠹同冰炭。

郑 畅（1925— ）

四川达州人。1948年为四川华蓥山游击队第六纵队政治部主任。新中国成立后历任成都《建设日报》记者，群力印刷厂厂长，成都市公安局处级预审员。

根侄毕业西师分配新疆过蓉不遇

原说十七十五来，先期失遇事不偕。参商相背不相见，濯锦江上独徘徊。君今一去如飞鸿，冥冥秋空杳无踪。万里关河日没处，轮台西头天山路。天山九月飞白雪，乱眼梨花迷远树。银浪翻翻羊儿出，玉门煦煦春风度。君不见瀚海陆州黍侵香，瓜田苍莽玉生光。长鞭烈马下平野，赤日黄沙接大荒。汉唐馀烈应犹在，况复年少胜班张。同袍同泽哈维汉，高歌猛进建边疆。吁嗟乎，我身疲惫累室家，邈邈河汉，空想乘槎！唯有秋月明我意，多情应为照天涯。

念奴娇·威州即事

惊山骇水，有当年多少红军踪迹。草莽连天飞渡后，断了征人消息。桥索横空，墟列匝地，虎寨馀寒釭。霜林醉染，赤旗翻舞如血。　　喜看地转天旋，云开春树暖，江山凝碧。百战将军寻故垒，潇洒英姿如昔。父老情深，煮茗相见，正是曾相识。挑灯话旧，月斜天晓风急。

胡焕章（1925—2017）

广东五华人。大学学历。曾任四川省奉节师范学校副校长，奉节县人大常委会副主任。夔州杜甫研究会会长。有《洮溪吟稿》《胡焕章诗词钞》。

爱孙热

望子要成龙，望孙心亦切。无分内和外，也无男女别。都是我孙孙，一样爱之热。为孙上好学，不惜囊中竭。要啥便买啥，兴高复采烈。或陪做游戏，或伴温作业。更为备饭食，唯恐营养缺。昨夜忽风寒，加衣忙不迭。殷殷祖辈心，天下同一辙。不见放学时，门外早迎接。或逢落雨天，送伞人千百。浩荡伞阵移，街道为之塞。接得孙回来，全家始欢悦。倘有小毛病，细心护床侧。延医又抓药，四老轮流歇。人言小皇帝，毋乃太娇溺。成龙抑成虫，目下尚难测。痴痴爷奶们，何多费心血？此话实偏颇，情理不可夺。丈夫爱其孙，自古是天德。况今生活好，又有闲岁月。关键在导引，爱之有原则。安得小孙孙，个个成英杰。

寡妇村行

东山渔村夜色清，海月初升潮不平。村中男女走相告，去看台湾归来人。归客今年七十一，颇同古柏髯如戟。颤巍迎见众乡亲，两眼模糊皆润湿。老翁回坐老妻旁，相对嘘唏叙短长。听翁细细从头诉，生小从爷学渔术。钩网擒拖样样能，入海浮沉猛似虎。败军当日如山颓，连夜抓丁不知数。我方出厕当门立，便遇大兵遭反缚。阿娘翌日出门见，见说兵船犹未发。烹将一只老雌鸡，哭跪海边来送别。春儿四岁已知愁，直喊阿爸在母侧。斯时我肠寸寸裂，几欲蹦海挣不得。须臾军舰启钢锚，汽笛声声海浪高。舱门一闭如牢狱，只觉天倾与地摇。高雄登陆即天涯，台北台南何处家，水兵队里充潜手，常年深海伴鱼虾。有时上舰巡航去，酸风吹眼难睁视。咫尺东山不可窥，但见群鸥掠水逝。求神问卜有良签，铁树开花好团圆。谁知铁树花开日，依旧茫茫各一天。潮升潮落秋风早，容颜不觉军中老。同行今剩两三人，荣民院里随温饱。夜来顾影倍凄凉，孤灯独倚天难晓。坚冰初解即来归，望见家园喜又悲。房舍行人不可辨，村头榕树认依稀。老妪唈唈难收泪，更有万般酸苦水。那年兵乱最伤情，百二壮夫无一存。九十五家同一哭，东山村变寡妇村。嗟君走后三月半，秋儿出世多灾难。自到人间四十年，今晚始识阿爸面。可怜母子命相依，往来村市背腌鱼。春花秋月他人赏，冷雨凛风只自知。前时老大传飞语，共道你爸早已死。怜君客死在他乡，修墓安碑子孙祀。每逢嘉节到清明，隔海招魂为君祭。翁妪倾言犹未已，满座凄然相致意。喜君破镜得重圆，儿孙生活胜从前。纵有百年过七一，劝君不必泪潸潸。故乡人比他乡好，故乡水比他乡甜。翁妪听此转悲切，无奈归期但两月。到时仍得再分离，不管君头黑与白。噫吁乎，壮亦别，老亦别，谁能忍受此离别？况今再别真永诀！彼苍者天何以说！

阿迪力之歌

1997年6月22日，新疆廿六岁达瓦兹传人阿迪力，横渡架于瞿塘峡两崖钢丝，其速度较1995年加拿大人柯克伦快近四倍。绝技超群，惊险万状，歌以赠之。

瞿塘两崖高万米，凌空雄险世无比。山鹰飞过愁折翼，何况横绝小钢缕。身轻飞越者为准？新疆青年阿迪力。手持平衡杆一根，行走直如信步耳。两崖观众五万人，莫不为之惊又喜。呼呼大风从东来，吹动钢丝微浪起。忽高忽低正中途，观者心战忧生死。阿迪壮志比天高，迎风更作飞腾技。两脚悬跨平衡杆，绕身过顶复高举。喝采声动峡云空，阿迪心胆更坚毅。到岸唯馀百米长，忽然冲到目的地。万头涌动手叉手，抬起英雄欢不已。犹记前年科克伦，首跨瞿塘创新纪。哄动三万参观者，鼓掌欢呼叹观止。今看中国小后生，实胜洋人多多矣！阿迪力，阿迪力，中华民族之骄子。

调高朋

送尽峥嵘春复春，蓦然回首霭纷纷。
恨无强力扶危困，喜有清风到院门。
筵宴奉陪厌酒醉，会场坐久怕烟熏。
先生不学陶元亮，却种阳台菊数盆。

平　居

在位不尸位，平居亦旷怀。
升沉随物理，行坐恋书斋。
倚枕听孙读，端茶赏菊开。
门铃惊午梦，喜有故人来。

访苏曼殊墓

何处烟波葬曼殊，旧图指点此山隅。
西湖水冷孤山瘦，不见碑坟见绿芜。

乌　纱

乌纱脱下著单衫，日日相随有菜篮。
独有菜农曾见识，招呼犹喊旧官衔。

题长江垂钓图

开襟草帽背斜阳，万丈丝纶一小舡。
大海未曾鳌首占，一竿容我钓长江。

怀　乡

夔国栖迟四十秋，望乡何日不凝眸。
他时若遂南归愿，买得滨湖第几楼。

晚望赤甲山最高峰

冉冉日西沉，茫茫夜雾升。
众山皆入睡，犹有一峰青。

峡中所见二首

山险天高鸟亦惊，大船过处浪飞横。
谁知万顷漩涡里，偏有扁舟自在行。

谁遣峡民生计艰，平阳不住住危巅。
可怜几许茅寮屋，却供游人画里看。
注：船客中有谓茅屋美丽如画者。

读谭光武《竹枝词》

菜根豆腐味寻常，一入君诗便觉香。
世事如花繁丽甚，几人采得酿成糖。

甲申初游香港感赋

百年心愿得初还，踏遍香江道道湾。
岭海有灵应识我，老夫今上太平山。

浣溪沙·重访兴隆

车向兴隆冒雨行，东风吹湿鹧鸪声。万峰如识笑相迎。　　古柳塘边寻故友，野棠溪畔问春耕。桥头独立不胜情。

菩萨蛮·夔门观雨

白盐山上鎏石墨，白盐山下狂飙烈。急雨袭川东，瞿塘浪拍空。　　须臾雷电过，白帝虹桥卧。鸣笛震长江，征轮又远航。

沁园春·绿化长江

冲决夔门，滚滚惊涛，浩浩汤汤。望西源远上，昆仑莽莽；东流遥接，沧海茫茫。波撼巫山，气吞云梦，欲把神州腰里藏。只可惜，这龙腾虎跃，稍欠青苍。　　山河喜得重光，要往昔疏林着绿裳。算时移岁易，年年添色；纵横九派，树树成行。郁郁葱葱，风吹雨洒，无限秋容橘柚香。飞天处，瞰浓阴夹岸，万里风樯。

衡　平（1925—　）

　　四川盐亭人。四川师范学院中文系、中国文化书院中外比较文化研究班毕业。曾任中学语文教师、教导主任。四川盐亭嫘祖文化研究会副会长。

天鹅蛋　多子叹

　　盆养仙人球，不圆长半尺。耸崎若孤峰，嶒崚挺然直。棘戟布全身，严阵防蟊贼。貌寝岂天鹅，未索鱼虾食。不赖沃土生，耐旱如岩石。感此生生意，念念欲孳息。旬月倏忽间，绿点生背脊。点点小绿球，成长何迅疾。身负十二子，子子皆壮苗。绿球已满盆，负儿母竭力。伛偻半尺躯，无复能直立。负重力不支，喘息伤何极。往昔青春时，开花次逾七。色白鲜幽香，开谢两朝夕。忽忽见衰颓，压重泫然泣。此生复奈何，自艾亦无及。哀哀语同俦，多子有何益？

盐亭莲花湖

　　湖山开胜境，游艇逐汪洋。
　　人静鱼常跃，雨晴花更香。
　　山中交益友，亭下纳新凉。
　　乐水寻芳客，尘嚣一洗光。

寄　友

　　久不亲黄宪，谁开鄙吝心。

流莺歌百啭，大雾暗千林。
读史增胸闷，闻跫辨足音。
羞言鸿鹄志，草砌发微吟。

如梦令·困冰雪

有路冰雪全覆，难得饭羹充腹。车也几时开？愁对病孩啼哭：滕六，滕六！年节虐民何酷？

注：滕六，雪神，主降雪。见《幽怪录》。

渔家傲·馅饼

电话专函还短信，贺君中奖交红运，珠宝名车随你领。迷了性，先交手续把财等。　　等了几旬函电问，公司经理杳名姓。馅饼天投原陷阱。春梦醒，蚀财顿足我何笨！

王志荣（1926—　）

四川资中人。退休前任资中县鱼溪职业中学副校长。

桑榆之乐二首

竹马当年院坝游，时光荏苒已白头。
桑榆乐与曾孙戏，驾驶飞机绕地球。

耄耋也成电脑迷，曾孙逼我赛微机。
刹那胜负输三局，俯首为牛当马骑。

九一八事变七十八周年

国难家仇七八年，流亡悲曲谱辛酸。
血痕虽似东流水，往事焉能淡若烟。

王光莹（1926—　）

女，四川洪雅人。成都市工商行政管理局退休干部。

游朝阳湖二首

游艇穿行绿树丛，远山近岭郁葱葱。
层峦交错疑无路，路转峰回笑语中。

千重翡翠绕平湖，茜袖轻衫入画图。
隐隐仙台云雾绕，数声啼鸟似相呼。

太湖游

茫茫三万六千顷，矗立三山望水心。
一渚鼋头烟浩渺，飞云阁下听涛声。

刘锋晋（1926—1998）

　　号淡斋，四川双流人。槐轩之后，书法家刘东父之子。1947年毕业于四川大学中文系，1952年毕业于四川大学文学研究所。曾任四川彭县文教局局长、成都师专副校长、副教授。有《澹斋诗钞》。

秋日即事

几日轻阴护草堂，陶家篱落冷秋光。
苔铺小院密云湿，雨浥蟠松老干苍。
何必深悲怜宋玉，相从浅醉向羲皇。
萧疏不到墙边路，淡白香红是海棠。

宿犍为石板溪

暮色苍然至，清江晚系舟。
一天凉露落，四野水云浮。
漠漠春山远，纤纤夜雨收。
荒村须买醉，新月恰如钩。

重访离堆

千尺江深和梦回，十年尘影尚徘徊。
才惊眼底红飞雨，更觉轩前绿满苔。
扑面青山如旧识，临风白鹭莫相猜。
朱楼绮户游踪遍，玉垒关头几度来。

嘉州忆旧游

嘉州山水忆凌云，千里岷江日色曛。
何日论交话年少，乌尤寺里再逢君。

读张继《枫桥夜泊》

古寺犹闻夜半钟，千秋高咏想遗踪。
荒桥何处问渔火，月落吴江几处枫。

北京堂公园即事

去郭两三里，近村四五家。
疏花红烂漫，修竹绿欹斜。
蝶舞轻非梦，鸟鸣静不哗。
小园休作赋，款款话桑麻。

自题立马黄河小照

立马黄河望古今，千帆竞渡战云深。
排空浊浪来荒塞，跨地长虹凝沍阴。
南北英雄捐碧血，东西虎豹嗜人心。
中原自昔龙飞处，已听惊雷震耳音。

郏县谒苏轼墓

中州驰骋早蜚声，万古雄才动帝京。
西望峨眉秋色好，故乡千里月华明。

扬州吟

　　泠泠风满徐凝路，廿四桥边红药护。观里琼花寻杜牧，岭上梅魂招阁部。冷月波心荡无声，珠帘不卷春风生。至今人道西湖瘦，楚腰欲比掌中轻。掌上金盘承玉露，隋堤新柳迷晓雾。歌吹几度到竹西，芜城谁为觅佳处。胡马窥江古战场，废池乔木月昏黄。十日劫灰千古恨，累代繁华委榛荒。赖有词人对广陵，登高能赋信可凭。数典指事言凿凿，盐富鱼饶势蒸蒸。岂知泰极否复来，方生方死若相推。歌咢酣嬉乐未极，盐船一炬遽成灰。噫吁嘻！忆昔蜀中苦兵燹，蜀人颠簸复辗转。志士仁人徒咨嗟，挈妇携雏天涯远。繁江费氏颇儒雅，父子笃学期郑马。投身汉沔秋复冬，孤艇残春泪盈把。雪浪千堆江水流，烟花三月下扬州。自古维扬佳丽地，今看寥落多荒丘。野田卜居四十年，草堂翠绕竹娟娟。花下流莺啼不住，春风吹梦白云边。文章笔底卷波澜，诗成每被刮目看。深衣幅巾瞻遗像，谁识一衿老儒冠。我来寻访先生墓，四野茫茫知何处。芳草如茵迷旧路，波阔浪高瓜州渡。

　　注：扬州今有徐凝路。

浣溪沙·咏天彭牡丹

　　红艳娇香一段愁，恼人姿态却温柔。君家谱系是彭州。　　花国称王夸富贵，洛阳争价说风流。多情明月照西楼。

成都杂咏

青羊宫至草堂寺
青羊宫里紫金台，一角草堂千树梅。
十里清溪香不断，锦城今又看花来。

花　会
万里桥边听晓莺，春风拂柳马蹄轻。

红尘十丈珠帘卷，雾隐楼台月半生。

黄忠坟

鼎足三分事已迁，黄忠坟上草如烟。

桃花片片随流水，更有何人祭墓田。

薛涛井

池水流杯照眼新，风光依旧锦城春。

苔侵石井桃花护，可有鸾笺咏美人。

望江楼

十年不到江楼下，杨柳依依侵绿苔。

不尽苍茫东逝水，一天风雨故人来。

青羊宫三清殿

灵应三清事有无，善男信女拜庭除。

似看香火凌虚处，紫气东来应不殊。

纪　梦

春梦如烟淡有痕，湘云楚水荡诗魂。

空山寂寂鹃啼月，南国潇潇雨打门。

燕子飞来寻旧侣，桃花零落怨黄昏。

年年柳色迷江路，絮已沾泥便不翻。

天社山飞仙阁

造化钟灵秀，仙踪自昔传。

清风回万古，远棹逝平川。

画栋临丹阁，苍崖郁紫烟。

抚碑寻旧迹，遗泽仰前贤。

彭州龙兴寺断塔

古塔何时建，苍茫一望中。
九峰奔眼底，湔水走晴空。
断壁侵秋雨，危层立晓风。
萤飞苔湿处，夜半不闻钟。

觅芳踪·昙花

娇姿乍现，寂寞无人见。月落空庭，露凝短径，金雀步摇轻颤。怅前身瑶台梦断，算来时千呼万唤，绿华不肯在人间。待晓风吹尽、芳踪重觅，引啼鸿数声清怨。

临江仙·梦

前度刘郎曾到处，武陵一片芳菲。东风杨柳暗依依。当时明月夜，花底漏声迟。　　吩咐青山唯有恨，廿年双鬓如丝。抛残红泪总相思。春随流水去，梦逐彩云归。

灵鹊赋

窗前屋瓦上，常有小鸟飞来，跳跃啄食，啁啾自鸣，意颇闲适，俗呼为点水雀。予以其似喜鹊而小，名之曰灵鹊。甚爱之，故作此赋。

灵鹊，前来，汝甚乖。吾与汝隔窗相望莫相猜。吾爱汝，毛兼黑白、嘴实尖小，朴拙无华无异才。汝非山中大木，吾亦人间迂叟，俯仰聊乘化，何其相似哉！人道汝、溪上塘边点水回。奚以傍吾庐，翩翩飞去来。瓦隙檐间诚可乐，汝真无暇问凶灾。夜半风狂雨骤，长空鹰搏鹞击，屋顶猫儿偷觑，蕞尔小虫焉避开？灵鹊摇首梳翎，跳跃而前谓我呆。叟何呆打孩？人生凭自适，闲愁汝自排。叟若寂寞，吾当共汝，清风明月且衔杯。

叟有诗兴，吾为汝歌：醉后何妨死便埋。余闻而大笑，好事不须推。梅花香点点，为我落苍苔。

广玉兰 · 弗吉尼亚所见

绿肥铺象耳，叶大淌鲛珠。枝拂红云动，根深邃古初。虬龙盘铁干，鸾鸟舞轻躯。乃知此邦物，竟与中土殊。花开香渺渺，月上影疏疏。风敲仍不畏，雨袭岂须扶。独怪凌虚处，白莲似有无。霭霭祥云护，瀼瀼甘露苏。昔闻南海上，普陀有仙居。杨枝需其泽，黎民仰复趋。今观花片片，覆压贯通衢，吉祥人所盼，向之靡贤愚。愿得人安乐，寰中共坦途。

神龟寿

于绿草之中得金龟一只，饲之数日释去，令归自然。

神龟之寿谁能数，在昔为诗夸魏武。魏武雄才靡百万，势欲吞吴气如虎。东指乌桓碣石路，沧海波翻洪涛怒。归来酣醉铜雀台，清歌妙舞朝复暮。倚翠哪知白发生，偎红难唤朱颜驻。馀香纵可分夫人，珠履不复步锦茵。西陵墓草埋松径，漳河疑冢委荒榛。蛟龙鱼鳖随流下，应有神龟潜水滨。绿毛已知千年寿，铁甲铮铮留古籀。首爪青鳞凝清光，体如顽石眼如豆。浑浑噩噩持渊默，沌沌冥冥元气厚。茫茫岁月不知年，历历汉唐孰先后。方讶此龟世已无，岂知西土繁有徒。体小如碗伏绿草，昂首瞻瞻意态舒。鎏金卍字来佛国，嘴如鸟喙无羽翼。忽然缩首惟面壁，维摩入定微有息。生死俱忘遑言寿，知其白兮守其黑。吁嗟乎，洛下才人号陆机，篇章锦绣倾珠玑。无微不存天之理，慧而不亡世所稀。吁嗟乎，魏武与陆机，吾亦为汝悲。英雄才人今安在？宁知曳尾途中之神龟。

念奴娇 · 七月十五夜对月

秋虫吟遍，怪疏星不肯，照人清影。耿耿银河光汗漫，一洗碧天飞镜。梦远成尘，夜凉如水，漫把金杯引。好风摇曳，杜郎谁唤幽兴。　　堪笑瞬息浮生，匆匆来去，寂寞青衫冷。芳草萋萋生玉露，白发暗添潘鬓。欲语遥空，还教明月，好趁凉宵永。蹁跹舞罢，高歌写入诗韵。

安天均（1926—　　）

1951年参加工作，为阆中市中学高级教师。1986年退休。

日光岩

英雄岩树郁苍苍，雨后风轻一望凉。
石壁屯兵馀旧垒，游人犹道剑泉香。

夜读偶记

寂寥长夜一灯残，展卷浑忘料峭寒。
一代英名馀惋叹，百重金粉尽阑珊。
诗怀有忿哭中写，青史无情笑里看。
凤舞莺鸣鸡犬闹，谐和安处地天宽。

张起荪（1926—　）

四川南充人。毕业于川北大学哲史系本科。历任区长，地、市、县邮电局正副局长。内江市诗词楹联学会副会长兼秘书长。曾任四川省诗词学会理事。

甲戌谒陈毅元帅故居及展览馆

故邸崇祠一径通，游人瞻仰礼弥恭。
开基苦忆筹边计，抗日欣夸却虏功。
慷慨三章诗胆壮，关山百战将才雄。
棱棱威烈今如在，定咤风云斩竖凶。

致仕闲居抒怀

著赋何曾拟遂初，归来吾亦爱吾庐。
绕篱竹叶争高下，隔水烟纹任卷舒。
盆内常添新瑞草，案头时补旧残书。
眼前便入非非想，不觉贪嗔念尽除。

挽 婿

聚散苍凉怅别离，死生空负百年期。
九还何处寻灵药，一恸翻惊剩诔词。
襁褓尚怜儿女幼，须眉谁念雪霜欺。
从今老境休重问，愁读骚经夜雨时。

甜城杂咏六首（录二）

摇头摆手老翁多，垂柳堤前缓缓过。
自是气功能健体，也如学跳迪斯科。

高跟落地步从容，凉粉锅魁味道浓。
姐妹归来都说好，唇边犹带海椒红。

今昔杂感二首

卅载无端罹谤伤，勉随梅菊炼冰霜。
饱经世事心犹赤，久薄风骚气亦苍。
量谢黄生千顷阔，才辞王子万言长。
荒唐造物撩人甚，混混前尘幸早忘。

独坐摊笺有所思，删残旧稿亦凄其。
未成珠玉惭言颣，不是风骚敢赋诗。
七秩光阴催我老，多年社会让人知。
近来学得麻茶术，不入时流强入时。

悼亡十五首（录二）

天涯碌碌叹劳薪，藜藿同甘未厌贫。
病到无聊祈速死，事难如意劝抽身。
招尤因拒妻忠谏，罹祸常思狱送莼。
今日都成泉下恨，一回回忆一伤神。

游踪差幸不相违，忍死朝朝待我归。
眼界模糊生意尽，舌根牵强语声微。

垂头苦说情难舍，执手翻无泪可挥。
嫁得黔娄太羞涩，裹尸犹是旧时衣。

游铜钵山之桃花坞，而此山腰有旧友"右派诗人"蔡仁之墓，有感而作

攀登随意任西东，四面群峦入望中。
云气白于堆雪浪，桃花红似过江枫。
湘累几处悲骚客，山水何时乐醉翁。
人性消磨人欲甚，古今世事不相同。

闲日即兴四首

显晦穷通畴昔事，而今旧梦又重温。
悔当快马随鞭影，该效痴人记剑痕。

附骥攀龙我不祈，笑看墨吏逞权威。
不堪世事宜酣酒，且喜交亲是布衣。

几回掩卷几回开，历史千秋可怪哉。
尘世何人怜直士，文章底事忌真才。

烟波连日掩朝阳，风雨凄凄夜色凉。
四海山川变秋气，遍栏花草减春光。

姚　诚（1926—　　）

四川安岳人。副教授。内江市诗词楹联学会副会长，《沱风》诗刊主编。有《姚诚诗文选》。

怀念老母二首

不堪回首忆儿时，冷暖穷愁总未知。
月下嬉游同弟妹，灯前调笑杂尊卑。
赵钱孙李牵衣读，雨雪风霜接踵随。
记得鸣篁新制后，连番缠母插针吹。

风烛残年逾古稀，投身笔砚总相违。
荣褒苦贬时时问，燠暑严寒缓缓归。
鲜侍晨昏惭反哺，空垂涕泪悔前非。
故园何处崇山远，料是茔台草渐肥。

甜城幽居

老去休怜白发疏，清斋危坐自宽馀。
西林云气沱江月，工部诗篇逸少书。
访竹寻梅高士病，谈今论古野人庐。
平生怕作侯门客，食不求鱼出不车。

登缙云山狮子峰

危峰高万尺，醉眼一为开。

风欲挪人去，江如破地来。

难寻吴子迹，且上太虚台。

俯视环山路，云烟共往回。

黑石山白屋诗人墓

海内诗名久，川南遗恨深。

一篇成永绝，九野只虚吟。

黑石千秋胆，松涛万古心。

萧条何所似，拂字泪沾襟。

抱病登讲台

枉顾寒庐几度开，犹将老病试登台。

平生襟抱时忧国，一片忠诚在育才。

驽马何曾辞十驾，烛奴还可点馀灰。

诗家三昧难寻觅，但有童心捧日来。

读西南师大赵家怡先生"文革"旧作《落花诗》有题

也曾衔恨困山涯，忍看狂飙扫落花。

圃毁园空鹃泣血，兰摧桂折草惊沙。

牛棚冷涩文章累，红卫喧嚣巨帽斜。

噩梦如苏回首日，十年清泪付琵琶。

傅承烈 （1926—2010）

四川都江堰人。毕业于四川大学中文系。曾任简阳三中校长，《简阳县志》总编，简阳教师进修校高级讲师。四川省人民政府文史研究馆馆员。有《望云楼诗钞》《傅承烈诗钞》。

漫 兴

频年野兴到郊畿，览胜寻幽缓缓归。
翻复雨云难逆料，江湖鱼鸟早忘机。
挑灯看剑情犹在，绣虎雕龙愿已违。
容膝易安吾自足，何须裘马炫轻肥。

南村小住即事有作

喜得浮生半日闲，地偏车马不闻喧。
一湾星火船停处，万叠云霞夕照天。
城里邀朋乡里醉，饥来吃饭倦来眠。
暗香已透春消息，更访横斜到水边。

杂诗三首

囊有青蚨信手挥，酣歌恒舞不知疲。
兴来斗富追金谷，不惜珊瑚碎一枝。

岌岌朱楼大道边，拂天高柳夏生寒。

行人误指将军第，却是芝麻更小官。

早谋三径愿成空，梦绕春山路几重。
岩栖何日驱狐兔，来种婆娑百尺松。

书　愤

金陵三十万，昔日死屠刀。
杀戮乾坤赤，狰狞豺虎骄。
普天皆涕泪，众怒指僬侥。
白骨坑坑满，元凶罪岂逃。

南游怀林则徐

虎门一炮震山河，万马千军夜枕戈。
纵有林公能御侮，中枢将帅早求和。

谒少陵先生草堂

驴鸣狗吠今何在，不废花溪日夜声。
独领风骚千载上，长留才笔九州横。
居无广厦忧寒士，死有残膏丐后生。
漫道儒冠终自误，瓣香儿女起寰瀛。

上亮生师

白首冯公远见招，乔松依旧荫长条。
霜威历尽盘天地，梁甫吟成自暮朝。
益部文章尊老笔，瞿塘春色壮新潮。

过门无限低徊意，辜负轻寒覆紫貂。

青城纪游　　凝翠桥

高盖连云覆白茅，茅飞随雨作花飘。
绕栏凝尽千岩翠，如此风光在一桥。

闲居杂咏（录三）

五年未读愧多方，劫后空馀诗一囊。
肝胆轮囷行我素，雨云翻覆任人忙。
胸无块磊心常泰，瓶有醇醪梦亦香。
但祝河清身老健，茱萸岁岁醉重阳。

不逃杨墨不浮邱，学海茫茫一泛舟。
病里诗书犹沆瀣，闲中岁月任迁流。
容颜渐改嗟新瘦，松菊犹存又晚秋。
所幸九天冰鉴在，清光依旧照西楼。

自诩闲闲桑者身，南船北马尚精神。
已看秦岭云千壑，更赏峨眉月半轮。
五岳未圆孤鹤梦，九州先觅两山春。
明年再践罗浮约，缟袖相期有故人。

遣兴四绝句

天香满室送生涯，客久阳安便是家。
何事夷犹不忍去，青山郭外向人斜。

狂呼五白非吾事，玉轴连云亦自豪。
老觉诗书差有味，一灯风雨诵离骚。

老圃重寻尚未荒，春泥料理护花忙。
嫣红姹紫知多少，第一倾心是海棠。

满园春色一壶茶，来逐江流坐日斜。
鹦鹉有情犹唤客，夭桃无语自开花。

生日述怀

堕地呱呱七十年，赢来霜雪忽盈颠。
峥嵘岁月忙中过，糟粕文章劫后编。
九畹滋兰犹有愿，短衣射虎惜无缘。
乾坤一榻容高枕，鼻息声酣震屋眠。

犹堪翠袖倚修竹，悦己何须强效颦。
市井由人呼老九，江湖容我着闲身。
未嫌陋巷喧车马，但觉高歌有鬼神。
更喜居邻故乡水，桃花休问武陵春。

白首青毡卧有时，才难方识患为师。
敢云桃李成阴早，却愧春霖润物迟。
似蜜盐齑堪送老，如花生活自吟诗。
万间广厦何须问，吾爱吾庐陋亦宜。

咫尺天涯怅别离，一灯如豆最相思。
再逢花好月圆日，已是男婚女嫁时。
过眼烟云随水逝，平生甘苦有君知。

年年夜色柴房好，椎髻情深老更痴。

青城山建福宫茗坐

不为神灯叩玉华，仙斋来煮雨前茶。
座中兄弟头俱白，天半芙蓉晚着花。
万古烟霞谁是主，卅年湖海我思家。
薜萝鬼气消何日，欲乞明威剑辟邪。

四十周年婚日喜赋

嫁作黔娄妇，箪瓢守敝庐。
长留半臂影，勤护一床书。
采柏心常冷，画眉技总疏。
人生朝露耳，知足乐何如。

相敬还相爱，贫居不受怜。
有怀皆淡泊，无欲即神仙。
得失何劳问，唱随尚有缘。
牵萝聊补屋，长此老馀年。

茂汶杂诗

驱车直上白云间，叠巘层崖古道蟠。
千里岷江澄似练，四山枫叶醉如丹。
人随斜雁秋心远，地逼重霄紫气盘。
闻道红军曾过此，萧萧长忆马蹄寒。

水电功成映秀湾，重来无地不新鲜。

利兴宝藏开边日，风送南熏解愠年。
一路人家花覆屋，漫山椒树绿摇钱。
莫看叠嶂愁真宰，人定原知可胜天。

遣　兴

临水登山一杖笻，人前何用掩龙钟。
锋犹未卷匣中剑，春岂能朱镜里容。
射虎尚期随李广，归田无计学陶公。
护花每诵龚生句，老废原知逊落红。

人日草堂雅集有作二首

九州饿走瘦妻僵，叹息黎元更热肠。
攘攘戈矛逢世乱，纷纷粱肉看人强。
弥天烽火连西蜀，绝代歌吟动草堂。
文字有神公宛在，残膏剩馥永飘香。

朱甍碧瓦一时新，旧日邻居早脱贫。
广厦已连南浦路，香风更溢浣花村。
诗吟人日乾坤动，酒饮芳尊曲蘖醇。
地下先生应莞尔，隔篱都是小康民。

汶川大地震灾害书事

板屋千间复万间，废墟重建好家园。
鹡鸰声里情无限，撑起灾区半壁天。

登西安古城楼

千里来登城上楼，三秦大地望中收。
汉家宫阙埋衰草，唐代衣冠戏沐猴。
王霸已随春梦冷，河山又报瑞云浮。
宏图更展开西部，正是鱼龙变化秋。

西安逢雪琴

客去梁园散四方，卅年消息两茫茫。
白头有幸逢知己，绿蚁何妨共举觞。
半世虫鱼容我懒，一官风骨看君强。
西来莫负西窗约，共话成都曲米香。

剑门关

千仞高关壁立中，一夫能敌万夫雄。
回看众壑兵氛远，秀出云鬟七二峰。

温廷赞（1926—　）

四川梁平（今属重庆市）人。四川省监狱管理局政治处干部。

念奴娇·张澜辞世五十五周年

长留青史，树丰功，当年风云人物。办学有方开宏业，胆略才识卓越。民主呼号，抗争不息，威武不能屈。虎须能捋，凛然铁骨高节。　犹忆昔去华西，草坪席地，曾聆公演说。身著长袍貌清癯，针砭语多精切。道义德泽，言传身教，遗爱存芳烈。高山仰止，千秋怀缅先哲。

忆江南·缱绻泸州

南师胜，血战大功成。护国讨袁怀义士，指挥若定蔡将军。肃穆慰忠亭。

注：蔡锷将军率护国军与袁世凯军激战于蓝田坝，战况惨烈。江边尚有见证，历史之慰忠亭在焉！

童年愤，倭鹫袭江城。伤死枕藉庐舍荡，门前巨响炸深坑。焚火染天云。

注：当时钮子街、河街头等片区，被日机投下之烧夷弹焚毁殆尽，数十里外皆能望见火光。

丁季和（1927—1999）

名鹤，号野庵，以字行。四川成都人。1953年毕业于成都光华大学，分配至原西康省工作。1955年因受聘渝报一事，被错划反革命，1956年被单位除名。1982年平反以退休人员安置。1990年后，移居郫县太和乡团结镇，日以课童习字为事。曾参与《汉语大字典》编纂。

题《群殴图》

群氓何事不从容，攘袂挥拳乱哄哄。细数其间十人者，一齐拔足去匆匆。另有手行削脚子，义犬相依自叫穷。知机远害诚多智，不管闲事亦明通。其余八者俱鼓努，大张挞伐竞奇功。敬惜字纸收破烂，得钱微末岂能丰。毒杖加之亦何忍？劝善衲子竟逞凶。帮凶助战出奇计，猛掷烘笼用火攻。别有王家苦鏖战，战云惨澹塞寒空。空手焉能制敌命？不惜乐器作兵锋。持鬓挽发坚不让，此时苦煞美髯翁。惨败新都求道准，仰天无泪哭秋风。呜呼公等皆有长技在，何不江宽湖远各西东？

六五年谒母墓

又到荒阡鼻倍酸，春晖一闭五年寒。
禁方忍弃铭心苦，遗杖相怜伴影残。
子职何曾毫发尽，生涯更见百千难。
地下萱堂应念我，几多悲泪湿阑干。

注：慈母为治脚疾无所不至。

鹧鸪天

奉题四川大学陈兆平老教授精裱其"文革"中"罪行"油印件册页后。步徐无闻学长韵。

识字人生忧患始，坡公此语道来真。熔经铸史诚多事，卷雨翻风任覆云。　　冤假错，赵钱孙。牛棚接了孔家樽。惊魂此日看前案，舌在居然未坏身。

沁园春·游动物园

设馆授餐，济济芳园，饱食终朝。有鹦哥鼓舌，居然人话；连篇累牍，自赏唠叨。孔雀开屏，人前卖俏，舍我其谁领风骚。鸳鸯乐，任风云不管，只弄情潮。　　跳梁猴子蹊跷，善上下攀援左右飘。数骆驼老实，耻尝闲草；梦回戈壁，不惯逍遥。猛虎徒骄，槛中长啸，空有雄心无处销。依稀甚，看人情世态，异曲同高。

尤一鸣（1927—　）

　　浙江宁海人。大专学历。四川省雅安教育学院图书馆退休。曾任四川省诗词学会理事。

寄内子荣经二首

抛残岁月度流年，来结人间未了缘。
碧落苍穹原有极，情天恨海岂无边。
河梁飞倦双栖老，雨露恩滋破镜圆。
珍重桑榆迟暮景，好将秃笔写诗篇。

相逢不是昔年时，春去花残感不支。
世上留卿心可印，人间老我鬓如丝。
灯前絮语翻疑梦，别后情怀待赋诗。
绝似娇痴小儿女，依依两地诉相思。

书呈赵钟鼎先生

垂柳依依漾碧丝，旧巢燕侣掠芳池。
平畦展绿迎归客，嘉树含烟待好诗。
寄迹自怜霜鬓渐，卜邻新喜故人知。
淋浪入夜桃花雨，误我巴山访戴迟。

秋夜不寐

倦眼流光速，繁霜两鬓侵。

旧游如梦淡，归思共秋深。

老圃菊仍绽，明河星已沉。

无眠当此夜，倚枕听虫吟。

咏白马泉

深树藏莺近水村，寒泉时有怒涛生。

故园五十馀年别，每把滩声认海声。

注：泉在雅安上里乡，据云，因虹吸现象，时而清澈见底，时而涌泉三尺，并伴有轰鸣声，似蹄声杂沓故名。

年 时

六六华年究是非，壮怀绮思两相违。

梦惊孤驿心俱碎，酒约东篱客未归。

征雁行藏悲逝水，杜鹃春事付斜晖。

年时兴味消垂尽，踽步闲庭老布衣。

人月圆 · 初夏农家即景

疏檐时见呢喃燕，无意剪春愁。豆棚瓜垄，人家篱落，一片清幽。　远山浮霭，芳洲载暖，碧树如油。微风扬絮，新晴天气，好个麦秋。

满庭芳 · 奉和张晓邦君原韵

刍豆生平，兆骞身世，倦看岁杪馀霞。卅年故国，清梦隔天涯。聊自附庸风雅，吟哦事、应笑涂鸦。搔头甚，渐疏秋鬓，无计挽春华。　　君家，似阮谢，神交皋鹤，不弃村蛙。更千里书频，情涌浮槎。漫自相思太苦，秋窗下，催剪灯花。俊游待，归程倘许，联袂不须车。

踏莎行

百折柔肠，一回一断。庭前落叶无人管。黄昏独自倚栏干，西风撩乱离人眼。　　似水华年，客中偷换。惊回短梦箫声远。此情应许月明知，清光照脸啼痕满。

少年游

轻寒别院锁春风，无语落花红。千种柔情，一腔心事，都付水流东。　　漫缄幽怨临毫素，满纸写蛇龙。若有还无，似烟非梦，尽在不言中。

吕子房（1927— ）

四川南充人。南充市群众艺术馆副研究员。果州诗社副社长。有《嘉陵劫馀残稿》等。

寻万卷楼

永安桥畔问斜阳，溪水无言对莽苍。
万卷藏楼甘露杳，伶仃榕树感沧桑。

成都十二桥烈士雕塑

十二桥边新月明，琴台故径动箫声。
断头端为江山秀，梦影浮雕忆锦城。

再过漱玉滩

一片金鳞漱玉滩，念年往事淡如烟。
嘉陵苦雨巴山雪，几度风云几问天。

南歌子·晓月

晓月随山隐，晨风透曙开。清光一缕向窗台，梦想伊人隔海燕归来。　　别后吟红豆，相逢梦古槐。几回鱼雁几徘徊，无奈玫瑰片片坠香阶。

清平乐·归梦

茫茫归路，梦里家山误。不识庭园墙外树，人面桃花何处。　　崎岖险道迂回，荆藤棘网重围。花絮漫天飘散，红楼帘动心扉。

伤春怨·背篓村妇

陡峭飞泉路。背篓千斤村妇。重担不弯腰，昊昊青天背负。　　有缘相怜语。险道危岩渡。感叹问君家，笑指那、云深处。

行香子·情殇

薄薄清霜，淡淡秋光。正屋前房后橙黄。凤飞海外，音讯迷茫。望几重山，几重雾，几重洋。　　云天梦断，历尽沧桑。忆相依旧景难忘。池边镜破，篱菊情殇。看夜沉沉，灯闪闪，影惶惶。

卜算子·金鞭岩

石壁似金鞭，横卧青城顶。鞭镇妖风与恶魔，正气留神韵。　　绿海起波涛，荡入三清境。明月清风本自然，心有东坡影。

浪淘沙·川江纤夫

号子应山梁，蜀水情殇。千年血泪诉沧桑。万里纤夫滩路险，脚印天长。　　曲背赶时光，雪雨风霜。一船苦难一船粮，几步鬼门关上过，喊破川江。

浪淘沙·巴山背二哥

小子走巴山，踏遍渝川。背星背月背朝天。呵吺一声忙拄地，仰首岩悬。　　日夜顶风寒，脚破鞋穿。为儿为母为家园，苦命二哥背不尽，背起人间。

刘华嫒（1927—2000）

四川奉节（今属重庆市）人。奉节县日杂公司职员。

后梅溪曲

曾在梅溪桑下宿，游子南归访石窟。窟中壁画陈迹新，国恨家仇重寓目！遥忆当年岁在卯，夔门五月集妖鹏。东倭铁翼越雄关，小城轮番遭殄戮。飞弹崩空血肉飞，栋折梁摧万宅仆。满街狼藉无完尸，狗含断肢肠挂屋。爷呼娘唤夫寻妻，索乳儿偎死母哭。伏尸掩体逃残生，死生自疑神恍惚。移时神定方思痛，万家号啕天容戚。火海灼空迷昏晓，人间俨然成地狱。瓦砾堆中掘馀烬，破厨仅存半锅粥。家毁人亡瞬息间，祸福悲欢旋踵速。惊弓孤雁伤幸存，尽室仓皇窜崖谷。嗟尔东倭尔亦人，人际相残何其酷。沙场厮杀姑无论，平民何辜受荼毒。暑往寒来岁月更，屈指惊心五十六。如烟往事俱朦胧，唯有此恨刻心骨。屠城何劳远求证，听我续唱梅溪曲！

焦裕禄礼赞

共产党员焦裕禄，吏之师表民之仆，兰考长留去后思，政绩般般数难足。焦君为政何孜孜，风雨胼胝苦不辞。筚路蓝缕为民谋，胸头毫无一念私。无私自能无我在，来苏民困除三害。三害风沙盐碱涝，噬民其毒如蜂虿！敢蹈虎尾敢探汤，敢与三害较短长。再造河山宣大誓，不让民食赖彼苍。如此精神大无畏，积劳何恤身心瘁。驱穷扫白绘新图，岂容九仞亏一篑。禹功未竣君心忧，死犹不惜更何求。耿耿临终遗片语，死当葬我在沙丘。呜呼此言何其壮，顽懦闻之神亦旺，寄语弄权尸位者，也应洗心学君样。

游巫山清水洞

洞在巫峡内，宋陆游入蜀经此，曾泊舟登岸一游，故又名陆游洞。

烟霞泉石嗜何酷，百过峡江意未足。轻舟来往徒凭栏，屐齿几曾蹑山麓。十二巫峰见九峰，三峰缥缈石外矗。人道入山景更幽，雄奇可与黄山侔。山腰且有蛟龙窟，高旷能容百尺楼。洞口斜张如箕斗，云根林玉地脉走。一泓醴泉照影寒，千年醉煞务观叟！游人跳蹬鱼贯入，蛇伏蟹行身伛偻。入之愈深进愈难，目眩气促心旌抖。扶老携幼惧颠踬，上呼下应唯恐后。奋力穿窦跻台阶，一片欢声爆惊雷！縠纹粼粼光瑟瑟，穹顶群星灿琼瑰。心醉神迷身入梦，恍疑游仙到瑶台。瑶台正召群仙会，满堂璎珞响玉佩。胡僧鼓簧散天花，提婆临风飘吴带。低眉瞋目众相殊，肥瘦妍媸各有态。一杵撑空大护法，熊踞猴揖山君拜。巨灵斧凿摄精魂，摹拟万象能乱真。张颠狂草米颠画，泼墨挥毫直取神。久留怕惹蛟龙怒，桥畔踟蹰欲止步。吾儿挽我上天梯，揽胜还有更佳处。扶栏扪壁似猱攀，一百八盘蚁磨旋。仰望头晕帽欲落，俯看毛拳胆更寒！进既心虚退亦怯，咬牙拼命直到巅。登临绝顶舒望艰，顿惊洞外别有天！吁嗟乎，如此名山真堪宝，欲赞无词惟叫好！雕镂虽藉造化工，布置却凭匠心巧。我笑渭南一老诗中豪，平生纪历皆有稿。奈何独无一诗咏此游，搔首穷思难知晓。八百年后我方来，无诗怕被山灵恼。兹游自足慰衰年，归来命笔志鸿爪！

感　事

忧天莫笑杞人憨，谁挽滔滔既倒澜。
浮世众生污净土，精神群小毁家园。
镀金狎客兼诗侩，炒股骚坛卖桂冠。
大款薛蟠膺顾问，烂羊头值几文钱。

参观八路军西安办事处

弹指一挥五十年，摩挲旧迹想先贤。
回看来路成之字，展望前途浪接天。

有　题

两情脉脉记灵犀，目断南天路欲迷。
秋月春花人共老，巴山蜀水会难期。
幽怀常恐山妻觉，绮梦偏防杜宇啼。
且喜坚冰今破冻，诗成不用署无题。

浣溪沙·重九大风，登高未果

蜀客青丝早著霜，蓟门烟树又飘黄。金飙豹吼撼秋窗。　浮世饱经三叠浪，朔方虚度两重阳。长安纵好是他乡！

浣溪沙·都门秋思

老马投闲辔未松，又撄世网滞萍踪。自惭衰朽恋尘红。　迢递巴山千里梦，萧疏华发九秋蓬。南旋无计羡归鸿！

李树人（1927— ）

四川仁寿人。曾就读于尊经国学院、成华大学。工作于成都市公安局、民政局。退休前为四川省天府开发公司对外经济联络部经理。

故里吟

烟村如梦日西斜，千里归来探故家。
城寰篱边无吠犬，野茫天际有归鸦。
邻翁顾我情切切，痴儿认父泪花花。
二十二年沧海事，一宵短聚又天涯。

新　岁

爆竹喧春岁暮云，老妻作画我长吟。
闲学陋室客来少，户外梅花笑靥深。

沁园春·翔子赐诗奉答，兼柬学铭、伍丁、汝坚诸友

廿载悲歌，梦坠孤云，魂断天涯。忆春山游乐，郊原试马；驿门习射，高树惊鸦。锦水新潮，鳌山旧雨，笔底芸窗落绮霞。伤情甚，帐夜郎空怨，道屈堪嗟。　　青山磨尽年华。似北海只身归汉家。幸生还逐客，旷怀依旧；达生故友，风韵犹佳。秉烛中庭，倾怀畅饮，遮莫西楼月影斜。休回顾，那险危鸡塞，渺莽龙沙。

李云鹏（1927—2008）

笔名淡泊生，四川金堂人。幼读私塾小学，家贫辍学。1941年后做学徒、帮工，后考取国民小学教师。1950年从事粮政工作，后错划右派。1978年平反，1987年退休。金堂月九诗会顾问。有《鸡肋集》等。

畏鼠猫行

东家有猫形如虎，惯吃鱼腥和肉脯。饱食终日腹便便，曳尾徜徉似游旅。两眼微觑忽灼灼，看见老鼠亦不捕。咪咪几下悄无声，鼠跃猫侧共狎舞。何乃天敌竟相容？咄咄怪事太离谱。左思右想解不得，呼猫与语诘其故：尔有爪牙利如锋，为何见鼠不进攻？职司捕鼠却亲鼠，辜负主恩大不忠。猫言先生勿动气，听我陈情说心事，生物进化鼠胜猫，故尔老鼠多且厉。横行第宅不畏人，我辈岂能无所惧？十二生肖鼠第一，要想消灭谈何易。而今谣谚起四方，都说耗子带手枪，仅凭爪牙与之搏，纵然不死也负伤。不如亲善与之好，和平共处无烦恼，猫鼠同眠见唐书，有史为证可查考。审时度势语不差，生态平衡理应晓。兔死狗烹是殷鉴，不如媚主弄乖巧。从来俊杰识时务，先生明智怎不悟？一般失职是微瑕，主人宠爱必宽恕。而今世风多如此，何必再作老顽固！苛求我辈又何益，人畜各觅桃源路。不合时宜是书呆，青菜豆腐长吃素。肥甘须从此中来，向我学习君莫误。我闻猫语心怛恻，猫也知书懂逻辑，无怪老鼠不怕猫，猫失本性丧天职。呜呼！不捕鼠猫何日觉悟重捕鼠。呜呼！畏鼠之风几时息？

注：歇后语云"耗子带枪——打猫"。《新唐书·五行志》："龙朔元年十一月，洛州猫鼠同眠。"

【中吕】山坡羊·叹世二首

何来豪富，钱钞无数？花天酒地人嗔怒。不荷锄，不知书，蝇营狗苟权门路。缄口不言百姓苦。忙，麻将赌。闲，红袖舞。

无官何患，无钱何怨。三餐吃我粗茶饭。得清闲，便高眠。勾心斗角由他算，荣辱是非都不管。升，闭只眼。沉，闭只眼。

罗履业（1927— ）

四川兴文人。从事乡村教育三十余年，曾任兴文县县志办采编。

忆坑道生活

八年洞府活神仙，晚见星光早见天。
几度鞠躬云九十，何多日月号三千。
船行早道深而狭，身入空山静未闲。
霹雳一声烟雾锁，岩崩火溅庆功全。

春 曙

起床犹早陟高丘，尚有疏星照岭头。
晓幕初开平野静，晨曦未上远山幽。
几缕炊烟朝北袅，一江春水向东流。
农家异彩随风舞，昨日裙衫夕未收。

琐 事

凝神敲雅句，茶沸水声嚣。
圈破猪争逸，日斜米未淘。
邻归犹诟詈，客至复唠叨。
日暮遑生火，诗魂已去遥。

台亲爽约初春复寄

巴山桃李又东风，扬子江头白间红。
远客兴怀跨大海，故园积愫邈长空。
春秋几度槐仍茂，河岳千重路早通。
朝夕必争非少壮，复将斯意付邮筒。

姜翰飞（1927— ）

四川宜宾人。宜宾市第八中学教师兼校医。宜宾中山书画艺术研究社《春碧诗苑》副主编。有《诗词曲基本知识》。

晚霞趣

馀年岁月贵如金，薄力还能助后昆。
上市精挑时令菜，下厨效做伙头军。
闲书王柳二三页，小种梅兰四五盆。
天使蹒跚初学步，爷孙逗得一楼春。

雪夜出诊

岁末茫茫白雪飞，天风透骨小炉围。
病家使者求何急，一路银花送我归。

登岳麓山

半岭岚烟十里霞，峰还路转碧阴遮。
直登绝顶三千丈，一览长沙百万家。

自　嘲

报国头颅今未抛，平生执拗厌哈腰。
在家絮语管闲事，出笔严词讽世潮。

下海无能甘淡泊，游山有兴乐登高。

沉吟难写惊人句，一任涂鸦口语描。

江城子 · 乡女泪

千山万水赴潮阳。务工忙，别亲娘。噩耗惊闻，风雨赶还乡。一家新坟成永诀，长跪地，泪千行。　　穷乡僻壤苦先尝。抢秋粮，夜披光。家境清贫，学费费思量。母爱未酬娘已去，云霭霭，树苍苍。

【中吕】山坡羊 · 如此公仆

官腔套话，贪赃枉法，歌楼舞榭红裙下。讲浮夸，往上爬，公仓硕鼠肚儿大，惯习吹牛惯拍马。钱，任意撒。权，注定垮。

【中吕】山坡羊 · 老有所乐

美髯老汉，银丝老伴，寒冬暑夏勤晨练。步姗姗，舞翩翩，内功太极无穷变。赢得老来心意展。忙，也乐观。闲，也乐观。

轻磨墨砚，平铺纸卷，游龙走笔精神焕。读遗篇，写新天，灵来得句声声赞。日食三餐生活简。粗，也香甜。细，也香甜。

【中吕】红绣鞋

权力过期作废，趁机大揽横财。官儿轿子众人抬。新房藏二奶。马脚露前台，不入高墙终不改。

徐方进（1927— ）

女，四川泸州人。中国科学院成都分院科技处长。

题战友周戈西遗照

戈西半世坎坷，以肺气肿病逝，然垂死犹为战友落实政策呼吁奔走。哀哉！

寒窗风雨梦如丝，炯炯青眸攘臂时。
残喘犹抒不平气，此情唯有故人知。

梦慈亲

十二桥边锦水西，三更灯火五更鸡。
慈亲夜课宛如昔，梦醒闱空泪湿衣。

忆秦娥

台大教授夏之华先生访蓉，侯老光炯为设家宴，盛会躬逢，赋小词以纪。

心飞越，神州梦绕归思切。归思切，盈盈一水，怕听啼鴂。　　金桥初驾通途阔。尊前共赏蓉城月。蓉城月，愿人长寿，清光常接。

徐立人（1927— ）

四川武隆（今属重庆市）人。少年投身革命，为《新华日报》报童。先后在中央机关、香港地下组织、成都铁路局从事机要工作和政治工作多年。离休后，历任中国老战士协会成都铁路局分会常务理事，《新华日报》《群众》周刊史学会四川分会理事、副秘书长。四川省社会科学界联合会理事。有《舒心集》。

红岩忆旧

无边夜色浪天涯，风雨如磐何处家。
几度阴阳界上望，横心竖胆入新华。

注：重庆红岩路口有一棵树，叫阴阳树。左边上去是八路军办事处，右边往下走是国民党特务机关。

新华报童

铁足麻鞋轻胜马，嘉陵江岸越千回。
五更时节重重雾，播火尖兵勇突围。

乙酉回西柏坡参观

进京赶考亦艰辛，教训难忘是甲申。
五十六年风雨过，途中倒下几多人。

痛悼廖永祥同志

新华日报感情深，会务史研多赖君。
报史著成功莫大，痛哉又失一友人。

澳门博彩

博彩场中聚赌群，倾家破产不抽身。
谁知红色官儿在，浪掷公家百万金。

曾道吾（1927— ）

四川合江人。毕业于省立宜宾高农校园艺科。曾在川南行署农林厅、四川省林业厅工作。曾任四川省诗词学会理事。有《松风寒馆剩稿》。

新乐府　买书叹

昨日进城上书店，思购之书多所见。价昂令我只摇头，无能购得空相羡。而今多少有钱之人不买书，寒士欲买钱却无。君不见，七宝楼前拥若云，其中几个读书人？老夫迂拙贫收入，用作买书难买食。权衡还以食为先，徒手归来长太息。

述怀寄诸亲友

老夫无所能，自应低收入。少小居乡间，度日艰与朴。粗布可被体，疏粝可饱腹。容膝心易安，不必住华屋。身外物相忘，一世甘雌伏。有暇读残书，或种花与木。有兴发狂吟，懒计工与拙。春秋得佳日，共妻对棋局。生活尽清贫，精神颇富足。奈何亲友至，赠钱复惠物。我愧被人怜，人怜反益笃。却之又不恭，受之心局促。杯盘愁菲薄，病妻勉其役。古礼尚往来，我苦无以复。安得废送礼，彼此免拘束。

对月怀人

月明窗下草虫吟，孤影凄凉泪满襟。
三载相依香梦断，十年离别好音沉。
可怜爱重愁还重，无那秋深思更深。

云鬟花颜无恙否，经风经雨到而今。

牛棚绝句二首

年华鼎盛运偏穷，才出樊笼又入笼。
料想病妻焚稿夜，半生心血照窗红。

珍藏卷轴遭秦火，胜似抄家恨有馀。
日久自愁还自解，腹中犹有未烧书。

旅　况

卅载为羁旅，归期未有期。
穷愁一杯酒，风雨半囊诗。
儿女他乡长，莼鲈故国思。
亲朋怜念我，欲慰已无辞。

丙辰除夕二首

若与平时比，过年自不同。
里间添喜气，儿女笑春风。
席上肴兼味，灯前酒满盅。
抛愁消此夜，个个醉颜红。

反是加班好，生涯略补添。
应酬都免去，消费自轻担。
物价灵如水，工资固若山。
平民能几户，过节不愁钱。

遣兴二首（录一）

廿年放逐守茅茨，屋傍沙河地绝卑。
竹叶门前风代扫，梅花窗外月同窥。
达无指望思翻静，穷有书看意亦绥。
佳兴山妻殊未减，菜根煮罢泥弹棋。

酒边杂咏

环堵萧然斗室宽，昏灯照读也堪欢。
身随蒲柳先秋瘦，心共梅花耐岁寒。
地有小园供种菊，飧无兼味劝加餐。
浮云过眼真苍狗，流水高山且自弹。

重返故居

池畔墙边一带花，依稀犹记影横斜。
长年阔别常临梦，卅载相思始到家。
犬吠我寻新宅第，山空谁问旧烟霞。
梅花老屋今安在，早付西风满地瓜。

壬申返里吊亡友张学德墓

一剪秋波记尚新，思君卅载梦君频。
何堪白发三千丈，来吊青山数尺坟。
女化芙蓉犹有诔，花凋豆蔻忍无文。
芳魂不昧期相待，我是伤心未死人。

咏怀二首

少小耽文学，诗歌写性情。
有怀皆有咏，无仄始无鸣。
壮岁含冤活，衰年抱困生。
芳心终不死，犹拟听春莺。

辟地栽兰杜，花开自己花。
羞为鹦学舌，耻作鼠磨牙。
美刺应同好，悲歌岂便差。
眼前多咄咄，吾虑正无涯。

甲戌元宵

回头六十五元宵，阅遍梅枝与柳梢。
已到衰年甘寂寞，总嫌佳节太萧条。
儿时灯火惟诗在，笔底花枝待酒浇。
圆缺阴晴多少事，嫦娥终是不逍遥。

沙河道上

河水溅溅南北流，双桥覆压若芦沟。
眼中风物长如此，身后浮名只罢休。
山鬼焉知千载事，人生能得几番游。
食干饮湿权为乐，莫待黄花蝶也愁。

注：《始皇本纪》：山鬼才知一岁事耳。

白内障

目疾非难治，由他逐岁盲。
世间多假相，不看也无妨。

平居遣兴七首（录二）

卅年潦倒度生涯，随分龟城且作家。
酒肉无朋诗有友，春风二月饱看花。

一帘花影隔红尘，小树门前绿渐匀。
商海有波休染指，书城无税且栖身。

读《歌乐行》三十六期甚慕渝州诗人唱酬之雅，亦步和二首助兴（录一）

无药能医入髓疴，十年朝夕侍维摩。
忙中度日闲情少，愁里吟诗苦句多。
馀悸尽消惊箭鸟，痴心无复扑灯蛾。
锦城落魄垂垂老，矮屋栖身恰似蜗。

清明二首

岁岁清明倍感哀，荒凉遥念母坟台。
堪怜到老为游子，一点慈恩莫报来。

客地徒招母氏魂，深宵独自抹啼痕。
花开陌上归难得，羡煞他人扫墓门。

读伯伦《自厌》诗书后并寄

君家犹自厌，顾我当如何。

耳目双残疾，诗文两滑坡。

于生休戚戚，对老且呵呵。

万事皆天定，由人管得么。

过秦楼·霜月

义山《初闻征雁》诗咏牛、李之事极哀怨，为广其意。

蝉咽寒枝，风摧乔木，草下蛩吟欲断。五更山月，百尺高楼，照水空明一片。坐深凉露沾衣，起视流星渡河汉。又几声呕哑，云际隐隐，忽闻双雁。　　持杯问，对影三人，低头万里，地下霜华初染。青女未饶，嫦娥应悔，窃药横陈何限。底事多情，还将素袂扬辉，缟衣争倩。为婵娟误我，梳洗心情都懒。

摊破浣溪沙·读诗戏作

累牍连篇口号诗，叠床架屋应酬词。借问性情抒几许？了无之。　　傅粉涂脂还点额，捧心搔首更颦眉。燕瘦环肥都不似，像东施。

蝶恋花·喜蒲家驹表叔婶分饷家乡风味小食

糯米椒盐红豆粽，马脚猪儿，恰似双飞凤。更喜黄粑香与共，迢迢远自符江送。　　分饷道吾情益重，细嚼长咀，浸入思乡梦。桑梓向荣丰有供，真当归作康衢颂。

柳梢青 · 寓庐题壁

浅水平沙，竹篱茅舍，野服人家。壁上丹青，案头文史，窗外梅花。　　身轻快乐无涯。甚呼马呼牛任他。我只关情，掌中嫩白，眼底烟霞。

过秦楼 · 夏日游望江楼

曾记游春，便邀赏夏，此日名园重玩。千竿修竹，几树垂杨，临水风光无限。楼阁几净窗明，浩瀚江流，双双凭览。问当年红粉，闭门谁伴？　　见说道，史载遗情，人传韵事，毁誉都无从辩。诗碑字在，碣像容销，存没俱伤愁眼。老病江郎，可怜头白才衰，情浓笔淡。漫填词一阕，写得薛涛哪件？

水调歌头 · 丁巳除夕

今夕是除夕，明日是新年。回首蚕丛艰险，又上一重山。只要此身不死，终要登峰造极，摘得好花还。警听鸡鸣起，莫让祖生先。　　文章事，工与否，底相干。不见兰成辞赋，空惹泪汩澜？我是壮心烈士，学道纵横枣树，一臂可撑天。斤斧寻常耳，风雪等闲间。

柳梢青 · 春归

孰送春归？春归何处？南北东西？花落无言，人愁不语，鸟答难知。　　寻来未去天涯，却只在园林暗栖。曲曲枝头，青青叶下，结子垂垂。

菩萨蛮·壬申中秋

年年岁岁中秋节，锦城多半无明月。莫去倚阑干，阑干风露寒。　　月无翻更好，闭户垂帘早。寻梦到天涯，天涯芦正花。

浣溪沙·捧商

报纸荧屏信口夸，捞钱饶舌捧商家，耳朵听厌眼看花。　　甩报关机翻旧稿，揭煤烧水煮新茶，老妻却喊倒渣渣。

马家沟寓庐小唱（自由曲）

【夹缝居】砍去了两岸的翠竹千丛，盖起了一排的高楼几栋。堵了西来塞了东，遮了太阳挡了风。把吾庐夹在缝中。前后是红墙高耸，水泥路紧靠门通。冬日里冷似蛟宫，夏日里热似蒸笼。够得俺一年受用。

【白日闹】白日里，过不完的车如流水马如龙。行人类转蓬。乒乒乒乓闹轰轰，灰尘滚动，烟雾迷蒙。耗子药，米凉粉，收破烂也吆喝个无了无终。吵得人头痛。

【夜来喧】日西坠，月升东。入夜啊，跟着是讨心烦的录像声洪，惊耳朵的音响声疯。还有那肉麻的卡拉OK逞喉咙，不吼到月落星沉收不到风。真叫人忧心忡忡，文思懵懵，甚灵感骇跑得无影无踪，笔尖儿万难转动。到头来，格子空空，唉！又一宵时间白送。

【梦难成】倒床头何处周公？眼睁睁壁白灯红。回首华胥山万重。更休想，清清静静，甜甜美美，蓬蓬栩栩，觅做个庄周梦。

薛玉树（1927—2012）

字海珊，笔名浅草，河南遂平人。1950年起在金堂公安、农机、劳动部门工作。正教授级研究馆员，市县先进工作者。1987年退休。《金堂县志》副总编、县文联顾问、文物管理所顾问。

游宝光寺

压竹红墙雨涤新，丹墀风扫净无尘。
闲游佛殿谈兴废，笑读楹联嗤果因。
舍利塔前听铁马，阿罗堂上数泥人。
小斟桂茗心神爽，轻拂残碑访故珍。

香　溪

胡汉纷争累岁多，昭君出塞息干戈。
髫龄洗面珍珠坠，溪水至今香满河。

沁园春·岳阳楼怀古

接峡极湘，吞水衔山，杰构轩昂。望洞庭八百，烟波浩渺；君山孤岛，霏雨迷茫。螺屿鸥翔，鹤洲鹭憩，紫翠巴丘锁大江。琼楼外，有仙亭记醉，荒冢埋香。　　眼前无限风光，曾千百耆英恋此乡。忆阅兵子敬，整军经武；筑楼宗谅，沥血揪肠。迁客骚人，裁诗纪事，累牍连篇寄粉墙。今安在？只仲淹忧乐，千古名扬。

注：楼旁有吕仙亭及小乔墓。

刘少平 (1928—　)

蒙古族，四川成都人。四川大学毕业。曾任四川大学历史系副主任、党总支书记，四川大学图书馆副馆长、四川省高校图书情报工作委员会秘书长。曾任四川省诗词学会副会长。现为《岷峨诗稿》编委。有《刘少平诗词集》。

罢官执牛鬼认旗清道涂厕

罢官身价已群空，棚底忽然官运通。
小队髡钳收部曲，大旗牛鬼授元戎。
清除粪溷勤王事，展读风檐习静功。
冠盖贵人如问讯，未须低首叹途穷。

风　雨

历历经风雨，明明见肺肝。
千锤何火热，百折未灰寒。
无愧扪心问，长宜放眼看。
平生忠信在，相与履狂澜。

无言二首效香山体

桃李自无言，松柏终长守。害有不可避，利有不可苟，事有所不为，亦有所不受。独赖真理在，自信公论久。存此忠直心，看彼翻覆手。

劳君相问讯，感君情意厚。粗饭炊黄粱，细菜剪青韭。看花时放眼，读书每颔首。朝吟咏至夕，夜寝眠达昼。饮水亦应肥，何况兼饮酒。

读书戏作二首

故态依然笑老奴，几回颠倒一胡卢。
局中黑白错将错，堂下马牛呼任呼。
本色犹存真性格，闲情初得静工夫。
小楼昼读门常闭，为问阿蒙似旧无。

直笔何当重史狐，新诗吟罢调非孤。
渐知忧患时光促，转觉锤磨意气粗。
慷慨待鸣三尺剑，蹉跎聊补十年书。
平生嗜好浑难易，自笑愚公老更愚。

国家教委高校图书馆检查组西北工作毕转赴西南车上作

似箭归方急，上天行未难。
诘朝辞陇水，前路见巴山。
岁逼春生脚，道迎花破颜。
莫漫嗟髀肉，试与骤征鞍。

注：西安交大石方同志与我任检查组组长，我主持西北诸校检查，石主持西南诸校检查。

春晴郊游蒲原看花三首

十日九风雨，三春乍暖寒。
相携剑南酒，来看蜀西山。
树色笼霜鬓，花光照酡颜。

阴晴殊未稳，愁试袷衣单。

花事当春好，川原绿渐浓。
林鸠晴唤妇，村犬狎随翁。
长洁兰心在，初甘蔗尾同。
相逢须一醉，路转小桥东。

春晴人出户，车马向蒲原。
士女嬉金蝶，儿童放纸鸢。
平冈花踯躅，高树鸟绵蛮。
坐久心神爽，草亭山气鲜。

读　书

沧海曾经劫未除，归来吾亦爱吾庐。
登临王粲重伤乱，发愤阿蒙更读书。
漫笑平居羞燕雀，不辞终老注虫鱼。
虚堂困学忘饥渴，猛忆髫年识字初。

读缪老彦威先生《冰茧庵诗词》

窈窕为音句每成，果然老笔有深情。
如怀天下兴亡感，肯使人间悔吝生。
论道自存心淡泊，忧时谁著眼分明。
澧兰沅芷多诗教，未信离骚是变声。

闻汪精卫墨迹高价出售

小休声价近何如，脱手黄金十万馀。

记得靖康亡国恨，人间不重蔡京书。

注：小休，汪笔名，有词曰《小休集》。

观《邓小平》电视纪录片

九州鳌动撼坤维，三柱擎天次第亏。

命世有材思用舍，兴邦多难托安危。

正言拨乱明孤诣，长策收边释众疑。

但得艨艟航向定，盲风不怕打头吹。

人民英雄纪念碑遥寄三首

南湖照夜火明船，破晓霞红渐满天。

摩顶士争民主国，归心人望大同年。

图强待与纾长策，为治信如烹小鲜。

祭在英灵还内省，将何建树告重泉。

百战艰难铸自由，征尘八十记星周。

几从长路明歧路，独向中流挽逆流。

瓜蔓豆萁原楚恻，蚁堤蛙树有殷忧。

大同世界为公物，莫负先贤寤寐求。

燎原星火故光辉，众口同声识所归。

曾去残民枭獍恶，未容蚀国蠹蛞肥。

攸关生死存亡事，要奋云雷雨电威。

廿一方开新世纪，腾拿夭矫祝龙飞。

铭祥以王铭章将军传见贻略读一过回忆儿时曾亲历成都迎榇事率成三章

一掷能令敌胆惊，归元先轸面如生。
千秋尚凛英雄气，万里何亏血肉城。
异势烈魂申义战，同仇焦土挫顽兵。
舆尸缟素还乡日，父老儿童壮姓名。

誓斩鲸鲵起义师，沙场作健寇深时。
曾经行处戈为枕，早许归来革裹尸。
每听鼓鼙思将帅，不禁涕泪湿旌旗。
两川子弟多仇忾，更拥横磨上大堤。

拜鬼东邻悔祸难，前车弗惩调新弹。
衔冤哀雁三千里，脱罪雄狐六十年。
旧梦空回神社树，长城固筑太行山。
国殇浩气应不朽，读罢兹编一慨然。

注：《左传僖公十五年》：秦穆公伐晋，使卜官占之，有"获其雄狐"之语，谓"必获晋君"。

重读甲申三百年祭四首

揭竿斩木沼朱明，风靡中原走义声。
太息都门四十日，功兴勃忽败垂成。

九重初入禁垣深，从此忠言不上闻。
输与骄淫星敏辈，一时难挽是人心。

行私比党坏公忠，解识居官贸易同。

罪己登基俱有诏，贪叨不剪等无功。

崛起中华又日新，恫瘝在抱政亲民。
一篇重读增怀想，好取淳风砺后人。

注：崇祯《罪己诏》："张官设吏，原为治国安民。今出仕专为身谋，居官有同贸易。"李自成《登极诏》斥朱明："臣尽行私，比党而公忠绝少。"未几，新朝高官牛金星、刘宗敏辈均成巨贪，"圣君"枉杀忠良，遂蹈覆辙。

闻东南亚南亚地震海啸灾变有作

天方劫火未休兵，南国轰传地有声。
百丈蛟飞惊海立，一滩狼藉见尸横。
岛翻鳌背全洲徙，人戴鱼头尽邑倾。
为问苍苍何主宰，却戕生类毁文明。

注：媒体报道有"平静的大海像突然站了起来"，沙滩上"尸横遍野"之语，据传此次强震致苏门答腊岛亦有位移。中、美、法联合研究认为：喀喇昆仑断层十四万年来每年移动一厘米，乃此次印度洋灾变之缘由。

荆州博物馆负责同志以张家山新出越王剑见示

土花沉碧青未消，三尺寒锋犹过毛。
谁假稽山虫鸟字，纪南烟树问亡朝。
注：剑柄顶端环有错金虫鸟篆。

神舟六号宇宙飞船

掌珠如意纵还收，并驭龙人汗漫游。
浩浩云衢今在手，明明月殿近当头。
巡天正有新尝试，变轨初成大自由。

见道和平传信使，星河壮阔泛神舟。

秦陵兵马俑

风雨秦陵疑战声，十年虎视剩狐鸣。
仓皇莫救咸阳火，空向临潼拥鬼兵。

宿红珠山宾馆陪文津教授夫妇游峨眉

信道天涯近比邻，故乡鱼鸟总相亲。
红珠今夕归非梦，却向家山作客人。

注：吴文津教授，哈佛大学燕京图书馆馆长。入美籍，成都人也。

夜读有感

诗书莫避秦时火，章句休嘲鲁国儒。
不见遗珠沧海上，有人铁网网珊瑚。

赴乌鲁木齐机上

老至天山意尚豪，玉关飞度日轮高。
我有新诗西出塞，更歌杨柳醉葡萄。

过邑有感

宝马香车溢一河，都门大道此经过。
杜陵犹有忧时泪，怯听高楼子夜歌。

即事书情句有无，秋风茅屋愿何如。

眼前突兀城千万，只是寒人未易居。

风流子

蓬池今浅矣，三千劫，磨蝎几东坡。算白石清泉，心犹耿耿，朱绳直尺，身自峨峨。君不见，文章憎命达，魑魅喜人过。醉谩相呵，难封李广，居如有问，渐老廉颇。　　神州中兴业，须才亟，莫拘一格搜罗。愿得羊头尉少，猿臂侯多。便陶尊先引，严竿早借，南都谢郡，西塞庾歌。天许闲为自在，寿补蹉跎。

八声甘州 · 书《稼轩词》后

正锦襜突骑渡江来，岳岳太行山。想汉家飞将，前身青兕，气压狂澜。见说新亭涕泪，寂寞半衣冠。门户成私计，和战都难。　　闲了中原壮梦，把阑干遍拍，剑铗频弹。问英雄谁会，一醉酒杯宽。换收边、平戎万字，做风雷、旗鼓霸词坛。空赢得，东南形胜，西北长安。

满庭芳 · 喜迎香港回归

日丽中州，珠还南海，故国青史新篇。百壶醽酒，相对祝团圆。犹记罂花旧恨，最可惜、一片江山。凭谁问、遗民血泪，多少陆沉年。　　回天，忠义在，三元士勇，吉庆围坚。算长痛尘蒙，终见瓯全。怀土归根此际，九万里、共许鹏骞。关情处、台云五色，何事独留连。

减字木兰花 · 三月五日有怀（录一）

西花厅总理居处
西厅花事，寂寞海棠人不至。湿了清明，泪雨心花拂禁城。　　红贞绿健，今日春风花烂漫。若有人兮，陌上花开缓缓归。

刘应群（1928—2002）

四川兴文人。1958年重庆师专中文科毕业，先后任江安师范校、江安二中、纳溪三中、江安中学教师。江安县书画协会副理事长兼秘书长、宜宾地区老年诗书画研究会理事、宜宾地区书法家协会理事、宜宾地区诗词楹联学会常务理事。

寄语永言叔

叔住淯江头，我住淯江尾。同濯清江流，共饮清江水。淯江日夜流，相思无时休。愿借一轻舟，破浪争上游。日日淯江舟，满载安宁客。舟来相思增，舟去相思切。繁繁天上星，皎皎空中月。一年复一年，长照永不缺。草木有时枯，泉水有时竭。一心为人民，永发光和热。

注：时永言叔在长宁中学任教，我在江安中学任教，故云淯江头尾。

声律新编二则

歪对正，私对公，喜雀对哀鸿。因循对改革，小丑对群雄。兴替鉴，古今空，聩聩对聪聪。饮茶评治乱，把酒话穷通。不肖儿孙千载似，可怜父母五洲同。认认真真，志士为人之道；吹吹捧捧，行帮不正之风。

真对假，秃对光，别致对寻常。无聊对有趣，正派对荒唐。新调调，旧腔腔，暗箭对明枪。黄钟沦粪土，瓦缶震明堂。重起焚坑民受苦，每逢旱涝国遭殃。正直先生，偏偏一筹莫展；奸狡市侩，往往四处吃香。

李作新（1928—   ）

四川简阳人。简阳市农业局农技人员。退休后任简阳折柳桥诗社副社长。

答名人辞典征稿

频将巧舌唱经文，入得华编便是星。
我有馀钱当买醉，只沽美酒不沽名。

劝友兼自警勿贬人与自夸二首

开口青春一朵花，老来人在就凉茶。
劝君莫道当年勇，何况当年无勇夸。

何言老友少才华，自比江郎还更差。
恰似儿时开狗窦，却讥他崽缺牙巴。

杂诗三首（录一）

一曲后庭声正扬，赌场酒肆傍歌廊。
半溪龌龊环城水，已胜秦淮粉腻乡。

"五·一二"汶川特大地震一周年感赋

欲哭无声泪已干，废墟百里是坟园。

人亡家毁山河碎，茹苦含辛又一年。

浣溪沙·蒲公英

盏盏灯笼不发光，甘同小草共炎凉。儿孙乘伞奔他乡。　　药膳求新添野菜，敷疮厌旧废单方。荣枯终是自芳香。

唐多令·忆梦

前夜梦东风，春江细浪融。驭飞舟、影乱群峰。两岸风光无限美，山染绿，树添红。　　无奈改行踪，舍舟踏乱蓬。望灵山，恶岭层封。底事回头行旧路？非奴性，即盲从。

如梦令·某公三喜

我已跻身权贵。上有大员相卫。下属善溜须，网就一批同类。精粹，精粹，不负半生劳累。

妻子十分聪慧，专擅接宾应对。笑纳大红包，深意不言能会。般配，般配，内助敛财称最。

儿子官商联线，滚滚财源不断。打起咱招牌，一路绿灯光闪。能干，能干，小子比爹全面。

杨析综 (1928—2007)

四川大邑人。毕业于四川大学中文系。曾任中共第十二、十三届中央委员，四川省长，河南省委书记、河南省与四川省人大常务委员会主任。后为四川省诗书画院院长，曾任四川省诗词学会会长。有《杨析综诗词选》。

西双版纳丛林行

莽莽苍苍入雨林，古木阴翳日色昏，盘根错节无序列，曲屈藤萝若篆文。翠盖层层筛雨脚，雨脚化露缓缓落，源头涵水长涓涓，润泽滋蕃万物活。万物共生活水源，飞禽走兽任盘桓，猿啼虎啸羚羊走，野象成群无阻拦。虫鸟和鸣林中响，孔雀开屏石潭上，天然佳境人共称，心旷神怡皆击掌。君不见毁林滥伐败生态，秃秃荒山环境坏，异兽珍禽失栖所，洪魔旱魃迭为害。河川泛滥没田园，禾黍寡收奈何天，长此事亡宁静日，安居乐处成虚言。世人祸林终祸己，斧挥锯割何时已？世界同声重植被，护林栽树事急矣！但愿群元齐运筹，山峦市野尽青幽，人与自然和谐处，蓝天碧水乐悠悠。

庐 山

云山缥缈有无中，一柱青葱上九重。
俯看飞流湔俗虑，欲撩迷雾觅仙踪。
天心莫测晴还雨，水势难回西复东。
古往今来题壁客，就中几个识真容。

登邙山望黄河

邙山回望快何如，锦绣田园天外铺。
华岳西来输俊爽，黄河东去跳真珠。
五千年史源头远，十亿民心胆气粗。
又振鹏程九万里，今番岂是旧南图。

壶口瀑布

陡槽欲锁扼咽喉，大禹斧痕今尚留。
夺路惊涛来峡底，拥怀丹雾上山头。
雷霆震耳鬼神怒，龙马嘶空日月愁。
数到平生雄与险，黄河千里一壶收。

自郑州至桂林游漓江

鲁豫已嫌襟袖单，桂林犹自著春衫。
轻舟一叶画图里，垂钓数竿云水间。
江是琉璃清见底，山为玉粒秀堪拈。
知他碧眼来何许，自唱胡歌自叩舷。

重访黔江

一隧穿山惊巨变，锦屏绣嶂画中行。
撒珠斜岭桐花白，滴翠层田秧叶青。
溪水潺潺弹古调，浓阴匝匝护新城。
兰茶旋沏迎嘉客，吊脚楼中起笑声。

过宁南

藜杖芒鞋向建昌，宁南斜倚金沙江。
古称化外蛮荒地，今变川边谷米仓。
木槿花红如点火，女桑叶绿自生光。
果然无愧小天府，锦绣前程日月长。

麦　收

五月川西遍坝黄，抢收抢插一村忙。
仰天挥汗成油雨，匝地飞镰趁月光。
渠引李冰鱼嘴水，畦生望帝鸭头秧。
农家喜作尝新客，今者方知菽麦香。

再访重庆

双江若镜夹山城，斗转星移瑞气生。
古史遥追巴子国，新区更拓石桥坪。
连肩广厦出云外，夺目华灯破雾明。
汽笛一声惊晓梦，楼船鼓浪向东行。

川江夜航

江上披襟当晚风，一帆载我下巴东。
灯收镜面连千里，影约群山叠万重。
把舵水师无倦色，凭舷少女有花容。
平湖不觉夔门险，已过巫山第几峰。

登玉龙雪山遥望梅里雪山

银装素裹耸晶莹，天外冰峰试一登。

雨过滇池浮日月，风来梅里变阴晴。

东巴情侣携何去，西极玉龙腾有声。

亿万年来高莫测，欲凭悬缆看分明。

丙戌仲夏偕四川省诗书画院诸画师赴欧洲观摩写生

排空驭气作欧游，放眼方知楼外楼。

阿尔卑斯惊造化，佛罗伦萨考源流。

潜心揣测蒙娜笑，得意描摹大卫头。

融贯中西诸匠手，好挥彩笔画神州。

黄山二首

梦笔生花

一峰如笔彩云间，想象高人巨腕悬。

斜照染毫天作纸，万钧神力写黄山。

白鹅岭

奇峰怪石吐烟霞，冉冉升空蔽日华。

卧看飞云撩乱处，天都隐去不还家。

自舟山渡海至宁波

东南佳气果然多，碧玉簪连鹦鹉螺。

海上仙山看未尽，航船不觉到宁波。

太 湖

鼋头渚上观灵泽，隔岸梅园香点雪。
岂止苏杭得气多，满湖秀色开吴越。

黟县西递村

小巷蜿蜒石板匀，髯翁揖让笑颜温。
何须更觅桃源洞，民有此心风自淳。

过包公祠

氤氲香火望如生，铁面无私目有棱。
试听一声包黑子，权贪若个不心惊。

黄果树瀑布

垂天银练落幽潭，溅玉跳珠穿水帘。
对出双峰青似染，彩虹飞挂石梁间。

自京返蓉

为有宏图驰广宇，排空驭气雪涛开。
京蓉相距三千里，缩地一梭归去来。

郫筒春晚

东风夜染菜花黄，蜂蝶翻飞豆荚香。
杜宇声声催布谷，川西坝子看农忙。

题蒙顶山茶

郁郁青山笼翠霞，雨前争采清明茶。
碧螺龙井诚佳品，怎敌蒙山顶上芽。

南充农家二首

上学村童携手去，养蚕农妇采桑还。
池塘鹅鸭相嬉戏，川北风光似昔年。

果州气馥水都香，橙橘漫山绿间黄。
记得千家诗一首，一年好景在吾乡。

登临邛天台山

天台高处乳莺鸣，滴沥山泉透骨清。
蓦地罡风摇古木，摩云岭上听涛声。

船过大宁河小三峡

日光幽谷影斑斓，峡束惊龙白浪翻。
一叶扁舟雪堆里，离弦飞镞下长滩。

人民英雄纪念碑

黯黯云天叹陆沉，头颅掷去挽乾坤。
凌空一塔千秋立，付与儿孙仰荩臣。

赠九院诸同志

黄沙莽莽没人烟，瀚海孤灯尚未眠。
十载磨成今在手，一声巨响入云天。

缅怀朱德元帅

真个巴山百丈松，开天辟地仰元戎。
伟人风范谁堪比，走入民间若老农。

四川省诗书画院成立二十周年纪念

相聚研磨二十春，存亡继绝费精勤。
江干古屋诗书画，也见神州日日新。

阿那曲 · 大理风情

风静波平洱海月，相依情侣若蝴蝶。
茶花开罢又桃花，遥见苍山冠顶雪。

小秦王 · 秦淮夜眺

六朝而后又明陵，骚客持杯说废兴。
商女船头浑不管，夜深犹唱石头城。

八拍蛮二首 · 白洋淀

港汊纵横日影浮，雁翎神勇入渔讴。
争唱当年丧敌胆，芦花深处伏轻舟。

北国瑶珠一览收，纡徐细浪偎汀洲。
散去硝烟无限好，鱼虾活脱逐人游。

浣溪沙·黄鹤楼

黄鹤归来重起楼，波涛尽洗古今愁。白云荡漾信风游。　　卧浪金桥通港澳，鼓风巨舰济瀛洲。更求崔颢唱从头。

鹧鸪天·登岳阳楼

滟滟湖光连潆河，君山壮丽起嵯峨。八珍席上王孙醉，一叶浪中渔父歌。　　黄叶下，洞庭波，遥思老范泪滂沱。先忧后乐关天下，拍遍阑干感慨多。

采桑子·滕王阁

滕王高阁凌波起，珮玉鸣銮，暮卷朱帘，帝子豪奢想象间。　　才人俊彦重为赋，重任如山，举步维艰，思危然后可居安。

长相思·望浦东

想浦东，望浦东，歇浦新城夺天工，崇楼立似葱。　　桥若虹，气若虹，车马相连走若龙，鹏程万里雄。

山花子·北海银滩

大海长天一色蓝，朝潮雪浪涌银滩。红绿帐篷张若贝，蓼林湾。　　暖日晴和人欲醉，细沙融软倦宜眠。剩有白帆三两片，钓鱼船。

杨　眉（1928—　）

重庆江津人。大学学历，民盟成员。江津市白沙镇教委办公室专职语文教研员。中华诗词学会、中国楹联学会会员，重庆诗词学会理事，《华夏诗词》特约创作员。

辛巳春答友人言怀

人前未敢说风流，功业难成鬓已秋。
忧国忧民忧不尽，学诗学字学无休。
保持晚节香盈袖，爱惜清光月满楼。
卅载耕耘桃李茂，此生不悔未封侯。

甲申暮春出游随感

行吟拄杖入山中，伫见花飞泪眼红。
屈指故人多寂寞，回思往事半朦胧。
店家买醉心潮涌，野径寻幽脚力穷。
多少粮田无稻麦，归来长卷赋忧忡。

皓首答友言怀

年轻不幸遇荒唐，花季横遭雨雪霜。
廿载辛酸磨病骨，半生潦倒断情肠。
春温解冻人将老，教苑呕心景未长。
白发书生怎报国，扬清激浊赋吟章。

鹧鸪天 · 诗言志

霜鬓萧萧仍爱诗，情肠寸断也难离。白描雅韵抒清兴，不惜功夫觅好辞。　　歌菊蕊，咏梅枝，遍寻红豆赋相思。苍生疾苦关怀甚，沥血呕心入主题。

临江仙 · 赋春郊无名小草

直到春光铺万里，何求记取芳名。兴来无语听鹃声。情怀甘寂寞，心境自然平。　　不与群花争艳丽，品高哪赖人评。几番风雨几番晴。红消香断日，惟汝尚青春。

桃源忆故人 · 咏旧燕还巢

燕儿不弃清贫户，岁岁归来同住。彼此情怀倾露，红豆花盈树。　　春寒怎御霜欺侮，幸有旧巢还固。呕就呢喃新赋，句句相思铸。

摊破浣溪沙 · 戊寅重九寄友人

面对黄花自觉羞，一番心事说来由。白发萧萧人老去，志难酬。　　不幸青春遭挫折，满腔情愫付东流。力到退休无处用，作诗囚。

鹧鸪天 · 癸未正月吟窗书怀

默守吟窗一布衣，报章读后动遐思。退休岂许忘兴国，枥畔时传老马嘶。　　情尚热，意还痴，匹夫有责识安危。羊年皓首忙何事，体察民情写入诗。

余安中（1928— ）

四川泸州人。退休前为泸州市博物馆负责人。

再叹山乡行路难

山乡几度艺书游，霜月黄花又一秋。
误点江阳车滞发，超乘叙永我勾留。
宵惊险道翻疑梦，日扰飞轮欲覆舟。
料得坎坷人亦老，此身当伴水云悠。

醉　泉

龙泉水洌酒城西，别样甘甜沁肺脾。
最是曲香飘逸处，春风吹上杏花旗。

晨登青城第一峰

晓步青城第一峰，万千山色有无中。
林岚澹荡浸衣绿，云海苍茫映日红。
鸟雀啾啾迎远客，藓苔叠叠沐晨风。
知秋落木寒冬早，呼应亭前极望空。

人月圆·中秋即兴

年年此际中秋夜，花市喜盘桓。凭栏咏唱，今宵忻见，月上东山。　　袂分海峡，情萦竹马，梦返乡关。又逢佳节，伊人远去，雁信空传。

张白帆（1928— ）

四川广汉人。离休前任广汉市政协文史资料总编辑。

浣溪沙 · 江上人家

金沙江上船民张朝寿、陈月清、杨朝兴等人，当年驾七舟，七天七夜渡红军过江，立下战功。济渡一生，殊堪惦记。

石屋蕉林听浪哗，危崖北岸问船家，红军七夜渡金沙。　　相伴一篙须发白，平生搏水送烟霞，建功恬退有谁夸。

长相思 · 望海峡

一江寒，半江寒，无楫无舟望远滩。思君久未还。　　梦团圆，等团圆，等到何时把盏欢。花开人倚栏。

张宣和（1928— ）

四川阆中人。曾任区委书记，地区农科所所长，地科协秘书长，地委办公室主任，地委农工部副部长。曾任果州诗社副社长。

致下岗子女二首

莫发牢骚怨下岗，国营无复旧风光。
神仙皇帝难依靠，自救谋生早主张。
大树笼荫草茎瘦，小锅烹炒菜根香。
而今道路纵横在，何不从头干一场。

忆我当年逢左祸，黄金岁月付东流。
双开被迫弄潮去，孤掌凄然下海游。
呛水也曾乘恶浪，拾珠多次棹飞舟。
辛勤赢得小康路，能受天磨终出头。

山村竹枝词二首

花布开衫套短裙，爬坡上坎似腾云。
出门一曲山歌子，进屋盈筐饲料藤。

弯里吆呵响炸雷，问声么婶在嚎谁。
猪儿进了菜园子，糟踏庄稼要倒霉。

春游东河二首

两岸桃花夹古津，轻舟直是画中行。
欲携美景归书案，挽住春风按快门。

燕尾小船逐浪轻，掠波小鸟频相亲。
多年采石淘沙客，自是沙鸥老熟人。

注：笔者落实政策前曾在此担沙多年。

无　题

一世风波老始闲，白头缱绻诗书缘。
高眠翻爱临江路，枕底涛声枕外山。

悼舞年

相逢文革愧艰时，落魄谋生鬓已丝。
恶浪扳桡同协力，重担交接共扶持。
河滩戏水学童趣，酒肆碰杯说古诗。
晚景清明君去也，泪和烟墨写哀词。

注：万舞年，原在台湾任职。1951年回大陆，任教四川师院，1957年划为右派。"文革"中与我同在河坝担沙石六年。平反后任南充侨联主席，已病逝。

踏莎行·对表

晨曲催明，曙光破晓，闻钟忙对怀中表。一天二十四时辰，不停不慢争分秒。　　昨日难追，今天趁早，寸阴切莫蹉跎了。大江东去不回头，无人不自针尖老。

天仙子·咏聋哑人婚礼

满室春光喜字红，爆竹声高不动容，品茶劝酒乐融融。行典礼，宴宾朋，事事交流手语中。　　祸自言多哑亦聪，谤从耳入不妨聋，身残志韧两情浓。手势巧，眼神丰，心有灵犀一点通。

定风波·早春市郊菜区小景

套种不需牛力耕，农姑锄起汗盈盈。锦袄晾撑桑树上，飘荡，翻飞蜂蝶绕花寻。　　薄膜塑棚如缟练，成片，春风抖动闪银鳞。贴近棚框详细看，惊叹，十分春色暗消魂。

【北仙吕】青哥儿·木老桃花节纪盛

万卷楼凌霄直上，火花路车流成行，真个是盛世佳节不寻常。你看那十里山乡，一派春光。红染山冈，绿透河梁。彩蝶逐芳，紫燕翱翔。的士轰响，摩托声扬，洋马叮当，徒步倘徉。有多少帅哥手提密码箱，靓姐肩挂百宝囊。花间摄像，林下飞觞。淡抹浓妆，霞佩霓裳。农家乐酒幌轻荡，小吃飘香。肴馔羹汤，鼓板笙簧。济济跄跄，多少排场。都道是紫陌红尘看花忙，捕不尽繁华状。叮咛那雨寒休打桃花浪，风虐休吹柳絮狂，这时曲小调常哼唱。

西行曲（自由曲）

萁豆相煎，七步诗成也难免。一刹时风云突变，宦场客梦醒邯郸，从此飘泊风雨征程远。

自离了嘉陵翰苑，飘蓬万里著南冠。梓潼巷望不见菊蕊艳，邛雅道偏觉月光寒。九转羊肠恨步短，危桥铁索愁攀缘。奈何天，懵懂懂来到了烟花古国，崇岭茶园。

前有银装素裹大雪山，后有锁江扼蜀飞仙关，四围晓岳无人烟。鬼招手对黑风扁，蟒蛇洞接孽龙滩。豹子湾，断头山，好一个天生地造囚人圈，怕只怕进山容易出山难。

山耸青峰拂衰颜，云浮白练透身寒。上山腿杆软，下山腿杆短。平路倒好走，就是丁丁远。到此方知李白蜀道篇章不虚传。

雅雨青风荣郡干，云封雾绕灵鹫山。沾衣欲湿毛毛雨，一年至少三百天。早晨路冻遛冰坂，中午雪融拖泥团。下午路干正爽脚，夕阳西下负重收工还。

这光景一年又一年。山中无岁月，苦里也有甜。野火新茶煮山泉，偷几根红苕解馋。脱去褐衣换白干，醉卧草场梦团圆。

偶遇蛮姑贤，偷偷惠我玉米团，密林深处露水缘。倾诉蕃女怨，同情谪居难。羡慕那双飞鸟儿自由翱翔度雄关。山野豺狼多，江湖风波险。行不得也哥哥，行不得也哥哥。且学那北海牧羊静待雁字锦书还。

休笑文弱书生无豪胆，也曾草莽斩蛇，危楼砌砖。网鱼戏恶水，觅药闯深山。野菌蘸盐吃，灵芝带土咽。大风背草穿荒径，细雨推车过芋田。

朝牧群牛鬼谷旋，夜燃篝火龙洞眠。虎啸狼嚎亦等闲。家音渺，望眼穿。儿女幼，梦魂牵。耽心那苦命王婆月薪五十六元钱，怎供得起一家九口菜稀饭。

午夜心儿酸，三更被儿寒。只因为未学粉面空心不倒翁，看风使舵顺流船。十年厄运满，侥幸得生还，沉思往事亦茫然。开国元勋犹落难，何况卑微七品官。千金教训牢牢记，祸从口出莫轻言。

【仿九转】货郎儿·往事

一不说盲人瞎马过深沟，二不说海市沙滩起画楼，三不说孙悟空骂紧箍咒。说一段白面书生逢左道，黄金岁月付东流。小伙子熬成抱鸢叟，才挣脱莫须有三字风波愁。

【二转】贬另册双开帽有箍，陷迷阵四顾行无路。过闹市偏逢拦路虎，闯深山遍地豺狼布，屋漏又多连夜雨。这日子怎么过？与其坐困愁城，不如抗争上诉，路漫漫其修远兮迈险步。

【三转】手捧着陈情表奔波御史台，身做着零八天应付衣食债，口含着六月雪徘徊阴阳界。舞台变脸是演戏，官场变脸却成灾。甩大袖，瞪白眼，打官腔，玩左牌。说什么翻案要挨宰，打翻在地还要踏上一只鞋。回回是伤口抹盐，封封信泥牛入海。

【四转】寒冬尽冰山化一角，岁序更早梅开数朵。不平鸣舆论呼纠错。《于无声处》响惊雷，讨论真理扬大波。中枢屡发红头文，无奈地方梗阻多。整人的还在台上，受害的依然埋没。炒冷饭，推干磨，踢气球，刮螺陀，那管你青春虚过，只顾他乌纱稳着。

【五转】大潮流已见分晓，小旮旯百般阻挠。一个拖字了得，一个推字得了。整人时雷厉风行，落实时东推西绕。东推葫芦西推瓢，莲池推到驷马桥。一忽儿喊找封疆吏，一忽儿喊找州县僚。有的已经下二线，有的已经上阴曹，真个是地老天荒归路遥。

【六转】土墙根蟋蟀竞唱，木床下鼠群打仗。惊破了南柯黄粱，勾发人思绪千行：一人负屈寻常事，最苦全家遭祸殃。子女升学参军关关卡在政审上，妻子调级评优回回都泡汤。凄凉犯千曲万曲凝血泪，芭蕉雨三点两点断肝肠。

【七转】这一拖就是二十年，真教人感慨万千。人生花甲本来短，前十年幼稚后十年颠。精华不过中间这一段，恰这段，时乖命蹇，北海南冠，西域蛮烟。滚滚红尘虎牢关，茫茫孽海奈何天。

【八转】长夜尽曙光大开，羲和出阴霾顿解。开封府一纸判书来，明白白宣告无罪，殷切切惋惜怜才。这一着将了军，再不落实怎下台。恢复了党籍公职，还原了翰苑书斋。沉冤已雪又何待，一介布衣留本色，一支秃笔写蒿莱，隐迹诗林亦快哉。

【九转】珍惜这桑榆寸阴，抛却那浮利浮名。回味人情冷暖，参悟覆雨翻云。帝王梦，健忘症。克里空，偶像神。王婆瓜，左魔棍。变色虫，画皮精。愚弄人民，搅乱乾坤。神仙打仗凡夫泪，萁豆相煎内耗深。这苦史不能重演，那魑魅岂可遁形。不尽微言一寸丹，挥泪草成九转文。

〔双调〕新水令·下岗之后

人到中年下了岗，这滋味就像黄连样。"文革"十年荒学业，知青五载困山乡。半辈子螺丝钉套牢在工厂，到而今，都成了镜花水月一本糊涂账。

【驻马听】难得糊涂，开门七事添惆怅。易生尴尬，下岗二字减容光。更何况、儿女读书学费敲得烫，老亲看病药钱取得昂。莫奈何，铁心去把市场闯。

【沉醉东风】一入市场就现相，百般技艺我都黄。工厂干的独门冲外面用不上，过去学的万金油而今不吃香。河水浅深要亲脚淌，梨子酸甜要亲口尝。要入门，就要融入这市场经济的大染缸。

【折桂令】变鳅鱼那怕泥水呛。不是病残弱智人，焉能依赖救济粮。放下老大哥架子，学起农二哥特长。闹市摆摊，僻巷收荒。打乱戳，跑单帮。商品流通有道道，项目灵活没框框。隔行隔山，外行看万花筒目眩神荡。刨根问底，钻进去纸糊的灯笼一拨就亮光。

【雁儿落】开弓没有回头箭，放船喜遇顺风航。卖断工龄做本钱，看准快餐开店堂。

【得胜令】开门营业名堂多，旧例新潮板眼长。一方土地一刀菜，一路财神一炷香。文来，我学那对歌的刘三姐；武来，我学那打虎的武二郎。

【太平令】生意越来越红火，店堂越办越堂皇。鸟枪换炮，电炉又烤箱；独木成林，厨师加佣娘。呀，下岗工当了老板，助公益有了声望，守法纪得了奖章。

【尾】奋斗几年达小康，胜过半世大锅汤。风水轮流转，转型阵痛长，自救谋生莫彷徨。

【南吕】一枝花·洪秀全弥留呓语

甜露难充饥，药丸不抵饭。天诗难退敌，天父不保安。警报频传，李秀成勤王军六十万，打不过数万湘军曾国藩。说什么金陵王气虎踞龙蟠，怕只怕步闯王后尘，覆巢累卵。

【梁州】黄巢占长安才几个月，闯王据北京只四十天。我比他们操的伸展。太阳城、金銮殿，琉脊飞檐玉凤闪，赤金鎏柱滚龙盘。八斤重金铸皇冠古未有，百人抬宫殿式龙轿更空前。皇帝三宫六苑后妃七十二，我皇娘宫妃侍妾八十三。六朝金粉，十里秦淮，半壁河山，我独占春光过八年。

【牧羊关】杨秀清死了无代言，石达开走了无羁绊，我放手经营洪氏江山。亲属都封王，亲戚都做官，满朝尽是窝子班。专利洪氏票，广收卖官钱，聚敛了金银财宝无算。只可惜未曾广积粮，没防到兵无粮而自散。

【玄鹤鸣】上有好者，下必甚焉。上梁不正，下梁必弯。图享受，讲排场，迷美色，嗜华宴。农民的赋税翻了四番。争权利，夺地盘。顾虚名，不实干。把金田起义的雄风丧失完。陈玉成虽是擎天柱，也撑不起腐朽的大观园。

【尾】鸟之将死鸣也哀，人之将死言也善。失败缘由千万条，腐败才是总根源。都怪我违背初衷惹民怨，都怪我骄奢淫逸遭天谴。我已做了李自成第二，后来人切莫做洪秀全第三。

张昌仁（1928—2003）

四川资中人。退休前任资中县教师进修学校教导主任。资州华夏书画艺术院副院长。

诗人节

不因九死变丹忱，誓把兴亡系己身。
澎湃心潮生绝唱，低回湘水护忠魂。
人尊百代鸾凰镜，诗仰千秋日月心。
吟罢如闻屈子语，世间犹有虎狼秦。

游都江堰

昼夜雷霆吼，神工孰与俦。
分江迎万汇，劈岭镇中流。
已创千秋利，重光四化猷。
巍峨留庙貌，英气尚盈眸。

访峨眉清音阁

幽宫何处枕瑶琴，一跨双虹耳目新。
雪溅牛心腾紫雾，韵飞天宇遏行云。
暖花时作留春舞，泻玉常抒慕海情。
路转山日人远去，清风犹带素鸾声。

胡正夫（1928— ）

重庆涪陵人。西南师范大学中文系毕业。历任中学、教师进修学校及职工大学校长、副教授等职。果州诗社名誉社长。有《正夫诗选》《汉诗写作启蒙》。

老马吟

岁岁金台沽骏骨，年年乡里弃骅骝。
正宜驰骋阳关道，却困盐车雪满头。

七十岁生日抒怀二首

荏苒韶光似水流，人生适意几春秋。
少无际会登云路，老得清闲结凤俦。
百岁尚存三十载，馀年不为斗升谋。
亡羊未晚牢堪补，学海汪洋一叶舟。

翘首桑榆意气扬，历经坎坷见康庄。
已伤骐骥追风足，应惜鹓雏嗜洁肠。
不慕荣华轻富贵，但崇风雅恋词章。
宏扬国粹输馀热，添播神州锦绣香。

内兄由台返里探亲感赋

海天万里雾云霾，一片征帆逐浪回。

桑梓故交馀白发，椿萱旧冢积苍苔。

弟昆同榻离初合，萁豆归根乐复哀。

风雨凄凉伤往事，夕阳朗照话楼台。

施　旭（1928—　）

四川简阳人。1949年入党，从四川大学去雅安、名山参加川康边游击
纵队。1950年在川西区党委工作。离休前在简阳教师进修学校任教师。

看猴戏

优孟衣冠扮楚猴，登场乱舞几时休。
扰金伐鼓威风烈，笑杀长街难解愁。

有感于骑鹤下扬州故事

朝欢北里暮西园，骑鹤扬州算半仙。
游戏人间德丧尽，孙猴怒起倩谁怜。

读杜甫《酒中八仙歌》有感

飘飘羽化已登仙，不解人间柴米盐。
难净六根尘世梦，曲车过处想逃禅。

沁园春

我国探月工程第一期第一阶段的嫦娥工程今年已启动，三年内将发射绕月
卫星。嫦娥为中华争得星际一席之地，为人类守住太空一片净土，当是不悔。
谨以此纪念五十四周年国庆。

碧海青天，夜夜灵犀，岁岁素心。照南河秋水，冰肝雪胆；昆池春

涨，虎伏龙吟。长袖多情，治强易计，初慰忠魂起雨霖。九垓上，听楚歌又动，楚霸骄音。　　当初修远求寻，窅然去、凌霄云路深。喜神州剑气，直冲牛斗；琼京璀璨，铿响瑶琴。射却天狼，归飞乌鹊，人月双清羡古今。攀丹桂，感云鬟香雾，故国疏砧。

注：乌鹊指喜鹊星，古称天津四星，在银河上，今属天鹅座。

沁园春·抗日战争暨世界反法西斯战争胜利五十周年

绝代风骚，亿众鹰扬，万古云霄。问几回青史，血流漂杵，几多白骨，萦翳蓬蒿？有种王侯，无忧贵胄，夺地争城意气豪！俱往矣，看工农崛起，鬼蜮全消。　　当初祸水滔滔，引东向西倾漫自骄。笑机关算尽，聪明误汝；斧柯新伐，棋势惊樵。大道初成，洪波迭涌，日月星辰出浪高。翘首望，仰群英垂范，心咏同袍。

黄晓南（1928— ）

四川内江人。1950年入中国人民解放军二十九师干部学院学习。入朝作战三年，转业到江津医药分公司。退休前为重庆百货站副经理、调研员，高级工程师。

京九铁路通车喜赋

敢驭蛟龙竞向洋，春雷平步起山乡。

脱贫致富情无限，返梓寻根意更长。

久别客愁孤月冷，远归人沐紫荆香。

五千京九连心路，北往南来共一舫。

为舍弟农居题壁

翠竹围墙绿映窗，农家茅舍换楼房。

林阴栖鸟迎春闹，庭院栽花入梦香。

代步车通新马路，护庄渠灌小鱼塘。

昼忙夜奔无闲置，半务耕耘半务商。

鹅石吟

浑圆质朴久埋藏，一任消磨自泛光。

探海有缘随激浪，补天无术滞寒江。

康庄未达甘铺路，广厦期成愿铸梁。

何幸雨花彰伟烈，千秋遗爱播清芳。

踏青行

一抹平畴驯玉龙，行云布雨孕年丰。
浅黄嫩绿鹅绒毯，铺向农家笑梦中。

石磨吟

太极为图各半边，一朝匹配建家园。
含辛茹苦干稀共，妇唱夫随笑语喧。
云雨巫山情未了，蒿莱麦面齿犹寒。
两心相印长厮守，纵使分离梦也圆。

黄　桷

峭壁危岩寄壮根，洁身自爱却烟尘。
无才未敢期梁栋，但把清凉荫路人。

黄 稼（1928— ）

原名敏捷，福建福州人。中学毕业。新中国成立前到京参军，任一野战斗剧社创作员、西南军区文工团理论教员。离休前在重庆潼南县政协任职。离休后居成都。原四川省诗词学会理事。

清明思母

蔓草应凝碧，依稀故里春。
田头新箬笠，灶角旧围裙。
儿远生疑死，梦频幻似真。
临终犹久待，只字报寒温。

注：先母因护理姐氏生育，于1949年由闽去台，后滞留该地直至1970年逝世。

漫笔寄故人三首（录二）

寂寞如荒草，孤高敢自陈。
穷途狂后泪，涸辙劫馀身。
老去无长物，生来有逆鳞。
青枫浑不染，恣意以存真。

梧叶飘零日，黄柑上市天。
怀人千里外，觅句一瓯前。
巴水无情物，闽山不死缘。
屡翻风土记，遗梦老城边。

闲散杂咏三首

诗心固难泯，蝶梦频舒卷。

敢怀天下忧，枫林且缱绻。

夕照映新红，朝花应不远。

野水自清澄，何须问深浅。

鼹鼠掘盲穴，狡兔营三窟。

万类各有居，我亦隐陋屋。

故旧虽二三，所喜皆返朴。

皎皎草堂月，还来照幽独。

俯仰天地间，荒径亦勇往。

忽然见雏菊，莹洁疑无两。

悲风正布寒，蛰虫俱失响。

迟开又何妨，矫矫对苍莽。

述怀诗二首

信笔涂鸦岂自伤，寒山留得半坡黄。

菜花不是黄金树，但有临风一缕香。

身无尘垢言无忌，心有丹青梦有芳。

蜕去层皮蝉未咽，还堪晚唱对秋霜。

满江红·福州传统评话

凉夜灯前，将书史，从头评说。惊堂木，猛然敲落，天旋地裂。图尽荆轲飞白刃，路穷陈胜挥黄钺。更项王，不肯返江东，虞姬诀。　　英雄起，奸邪蹶。锋芒指，秘辛揭。数人间，多少兴亡更迭。铜钹含情歌与哭，布衫染色霜和月。到春来，韵事满新篇，欢声彻。

菩萨蛮·1957年有事由川入滇

清晨又上川滇路，担儿屡缀松针雨。断续响铃铛，云中过马帮。　　横江横似带，脚下牛皮寨。昨夜悄焚书，火光惊鹧鸪。

采桑子·彝山夜宿

吊锅水冷山风静，犬吠声消，稻草如蒿。向火聊将度一宵。　　月明斜照苍崖下，一树夭桃。悯我残凋，灼灼年华去已遥。

南歌子·六华山村夜话

老柿亭如盖，秋桃灿若霞。山阴幽径踏冰渣，忽见炊烟袅袅几人家。　　嫁女羊羔酒，迎宾土豆瓜。火塘夜话问生涯，怕说书生沦落话桑麻。

青玉案·凉山无名河

凉山深处潺潺水，几时到，长河尾。花叶逐流红与翠。河边应有，浣衣少女，借问人归未。　　满滩白石苔痕碎，疑有南鹃苦啼泪。飒飒西风难入寐。九歌歌罢，迷离夜色，何处寻山鬼。

鹧鸪天·三十六岁生日于彝乡小街留影

纵觉沦为异类悲，镜前犹着旧军衣。卖书早换一餐饱，焚稿曾嫌片刻迟。　　山寂寂，雨霏霏。春鹃秋雁总相欺。无家免得多牵挂，有恨凝眉只自知。

一剪梅 · 重过无名山

重上山林一径斜，暗淡茅柴，零落桃花。当年松籁又喧哗，曾卧荒棚，心系天涯。　　未了情缘已破家，沧海鱼龙，俱陷泥沙。怆然无处觅芳华，乱葬坟冈，满眼蛇麻。

孤雁儿 · 别流放地

黄云漠漠山横处，铁槛裂，昂头去。嶙峋瘦骨竟生还，谢却尘封愁虏。委泥稻穗，僵芽豆种，早识穷边苦。　　杜鹃花发来时路，浑不管，流光炉。华年纵使已沉埋，犹有诗心如故。金沙江畔，大凉山下，剩有茫茫雾。

南乡子 · 观黄梅戏忆严凤英

绿萼纵凋零，艺海长留刚直名。变幻风云纤影立，凝冰，宁折不弯严凤英。　　雨霁老槐青，芳袂仙姿动锦城。休对柔弦伤绝响，闻莺，又见江淮小凤英。

夜游宫 · 夜游寒山寺

岂仅松针滴翠，更夜半，钟声如水。水到枫桥缺月坠。暗江枫，动离愁，人不寐。　　驻足寒山寺。想夜泊、吴江张继。我自飘零久憔悴。恨瑶琴，早崩摧，如玉碎。

水龙吟 · 厦门鼓浪屿

初来琴岛寻芳，角梅绰约扶桑艳。弦声多丽，忽扬忽抑，时浓时淡。日照沙滩，泳装少女，争尝青榄。有千椰布阴，百帆冲浪，鸣鸥集，鳞光闪。　　螺壳蚌珠贝扇，更珊瑚、满枝心焰。金门在望，金瓯犹缺，高岩驰念。海峡盘雕，独夫蠢动，人天同厌。仰操台巨像，当风为抚，郑成功剑。

八声甘州·南京

纪念抗日战争胜利五十周年。

叩秦淮河畔旧柴扉，琵琶语声悲。唤灰坑水冢，戟须怒发，魂兮来归。三十万人同死，一哭一心摧。未雪屠城恨，酹酒江湄。　　敢问何方遗孽，把当年军国，膜拜歌吹？正神州追念，血战野花肥。举哀兵、降幡泥地；祭钟山、新垒势崔嵬。英雄老，有儿孙在，天剑腾威。

水龙吟·怀诗人塞风

诗人塞风因卢沟桥事变作《弓》诗，时年十七岁，后到延安有《黄河百咏》名世。

抬头屡见惊烽，区区书桌无安处。危亡日迫，挺身而出，中华儿女。喋血卢沟，忍闻玉碎，勃然操弩。起幽燕纱帐，太行铁壁，一人仆，千军赴。　　岂把柔弦曼抚，此中声，应为鼙鼓。大刀锋缺，胆肝犹沸，天仇煎煮。字里奔霆，行间飞矢，莫之能御。斥当今糟粕，媚香俗艳，逐东流去！

行香子·重阳寄台岛

偏处东隅，影只形孤。陟高冈、难赠茱萸。暗潮阻隔，骨肉殊途。怅雁儿高，鱼儿远，信儿疏。　　海啸山呼，欣告还珠。问片帆、意下何如？归来未晚，共骋良图。把怨情消，离情了，激情抒。

南乡子·寄旧友叶君二首

溪畔写樟枫，半是青苍半是红。南国女儿披秀发，如虹，人在秋山第几重？　　未肯改初衷，诗境偏饶险韵中。怅我残年馀一梦，朦胧，梦到毫端又隐踪。

榕影满江城，扑蝶花丛步履轻。九九重阳黄菊艳，风筝，听惯长空振翼声。　　野望水天青，但羡仙鹜白羽翎。无怨无愁年少日，纯情，笑采山花不问名。

卜算子·望春

二月菜花黄，三月桃花水。四月槐花淡淡香，五月石榴醉。　　梦里尽芳菲，梦觉冬云坠。却有虬梅悄著花，破雪迎新岁。

南乡子·好梦

雨后恰逢场，小妹提篮买菜秧。浅唱归来黄桷下，风凉，夜枕新书入梦乡。　　好梦透晴光，崛起玻璃大暖房。翡翠珍珠畦上长，琳琅，赠与村姑作嫁妆。

霜天晓角·答友人

我材何用，怎及天骄种。馀有未残心焰，寒宵暖，清狂梦。　　谁将灵石宠，十年犹苦咏。都为绮缘难了，荷锄作，飞花冢。

夜游宫·苏州拙政园留踪

月亮圆门初展。三十六、鸳鸯歌馆。轻上桥廊脚步缓。怕惊开、小红鱼，莲瓣远。　　已厌擎杯盏。觅一角、绿阴如伞。一任芳丛昵语软。且听它，鸟关关，春款款。

浣溪沙·伤贫

豌豆花繁粉复朱，何期贵客降吾庐？触怀含泪摘青蔬。　　石漠横侵耕地少，霜风穿刺体肤粗。唯馀心血热乎乎。

菩萨蛮·重返五里亭老村

绕村十里皆楼宇，阴晴不见蜻蜓舞。空忆拾田螺、泥鳅游足窝。　　鹅儿餐绿土，猛士飙车路。怅怅复生忧，榕风何处求！

临江仙·目近失明漫想

半世霜痕侵敝履，枯萤又暗双眸。酒酣何处觅吴钩？苍苍将弃我，即遣梦相留。　　眷恋河山情未已，还思老病孤舟。少陵怀抱总难酬。江湖为过客，一去不回头。

喝火令·睹故宅篱花思亡父

宅老篱犹绿，莹莹发白花。早年常采作凉茶。慈父傍炉烹煮，瘦影映窗纱。　　淡泊甘藏拙，诗书远辟邪。清芬洁质励贫家。有泪思亲，有泪痛无涯。有泪泫然如誓，不负此篱花。

注：闽中乡俗夏日饮篱花汤清暑去热。

喝火令·梦返芹香巷

小巷香弥漫，蓬蓬打叶声。芹茎触石叶飞腾。快嘴村姑巧比，鞭炮庆丰登。　似玉珊瑚美，如歌乡土情。依稀梦返巷青青。悄上溪桥，悄过水清泠。悄立古榕城外，五里旧离亭。

注：闽中乡俗不食芹叶，故人工脱叶后满巷铺青。

南柯子 · 逢豪宴忆荒年采蕨

无处搜松果，凝神觅蕨芽。春温无力起饥鸦，满眼萧条雾幔锁千家。　荒冢摇衰草，烧痕侵浅洼。忽惊嫩蕨密如麻，应是骚魂为我续年华。

渔家傲 · 十五伞兵冒死空降茂县首报灾情

眼底茫茫云托载，五千米下城何在？重任沉沉承信赖。时不待，救民恨不如风快。　已置微躯生死外，遗书字字皆慷慨。一跃冲开迷雾盖。怀大爱，飞身直扑森森海。

水调歌头 · 送别

"莫洒伤怀泪，骨肉一家亲。板房尚有潮气，砖块已铺匀。纵使无花无草，已备新床新被，风雨好栖身。馀震不须怕，径自去耕耘。"　朦胧月，宽慰语，出将军。兵车未出村口，簇拥尽村民。扶老携儿留别，哽咽争前执手："何以报恩人！"遥想杜陵叟，对此亦沾巾。

浣溪沙 · 复余则铎

此日难寻吊脚楼，岚光山色爽双眸。荔枝肉味舌根留。　山寂高吟无所忌，夜深裸泳不为羞。天涯风雨忆朋俦。

踏莎行·谢高潮兄带醉相送达金河车站

老友情殷，陈醪味厚。山鸡溪鲤峨眉豆。兴酣罢箸只谈诗，浑然忘却东坡肘。　　花径秋深，灯衢凉透。醉颜扶我苍颜走。披襟朗笑对西风，早年热血来胸口。

满江红·里人促余返闽养老赋川江水以答

虎跳金沙，崩岸水，滔滔东泄。收百系、嘉陵流乳，岷山溶雪。弱冠华颠冬夏饮，铜壶陶碗肝肠热。过村坊、老井接天光，何甘洌。　　青莲酒，邀明月；少陵雨，知时节。六十年、浸润巴山诗国。长记家园沧海韵，还期蘅渚吟缘结。负旧囊，行处即吾乡，江湖阔。

注：笔者1949年末入川已届一甲子。

梁永元（1928— ）

　　四川广元人。省立剑阁乡村师范毕业，并入四川省文学、戏剧、地方志进修班等进修。历任区完小校长、广元川剧团业务团长兼编剧。昭化县、广元县文化馆副馆长。退休前为广元市地方志编委办公室副主任兼总编，副编审。

回青川竹园镇偶成

清江划地作弦弧，广厦环山绿抱朱。
久未回乡身似客，逢人往往怯称呼。

过五丁关偶题

金牛入蜀广传闻，千里关山有凿纹。
辟路五丁今已矣，犹留汉栈系秦云。

过长宁山鹅顶堡宋将王佐、徐昕拒忽必烈处

途经剑阁更南行，一岭深留往古情。
每忆长宁交战处，犹思鹅顶砲车声。
依山作堡金戈折，垒石为城铁马惊。
守土将军身死处，自今犹自气峥嵘。

于志民（1929—　）

山东文登人。成都空军政治部原顾问。曾任四川省诗词学会常务理事兼副秘书长。

公路收费

甫出长亭费数收，横眉拦马一方侯。
前程计里还三百，未到韶关已白头。

回乡偶拾

白首归来晚，逢人如故亲。
碧涛知往事，拍岸作乡音。
叩门问学侣，柳下记情真。
先祖前年去，此村无故人。

槐　花

记得当年万灶空，春荒充腹济时功。
今人不识愁滋味，却道槐花逊紫红。

振聋发聩——记温家宝总理的直言谠谋三首

良田留与子孙耕，正色危言掷有声。
旰食宵衣凝远虑，焉求为政一时听。

注：日"十八亿亩耕地的底线决不能突破"。

扼颈黄沙势欲吞，西陲亲历倍揪心。

黄杨不屈人焉屈，宁许楼兰愧子孙。

注：日"决不能让民勤成为第二个罗布泊"。

台上应思心何在，斯民与否置胸怀。

寻常言语千秋鉴，日月澄明无不该。

注：日"把人民放在心上，人民才让你坐在台上"。

踏莎行·府南河综合整治工程展览二首

秀色锦江，绮云玉垒。罗城映带清清水。金戈铁马写凌烟，笙歌崇丽人文荟。　　历代沉污，尘寰积秽。何堪一识其中味。愁风苦雨畏洪涛，沿河黎庶心常碎。

民瘼萦怀，安危共系。宏图筹策千秋计。万家扶挈竞相从，改天换地英雄气。　　体饰琼瑶，项环翡翠。南风和煦芙蓉蕊。放翁跨鹤更重来，化身亿兆当皆醉。

少年游·与邻舍老人一夕谈

秋月春花，晨风暮雨，冉冉只西流。创业艰难，穷乡稼穑，沉重记心头。　　赤心白发报神州，忧乐系荒陬。美酒酣歌，掷金豪赌，叹息粉妆侯。

王时浩（1929— ）

四川南充人。历任县委秘书、县报编辑，南充县政府办公室副主任等职。退休后聘为《南充县志》主编。任果州诗社副社长，兼《果州诗词》《晨钟诗词》副主编。

游仪陇县仙女湖

数遍仪陇山外山，仙姑湖丽好航船。
我飞画艇艇飞水，树碎微波波碎天。
浅底鱼翔催下钓，远峰日落送归帆。
人生能赏此风景，一世悠悠不羡仙。

赞巴山宴语中餐馆

中餐味绝菜根香，细问掌瓢师傅王。
不是这边人气盛，端凭厨艺响城乡。

果州五届诗会即兴

柔蚕作茧漫抽丝，二十年间献浅知。
吐出余心终不悔，天孙织锦是新诗。

鹧鸪天·秘书自题

宦影浮沉自渺茫，行文走笔费思量。守贫陋巷苦寻乐，失意穷途不易方。　　爱进取，不趋光，春蚕丝尽也无妨。年年巧手用针线，她嫁风光我独藏。

王荫祠（1929— ）

四川崇州人。退休前为大邑县贸易局主办科员。

早春登惠山

两径盘旋上碧峰，一桥跨谷任从容。
松涛涌雾晴光淡，竹海扬波淑气融。
鸟语林中烟树绿，人来崖上野樱红。
子龙遗迹今何在，古塞凌空百代雄。

题《出峡图》

奇峰异壑险滩重，破浪乘风出峡东。
山外平川极目远，溟蒙沧海露珠红。

婉谢邀请书

千里飞书似雪来，高留宝座请登台。
老夫无奈钱才罄，翘首峨冠自发呆。

甘光能（1929—2000）

四川荣县人。新中国成立前在荣县地下党领导下从事学生运动，新中国成立后先后在荣县团委、内江地区团委、市团委、市文教局工作。1956年考入四川大学中文系，1961年任内江市二中语文教师，1988年评为中学特级教师。

访扬州史公祠

淮左名都吊史公，堪欣已见九州同。
当年沃野扬州血，岭上梅花贯白虹。

登昆明西山龙门

何惧龙门峭壁高，敢攀艰险趁扶摇。
称心尤在登临际，看尽滇池万里涛。

题翔龙山人国画

绿树重重拥翠微，乡村公路少尘灰。
难为曲水流觞聚，却见清溪鹅鸭肥。

七十自咏二首

人生七十古来稀，见惯而今不算奇。
碌碌寰尘当过客，匆匆庠序作笋师。

偶成佳句自沾喜，忝列诗坛人窃讥。
世事不谙夸独醒，空怀大志一书痴。

处世难为是应酬，人情冷暖似春秋。
修文始就滋红眼，共事垂成出屠头。
有益诤言伤挚友，无端嫌隙构雠仇。
总因巧局成僵局，苦苦辛辛一犟牛。

漓江放牧

漓江如带可怜清，油草丰饶波底生。
似此风光堪绝倒，群牛游牧水中行。

黄果树瀑布

千寻飞瀑自天悬，声似雷霆力似鞭。
安得移君勃然怒，好除腐恶净尘寰。

左　毅（1929— ）

四川成都人。毕业于哈尔滨外国语学院。20世纪50年代在高等院校工作，60年代以后在科技情报机构工作。离休前任四川省科技情报研究所所长、名誉所长。曾任四川省诗词学会常务副会长。

食芒果

生作蜀国人，夙闻荔枝贵。初识芒果尊，实缘工宣队。但只睹其形，那得知其味。得预迎果列，似赴蟠桃会。若忝左派籍，或可知三昧。嗟余罪走资，不如黑五类。今日尝芒果，竟已七十岁。念我炎黄裔，岂皆甘蒙昧。缘何久自缚，不得抒智慧？曾是过来人，退思惟恶愧。但存一念坚，狮醒不复睡。长河波逐波，后生多可畏。亿众齐奋发，谁可撄吾锐。披襟世纪交，雄风与心会。

习电脑

人生七十古云少，今我七旬习电脑。不羡后生来日多，但闻举世倒呼秒。惊心动魄计时疾，世纪倏焉二十一。知识经济知识军，创新科技创新力。鹏飞挟势上摩天，云上泥中决瞬间。信息高路因特网，牛车只合望尘烟。况徒蛮勇不堪用，电脑终须人脑控。智得先机愚尽失，长呼负负一何痛。老子犹堪涉汉雏，英雄际此意如何？伏虎人间未可骄，正当昂首济星河。

起跑线

　　八十年代初始，美国未来学家阿尔文·托夫勒在《第三次浪潮》一书中即倡言，今日世界正进入信息社会，发达国家与发展中国家已处在同一起跑线上。以20世纪八九十年代事实证之，实然而未必然。

　　童子皆知龟兔喻，兔自酣眠龟远去。倘使龟眠兔劲奔，道里曷堪量其距？漫言起跑皆同线，步速跨距瞠目看。山中七日世千年，棋局未终柯已烂。夫子临川嗟叹早，川上百舸竞分秒。世纪蹉跎求索艰，柳暗花明人已老。起跑线兮起跑线，系我龙飞百年愿。机已失多时不再，居危宁许但思晏。凌弱先制信息权，逞霸亟施信息战。四伏杀机世界村，岁岁烽烟何尝间。几多血泪新天曙，谁甘鱼肉供刀俎。生于忧患死安乐，尝胆枕戈非黩武。因循贻患无察督，速褫猴冠歼社鼠。螳臂敢来挡吾车，扫作垃圾堆中土！

呼和浩特郊行

　　昔诵敕勒歌，神驰天野际。今来阴山下，跻身苍茫地。朝雨润皋原，秋空喜新霁。始睹敖包堆，初会登临意。居高骋远目，略可舒胸臆。生年不满百，悠悠千载计。微驱等浮沤，心潮连万里。何当勒燕然，瀚海尤堪济。放怀一长啸，飒洞边风起。

　　注：敖包，蒙古草原上人工堆成的土包，用以标志方位。

感孔繁森事

　　昔赞焦裕禄，笃行践公仆。今礼孔繁森，鹤立远流俗。时殊境已非，劲节同松竹。秉性亦众人，悠悠岂草木。讵不念情亲，亦常思舐犊。其如忧孤寒，推心犹骨肉。履誓必昭信，司职罔容渎。鲁翁称脊梁，韩子辟蛊毒。云泥自兹判，跻攀唯自勖。言之虽谆谆，听者每碌碌。上士勤而行，中士止买椟，下士大笑之，复归其故凤。天下知为美，斯已恶之属，世风倘浇漓，矫枉难一蹴。至德贵立极，譬诸北辰烛，轨仪方日星，万象同宾服。善政欲成势，亦犹箭在鹄，百川齐趋海，孰与为拘束。三复君行迹，心潮长起伏。苟可振聋聩，馨香为之祝。

七星岩骆驼山下

大海萍踪聚已奇，蜀中多士敢相期。

桂花阴里驼峰下，一队箪瓢老布衣。

注：旅行团友多为老年知识分子，出游率皆自携干粮、饮水。

九马画山

竞道高轩暂过时，舟人指点信还疑。

穆王何事遗神骏，八马腾骧一马悲。

注：舟人云，1959年周总理偕陈毅元帅过此共数画马，周见其九，陈见其八。闻此因兴怀彭之感。

独秀峰

碧玉盘开矗一峰，蚁封俯瞰藩王宫。

当年亦有同名士，辟地开天著伟功。

注：此处孤峰突起平畴间，拔地千尺，故名。下有明桂王故邸。

观电视连续剧《渴望》抒感三首（录一）

大道隳时仁义作，斯仁此义每蹉跎。

披衣夜起读天问，万籁愔愔黯曙河。

长征火箭

平生心事系苍茫，誓向星河涤剑霜。

宴罢蟾宫不折桂，一腔怒火射天狼。

炎夏索居遣怀

旧梦新愁乱绪萦，后波前浪递相更。

移山人老心犹壮，蹈海风高恨未平。

沉醉香衾迷晓梦，投荒草屦继宵征。

仍是长江东注去，苍穹莫谓已西倾。

注：孔尚任《北固山看大江》诗：孤城铁瓮四山围，绝顶高丘坐落晖。眼见长江趋大海，青天却似向西飞。

庆《春雨集》成戏呈岷峨诸老二首

都云愤怒出诗人，又道穷工乃正声。

难怪老雏多火凤，原来喝棒是真经。

春潮挟雨争趋海，野渡何人向问津。

应晒栖栖何所事，篝灯船火自多情。

烟雨尘都歌舞楼，诗翁善感独招愁。

吟成硕鼠心馀忌，赋得苍鹰气转遒。

掷地琼珠方磥磥，入云丝管自悠悠。

吁嗟苦旅二三老，春雨如酥盍小休。

次韵谢少平存问三首

溪山林樾饶清气，适我孱躯意久留。

邻叟为言应记取，山居宜夏不宜秋。

几多秀木摧林表，病树偏惊竟尚留。
凉夜展编温旧事，竹风蕉雨觉新秋。

闲中每赏洛宾曲，漫唱青春去不留。
把酒持螯皆往矣，惟将电话祝中秋。

诗友·岷峨百期作

杜邻青眼始相知，尔雅温文友亦师。
丽句清词追性德，忽抛炸弹足惊时。

注：刘黄稚荃老力推刘少平出任《岷峨诗稿》责任编辑。此为相识之始。渊如曾激赏少平纪念抗日战争胜利五十周年五律十首，谓为"重磅炸弹"。

翩翩孔雀自飞廻，捭阖纵横敢逞才。
醉饱仰天横大字，何曾正眼看如来。

注：滕伟明以咏杨丽萍孔雀舞一诗始见知于李维老，亲顾茅庐，力邀入会。伟明诗词曲才气纵横，似无不可至者，非条框所能限，早已跳出如来掌心矣。

久矣川西坝里农，幸哉未遇世之雄。
留伊彩笔勤挥洒，免坠庐山雾里峰。

注：郭定乾君与小莽苍苍斋同出自川西坝上，躬耕自食，自学成才。早期曾有"是谁泼彩川西坝，一片青青一片黄"之句，故曰彩笔，非梦笔也。

文翁遗绪众诗翁，雾罩云遮隐蜀峰。
闻道入围三五个，可知涧底尽高松。

注：岷峨诗人颇多终身执教基层，未经揄扬，高才即不为世知。而选家多

以名位取人，黄钟瓦釜，令人常兴"地势使之然，由来非一朝"之叹。

澳洲风情三首

乡村客舍

未夸客舍膺星徽，不道如归却似归。

海静星垂长野睡，蓬莱一夜梦初回。

牧场问路

得得西来驭马郎，却惊窈窕靓姑娘。

一鞭遥指场南路，堪培拉城向此方。

酒厂小店

店家便是厂家人，百试不嫌问不嗔。

酒不醉人人自醉，葡萄园里有温馨。

注：堪培拉、悉尼间有著名酿酒区，大片葡萄园中设厂制酒，并开店出售及定货。

一剪梅·贺罗昂、焕然结缡

万里笔箫引风凰。何处侬乡？何处他乡？前缘端待紫薇郎。风也红娘，雨也红娘。　　风雨舟归燕语樯。一向痴肠，一往情长。庭柯绿影静书窗。花羡春光，月羡秋光。

注：内侄女焕然在美罹白血病。罗昂乃美电脑工程师，坚持与焕然成婚，且举家来贺。焕然在其照护下得以痊愈，并已工作三年矣。此亦奇迹也。感而赋此以赠。

水调歌头·赞墨尔本中华国剧社

何必氍毹舞，清唱也陶然。宫商尺管吹彻，翁姬共为欢。我慕梅、程、荀、尚，君喜谭、杨、余、马，韵致细推玩。名士操檀板，教授理丝弦。　　　　浓荫蔽，花丛艳，碧茵鲜。忘机更有鸥鸟、高下共盘桓。莫叹乡关万里，忘却百年恩怨，相与乐天年。无欲胸怀旷，极目大洋宽。

踏莎行·春游望江楼

影翳朱栏，香飘碧砌，枇杷门巷崇楼丽。城中处处柳笼烟，春光一片来天地。　　　　近濑微漪，断霞新霁。斜阳欲下长林系。儿童项上拂红巾，新芽喜会东君意。

贺新郎·记癸未人日草堂吟诗会

事隔千秋矣。想开元、长安壮丽，古今能几？转瞬云烟消融尽，徒叹辛酸往事。但留得、诗中悲喜。付与后来开卷帙，共平章、昔日非和是。历代史、何相似。　　　　寻梅趣驾春风里。白头人、追思前梦，是何滋味？古调谁听仍自爱，为有情丝待理。应勿盼、杜公重起。固信文章千载事，只今朝、更待今人耳。承坠绪、赖诸子。

张 榕（1929—2014）

字燧苍，号榕庐。四川合江人。曾在四川省建材工业学院、重庆师范学院等校任教。重庆作家协会会员，曾任四川省诗词学会副会长。有《榕庐诗草》。

秋兴二首

少日疏狂漫自矜，老来始觉百无能。
晴窗走笔临怀素，夜雨挑灯读少陵。
何处食苗无硕鼠，几人执律似苍鹰。
故园一别成羁旅，秋老榕山负一登。

世风逐利竞为商，冷暖人情费孔方。
陋巷箪瓢空寂寞，穷途涕泪总猖狂。
偶因风起思鲈美，已觉螯肥趁菊黄。
醉拍阑干歌一曲，歌成回首月如霜。

悼亡妻恰民八首（录三）

歌乐山头隔暮云，倚楼迢递赋招魂。
一生忧患偏怜我，半世穷愁重累君。
玉骨已成泉下土，缁衣犹剩劫馀身。
茫茫此意何人会，一笛哀音不忍闻。

坎坷人生事事艰，捡寻遗物倍辛酸。

补残敝服犹难舍，新织毛衣尚未完。
柴米难为贫士妇，诗书真误腐儒冠。
遥怜歌舞楼头月，犹照孤茔此夜寒。

平生未作馈君诗，此日诗成君不知。
寂寞琴弦弹已断，凄凉垄剑挂应迟。
生离或有重逢日，死别终无再见期。
碧落黄泉何处问，只馀残梦诉相思。

登西山龙门

岚影波光万顷开，凌虚半壁俯楼台。
平生曳尾泥涂惯，也要龙门上一回。

访榕山月台坝故居二首

门前碧水映荷花，旧燕归来梦已赊。
忆里湖塘都不见，炊烟一片尽人家。

石门瓦屋认依稀，白首重寻怅此时。
一种情怀忘不得，小窗灯火读唐诗。

劫后过成都三首

武侯祠
蛮触纷争苦未休，劫馀来拜武乡侯。
孤臣枉为河山瘁，孺子宁堪社稷谋。
古柏崇祠人寂寂，空山啼宇思悠悠。
壁间两表依然在，一读为君一泪流。

草　堂

犹是梅花旧草堂，重来风雨感沧桑。

乱离往事留唐史，麟凤悲歌忆楚狂。

数载沦牛怜桎梏，一生误我是文章。

伤心为语诗人道，莫更高吟动彼苍。

望江楼

竹径苔荒古井秋，十年重上望江楼。

青衫未改狂奴态，白首徒深杞国忧。

劫火已摧才士尽，亭园空为美人留。

诗成难觅涛笺写，日落平芜满地愁。

悼张志新烈士

柔肠侠骨凛千秋，愧煞须眉软膝头。

真理由来封不住，屠刀空断女儿喉。

回渝前夕别牛棚旧友二首

忧患频年老此生，沧桑回首意难平。

凄凉大渡河边路，记否同辕负轭行。

莫向江天怅别离，浮云遇散亦难期。

相忘他日江湖阔，犹胜艰难濡沫时。

注：当时同在大渡河边拉板车。

还乡杂咏

弟兄姐妹千里来归，共聚一堂，而六弟已逝，不及见矣。悲夫！

共嗟劫后幸馀生，白首来归聚一城。

老杜灯前疑梦寐，大苏月下感阴晴。

欲歌棠棣神先沮，待插茱萸泪已盈。

但祝婵娟千里共，莫将后死负升平。

访母校合江中学，一别三十余年，墙外古榕犹在，而曩时师友竟无一人矣。

古木依然护短墙，一黉犹在几沧桑。

新楼综错迷三径，旧雨升沉各一方。

立雪门前情切切，谈诗灯下夜琅琅。

白头负尽当年志，独剩毛锥一管长。

登西山龙门

岚影波光万顷开，凌虚半壁俯楼台。

平生曳尾泥涂惯，也要龙门上一回。

吊聂耳墓

湖滨伫足吊孤坟，百感苍茫对夕曛。

血肉长城更谁唱，后庭一曲已销魂。

吊圆明园遗址

似挥残臂戟天呼，痛说当年劫火馀。

留得千秋家国恨，让人来画卧薪图。

人民英雄纪念碑前

抛头洒血为苍生，青史何曾著姓名。

肃立碑前思痛哭，几人无愧对英灵。

茶园听川剧清唱《江油关》

锦江歌舞不知愁，那识阴平险未修。
鼎足已闻归典午，梨园犹听说江油。
夫人甘洒胸中血，降将偏怜镜里头。
骨朽千年遗骂在，人间衮钺胜阳秋。

读李维老《冰弦集》

入眼风云感逝波，吴钩霜雪旧曾磨。
屠龙事业归青史，忧国情怀付浩歌。
诗苑久思闻鼓角，蜀山犹喜见岷峨。
篇终但觉肝肠热，一曲冰弦费醉哦。

重逢四首

沧海萍蓬迹，漂零西复东。
渝州惊再遇，沫水记初逢。
笔记邀青眼，云裳想旧容。
华年宁复得，逝水感应同。

衣狗浮云幻，苍黄事可哀。
已悲花落去，又见燕归来。
依约人如旧，蹉跎我欲衰。
灯前追往事，如梦亦怆怀。

二十年前事，回眸已断魂。
当时花旖旎，此夕月黄昏。
藕断丝犹续，珠还椟尚存。

相怜仍故侣，旧梦可重温。

短聚无多日，匆匆又别离。
云迟知眷恋，蝉噪有深悲。
莽莽前程路，悠悠后会期。
飙轮人去远，惆怅独归时。

吊虎门销烟池

一炬南天烈火熊，当年壮举震遥空。
强兵有策师夷技，禁毒无功恨主庸。
港岛何辜沦割地，长城自坏误和戎。
百年终见明珠返，来共涛声哭鬼雄。

卧病闲吟四首

几番风雨几蹉跎，怅卧秋窗怯放歌。
佳句几曾愁里得，良辰无奈病中过。
沧桑往事随波远，竹马童年入梦多。
却累伊人劳瘁甚，朝朝侍疾伴维摩。

学书学剑事全非，少壮无为老可知。
一榻沉绵秋欲暮，十年风雨愿多违。
送穷难仰韩公笔，驱疟曾闻杜老诗。
咏罢霜华情未已，宵来清梦绕东篱。

秋来多病怯登楼，画地为牢自作囚。
濡沫相怜怀骨肉，嘤鸣同气感朋俦。
枕边旧籍堪持诵，天下名山足梦游。

最是令人惊喜处，荧屏拭目看神舟。

一秋病卧及冬残，难得人生似此闲。
开卷不求探骨髓，吟诗只是呕心肝。
曾经浩劫犹存命，未到穷途且自宽。
已放寒梅春未远，好花明日待重看。

岁暮感怀（录三）

坐困书城久，焉知日月遄。
梅开惊岁晚，病起怯冬寒。
日暮长安远，天高蜀道难。
家山何处望，归思又漫漫。

敲窗闻冷雨，照影一灯孤。
舞倦秦楼夜，吟残处士居。
老妻埋骨久，小子下岗初。
此际谁能遣，浇愁酒一壶。

哀乐平生事，纷来集此宵。
韶光怜荏苒，书剑感飘萧。
残腊行将尽，东风望岂遥。
来朝拾童趣，重试纸鸢高。

水调歌头·黄果树观瀑

百里轰雷震，千秋巨帛悬。一条界破苍翠，万丈落奔湍。不是虹垂龙挂，伫看涛迸雪溅，银汉倒狂澜。玉霰随风散，飞洒日光寒。　　承平世，君知否？启忧端。太息蝇营犬逐，大地泛腥膻。岂是天心震怒，留此九州生气，荡涤净尘寰。为尔挝天鼓，好去到人间。

沁园春·七旬自寿

　　容易流光，菊露枫霜，又度七旬。记少年落拓，放歌纵酒；书生意气，驰笔干云。扪虱谈兵，闻鸡起舞，报国男儿一片真。空相许，这头颅大好，肝胆轮囷。　　卅年偃蹇风尘。幸劫后飘零馀此身。渐鬓霜侵染，焉能讳老？书城坐拥，岂敢言贫？壮志销残，故交零落，犹有毛锥尚我亲。天容我，任半囊诗瘦，一盏醪醇。

菩萨蛮·"文革"后成都晤曾道吾二首

　　荔乡一别音书渺，荔乡游子他乡老。杨柳正如烟，相逢锦水边。　　樽前思往事，往事哪堪忆！款我故情浓，新诗如火红。

　　当年负笈泸阳道，哪堪转眼人俱老。同是劫馀人，相悲劫后身。　　莫辞杯酒注，明日天涯路。此别几时逢？云山千万重。

陈泽敏（1929—　）

四川阆中人。多年从事水利电力工作。阆中市水电局高级工程师。四川省诗词协会理事，阆中市诗词学会副会长。

杂　吟

软雾轻尘系柳丝，长桥送别步迟迟。
云中锦字书来也，网上姻缘信有之。
杜老忧时花溅泪，陆郎爱国酒凝诗。
楼头花发清明日，望断天涯汝可知。

忆构溪

一去韶光六十秋，梦中还忆旧时楼。
青龙嘴上双飞燕，绿水滩边独立鸥。
故土今无家可住，他乡偏有友交游。
何时再作还乡客，杏雨桃花醉不休。

游朝天门遇雨

雨微风软览山城，玉宇琼楼云里撑。
两水朝天门下汇，一江浑浊一江清。

注：嘉陵江水泛绿，长江水泛黄。

蝶恋花 · 春望

我欲寻春忙趁步，雨断清明、湿了弯弯路。春在楼头檐上住，喃喃私语低低诉。　　何事惊心翻艳谱，满眼繁华、好写生平句。莫道人间曾伏虎，深山还有潜狐兔。

虞美人 · 六十六岁生日有感兼怀教师节

亲朋祝寿多宽慰，争道英豪气。我偏举酒说辛酸，最令不堪回首是当年。　　琼楼玉宇冲天立，课室风穿壁。檐边耆老却多情，拍遍栏干无语到黄昏。

浪淘沙 · 潼关途中

窗外景难拴，着意留连。川原万里耸雄关。若与剑门相比较，却也平凡。　　今古越千年，离合悲欢。成王败寇马蹄前。辘辘列车何处去？遥望长安。

渔家傲 · 楼头偶书

曲岸围城幽径绕。江边好景楼遮了。纵目难寻花与草。天不老，天宽路窄云头小。　　陋室无华家具少。囊空反觉心情好。忽见长街烟雾绕。休烦恼，垢尘自有雄风扫。

金缕曲 · 往事

寒夜何时晓？忆当年、水程山驿，不辞昏卯。谁料娇园风骤起，悚听狼嚎虎啸。终日里，催交检讨。漫对蛮笺无字写，背人处且画猫和鸟。时易失，岁空老。　　故人一别音尘杳。却原来、隔离审查，苦情难告。同是天涯穷路客，应把心魂重找。我不信、花期不到！倏忽惊雷一声吼，又人间瑞裹祥云绕。春至也，普天笑。

踏莎行·枫

秋色何殊，秋容何在？斜阳几缕谁能买。西风夜夜傍卿吹，暗将镜里朱颜改。　　好景难留，佳期难再。匆匆小别疏枝外。明年霜降看千山，千山依旧红如海。

踏莎行·重回构溪

秋色三分：一分流水，二分都在烟村里。老家草屋变高楼，重来不识新门第。　　腊肉喷香，鲜鱼味美。衷肠尽诉芳樽对。归时犹带醉时容，朦胧眼挂离人泪。

清平乐·再致杨大骏诗友

别来无恙？白发三千丈。声气犹能操大嗓，爱把京腔高唱。　　新来喜去凭栏，重寻画里江山。西去斜阳何在？携樽醉抱诗眠。

渔家傲·河溪访友

暑过风清阡陌路，河溪访友山隈处。分手常遭音讯误，时不许，而今再聚堪长诉。　　往事如烟难细数，浮生际遇风飘絮。噩梦方醒天已暮，悠然度，晚年漫写闲情赋。

沁园春·赠别友人

二十抛家，落拓银城，五十返乡。有昂藏七尺，情钟群岳；丹心一片，志恋诸江。暑夜催舟，寒晨投路，岁岁逡巡绿水旁。狂飙起、问无端风雨，来自何方？　　悠悠往事须忘。步前路更应有远光。盖某虽小可，胸怀不二；君真大雅，俊骨无双。楼底生涯，檐边气候，好赋诗词种菊黄。茶烟里，莫见人说我，秉性乖张。

注：银城，即岳池县城。

定风波·进农家

一底三楼傍浅湾，汽车可到大门前。爷宰雄鸡婆表态：须快，清华孙女午间还。　　学子归家频唤母，何故？赈灾要献爱心钱。今日她爹该度假，休耍，反贪局里我轮班。

陈其超（1929— ）

四川南充人。1949年肄业于西南师范学院数学系。曾在军队任职，后任四川省石油管理局川西北矿区党委办公室主任。

听二胡曲《光明行》

地坼东西战未休，沉沉黑夜黯神州。
伤时已尽书生泪，救国甘抛烈士头。
红旆千山湘赣赤，光明一线羽宫求。
惊弦急拍心犹荡，击楫声闻破浪舟。

主妇叹

同堂三代两居间，拥挤喧嚣心太烦。
搭架支床铺对铺，进厨入室肩擦肩。
老爹屋外多埋怨，幺妹回家少笑颜。
安得新房平价买，宽宽敞敞合家欢。

望海潮·港岛皇家牌号纷纷易名

西风吹起，潮翻浪涌，那堪梦断香江。沙角故台，虎门遗塞，海天一碧苍茫。百载感兴亡。念沉沦往事，漫说凄凉。匝地夷尘，米旗猎猎矗高岗。　　神州日月重光。庆声威已振，华夏腾骧。消尽蜃楼，凋残玉粟，波平万里海疆。长啸慨而慷。问皇家何处？落叶纷扬。共盼珠还璧合，彩笔写新章。

惜春容·感时

西园谁料狂风啸，昨日繁华今蔓草。那堪旧梦苦追寻，远望阴霾徒懊恼。　劝君却步林阴道，物是人非花事杳。休惊天外暗尘烟，历尽凋零春又到。

一剪梅

急景流年底事催？方见莺飞，又见梅肥。池边杨柳绿枝垂。几处芳菲，几处萋迷。　倦客天涯久未归。卅载栖栖，十载怡怡。馀生有味是清时。兴在诗词，乐在琴棋。

卜算子·抒怀

廿载谪居多，落拓思缥缈。夜听江流汩汩声，一曲笙歌袅。　世路正清夷，何必忧耆老。常梦乘车去日边，热泪知多少？

满庭芳·春游太白公园

柳叶初裁，桃红半染，烟含雕树游船。绿平溪岸，流水自潺潺。远近楼台画阁，疑梦里，恍惚长安。知何处，吟诗百首，醉后酒家眠。　经年，寻故地，谪仙逸事，世代流传。羡笔惊风雨，才媲江淹。纵令文章彪炳，空辜负、锦绣华年。看今日，莺飞草长，春色满芳园。

高阳台

值戊戌变法百年之际游颐和园，览玉澜堂光绪帝幽禁处，感而作长短句。

骤雨才过，游船竞逐，昆明万顷粼粼。古树荫浓，玉堂深掩重门。檐牙高啄宫墙柳，记昔年、风雨神京。叹时艰，荆棘铜驼，豆剖瓜分。　　男儿有志弥天裂，奈刀光剑影，血染京尘。百日维新，遗踪旧谁寻？帝魂杳杳归何处？最惹人、怨愤难平。上高台，极目平芜，烟霭沉沉。

郭　诚（1929— ）

江苏江阴人。1946年在上海加入地下党后转入解放区，先后在三野和二野政治部文工团、西藏军区文工团任职，成都军区战旗歌舞团副政委。

1954年在拉萨植树今已合抱

布达拉宫雁阵过，雪原惊见柳婆娑。
当年胡马嘶风处，同唱军民鱼水歌。

忆仙姿·离休吟二首

宇宙时空无限，大地沧桑巨变。戎马战尘中，不觉鬓斑眸眩。无怨，无怨，价值吾侪实现。

血雨腥风苦战，锦绣山河奉献。今日届离休，犹自丹心一片。真恋，真恋，化作晚霞争艳。

游丕承 （1929—1989）

号铁堂，四川乐山人。开明印社社长。

赠郭生老友，忆解放前夕刻毛主席咏雪诗

当年初刻沁园春，顽铁曾同拱璧珍。
一别沧桑三十载，喜君仍识旧刀痕。

即　兴

当时纵酒意横飞，拇战曾争鸭尾肥。
二十五年成一梦，青袍如染溅泥回。

王宏英（1930—　）

四川峨眉山人。曾在四川石油单位担任秘书、主任、学校书记等职。

中　秋

湿云低掩月，风雨冷中秋。
人在巴山老，心随汉水流。
启箱寻旧牍，倚槛起新愁。
纵是清辉夜，难登昔日楼。

游遂宁广德寺二首

驱车游广德，拾级上层台。
过雨苍苔湿，经秋绿叶衰。
梵音传下界，鸟语落遥陔。
未悟参禅理，无风云自开。

御敕千年寺，巍峨殿宇新。
僧迎进香客，佛度有缘人。
古柏生灵境，清泉濯暗尘。
纵然多俗念，不肯涉迷津。

除日阻雪

千里打工为脱贫，谋生不易敢逡巡。

合群旅雁飞南北，自振孤蓬落棘榛。
月夜思儿慈母泪，年光空老壮怀身。
今朝欲遂团圆梦，大雪埋轮天阻人。

王槐佑（1930—　　）

四川南部人。入大学一年。先后在川北军区、四川军区、成都军区机关工作。1980年转业，任四川省冶金厅纪检组组长。

七十再登金顶

风疾鸟飞尽，山高人近天。
自觉心未老，再上峨眉巅。

吊塾师

杏坛应怪我来迟，一瓣心香祭塾师。
庭读琅琅犹在耳，滕王阁与婉容词。

上黄山

千里酬相思，但恨谬时日。竟日风兼雨，烟雾密如织。五步不辨人，十步径迷失。风劲伞破裂，雨斜衣尽湿。天地成一统，混然无虚实。见说迎客松，相距才咫尺。与之擦肩过，茫然了不识。莲花知何处，更无飞来石。溟蒙何所有，唯步遗足迹。间闻人语响，皆言天太逆。所思不可见，我心独悒悒。

朱 洁 (1930—)

甘肃崇信人。西北大学毕业。曾任俄语翻译、教师等职。成都水力发电学校高级讲师。全国水利水电中专学校外语教学研究会理事、顾问。

凭吊梨树湾

蝉寂霜来枫叶丹，鹃啼春去落红残。
昔时茅屋故人没，今日梨花古井寒。

浣花溪叹

曾是清清水浣花，如今鱼鳖不安家。
飞来翠鸟安知故，犹立枝头待小虾。

又访卧牛庄

人去楼空不见花，小园何在剩篱笆。
忍抛一把相思子，随水东流到海涯。

忆故人四首

柳丝山畔荡春风，常忆故人莎水东。
二十年前桥上别，村头一树小桃红。

十年种菜度生涯，西望天边何处家。

夜半杜鹃啼井树，山中四月葬桃花。

山野绿陂无限春，桃花已落早成尘。
手栽湘竹依然绿，只见痕斑不见人。

地白风清飞夜乌，暮来江上雁声孤。
不知莎水相思月，还照桃山荒冢无。

山顶人家

木屋峰高天语闻，崖前流水两家分。
山人不愿下山住，难舍青峦与白云。

吴西萍（1930— ）

四川富顺人。大专学历。原泸州市委理论教员、讲师团副团长。泸州市诗书画院诗词创作研究员。

故乡行

云峰岭上暮云低，黄葛烽烟望欲迷。

坝上茫茫青欲染，一江浩渺下安溪。

注：黄葛、安溪均沱江边场镇。

寻　春

物换星移淑气浓，千门万户乐融融。

寻春何必江南岸，红杏墙头笑语中。

蝶恋花·寄友

凉雨西风初送暑，桂子黄花，莫是心香吐。记否当年游乐处，垂杨堤上滨江路。　　一去天涯秋几度，风雨沧桑，白首情如故。望断遥山云雾阻，归来把酒愁千斛。

双红豆·无题

桃满蹊，李满蹊，送到桥头更向西。远山望欲迷。　　风凄凄，雨凄凄，愁听春深蜀鸟啼。离人何不归？

甲申重阳游合川钓鱼城三首（录一）

巴山秋雨树苍苍，百仞孤城古战场。
读罢残碑凭望里，寒烟荒垒两茫茫。

山村行

石径小桥傍柳塘，榴花艳艳着红妆。
山家五月闲农事，窗下村姑上网忙。

喝火令

白首情依旧，相知谊已深。可怜春色恼人心。别后渺如烟水，魂梦总难寻。　　昔日窗前语，感君音可钦。那堪风雨复沉吟，朗月星稀，倦鸟绕丛林。何日彩云归驻，相聚听佳音。

张福秋（1930— ）

河北平山人。1947年参加中国人民解放军，南下干部。历任区委书记、团县委书记、副县长、县长、县委副书记、县人大常委会副主任。退休前任长宁县政协主席。

琴　蛙

草池轻弄古弦琴，一洗靡风良可歆。
我欲低吟追逸韵，高山流水有知心。

喜春来

岭边雪里梅花醉，湖畔轻风柳眼窥。翻波戏浪鲤鱼肥。小鸭追，天外一声雷。

张婉萍（1930—2010）

女，四川宜宾人。泸州市政协退休。泸州市关心下一代工作委员会顾问，中国世界民族文化交流促进会文学委员会副主席。泸州诗书画院院长。有《婉萍诗词》《婉萍诗文》。

枕上吟

脚踏千山远，归时燕子楼。
离乡人不倦，望断白云游。

淮北农村见闻

月上银锄暮色垂，投林小鸟记飞回。
星疏云淡凉风绕，唧唧虫声伴晚炊。

雨中黄荆

泠泠清露洒清溪，雾绕苍山步履迟。
正是黄荆幽寂处，一天烟雨梦游时。

蓉城拾句

万里桥边忆薛涛，才华流溢锦江潮。
井边亭畔沉吟久，听得枇杷一巷箫。

华北行吟

风来大漠扫孤烟，紫禁城垣晓露寒。
自古幽燕多扰攘，艰难换得艳阳天。

赵州桥

不到桥头问李春，巍巍广济事谁寻。
仙人过海原无据，翻使风涛说到今。

萍　踪

雨打孤舟江上行，岁寒冷月白云横。
多情蜀客萍踪杳，万里烟云北斗星。

百里翠云廊

浓云古柏望无涯，一路林深听晚鸦。
忽有杜鹃啼血泪，长廊幽洞落烟霞。

蝶恋花·赋闲家居有感

　　明月稀星凝睇久，追忆年来、冷冷情如旧。风露清寒长共守，辛劳换
得容颜瘦。　　门外苍苔庭内柳，撩动新愁、心事年年有。淡淡风凉侵短
袖，纱窗寂寞黄昏后。

　　注：余早年辍学，曾当童工和山乡教师，1949年闲居，时年未二十。

鹧鸪天 · 杭州行

漫漫飞花趁落霞，烟峦云树息昏鸦。湖边淑气迎芳草，林下清风浣
绛纱。　　登六台，望无涯。钱塘有路问谁家！鉴湖武穆悲歌在，飞泪
长天北斗斜。

踏莎行 · 游凤凰湖

细雨斜风，轻烟薄雾，小车缓缓南郊路。几声犬吠绝红尘，木姜岩畔
萧萧树。　　画舫云深，玲珑钓渚，悠悠湖水今初度。凤凰湖上听吹箫，
仙人洞内知何处。

渔家傲 · 思华年

翠黛遥波沉百感，卅年苦乐和烟淡。寂寂深庭常伏案，诗成伴，遐思
几缕随风乱。　　一角萦牵情不断，故园梦里轻舟泛。曲径苍苔人不见。
春已半，小窗日照流年换。

踏莎行 · 夜吟

倦鸟归巢，晚烟袅袅。天涯渐是春光老。婆娑月影近南窗，醉人更候
何期早！　　浮想联翩，情怀未了。低吟浅唱残诗稿。几多剩墨任留连，
隔墙又被鸡声扰。

醉花阴 · 为姨母八十寿贺

雪压冬梅寒日晓，启户临窗早。携幼守门庭，满目青山，难觅枝头
鸟。　　晴林已是风尘杳，白石苍梧老。闲坐数疏星，笑月迎风，膝下儿
孙绕。

天仙子·过桂林

乡梦萦回思蜀土。雪点寒梅花可数。柴扉月下是谁敲，阳朔暮，漓江渚，两岸奇峰呼晚渡。　　隐隐花桥飞白鹭。树影横斜荷盖舞。轻霜薄雾不胜寒，长堤路，行且住，一缕诗心无觅处。

鹧鸪天·秋雨

秋雨无羁失剪裁，乱云飞渡下天垓。梧桐叶落寒霜处，沧海沉浮淡淡哀。　　篱菊泪，似盈腮，孤鸿远影动秋怀。一帘幽梦三更静，犹待星河伴月来。

蝶恋花·盼团圆

几度风前寻旧梦，绿满山川，秋月遥遥送。起步绕廊花影动，天涯游子谁相共？　　朗朗星河飞彩凤，玉镜高悬，夜静繁霜重。待到归时秋露冻，多情还奏梅花弄。

踏莎行·走过的岁月

远眺河山，情怀万里，闲思往事情无已。画堂人静小楼空，自留一曲弹何易。　　细雨蒙蒙，花开有泪，馀香留待催人睡。长廊倚遍尽沉思，晓风吹绿新天地。

蝶恋花·送春

几日江风花乱坠，一片流云，淡荡三春水。燕老莺残花溅泪，庭空寂静深宵寐。　　待共明年垂柳媚，池畔同行，漫步吟联袂。何处笙歌吹锦帔？兰前蕙后多情醉。

官福光（1930— ）

四川荣县人。毕业于新疆广播师范大学中文专修科。新疆阿克苏农一师三团中学教师、教务主任。内江市老年大学文学教师，内江诗联学会常务理事，《沱风》副主编。

苏幕遮·良宵

玉轮凉，星斗灿。点点流萤，点点流萤散。细柳难堪风作伴，缕缕情丝，缕缕情丝乱。　　对良宵，休气短。冷酒愁肠，冷酒愁肠断。月下梨花空耐看，何似寒梅，何似寒梅健。

金缕曲·倾怀邓公

四海同声哭。痛斯时、天倾地陷，太行王屋。百色徐州春试马，叱咤中原逐鹿。几落起、公忠弥笃。暖送三中欣拨乱，展宏猷、新政龙腾速。归港澳，雪奇辱。　　公之理论真知灼，仰先驱、铸颜济美，接班多淑。三向四基兼两制，德业长彪青竹。更两个、文明相促。今日五洲钦禹力，一追怀、咸把邓公属。遗志在，兆民续。

胡力三（1930—　）

四川富顺人。曾任报刊编辑、记者和高校教师，四川省地方志编纂委员会副编审。曾任四川省诗词学会理事，四川老年诗词研究会、《濯锦诗词》、重庆嘉陵诗词学会顾问。

读晚清史

恨史篇篇血泪中，寰球谁识睡狮雄。
洪杨白骨埋荒草，戊戌金轮压好风。
粤海硝烟迷炮舰，神州残月泣哀鸿。
颓波岂乏贤豪挽，辛亥惊雷破夜空。

旅顺口

由来辽左战云多，羯鼓声喧白刃磨。
滚滚洪波飞敌舰，哀哀紫燕绕铜驼。
雄关岂阻佳人梦，虎岭欣传壮士歌。
残月远天迷废垒，喜看旭日耀山河。

纤夫吟八首（录六）

20世纪60年代余下放川江，常参加拉纤劳作。当时感而赋此。

朝夕滩头战恶风，严霜烈日锻英雄。
挽舟齐搏滔天浪，踏破云山百二重。

纤啮肌肤汗血糊，低眉俯首数征途。
寒宵月冷妻孥候，夜半灯前酒一壶。

苍凉号子伴滩声，水复山重又一程。
篝火江滨苕作饭，夜寒衾薄听潮生。

背负苍穹面贴沙，纤藤凝血走天涯。
微躯合与湘灵伴，日夜惊涛送岁华。

绝壁千寻纤道危，长河风劲鸟难飞。
家人引颈高丘望，深恐天边去不归。

号声吼破大江秋，万水千山抛后头。
休说滩多风浪恶，惯经风浪不知愁。

归　蜀

万山行处雾漫漫，蹉跌方知蜀道难。
双剑崔嵬晴复雨，一江奔泻夏犹寒。
巴陵月冷愁千叠，阆苑云深路百盘。
终见锦城桑梓地，不须惆怅忆长安。

注：双剑指剑门关之大剑、小剑二山，一江指嘉陵江。

九寨神韵

皎皎银峰隐玉容，雪山脚下绿葱茏。
牧歌芳草晴烟外，羌笛牦牛夕照中。
五色流泉光绚烂，千寻飞瀑雾朦胧。
碧潭浩渺苍龙蛰，掠影清波过塞鸿。

登终南山

风劲雁声寒，雪花大似盘。
朝晖明曲涧，残月下幽峦。
云绕千峰瀑，鹰回一线天。
登临穷远目，麦浪锁秦川。

逝　水

万里烟波游子归，茫茫何处觅慈帏。
山河劫后怜春望，风雨声中赋采薇。
坎坷心惊辽鹤语，登临目送塞鸿飞。
年年寂寞花开日，绿柳依依映夕晖。

满山荆刺比花多，文字经年避网罗。
鹃邑空留蝴蝶梦，燕都忍听鹧鸪歌。
沉沉楚水湘灵魄，黯黯秋云银汉波。
明月依人情若旧，西风催我鬓华皤。

西江月·赞奥运高台跳水冠军伏明霞

有似彩云舒卷，宛如雏燕凌空。九天明月揽怀中，一跃寰球轰动。　　漫道明霞千里，天涯屡建殊功。神州处处育英雄，灿灿金牌情重。

菩萨蛮·舟中

迢迢一水摇征梦，轻舟难载离愁重。回首望长安，浮云万叠山。　　难寻春去处，风雨关河路。和泪送流光，江天月似霜。

雨霖铃慢 · 忆余川江拉纤次柳永韵

寒涛如雪，正银河淡、晓星明灭。川江日日拉纤，风尖浪口、频催华髪。背负青天、面贴砾沙索凝血。鸟道险、千里烟波，烈日严霜异乡月。　　京华尚记芳园别，柳丝青、万语无从说。琼楼玉宇何处？人去后、暮蝉声咽。十载冤沉，应是尘寰炼狱多设。付一醉、明日天涯，坎坷从头越。

凤凰台上忆吹箫 · 别绪

月冷关河，霜侵潘鬓，乱红飞过楼头。听流泉呜咽，断雁鸣秋。犹记芳园携手，都付与、别怨离愁。青衫恨，人输魍魉、情阻鸿沟。　　悠悠。华亭鹤渺，忍顾旧山川，残月如钩。剩廊桥零梦，星汉虚舟。料有蟾宫素女，应知我、长夜凝眸。今生路、风高浪危，难主沉浮。

鹧鸪天 · 悼亡

八宝山头夕照寒，霜风骤起暮鸦喧。白杨深处寻卿冢，红殒香销二十年。　　云幂幂，水潺潺，相思两地隔云端。生还虽见芳菲盛，皓首青衫悼逝川。

鹊桥仙 · 怀旧

渝州春暮，落英无数，曾伴蕙娘归路。十年风露客孤眠，有鬓雪，痴情如故。　　关河苦旅，天涯别绪，惊惜韶华暗度。九霄神女若相逢，应告我，鹊桥何处？

姜 炎（1930— ）

四川简阳人。1951年参加工作，在简阳县供销社、县轧花厂、县物资回收公司从事机械、土建设计、制图、施工，直至退休。

记排队挤买非农业户口

马到关前汗湿胸，伤心尔也买非农。

此行一了儿孙愿，戳脱高粱酒万钟。

注：戳脱为四川土话，有一下搞光耗尽之意。

酬《冰弦集》见赠

仗剑华年早露锋，不辞伐罪向刀丛。

挥鞭又试犁云手，铸得锤镰待好风。

湖海襟怀八面风，江山写意着秋红。

还舒鹰眼巡天急，箭射飞云月满弓。

童年赏梅雪学诗

童年染指尝诗味，雪与梅花似有情。

树上梅花梅上雪，何曾一眼看分明。

姚志鸿（1930— ）

山西晋城人。成都军区后勤军需库主任。成都市第七届特邀政协委员，《中国军事史》编写组成员。

羊 碑

家有悬鱼太守风，十年都督德声隆。
襄阳百姓羊碑立，公仆何曾读一通。

风雪秦岭

渭水衔枚夜拔营，宝鸡阒寂未闻声。
终南山口风如割，大散关前铁马行。

榆 树

一提榆树便言钱，患难之交另有缘。
暴月荒年千里赤，是谁舍得一身捐。

注：1941年华北大旱、蝗灾，日寇实行"三光"政策，老百姓靠吃榆叶、榆皮救命，当地十年之久不见榆树。

车 队

名车塞道乘宾相，前有警车充仪仗。
市民驻足看新娘，行长女儿腰板壮。

唐玉枢（1930— ）

号桐荫逸士，生于重庆，祖籍四川遂宁。成都中医学院附属医院内科副主任医师。成都市第九届政协委员。成都老年诗词学会理事。有《桐荫诗词》。

辛未秋游峨眉

峨眉石栈陟千重，回首飞车雾里踪。
浮动岚光明灭处，夕阳如画抹群峰。

柳

漫天飞絮送君行，怕听鹧鸪三两声。
一曲阳关分别后，伊谁不起故乡情。

松

岁寒入梦倍思家，鹤影琴声北斗斜。
眼底黄山风阵阵，蛇龙夭矫舞云霞。

成都府南河情思二首

芙蓉似锦柳成行，处处笙歌绕画梁。
堤畔琉璃灯对对，花间儿女影双双。

新晴漫步锦江滨，碧草如茵不染尘。
红白芙蓉光照眼，金秋翻觉胜阳春。

悼　妻

忆昔怜卿阆苑西，画楼风露鹧鸪啼。
迢迢长夜悲花落，恨事伤怀泪眼迷。

萧兆汉（1930— ）

萧兆汉，四川大邑人。曾长期在文化部门工作，大邑县电影公司退休美工师。大邑县诗词楹联学会副会长。

洞庭泛舟

夕阳红到小篷窗，一带烟波送远樯。
秋水糅蓝人窈窕，关山染黛色苍茫。
长天雁阵南飞晚，短笛渔歌北去凉。
万里浮舟轻似叶，岳阳楼在水云乡。

杂　画

活火闲烹盖碗茶，残年老懒似秋蛇。
逍遥一赋庄生梦，门外红尘过眼花。

浣溪沙·暮归

薄暮微熏驶破车，天风吹袂冷来些。弯弯山道似盘蛇。　　几树丹枫红胜火，一丛芦荻白于花。青山隐隐望中赊。

浣溪沙·西岭

细雨春风寒食天，杏花初绽柳飞绵。隔溪人语著风传。　　一槛平临山隐翠，半桥斜出水拖蓝。几回清啸立朱栏。

水调歌头·听澳门女童思亲歌

一掬难禁泪，歌竟忍抛弹。妈阁非我真姓，字字饱辛酸。信是炎黄骨血，纵是海枯石烂，莫改此心丹。万里仰明月，今夕应更圆。　　千秋耻，家国恨，记胸间。激昂慨慷，多少英烈挽狂澜。幸有南行讲话，旋转乾坤巨手，再振好河山。旭日腾霄汉，百族共骈阗。

注：传说葡人至澳门时指妈祖阁问此何地，乡人云是妈阁，误读以其译音为澳门之西名。

曾孔恕（1930— ）

四川德阳人。内江市市中区城东街道办事处副主任。

宿五通桥

水绕花城村荫堤，桥通五路有高低。
衣香人影饶风韵，挝鼓飞舟竞渡时。

梦 回

梦回缘雀唤，旭日上窗明。
随意翻书卷，居然见物情。
文章余事业，清籁豁尘襟。
斗室容天地，寸阴觉古今。

曾忠恕（1930—　）

四川南充人。读过私塾，初中学历。当过店员、军人、教练，南充市体委办公室主任。

农家新忙

蛙声唤醒老人忙，那敢清风追晚凉。
玉液盛来香满碗，新炊麦饭唤儿尝。

日照凤垭

百顷荒坡半石沙，春寒留得一分芽。
嘉陵昨夜潇潇雨，红日林花入凤垭。

候鸟老人

家乡二老似飞鸿，一个飞西一个东。
女在长安儿在沪，各分一半夕阳红。

偶　成

鸡鸣楼下北湖边，风景依稀似去年。
茶友诗朋闲论世，人生半是逆风船。

过新三峡船闸

五洋欲下又浮空，且着仙槎如御风。

荡漾舟行云海上，逐波身入水晶宫。

才知铁壁船能越，始信天河路可通。

起落闸门烟树外，艨艟巨舰任西东。

金　槐

环城漫步至西桥，缥缈秋山入望遥。

病叟莫愁闲路远，黄云红雨晚潇潇。

注：金槐，又名槐花黄。木本，多年生。花期从初夏开至冬末，盛花期多在端午、中秋前后。南充各景区均有种植。

南门古渡

堤外嘉陵江水流，千丝老柳系游舟。

半船山色相吞吐，并作波光拥渡头。

待　渡

华滩西去水连天，待渡行人暂息肩。

市子晚来归意急，数峰斜日末班船。

鹧鸪天·悼亡兄

禹里羌城又一时，重寻旧梦梦游非。秋风多事梦吹散，寒月无情魂照归。　　清泪涕，纸灰飞，愔愔故宅弟来迟。茱萸红豆浑无恙，只有坟前寄所思。

孙宇辉（1930—   ）

四川成都人。高级工程师。

八月廿五日贺晓辉弟赴斯里兰卡

浮天一岛海无垠，黄竹笙歌迓国宾。
珍重衰年投瘴疠，辛劳异域见精神。
术传稼穑南邻睦，心系工农北阙亲。
他日芙蓉映霜色，扫开三径老诗人。

十二月寄晓辉弟斯里兰卡

想得诗成万里赊，壮游消息近天涯。
持来宝剑星纹色，看遍优昙佛国花。
明月破云生碧海，热风吹雨洗长椰。
天低鹘没应回首，倚槛怀君趁日斜。

冯广宏（1931—　）

江苏南京人。四川省人民政府文史研究馆馆员、四川省水利科研院教授级高工、成都市诗词学会会员。

道　见

畦面寒霜映白头，儿时植桂已平楼。
抱锄君莫嫌耆老，自古农民不退休。

水利竹枝词二首

造库开渠万炮鸣，硝烟一过石山平。
此峰此壑君须记，他日重来不识名。

四袋沙泥一担挑，白头健步上高桥。
我年七十何曾老，要看金堤锁怒蛟。

与众画家登光雾景区香炉山

九月香炉冷，阴山雪未消。
兽云摩赤壁，鸟道接玄霄。
峰壑如相语，丹青恰自描。
写生忙上下，唯有画家劳。

车过巴山

车到巴山秋意来，无边烟雨湿青苔。
云从高处穿峰峭，猿向崖头唤侣哀。
幽涧如肠多九曲，层峦似债累千回。
艰难蜀道今全过，回首苍茫古栈台。

崇庆白塔湖金秋笔会

蜀江白塔倚天浮，黄到霜枝岁已秋。
酒作平湖船亦醉，诗逢佳节韵如流。
新来时尚争行乐，老去情怀半是幽。
雅集江源抬望眼，月明沙净落闲鸥。

山村投宿

蹒跚随月共攀崖，才到山村入夜霾。
电站泉枯楼有烛，茶寮客散灶无柴。
荒冈飒飒鸦争树，野店蒙蒙鼠过街。
酒浊灯昏催旅梦，垆边一席即南槐。

洪雅槽渔滩望总冈山

槽渔一别廿余庚，快睹新兴文化城。
峡口镜湖飞电紫，江头笋塔矗冬晴。
难寻邃古青衣国，不见当年红卫兵。
眼下沧桑君莫怅，总冈依旧半天横。

李之正（1931— ）

笔名雪园、李十四。四川成都人。曾供职内江等地。退休后，定居老家，做老年大学教员。

蚯蚓歌

蟠吟草柢闻于田，田父闻之有茫然。嗟尔浑身无指爪，竟如盾构洞壤泉。天生万物成生态，天生我才必有待。我才自谋生与存，不求谁家恩和爱。草木弃为腐植质，我自甘之以为食。安知争气或争光，不与谁家空间夺。不求不争最富有，赤身条条不伸手。非为妖媚软且柔，生生不息乃年久。君不见凿泥穿穴地道空，板结块垒得疏松。入药可疗惊风病，默默无闻做益虫。

郊　原

郊原探胜避烦嚣，款步轻移过曲皋。
碧玉黄金铺地锦，远苍近翠纤云袍。
绕林惊起数声犬，入苑斜依几树桃。
日暮归来馀兴发，新词试赋醉翁操。

新津稠梗山

寻幽犹可上天梯，白首宁知复少时。
属望关山生薆薱，低徊花径系葳蕤。
当年载道青牛蹇，今日奔驰宝马骙。

羽客丹炉猜九转，诗人笔下更参差。

简州葫芦坝

层林叠翠酒旗斜，十里帘栊两岸花。
过岬三重寻洞府，沿溪九曲认篱笆。
琼杯方注泸州曲，瓦灶还烹蒙顶芽。
昏暮桥头踏归路，遥呼灯火是船家。

乡校旧址

昔年负笈沐春风，残梦依违石室东。
乍见颓垣问双柏，独怜芜蔓锁孤桐。
怀人愁对苍茫久，顾影空悲叔夜雄。
少艾荣芳思不尽，只伤过客太匆匆。

重游内江

卅年踪迹记中游，叹息枯梅对白头。
玉带溪边牵玉腕，东门渡口恨东流。
天低月色因风晕，人老心潮随雨收。
截断沱江索乌鳢，青蓑谁泛钓鱼舟。

徐无闻（1931—1993）

四川成都人。字嘉龄，原名永年，三十耳聋后更名为无闻。当代著名学者、书法家、篆刻家，西南师范大学中文系教授。

咏汉镜

武汉文物商店藏东汉镜一面，以《诗·卫风·硕人》为铭，自来著录所未见，希世宝也。

古翠寒晶入手惊，连城和氏不能换。四寸铸成东汉时，王公王母长相伴。八十七字何团圞，卫风硕人过其半。清辉圆月宜佳人，巧笑倩兮美目盼。荒冢沉埋不计年，时清复出耀江汉。端合赠之李易安，春风词笔青玉案。

题刘既明花鸟画册

笔秃砚穿袖露肘，白须常沾一滴酒。平生愁苦向谁论，腕底惟看龙蛇走。长松谡谡来清风，丹顶鹤立侍倦翁。松间或立鹰与鹍，侧目睥睨数为雄。水墨纷纭颜色好，妙手闲拈百花草。写竹欲追郑板桥，挥兰不让晴江老。芦雁萧萧最有神，寒汀食宿总关情。秋空一点相思字，远公杳矣数公能。

高邮王氏故居歌

一宅巍然邑里尊，出川图画影犹存。乔木百年故家在，喜在恂恂六代孙。高邮之学传世久，自魏以来未尝有。金声玉振条始终，能令郑朱齐俛首。汉采纷纷迹已陈，段王荜路启艰辛。经学樊篱思尽折，一任群吹万窍新。审音肯下亭林拜，转语但应东原戴。心声心画探毫芒，超然别字三苍外。犹轩绝代寻遗征，故旧声音究转推。汉家小学开新面，固应树作里程碑。读史当循唯物论，譬如挈裘五指顿。会须提耳洗筝琶，不许成心师方寸。前修未密后如何，座付霜红感逝波。旧学商量加邃密，新知培养益嵯峨。伫听响彻遏云歌。

敦煌莫高窟杂咏

天青日丽洞门开，吴带曹衣次第来。
莫恨画工忘姓氏，无名往往是英才。

访绍兴鲁迅故居二首　1982

百草园
细草萋萋留斜阳，荒园半亩几沧桑。
童心不逐飞光逝，夕拾朝花几代香。

三味书屋
百年未断读书声，学士挥毫署令名。
麟角终成非易事，案头早字认分明。

泾县小岭宣纸厂留题

冰清玉润彻肤肌，书画纵横总合宜。
天下奇珍山野出，西施生长苎萝溪。

河南行（录四）

白墙红瓦间槐杨，极目天边麦渐黄。
闻道车经高密县，何人知是郑公乡。

海天无际涌琼台，五载蓬莱两度来。
莫向神前祈海市，千秋只应东坡才。

今朝无复汴东流，盛老重兴古樊楼。
想见笙歌喧月夜，官家书画擅中州。

安阳幸遇主人贤，名画法书得纵观。
倾盖多缘金石契，明朝村又阻云山。

黄山纪游（录三）

云蒸烟绕见旋藏，雨后千山螺黛苍。
未到山前先入画，凭谁换取米襄阳。

从来画士爱黄山，道济瞿山更大千。
笔蘸几分灵气去，便留盛誉在人间。

壑深山峻兴云雨，土薄石坚长劲松。
奥秘天留谁有会，立身行事可成功。

与学书者

退笔如山未足珍，读书万卷始通神。
坡公此语真三昧，不创新时自创新。

题谢无量自书诗卷

心手相忘意自仙，啬翁诗卷蕴金丹。
世人苦被虚名误，笔不生风画虎难。

辛未岁自题印稿

莫谓雕虫计，唯凭石与刀。

植根在篆籀，润泽赖诗骚。

立意不徇俗，风规自可高。

白头争寸进，休负此生劳。

读散宜生诗

穷而后工不我欺，世人无病乱呜咿。

此翁一粒铜豌豆，半世都行铁蒺藜。

牛鬼蛇神亦活佛，肠肥脑满即行尸。

后生应把郑笺作，舜日尧天有此诗。

谒渐江上人墓

雨里披榛莽，来瞻和尚坟。

画名垂久远，忠节谈沉沦。

山水摅真性，松梅见真情。

徽城眉睫近，日夜练江声。

偶　成

门外大江流日夜，窗前竹树暗葱茏。

乡愁尽付深杯里，世事都来浅笑中。

手倦犹难纠字拙，身闲岂可望诗工。

关情最是巴台月，潋滟金波泻碧空。

临终作

微命如丝系水浆，针穿手脉乍流凉。

床头铁架玻瓶挂，僵卧愁看滴漏长。

病床深宵无语时，父子相依痛自知。

国手明朝商妙计，山城灯火夜何其。

蝶恋花·题蓝有智百蝶图册

巧夺天工天亦妒，妙影翩翩，卷里春长住。沉醉芳丛欹雪舞，乍惊粉重蒙蒙雨。　　砚静茶温香一炷，揽胜探奇，何必滇中去。少女漫寻花外语，老夫自会庄生趣。

水龙吟·一九八四年四月登合川钓鱼城

嘉陵回绕危城，遗恨千年难流去。比嵩峻极，拟华万仞，乾坤正气。上帝之鞭，血腥欧亚，断摧斯处。看苍冈赭壁，荒垣败垒，都曾记，支撑苦。　　忍把民心辜负，尽偷安、西湖歌舞。金汤众志，本应兴复，亡秦三户。箭美泉甘，麦黄秧绿，果真吾土。愿炎黄胄裔，春兰秋菊，拜擎天柱。

杨杰勋（1931—　）

四川富顺人。曾任自贡市委宣传部副部长、市人大教科文委员会主任等职。

春日村行

踏遍郊原意惘然，人间何处有桃源。

武陵人杳如黄鹤，蜀郡春回泣杜鹃。

北上群山多露脊，东流逝水每浮酸。

乱分春色谁能解，点点杨花落陌阡。

登蓬莱阁

多年向往蓬莱阁，一到蓬莱梦落空。

过海仙踪无处觅，蜃楼苏景更难逢。

离离岛列云天外，叶叶船航碧浪中。

难得苏诗碑尚在，细思人厄与天穷。

注：苏轼《登州海市》诗有"信我人厄非天穷"句。登州即今蓬莱。

张克纯（1931—　）

　　四川内江人。大专学历，1950年参加革命，从事政法、监察、人大工作。内江市诗词楹联学会副会长兼副秘书长，《沱风》诗集编委，内江市老年书画研究会诗词楹联部部长，内江市市中区书法协会副主席、区政协文史编委。

大足龙水湖松鹤亭

漫山松翠拥高亭，乘兴登临醉眼醒。
一派湖光收槛底，素鬓碧水蓼寒汀。

辛亥革命百周年

岁月倥偬忆共和，百年风雨感殊多。
脱胎换骨方成道，昧己亏心便是魔。
变幻浮云颠丑类，横流江海出乔柯。
兴衰贤佞留痕迹，我自回眸发浩歌。

陈叔毅（1931—2007）

四川武胜人。原武胜县审计师事务所所长。武胜县诗词学会副会长，《印山诗词》副主编。

梦游江心岛

江水初平晓雾开，轻舟一叶入蓬莱。
非因采药寻芳草，只为看花上玉阶。
绝色仙姝邀共舞，忘机鸥鹭莫相猜。
导游小姐情无限，临别犹呼请再来。

罗大千（1931—　）

四川泸县人。曾任中小学教师、校长。退休前任职于泸县县志办公室。

金陵感怀

六朝金粉旧京华，已属寻常百姓家。
几度张弓徒逐鹿，卅年磨剑得降蛇。
钟山草木弥天际，扬子波涛入海涯。
我为英灵含喜泪，雨花台上雨如花。

采　茶

清明时节好春光，负篓村姑采摘忙。
才撒满天欢笑语，又留一路嫩茶香。

浣溪沙·姑苏春兴

才过长桥又短桥，小舟轻拨绿杨条。满城飞絮暖香飘。　　微露漫随花落地，馀曛闲送燕归巢。园林裁剪费推敲。

罗　渊（1931—2007）

四川岳池人。新中国成立前肄业于四川省立南充高等师范学校，1952年参与组建四川省川剧团兼任党支部书记，1959年随省川剧团下放任市川剧团总支书记，"文革"后任成都市川剧院院长、党总支书记。省剧协二届常务理事，市剧协首届副主席。

浪淘沙

台下掌声喧，台上悄然。候场容易候官难。三请四催摇电话，改日来看。　　存票一长联，出售门前。霎时人拥似蜂团。唱到断桥相遇处，对号惊天。

天净沙

黄油果酱刀叉，面包牛奶红茶。革履西装大厦。忽听川话，白娘娘到华沙。

清平乐

锦江南去，人仁夕阳暮。半世梨园何处住？陋巷蓬门筚户。　　梦中舞袖翩翩，镜中皱面银髯。怕听笙箫鼓板，苦寻柴米油盐。

西江月

一盏官茶如故，国家万象更新。又辞旧岁又迎春，还是一言难尽。　　半世梨园厮混，退休未必寒心。对牛几度欲弹琴，可惜无牛想听。

临江仙

红瘦绿肥春欲暮，黄昏独立斜阳。戏园罗雀转愁肠。弦因阿堵改，胆为赵公张。　　带减衣宽缘底事，谁将国粹弘扬？诸公弃艺去经商。扪怀胸似雪，揽镜鬓如霜。

忆秦娥

滨江立，白云苍狗思今昔。思今昔，红红紫紫，血痕心迹。　　佳人才子成垃圾，帝王将相如仇敌。如仇敌，十年尘劫，一身残疾。

减字木兰花

秋山秋水，情累梨园忠义鬼。沥胆披肝，万紫千红九折艰。　　暌离歌管，淮北江南春梦远。极目天涯，不见梅花见荻花！

蝶恋花

生就爱花花解语，也逐花飞，也共花含露。日卧汀洲香草渡，夜迷月影花问路。　　掣电惊雷光如注，再访花阴，不见花开处。身与落英融净土，冰魂犹伴花魂舞。

高　文（1931—　）

山西临汾人。四川省文化厅文物处处长。

贺新都杨升庵研究会成立

半城烟火一湖香，劫后重登词客堂。
风雨天南哀窈窕，为公评注好文章。

桂湖雅集有怀邓拓

昔年丛桂半凋零，此日青莲一望新。
胜迹留公千载在，重泉定有好诗吟。

黄 力（1931— ）

原名思德，四川合江人。曾在部队及地方任理论教员，后调四川省人民医院任秘书、院办公室主任。

怀山居

绵亘青山下，潺湲碧水边。
清风摇竹影，薄雾裹炊烟。
鸟噪催新月，鸡鸣报晓天。
乡音频入梦，游子意拳拳。

学友家中聚会

昔年童稚鬓皆霜，言语依然乡土腔。
呼叫浑名齐喷饭，沧桑难改旧时狂。

临帖拾句

白首寻真趣，倾心翰墨情。
临池明雅俗，潇洒写人生。

游洪雅柳江古镇

四面青山夹两河，岸边垂柳影婆娑。
曾家大院喧声少，巷陌人家笑语多。

似入桃源寻旧径，更随流水赋新歌。

桥头榕树当神拜，游客谁知是甚么。

长相思·漫步学坎街

学坎街，石坎街。庠序参差映绿苔。高坡书韵谐。　　情满怀，风满怀。往事桩桩入梦来。归时花正开。

注：合江学坎街是一条古街，旧有凤仪书院、文庙、考棚、合江女中、治城镇中心校、合江师范学校等，今有教师进修学校、人民小学。

萧自熙（1931—2008）

字剑岚，四川磐石（资中）人，别号风光富有翁、不漏天蜗居主人、负行窝先生、舔笔叟等。曾先后就读于西南俄文专科学校、四川大学中文系，执教于四川大学图书情报学系，副教授。有《蜗居散曲》《磐石剑岚小令》《负行窝散曲》《风光富有散曲选》等。

【双调】拨不断·巴蜀

古巴蜀，世情殊。怎剑门风峨眉雪嘉陵雾，把泸州酒蒙山茶雅水鱼，变东坡词升庵曲相如赋？怪不得这搭儿俊才无数！

【商调】梧叶儿·敬老

两驻长生院，三朋四友缘，好一个五老七贤篇！我八十方过，你九十似仙，满六十有甚新鲜？他百岁腰儿未软！

【正宫】醉太平·晚年

才高座低，自有天机。人生本是梦中棋，谁知就里，倒不如图山图水图林地，哼歌哼曲哼川戏，钓风钓月钓涟漪。这日子神仙过的！

【正宫】塞鸿秋·毕业卅载同窗大聚

桐阴俏竹影俏斯文添俊俏，山歌调词曲倾谈换音调；醒魂笑醉梦笑浊醪解愁笑，雀牌闹棋子闹雄鸡凑热闹。他他他忙将老伴携，你你你更把孙儿抱。踏沉了青城道九寨道峨眉道。

【正宫】塞鸿秋·同窗聚二

劈劈啪啪灯花儿唤友桌边爆，袅袅娜娜蛛丝儿望侣门前吊；叽叽喳喳鹊声儿待客枝头噪，淅淅沥沥凉风儿劝酒窗间闹。诗推肺腑波，酒浅泸州窖。倒一片醉翁醉媪教人笑。

【双调】沉醉东风·山乡

邻里鸭春宵梦好，呼友朋逐水轻漂。喜钻研燕筑窝，爱缄默青山笑，放牛坡画笔难描。生蛋鸡婆语调高，料想是它嫌蛋小。

【双调】拨不断·守夜

代阿哥，守菠萝。胆颤颤瓜棚昏黑咱独坐，阴森森更有鸱枭学鬼歌，声细细疏篱破处谁翻过？原来是耗儿三个！

【仙吕】一半儿·童真

红油辣子嘴边搽，抹就红唇且唤妈，辣得自将头发抓。袖珍娃，一半儿天真一半儿瓜。

【中吕】普天乐·山居

自归休，茅山上。朝吟朝雾，夕诵夕阳。我这蜗室居，无风浪，但有孙女哈哈孙儿胖。几中秋几度重阳！野鸡红又麻又辣，莲花白又鲜又脆，竹叶青纯净纯香。

注：野鸡红，四川炒菜名，即芹菜炒胡萝卜丝。竹叶青，山西酒名。

【中吕】喜春来·悟事

功名利禄谁捞够？别怪当休总不休，世间自有抱官囚。权在手，出汗也流油。

注：抱官囚，贪恋官位俸禄的人。

【双调】步步娇·初学步

新月初踏虚空路，云碎难成步。气喘吁，不许群星把他扶。过成都，赶到峨眉住。

【双调】庆东原·农家梦

春秋去，来夏冬，低茅舍举家圆梦。喂肥猪娘挑猪潲桶，养群兔咱修兔窝棚，饲小鸡弟逐邻鸡公。襁褓中幺妹舔舌头，尝尝梦。

【双调】拨不断·江雪

雪儿歌，也哆嗦。见寒山冻水蒙头卧，问蓑笠渔翁独钓何？你生甚么闷气迎风坐？感冒了怨谁之过？

【中吕】朝天子·魔术

这权，那权，畅好装门面。天花乱坠尽圈圈，许的空头愿。溜似泥鳅，滑如黄鳝，筐筐顺手编。以权，换钱，魔术真能骗。

【中吕】山坡羊·养生

河滨垂钓，圆唇吹哨，心情舒畅鱼虾跳。五禽操，甚逍遥，一朝三次清心笑。微饮些浊醪儿端的是好！茶，养命草；烟？早戒了！

【中吕】山坡羊·观木偶戏

车儿豪气，庐儿官气，排场举止多神气。任你步丹墀，我自泛清溪，只缘识透其中戏。君不见傀儡棚中操棍的，东，耍弄你；西，耍弄你！

【仙吕】一半儿·鳝鱼

粗中有细细中粗，不信看他剖鳝鱼。谁说狡猾能免诛？用油酥，一半儿干煎一半儿煮。

【中吕】卖花声·著书

任君笔下珠光灿，难过酸甜苦辣关，鸿篇不及守坟幡。出书军民看，交钱两三万，卖文人一身虚汗。

【中吕】卖花声·题扇

翩翩风度需白扇，白扇需词教我填，词需篆字请书仙。三十酬扇，三千酬篆。付词家掌声三遍。

【双调】拨不断·广告

面条儿绵，面条儿坚。泡也泡不烂胃中浸泡如铜线，煮也煮不黏体内熬煎似竹鞭，扯也扯不断肠中拉扯如钢链。永饱肚果然方便！

【双调】落梅风·韩信

齐王信，野战多，问皇天怎明功过？早知祸来无处躲，任萧何嘴皮磨破。

【商调】知秋令·我与他

他走那吹皂泡的阳关道，我过这苦读书的独木桥，咱两个河水井水不相交。贵则贵他怀忧患，贫则贫我心不焦。他自是舔肥抱腿不逍遥，反笑我两菜一汤皆素炒。

【双调】蟾宫曲·读史悟

忠奸美丑清浑，打扮乔装，难辨难分。时贬时褒，时衰时盛，时假时真。贤明辈谁为贤圣君？是非臣原本是非人！回首红尘，历尽艰辛；天下兴亡，苦煞黎民。

【仙吕】寄生草·醒世

行善贫当富，作恶赢后输。高低贵贱知荣辱，浮沉显隐和夫妇，虚实强弱食荤素。行端坐正影儿直，夜深不怕人敲户。

【中吕】朱履曲·忆母

看的是极恶穷凶打骂，听的是凄风苦雨喧哗，住的是张王李赵主人家，穿的是针头鼻子孔，吃的是线尾废疙瘩，愁的是儿孤妇寡。

【中吕】卖花声·自画像

那老子谈经论史清贫共，那老子唱曲吟诗笑米虫，那老子乘霞驱雾舞春风。圆了西席梦，又圆诗人梦，喜孜孜寿眉飞动。

【时新乐】川味·泡生姜

蜀中泡菜增食量，南北东西昂头望。夺魁胜八方，成交会上美名扬。外商，内行，王侯卿相，夸煞泡生姜！夸煞泡生姜！

【仙吕】醉扶归·劝世

爱则真心爱，不爱免遭灾。两下三刨就躲开，勿作拔河赛。扯去拖来终被宰，饮恨将谁怪？

【中吕】迎仙客·山村小景

说丰年飘稻香，乐游蛙戏莲塘。这沙鸥野鹤圆梦乡！鸭衔波，鸡恋仓。笑阿哥醉舞夕阳，险撞在牛头上。

曾渊如（1931—2012）

四川简阳人。中师文化。新中国成立前曾任地下武工队长。四川解放后曾任乡长、区委秘书，1958年后当过农民、仓工。1979年回国家机关供职，后离休。四川省诗词学会副会长。有《看剑集》《磨剑庐诗词琐议》。

宣　誓

万籁无声天如洗，百丈狂涛胸中起。我今对天立誓言，涕泗横流泪如雨。我有头颅荐神明，上天入地供驱使。拼将鲜血洗乾坤，此生此世长不悔。丈夫一诺值千金，我今一言轻九死。

书屈二首（录一）

早已三缄口，还须唾面干。
世皆曰可杀，谁敢说堪怜。
大罪莫须有，柔腰直可弯。
只缘书误我，无处敢呼天。

夜　战

灯笼火把遍山洼，夜战千军乱似麻。
岭剃光头田跑马，垄封野草灶生蛙。
深耕掘地超三尺，捷报欺天苦万家。
但得谎言能果腹，此身甘戴狗头枷。

乡情杂咏（录五）

故山常入梦，历历旧庭除。
慈母机头布，阿公膝上书。
鸡窝眠懒狗，鸠杖跨毛驴。
老杏如龙舞，北枝已半枯。

客车驱客梦，卷土蔽天光。
郭地封蒿蔓，膏田起市场。
人皆趋货殖，谁复劝农桑。
儿女啼饥日，今朝已淡忘。

路转家山近，欣闻故鸟鸣。
三椽藏翡翠，一水映空明。
小径嬉黄犊，青溪涨绿萍。
菜花香欲醉，陇麦正青青。

了却尘缘债，归来鬓已霜。
倚门人杳杳，报世意茫茫。
漫掷屠龙剑，行看祷鬼堂。
鸡虫谁得失，几度费思量。

迟日春风暖，馀寒雾里山。
匹夫难夺志，败叶欲遮天。
请命非言职，扪心愧俸钱。
殷勤告父老，法网正高悬。

骑车野游二首

此马非凡马，乘奔宛若龙。

食忘刍与豆，劳任雨兼风。

消减髀间肉，增强腿上功。

行藏惟适意，不必问穷通。

踔厉穿丘壑，兼程陟彼冈。

世人多病软，我马未玄黄。

岭树遮天暗，岚烟引梦长。

安能登极顶，一啸达穹苍。

七十回眸六首（录三）

我生逢国耻，倭寇正猖狂。

后土多妖妄，前军半死伤。

佳人甘作贼，志士竟投荒。

悱愤垂髫岁，空留泪两行。

注：余生于1931年九一八国耻日。佳人，指汪精卫。

谗奸不可畏，可畏是阳谋。

世有难伸理，人无必报仇。

辩诬谁说项，苟活我依刘。

八卦乾坤火，精钢竟作钩。

注：世有句，南宋韩侂胄《讨金檄文》："君子有必伸之理，匹夫无不报之仇。"余反其意。依刘：妻刘桂珍，当时抗命护我，余始得苟全性命。

融融初日暖，唧唧蝼蛄欢。

难解肠中热，宁从壁上观。

无方消块垒，有幸结诗缘。

敢谓讴吟苦，奔流惜逝川。

读报志感

狂歌劲舞报升平，盛世奇闻闻未闻。

大吏拜年三叩首，寡人逢节最开心。

乡官敢下杀人令，田父难全避祸身。

狎妓嫖娼包二奶，凭开发票付官银。

　　注：原钦州市委书记褚之田向原全国人大副委员长成克杰拜年，行跪拜大
礼，送十万"孝敬钱"。海南乐东县抱由镇副镇长吉荣廷下令，派出所长黎圣
坤开枪杀死老实农民吉福顺，只因此人不愿交出承包地。

老卒吟（录四）

风雨鸡鸣六十年，不羞牛后不尤天。

平生多少糊涂事，留与儿孙作笑谈。

如磐暗夜正愁予，石破天惊读禁书。

信有幽灵能救世，书生何吝此头颅。

投笔横枪附逆民，铅刀初试客惊魂。

抟沙播火椎秦路，朋辈于今剩几人。

苦雨严霜无那愁，牛衣坐拥对寒流。

惊湍弱水泥泞路，矢志相濡到白头。

临江仙

一芥人生兼五味,归来细数从头:书生斗士楚冠囚。一朝雷阵雨,误了老黄牛。　烈火丹炉经百炼,白云苍狗悠悠。是非不是一枰楸。当初歌易水,岂是为封侯?

八声甘州·六十初度

忆当年天惨地昏黄,无处认迷津。问江东父老,幽燕壮士,塞上干城:我有头颅堪许,谁可救斯民?把剑闻鸡舞,不让刘琨。　碌碌朝朝暮暮,待蓦然回首,屈指心惊。叹书生报国,纸上作雷鸣。计征程、关山万里,况妖氛瘴雨苦相侵。念苌弘、滔滔碧血,岂敢偷生!

金缕曲·《看剑集》编后

掩卷沉思久。算平生、丢盔弃甲,舍斯何有!大好时光悲浪掷,枉说精魂操守。莫笑我、栽瓜得豆。弱冠也曾追夸父,叹路遥雨急飙风骤。谁为我,卜休咎?　挑灯看剑凉生肘。负霜锋,鸡豚未割,甚屠龙手!老去填词成底事,坐看烟云乱岫。漫检点、诗囊忒瘦。更向岷峨探胜境,仰崔嵬上有群星斗。如再拜,谢诗友。

貂裘换酒·门神叹(仿启功韵语)二首

戊寅除夕入城,见诸多厅、馆门上环立艳妆娇娃招客,有感于"桃符更新"门神已矣。

二位偏劳了。叫秦琼、尉迟敬德,你们走好。有美人兮摇钱树,为我招财进宝。赏路费、铜钱两吊。霎那听来魂出体,老军爷、肺炸心如绞。妖女子、那条道?　东家莫要瞎胡闹。这桩差、神荼郁垒,先朝封诰。日夜驱妖镇魔苦,保尔平安睡觉。她只会、倚门巧笑。皇历而今新本本,发财经、要念贪娼盗。怪尔等、不开窍。

哥俩全完了。咱门神、精忠耿耿，对天可表。末路英雄成底事，苦恨鱿鱼干炒。真愧对、妻儿老小。老子原非池中物，岂由他、炉上胡烧烤。毛了我、毁他庙。　尉迟兄弟休着恼。就由他、瘟神升位，正神潦倒。韩信能吞窝囊气，好汉羞弹旧调。别去管、男娼女盗。黑了西方东方亮，到天桥、卖艺能温饱。再就业、千条道。

貂裘换酒

有客谈仕途穷达，为余大发感慨，作此自嘲。

何必争鸡口。让熙熙、风流物种，流芳遗臭。不做英雄不做贼，好把灵根厮守。儒释道、几人参透？仙药难医头髓热，拜瘟神、土偶卜休咎。茧自缚，倩谁救？　世间利禄招摇久。越千年、功名二竖，驱人入枢。天下汹汹权与欲，喋血龙争虎斗。都是为、苍生奔走？枉筑金台收骏骨，看骅骝落鼎成烹狗。还羡煞、叭儿秀。

水龙吟·戏题某名人传

曾看优孟登台，施朱傅粉新妆扮。峥嵘偶露，横空出世，风光无限。弹唱吹拉，真真假假，帮闲礼赞。纵荒腔拗板，敢夸骚雅，欺人耳，早听厌。　自诩如花灿烂。到收场、曲终人散。脱脂褪彩，燃犀拭目，原形而现。点点斑斑，尘封垢积，居然麻面。幸人心有秤，董狐有笔，更天开眼。

蒲家驹（1931— ）

四川合江人。先后在西南青年杂志社、四川青年报社、红领巾杂志社、渡口日报社等单位做过编辑、记者、副总编辑。曾任四川教育出版社社长、总编辑。

甲戌清明节青城道中二首

芳甸溪头水乍盈，野花生处听啼莺。
软风柔雨青城道，新绿周遭自在行。

乡情细雨湿梨花，小树篱边展嫩芽。
金碧重楼烟障里，风光好在野人家。

茶 坊

二八娉婷奉盏忙，嫩毫新炙舌生香。
可怜慢管轻弦里，一酌黄芽一月粮。

圣 诞

风寒瑟缩近新年，灯烛华堂舞影翩。
二万八千迎圣诞，今宵赐福在谁边。

注：《成都晚报》2002年12月25日载：锦江宾馆设顶级圣诞大餐，每席28888元，有很多人提前订下。

福宝四题（录二）

福宝国家森林公园在合江县城南六十馀公里处。

琴蛙湖

朦胧竹海影参差，冷露凝霜坠柳枝。

隐约亭台诗画里，琴蛙湖上雨如丝。

乾坤图

阿谁辟石绘乾坤，经纬方圆斧斫痕。

历劫洪荒难索解，疑真似幻总销魂。

注：承露谷口有巨石凸现天圆地方经纬交错之纹，命名乾坤图。

蔡 逸 (1931—)

字叔华，四川高县人。毕业于西南师范学院中文系，宜宾师专（今宜宾学院）副教授。宜宾市诗词楹联学会副会长。

周道源老先生惠山水尺幅感赋

周翁惠我万重山，云海苍茫指顾间。云头浅露青苍色，点点峰巅断复连。小桥流水溪边路，隐隐落花红湿处。花间似有酒楼斜，酒帘飘荡迷青雾。忽然一缕白烟横，遮断墙头杏蕊明。几簇杏花红烂漫，酒香人过不胜情。柴门半启牧童出，发挽双叉驱黄犊。黄犊回头顾牧童，牧童嬉笑容可掬。童犊相亲野兴长，东南一角弥青秧。栽秧蓑笠人三五，一片青青数点黄。秧田尽处白波起，渔笛一声风过此。晴帆片片日边明，岸上垂杨青似洗。万条柳带随风飘，游客寻春过小桥。不知何处春光好，茫然四顾马萧萧。我对画图观未熟，一壶倾尽杯中渌。酕然醉倒欹胡床，更作卧游意乃足。

嘱 内

乖离应不负初恩，患难相期共苦辛。
贫莫卖书留子读，子孙愚昧是真贫。

读《冰弦集》及其续篇

一拂冰弦动地哀，天风海雨自东来。
胸中更有春雷震，万里山花次第开。

再拂冰弦百感生，英雄无奈是多情。
悼亡悯世真风骨，岂学安仁拜后尘。

赠书家侯开嘉先生

男儿何事觅封侯，一将名成万卒休。
笔扫千军真勇健，言惊四座足风流。
墨池激浪潆三岛，文论腾光耀五洲。
天地生材终有用，毛锥端不让吴钩。

六十感怀

沈腰潘鬓暗消磨，大好年华苦难过。
天外浮云看富贵，眼前风物壮山河。
囊悭举世讥穷鬼，顶秃随人唤老哥。
花甲一轮称教授，青春逝矣奈其何。

竹海咏竹

风姿潇洒忆当年，翠袖凌风势欲仙。
只为虚心甘寂寞，常因直节误婵娟。
剥残锦箨供炉火，掘尽儿孙佐酒筵。
淇奥渭川何处是，唯馀竹海贮风烟。

读《四馀诗稿》赠作者王重豪先生

古以三馀足，先生得四馀。
好寻千日酒，重读五车书。

拈韵心花放，批诗胆气舒。

问天天不语，斯乐乐何如。

注：古以冬乃岁之馀。夜乃日之馀。雨乃晴之馀。王先生增以"老乃生之馀"。

悼芦管吟友

早年飞骑戍穷边，终老诗书返故园。

崖岸峻高遭物议，生涯淡泊有谁怜。

衡文喜琢璞中玉，论曲敢为天下先。

如此长才如此命，遗编一读一潸然。

悼　亡

刻骨相思二十年，教人何处问苍天。

伤心有泪浮江海，泣血无魂化杜鹃。

中夜月明悲梦觉，满腔幽愤对谁言。

平生不信神和鬼，每为思君盼鬼仙。

金缕曲·读林觉民绝命书

匣底苍龙吼。叹平生、称心快意，几家能够？况复满街狼犬恶，遍地腥膻污透。英烈士、云流风走。拼却头颅成一快，扭乾坤、血洗河山旧。兴复志、冲牛斗。　　温馨更有情如酒。最难忘、梅筛月影，小窗携手。抛却私情天外去，推己及人之幼。看滚滚云涛翻绉。浩浩雄风掀巨浪，涤妖氛、万里清尘垢。天地阔、日光透。

魏钧石 (1931—   )

四川泸县人。历任泸县北新区区长、党委书记，化肥厂厂长，党校副校长，宣传部副部长等职。1993年从泸州市计生委退休，为正县级调研员。

秋游玉龙湖

秋波一剪见清心，笑靥明眸着翠裙。
姿色天然乡土韵，红尘觅得绣花巾。

咏　竹

岂受雪霜侵，琅玕压碧云。
高怀宁屈节，坚性本虚心。
春日临风醉，秋宵对月吟。
敢同天倨傲，林里隐贤君。

赠农民诗友刘泽斌

昼出耕耘夜作诗，骚风野味两兼之。
及时锄地栽桑柘，趁月寻幽写曲词。
心韵吟成聊慰藉，馀情抒发自矜持。
襟怀坦荡容天地，风雨柴门有鹤知。

鹧鸪天·游泸州杨桥湖

丽月杨桥湖水生，闲来荡桨镜中行。黄莺柳絮纷纷雨，紫燕桃花灼灼晴。　　泸窖酒，豆皮精，衔杯放饮乐升平。蒙眬醉眼春随路，两袖清风拂古城。

浣溪沙·春华

红了鹃花绿了茶，秧针出水笋抽芽，一鞭鹅鸭逐河虾。　　才听山中飞笑语，忽看天际涌金霞，红男绿女驾轻车。

一剪梅·斥赃官

腐败歪风何日完，刮得心烦，吹得心酸。试看污吏弄权钱，来者眈眈，去者便便。　　五令三申只等闲，财见唯贪，色见惟沾。山珍海味酒囊填，肥了官官，瘦了元元。

长相思·看《晚霞》杂志披露"贪官外逃"有感

州官逃，省官逃，妻妾宠儿一大捎。西洋筑暖巢。　　男逍遥，女逍遥，国库民脂打水漂。何年逮入牢。

冯秉昭（1932— ）

山西临县人。高中毕业。曾任四川省民政厅副厅长。四川省毛泽东诗词研究会名誉会长。有《润心集》《新潮集》。

赞护工

卧床难动要人帮，一片热情飞进房。
忙后忙前带微笑，问寒问暖话家常。
穿衣琐碎心还细，喂食频繁手不慌。
待得病员伤痛解，依依告别上新岗。

清平乐·幺店子

瓦房竹绕，桥畔青青稻。树壮花妍莺鸟俏，人往人来火爆。　　棋牌电视纷呈，烟茶糖果流行。最喜宽松自在，欢声远荡还萦。

画堂春·塔子山赶灯会

九天楼壮亮蓉城，梅香沙丽春鸣。彩光旋转幻繁星，灿烂翻腾。　　跳跳奔奔逗趣，寻寻觅觅观灯。香甜麻辣笑盈盈，不尽欢情。

文伯伦（1932— ）

四川合江人。毕业于西南师院中文系。叙永一中特级教师。曾评为四川省劳动模范。四川省诗词学会和绵阳市诗词学会理事。有《不器斋诗稿》。

豪官吟

辘辘队车走绝尘，豪官率吏号亲民。十二女儿方花季，狭路相逢怯者避。避犹不及可奈何，惊见蛾眉坠绿波。蚁民有命命亦贱，区区悬赏聊表愿。可怜驱车三十人，更无一个涉水津。车窗摇上去仍疾，女童生死自努力。豪官自有公务繁，节外生枝更添烦。凄凉落花逐逝水，女童只合长已矣！记者问时脸不红，豪官含笑带春风：救人岂能无意外？官死事大当更坏。公帑已拨六万元，宜缄汝口勿复言。可怜死者难瞑目，河上啾啾闻鬼哭。众怒难道天难遮，豪官终教摘乌纱。乌纱摘去眠不得，还思当时炙手热。

逃审记

夜梦麟凤来相邀，凤凰台上百鸟朝。麒麟阁下兽舞韶，祈我决狱代皋陶。我观状辞猫诉枭，洋洋洒洒若干条。首举猫名贵九霄，唐相笑里善藏刀，始获佳号为李猫。彼枭何物敢相淆，外号头鹰擅加猫，侵我名誉恨难消。次诉枭首伪装高，居然面貌拟吾曹，侵猫形象乱商标。三者枭作深夜号，思危示警徒哓哓，破人好梦败良宵。其四罪行尤昭昭，捕杀硕鼠救腹枵。硕鼠可爱殊娇娆，心里痒处彼能搔。与我相投漆与胶，众知"老鼠爱上猫"。保护伞下仍难逃，彼枭杀鼠万恶滔。我见此状怒火烧，如斯控状殊无聊，反坐诬者案即消。忽有陈辞来同僚，猫著佳声众同褒，枭有恶名非一朝。循名责实葫芦瓢，判猫胜诉心莫操，认真不过为徒劳。旋有媒体传邸抄，大说舆情肆讥嘲。枭之独处有牢骚，胡不捕枭投彼牢？匿名信来势如潮，常称"妙妙"猫善交。与枭矛盾今难调，何必认真祸自招。兽宫复亦出批条，猫虽科级族望高，狮王虎王同宗祧，汝不捕枭必咆哮。以人乱法多方挠，我口不如众口嚣。缴还诉状走夭夭，决此当求黑脸包。忽然梦觉风萧萧，不见麟角与凤毛。枭方怒啼动林梢，猫方酣睡蜷其腰，鼠方窥灯踞堂庑。

南京大屠杀六十年祭

长歌招魂胡为者？卅万头颅埋白下。恶魔肆虐舞倭刀，尸藉长街秦淮赭。六十年前万人坑，绿燐荧荧飞四野。男儿殇国唯一心，丈夫有泪不轻洒。共将碧血筑长城，终见红旗辉大夏。吁嗟往事莫轻忘，睥睨昏鸦噪神社。

山 居

盘中苜蓿尚堪支，负曝摊书自读诗。
又惹山光嫌发白，遣将新绿染须眉。

包 装

包装倏忽换衣衫，衮衮诸公尽显衔。
幸有文章陪款腕，懒从坟典味酸咸。
声名藉藉鼠标便，口腹空空獭祭馋。
过海瞒天多妙术，笑他击浪苦扬帆。

海上机中望晨旭

历遍冥冥漠漠夜，此心早盼大光明。

渐生一线分青廓，旋见九天化紫琼。

金镀翼舷惊幻变，霞投眼角乱红橙。

不知沧海礼晨旭，几许凌波舞大鲸。

注：李贺诗：真珠小娘下青廓。王琦汇解：青廓，犹言青天。

云峰黑脸观音

平生不佞佛，今拜黑观音。

莲叶庄严相，杨枝甘露霖。

诛邪持铁面，济物秉慈心。

余亦铭斯意，将为暗室箴。

夏日雨后

小院清宵雨，虚窗傍午晴。

花欹惊蛱蝶，泉激注澄泓。

云破蝉声袅，风回燕翅轻。

此中有至意，物我两忘情。

寒　门

高天多雨露，未及遍寒门。

作主村官大，如山狱吏尊。

书空谁咄咄，搅水自浑浑。

弱势悲群体，此心清夜扪。

夔 门

山灵欲阖瞿塘门，水裂巉岩挟怒奔。
观止狂呼夔一足，酹流恨不酒千樽。
登临久负江山约，揖拜来亲李杜魂。
白帝秋高添气象，楼船鸣笛过渔村。

梦 回

梦回一揖谢天飙，侠魄诗魂那可招。
往事成尘偏历历，衰年入鬓早萧萧。
莲心苦涩难甘味，蜡泪阑干伴读骚。
剑不龙吟香不炷，狂歌忽忽涌如潮。

暑中作

逼人炎暑我何堪，那得枕流嬉碧潭。
手接星芒天近咫，襟承露颗月初三。
风雌好引庶人共，意冷还生清夜惭。
但扫尘嚣局促态，饮冰茹蘖有馀甘。

夜 坐

兀坐痴痴一老伧，蛾眉蜗角谢纷争。
石顽本乏补天志，诗鄙难为掷地声。
案尾风柔书半卷，枝头露重月三更。
宵寒未解肝肠热，况听啼鹃带血鸣。

读《冰弦集》呈李维老

宵征昔日剑横磨，还望红岩意气多。
鼓角暗鸣生叱咤，冰弦冷涩动吟哦。
豪雄岂合风尘老，怨慕端为时代歌。
诗叟灌园长抱瓮，煦融春色入岷峨。

村　妪

樵苏十指血痕斑，耕获连宵月色寒。
儿若工棚找对象，休言有母在深山。

将赴绵阳定居二首

懒再江南塞北游，阳春三月赴绵州。
鹪鹩已倦思蚊睫，衣食粗安望鹿裘。
往事如烟忘得失，馀生有寄任沉浮。
解嘲学得扬雄赋，终老幽居小小楼。

人羡荣行我暗羞，泸州辞去向绵州。
五雷轰击曾严谴，卅载耕犁作老牛。
怀旧每伤春草碧，语冰亦有夏虫忧。
浮生自卜无多日，莫负丹心空白头。

缅怀毛主席二题

毛主席纪念堂

人流肃穆谒英灵，步履轻虔入大厅。
着意青山归壁画，无瑕白玉琢仪型。

万人屏息闻心搏，千载风流仰德馨。
东海扬尘谁管得，堂前松柏自青青。

丰泽园

半床犹自见图书，丰泽园中拜故居。
绿满庭除春郁勃，人依松柏意安舒。
如闻謦咳临南海，应有歌吟动太虚。
静谷菊香留驻足，清风化物正徐徐。

乡情杂咏（录四）

插柳无心得柳多，临风又见舞婆娑。
纵然难挽东流水，也点春江作笑涡。

农户于今水自来，不须晓汲践苍苔。
荔枝树下旧时井，只合簪花照女孩。

放学归来步履忙，女娃三两趁斜阳。
山花却爱路旁艳，遍插书包乱紫黄。

一握茸茸诞未旬，鸡雏啄粒逐浮尘。
稚小不知谁是母，入人怀抱喜人亲。

痛悼小平同志

香江未履恨匆匆，星陨神州召邓公。
举国承恩春有足，百身莫赎恨无穷。
龙伸屡作及时雨，鹤驾仍留花信风。
十二亿人宣誓愿，长征接力继丰功。

周恩来同志百岁诞辰

天下归心众望高，周公吐哺著劬劳。
人间美誉闻三立，海上英声记伍豪。
情系苍生忘病榻，力撑危局战惊涛。
长街依旧泪痕在，百岁何曾日月慆。

治史二首

文献求征治史难，雌黄信口任严宽。
蛇弓影里能翻案，牛角尖中足盖棺。
是是非非抓一面，林林总总弃多端。
他人蜜口惊天下，我自津津品辣酸。

何只人云我亦云，添油添醋更添荤。
无聊野史盈摊点，有疾寡人耸听闻。
戏说因风呈秘戏，蚊雷作阵聚饕蚊。
十年磨剑真堪笑，肆意铺排起异军。

朝阳湖三首

千寻立壁挽群峰，万壑澄湍伏蛰龙。
泽沛那须云一片，甘霖久贮惠吾农。

屈曲舟行湾复湾，船无一面不当山。
依依伴客鹃花艳，故故随桡鹭影还。

舣舟湖畔近人家，一笑盈盈唤吃茶。
满院绿浓春事晚，闲庭历乱落桐花。

银厂沟

峰携怒气凌霄上，水挟雷声裂石来。
高峡锁云迟日月，寒林栖雾老莓苔。
不经鸟道难为履，怎睹龙潭绿胜醅。
为谢翩跹临远客，山灵故放杜鹃开。

合江杂咏（录四）

依旧青山依旧河，茕茕踽踽独婆娑。
市声入耳乡音好，块垒存胸感慨多。
老更无聊依北蜀，归仍似梦觅南柯。
新楼高压残街小，人物都非可奈何。

层阴酿出黄梅天，独坐窗头浮想翩。
一药难求唯后悔，终身易释是前嫌。
鸡声午夜喧邻屋，鱼影纶丝动钓船。
都是他人忙底事，我心如水只悠然。

为伴诗情如沸涌，阳台花放怒于潮。
年年聚散添伤感，小小勾留慰寂寥。
老废休嗟游路怯，团圆幸有笑声高。
浮图灯火隔江艳，唤订明年更一招。

相见时难别亦难，龙钟两袖屡潸潸。
如烟往事当时梦，似水流年何处看。
函电愿如亲尺咫，桑榆还望驻神仙。
声声珍重临歧祝，明岁重回约更坚。

偶作四首

东风骀荡百花舒，绳墨难施一树樗。

理有狐疑因慎笔，床多狼藉为添书。

饭蔬亦乐曲肱枕，弹铗无求安步车。

此意何人能会得，庄周非我我非鱼。

苏秦一喟散千金，世事悠悠叹浅深。

羁旅黄粱惊客梦，回家红薯劝官箴。

妙语数言开卷得，冥顽一剑刻舟寻。

休责无端狂放语，余年容我作诗淫。

大道无私运不停，当年噩梦记曾经。

支粮苦苦筹寅卯，燔籍熊熊付丙丁。

传道冬烘成腐恶，反修夏楚触魂灵。

劫波度尽馀微烬，照读犹堪伴爝萤。

楼上看山尽列屏，拂檐佳树共青青。

心齐物我原非易，骨醉烟霞那得醒。

白战诗多频欲乙，黄杨闰厄忆曾丁。

人间忧乐横胸臆，更读刘郎陋室铭。

汶川地震四首

飞来横祸叹惊天，地裂山崩瞬息间。

池簸惊涛骇浪水，屋摇风口浪尖船。

家家哭拥分同死，物物纷飞莫苟全。

顷刻神州同震荡，全球惊愕注三川。

注：三川，指地震中心之汶川、北川、青川。北川灾情最重，举城尽摧。

难信群楼倏尔光，拭目几回仍泪汪。
寻亲手举题名纸，呼救声传瓦砾场。
墨面灾民长跋涉，同胞义举急扶将。
动人故事频频出，采血车邻捐款箱。

不甘血泪昧双睛，死地时闻奇迹生。
济难多方来远远，撑天有骨挺铮铮。
庄严一誓风雷肃，巴蜀重光拼搏成。
泰古北川生大禹，今朝继起看群英。

号呼气聚可成风，遍体鳞伤也是龙。
莫对自然伤渺小，能羞怯懦近英雄。
苌弘荐血终凝碧，神禹诞生缘剖胸。
此日志哀旗半降，他年奏凯听歌丰。

金缕曲 · 梓潼道中

前路终仍远。蓦回头，青山乱叠，柔云任卷。画里人家只处是，小院柴扉乍掩。垂柳细，黄英几点。满地清凉都付与，似问君，何不停征辇。凭领略，释拘检。　　风光岂必在幽巇。最撩人，秋藤数架，瓜圆豆扁。莫怪诗情无处觅，但恐凡夫俗眼。仍念念，名区盛苑。濯足濯缨都是水，醉沧浪也自怜清浅。知此意，去留便。

鹧鸪天 · 野饭

野蔌山肴已并呈，草根凉拌带鱼腥。过墙笋子尖尖嫩，濯水柴胡点点生。　　喉饱嗝，腹彭亨。崖头高卧向天横。老饕已厌城中味，来向农家煮菜羹。

蝶恋花·鱼洞溪毛主席长征宿营地二首

　　勒马当年曾小住。鱼洞溪头，往事长倾慕。帷幄运筹灯一炷。挥戈赤水将重渡。　　已历长征万里路。此日春来，宜有东风煦。望里朝阳娇欲吐。红旗漫卷扎西去。

　　当日风流文采聚。马背哼诗，时有惊人句。堪笑追兵拾破屦。回师遵义歼无数。　　欲觅吟鞭遥指处。我亦曾来，抚得溪头树。树上桃花犹带露，柳绵飞作漫天絮。

　　注：毛主席宿营时在春节，旋去扎西（今云南威信）开中央工作会议。

王国瑚（1932—　）

四川南溪人。毕业于宜宾师范学校。曾做中学语文教师、校长，后任宜宾市教育局长、文化局长，宜宾市政协副主席兼秘书长等职。

西江月·重阳登翠屏山

叠叠畦畦菊圃，高高矮矮篱扶。黄花朵朵灿金珠，还是昔时游处。　　犹记当年分韵，登临遍采茱萸。今年重聚故人疏，多少诗朋作古。

【中吕】山坡羊·流杯池怀涪翁

悠悠北渡，巍巍天柱，万竿苦竹迷庄户。水名涪，岭名涪，涪翁苦笋留佳赋。忠谏微言虽小苦。臣，倾肺腑，君，当听取。

【双调】庆东原·野菊

西风晓，万木摇，山间陇畔黄花笑。枝儿似蒿，花蕾儿小，劲骨堪豪。却有那采花人，仲景先生到。

【双调】沽美酒兼太平令·打假三叹

晋江假药案

南国报新篇，假药案惊天，举国官民同责谴。传媒共弹，都猜测，将严办。【太平令】闻道是，西洋观念，讲包装，制药成丸。掺些料，无非是药功稍减，依法律，真难决断。假焉！冒焉！劣焉！难辨别，老夫长叹！

投 诉

媒体又新传，烧酒有甲醛，饮料诸般多污染。为美容毁了容颜，蜂糖里、掺灰面。【太平令】留个影、相机头没装胶卷，味精中、有点精盐。没伤命、法官难断，消协会婆心调解。假焉！冒焉！劣焉！该怎告？老夫长叹！

三一五

买卖已经年，老板益心安。每到年年三月半，应酬"打假官"。专卖假的老店，也要敷门面。【太平令】竞下手、不担风险。只这天，我敢花钱。商言信、为图长远，民不慎、安全孰管。这天！买欢！卖欢！今日过，大家长叹！

刘成志（1932—　）

号明润居士，四川成都人。原西藏部队文工团创作员。四川省楹联学会名誉理事，加拿大温哥华枫华诗社顾问、荣誉主编。有《明润集》等。

林　间

小径横高树，枝残叶未凋。
自生还自灭，无长便无消。
或怨根基浅，何堪地表潮。
芳邻犹郁郁，山雨任潇潇。

西江月·时钟

日日东摇西摆，时时顺转闲磨。自鸣得意太啰唆，专管起居行坐。　　总是方圆有矩，本来刚直不阿。神情恰似笑弥陀，阅尽人间因果。

忆归游·西藏军旅漫记

正风流世易，岁月难追，悄逝韶华。底事堪重忆？问山南暮雨，藏北寒沙。铁驹千里驰骋，古道夕阳斜。尽野宿营炊，峰回迢递，几处人家。　　休嗟！虎狼哮，趁茜草还潮，围火烹茶。众里偏调笑，共慢剜鹿脯，细捏糌粑。夜凉倦卧篷帐，如梦听飞花。但早起披衣，曾惊雪地凝冻靴！

瑞鹤仙·老伴

旅游情未已。问似水流年，谁曾留记？相濡我和你。把金婚、装点几株红紫。生涯无累，待润色、诗文会意。甚等闲、料理庖厨，解识菜肴滋味。　　重忆，微云遮月，婉约黄鹂，美声如思；华灯暗换，狂歌处、摇影人睡。任去来、梦绕古城佛阁，坐赏农家乐事。最牵肠、远地儿孙，寸心万里。

老成都（套曲）

【小梁州】古道是穿城九里三，这江上画舫篷船，一声号子两篙竿。便听他广陵散，我则怕神灵儿被偷换。

【幺篇】压岁钱大捆金元券，只买把旧瑶琴病里吟弹。秦弄玉汉相如谁家庭院？直待到夜深人倦，却惹来好邻里问长短。

【耍孩儿】你放过的风筝曾断线？你练过的刀矛曾卷？你看那龙灯锣鼓闹年天，这笔砚每日还研。喜他个油果子捏面娃娃糖罗汉。你叫我休夸口，问一问街坊父老，尽说道知音识墨的小书倌。

【煞尾】看今朝锦里更娇妍，得暇时且赋点诗篇。必要破些许钱财也乐个青山恋，岂管他易逝年华两鬓斑。

孙晓辉（1932—2012）

四川成都人。毕业于四川大学农学系。曾任四川农业大学教授、校长，四川省第七届政协常务委员兼教育委员会主任，为国家科技进步三等奖及四川省科技进步一等奖项目的主持人，国家发明一等奖的主要参加人。

六十七岁生日书怀

一生只作稻粱谋，为圃为农老不休。
兰卡栖迟将岁半，古稀年月少三秋。
南洋自有千重浪，北客犹能万里游。
比翼长空归去处，苍坪山下锦江头。

注：作者时在斯里兰卡任中国水稻专家组组长。苍坪山在雅安，山下有四川农业大学。

武昌东湖谒太平天国九女墩

可歌亭外血花红，九女墩前万木葱。
一自忠坟埋义骨，千秋俎豆仰高风。
共工敢奋摧天力，后羿能张射日弓。
汉墓唐陵安可比，丰碑永纪女英雄。

注：墩为太平天国九位女烈士之墓，旁有可歌亭及纪念碑。

小刀会点香堂

点香堂上记英名，堂外楼台阅古今。

遥想夜深人静后，小刀犹自作龙吟。

注：堂在上海豫园内，陈列有小刀等遗物。

感时三首

捐尽青春志未移，半生艰苦鬓如丝。

何期地覆天翻后，又见贫悲富乐时。

青睐青蚨夸巨贾，白条白眼对人师。

溃堤蚁穴知多少，敢颂升平不自危。

山区教读尚艰辛，馆所楼堂处处新。

翠袖舞残金谷夜，锦筵人醉玉楼春。

农家苦旱常忧食，夫子无薪可济贫。

闻道此间财税竭，玉堂金马又何人。

尽将成败看青蚨，谁为孤贫振臂呼。

大腕有人金作土，小民无计口难糊。

热肠阅世嗟时弊，冷眼观潮与众殊。

闻说牢骚肠易断，奈何难得是糊涂。

偕光敏游越南下龙湾二首

久慕风光在下龙，畅游乘兴与卿同。

人依山影嵯峨势，船走南溟浩荡风。

红日光华连海际，群峰突兀接空蒙。

白头看尽中华美，北越行来意未穷。

青春即为稻粱谋，乘兴同来已白头。
海上桂林夸北越，蜀中士子快南游。
天开突兀千峰翠，浪打徜徉一叶舟。
丽日有情风送爽，下龙湾里不知秋。

乘船赏桂林两江四湖夜景

两江江水四湖通，一棹新凉趁晚风。
宝塔玲珑依绿水，险峰突兀映苍穹。
船行夹岸灯如昼，桥跨江心势若虹。
秉烛夜游君莫笑，白头人在画图中。

注：两江为漓江和桃花江，四湖为木龙湖、桂湖、榕湖和杉湖。夜景2001年始开放。

偕光敏游桂林漓江

漓江百里共徘徊，病体经年罢酒杯。
华发无多人老去，湖山依旧我重来。
卅年岁月蹉跎过，千叠奇峰次第开。
倒影清波浑若画，漫将题咏赋悠哉。

2008年10月偕妻赴美国休斯敦探亲

拄杖同为异国游，遐方风物几淹留。
大洋飞渡重圆梦，残暑犹存不似秋。
碧草蓝天遥纵目，红花绿树快登楼。
无多聚日须珍重，儿女灯前语未休。

寄寓休斯敦逢金融海啸

万里西行寄一枝，惊闻海啸遍天涯。
艰难生计千家困，凋敝金融百业衰。
春树暮云怀故国，黄粱青韭记前期。
此生曾荐轩辕血，喜见中华独秀时。

休斯敦探亲中深居简出

长门赋就病相如，又蹈重洋别旧闾。
步履蹒跚来异域，羸躯困顿守蜗居。
昔年已负三刀梦，此日相依几卷书。
聚罢儿孙秋正好，故园归去莫踟蹰。

孙晓辉杨光敏人生轨迹

秋月春花伴我行，千帧小照记征程。
政坛学海平生事，骨肉亲朋一世情。
携手天涯经万里，同心石上证三生。
萍踪处处堪留念，谁计生前身后名。

浣溪沙·游美国迪士尼世界之未来世界

幻景如真作宇航，排云驭电去遐方，未来远古尽登场。　　河汉星辰供笑览，恐龙猛犸共徜徉，周游天地入洪荒。

眼儿媚

卅年再忆旧时游，鸿爪遍神州。经行加美，纵横兰卡，万里无休。　　江淹老去才华歇，往事尽悠悠。而今却爱，元龙高卧，王粲登楼。

芦 管（1932— ）

本名卢天才，四川高县人。四川大学中文系毕业。在部队工作二十余年，转业先在工厂，后转地方文化馆工作直至退休。曾任四川省诗词学会理事。

月牙泉放歌并序

月牙泉，在敦煌鸣沙山下。鸣沙千子壁立，环匝四周，天风浩荡而泉水亘古不掩，亦丝绸古道一奇现也。癸酉夏来访月泉，作歌纪之。

月牙泉上鸣沙山，黄沙滚滚高入天；月牙泉畔兼葭草，雪夺沙埋青不槁。我今来游月牙泉，六月戈壁生朱炎。不闻陇上歌杨柳，但见一川碎石大如拳。拳拳石，应有涯，绿洲一片出平沙。中有一泓清清水，波光潋滟似月牙。解我暑，清我心，水风习习吹我襟。夏不溢，冬不涸，千秋万世无穷数。纵令天风吹倒鸣沙山，黄尘不掩仙盘露。月牙泉，亦壮哉，联翩浮想生灵台。应是瑶池阿母临朝镜，玉梳失落坠九垓，化作飞泉天外来。又疑敦煌石窟飞天女，年年散花无穷已。飞花一片落鸣沙，留为瑶姬照梳洗。照梳洗，清且醇，渴者得甘露，行者洗征尘。丝绸古道远行者，风尘仆仆来都下。千驼万载苦经行，道出寒泉为饮马。饮罢泉边引吭歌，胡音汉调舞婆娑。为感仙泉涓滴赐，不辞沙宿醉颜酡。我思如弦纵，一发不可控。宛转怀古思，颠倒庄生梦。忽闻一曲动胡笛，为报泉边有酒家。胡姬当垆能汉语，为说名泉话今古："一自丝绸路不开，名泉冷落少人来。泉边古寺僧人老，佛像尘封久不扫。今来改革百废兴，名泉又喜获新生。为求东亚丝绸路，多少游人塞上行。英美德，亚非拉，客来域外逐轻车。齐惊文明古国古，而今枯树绽春花。"一席倾谈惊我听，名泉盛衰系国运。愿泉长满客长来，丝绸路上绿草如茵花成阵。

夜赏宜宾天池莲

翠盖团团玉露清，花光照水水光明。
扣弦高咏南康舫，归载馀香月几更。

雨中游太湖二首

雾隐舒天水拍空，群鸥翅乱涨潮风。
太湖三万六千顷，都在茫茫烟雨中。

万顷惊涛拍岸来，三山雾裹墨云堆。
鼋头渚上樱千树，齐向风前带雨开。

注：舒天，阁名。三山，太湖中三岛。

踩山谣七首

叙永合洛山为川云贵三边苗胞正月十三踩山胜地。是日也，唢呐沸地，笙管喧天，商贾云屯，行歌互答。竹枝一束志胜。

青布缠头碧玉簪，罗衫镶滚扣琅玕。
临去踩山还照影，镜中闪现一枝莲。

去年约会踩春山，今岁相思又一年。
背包扛伞来相会，哪怕云南隔四川。

青缎围腰配绿鞋，新潮脂粉抹桃腮。
路遇阿哥羞上脸，踩山原为看郎来。

郎扭芦笙妹踏歌，歌声宛转乐声和。
暗与邻姑来赌赛，果然幺妹掌声多。

高高山上立花杆，八方摊贩集山前。

买得项圈来赠妹，好将银锁锁姻缘。

舞罢芦笙又对歌，林中絮语慢厮磨。

互将信物来交换，妹赠荷包哥赠罗。

山盟海誓两依依，情长哪管日偏西。

临别殷勤还嘱语，元宵节过把亲提。

减字木兰花 · 蜀南竹海三首

望海楼

层楼直上，万里家山收一望。滚滚滔滔，接岭连山涨绿涛。　　蛟腾龙吼，绝胜渭川千百亩。天籁风清，九叠箫韶有凤鸣。

仙女湖

一泓涨绿，道有仙姬曾入浴。出水飞天，跨鹤双成去不还。　　我来打桨，绕岸修篁摇翠幌。短笛轻吹，款款蜻蜓贴水飞。

天宝寨

连云宝寨凭天险，仰视危岩，俯瞰深渊，栈道凌虚百丈寒。　　摩崖谁镂兵家画？巧计连环，诡变多端，留作人间壁上观。

注：石壁刻有三十六计及"作壁上观"等字。

浣溪沙 · 荧屏惊艳

走穴淘金美梦多，影坛商海漫张罗，千金一笑富人婆。　　影视界中尊女后，香车队里炫仙娥，偷逃国税奈卿何。

【仙吕】一半儿·乡村即景三首

春风杨柳顺溪斜，姐在滩头自浣纱，谁倩阿郎捉马虾？骂冤家，一半儿娇嗔一半儿假。

村东大姐爱妆梳，的凉衫子烧料珠，新买胭脂信手涂。斗姑苏，一半儿洋盘一半儿土。

村西二小放牛娃，亭午拴牛入港汊，约伴滩头斗浪花。不归家，一半儿追凉一半儿耍。

【中吕】朝天子·慨叹

吏贪，贾奸，百姓们瞪双眼。权钱交易紧勾连，菜板上将人斩。纱帽儿藏奸，算盘儿聚敛，屎壳螂推粪蛋臭抱一团。这壁厢弄权，那壁厢弄钱，几曾怕一旦天仓满。

【双调】雁儿落过得胜令·公宴

今朝海味筵，明日野牲宴。雄强牛狗鞭，安乐宫廷馔。【得胜令】醉饱复流连，谑浪杂猜拳。翠袖传金盏，红裙捧玉盘。好鲜，直吃得口流涎；周全，姓公的管付钱。

【正宫】叨叨令·街摊所见（录二）

卖卜者

问时运财源涌进加官帽，问婚姻天缘巧合红鸾照，问疾病这关劫难难逃掉，问诉讼官司吃紧锁枷套。有化解也么哥！有化解也么哥！肯破钞凶星退避吉星到。

贩黄者

论五行阴阳风水加灵异，寻刺激血腥凶杀称君意，找色情春宫裸体全齐备，揭隐私原汤原汁无遮避。大胆买也么哥！大胆买也么哥！通了天不愁闯着稽查队。

李得锽（1932— ）

　　四川泸州人。新中国成立求学川南师范学校，1950年起先后在川南水上公安局宜宾分局，宜宾市公安局、园林局、林业局工作。

山居即兴

　　山居只为厌尘嚣，坐景娱心去寂寥。
　　风切盈门烟一面，泉分乱石水千条。
　　阶寒老犬知潮润，地冻雏鸡惜羽毛。
　　笑遣娇儿邀友好，传杯觅句近中宵。

凉姜乡桃花节纪游

　　十里桃花放，红霞艳一溪。
　　随舟穿烂漫，舣岸溯端倪。
　　疑是源头近，还惊洞口迷。
　　武陵人已杳，来者尚依依。

吴书田（1932—　）

　　原籍安徽徽州（今黄山市），后迁至巢湖地区。曾就读西南财大。1949年随二野军大入川。四川省毛泽东诗词研究会副会长，东坡诗社、吴芳吉研究会顾问，曾任《天府诗苑》主编。有《春之声集》《澍雨集》。

峨眉遇雨

风卷云涛雨阵豪，群峰瞬息貌全消。
苍龙更有飞腾势，要与峨山共比高。

游贵阳黔灵

飞天汲水月池边，应是仙厨断乳泉。
天上由来非福地，诸神也得动炊烟。

白帝城感怀

一峰孤峙聚流云，白帝城高可摘星。
庙祀千年归正统，诗吟百代颂人文。
山川壮丽多佳境，风物峥嵘少秽尘。
踵事增华推李杜，西来爽气蕴清芬。

嘉州宾馆题壁

如带青衣绕廊流，波光云影映芳洲。

扁舟轻载乘风下，白鸟低回逐浪浮。
枕上潮声惊客梦，窗前月色动离愁。
岿然一佛临江渚，不尽兴亡眼底收。

咏海鸥

氤氲海雾锁重楼，拍岸惊涛势更遒。
天地浑然同一色，狂飙过处看飞鸥。

致原泸州地委诸战友

意气江城正少年，同舟风雨铸新天。
浮云富贵清芬溢，白眼鸡虫铁骨坚。
操守晶莹悬海月，文章隽逸出山泉。
重逢笑对双眉雪，老树经霜昔照妍。

何绍基（1932—　）

又名何绍箕，四川盐亭人。1952年参加教育工作，中专高级讲师，特级教师，绵阳市劳模。

游莲花湖

瑶池妆镜落山间，点点青螺列玉盘。
拔地绿峰成绿岛，闹春红杏化红莲。
兔狐惊羡鱼虾戏，雀鸟和鸣鹅鸭欢。
飞过轻舟犁雪浪，蓝天映水水衔天。

春日郊游

遣兴休闲郊野游，金波碧浪涌田畴。
风中飞絮乘风上，水面落花逐水流。
曼舞蝶蜂忙鼓翅，争鸣雀鸟展歌喉。
欣欣万类皆成趣，遥看江天竞自由。

回乡访故人

旧友重逢旧地游，朝花夕赏不胜收。
落红风雨春归早，霜叶明霞满目秋。

儿时莸牧故人稀，东老殷勤具黍鸡。
倚杖墓田参去者，忍看荒冢草萋萋。

何学林（1932— ）

四川富顺人。退休前为富顺安溪镇中心小学教导主任。

郊 游

久锁丛楼景不知，青山奔涌扑帘时。
潺潺涧水喁喁语，一树桃花一树诗。

同学聚会

六秩睽违叹别离，燕山荣水各东西。
浮生一梦流光转，却话当年捉蟹时。

行香子·游富顺半边寺

背靠青山，俯仰江湍，寺虽小，别有洞天。岩雕石佛，即景佳联。访半边寺，半边水，半边山。　　锁江倒影，回澜涡旋，美名在、誉满川南。赏心高塔，纵目江干。是又为主，又为客，又为仙。

注：半边寺，即临江寺。其寺依岩架屋，半岩半屋，故名。

汪蜀翘（1932— ）

四川井研人。早年考入二野军大。在西南军区卫生部工作，后任绵阳市政协文史委副主任。绵阳市诗词学会秘书长。

感 怀

九九登高望故乡，风尘客梦几重阳。
当年跃马心犹壮，此日休闲鬓已霜。
稚笋成林堪慰老，桑榆虽晚足欢肠。
人生得失堪一笑，把酒吟诗引兴长。

退休后归里探望亲友感赋

茅舍竹篱处士家，绿槐疏柳静无哗。
横塘水碧堪垂钓，春雨春风好摘茶。

张天健（1932—　）

　　四川崇州人。退休前任成都大学中文系副教授。四川省诗词学会学术部副主任，都江堰市玉垒诗歌学会副会长。有《唐诗答客难》及《红尘旧梦》（散文集）等著作多部。

游夔门

夔门吞吐壮，浩荡大江流。
山峙刀相向，风高雾不收。
翻涛惊烈马，绝栈下危舟。
思杜无穷意，寒生水国秋。

滴翠峡行舟

篙滑琉璃碧，江凝十丈波。
日中明翠峡，藓积润青萝。
石濑飞湍急，猿猱哺子多。
纤夫歌古调，回响动云罗。

金堂云顶山石城怀古

寻觅松萝烟霭中，将军大树万峰从。
兵烽云净归莲座，树杪鸦啼落暮钟。
古事秋坟苔晕迹，慈云黄卷木鱼功。
森然壁垒石城恨，月照苍林虎帐空。

微雨西湖

睡态朦胧西子湖，仙姿丰韵几时苏。
三朝烟雨情偏足，泉石山云醒也无。

沪杭道上

水网村村子稻肥，含烟草树雨霏霏。
霜天初上秋原色，唤遍江南春不归。

剑　门

路入剑门山势夸，秦关百二逼云霞。
野山犹殢清明睡，点点骄春闹树芽。

车过明月峡

森天路逼入云危，夜夜风雷铁马驰。
绝壑盘溪明月峡，几曾光照试长嘶。

望　乡

心知落日是天涯，望尽天涯何处家。
已怅苍山遮日断，暮云黯黯更横斜。

张家界天子山怀古

百战功成一战消，沉枪赴死作英豪。
千峰俱化朝天戟，夜夜阴风响怒潮。

注：张家界天子山，相传土家族头领向志坤反明朝统治，被追杀，在山顶率众跳崖自杀，至夜壑底似闻战声。

建福宫夜泉

一水送君一水迎，莫言流水本无情。
赤城阁外寒溪水，客枕潺湲话到明。

滴翠峡

碧玉山峦弯复弯，宁河十里水拖蓝。
路转峰回船不见，空岚湿翠上征衫。

天涯海角"南天一柱"

柱矗南端镇大荒，撑天石骨水茫茫。
一舟剪径凭风信，万里归帆认海疆。
注：南天一柱，传为女娲补天遗石，石证神州。

忆 旧

1958年，王文才师下放西昌，继后我遭"罪"遣，同在边村劳作，三年获返大学课堂复课，又亲承文才师授业。

祸起阳谋中劫伤，虚前教席我投荒。
三年归返南流梦，依旧门生受业郎。

恭仰红旗三面光，浩茫心事忆遐荒。
月城减尽清辉色，犹照痴人莳夜秧。

半世师缘大去哀，亲承咳唾愧成才。
何期垂手程门雪，雪满冠裳心不灰。

记得尊师讲学年，龙溪古道未如烟。
十年待续龙池约，从此遥天云路寒。

鹃城望丛祠赛歌会

春至郫筒妹唤哥，桃花三月燕离窝。
丛陵几度寻鹃梦，惟有青台绕赛歌。

捣练子·合肥酒楼

肥蟹老，大虾红。甜淡清鲜徽味浓。素手银盘桃靥笑，拼将一醉卧秋风。

江城子·走红尘

龙蛇走笔十年忙，每思量、自难忘。铁马单骑，今日向何方？纵是相逢应笑我，尘扑面、鬓如霜。　　红尘旧梦到山乡，卖书郎、拙行藏。自撰自销，教授又何妨。一路车声残照晚，归木屋、月东墙。

注：《红尘旧梦》是拙作散文集。

朝中措·浙东天台、剡中行游宿儒岙

一枝藤杖买生涯，浪迹出三巴。白发尘心无碍，行囊满贮云霞。　　飘然一屐，山边问宿，古寺寻茶。行云流水无定，东西南北为家。

袁震川（1932—   ）

四川盐亭人。大专学历，文同诗社副社长。有《耜余遣笔》《萤窗拾碎》等。

升钟湖速写

岚峰翠屿聚临渊，风停雨歇镜未闲。
百里波光淘日月，不因云重不书天。

廊桥赏夜

先升夜幕两三星，隐隐钟声出凤灵。
更动云流天不动，双峰挟月过山亭。

临江春

雪积情根水结缘，莺呼燕啭绿杨湾。
东风灌得粼波醉，拍打偷闲两岸山。

岩　松

良材不向上林栽，秃壁无泥草不来。
莫道此松生地苦，天公曲意在怜才。

高显齐（1932— ）

四川乐至人。斋号三馀庐。曾任政协绵阳市委员会副主席、绵阳市诗词学会副会长、中国楹联学会名誉理事、四川省楹联学会副会长、四川省诗词学会常务理事、绵阳市诗词楹联学会顾问、绵阳市《三国演义》学会名誉会长。有《三馀庐楹联释评》《三江草影》。

卖官谣

卖官由来久，风行遗害长。韩非言召祸，卜式贵为郎。今人演愈烈，公门大卖场。纱帽任批发，交易俨官商。卖权成大款，卖文索枯肠。国企更优惠，财权两愿偿。奈何禁尤炽，民困孰为殃？狐鼠本丑类，上庇下结帮。寒冰冻三尺，藐法肆嚣张。吁嗟乎！历代卖官比比是，马德卖官尤猖狂。剥去画皮原形露，空揩泪眼悔铁窗。须知官贪毁邦国，岂仅蝼蚁溃堤防。卖官鬻爵人神愤，选贤任能固苞桑。

注：《韩非子·饰邪》："群臣卖官于上，取赏于下，是以利在私家而威在群臣。"《汉书》载，畜牧主卜式，向朝廷"输财助边"，被汉武帝封为郎官，加关内侯，御史大夫。马德，中共绥化市委书记，卖官涉案金额603万元。牵涉国土资源部部长田凤山等高官，下涉绥化市各部门一把手五十多人。

重游遂宁见五株古榕仍屹立街心喜赋

衰龄游故地，往事到心中。幽境谁敷设，街心五古榕。晨昏聚侪侣，抱膝意相融。挺秀千年立，小座绿阴风。忽闻城扩道，嘉树哭途穷。黎元珍古木，舆论秋复冬。明时重生态，闹市郁葱茏。天幸留兹景，人犹念旧踪。涪波山吐翠，榕树永熙隆。

绵阳李杜祠为休闲庄所占歌

芙蓉溪畔两诗魂，风雨沧桑古迹存。落叶飘蓬乱残壁，不见海棕高入云。历史名城重着彩，仙圣堂接鱼津。胜迹才光聚骚客，忽讶华灯掩月轮。商潮滚滚掀浪狂，崇祠竟变休闲庄。灯红酒绿销金窟，舞罢红氍迷醉乡。恶紫夺朱挹翠华，寻欢作俑是谁耶？那堪李杜祠边路，玉树歌声惊暮鸦。吁嗟乎，双星万丈射光芒，诗歌乱世姓名芳。四海为家穷逆旅，数椽栖身旧草堂。万千广厦苦心愿，忧乐常牵寒士肠。今日升平人作乐，谁怜仙圣竟无房？

品　茗

畅饮风生腋，清香沁客心。
云飞疑恋石，鹤立听鸣琴。
雅兴侪卢陆，虚怀鉴古今。
树阴梳月影，伴我一微吟。

注：绵阳老茶树休闲广场，地处安昌江飞来石畔，明代知州李承露于石上题"飞云翯鹤"四字。卢陆，唐代卢仝、陆羽皆嗜茶诗人。

月圆秋三首

百馀年事感沧桑，竟自暌违水一方。
远岛残红低夕照，故山积翠映朝阳。
凌波时念归期早，把酒休辞絮语长。
放眼海天何限意，共看明月灿秋光。

他乡不见故乡天，别梦依窗更几年。
咫尺罗湖千里隔，一弯素魄两情牵。
秋催日落潇潇雨，树拥溪流淡淡烟。

料得快航分雪浪，楼头明月近人圆。

缺补金瓯喜气浓，心潮涌胜浪高峰。
国添节日人皆庆，情到零时我最钟。
回首百年常入梦，永怀一脉幸归宗。
青天霁后云依岫，月影清明花影重。

欣闻青藏铁路通车

不减长城万里雄，高原冻土喜奔龙。
寰球屋脊车供氧，大漠峰峦雪美容。
金碧布宫游客醉，斑斓氆氇藏情浓。
心程缩短人文近，合颂千秋竹帛功。

注：2006年7月1日，青藏铁路开通营运，我国又完成一项举世瞩目的工程创举，改写了西藏与内地无铁路联系的历史。"氆氇"，藏语，羊毛织毯、衣服等。

梓潼长卿山谒邓稼先故居

夏日长卿绿最奢，红砖屋老一庭花。
银灯竟夜圆甜梦，科海觅珠润物华。
两弹乘龙龙破壁，九天探月月撩纱。
千金难撼英雄志，雨后春雷焕彩霞。

注："两弹元勋"邓稼先1986年荣获"五一"劳动奖章，同年7月29日因病逝世。"春雷"为核工业部第九研究院展示科技之光的标志性雕塑。

西夏王陵晴望

贺兰英气满山涯，饮马关河白日斜。

叱咤军威催战鼓，雄豪霸业纪流沙。

埋烟旧冢围荒草，换劫残碑衬野花。

往事苍茫谁论定，凤凰城上望丹霞。

注：银川又名凤凰城，位于贺兰山东麓，有王陵九、陪墓一百四十。"纪流沙"，《禹贡》有"西至于流沙"句，地名，在今甘肃。

秋　怀

南雁高鸣瑞霭融，蓉溪水月伴秋风。

人生随分安孤陋，守约居卑仰世雄。

老赏馀光书史事，静专一壑遣遐踪。

忧深贫富日相左，太息谁听破晓钟。

沉　思

直上嚣尘世相乖，流光过眼费疑猜。

小城都刻广场赋，新店争悬老号牌。

媚俗趋时红似火，振聋救弊殷其雷。

忽闻远处声飞笛，信有东方紫气来。

陈毅元帅百年诞辰铜像揭幕

将军本色一诗翁，剑胆文心相映红。

信马低吟军史壮，怀人晓梦国殇雄。

手伸必捉堪铭座，位显无奢宜振聋。

漫道情真语直露，词源倒泻尽精忠。

读澳门普济禅院碑记感赋

醒世钟声寓意长，一亭碑记感沧桑。

哀蝉曲奏清秋韵，金兽烟腾宝篆香。

践土华人思旧事，观光檀越礼空王。

盘根榕古枝连理，高接云天本自强。

注：禅院后花园石台，系1844年中美签订不平等《望厦条约》的地方。

渔村夕照

青藤木屋迷花径，白鹭翩翩戏绿阴。

谁识涪翁垂钓乐，斜晖唱晚一湖金。

注：《云栈记程》载：渔父故村"相传汉涪翁故居"。渔父村公园（原先峰林场）位于城郊东北七公里处。园内古藤密布，竹树凌云，是游人垂钓、休息的好去处。

秋日怀肇祺先生

怎得飞身台岛边，梦回清影几忘眠。

停云道阻千重岫，明月情通两岸天。

艺海断金金有利，他山攻玉玉生烟。

左绵曾订嘤鸣约，秋水荷花意渺然。

五·一二震灾帐篷有怀

堰湖洪欲倾，十万帐篷营。

相聚不相识，天涯一段情。

校园何处寻，松竹一灯深。

篷帐书声琅，殷殷报国心。

担架联翩送，白衣天使忙。

休言篷帐陋，生命凯歌扬。

北川县城易地重建

情牵白纸绘新城，齐鲁驰援朝夕争。
塔吊如林开锦路，红旗映日涌温馨。
羌楼栉比生机畅，禹里复兴桃李荣。
大难来临行大爱，甘棠一曲颂时英。

绵阳富乐山桃花诗会

休将薄命惜桃夭，带雨浓时不自娇。
曾记二南春数点，诗成珠玉七弦调。

鹧鸪天 · 瘦西湖

玉树箫声感俊游，几曾烽火记扬州。虹桥卧月画中画，水阁藏娇楼外楼。　　长夜舞，八珍羞，千金浪掷竞风流。梅花岭上忠魂在，金粉南朝史鉴留。

南乡子 · 神舟号飞船测试人员凯旋绵阳

火箭射苍穹，华夏神舟善御风。千古痴人多少梦，匆匆，终挟飞仙广宇中。　　坚苦显神土，报国丹心一念同。九万鹏程探奥秘，豪雄，奏凯欢声响太空。

注：1999年11月30日晚，空气动力研究基地参加神舟号飞船发射测试队人员凯旋，在绵阳火车站受到热烈欢迎。

戚永希（1932— ）

四川阆中人。阆中市石岗乡中心校中教一级教师。阆中市诗词学会理事。有《闲情浅韵》。

诉衷情·盼郎归

离乡背井打工人，异地去淘金。行南闯北三载，妻小守空门。　　田半芜，几经春，待耕耘。望穿秋水，杳杳归程，但见残云。

阮郎归·留守翁媪风雨夜

荒丘寂野朔风寒，关河锁霭烟。潇潇暮雨洒江天，空山宿鸟还。　　翁伴媪，守家园，盼儿眼望穿。夜阑人静久难眠，孤灯照榻前。

浪淘沙·春夜宿梨城

碧水绕苍山，春意缠绵。华灯璀璨夜阑珊。无奈良宵人不寐，独自凭栏。　　习习晚风寒，坐饮沉酣。梨城美景醉流连。月映红梅花怒放，梦里婵娟。

注：梨城即苍溪县城。

【越调】霜角·雨后清秋

新雨初晴，瑟风摇瑞英。原野秋高气爽，天湛湛，水滢滢。险峰古木菁，江流烟景生。几缕白云散尽，菊吐蕊，雁南行。

符济舟（1932—　）

　　又名符甦，四川大邑人。早年就读于四川师范学院（今四川师范大学）历史系。四川省大邑县职高教师。成都市诗词楹联学会理事、大邑诗词楹联学会副会长。有《望云轩》等。

苦　吟

一句探骊得，新裁倚马工。
好评留月旦，鉴赏苦雷同。
短调推敲便，长吟顾盼雄。
肠搜千卷外，味在五言中。

斜江垂钓

一夜风和雨，尘轻柳色新。
桃红三月浪，水碧一江春。
楫动官河渡，钓垂斜水滨。
素怀连锦里，韵赋百花村。

春旱望雨

蜀地云霓渺，垂杨少绿枝。
凄声闻布谷，不雨误农时。
刈麦农机急，插禾垅亩迟。
人工催降雨，惠泽望膏施。

倒春寒流

倒春寒料峭，三月着棉袍。

夜色凝冰柱，春光冻碧桃。

寒流来北国，暖意赖空调。

防寒人尚可，可怜是禾苗。

忆江南 · 听古琴演奏

风烟净，夜月啭啼莺。指下波柔双燕舞，弦间雨歇数峰明，焦羽赋秋声。　　蝉声细，天际耀双星。丝上悲风新月白，曲终流水暮山青，三弄晚霞升。

【正宫】叨叨令 · 友至

清茶一盏西窗下，良朋爽语真情话。题楹属对消长夏，此缘共在诗书画。找乐趣也么哥，找乐趣也么哥，放开物我无牵挂。

曾静涵（1932—　）

女，四川合江人。高中毕业。合江县农业银行办公室主任。合江县诗书画院副院长，《荔乡吟》诗集副主编。

养花偶成二首

紫燕呢喃入小楼，轻飏柳絮上帘钩。
含饴乐与孙儿戏，笑采珠兰插满头。

为驱炎夏种双花，绿叶阴浓日照斜。
拥有金银开万朵，清香浮动透窗纱。

读《黄叶吟》

细读黄叶吟，此中有深意。春来苗嫩芽，夏日浓阴翠。入秋叶枯黄，一生浑如寄。红叶惹人怜，黄叶骨不媚。落地化春泥，老根得护庇。根壮花更繁，所愿便已遂。哲人贵无私，黄叶非己利。物本与人同，高低当别类。耳聪听无声，目明鉴真伪。吟人所未言，黄叶为之醉。

甲戌三月与诸诗友雨后游鹅公山，为归里之文君伯伦饯别

莺啼草长乱花飞，雨后乘风上翠微。
隔断尘嚣清俗虑，借来山色染春衣。
一湾溪水涛声远，十里长串客梦归。
指点符阳新面目，高楼林立换柴扉。

万　象

公款居然可报销，轻歌曼舞酒香飘。
民间疾苦萧萧竹，有愧当年郑板桥。

己卯腊月二十六，成都雨夹雪

漫天飞絮雨如丝，玉宇琼楼睡起迟。
铁马丁东惊好梦，北风吹雪雪催诗。

庚辰早春，游望江公园

谁种幽篁伴薛涛，诗魂千古梦迢迢。
琴弦凤尾龙丹竹，绿到滨江第几桥。

报载成都有老鼠咬猫

惊闻老鼠咬猫儿，鼠辈猖狂实可悲。
日日盘中鱼肉食，威风何处竟遭欺。

吾　庐

往岁新居渐旧居，旧居吾亦爱吾庐。
金乌捷足临三面，玉兔波心献一珠。
隔断市声听鸟语，引来诗兴学鸦涂。
江干薄雾添清景，烟雨溪山好画图。

偶　成

芸窗苦读识艰辛，下笔何时始有神。
自愧才庸难画虎，可怜句拙不惊人。
生涯平淡书为伴，想象空灵月作魂。
好在心田清似水，分明泾渭扫纤尘。

春游鹅公山公园

暖暖春阳淡淡风，绿阴深浅小桃红。
鹅湖照影明如镜，人在诗情画意中。

书池边所见

阿谁击破水中天，惊起涟漪个个圆。
白鹭悄然池上立，潜踪秘迹候鱼鲜。

己丑二月与玉祥郊游

为惜春光好，相携步翠微。
遥空红日丽，绕树白云飞。
农舍多新筑，江干隐钓矶。
野花红灼灼，香气袭人衣。

喜迎澳门回归，咏荷四首（录三）

小荷才露角尖尖，雾锁烟迷四百年。
留得清芬还故国，喜看花好月初圆。

月照荷塘夜气清，悄然相对更心倾。
花能解语何无语，岂是无声胜有声。

几生修得到荷花，绝世风流灿彩霞。
今日荷花新谱曲，红牙檀板入琵琶。

游诗学（1932—　　）

女，四川泸县人。20世纪50年代毕业于贵阳师范学院中文系。一直从事中等学校语文教师工作。后调宜宾师院（现宜宾学院）。1985年病休。

戏题旧照

滨江亭畔倚阑干，柳拂柔丝四月天。
窄袖轻衫凝望眼，春光写在笑容间。

浣溪沙·卖花女童

稚气娇声黄桷兰，红绒小辫挎花篮。穿花拂柳绕街前。　　试问小丫何旷课，笑声格格复甜甜：双休不许赚书钱？

浣溪沙·夜吟

喜赋新词未减狂，繁霜点染不思量。纤纤毫管最情长。　　写罢吟哦新月上，清辉如梦洒衣裳。紫丁香冷浸回廊。

卖花声·同学会感赋

萍散聚江阳，桂子飘香。深情娓娓话芸窗。犹唱红莓歌咏调，依旧铿锵。　　不减少时狂，淡雅新妆。登临潇洒互飞觞。挽住华年情一段，满眼春光。

朝玉阶 · 赋答新疆友人

锦书新寄自和田。乡情浓胜酒，苦还甘。几多珍重字娟娟。风华依旧在，忆当年。　　望中芳草玉门关。高楼明月夜，梦长牵。江城丝柳碧如烟。好风凭借力，报平安。

卖花声 · 怀诗格

雁字落衡阳，五度秋光。几回翘首望家乡。多少陈踪多少梦，难断难忘。　　怜汝忒凄惶，百感茫茫。种桑人去剩枯桑。怕写悠悠棠棣赋，拭泪千行。

注：诗格培植之桑橘园，今已凋零殆尽矣。

踏莎行 · 龙马潭怀旧

龙马无踪，人迷津渡。当年紫燕归何处？沧桑几度夕阳红，蓬莱依旧花千树。　　芳径幽篁，春光如故。弦歌飘逝难留驻。青螺碧水两依依，流莺鲜语枝头诉。

临江仙 · 昙花

不是琼葩天上种，红泥紫钵盆栽。阴晴雨雪傍阳台。非干名与宠，无意附瑶阶。　　青黛妆成怜碧玉，粉莲出浴无埃。辉煌一瞬也舒怀。素心谁与诉，花月影徘徊。

邓欲治（1933— ）

四川广安人。早年就读于乡村小学。1951年参加工作，历任广安县委办公室主任、县委常委、组织部长、县政协副主席。1997年发起建立广安诗词学会，曾任常务副会长、会长，《广安诗词》主编。

生查子·华蓥山石林观景

去年看石林，汗湿衣衫透。幺妹任人抬，让你看她够。　今年看石林，满目青山秀。一吻竟千年，吻得夫妻瘦。

注：华蓥山石林有一奇石酷似夫妻相爱，故名"一吻千年"。

临江仙·读《大将粟裕》

百万军中诛敌首，共和一代豪英。南征北战鬼神惊。生擒张辉瓒，神将早闻名。　二十馀年征战苦，晚年重病无情。巍然挺立斗江青。读完英烈史，令我泪长倾。

鹧鸪天·小城镇

小镇如花遍地开，新楼幢幢立山崖。猪牛臭市成香市，乱石旮旯变大街。　城小巧，靓而乖，工农商学细安排。主人多是农家崽，喜着西装坐柜台。

刘友竹（1933— ）

重庆人。四川石油管理局高级管理经济师。中国李白研究会、四川杜甫研究会理事，四川省诗词学会顾问。有《绿云楼吟稿》《刘友竹诗词钞》。

纪念耀邦同志八十诞辰次友人韵二首

杨枝甘露手曾持，两袖清风最可师。
五丈原头星乍陨，倾盆豪雨湿灵旗。

定军高冢岘山碑，亲友临瞻世不知。
莫道陵园花木冷，红嫣紫姹有来时。

斥达赖访台

台独登场藏独帮，又托又唱演双簧。
海隅伧父飞银弹，篱下贫僧敞布囊。
一角偏安名不正，卅年流窜路何长。
两蝗拴在麻绳上，人庆金秋尔断肠。

注：台湾当局奉行银弹攻势，为达赖集团提供活动经费。

苏浙农舍

碧瓦花窗粉色墙，彩楼处处聚村庄。
竹篱茅舍无踪影，时见私车入库房。

青城天师洞降魔石

巨石中分处，赫然留剑痕。

周遭芳树合，高下碧苔生。

道义原无敌，妖魔敢遁形。

霜锋闻尚在，夜夜作龙吟。

正月初十游浣花溪公园

苇径通幽境，花溪绕草堂。

柔条初滴翠，老树正飘香。

最爱悠闲地，远离名利场。

群鱼知我乐，相逐戏寒塘。

谒一瓢诗人唐求塑像

诗笺一瓢满，堪比锦囊多。

得失付天意，漂流随逝波。

馀篇皆雅洁，后世仰嵯峨。

玉像临江渚，瑶章正琢磨。

宿花石海宾馆

地邻花石海，人到水云乡。

客舍轩窗净，茶楼韵味香。

衾因潮气湿，身感暑天凉。

梦里寻仙去，壶中日月长。

悼李老高平先生

崦嵫虽近尚雕龙，廿载辛勤建树丰。

三社连翩蒙厚爱，两编接踵见深功。

室有芝兰文友聚，胸无城府口碑同。

灵前一恸人琴杳，月夕风晨总忆公。

注：两编指他的诗集《野闲集》及其续编。

纪念鲁迅诞辰一百二十周年

竟有狂人泼秽腥，太阳依旧舜天晴。

荆榛长恨人间险，呐喊偏多纸上声。

壕战终能逃楚狱，国殇真幸免秦坑。

拿来主义今方显，朱墨春山万卉馨。

注：鲁迅《送O.E.君携兰归国》："故乡如醉有荆榛。"《题〈呐喊〉》："积毁可销骨，空留纸上声。"《赠画师》："愿乞画家新意匠，只研朱墨作春山。"

登兖州兴隆塔

随塔出云衷，周瞻但混茫。

齐山烟几点，鲁野毯千床。

遥奠删诗叟，翻悲建殿王。

登临增感慨，世事总苍黄。

登回雁峰

回雁峰头放眼量，枫红竹翠染三湘。

苍梧銮驾迷朝雾，青草渔灯送夕阳。

令主难逢悲屈贾，名篇联唱忆朱张。

腾飞更使江山丽，云路无涯雁远翔。

注：朱张，指朱熹、张栻。

卜算子·南湖秋韵

水似武陵溪，人到桃源里。已是深秋不见秋，山色青无比。　不为慕幽栖，爱此佳山水。况有新堂塑放翁，诗兴随风起。

西江月·鸡年倏至有感

半世原非蝶梦，六旬又值鸡年。自甘心血付吟笺，徒羡刘琨舞剑。　漫说蛟龙得水，频闻鸡犬升天。鸡虫得失等闲看，一任寒梅吐艳。

卜算子·夜发渝州

层屋叠明珠，江面流珠影。一片珠光照夜空，上下星河耿。　贪夜发渝州，吟兴来高枕。李杜扁舟击水时，心绪何人省？

人月圆·己卯中秋望月追怀祖母

锦城圆月从来少，今夜漫清辉。童年赏月，曾同祖母，膝上相依。　天门开处，月华必现，使我痴迷。此生劳碌，何为幸福，最是当时。

临江仙·再谒嘉州东坡楼

坐像清癯如故，诗碑悠久仍新。飞鸿何处不留痕？亭中携酒馔，楼上诵诗文。　一自乘舟东去，终生未返家门。他乡日夜忆峨岷。文章真不朽，奸佞早成尘。

李一民（1933—   ）

四川蓬溪人。重庆诗词学会副秘书长。

夫人箴言

宦海风云逐浪翻，浮沉难料慎周旋。

时来聚敛仓须满，运去收藏计必严。

进庙焚香勤上供，逢人鼓舌善称廉。

难题付与老娘解，幕后深藏好过关。

海南采珠二首

黎　村

椰林深处隐黎家，迎客村姑笑似霞。

筒饭米蕉香四溢，清风伴饮苦丁茶。

天涯海角

巨石凌空四望遐，谁云此处即天涯。

文人自古多幽怨，枉把离愁付落花。

忆江南 · 某公浮沉录五首

官场好，得道敢欺天。覆雨翻云凭妙手，攀枝窃果取纱冠。谈笑换权钱。

官场混，实力最攸关。网结东西宾客伙，权倾内外仕途宽。越腐越升迁。

官场乐，左右尽逢源。财宝缤纷来屋后，豪言慷慨震堂前。道貌足清廉。

官场累，四面应酬难。盛宴嘉宾须伴饮，花街艳妇总缠绵。无暇问桑田。

官场险，高处不胜寒。巨鼠成精先授首，兴风弄鬼必翻船。美梦尽如烟。

采桑子·青楼

人间美味都尝遍，却上青楼。占尽风流。廉耻亲情一概丢。　　花销巨万何须计，报账无愁。查处无忧。红伞乌纱总护头。

何正德（1933— ）

回族，四川阆中人。四川师范学院中文系函授本科毕业。南充地区阆中丝绸供电厂（阆中电力总公司）副县级调研员。有《苔花集诗草》。

癸未元日自题书斋永愚轩

普栽桃李遍浇瓜，辛苦园丁敢自夸。
勤奋攻研疗鲁昧，清贫持守度年华。
无多岁月闲敲句，小有阳台可赏花。
春满人间舒望眼，何须嗟叹夕阳斜。

学诗杂吟

现成口号写官腔，拟宋摹唐袭旧章。
诗贵出新多创意，残羹剩饭哪来香。

国家破天荒免除农业税

世代人言应悯农，镜花水月总成空。
喜闻今得免田赋，禹甸齐歌尧舜风。

水仙花

凌波潇洒体轻盈，翠袖黄冠白玉英。
借问何来仙骨韵，一钵淡水贮清芬。

当代中华诗词集成·四川卷

滕伟明 周啸天 主编

 四川文艺出版社

图书在版编目（CIP）数据

当代中华诗词集成. 四川卷 / 滕伟明, 周啸天主
编. —— 成都：四川文艺出版社，2018.12
　　ISBN 978-7-5411-5253-5

Ⅰ. ①当… Ⅱ. ①滕… ②周… Ⅲ. ①诗词—作品
集—中国—当代 Ⅳ. ①I227

　　中国版本图书馆CIP数据核字(2018)第282353号

DANGDAIZHONGHUASHICIJICHENG · SICHUANJUAN (XIA)

当代中华诗词集成·四川卷（下）

滕伟明　周啸天　主编

责任编辑　李国亮　奉学勤
封面设计　刘　亮
版式设计　史小燕
责任校对　蓝　海
责任印制　喻　辉

出版发行　四川文艺出版社（成都市槐树街2号）
网　　址　www.scwys.com
电　　话　028-86259287（发行部）　028-86259303（编辑部）
传　　真　028-86259306

邮购地址　成都市槐树街2号四川文艺出版社邮购部　610031
排　　版　四川最近文化传播有限公司
印　　刷　成都东江印务有限公司
成品尺寸　169mm×239mm　1/16
印　　张　82.5　　　　　　字　　数　1650千
版　　次　2018年12月第一版　印　　次　2018年12月第一次印刷
书　　号　ISBN 978-7-5411-5253-5
定　　价　288.00元（全二册）

目次

（以生年为序）

「上卷」

罗子华（1933—　）

四川长宁人。毕业于宜宾教育学院，长期从事教育工作。长宁县双河中学退休教师。有《四维诗选》。

从　教

壮怀原不羡乌纱，坎坷经遭误岁华。
绛帐生涯司木铎，书香门第本名家。
春风得意催桃李，良友谈心品酒茶。
更有三馀多乐事，自甘晨夕伴瓶花。

登忠县石宝寨

梯云直上十重台，绀宇凌霄实壮哉。
江上明珠夸石宝，川东奇秀拟蓬莱。
天开绝顶成三殿，地挺孤峰接九垓。
遥想当年巴曼子，也曾叱咤起风雷。

游丰都

名山耸翠大江滨，自古丰都号鬼城。
美女恶魔原一体，阎王小卒本同心。
钱来可买神推磨，运去常遭鬼弄人。
游罢天曹和地府，玄黄混沌不分明。

咏 鼠

相彼虽微尚有皮，诗人三唱发深思。
跳梁乘势居高位，生肖排行属子时。
暗室经营猫是友，官仓饱食我添肥。
过街喊打群情急，喜看苍天共厌之。

波斯猫

正忧鼠患未能除，喜得波斯入我庐。
洁白浑身冬瑞雪，晶莹双眼夜明珠。
食惟肉类求精细，睡与人同享特殊。
天敌横行全不管，养猫如此叹呜呼。

退休感怀

竹海春无限，晚年乐所归。
以文常会友，同志可言诗。
老将犹能饭，秋蚕更有丝。
夕阳红似火，欣看彩云飞。

闻文人下海

老年犹好动，事事总关心。
柴米油盐菜，工农商学兵。
常思邦有道，何惜世无名。
攘攘何为者，喜忧参半生。

题所居四维书室

暖日和风入左闾，好山好水得安居。
青春已被儒冠误，白首惟惭岁月虚。
莫谓有官皆是蠹，可怜无错不成书。
幸存旧版盈千册，伴我遨游在此庐。

街头见闻

附庸风雅学涂鸦，横竖真如蚓与蛇。
书法本来通六窍，乌纱戴上即成家。

羊年咏羊

善良存性自天生，跪乳犹知报母恩。
顺手牵来非有意，以牛易去是何心。
借皮狼作遮凶布，透过人寻替罪身。
挂上尔头销狗肉，老夫聊发不平鸣。

参加蜀南竹海佛来山梨花节喜赋

梨园一夜暖风催，结伴观花到此来。
瑞雪满山迎日出，仙桃织锦向阳开。
丰年有兆从天降，造物无私遍地财。
发展旅游穷变富，农家小院起楼台。

廉政时期的饭局标准

廉政时期作动员，登台书记意拳拳。

种田农户求温饱，下岗工人少吃穿。

念念不忘三代表，谆谆珍惜每分钱。

今天饭局低标准，一桌开支准万元。

注：见《杂文报》2004年9月17日第四版。

由长宁赴双河古镇途中

双河八景旧知名，故地重游物候新。

夹岸翻飞穿柳燕，沿途络绎赏花人。

云收遥望千山翠，雨霁频添一路青。

五十分钟车到站，葡萄井畔好寻春。

注：双河镇为长宁老县城，葡萄井为长宁八景之一。

送梁上君子

凌晨两点正三更，后院翻窗未破门。

我患失眠犹卧读，客来不速已光临。

书房堆卷违尊意，寝室藏衣只自珍。

咳嗽一声当送别，愧无钱物可扶贫。

听官员作重要讲话

官样文章作秀人，荧屏见影又闻声。

王衍之徒常误国，赵奢有子好谈兵。

上行下效求诸己，正本清源在自身。

人性如泥凭塑造，可从桀暴可尧仁。

金城闲吟

养生寡欲古人言，心自宽兮寿自延。
少壮频经忧患日，老来安享太平年。
清风明月贪无厌，流水高山幸有缘。
生活保持温饱线，囊中剩有买书钱。

浣溪沙·杏花

　　夜雨潇潇未肯停，清晨小巷卖花声。沾衣欲湿有游人。　　闭户主家常谢客，出墙同伴为争春。追求热烈与光明。

罗恢绪（1933— ）

四川叙永人。退休前任泸州市政协秘书长。

对 月

中宵不寐起凭栏，心事千重寄广寒。
剔梦相侵惊白首，离愁常系负红颜。
巍峨黄土轩辕庙，荡漾清波日月潭。
此夜何愁天海阔，银辉洒处有归帆。

贺教师节

我从山中来，应识山中事。
小苗何茁壮，耕者自成趣。
甘苦我备尝，深识其中味。
桃李着花时，两情长相忆。

丁亥重阳欢聚谢府感吟

重阳敬老节，欢聚谢师家。
漫说诗书画，乱弹烟酒茶。
文坛承化雨，教苑灿明霞。
盛世人长寿，和谐绽百花。

周开岳（1933—　）

　　字丘山，号肥痴，生于重庆，祖籍四川富顺，原为富顺卫校校长、富顺老年大学常务副校长。曾任富顺诗词学会会长，自贡市诗词学会副会长。有《枕荷楼诗词》等。

以荷叶粥饷还乡客于富顺西湖

荷叶新裁粥未稠，流香糜粳绿盈瓯。
西湖莫道无长物，疗你离肠寸寸愁。

惜别寄爱孙雨亭

匆匆聚散类浮萍，折柳柳城柳未青。
多少离情折不断，尘遮犹自望亭亭。

楼顶落花

仰看花飞若散霞，花栽楼顶是谁家。
主人有意分春色，许我朝朝扫落花。

故乡风情忆旧四首（录二）

莲叶密遮小石桥，何人月下坐吹箫。
惊飞双宿湖中鸟，摇落荷花逐水飘。

舵鼓初停夜泊船，桅灯掩月照沙滩。

娇声叫卖红衣女，一篓新烘豆腐干。

悼陈天啸

捋袖掀髯酒百杯，驰驱笔阵气如雷。

乡魂早计长江水，今返渝州唤不回。

注：天啸，重庆人，诗人兼书法家，豪饮。有《还乡》诗句云："泸阳江水迟如许，流到渝州四十年。"

温江乡居

去郭乡居五里赊，温江水冷柳斜斜。

呼邻自摘峨眉豆，独步闲簪蓼子花。

一洗青天旋健羽，半篱衰草隐秋瓜。

夜来总是潇潇雨，犹坐芸窗细品茶。

清平乐 · 甲戌春节假圣水山庄宴诸文友

买花买酒，春节年年有。只是今年春立后，早了渡江梅柳。　　山庄骀荡东风，且飞玉盏从容。待到繁红时节，诸君竞领芳丛。

相见欢 · 新春

春来春去匆匆，又梅红。且看年年花信、几番同。　　梨花梦，桐花冻，藕花风。最是经霜花色、更华秾。

减字木兰花 · 春朝连日阴雨

湖亭无悔，燕子归来仍戏水。春雨潇潇，红伞翩翩过小桥。　　拂波曳影，杨柳依依烟雾冷。试问青山，何日晴林响杜鹃。

清平乐 · 元夜

有灯有月，好个元宵节。但看街头花似雪，笑我萧萧华发。　　良辰对酒当歌，樽前舞影婆娑。便欲登天问月，清辉长照如何？

摸鱼儿 · 怀下放时之农村

漫愁人、送春风雨。匆匆燕又归去。春秧插罢枇杷熟，老了槐阴几树？芳草路，绕不尽、青山绿水何曾住。黄昏几度，听切切鹃啼，声声问讯：春竟隐何处？　　梨花谢，乳鸭池塘砌绿。榴红犹惹蜂妒。馀音袅袅难成曲，牧笛一支如诉。君且住，曾不见、长街闹市飞尘土，蒸云沸雾。恰鸟唤花招，诗书早卷，归计且休误。

木兰花慢 · 重阳

看荷花谢了，更风雨，到重阳。有秋水盈湖，秋萍铺锦，秋实流芳。匆忙，欲登绝顶，乍携筇披笠出城坊。烟锁西山林莽，泥泞小径跄踉。　　辉煌，忽浴晴光。云天阔，雁成行。顾来时坡岭，黄花簇簇，叶醉寒霜。沧浪，一江如带，绕石岸沙洲向东方。壮丽江山不老，人生易老何妨。

胡新枚（1933—　）

四川南溪人。退伍军人，大专学历。四川省宜宾市食品工业职业中学校长级调研员。

庙基坪

远望庙基坪，山边数间屋。及至惊险峻，三面临深谷。风起彩云飞，变幻观难足。阴晴瞬息异，炎夏忽冬酷。日出艳阳天，日隐肌生粟。游客怯衣单，未晚即就宿。终宵听风吼，辗转睡难熟。

感　怀

自到屯溪来，三见梅花放。双燕衔香泥，营巢共相向。念我各分飞，天涯独惆怅。

社情杂咏二首

东风吹绿上垂杨，喜见名家辑集忙。
我有吟篇难寄出，一编诗费一年粮。

宝马奔驰去似风，田边视察望葱茏。
访贫问苦来工厂，入夜歌厅笑语浓。

瞻烈士陵园

拾级登山顶，山空不见人。
孤碑铭节烈，群冢伴忠魂。
林寂无啼鸟，池荒有绿萍。
九泉谁慰藉，尘世正纷纷。

江桥夜景

皓月临空照大江，波光闪烁映虹长。
天孙织锦穿梭急，万点流星度碧苍。

袁承禧（1933—　）

　　四川长宁人。中共中央党校毕业。曾任中共宜宾地委副书记，宜宾地区行署副专员、人大工委党组书记。四川省书法家协会理事，宜宾市书法家协会主席。有《春潮集》《夏弦集》。

屏山龙华春景

青山翠竹拥龙头，碧水清凉古镇幽。
石佛虽残心未冷，春妆树蕨更风流。

金沙映田

金沙两岸尽腴田，气暖风和别有天。
橙橘盈盈千顷簏，蕉林郁郁四时妍。
几多岁月无相识，重绘河山快着鞭。
欲种龙椰歌荔曲，权将僻野变桃源。

读何氏东坡楼联感赋

妙联名士赞高台，信手文章亦快哉。
万里入川持学政，读书人少尔何来。

登庐山

凌云觅胜话枯荣，世态风云变幻中。

避暑楼台成旧梦，和谈会址纪元戎。
美庐寂寞如荒冢，竹寺悠然听暮钟。
阅尽庐山兴废迹，是非成败论英雄。

登嘉峪关

信步城垣倚戍楼，敞怀极目望西州。
重重要塞连丝路，历历雄关静斥堠。
苦雨悲风成往事，良油美玉展新猷。
长城内外皆兄弟，一览同销万古愁。

咏西部大开发

中华全局一盘棋，捷报东南又拓西。
开发资源强国力，敢教荒野化春畦。
穷疆焕彩岂无日，丝路飞花自有期。
百族共荣齐奋进，万般兴旺富苍黎。

谒嵩阳书院

嵩阳千载育英豪，此夕门墙覆野蒿。
堪叹时风偏近利，兴邦还是读书高。

登岳阳楼

兴会长沙伴客游，眺湖览胜思悠悠。
重温范记怀高节，细品杜诗叹世愁。
帝子情遗斑竹泪，左徒怨染洞庭秋。
登楼显贵知多少，几个能先天下忧。

咏葡萄井

清泉奇景湑之骄，井涌葡萄永不凋。

冽冽寒冬腾热浪，炎炎盛夏浸凉糕。

南观械雪怀高洁，西顾文峰抚壮豪。

楼阁深藏兴废迹，沧桑几度胜前朝。

注：葡萄井是长宁县八大景之一。"嘉鱼清泉"，以泉景清幽奇特而闻名。楼阁修葺，旧貌重光，现已成为旅游景点。

漫步忘忧谷

清溪环曲径，郁翠掩芳扉。

泉响生幽寂，蛙声入细微。

兰香经宿雨，笋露带朝晖。

漫步无忧谷，尘消自展眉。

破阵子·采桑女

飞燕惊开杏蕊，啼鹃唤醒黎明。细雨霏霏江草碧，薄雾蒙蒙柳叶青。采桑陌上行。　　忙煞几多村女，欢歌笑语盈盈。非忆昨宵鸳梦好，只为今年茧似金。满筐堆绿云。

程广予（1933— ）

四川富顺人。退休前任辽宁省营口市机械局工程师。

秋夜感怀

骤雨敲窗秋夜长，高斋独卧意彷徨。
客中有酒愁随盏，灯下无眠简满床。
昔羡塞翁曾失马，今临岐路叹亡羊。
一腔块垒凭谁诉，好句难成索断肠。

无　题

余情剩有寄灵犀，望断归鸿路欲迷。
秋月春花人渐老，辽滨蜀水会难期。
幽怀只共清风诉，晓梦偏思杜宇啼。
四十年来音信绝，诗成唯有署无题。

咏桃花

暖风翻入乱霞堆，春色欣从天上回。
常在渔船行处见，每逢闺女嫁时开。
两三枝好红穿竹，四五尺高艳过梅。
若得武陵邀一笑，寻仙何必访天台。

欢送某公

官与黄河一样清，临行偏有送贤声。
烂摊留下人挪活，异地花开又是春。

致某公仆

文章官样显雄才，高唱为公喜上台。
钞票周身都胀满，何曾两袖有风来。

老年抒怀

不觉人生六九秋，等闲白了少年头。
学成半罐穷酸醋，诗打一缸涩辣油。
傲骨天成羞拍马，雄心日逝懒吹牛。
茎须捻断为敲韵，忘我超然自在游。

遣　怀

解甲多年尚枕戈，望江亭畔叹流波。
诗求解闷三分拙，酒不浇愁半盏多。
为蝶为庄都在我，呼牛呼马总随他。
迎春箫鼓何喧闹，四顾茫然荷戟歌。

赠风章兄

二月春寒入袷衣，老来健骨渐支离。
疏狂似我谁能赏，坎坷钦君志未移。
掌上明珠怜弱女，胸中豪气叹明时。

凤兮来者追犹及，悟透人生一局棋。

闻蚕有感

唧唧何凄切，为谁诉不平。
常将无限意，并作此时鸣。
天地有微义，山林多应声。
眼前风月好，吟苦亦痴情。

疗养寄语

少年期报国，老去更忧天。
疗养情何寄，春残听杜鹃。

反　腐

北斗七星高，斩麻动快刀。
贪官频落马，习李出真招。

咏　雪

飘飘洒洒漫天来，掩尽人间万里埃。
我爱冰霜清净界，统将陈旧另安排。

减字木兰花·怪事

小摸小闹，抓住蛤蟆捏出尿。巨腐大贪，出境旅游易地官。　焉能不气，流失国资卅万亿。怪事多多，教我如何唱赞歌。

注：据2000年报道，国有资产已流失三十万亿元。

曾学骥（1933—　）

四川南充人。新中国成立后在川北区党委工作。退休前为四川省天府开发公司总经理。

秋日杂兴

秋风落叶满庭台，幽径小园幼菊开。
千里婵娟明月夜，蓬门鹊噪故人来。

陌上花·旅中怀旧

斜阳影里，倚窗凝望，又伤春晚。暮鼓声声，难度薄寒孤馆。锦城多少年时泪，忍看素绡红染。委鱼鸿寄与，意萦魂绕，月沉星散。　　解深愁是酒，夜阑灯灺，忆昔悲欢兼半。袅袅垂杨，几度陌头轻唤。此生梦断天休问，无奈佳期空盼。只幽怀一片，晶莹澄澈，冷泉堪鉴。

戴炜群（1933—　）

四川江安人。曾任泸州图书馆馆员，泸州市诗书画院常务副院长。中华诗词学会、四川省诗词学会、四川省书法家协会会员，四川省楹联学会理事，泸州市楹联学会副会长，泸州市书法家协会副主席兼秘书长。

游东岩得句

几亩蕉林不计春，千年石壁动诗魂。
一支还我河山笔，唤醒神州多少人。

重阳龙马潭即景

秋水龙潭绿映红，小舟轻荡影摇风。
鸳鸯石上情多少，都在芙蓉绿柳中。

竹海吟

万岭寒霜白欲溶，小桥诗酒雁斜风。
遥看五百青纱帐，尽在烟云变幻中。

游玉龙湖

千顷平湖水接天，远山一碧柳如烟。
忽惊水上光华满，疑是乘舟到日边。

移　居

暮年偏喜卜居安，选址蓝田亦是缘。

花圃雨馀微见月，露台日暖好聊天。

临窗泼墨千山秀，酌酒敲诗半日闲。

更喜楼高依北斗，凭栏远眺隔江烟。

浣溪沙·诗友相聚八益园

半亩亭园展绿茵，秋风阵阵出疏林，桥平水碧映流云。　　路向芳林深处转，人从柳岸小桥分，一壶旨酒醉心魂。

黄斌武（1934—　）

　　四川岳池人。中专文化。1950年参军，1952年入党并调至岳池县公安局从事国安工作，曾任科长、局党组成员、局长助理。1994年以一级警督退休。有《利剑集》《警韵风云》。

观龙门山麓小鱼洞地震遗址

天降大灾万物残，长桥三断躺河滩。
山崩地陷千人殁，轮转十年尚胆寒。

彭州市宝山村度夏

地震无情人有情，新楼幢幢众宾迎。
龙山白水消烦暑，梦晓杜鹃峡谷鸣。

登武当山

剑峰直插楚云中，索道溜车上帝宫。
年逾古稀高岭笑，群山淡染夕阳红。

左培鼎（1934—   ）

四川剑阁人。退休前任广元市文化局局长。

题翠云廊太子柏

古木经燃犹剩翠，君王长去不思归。
千年旧事何茫渺，尚激情怀憾昨非。

青溪古城

古寺柏阴浓，颓垣志故踪。
民居烟霭里，浣女笑声中。
四野呈新绿，千花泛嫩红。
古城装束旧，一样惹春风。

话金秋

丽日金风喜上楼，清茶漫品话寒鸥。
东山有菊堪为赋，免教诗人怨九秋。

题阴平古道写字岩邓艾事

包毡坠石渡阴平，挽笔凌崖述壮心。
如愿龙庭降后主，何期虎帐作囚人。
洛阳不见荣归客，剑阁空留枉死魂。
黛壁含悲藏旧迹，苍天落泪湿残痕。

帅慕颜（1934— ）

四川犍为人。西南师范大学物理系毕业。1957年被错划右派，1978年落实政策后任犍为第二中学物理高级教师。曾受聘《犍为年鉴》副总编。

茉　莉

梅魂梨蕊绝轻尘，绿拥浓香出禁城。
盏内盆中无媚态，胸前头上有痴情。
霜寒九月吟三五，日暖初秋喜兆京。
已是躯残连水尽，还将芳洌沁苍生。

航天器

一怒曾惊百代师，飞天出海不须疑。
腾身宇宙为探理，涉足人寰尽识机。
文乐图传天际语，声光电讯太空辞。
追元逐朴无穷尽，大造茫茫未有期。

商州行

曾向商州庙里行，榕榕相望最含情。
苍松未有留归鹤，破宇何来住晚僧。
雨后滩头堆雪浪，夜来枕上绕泉声。
班门弟子可曾是，弄斧深山对月吟。

六二年返家

华年未解著南冠，才得自由便作还。
霜重板桥悬晓月，石流溪水到前川。
满山红叶鹃啼湿，一夜西风蝶梦寒。
曲尽乡音无限意，行囊书重袷衣单。

秋江月夜

如斯逝者振长缨，坦坦大江万里明。
汉印唐碑何处石，诗肠酒胆此时情。
影留菊下心方静，气入松中虑始清。
寻砚西庭墨细细，归来故纸习兰亭。

绵阳行游富乐山

亭楼岑寂水明霞，四月山春景正佳。
满架酴醾惊作雪，半湾楮叶只疑花。
晴光浅草柔飞絮，石藓寒碑隐暗砂。
已是残红怜地萎，柳垂深处一枝斜。

金缕曲·近七感怀

近七初回首。几多时、霜侵发鬓，残灯如豆。丽日书斋闲竹菊，偶尔神飞宇宙。斩不断、情丝万缕。塞外驱驰都是昨，剩纠纠、一曲传身后。岷江岸，西山口。　　春寒旱湿衣衫透。逐深溪、危峰限月，荒滩论酒。寂寞庭园梁雉去，村舍鲜闻鸡狗。但太息、夕逢劫又。且喜儿孙能作梦，正芳菲、道上青青柳。循古调，歌新秀。

金缕曲·原韵步和方见肘先生《八十抒怀》二首

幸得糊涂久。叹吾侪、锋棱尽钝，紧鞋穿就。且向书中寻故事，话说梁山草寇。免不了、舒心额首。晨雨青江离岸右，又随之、审视从身后。凉若水，天知否？　　浮沉贵贱持操守。叙闲情、湖边竹下，琴师画友。最是葡萄亲手酿，一饮醇香满口。也可谓、夜光杯酒。回首此生惭刻漏，只鱼纹、苦皱寒霜垢。恬淡乐、达人寿。

别亦为时久。喜今朝、居然健在，有无将就。官样文章羞议论，半是为王为寇。大可不、捶胸顿首。来日嘉州临榻右，仰高山、一曲黄昏后。予此愿、君知否？　　何曾祖业长相守。记当时、夫妻离异，弟兄敌友。人类尊严皆丧尽，岂止耳聋哑口。好好喝、这杯苦酒。终见光明天罅漏，伟中华、涤净残渣垢。杯共举、祝同寿。

二峨之忆

意难忘·打柴

霍霍锵锵，把天开斧刃，好试锋芒。高低迷草径，次渐入深荒。崖壁立，木苍苍，隙剑冷霜光。有断樵，欣然立定，仔细端详。　　高歌长啸何妨。正流云如带，隼视鹰扬。涧溪传远籁，丛灌隐幽香。藤三紧，柴两厢，人影逐新篁。趁风轻，肩挑熟路，伴我斜阳。

隔浦莲近拍·扳笋

云生林暗虺坠，箨叶浮秋卉。扑扑惊飞鸟，扳嫩笋，声声脆。临午盈篓背，坪前会，笑语频相对。　　风好美，馨香是处，仰天困卧如醉。凉茶冷饭，辘辘饥肠滋味。异日重探应不累，无畏，卷舒淡定如水。

早梅芳近·做木工活

斧劈沉，锯声袅。一日从三早。楠香木屑，刨叶飘绸清缝好。当年粗学艺，此日闲中巧。恰荆妻唤远，香粒残云扫。　　暑寒归，共携小。几次山湾绕。艰难风雨，凹凸相扶同到老。殷勤恋旧作，仔细留村照。更关情，五月花枝闹。

注：香粒，指将玉米粗磨后与少量大米混合蒸熟的一种主食。初食粒粒满口，不能下咽。久之，嚼来有淡淡清香。

荔枝香近·采药

细辨奇花异卉，兼品味。室芳尽可吾师，指点劳肝肺。浆藤细拔根须，峭壁黄精贵。更百合重楼天麻辈。　　林中怽，危石坠，坦然对。既入青山，便与溪云进退。小补不无，聊解囊中羞药费。困了和衣而睡。

许文榜（1934—　）

四川古蔺人。1953年起在粮食部门工作。1980年在县委办公室工作。退休前任古蔺县精神文明办主任。

游石经寺

一抵龙泉寺，悠悠步履轻。
林深天色暗，殿净佛灯明。
有兴寻荒径，无稽觅石经。
因怀林处士，细数落梅英。

菊会有感

淡雅风神最可人，清新一脉更情真。
花前君问秋何似，玉骨冰肌水月心。

登丹山

丽日登高意更浓，凌云把酒唱雄风。
老来那计风尘险，心若丹山石样红。

读李维嘉《冰弦集》

怒向刀丛把剑磨，纵横湖海壮词多。
挂弓不解归田甲，拨动冰弦发浩歌。

题闻声画《秋山远逸图》

渺渺烟波绕碧山，倚栏细数往来帆。

无边水远连天际，未及襟怀海样宽。

生日书怀

历练人生老更成，萧萧白发返归真。

文如细涧清声远，书作青藤野趣横。

闲处蜗居知澹泊，安于市上洁身心。

耆年岂可忘忧乐，漫遣馀辉照眼明。

临江仙·*夜读*

月冷风清寥廓静，寒蛩彻夜争鸣。读书灯火伴天明。赏心留好韵，窗外鸟音亲。　　识剑何如辛弃疾，老来那计枯荣。且将诗事赋怡情。痴心凝翰墨，愉快一身轻。

李正孝（1934—　）

四川西充人。四川省南充市质量技术监督局原局长。南充市果州诗社常务副社长。

秤

堪称世上最公平，追慕时风乱象生。
错把黑星当亮点，未分轻重失权衡。

秋窗自遣

秋雨惊寒滴老桐，轻摇残叶细摇风。
韶光霁色东坡绿，薄影微晖西岭红。
自古恩仇终是梦，人生得失总成空。
翻云覆雨争高下，我自溪山诗几丛。

游剑门关感怀

剑峰七十指苍穹，壁垒雄关鬼斧工。
一将当关关似铁，万夫扼隘隘如铜。
艰难伯约存西蜀，安乐刘禅降魏宫。
太息千年兴废事，人心向背古今同。

往事回眸

1967年下放到苍溪红旗山农场劳动改造。在一个深山僻静处，同一头牛住在一个牛棚，干放牛、种地、劈柴等活。那里蛇很多。

峭壁悬崖雾锁天，蛇横鸟噪野庐寒。

日耕瘦地扶云走，夜伴骍牛抱月眠。

对酒无求今叹昔，寻诗有志苦回甜。

如烟往事一场梦，目送潮头万里船。

晨　望

昨夜晴峰何处去，几声鸟噪自留痕。

山深无雨衣衫湿，野径归来雾锁门。

眼儿媚·山姑

白云深处泛红霞，青瓦傍桃花。山乡碧玉，风姿素朴，翠黛芳华。　　风凉玉臂衣衫湿，瑞雾摘春茶。莲塘采籽，瓜田点豆，忙煞农家。

鹧鸪天

搏击人生一叶舟，峰颠浪口莫言愁。东皋西陌犁云苦，骨瘦田肥喘月忧。　　松已老，梦还稠，虬枝鳞甲气横秋。高蝉流响林梢外，我自溪山醉里讴。

周玉清（1934—　）

笔名周晓，女，四川崇州人。毕业于四川师范大学中文系。先后在绵阳师范、绵阳地区教研室、四川省政法干部管理学院教书。绵阳市中学师资培训中心任中文教研室主任，讲授古代文学。有《红楼梦新续》等。

女孙沉埋北川废墟一百零四小时获救

地裂山崩才一瞬，万千人面化烟尘。呼儿唤女爹何在？但觉风腥不见人。孙女去岁业北川，扶摇一驾万里抟。风云际会极愉悦，飒爽英姿好华年。孰料砰訇大崩摧，势如霹雳撼惊雷。山陵颤栗惊层塌，万户千家灰一堆。忍闻噩讯枯藤绕，泪眼已干极云表。濯魂砺魄恸酸嘶，举家容颜尽枯槁。沉埋已近四日强，重关险阻音渺茫。鬓随苍狗一日白，梦伴惊乌绕断墙。奈有佳音倏忽至，废墟犹有声迢递。发行同仁似鸢飞，急施援救情怀烈。无锡消防速速来，倒海翻江献技绝。一任地黑与天昏，乱石滚滚震频存。掘洞直三横二米，屠龙长技壮军魂。孙女谆告营救难，不必救我当自全。消防队员笑声朗：不救何必来蜀川。我闻此语痛怆恻，民族精英真人杰。总理呼声铄古今，流潦提携尽感泣。佳音当作心声听，得救莫忘胡主席。君不见，荒陬板房万万间，老少男女已开颜。重建家园肠中热，中华儿女屹地天。

注：发行，指中国农业发展银行。孙女是该行职工。

怀吴芳吉先生

寒烟秋草动遐思，白屋伊谁赋好诗。
寂寂丰碑苔藓绿，犹听传唱婉容辞。

送陈祖娟友赴加拿大

昔闻云海路，今送远航人。
野草逐愁发，黄花带泪新。
哪堪君远去，但使梦相亲。
异国中秋夜，唤娘声愈频。

明湖泛舟

明湖仙海接清流，野鸭翔波贴水讴。
欲采萍花香一束，轻风驰荡木兰舟。

七月别兄返绵

晚来风雨忆仓皇，不梦他乡梦梓乡。
多少别愁多少憾，几回晤面几回伤。
艰难岁月情相傍，容易年华鬓已苍。
把盏未倾归路急，兄心送我至绵阳。

题同学纪念册

东西南北出龙城，吹梦秋风总是情。
画册相逢头已白，呼名唤姓一声声。

接王利器师讣告悲甚感赋

手捧讣书惊断魂，恩师弃我赴台门。
疏星怕忆窗前影，淡月悲添墨下痕。
培土已穷心血力，育人还看雁鹏鲲。

君观八宝山头垄，瘦草斜阳日又昏。

谢著名诗人叶元章老近赠《九曲回肠续集》

怀旧常思一俊贤，淘沙大浪得真传。
飘风摇雨悲中乐，落日长河劫后甜。
问字何心招盛誉，穷途无意尽佳篇。
而今入梦层层绿，红胜胭脂淡胜烟。

桂林山水吟

百转尘缘入望沉，几回寻梦到而今。
何须缱绻游瑶苑，尽有参差出远岑。
云绕洞边浮洞顶，绿从江岸到江心。
画魂已被诗魂借，乱坠天花是桂林。

富乐山赏荷

未等蜻蜓来叩门，尖尖荷叶水边蹲。
斜阳艳失芙蓉面，收割人生绿一盆。

桂林漓江

镜里琉璃天外天，深如霓锦淡如烟。
随风倒影频开合，翠色摇金活一船。

鹧鸪天·中国诗歌节在绵阳召开

牵动浓情醉一楼，雨丝风片涨绵州。传承岂敢忘今古，吟唱尤欣系乐忧。　　云淡淡，水悠悠，谪仙到此哪言愁！何当共写国强梦，岁月如歌石点头。

卜算子·北川小寨子沟

绿水绕青山，洗却飞红去。陌上斜阳映碧流，漫送鸳鸯侣。　　羌寨小楼新，牧笛传幽绪。吹却行踪一段愁，梦里情犹聚。

一剪梅·乍见梅花初开

几度西风坠落霞，隐了栖鸦，藏了琴蛙。秋音惆怅到侬家，楼上琵琶，楼下胡笳。　　愁雪悲霜笛韵斜，心绪如麻，怕听红牙。今宵何事忽惊嗟？谢了黄花，开了梅花。

一剪梅·阳台赏兰花有感

月浸西轩夜已凉，鸟语迷茫，蛩语凄惶。台兰何事漾秋光，味也幽香，韵也幽香。　　玉笛声飞过小窗，心在何方？鬓已成霜。谁插寒枝托雁行？梦在家乡，醒在他乡。

傅叙伦 （1934—　）

四川富顺人。曾任富顺县供销合作社亚强包装装潢厂厂长。

泛舟邛海

解缆催舟出曲沱，一船笑脸一船歌。
兰桡击碎泸山影，缥缈烟云映碧波。

浣溪沙 · 重九日登西山

北雁南飞桔柚黄，苍山红叶闪秋光。晴冈衰草抹残阳。　　落帽追风
笑野老，萦心往事问苍茫。但将诗酒慰彷徨。

邓明清（1935— ）

四川乐至人。退休前为成都市量仪开发公司职工。

登 楼

望江江水接天流，人去楼空独自愁。
楼外江波无限恨，园中残菊独怜秋。

重阳前五哭刘翁克生

天池菊嫩冷清霜，多少情思欲断肠。
古乐三声祝君寿，晚霞一朵泛崇光。
笔新戛玉敲金韵，墨妙裁云镂月章。
最是重阳前五哭，素秋红泪染衣裳。

岭南旧事

水复山重夜色深，一江流月断飞禽。
千年不灭传奇影，元有渔人说到今。

注：歌仙传奇。

龙希文（1935— ）

四川泸州人。曾任泸州市小学副校长、泸州市经济体改办副主任，为正县级调研员。

六十九岁随语

难得人生近古稀，痴心未改鬓如丝。
高山流水频相与，野草闲花每自怡。
春雨有情添梦幻，秋光无意任逶迤。
馀生浪迹归何处，吟海茫茫未可知。

鹧鸪天·秋感

叶落西风扫暮云，月光如水浸孤村。莺啼旷野惊晨梦，雁叫长空动客魂。　　情未了，意犹存。人间何事满荆榛？健行莫谓桑榆晚，白首宁无寸草心？

朱德文（1935—   ）

四川大邑人。曾任乡镇企业行政管理人员。

雾中山二首

雾中溪涧水悠悠，蔽雨亭前枫叶稠。
月色溶溶昭佛寺，香烟袅袅绕经楼。

玉琢双狮栩栩生，千秋岁月镇山门。
峰环水绕真幽境，万壑溪泉咆哮声。

忆越二郎山

潇潇烟雨锁苍天，万壑氤氲道路难。
野鸟凄凉鸣雪顶，车驰薄暮抵泸关。

刘世亮（1935—　）

四川金堂人。幼读私塾三年。初中文化，1950年参加工作。曾在金堂人民银行、农行工作。金堂月九诗会会长，县文联常委。

荷塘消夏三首（录二）

半亩池塘半亩花，蜻蜓款款戏朝霞。
香风入室谁先觉，我住村头第一家。

清涟水面漾斜晖，绿藻红萍鱼正肥。
酤酒呼儿村北去，钓竿拾起踏歌归。

浣溪沙·春耘

门外青山薄雾遮，小桥碧水绕田家，村姑耪垄种西瓜。　　春色满园墙外洩，荷锄引水润桑麻，软风吹落碧桃花。

行香子

绿绕山庄，花满荷塘。正风软，筱麦初黄。银镰乍舞，汗渍衣裳。看车儿急，坡儿陡，路儿长。　　梁栖双燕，巢筑茅堂。育儿女，昼夜奔忙。娇音遑吐，懒理慵妆。爱柳丝嫩，雨丝乱，钓丝飏。

鹧鸪天 · 秋深

　　向晚残云醉日红，黄花绽放草桥东。满坡翠竹风声细，几幢新楼气势雄。　　人未到，意先通，老农迎坐小亭中。清茶一盏话丰歉，不觉月牙升半空。

李登松（1935—　）

四川金堂人。四川师范大学毕业。西华大学退休教师。曾任西华大学文艺学副教授，金堂月九诗会会员。

咏　蛇

冷血趋炎暑，追攀入市廛。文身充美女，佞佛做神仙。腥舌喷蓝焰，毒牙射黑涎。装龙偏蔼径，吞象却逃鸢。同类还相食，高枝亦屡迁。钻窬心术巧，伺隙鼻风膻。丧子哀哀燕，惊儿曲曲鞭。举杯翻诧影，添足转成愆。窃果阴唆使，杀巫滥引牵。许仙魂出窍，李寄怒冲天。秽物孳公害，斯民少稳眠。隋珠皆呓语，孙叔剑当传。

渡汨罗江

酒酹烟波迸电光，惊涛裂岸大风扬。
美人香草填沟壑，社鼠城狐踞庙堂。
白发萧疏悲橘颂，黎民憔悴梦高唐。
千秋谁解灵均恨，我欲狂呼问彼苍。

旧　居

烬馀残卷寄生涯，穷巷孤灯幸有家。
寂寂柴门风扫地，萋萋蕙圃蝶争花。
卷帘晨读追微曙，倚杖长吟爱落霞。
问字诸生常笑我，南窗破洞废书遮。

金缕曲·谒金堂彭家珍祠

霹雳歼群丑。看雄狮，扬须奋力，做崩天吼。何物"真龙承天命"，尽是肮脏猪狗。岂能忍，山腥河臭！誓日砺兵同袍胄，遍神州，卷地风雷走。开巨炮，天宫抖。　　将军义胆包山斗，更便便，经纶满腹，辟天高手。笑捧昆仑东洋畔，一洗千年积垢，好绘出，三春花柳。惭愧书生窗下老，学诗囚苏轼搔白首。双泪落，莫卮酒。

李光富（1935— ）

四川成都人。四川大学毕业，留校任四川大学图书馆古籍整理研究室副主任、古籍部副主任，副研究员。

炎夏骤雨

炎阳红似火，脊汗出如浆。
禾槁农人戚，园枯蝴蝶伤。
偶来云过顶，骤洒雨侵墙。
未活辙中鲋，惟生半袖凉。

狮城三首

商贸名都会，犹多小店家。
秋冬春夏果，欧美亚非瓜。
面杂鱼头骨，饭掺鸡脚丫。
日需仍不足，随处有巴沙。

高下望中绿，晴空无点尘。
鸦群时过顶，鸽阵每亲人。
骤雨频频降，林花色色新。
悠然双白鹤，翔舞小江滨。

注：巴沙，卖日用品之小商店。

日出满城热，雨来全岛凉。

行人常带伞，居士数焚香。

男子多金饰，女儿皆素妆。

乐龄心所乐，不在白和黄。

上海鲁迅公园瞻仰鲁迅塑像

烟雨迷茫里，春光骀荡中。

孤身囚冷座，双目傲苍穹。

笔落惊敌垒，诗成哀野鸿。

仪型留万代，过客已匆匆。

某大学汉代司马迁像为长髯长者

一语违君罹大耻，衔冤负重著青编。

名山事业千秋在，岂必长髯始足贤。

退休感怀

归闲有似龙归海，游遍东西南北中。

去日苦多多局促，馀晖甚少少牢笼。

名缰利锁抛如屣，物是人非幻若虹。

便体适心为至乐，方知靖节足豪雄。

厨 房

厨房酷似一沙场，刀俎威风胜虎狼。

杀尽山生和海育，将军原是小厨娘。

一剪梅·公共交通车

不管春秋与夏冬，热也隆隆，冷也隆隆。奔驰城外又城中，四面能通，八面威风。　　在职离岗与打工，一视相同，一并收容。拥来拥去一窝蜂，来的匆匆，去的匆匆。

卜算子·减肥有感

富地尽愁肥，贫地皆忧瘦。仰药挨针又戒荤，依旧浑身肉。　　何不散余财？何不分余糇？南北东西等瘦肥，彼此无偻偬。

小重山

同戏苍鹰捉小鸡。鸡娃孙女扮，笑嘻嘻。鸡妈派定是荆妻。吾鹰老，奋翅且穷追。　　弱势岂容欺？母雏团结紧，不分离。盘旋几次力难支。投降了，乐坏小调皮。

杨 光（1935— ）

女，四川泸州人。退休前为泸州市百货站干部。

远　眺

长江浩渺彩云翔，叶绿橙黄稻谷香。
几片渔舟归未晚，塔尖留得古斜阳。

祭祖母

风吹冢草纸钱飞，暮雨潇潇忘却归。
柳插家山肠断处，追思泪抹悼春晖。

悼　父

雨丝不断泪清流，手抚残碑旧影浮。
父代亡亲针线补，苍颜白发在心头。

鹊桥仙·金婚

今生注定，随缘而过，五十朝朝暮暮。半生寂寞走天涯，爱恰是、心灵支柱。　　松风水月，晨曦微露，茅舍风光无数。知心相伴百年时，是最好、红尘归路。

陈良藻（1935— ）

　　四川广汉人。出身于农家，自幼攻读古文，兼学格律诗词。新中国成立初期参加工作。做过县委秘书、党校理论教员，后奉调人民法院履职。退休后为《三星堆诗词》执行主编。四川广汉市诗词学会副会长。

剑门题壁

　　蜀门天险赏雄关，百叠秋声画邸间。
　　峰插云霄双剑合，竹侵客路一溪弯。
　　名惊烽火三分国，气压嘉陵万仞山。
　　想是长康遗妙墨，千钧笔触古难删。

注：顾恺之字长康。

房湖古柏

　　退尽丰姿到暮龄，忍将衰朽付雷霆。
　　虬枝不共虬根死，又借藤萝满树青。

名　亭

　　青城绝顶学寻幽，亭底层峰四面收。
　　两袖晴岚连远翠，一呼摇动万山秋。

注：呼应亭在青城山顶峰，有"登亭一呼，万山回应"之奇。

　　山亭秋老晓烟开，万幅红缣一夜裁。

乍起西风枫影乱，却疑春色漫天来。

注：爱晚亭在岳麓山，四周枫林千层，秋红接天。

琅琊秀色带晴光，亭影峰阴接翠篁。

说到甘棠遗爱事，南风习习四山香。

注：醉翁亭在滁州琅琊山中，欧阳修治滁时山僧所筑。

战馀赤壁一亭空，昼听惊涛夜听风。

樯橹灰飞袍笏散，大江何处问英雄。

注：翼江亭在湖北蒲圻长江南岸赤壁山头。

沁园春·渔港风情

林立桅樯，摇曳渔船，泊满港湾。正横堆竖垛，海鲜处处；石堤沙坝，市语喧喧。高嗓粗喉，酒烟气味，浓染长滩八月天。水风起，渐白鸥敛迹，涛影如山。　　大潮退尽飞湍，抛十里奇珍远近看。俱苍虾紫蟹，星罗棋布；金鳞玉贝，璧合珠联。赤脚村姑，娇呼脆笑，篓采筐搬去复还。风情画，待丹青妙手，移上吴笺。

沁园春·雄鹰

独立危崖，闪烁星眸，雄视万山。更轻摇劲翮，升腾碧落；斜穿绝壁，搏击长天。绿野留音，金阳剪影，迢递关河指顾间。勾留处，在苍桐阴处，红蓼风前。　　平生峰岭河川，揽千叠风光险处看。蹴匡庐雨霁，奔雷瀑上；钱塘潮涨，激浪云端。侧翅征西，翻身逐北，乍起惊飙乱野烟。松栖夜，仍情牵风暴，梦系飞湍。

沁园春·玉关怀古

　　大漠云开，雁度斜阳，雕盘远峰。望黄沙白草，荒连太古；轻烟淡雾，寒接穷冬。今古相连，嫖姚应在，十万旌旗赴北风！踟蹰久，任惊沙扑面，朔气横空。　　玉关老却英雄，遗废垒残城落照中。想秋防风紧，征袍血染；春闺梦断，战骨冰封。铁骑奔腾，胡尘嚣涨，俱伴流光去绝踪。临风立，问英豪几许，石勒边功？

陈独愚（1935—　）

重庆人。乐享太平福泽，喜沐盛世春风。性耽诗书。现为成都诗词楹联学会会员。

诗友相聚

一堂老友最相亲，力咏诗章月月新。
银杏常青人不老，每闻佳句似逢春。

注：银杏，系诗词小组名。

弹指人生天地间，亲朋至爱是前缘。
人情更比黄金贵，莫负涓涓一寸丹。

秋　景

满目秋光满目情，秋山秋水胜芳春。
缤纷霜叶美如画，潭影清清不染尘。

有　感

弹指人生天地间，相逢聚散是前缘。
亲朋寄问三春暖，至爱相携一寸丹。
眷顾朝朝情似海，关怀岁岁义如山。
涓涓情意铭五内，喜沐春风乐晚年。

秦德荣（1935—　）

笔名秦庸，四川涪陵（今属重庆市）人。曾任成都电力机械厂技师。

怀　人

念念未曾忘，蓬庐好地方。
阶前银杏白，牖外桂花黄。
岭岳呈清景，山泉溅玉光。
卿卿何处去，遐思独徜徉。

宿青城山

黑云横嶂岭，烟雾锁溪沟。
雨水滂沱至，山泉迅猛流。
终朝心尚抑，彻夜梦难周。
逆旅栖迟地，萍踪暂可投。

梁世铭（1935— ）

四川合江人。中专毕业，曾在西南农学院农业部干部学院学习结业。曾任中共泸县县委副书记、县政府县长、县政协主席。现任泸州市诗词学会理事、泸州市龙马潭区诗词楹联学会会长、泸县诗词楹联学会顾问。

赞村官

岭上云端印履痕，栉风沐雨治穷村。
胸中自有愚公志，不信山乡不脱贫。

故乡情

之溪夹岸竞芳华，风满悬帆雨湿槎。
朝日长街红胜火，晚霞古镇美如花。
丁峰翠岭凭舒彩，古井清泉好煮茶。
野鹤归林篁竹秀，桥边不见旧时家。

临江仙·羊年下乡写春联

小镇朝霞舒锦绣，春风绿了田畴。诗情联韵闹村头。村南书福寿，村北咏乡愁。　　永驻，竹篱掩疏新楼。眉梢心上乐春秋。春光今更好，翰海任遨游。

蓝光临（1935— ）

四川广安人。川剧国家一级演员。

满江红

某单位将川剧衣箱交博物馆收藏，作此以示蒋兄。

岁月风流，回眸处、英华艳绝。抒不尽、悲欢离合，几多词客。唐舞三千春柳梦，宋歌八百秋鸿月。向黎民、一一辨忠奸，谁评说？　　时光异，谋变革。西家起，东家灭。叹梨园冷落，秋风黄叶。黼黻衣冠成累赘，箫声剑气皆消歇。这树花、永越旧时红，心悲切。

蓝锡纯（1935— ）

四川富顺人。毕业于西南师范学院中文系。四川省富顺县第二中学高级教师，历史教研组组长。

道旁竹

劲节高标迥出尘，霜欺雪压色犹新。
年年酷暑炎蒸日，总把清阴惠路人。

重至板桥

曾是板桥长驻客，今来不辨旧山河。
溪成水库群鳞跃，岭覆森林百鸟歌。
络地周行惊网织，冲天高屋讶星罗。
昔时阡陌无从觅，惟见翻金涌稻波。

柳

春归绿满细枝条，始被秋霜便自凋。
质不胜寒偏善舞，总随风弄摆纤腰。

高阳台

过成昆铁路，见筑路英雄之伟绩，感赋。

绵亘危峰，横空莽莽，奔腾万马回旋。绝壁嶙峋，猿猴亦苦攀援。

云封雾锁无行径，只飞鹰、俯仰崖间。瀑高悬、曳练抛珠，虚谷声喧。　　降龙本是英雄事，为人民筑路，气压群山。铁臂钢肩，摧坚一往无前。成昆路就惊环宇，悉同声、盛赞奇观。铁龙驰、越岭穿江，绝倒诗仙。

廖君清（1935— ）

四川隆昌人。历任纳溪县委宣传部干事，纳溪县政府办公室主任、机关总支书记、调研员等职。

母逝周年

絮雨霏霏又暮冬，几回残梦想仪容。
伤心怕试棉鞋暖，犹是阿娘一手缝。

偶　成

清梅劲菊傲寒松，长使骚人咏不穷。
旧调可怜千百遍，三君睡眼已蒙眬。

浣溪沙·怀抗战歌声

半壁烟尘毁万家，流亡三唱恸天涯。悲歌血肉捍中华。　　一曲黄河犹在耳，八年寇獗已埋沙。只今怕听后庭花。

虞美人·名花

百花坛上曾初见，梦寐惊芳艳。冰疑肌骨雪疑神，纵是不夸身价也縻魂。　　蓦然闹市重相识，一笑千金值。清芬丽质了无痕，无奈归来愁煞惜花人。

大江东去 · 乡祭舅氏何世槐烈士

归来游子，望故园光景、半非畴昔。惟见溪山环绕处，依旧田连阡陌。溪畔虬榕，山前篱舍，杳杳都无迹。故人何处，眷怀一片空寂。　　垅上寻祭英灵，墓摇疏竹，芳草纷凝碧。仿佛丘原馀烈在，遍野蝶花蜂麦。人事千秋，山河万里，应不泯忠魄。临风挥泪，苍鹰飞过天北。

仄韵一剪梅 · 岳坟

万人争谒精忠阙，几人血沸，几人魂慑？慷慨同声哀武烈，伊谁痛切，伊谁弄舌？　　伊谁鼠啮民膏血？侈靡自得，丹心自灭。若使生逢强虏厄，怎全汉节，不为汉贼？

水调歌头 · 观电视剧《钢铁是怎样炼成的》

破晓晨星灿，逗雪乳梅妍。青年一代偶像、火热沸心田。无恨年华虚度，不屑庸庸碌碌，壮丽鉴遗篇。物欲横流日，感慨复何言。　　承平世，侈声色，腻缠绵。安期儿女热血、涤荡击狂澜。且看荧屏风采，赢得万家倾注，弹泪共悲欢。保尔舒颜笑，希望在人间。

曲体虞美人 · 老农见裸女画

乡农踏雪来书店，叉手满墙看。搔头一笑却彷徨，悄问上头挂的啥名堂。　　新年挂历欢迎你，买个开门喜。开门喜见恁东西，敢是来年吃饭不穿衣。

勾承伟（1936— ）

四川盐亭人。初中文化，广旺矿务局（能源集团）电力公司干部。

环 保

电击鱼虾药杀虫，残渣污毒暗流通。
移山筑坝江湖满，圈地修房买卖空。
掘井无泉愁饮水，种粮缺土等吹风。
饥肠若待风喝饱，何苦中枢治国穷。

过剑门关

停车饱览剑门雄，往事如潮细雨中。
一卒当前拦万马，孤碉凭险枉千弓。
烽烟已靖关山壮，战垒犹遗峭壁红。
煮豆燃萁多少泪，兵戎无改九州同。

皇泽寺

感孕金轮史话多，如烟岁月亦蹉跎。
无情最是悬空月，冷对嘉陵逐逝波。

听沛丁公奏二泉映月

即兴高吟漫抚琴，诗心如月照人明。

轻弹一阕清平调，弦外馀音响至今。

世相五问新声韵（录二）

问 鼠

问鼠何能盗库银，原来猫鼠两同心。

明知法典难容贼，纵死也当暴富魂。

问 风

良田拍卖盖楼堂，比价飙升建速狂。

拓展无休农失地，西风难道可当粮。

文希理（1936—　）

湖南长沙人。北京工业学院雷达专业毕业，电子科技大学电子工程学院教授。有《梦雨斋诗草》《旧雨新声》。

游趵突泉和熊相诗二首

一柱擎天若有无，明珰千斛舞冰壶。
移来蓬岛花含润，泻尽银河海不枯。
忽讶太真临太液，莫将西子比西湖。
小姑家住垂杨巷，夜夜抛珠影不孤。

蜃楼喷落炫虚无，霞蔚云蒸尽此壶。
是色是空参造化，和烟和雨失荣枯。
身羁清浅半篙水，心在汪洋万顷湖。
四十年前歌啸地，风高月白雁声孤。

注：珍味泉距趵突泉不远，垂杨巷则完全虚构。取家家流水、户户垂杨之意。

龙仲贤（1936— ）

四川洪雅人。当过兵、工人，后为泸州市川南矿区炭黑厂政工师。

写春联

乡间泼墨写春联，大眼村童挤案边。
齐唤爷爷来一副，携回贴上幼儿园。

春到农家

桃梨竞放漫山湾，春晓幺莺啭翠岚。
揽胜探幽循草径，小楼新粉几回看。

南乡一剪梅·举家返里

山外有蓬莱。只觉家乡最系怀。不问崎岖多少路，老也归来，小也归来。　　晨露湿苍苔。修竹青林遍岭栽。叩问层峦别来事，秃也山崖，绿也山崖。

鹧鸪天·街头小饮

眩目招牌小酒吧，老城商贾竞豪华。江阳引进青啤酒，釜水漂来嫩豆花。　　烧血旺，炒芝麻，李庄白肉味尤佳。衔杯举箸齐称道，浅酌香醪醉晚霞。

李　镜（1936—　）

四川成都人。毕业于四川大学中文系，四川省广播电视厅处长，四川广播电视报总编辑。

剑门塔

九州一隅古梁州，天设剑门傍山陬。历尽今古演变事，门开门阖险难收。顶天立地矗雄闉，抬眼怦然心内惊。半掩双扉馀一隙，路人遥指古剑门。大剑小剑纷崛起，诸峰排列如锯齿。峻峭嵯峨各有形，朝梳流云夜篦雨。千峰万壑今改容，七十二峰添一峰。长锷破天银河泻，从此剑门倍奇雄。昔闻绝岭有灵刹，洪炉雾罩电光发。未睹仙丹空怅惘，却见新峰霄汉插。峰生铁骨何铮铮，当信剑山有魄魂。据势扬威独守境，雄臂可将天盖擎。峰生慧眼识纤毫，能辨祥龙能辨魁。灼灼明瞳开视觉，纵观万象广闻韶。峰生鼻息若兰麝，喜撷百花酿美液。樵夫旅子每嗅闻，飘香遐迩不言谢。峰生双翼如蝙蝠，常将广宇精灵捉。吐电吞雷谧无声，清波长泻流巴蜀。万户千窗仰剑门，高瓴停歇铁蜻蜓。连嶂青峰霞彩泛，轻歌曼舞入荧屏。屏张屏合春复秋，九州方圆一镜收。江南杏花天山雪，渤湾井架金陵楼。满屏云锦任剪裁，能觉春风拂面来。情驰神焕扬眉际，剑扉引得心扉开。多谢铁塔情意深，塔后更有深情人。露冷霜寒唯血热，心系长榱一串灯。灯照剑峰绝巇间，自言非道亦非仙。殷勤织得鲛绡锦，无涯春色撒人寰。莫道山居多岑寂，碧空幽壑画常叠。崖畔联翩李杜诗，窗前常挂玲珑月。一代英豪护剑门，朝揽霞蔚暮挽星。万家陶醉欢欣际，当记剑峰塔下人。

注：剑门塔指广播电视转播塔。

哭北溪先生

北山幽谷采兰芷，忽闻北溪先生死。倚桥望水心茫然，眼中含泪面如纸。我与先生有片缘，登门受教识云烟。说诗论画皆精辟，敬意由衷每肃然。我记先生丹青史，先生为我绘猴子。艺文道德两清高，蜀人识慧纷竖指。诗书画剑艺精绝，先生才是真豪杰。合阳北溪钓鱼城，一寨曾阻万骑敌。艺心常在俗眼外，神来走笔起硗碨。蜀中一绝说周猴，不知先生多创派。微型大观何逶迤，曹衣吴带交藤体。以拳作剑舞唐诗，风流尽在灵秀里。山泉嚷嚷总喧腾，巨流无语蕴含深。真知灼见娓娓出，不作登高大呼人。起居行止真实相，避谢疯魔狂颠状。布衣小帽真儒者，勤从尺间育珠蚌。君子人前罕言语，应有成竹在腕底。搜罗万象入毫端，不让胸田出荆杞。每与先生一相晤，归来恭谨理门户。勿学武陵浅涉人，应追鹏翻高天鬖。先生九十诚高寿，良师一去何急骤。丹青圣手接踵亡，令我画坛失锦绣。亦曾相约踏春计，非典折腾难遂意。正逢游晏开禁时，不料先生已长去。天命森严势难拂，所恨不能灵前哭。先生风范足长存，聊以松杉代香烛。青溪直下涪源水，合阳正当涪江尾。先生冢畔浪滔滔，代为后学献铭诔。

锦水廊桥歌

锦官城下双流水，府河南河来玉垒。桥梁座座若霓虹，卧波携岸斗奇伟。大桥小桥纷驰名，风光履历九州闻。相如高车过驷马，丞相钱使万里行。既为天府水网密，都江古堰引瓜瓞。近郊远郊水汩汩，河梁津渡相联缀。独有一桥号安顺，合江亭畔久横亘。翩然新演廊桥曲，长使都人趋闻问。横看桥影如城廓，纵观桥形似华屋。桥亭相对龙吐珠，桥水互映叠缨络。一朝时尚一朝桥，廊桥瑰丽领风骚。十载丰功锦水碧，都人胆魄足自豪。江楼丽阁亦翘首，九眼名桥贺新友。银杏移来张冠盖，夹岸芙蓉共携手。桥上嬗变新时尚，桥下流水依旧样。石兽拼雄镇水门，狰然不改威武相。滔滔雪浪出岷岭，禹王蜀帝曾牵引。汉风唐韵仍流香，清波濯得十色

锦。锦官驿所百步远，至今里巷撑黄伞。长系天竺威尼斯，丝路绸路标起
点。故有马可波罗来，水城知己心花开。旅书翻至成都页，波光桥影共徘
徊。百姓酣游竟如此，浓缩江城编年史。刀兵水火可加身，难挫为民添福
祉。柴米油盐旧码头，此间古意太浓稠。情系闾巷千万家，市人焉得不勾
留。桥头横枕水井坊，此间酒窖千岁长。醍醐愿遗浓香味，恰似漪澜下桥
廊。府河南河双飘带，此间长绾情和爱。岁月留痕记天府，凭栏问江心澎
湃。妙手巧将霞蔚剪，此间风貌承古典。楼桥花桥遍蜀西，青出于蓝刻珍
版。江波浸润膏腴地，此间题意在通济。蜀舫吴船各扬帆，任客东西南北
去。画栋雕梁幽几许，此间可以避风雨。月上柳梢黄昏后，廊内几多痴男
女。历历往事俱可鉴，此间见证沧桑变。成都虽为九天开，政通人和方璀
璨。滨河丽苑人居地，此间风水莫能替。治水宏篇惊寰宇，奖牌列列褒范
例。桥头望城崛广厦，桥尾望郊花争姹。花拥楼台楼拥花，铺张锦里新图
画。晨间日从江上起，廊桥带雾氤氲里。黄昏夕照动遐思，恍见西山雪透
迤。独怜星月照江浦，桥下应多鱼龙舞。蜀酒香醇蜀宴开，可邀李杜共倾
吐。依城傍水温柔地，百桥千桥各曼丽。唯恐都人不尽欢，再筑廊桥添佳
趣。欢趣无涯安作舟，名疆利海顺势谋。人生不尽廊桥约，应记锦城合江
头。

银厂沟栈道

铁木架危岩，天梯补断路。
悬空鹰鹞惊，傍谷烟岚布。
几作猿猱攀，又成虫豸步。
通途鬼斧功，当使剑门妒。

利州采景

路对陇秦向北疆，嘉陵迤逦水流香。
客来攀上凤凰阁，皇泽寺中揖女皇。

啖鱼筛酒客船摇，皇泽楼台隔岸高。
且把闲情拴却住，媚娘典故说前朝。

山　暝

四围霜叶响秋声，日暮云垂山色暝。
寺僻僧孤门早闭，木鱼敲出满天星。

浣溪沙·四川广播电台彝语广播十周年

天宇谁栽索玛花？劈荆斩莽育芳华。东风浩荡暖彝家。　　奥妙神波
苏万物，乡音农事播五霞。高擎樽酒敬喇叭。

注：彝语广播初传至凉山彝寨时，彝胞举酒向广播喇叭致贺。

浣溪沙·新华社卫元理留宿享蚕沙枕

多谢虫沙彻夜凉，幽窗玉枕梦魂香，江南五月采新桑。　　尘虑烦思
蚕食去，晓来畅写好文章，锦丝漫吐几多长。

李晏平（1936— ）

四川射洪人。四川省双流教师进修校高级讲师。

忆旧四首（录二）

御园树绿草离离，古迹煤山凭吊时。
小憩相依青石凳，相携同跋上天梯。
高亭岌岌伤肠断，逆旅萧萧叹别离。
万里京华今尚忆，琼楼画阁闪琉璃。

绿野寻花彩蝶多，情丝挑动为卿何。
寸心犹记宜人笑，长路还留离别歌。
有信今朝临蜀水，驱车何日渡黄河。
相思最使人憔悴，泪洒长江逐碧波。

何焱林（1936— ）

重庆人。毕业于西南师范学院数学系。任教于中学，为高级教师。定居成都。有《白垩居诗文稿》等。

瓦罐吟　1961

此物格高古，先民史一章。时从地下出，屡得柜中藏。吾昨街头购，摩挲意气扬。红陶施黑釉，大腹备提梁。叩击金声振，映阳七彩光。可以煮瓜菜，可以烧茶汤。可以作盥器，可以储豆粱。谓余言不信，一例语其详：昨买厚皮菜，三斤元大洋，洗扭投罐内，置彼红渣傍。倏忽滚江沸，悠然扑鼻香。狼餐一刻尽，顿觉腿腰强。

八达岭怀古　1984

峰高八达岭，墙绕屯云壑。宽矣可驰马，陡之难驻脚。人残风雨侵，地坼冰霜灼。雉堞毁多砖，烽台裂片垩。登峰望八垠，百岭错锋锷。慷慨舒长啸，悲风为我落。悠悠四百纪，华夏几强弱。强盛开疆宇，弱屡遭侮略：汉唐度碛沙，晋宋失河洛。徐李贤长城，匈羌降卫霍。秦劳黔首功，姜女哭之铄。明筑防胡骑，清兵入北郭。劳民复费财，收效亦何若？政理不勤修，金城等瓦镬。千秋执柄者，首当解民瘼。

剥树皮

1989年7月南坪县黄土岭下某小镇口所见。

正欲争时车忽住，前方蓦见车拦路。摇摇晃晃未停稳，攀拽儿童如蚁附。原是前车运木材，车中满载带皮树。树皮剥去充柴薪，自幼农家劳庶务。凶暴豪强得早登，力差体弱失先步。眼尖手快抢钢凿，左凿右撕准不误。好手三分树剥完，皮抛弟妹严收护。转身踊跃登他车，挤走他人如虎据。乍见后登小女童，零敲碎块短于箸。提篮妹子地头拾，跌跌颠颠无甚助。突地车轮缓缓移，忙于撕凿未为惧。车行加速童方惊，哭喊停车车不顾。无奈跳车跌路边，尘泥满面血如注。可怜妹子泣无声，小手频摩姐伤处。挣扎起身小姐儿，苦蒿塞鼻腕缠布。衣襟拭去血和泪，又向他车晃晃去。

防 夜 1961

严霜方白野，星斗已阑干。
篝火烟多小，工衣棉薄寒。
时巡躯若木，久馁胃如刿。
五七年前世，谁偷土豆餐。

破 戒 1961

五一欢迎肉二两，南无今始开荤腥。
和蒸饭上生生白，端捧手中细细闻。
纵有蟠桃筵不赴，即无桂酒水堪醿。
溪边洗罐觉油腻，顿减三遭起夜勤。

卫 星 1958

老者金黄嫩者青，百田拔至一田拼。
大红喜报送锣鼓，已放卫星十万斤。

墨 厨 1960

谑语肥书嘲墨猪，猪今丰骨不丰腴。

遍观七十二行内，恰当莫如猪换厨。

注：困难年民人皆瘦，唯业饮食者独胖。

反多吃多占 1961

不容多吃反多占，团长带头闹整风。

班长流涕作检讨，半年拿了五根葱。

山 探 1961

二八村姑此探亲，工棚局促会良人。

象床草荐圆巫梦，过道罗纹遮楚云。

壁席窥帘闻恶少，鸳衾并蒂是天伦。

晨炊野菜和糠煮，不觉低头暗拭巾。

注：某工友新婚不久即上矿山，一年后其妻赴矿山探亲，工棚局促，领导
安排其在过道住宿。

芒 果 1968

舶来芒果赠工宣，组织诸民百万观。

一合玻璃嵌翡翠，两兵火铳护丹坛。

廿人比翼雁行过，十米偏头马背看。

塑料肖为珍宝影，不知真味是酸甜。

忠字舞　1969

万寿无疆忠字舞，滥觞京兆糜全土。
寻常巷陌辄千人，热闹街衢超半府。
党政工团谁不忠，工农兵学气堪鼓。
幼儿园里跳娃娃，敬老院中教姥姥。

红心路

千里忙输忠字石，万人急整红心路。
晨披星出早栖鸦，晚戴月归迟宿鹜。
铺石撒泥和汗浇，饮泉餐糗拌尘澍。
可怜干道亦千疮，养护工多武斗去。

注：成都修万岁展览馆，西昌为运花石必经地。

节　约　1971

革命大抓行节约，丰收岂可浪挥霍。
月油五两亦何多，旬米八斤真阔绰。
须助全球求解放，应援小国抗侵略。
拟将定量再调低，思想一通都快乐。

海上秋节

褪尽残红海复明，堤喧人语晚潮生。
铅华未染临霄月，锦绣初妆不夜城。
几点艇船推浪白，何方箫鼓入风清。
年年此际多情赋，写到颠峰是太平。

丛 林

立尽黄昏人未逢，沧江倦夜小楼东。
半窗疏影梅花月，一枕清寒竹叶风。
谁许廉公犹健饭，自惭扬子尚雕虫。
荒鸡听彻琵琶老，声在丛林第几重。

大学毕业五十周年祭

五十年间如反掌，许身堪笑少时狂。
扪星气欲冲牛斗，征夜心尤畏虎伥。
青眼难枯沧海碧，赤眉易见赭袍黄。
秋风意趣萧条甚，宵梦惊回每考场。

迎 春

江堤又见海棠红，柳眼初开觌面风。
临水梅腮争次第，穿林鸟语唤雌雄。
冬装虽裹寒鸦色，春信当期丽日彤。
行到沙明流缓处，纸鸢款款秀儿童。

避震五年后重访古寺五首（录二）

摇绿晴光满眼新，轻飙时送紫薇尘。
欠伸啄粒防惊雀，低语吹绵欲问人。
已见祇园精舍老，还期陌路约言真。
青衿别有三花在，一炷同拈祭劫辰。

数十年方闻旧歌，木鱼声伴亦婆娑。

路遥岂止边城远，智广何须苦力多。
一去春山深日月，未穷风雨是关河。
人生莫执心缘债，债到缓时双鬓皤。

水　土

月粮廿一斤，四季谁知肉。
稍语即鸣耳，微蹲起晕目。
座谈餐过饱，都请量重缩。
偶尔心饥馁，难将水土服。

注：座中发言，偶有饥饿感系未服水土。

废粮票　1960

人情近惶急，粮票传将废。
买米皆凭卡，进餐长站队。
谣言余尚疑，布告今奚昧。
节约忖思迟，座谈方法对。

秋　吟

霜前稀丽日，灾后首丰年。
晚稻登新谷，羸牛放空田。
无粮蒸杂酒，有约赴场廛。
二尺阴丹布，棉衣补再穿。

晚　课

晴霜凝布帽，宿鸟噪寒更。

月落千山暗，灯残一豆明。
香烟停浊雾，玉照忆闲情。
汇报三篇晚，轻鼾几处声。

忆南都

践迹南都今十载，薰风每忆泛星槎。
碧连沧海参天树，红到丹霞傍岸花。
国即园林真美色，城为商埠是繁华。
万千广厦摩云处，也有寻常百姓家。

川西小镇

桥头匝地古榕森，十丈河梁照影深。
水远风烟横一碧，山低阡陌入多岑。
换毛鹅鸭汀洲暖，澣服妇姑椎杵沉。
四月乡村浮世绘，殷勤莫负好光阴。

平　桥

一溪朝雾散平桥，点点杨花逐水漂。
满眼鸭鹅喧浅渎，几头牛马渡轻轺。
紫薇几处生香远，青杏何时荐酒浇。
独立烟霞观自在，暂忘物我亦逍遥。

登大雁塔

偶语未惊天上人，晴光万丈卷红尘。
梵音绕塔慈恩在，标语存梁庾气臻。

进士题名真往迹，学人另册止时因。

凌虚不觉千秋短，改革方催国步新。

吊古城墙

长城万里到城墙，欲固金汤穷大荒。

雉堞频新兵将血，宫廷依旧绮罗香。

黄沙尽处来天马，紫蟒凋时逼虎伥。

忽起炊烟三两处，转弯抹角隐贫房。

重到临邛

四十年前初入邛，窄街短巷正西风。

布衣多有文君丽，琴曲难如司马工。

武斗争流新苋水，班排挤过败衙蜂。

穷通岂待拈花卜，傅粉何郎已作翁。

注：苋菜，川人谑称流血为流苋菜水水。

蝶恋花·牧人

晨赶牛羊登峻坂，浓露疏星，鞭慑狐狼远。山是亲邻风是伴，忠诚堪恃花儿犬。 不转青山人已转，酷暑严寒，饥饱伊谁管？四季一襄宵最短，石梁夏草茎犹浅。

江城子·老知哥 1969

锄云犁雨上山坡，种蔬禾，除莎莜，版筑肩挑，闲空饲鸡鹅；汗损工衣新补线，针自缀，赶灯蛾。 斜阳低望自吟哦，暗香过，玉颜酡。返指遥山"前月下嵯峨。干校寻亲迷去路"，来问我"老知哥"。

注：1969年3月西昌刚下农村的女知青来问路。

小重山·野逸　1969

绝岭云深谁住家？门前悬玉黍，绕南瓜。两三儿女未粘纱，生客至，向屋哭咿呀。　　相对久吁嗟，自云逾十载，绝繁华，不知"文革"更灾邪。留客饭，荞面赤粱粑。

一斛珠·洗衣妇　1972

雪前风渚，石砧敲损捶衣杵。柴灰水朽多年褚，暂欲伸腰，晕眩如中暑。　　割尾房前谁种苧？炼钢拆圈焚机杼，票将卖钱锅能煮，可惜篱边，皂角当年树。

蝶恋花·和友人

弹指华年风雨度，忧患余生，怕对斜阳暮。难借金戈挥日驻，落花飞乱三秦辅。　　抚剑犹思浑脱舞，牙拍铜琶，要是真情注。莫效临歧悲失路，寻芳无悔心如故。

喜迁莺

风雨后，仡山隈，花落羡馀菲。苍茫独立盼人归，鸦噪更横吹。　　人渐老，情当了，日日斜阳芳草。暮烟染尽四时衣，何事总栖栖？

满江红·思妇

独立荒江，杨柳暗，薄寒犹怯。恰燕子，年年归舞，蕊间双蝶。媚眼香随花气掩，慧心琴共莺声咽。是岸头，泪雨湿重衫，当时别。　　潮不定，风难歇，关塞远，津梁折。任春红纷坠，夏青纠结。负郭耕穷兜笠雨，守株立尽空山月。只沧波、勤换旧容颜，华颠雪。

虞美人六首（录二） 2012

万缘勘破情难了，痴怨知多少！相思苦雨断肠风，红豆飘零红泪枕衾中。　　雁丘雁冢依稀在，世态悄然改。旧愁除却又新愁，铁马金戈鸾殿赶潮流。

多情却是无情了，纠结闲时少。西窗斜月广原风，听断怨筝凄笛梦魂中。　　盈盈秋水周遭在，曾几何时改？六郎不预沈腰愁，上蔡东门黄犬也同流。

邹博爱（1936— ）

湖南双峰人。1957年考入中南土木建筑学院营建系，1962年湖南大学毕业，同年秋分配到原石油工业部大庆油田设计研究院，在产业部门设计院从事工业建筑设计，1987年调入四川石油管理局筹建石油成都招待所。《景苏吟》《气田诗稿》主编。

重游岳麓山

时值1992年中秋，全级同学应赵聚英等同学之邀，作长沙、大庸之游。

离别卅秋思渺然，大庸为约月轮圆。
唤名犹忆儿时事，对坐笑谈今夕缘。

爱晚亭边怀旧谊，赫曦台上诵新篇。
明天挥手沅湘路，再会相期又几年。

巫山将塑女神

据《新民周报》2003年第四十七期朱启禧文：巫山有人口五十七万，其中未脱贫者十八万。拟投资四亿塑女神，每人须分担七八百元。

贫困巫山胆气豪，敢抛四亿树高标。
游人喜爱天然美，神女焉能富尔曹。

奉节纪胜三首（录一）

城市营山顶，三迁始筑成。

蜿蜒五十里，长镇列头名。
村景四时碧，高湖一抹平。
梯田风物好，留与子孙耕。

陈国炎（1936—　）

四川大邑人。大邑县王泗镇中心校教员。

仲夏夜过古渡口

黄昏临古渡，静水泊孤舟。
两岸烟如织，群山雾似绸。
枝头鸦影乱，牛背笛声悠。
野径人踪绝，新村夜色幽。

郑　楚（1936—　）

四川筠连人。高教自考党政干部基础专业毕业。当过企业会计、财务主管，县政府公务员、财贸主管、报社记者编辑，中型企业领导等。高级经济师。宜宾市诗词楹联学会常务理事、副秘书长，《金岷藻》常务副主编。

念奴娇·七旬生日自况

生辰对镜，穷酸相，那及堂堂人物。七秩韶光随逝水，叹昔枉然面壁。梦破华胥，运逢华盖，事若空中雪。孔方耻拜，心仪前辈英杰。　　归退闲种庭花，晨昏侍弄，黄菊年年发。欲学渊明篱畔醉，叵耐诗心难灭。结伴常游，纵情酬唱，互笑皆银发。形骸犹健，偶吟良夜邀月。

调笑令·麻将

麻将、麻将，休说接班无望。碰和气势如狂，孩童默入染缸。缸染、缸染，句造红中一坎。

浣溪沙·闻友人炒股遭遇戏题

股市风云变幻多，几家欢乐几悲歌，牛追熊逐雾中过。　　昨日天鹅成丑鸭，今时蠢女变姣娥，姻缘错配泪滂沱。

【越调】天净沙·清明前茶乡一景

清晨采摘攀山，午间炒制忘餐。妯娌精挑细拣，老爹催赶：早茶莫误航班。

【商调】凉亭乐·六旬又九自寿

六旬又九隙驹过，齿缺头皤。奉献无私算什么，事业无成个。回眸坎坷，生逢蹇运挫。尚喜得老退闲多，老退闲多且快活。诗交友，乐唱和。

胡开锭（1936—　）

四川富顺人。毕业于四川师范大学中文系。成都铁路分局荷花池铁中高级教师。有《兰石斋志》稿。

同学幸会

髫龄分手尽顽童，皓首相逢似梦中。
呼错姓名君莫笑，销人岁月总朦胧。

与诸学友吟别

三十年间几曲歌，此身难奈岁华何。
坝桥垂柳阳关月，一样新波逐逝波。

富顺城桑梓

江船早发绿菰蒲，窈窕红颜水上呼。
笛管悠悠无限事，一城烟树半城湖。

古荣州放翁故迹

老人指点放翁居，藓护池台故柳疏。
诗稿遍传剑内外，千秋不废一巢书。

鹊桥仙·重九

江山难忘，重阳今又，多少沉吟味道。相将流水过前溪，有几个、回头去了？　依然壮兴，笔残笺短，岂让秋光独好。高天不负有情人，博一醉、仰天长啸。

萧 炬（1936— ）

四川什邡人。大专学历。退休前在四川省汽车工业总公司任职。四川省楹联学会常务理事，成都市诗词楹联学会顾问（原副会长兼秘书长）、四川省巴蜀诗书画研究会副会长。四川省老年大学、成都军区老干部大学等处诗词楹联教师。

剑门关遇暴雨

驰车剑门道，天外雷声沉。翻腾墨云涌，地暗六合昏。疾风骤作吼，暴雨怒倾盆。雨狂人夺魄，风啸车失衡。千山飞瀑急，万壑蛟龙惊。漫野滚黄浪，呼啸天地吞。势若千军怒，冲冠一死拼。壮哉争战地，雄关泣鬼神！

十一届三中全会后有感

笛改西羌曲，春风度玉门。
鸣莺传碧树，呢燕起荒村。
正本明天地，清源辨晓昏。
昨宵连夜雨，一洗旧时痕。

邛崃高何镇参观红军长征纪念馆

洪流摧铁壁，浩荡势纵横。
峻岭黔民起，天台赤帜擎。
揭竿驱虎豹，快意激樵耕。

遗戟灵光在，至今宵夜鸣。

地震后两月访龙门山避暑旧居

龙门寻故迹，渔子复探津。
旧院埋泥石，新棚慑暮晨。
有房皆废冢，无地不荒村。
巢覆无完卵，唏嘘总断魂。

勉县定军山下拜诸葛武侯墓

难安偏塞入秦关，遗恨春秋五丈原。
二表忠贞千载颂，两朝开济寸心丹。
森森虬柏荫塬垅，垒垒陵台卫蜀川。
大业未成空有志，我来一哭定军山。

闻黄公望《富春江山居图》拟赴台合璧展出

燎空劫火痛琴焚，聚散流离哀富春。
半卷残山思整合，一湾剩水怨双分。
闻追蔺氏归完璧，喜见鲁侯恭采芹。
放眼波平天朗朗，醉人佳气正氤氲。

无 题

文字生花不疗穷，寒斋苦煞老冬烘。
每嗟白眼轻原宪，谁见青衿类石崇。
楼市如飙天比价，世途演幻运难同。
诚甘淡饭远鱼肉，争奈芹蔬又涨疯。

洱海月

唱晚渔歌动海津，粼波乱影失星辰。
倚船手掬沧浪水，捧出弯弯月半轮。

无锡二泉

名水何须陆羽评，三池一脉自清醇。
最是凄凉阿炳曲，二泉月色五洲闻。

无　题

邻楼鹦鹉嘴多乖，镇日频呼有客来。
主人上月解官绶，从此难闻叫口开。

有感于川剧团星散

荒台忍看蝠尘飞，川剧中兴众望归。
枕侧常回斑彩梦，楼端难见锦绯衣。
自随阿堵欺天肆，便叹梨英逐日稀。
非是高腔离不得，粹华旦失总依依。

临江仙·百丈湖与方绍华偷唱《三祭江》

方绍华艺名竹婉秋，川剧著名男旦，曾任贵州省川剧团团长及艺校校长，在百丈五七干校中，与余交厚。

一曲祭江轻唱，馀音长绕蒿莱。低回婉转总含哀。绮声钳不住，挥去又归来。　野地了无羁束，还将禁口偷开。空山放纵不须猜。仰天随啸傲，忘我似婴孩。

锦堂春慢 · 广汉寻旧居不得

归燕探巢，乡心逐梦，迷茫不识吾家。翳日新楼，鳞次尽演繁华。捉蝶旧庭何处？惟剩春树堆花。奈素心未老，叩遍栏杆，空问烟霞。　　漫嗟韶光情事，忆房湖弄桨，雒水嬉沙。过眼荣枯俱渺，莫计龙蛇。且把青衫换酒，恁管是，羌笛浔琶。趁得斜晖照晚，邀月流杯，快意天涯。

高阳台 · 郑老安乡逝世周年祭

野谷兰凋，寒庭桂折，吟园雨泣云翻。哀漫莲池，至今怕诵遗篇。浣花人去空弹泪，恨长风，不送归帆。已经年，犹望东乡，怅眷留连。　　故人跨鹤今何处？剩鹃啼昏月，冢起荒山。相约无凭，终宵梦绕魂牵。春泥化作催花使，看今朝，胜友骈阗。趁清明，雁阵南来，托寄词笺。

萧露浓（1936—　　）

四川营山人。退休前在苍溪县县志办公室任职。

观冬泳感赋

朔风吹雪卷嘉陵，江水无情白雾生。
谁助健儿添暖翼，波涛万顷点蜻蜓。

江城子·故里行

驱车千里故乡行，日初升，燕归宁。参天古柏，绿竹闪温馨。遥见主人迎远客，心激荡，意纵横。　　炮鸣千响紫云生，谒碑铭，吊亡灵。木床书桌，勾起少年情。济济亲人相约聚，谈市井，话农耕。

一剪梅·绿色蔬菜

百丈豪棚堪自骄，风也协调，雨也协调。黄瓜茄子伴青椒，泥土香飘，花蕊香飘。　　贾往商来竞折腰，绿领风骚，鲜领风骚。农家科技播新潮，难忘今朝，把握今朝。

彭钟汉（1936— ）

四川简阳人。退休前任简阳三岔湖卫生院医生。

折柳桥话别

话别阳安折柳桥，桥边折柳总魂销。
不知折却桥边柳，减得离愁第几条。

春游丹景山

丹景峰高欲刺霄，登临极顶望迢遥。
山花烂漫随心赏，佛像慈悲稽首朝。
荆绝昔传阿斗咒，钟鸣今属老僧敲。
五龙饭店逢诗友，笑语相招示酒瓢。

秋游湖上

天高气爽色苍苍，湖畔清游乐趣长。
雁字几行形断续，渔歌数处韵悠扬。
开心漫赏花三径，放眼遥观水一方。
终是这边风景好，伊人正约驾归航。

感回归

庚寅腊月中旬午后出街散步，见三岔湖上空有数以百计之大鸟如雁行向北飞去。因思此时非雁，可是鹜耶？故记之。

形似雁行向北飞，高寒无惧意何为。
若非奉命充先遣，便是思家欲早归。
异域风情皆幻影，故乡温暖自春晖。
愿君得遂慈亲愿，免倚门闾赋式微。

何庆常（1937—　）

甘肃文县人。大学本科学历。长期从事临床医疗技术工作，原广元市卫生局副局长。

有感于碧口炼硅铁和芝龙先生诗其意反用之

绿涧腾昏雾，白龙吞黑烟。
鸡鸣三省地，人叹两重天。
常忆山城小，犹欣草木妍。
儿时云气涌，今日梦中牵。

春到南河

携来远岭烟，抖落去冬寒。
细雨花儿笑，微风燕子喃。
彩虹波卧碧，明月水流蓝。
蝶扑蜂狂舞，留春不许还。

支尚琼（1937— ）

　　女，四川新都人。退休前系峨眉电影制片厂教育办公室主任，峨影电影学校副校长。东坡诗社顾问。曾任东坡诗社成都分社执行社长，《东坡诗苑》（原《景苏吟》）主编，现系名誉主编。四川作家协会《天府诗苑》编委。有《景苏女子吟草》合集。

桑　树

芳姿倒影媚清涟，作伴罗敷陌上妍。
绿遍一春还一夏，梦萦三起复三眠。
植桑嫘祖情难老，破茧吴蚕意更虔。
缘结中西几千载，重开丝路过晴川。

青城游

青城脚下有人家，消夏登楼赏翠华。
秀木扶疏凝碧色，群峰错落吻烟霞。
丝丝雨过彩虹出，朵朵云追夕日斜。
凉爽香风亲颊面，顿消烦闷滤沉沙。

虹口游

避暑急驱虹口乡，欲消烦闷纳阴凉。
断山泪迹难遮绿，流水波纹总带黄。
已见茅庐换容貌，更由花径达村庄。

江边品茗涛声里，心逐飞舟寄远方。

踏莎行·黄龙溪

垂柳迎门，飞花拂面，黄龙秀色深深现。一堆绿影夹清流，依稀仙子凌波岸。　　古貌依然，老榕莺啭，探春游旅容光灿。栈楼吟赋夜阑时，清江映月愁云散。

喝火令·春游都江堰莲湖

昨夜无风雨，今晨艳阳天。树移山走几弯弯。蓦见竹林深处，潋滟碧潺潺。　　岭映莲湖里，芳馨水岸边。木舟摇曳弄丝弦。乐煞鱼飞，乐煞鸟儿喧。乐煞小孙欢跳，不舍闹乘船。

御街行·北川地震遗址

残垣断壁房悬柱。一片片、荒坟土。环山崩裂改妆容，顽石横穿庭户。湔江移位，泥流奔泻，悲况前无古。　　墟城寂寂寒凄楚。地作孽、人难阻。春风吹醒野花秾，流水呜咽倾诉。斜阳西下，心沉难抑，含泪寻新路。

画堂春·谒杨升庵祠

碧峣精舍映清波，繁花血染婆娑。翰林忠义奈云何，岁月蹉跎。　　笔下文章惊世，半生瘴疠消磨。思乡恨晚泪珠多，酹酒悲歌。

宋致德（1937—　）

四川乐至人。1961年毕业于西南政法大学，曾任四川省人民检察院检察员、高级检察官、《四川检察》主编。现为成都市老年书画研究会顾问。

游孔林

向往孔林无限情，古稀方谒仲尼陵。
树丛漫步涛声细，犹听诸生诵五经。

老伴七秩生日感赋

家中万事赖卿持，我得书斋觅小诗。
但使孟婆开一面，来生再约赋相知。

野　荷

淡淡清枝淡淡妆，亭亭玉立出陂塘。
遮空盖地惹天恼，贬入污泥放异香。

自　嘲

半个文人半个官，学生农二两沾边。
官衔混到县团级，文稿初登报刊端。
喜有俸钱供老体，愧无建树答苍天。

他年驾鹤归西去，磊落情怀自坦然。

蝶恋花·重逢感怀

忆昔萤窗同雪雨，一点灵犀、脉脉心相许。聚散由来无定理，梦魂几度怀知己。　　远隔关山消息闭，渺渺情怀、难寄相思句。白首重逢惊亦喜，绵绵长恨情难叙。

杨世明（1937—　）

　　四川峨眉山人。西华师范大学文学院教授。曾任古代文学教研室主任、巴蜀文化研究所副所长等职。2006年退休。编著有《淮海词笺注》《唐诗史》《刘长卿集编年校注》《巴蜀文学史》《巴蜀方志艺文篇目汇录索引》等，获省政府社会科学二等奖二项、三等奖四项。

秦淮河

宽才方丈称渊薮，金粉南朝故事多。
流水依然灯火歇，千年一换旧山河。

苏　州

生公顽石虎丘塔，曲曲园林小见佳。
窥豹已惊逾造化，天堂美誉实非夸。

西　湖

路断人稀不见花，荒芜应逼左风刮。
人间美丑终难改，哪怕荷塘残梗插。

隆　中

青山茅屋仿佛在，梁甫吟声岂可闻。
苍狗白衣陵谷变，渔樵依旧话三分。

白马寺

白马驮经第一功，神州三教共争锋。

后来佛寺知多少，弥望楼台烟雨中。

十三陵

屠戮生灵国姓朱，九泉犹享皇王殊。

万千工匠成枯骨，换得后人赞帝都。

喜闻新建陈寿万卷楼成感赋

昔为巴俊彦，考古事谯周。

良史存三国，乡贤重一楼。

孤忠武侯集，大器马班俦。

盛世宜登览，文光映果州。

怀虚白、子云、芷藩、克农、临川五先师

虚白先生名不虚，蝇头细写五言诗。图书版本存腹笥，最爱讲台唱传奇。傅公学问有来历，吴下章门曾拜师。国学精通娴内典，晚年校注天下知。子云周老是余师，讲义详明器宇奇。最忆方音亲切处，黄钟大吕绕梁时。深悼老师胡芷藩，孤身染病下黄泉。空怀绝学未施展，戴段陈王谁再传。克农陈老深难测，部首说文善发挥。有货何妨跑野马，言词风趣有深机。临川郑老真才子，下笔乱真唐宋诗。毕竟闻罗亲指授，十分造诣见精微。

自注：周虚白师善小楷，诗长选体，能唱曲。傅平骧师受业章太炎先生，熟悉佛典，晚年编《苏舜钦集编年校注》颇有名。周子云师为青神人，乡音最洪亮，撰有《青神志》。胡芷藩老师为赵少咸先生高足，长训诂音韵之学。陈

克农师出身老北大，曾讲《说文部首》，以书篆名世。郑临川师，擅诗词，能吟诵，就读西南联大时曾受业于闻一多、罗庸教授。

纽约潘力生、成应求二老同臻九十高寿二首

银汉相思到白头，双星谁料愿能酬。
有情真可感天地，无悔何须计春秋。
绕指柔肠诗总好，持椽巨笔字如钩。
神仙眷侣怎生得，慧果兰因早已修。

域外日夕梦九州，凌云健笔赋歌讴。
文章寿世即经世，蔗境今秋胜去秋。
劲节已看霜雪后，乡思长在海东头。
丹心一片国人会，共祝康乐兴更遒。

谒谯公祠

翠微列岫郡城西，杰构谯公乃有祠。
阿斗非才魏可取，关张无命蜀难支。
一邦蒙赖功如佛，三国久分势不宜。
丹素由人千古议，仁心自得庶民知。

张志烈（1937— ）

四川成都人。四川大学文学与新闻学院教授，博士生导师。曾任中国苏轼研究学会副会长兼秘书长，四川杜甫学会会长，《杜甫研究学刊》主编。

抗震行

中华矗立五千年，多难兴邦亘古传。沧桑几变国魂在，长城万里自岿然。子年五月十二日，八级地震突来袭。山河扭动大地摇，巨石横飞原野黑。城镇楼房顷刻倒，桥梁公路轰然裂，车辆道上砸成渣，万户千家埋瓦砾。汶川北川复青川，一路灾伤到陕甘。京沪云贵皆颤动，举国同哀涕泫澜。灾情如令催人速，总理一机来西蜀。三军将士箭发弦，上下一心同拼搏。余震山崩暴雨注，为抢时间急徒步，翻岩越岭进灾区，双手拨开生死路。废墟遗体千复万，感人事迹斑斑现，惊心师德薄云天，临危义烈冲霄汉。张米亚，杜正香，吴忠红，谭千秋，为救学生存性命，拼将血肉阻砖头。母爱如天万物恩，沧海情深泣鬼神，石板压躯护襁褓，手机留语望儿生。或蜷身躯抢儿母，母死儿生犹含乳。或顶大梁卫儿头，临终割腕润儿喉。爱心涌处现奇迹，一毫希望百倍力。八万生灵出废墟，久者沉埋七八日。密林深处尽饥村，无食无房病痛身，路断桥摧音讯绝，空投粮药赖神鹰。个中难忘幺七幺，往返救人数十遭，不测风云惊坠毁，血化长虹映日高。伤员救出急当医，中央部署一盘棋，万人转运全国治，速开专列并包机。同胞血脉浓于水，风云变色睡狮醒，一方有难八方援，仁爱高潮迅雷振。捐物捐资献鲜血，志愿儿女如火炽，海外助援纷沓来，友好人类同休戚。顶顶帐篷如天降，排排板屋平地起，老者安之少者怀，儿童复课书声喜。灾祸从来不轻退，桩桩危险复来继，唐家山下堰塞湖，霍如利剑摇摇坠。悬湖堵水三亿方，一溃平原变海洋，排危抢险急星火，武警英雄战斗忙。铁镐翻飞兼昼夜，挖土重机空运济，人心齐处泰山移，泄流槽成水倾泻。天意从来高难问，磨砺偏教人心奋，擦干眼泪续前行，壮志由来生困顿。自立更生贵雄起，重建家园齐发愤，对口支援一线牵，十三亿人为后盾。艰难困苦玉汝成，凤凰涅槃火里生，但看后日岷峨下，锦绣依然万户春。

扬州杂咏六首（录五）

《文心雕龙》国际学术研讨会同人约游扬州遇景口占。

平畴远野菜花黄，流水清清映绿杨。
试问瓜洲沉没处，呢喃燕语说沧桑。

十里春风指画楼，竹西佳处古名州。
一扬二益传天下，愧我今来已白头。

画舫如车逐队排，竹篙轻点掉头来。
小桥穿过行仙洞，两岸桃花拂面开。

垂柳长堤舞细丝，娇娃轻展瘦腰肢。
浓情自使游人醉，不用灯红酒绿时。

堤萦花绕树重重，水浸亭台一望中。
指点前人垂钓处，风烟依旧画图浓。

送杨明照先生遗体赴磨盘山车中作

潇洒神仙伯，今朝上北邙。
初阳云惨惨，大道雾茫茫。

绛帐流香远，青衿泣泪长。
平生多感激，历历涌心房。

伏波山二首

款段逍遥感慨多，老当益壮志难磨。
冲霄浩气留南土，青史何曾逐逝波。

名山旧事漫搜寻，指点遗踪认水滣。
论史自宜求实证，抒情无碍揽江云。

漓江游竹枝词十首（录一）

石壁屏风面水开，青红黑白自天裁。
胸中本有驰驱意，九马奔腾入眼来。

注：醉后作，同仁皆云此诗当赠耿君百鸣。

八声甘州

仆届七十，台湾陈新雄教授闻之，作《八声甘州》，用东坡"有情风"韵，自美国相寄。时余小住广州，归成都始见。爰依韵奉和，寄台北。

望神州上下五千年，道义立依归。嗟斯文不坠，英豪代出，山水扬晖。雾月峨眉初照，谠论涤尘非。青眼横牛斗，妙畅玄机。　　磊落琼瑰艳发，尽弹丸脱手，骏马穿霏。看胸罗云梦，图画世间稀。喜兼葭、肩随玉树，到七旬诗酒未离违。西川路、桃秾李粲，更待襄衣。

黄贵源（1938— ）

四川筠连人。筠连县政协诗书画社副社长，筠连县诗词楹联学会会长，《玉壶诗苑》编审。

游共和村

信步青郊外，风光似画廊。
荷塘月色美，亩垄稻花香。
古道逶迤远，石林韵味长。
游人餐秀色，佳句入诗囊。

梦笔生花峰

谁运椽毫倒写天，白云当纸好题签。
黄山处处留神韵，写意兼工任自然。

西江月·芭茅坡森林公园

峻岭连绵不断，松杉蔽日遮天。林涛阵阵卷岚烟，四季山花烂漫。 路转峰回谷应，时闻溪涧锵然。竹楼倒影碧池间，林海风光无限。

柳于林（1937—　）

湖北黄梅人。1954年成都气象学校毕业后，一直在成都中心气象台、四川省气象局从事气象工作。1997年退休后，曾在四川省老年大学学习、工作，并加入成都市诗词楹联学会。

威海有感

未上刘公岛，魂登定远轮。
临风思甲午，悲愤悼英魂。

新疆之行行前

七百师生出剑门，铁龙如电急飞奔。
闯关夺隘通西北，万里长风送大军。

清明节遐思

年年岁岁到清明，东望长天意不宁。
细雨蒙蒙萦柳絮，落花款款下兰亭。
高龄阿姊难登岭，远地儿郎未返程。
青冢碑前谁祭扫，空山唯有子规声。

梦回乡

一别家乡五十年，归来不觉已茫然。

容颜已改山区路，景象全新岭上园。
行至村头犹独忖，相逢亲友转狂欢。
成群晚辈观稀客，羞涩难掏压岁钱。

萧登达（1937—　）

　　笔名王元，江西吉安人。1962年毕业于武汉大学物理系并分配二机部九院工作。绵阳市富乐诗社社员。

17号之光

　　　　塞外西风紧，斯时易水寒。

　　　　燕山一小炮，大漠几菇烟。

　　　　壮士脊梁硬，霸王腰板弯。

　　　　春风融冻土，红日照中天。

　　注：17号在京郊怀柔县，原工程兵爆轰试验基地。在该处打响了我国研发核武器第一炮。

核试验战歌三章

塔　爆
　　宝塔凌云傲漠空，高端火炬竞辉宏。

　　六年虎胆独家路，动地惊天特色风。

空　爆
　　雄鹰似箭穿云去，烈火烧天日色淹。

　　能挽风雷惊玉帝，会凭自力护安全。

地下爆
　　井洞藏娇屋胜金，万钧裂力起微尘。

　　有心捣毁阎王殿，黎庶安生世永宁。

米运昌（1938— ）

四川成都人。四川师范大学中文系肄业。当过运输工人、秘书等。

书斋漫题

陋巷寒斋静，书橱映日斜。

案头横笔砚，壁上染烟霞。

夜读偷光短，朝吟酌韵赊。

清贫宁浊富，我自品粗茶。

春　读

绿映芸窗锦里春，有书堪读不为贫。

曾经十载秋荼苦，留得闲吟劫后身。

题屋前小花坛赠友人

细作勤耘种雅情，玉阶红紫艳群英。

赋闲茶话评三五，月在花阴缺处明。

重　逢

赠学友兼诗友龙小蟠。

少小成知己，同窗过六秋。

学诗常步韵，怀古共登楼。

梦里偕君饮，灯前独自愁。
星河重聚首，劫后雪盈头。

崇州柳街休闲山庄小住

绿满长街燕织成，芳园野色锁幽清。
春深露浥花争发，夜静星稀月吐明。
塘畔横竿垂柳细，亭前修竹拂云轻。
停杯我欲寻诗句，不觉中天斗柄横。

与老伴闲游府南河

沿江垂柳得春娇，万里桥通九眼桥。
掠水白鸥飞上下，穿花彩蝶乐逍遥。
凭栏指点轻舟过，闲步吟哦老伴嘲。
日丽风和邀好句，诗成洛诵细推敲。

与友人酒林小饮即兴

偷闲把臂一披襟，水井街前入酒林。
雅酌城东依锦水，高谈席上见冰心。
谪仙跌宕抒豪气，诗圣颠波作苦吟。
古往今来多少事，举杯侃侃话中寻。

喜迁新居

梦迁乔木乐陶然，锦绣光华近九天。
远眺晴空西岭雪，高吟夕照岸边船。
挥毫运气临王贴，伏案凝神读郑笺。

闲步苏坡桥畔立，大江东去水流年。

满庭芳 · 看电视剧《袁崇焕》有感

无际烽烟，生灵涂炭，边关征战一百横。掠城漂杵，社稷势危倾。万里沙场杀伐，塑国角、悲壮沉吟。谁能救、斯民水火，众望袁家军。　　麾旌！宁远镇，神威胆略，频报捷音。惜丹陛藏奸，臣佞君昏。太息精忠负谤，刀锯下、千古冤沉！今评说，乾隆妙算，昭雪痛人心！

扬州慢 · 成都市花木芙蓉

百卉凋零，千株佳丽，清姿独殿群芳。忆东坡曾咏，道是最宜霜。比西子、晨风映玉，午云淡抹，晚霭浓妆。染丹青、妙手能描，黄绢留香。　　当年后蜀，满城闺、锦绣低昂。又谱向氍毹，黑龙魂断，紫电名扬。喜见彩霞如幛，新衢畔、共赏重阳。恰市花无愧，秋光胜似春光。

罗达志 (1938—)

笔名雪岭，重庆人。大学本科学历。早年参加川藏公路建设。先后供
职于四川省公路局一处、甘孜州交通局、甘孜公路总段，四川省交通管理
学校主治医师。成都市国防诗书画院副院长。有《雪岭诗稿》等。

大渡河远眺

落日熔金天尽头，奔腾大渡欲吞舟。
长河萦带千堆雪，云岭纠纷一望收。
鹰击长空林海夕，马嘶旷野草原秋。
山川据势千秋壮，霜冷迭波终古流。

渡雅砻江

拍岸江涛扑面风，皮船载我渡河东。
蘋天苇地苍烟外，蟹屿螺洲白浪中。
将近残阳照双桨，无边衰草接孤峰。
扁舟一叶随波去，四顾茫茫大野空。

注：雅砻江，古名若水，为金沙江的主要支流，源出青海巴颜喀拉山南
麓。流经四川西部的甘孜、西昌、攀枝花等十六市县汇入金沙江，全长1571
公里。

行次色达

夕阳回望众山低，尚有霞光映浅溪。

下镫竖戈拴走马，扎营垒灶听鸦啼。

西风飒飒白杨树，石塔飘飘玛尼旗。

夜半扪天才尺五，醒来白露已沾衣。

注：玛尼旗，经幡。

再访甘孜

西出炉关路几程，征鞍曾向甘孜行。

三春白草马前雪，九夏黄沙衣上尘。

野宿荒餐篝火赤，枕戈待旦晓星沉。

临风再饮雅砻水，遍地绿杨岭上云。

草原冬景

飞雪盖群山，玄冰凝野渡。

罡风欲射眸，驽马犹停步。

鹰隼掠长空，寒鸦啼矮树。

彤云怯晚霜，夕照村边路。

春　晨

昨夜东风拂柳条，晓来野径海棠娇。

春烟一片樱花雨，漫过长桥又短桥。

松多山上

松涛动地卷边风，八月秋烧塞草红。

西望残阳沉雪岭，戍楼弦月似悬弓。

石门坎

一水横飞翻雪浪，千峰攒聚扼雄关。

人悬绝壁云崖冷，雾锁天梯马不前。

注：石门坎位于甘孜与新龙交界处，海拔3780米，扼雅砻江大峡谷的咽喉，形成一道天然屏障，历来为兵家必争之地。

二郎山

万壑松风流绝响，千峰拥翠入云天。

河山带砺凭西望，横亘康巴第一关。

望 远

立马高台望夕阳，巍然绝巘接洪荒。

大江日夜南流去，鹰隼入云傲雪疆。

长 河

不尽长河蜿若蛇，荒烟蔓草隐悲笳。

马蹄初践千秋雪，风卷残云天净沙。

初 春

引马南山过索桥，白云出岫雪初消。

春风不暖雅砻水，三月霜花挂树梢。

山 村

白杨掩映桥悬筏，一水当门翻碧波。
最是夕阳红尽后，羊咩狗吠噪鸦多。

觅 渡

潇潇暮雨逐清流，征马长嘶野渡头。
万壑秋声黄叶里，雅砻江上望无舟。

草原之暮

半轮落日沉江水，几片经幡带露痕。
万里长天烟一缕，千秋白雪近黄昏。

炉城觅旧

跑马山头听晚钟，四桥碧浪影无踪。
十年一枕折多梦，溜溜白云恋雪峰。

秋梦痕

春梦无痕秋有痕，丹枫黄叶倍关情。
斜阳画影西风紧，沙草含烟白露横。
天际云帆逐雁阵，江间鸥鹭聚林亭。
霓虹影底吟蛩泣，一枕清霜梦不成。

踏莎行·暮宿雅砻江源

雾隐群峰，烟笼远树。长河极目尽头处。残云断雨欲黄昏，连天衰草荒江渡。　　征马长嘶，暮鸦啼诉。扬鞭北望山无数。帐篷篝火映霜寒，枕戈一梦还乡路。

浪淘沙·月夜望乡

明月透珠帘，还照家园。三更风叶五更寒。篱外梅香盈客袖，暗送流年。　　暮霭锁晴峦，独立窗前。竹摇疏影不成眠。雪沃春宵归梦里，枕上云帆。

职子龙 （1938— ）

河南温县人。受教于甘肃培黎石油学校，工作在石油战线。退休后居成都龙泉驿。

山丹纪行

七秩回家喜道通，时光深处酿情浓。
母亲河水缘难尽，白塔铁桥烟雨中。

胡耀邦

是非几载一朝平，抚息民间泣诉声。
腹有经纶千岭秀，心存开济九江明。
高山仰止胸襟阔，碧水潺湲意趣清。
风雨鄱阳歌正气，一身留与后人评。

资中文庙

古迹千年高凛然，诗书执礼永流传。
讲仁说义身心洁，学府儒林日月圆。
道统从来言七十，贤人何止计三千。
至诚都在书声里，不尽酬勤看晓天。

丁稚鸿（1939— ）

　　原名国璧，一名枫。1963年毕业于南充师范学院中文系，曾在江油师范执教二十二年。1985年调江油市李白纪念馆主持工作。副研究员。四川李白研究学会副会长。有《听雨轩诗联集》《闻涛阁集》等。

同学会作

渭北江东总忆君，时光已抹旧时痕。
同窗相会无高下，都是呼名叫字人。

访扬州瘦西湖未果

楼台半在浪中浮，紧闭朱门锁画图。
千里江南成泽国，游人莫怪瘦西湖。

咏牡丹洛阳红

天遣仙姿入汉宫，春风扶起醉颜红。
可怜才出华清水，已使中州万巷空。

五·一二大地震后，河南省对口支援江油市重建涪江三桥，余作连心桥记，赋诗一首

一震西南天地悲，人间大爱胜春晖。
中原父老分羹食，西蜀黎元载口碑。

桥锁风涛通碧野，心连川豫绽红梅。
丰碑岂独江头屹，更在民心万古垂。

访齐云山道教圣地

见说江南第一峰，齐云天外访仙踪。
人家尽种烟霞树，道士谁敲子午钟。
断碣尚言文革厄，残宫犹有信香浓。
名山自古多风雨，历数沧桑处处同。

致故乡亲友

卅载依然疲骨身，砚田耕种费精神。
曾因病项慵低首，自诩灵魂未市人。
家近青莲尊太白，庭栽翠竹忆徐黉。
登临未负匡台意，喜浴清风让水滨。

注：唐徐黉诗："爱竹只应怜直节。"江油市小匡山有李白读书台，下有江名让水。

满江红·国庆登窦圌山遥望

秀溢双鬟，问古今、风流谁敌？青霄外，几番花雨，几番霜雪。断岸千寻烟树老，朝晖万里河山赤。试凭高极目望京华，心潮激。　　狂澜起，长川急；愁雨过，晴光碧。好扬帆东去，中流击楫。叱咤风云鹏翼展，奔腾江海秋涛白。喜巍巍双柱起苍穹，昆仑立。

菩萨蛮·重回童年山居，屋拆林毁

苍松一片参天起，蓬窗隐在苍松里。明月读书声，萤光夜点灯。　　　窗前人已去，茅屋秋风妒。银月尚依然，苍松早作烟。

贺新郎 · 西山烈士陵赏枫叶

道是离人泪。问霜林、离人几许，极眸如是？春与丹花争妩媚，秋共朝霞比美。肠断也、魂销此际。敢是素娥胭脂染，抑瑶台、误把杯敲碎？碧水赤，青山醉。　　　英雄血洒关河丽。自年年、青春结伴，墓前瞻祭。浩气男儿埋骨处，一派嫣红姹紫。听好鸟，唱当时事。手拨枫林回目望，看层楼、座座凌云起。天外客，欲归未？

金缕曲 · 双燕寿

澳门行政区决定将双燕作为回归的吉祥物。

又舞江南路。正年年、魂牵梦忆，舜疆尧土。眼底层楼连云起，换尽乌衣旧侣。沧桑变、谢家门户。锦簇花团山河秀，更晨曦尽染中华宇。天浩荡、任翔矗。　　　当时岂忍轻离去？最难禁、鹧鸪声泣，杜鹃声苦。羯鼓如雷雕梁坠，付与饥鹰饿虎。别娘恨、向谁倾诉？重整金瓯迎华诞，庆团圆、任我翩跹舞。双燕寿、寿千古。

沁园春 · 斥贪

蚁聚蝇争，蝶舞蜂喧，各显神通。托孔方兄弟，铺平仕路；花翎顶戴，襄助威风。巧运魔方，中肥私囊，富甲神州赛石崇。君莫笑，纵铜山属我，天下为公。　　　何输妙手空空，令历代高人竞鞠躬。甚鸡鸣狗盗，敢称翘楚；檐前梁上，岂算英雄。倚背崖坚，藏身树广，包黑重生也计穷。休得意，看冰山倾倒，鳖入瓮中。

注：俗语，土地菩萨坐石崖，背膀厚。

水调歌头·读维嘉老《冰弦集》感赋

触目寒光闪，展卷晚风清。放歌湖海杂咏，即事写人生。水调徐州吟罢，火箭长征读竟，万里走雷霆。最喜临邛酒，豪气动千城。　　峰回处，溪宛转，路峥嵘。南冠笑对，华夏风雨到吟樽。玉柱冰弦拂试，大吕黄钟唱彻，遗响入青冥。笔摄易安魄，墨挽稼轩魂。

金缕曲·读曾渊如词长《挑灯看剑录》感赋

真个渊如许！问台端、襟怀几度，竟藏今古？展卷寒光森剑气，要割乾坤恶腐。弦五十、凭君漫抚。笔底狂涛掀万丈，更柔情、亦有千千缕。且莫教，二安妒。　　高吟早已心倾慕。自蓉城、一朝邂逅，便成知遇。真警深宏腾浩瀚，碧血殷殷流注。字字是、男儿肺腑。我自挑灯忘长夜，更月华窥牖争相睹。同喜怒，君知否？

注：柔情之说，如"寄内"诸诗，每读令人泣下。

水调歌头·妻退休作词以贺

了却尘嚣事，不到是非乡。绿肥红瘦休管，都付野茫茫。好向让江照影，搅动清波十里，涤垢洗戎装。自酿葡萄酒，携侣醉田庄。　　访云贵，亲泰岱，逛苏杭。名山踏遍，九州风味待卿尝。唤取春光无限，来伴斜阳美景，聊发少年狂。书报同为友，柴米免商量。

水调歌头·题《千古一诗人（历代诗人咏李白）》

白也汝知否？今夜好天晴。碧空万里如拭，烁烁耀群星。华诞吟朋高会，尽是山阴词客，万里赴蓉城。袖拂风雷吼，笔落鬼神惊。　　登圌岭，谒匡岫，拜仪型。洞开仙馆，长街十里扫相迎。古调新声齐奏，玉罐金樽侍候，一醉酹长庚。莫负春风意，但得笔中情。

水调歌头 · 绿意天台山致同行诸吟友

袖拂千林翠，绿染九重天。白云不敢潇洒，怕被绿成山。泉水穿罅出窍，杉树冲霄合抱，空翠湿衣冠。刚步天台路，已绿到心田。　　风也绿，鸟也碧，笑都蓝。香溪十里，数叠飞瀑下岚烟。掬起甘泉玉液，涤尽尘心俗虑，表里尽如兰。共饮山中绿，一醉但忘年。

王文海（1939— ）

四川剑阁人。中专高级讲师，特级教师。四川省剑阁师范学校校长。剑阁县政协常委。广元市老年诗书画学会理事。

己丑端午二首

美人香草离骚怨，荆俗楚风屈子吟。
华夏千秋端午祭，经天行地一诗魂。

粽米飘香艾叶肥，龙舟竞渡鼓声飞。
新潮千尺嘉陵水，送我遐思绕秭归。

鹧鸪天

立秋后八日随沛丁、龙吟诸先生偕楚成伉俪游剑门蜀道。

蝉噪丛山未觉秋，岩肥绿厚古城幽。聊将炎暑寄云柏，且逞精神步远陬。 驰道秀，剑关游，蜀门烟霭惹吟讴。招来栈垒千般景，唱彻葱茏百尺楼。

百字令·蜀道

茫茫蜀道，系两川沃野，三秦城堞。崇岭分天惊阁栈，俯仰荣枯兴灭。兔窜残营，雉冲废砦，行旅骡铃绝。鹰扬虎啸，当年多少人杰。 妆点壮丽乡关，春风八面，史卷翻新页。欢聚江河湖海友，货殖滇南燕北。新隧通衢，朝辞渭水，夕揽峨眉月。云横烟锁，丛山回唱鹧鸪。

满江红·剑门

坐断千山，金牛道、雄关险绝。高崖秀、环青耸翠，凌虚执戟。七二剑峰星宇柱，百三石壁城垣赤。吼松涛、幽壑搅狂澜，潮声迭。　　东巴雨，西疆雪；蓬莱浪，峨眉月。杂南音北韵，往来过客。衰草残碑埋胜负，野花故垒吟今昔。揽长风、极顶傲苍穹，云天阔。

烛影摇红·翠云廊

劲柏长廊，盘陵绕谷堪回首？铁根瘿干藓苔妆，臂展龙腾扭。揽月摘星身手。傍阳关、霞飞雾走。聚连万壑，纠结千崖，隔离箕斗。　　蔽暑遮寒，蜀门驰道相厮守。个中神韵最难描，况翠云无偶。倾倒天涯诗友。阅沧桑、兴亡美丑。剑南秋信，塞北春潮，问君知否？

水调歌头·姜维墓

萧瑟秋风里，昂首叩雄关。姜维祠宇何处？乱石草芊芊。断碣残基指点，只有路旁荒冢，凄楚傍坡田。偶尔村人语，犹说汉衣冠。　　悬军旅，徒征战，万山间。剑门天险难恃，终是树降幡。休论阴平恨怨，可见川中朽坏？谈甚挽狂澜！遥望营盘嘴，夕照映孤烟。

摸鱼儿·邓艾祠

傍颓垣、破坟抔土，兔窝鼠穴荒甸。人言士载埋身地，想是讹传乡愿。堪奇案。说英杰，谈兵虎帐奔雷电。疆场百战。更毡裹阴平，囊收西蜀，叱咤逼霄汉。　　蓦回首、肘腋风云骤变。输他翻覆阴算。纵横捭阖非常势，叵奈此公狂狷！何谤讪？君不见、弓藏狗烹盈书卷。暮生寒涧。只孤郁凄凉，伤心村笛，忍对断肠雁。

潇湘夜雨·访水磨沟

地接秦关，襟怀陇嶂，严霜乱染丛峰。深沟绕远，没入画图中。天一线、巉崖对峙；光百变、绿岭摇红。说佳处、层峦罗拜，大草甸尊雄。　　瀑狂飞落急，抛珠溅玉，响鼓鸣钟。日斜林暗，素月纱笼。情切切、可人溪水；声唧唧、吟夜寒蛩。围炉语、无端险峻，云路问山翁。

任丕堂（1939—   ）

　　四川剑阁人。高中文化。曾在剑阁县委组织部工作。1982年起在绵阳地、市科委工作，正县级调研员退休。涪畔诗社原社长，现为富乐诗社顾问。有《片心集》《从心集》。

民工吟

背井离乡为挣钱，奔南闯北受熬煎。
严寒酷暑身非己，黑夜明朝汗似泉。
睡梦箱包存物满，充饥画饼惹愁添。
妻儿父母盼归日，老板欠薪家不圆。

春　雨

暮霭溟蒙扑地柔，新芽初发半含羞。
烟波岸柳春招手，满目千柯翠欲流。

新　街

良田一夜起新街，仿古高楼次第排。
碧水小桥穿雅院，红花绿树映幽斋。
山珍海味撑肠肚，凤舞弦歌震玉阶。
失地农夫安妥否，城乡两利七音谐。

向世斌（1939—　　）

四川通江人。退休前为通江县教师进修学校（后并入通江县实验中学）高级讲师。

大学门前有奇闻

近日，央视"马斌读报"介绍：某报刊载，有家长在端午前到某大学看望读书之子，其子嫌弃爹娘的贫穷模样，将其挡在门外，拒收传统的端午粽，要他们赶快离去。

　　　　名题金榜化天骄，脱掉蓝衫穿锦袍。
　　　　睥睨半篮端午粽，渴求大把伟人钞。
　　　　娘刨黄土衣陈旧，爹赚小钱心虑焦。
　　　　莫让贫穷外人晓，校园门口少唠叨。

【中吕】山坡羊·矿主自叹二首

经营改制，挖煤圈地，公关巧用三分力。送厚仪，得便宜，暗箱操作成交易。一片山河都归了己。官，心暗喜；我，心狂喜。

设施简陋，经营疏漏，安全条件将将就就。少支酬，多增收，一天任务加三斗。瓦斯炸得山河抖。人，把命丢；己，把监投。

杨惠民（1939— ）

女，河北饶阳人。1956年考取石家庄工业管理学校。1959年毕业分配至四川省绵阳市783厂（即现九洲集团公司）从事人事劳资、财务管理等工作。

外孙女留学初次回家感赋

离巢雏燕欲飞还，夜梦依稀站面前。
仪态略多书卷气，容颜不费粉脂钱。
盼归日似蜗爬树，怕去时如箭出弦。
老妪牵肠言未尽，唯凭千里共婵娟。

乡　音

离家游子似浮云，秋月春花五十旬。
竹马青梅童谊笃，朱颜银发故情真。
东邻款待尝新麦，西舍殷勤捧玉尊。
地貌村容均变美，唯一不改是乡音。

铁脚海棠

细雨蒙蒙洒庭院，初睁睡眼半惺忪。
春风点着枝头火，烁烁红霞映碧空。

鹧鸪天·游天台山森林公园

久慕天台负胜名，寻幽访景不虚行。小桥流水丛中隐，暗柳明花崖畔生。　　飞瀑壮，浅滩清，弹珠溅玉伴琴声。遮天蔽日深林静，万丈云杉耸汉青。

西江月

瑟瑟风吹桐叶，声声雨打芭蕉。无端心绪起波涛，永夜难眠堪恼。　　忆昔风华正茂，也曾志壮言豪。奈何帆起橹难摇，虚度韶光多少。

何荣山（1939— ）

四川宜宾人。曾任宜宾市金川无线电器材厂处长。

定风波·又听涨价声

又听楼房涨价声，古方今病药难灵。驾手脱缰能御马？尴尬，听风听雨听加征。　　调控须防公信损，抓准，民生这条马缰绳。火上浇油危险大，房价？枝枝叶叶总关情。

滴滴金·冬之咏

水枯已透冬消息。泡桐黄，翠筠碧。农家墙角露霜白。入冬尤堪惜。　　老来极少迎宾客。观书画，品形色。亲朋音讯渐相隔。夜半时常忆。

鹧鸪天·清水芙蓉

清水河边景色佳，垂绿岸柳任风斜。芙蓉夹柳堤荫阔，姹紫嫣红竞放花。　　秋碧碧，雀喳喳，低翔白鹭扑鱼虾。神怡石刻观民俗，清水芙蓉胜酒茶。

【越调】天净沙·奢侈品消费第二大国

名烟洋酒奇花，豪车钻石华纱。天上人间卧耍，世人惊诧，娇奢涌现中华。

奢消头戴银花，富豪脸照光华。国有穷人瘦马，极端分化，神施鬼设堪嗟。

罗泽民（1939—2018）

四川乐至人。曾任乐至职中中医专业班教师。"文革"中被迫离职，遂以医疗为业，行吟川黔滇秦陇青等地。1985年复职。

游格尔木市

山兀昆仑脉，玉龙翔太清。
长流潆大漠，皓月近边城。
骚客吟怀壮，驼姑彩服明。
高原称屋脊，一览纵豪情。

朵让草原

公路平铺入旷原，车驰处处草如烟。
牛羊遍野深深见，万里绿云绿上天。

海西行寄陈本厚

惜别蓉城陇海游，稻香千里过兰州。
萍踪不定君休叹，人在天涯月一钩。

师生聚

已散飘萍三十年，故人良会鬓毛斑。
乍闻姓字惊如梦，遐想容光证有缘。

逝水韶华催马骤，凌云壮志许鹏骞。
一腔热血须珍重，放眼神州春正妍。

内江糖城

远山重叠野苍茫，一架飞虹跨大江。
雪涌甜城天接浪，蔗林绿抱水云乡。

忆旧游

曾访岷峨陟翠台，西行万里画图开。
黄河骇浪从天落，青海寒云接地来。
塞草含烟送车远，藏姑采货跨驼回。
十年避患成追忆，随遇飘萍不自哀。

题清源楼

淮濆滔滔天际流，清源楼势矗千秋。
九公叠翠弥香雾，一坝拦洪溉绿畴。
白鹭春山檐外影，碧湖云水画中舟。
他时来访神仙境，醉卧横排伴宿鸥。

注：清源楼在安徽省六安市。九公山、横排仙境是著名风景区。

乐至郊行

寻芳缓步绕溪行，油菜花开麦浪轻。
绮陌泥香衔紫燕，小桥林茂啭黄莺。
心随叠翠闲云渺，目送流红丽日晴。
便觉置身图画里，合将诗酒快平生。

清明祭父墓

跪奠坟台涕泪涟，一抔黄土瘗长眠。
堪怜易箦犹呼我，儿在南中瘴水边。

挽张老起荪

忽传噩耗倍心惊，风雪满天泪欲倾。
他日蔗乡重探访，西门桥上吊知音。
注：张老家住内江西门桥山上。

步峨山黑龙江栈道

叠翠围屏一线天，横江栈道半空悬。
临风忽听清猿啸，忘却惊涛足下翻。

鹧鸪天·忆昔

回首峨眉旅次逢。苍茫岚影映飘蓬。那堪相对绵绵意，尽在无言脉脉中。　　花栉雨，柳梳风。曾经风雨两心同。暮云不解人间别，飞过前山第几重。

一剪梅

四十年前涉此桥。绿涨波摇，红映花娇。亲人送我正芳朝。伊也魂销，我也魂销。　　旧地重来百感交。鬓已霜凋，草已秋凋。芳踪何处隔重霄？柳坠千条，愁绾千条。

满江红·夜闻刘翁克生逝世

噩耗惊传，双目瞪、肝肠断裂！今夜晚、长空星坠，华灯忽灭。四十三年师亦友，百零二载风和月。赴文会、未待我归来，哀长别！　　通词赋，精韵律。培学子，呕心血。羡仙翁白发，吟哦焉辍？巴蜀骚坛摧泰斗，炎黄艺苑怀诗杰。倚危栏、晓夜雁高飞，声悲咽。

常 青（1939— ）

四川宜宾人。退休前任珙县中学语文教师。

访友客廉溪

茅舍篱边日已曛，炊烟缕缕逐红云。
娉婷竹影含晴韵，宛转溪流向暮津。
油菜花香蜂款款，蕃茄果熟蝶纷纷。
村夫喜把渔舟弄，垂钓江边乐趣盈。

临江仙·悼秦楚吟长

永葆将军风采，横刀立马雄英。巴山蜀水纵豪情，吟章歌伟业，笔底释纯真。　　品性端庄严谨，胸怀磊落光明。无私无畏铸军魂。诗坛留笑貌，岷水泣咽鸣。

鲁功洲（1939—　）

四川泸县人。曾在泸县二中及泸县九中任语文教师，1984年调泸县教委参与基建管理，为泸县校办建筑公司副经理。

打工人家

岁尾年头七八天，篱笆古井竹林湾。
揩干泪水端来酒，叙罢农耕说到钱。
且喜芳心同一结，何愁世路有千难。
明朝又是长相忆，直至羊城大海边。

下岗女工再就业

散尽浮云月又圆，男儿眼里半边天。
才言出路扬眉后，便是征鸿转瞬间。
小草终须舒碧叶，青春不肯负红颜。
千般坎坷寻常事，哪怕重围十万山。

游子吟

久别蓬门远打工，前途尽在找寻中。
遑遑脚步三千里，隐隐城关十万重。
楼矮楼高皆客舍，心寒心暖又春风。
终须故土谋开拓，何必连年跑广东。

某些诗家二首

禹甸神州满纸飞，三坟五典紧相随。
犹思浩气惊华夏，更把乾坤炒一回。

但肯翻书一一查，先人妙句任凭拿。
生生死死重相聚，巧作安排亦大家。

鹧鸪天·卖花姑娘

找遍农家是去年，重逢却在小街边。肩挑露重花双篓，手挽香浓草一篮。　　龙爪菊，马蹄莲，十分俊秀几元钱。阳台映日才生色，背影离城已进山。

临江仙·打工妹还乡

此际情关西部，当年路在南方。羊城旧事打工忙。飞鸿曾是伴，明月总思乡。　　且待良辰圆梦，才闻故里招商。春风剪彩好时光。归来花一朵，亟待谱群芳。

朱光瑜（1940—　）

　　笔名沉浮，四川峨眉山人。初中学历。早年从事中小学教育工作。后转行，先后在乐山象鼻嘴电站、省公路工程局一处二队、峨眉公路局等单位工作。后转调甘孜州公路局。先后在康定、巴塘、道孚公路分局任工人、工会干事、文秘等职。现为大邑县诗词楹联学会理事、副秘书长。有《沉浮吟草》。

夜宿峨眉山清音阁

黄昏时最好，暮色晚来幽。
峭岭丛林密，深沟细水流。
风光天下美，山月半轮秋。
览尽神仙境，峨眉绝世留。

夜宿芙蓉城荷花山庄

晚风吹柳岸，新月映荷塘。
崖畔蛙声起，篱边菊正香。
凭栏欣夜景，倚阁赏华光。
万籁声俱寂，残更入梦乡。

汤德金（1940— ）

笔名巴山云，四川阆中人。1967年毕业于南充师范学院中文系，在中学执教三十余年，阆中市千佛中学高级教师。

秋日遣怀

杏坛三十载，情洒老山中。
苗秀花还好，桃夭李亦秾。
云间竞翅鸟，原上奋蹄骢。
薪火传承去，峥嵘落日红。

读聂绀弩二首

何来此奇士，天纵一雄鹰。
塞北怀苏武，江南羡子陵。
雷霆筋骨塑，霜雪韧柔生。
傲世精神在，诗章响正声。

注：聂诗《放牛》："苏武牧羊牛我放，共怜芳草各天涯。"《钓台》：
"昔时朋友今时帝，你占朝廷我占山。"

文苑一奇才，鲁公门下来。
荒原拾梦笔，风雪启诗怀。
思与云天接，语从民俗筛。
自嘲油打尽，谐谑绕吟台。

注：聂早年追随鲁迅，深受其熏陶。

西江月 · 夜半听妻说梦

依旧青春年少，一双新燕相随。忽然紫翅没林西，何处找寻无计。　　伴我身边人老，银须白发伊谁? 欲呼尊长又生疑，审视原来是你。

李永熙（1940—　）

　　四川兴文人。西安交通大学电机系毕业，教授级高级工程师。曾任乐山电业局副局长兼总工、高级工程师，西藏水电厅副厅长等职。

梦游木兰湖

魂梦飞荆楚，黄陂昨夜游。
一湖迷隐秀，百鸟迹深幽。
碧水生烟浪，红帆送钓舟。
木兰风物美，倚树发清讴。

藏北行

大雪茫茫藏北行，风寒难敌试敲门。
牧民捧出青稞酒，情暖心窝再上程。

雷　雨

暴霆闪电足惊魂，大雨滂沱水进门。
但乞雷公收震怒，学堂无有避雷针。

　　注：报载重庆一农村小学处雷电易击区未设避雷装置，近遭雷击，致学生死伤。

水调歌头 · 咏三峡工程

大坝巍巍矗，湖远碧连天。雄姿铁塔林立，飞电越长天。巨轮轻松过闸，往返渝汉巴楚，游客笑争先。惊叹工程浩，不应在人间。　　宏图梦，人几代，而今圆。几多险况难数，每每挽狂澜。铁血男儿拼搏，巾帼英豪齐奋，汗水伴甘甜。神女当骄傲，盛世看奇观。

鹊桥仙 · 盼归

秧田整后，早春时节，他爸只身北渡。打工京邑筑高楼，已年许、牵肠挂肚。　　忽闻鹊叫，当真电告，已上回家铁路。稚童拍手欢歌，娘儿俩，抓鸡捉兔。

杨盛清（1940— ）

贵州三都人。毕业于四川大学中文系，分配到太原工作。1973年秋，为支援"三线"建设入川，在西南兵工局所属重庆益民机械厂，历任厂办干事、厂党委宣传科干事、副科长、办公室副主任、纪委办主任、专职纪委书记、党委副书记兼纪委书记等职。与人合著《当代巴渝诗词十五家》。

将进酒并序

四川诗词学第三次会员代表大会于1998年7月1日上午闭幕。最后之聚餐，伟明为倡：筵散后各作一篇《将进酒》以抒悃诚。虽席间戏言，实有深怀，乃慨然染翰。同席多为少壮，笔者虚长数岁，故有头白寄语之词，不觉汗颜。

君不见岷峨巍巍高插天，风光万种迷云烟。又不见行人寻芳步履促，竟在山间留芳躅。我亦山间寻芳人，恐落人后敢逡巡。路转峰回花柳暗，桃花四月别有春。主人高谊文章伯，置酒山亭欢今夕，座中饮者尽豪英，观我惟惭头已白。滕夫子，安知生，举怀将进酒，听我小具陈。天生灵物当自爱，遑恤世路有荆榛。武可安邦文经国，云龙风虎应拼搏，一身万死报明时，赢得汗青生颜色。不尔瑯嬛作嘉宾，珠玑万斛羞俗尘，个中自有麒麟阁，何必登台作相臣。寄语同席诸俊彦，莫负诗缘今日宴，琉璃杯中琥珀浓，吸海垂虹好教谪仙羡。时代青睐黑头人，腾蛟起凤望诸君，年芳变作虎豹变，他日除此无新闻。一座举酒岷峨望，乘车戴笠同一向，相携相逐直上岷峨巅，等闲回首天下壮。高材捷足是后生，飒爽英姿意纵横，越岭绝江浑闲事，桂冠唾乎一指掣。随军我上长征道，头白征夫谁言老。策马望尘复行行，整装喜听霜钟早。

喜起阡同窗过访又言别

树树桐花正满枝，东风送暖柳依依，三春好景人心畅，况乃故人过我时。闻道欲来相问讯，计期屈指参疑信，高轩倏尔到山家，蓬荜生辉如喜庆。促膝窗前话别情，欢言快语任纵横，同窗琐趣五洲事，相伴茶烟共灭生。为道山光成别调，新林漫步兼清眺，不知暮霭紧相催，夕景衔山收晚照。生似磨牛已白头，东西各自稻粱谋，怡然片刻足珍惜，难得此生同此游。越宿登程歌折柳，匆匆竟尔一挥手，道旁草具举离杯，更借邻樽为君寿。别后驰思到锦城，祝君岁月更峥嵘，驾轻就熟华西路，会见乘风万里征。

某公三讲

中央切切倡三讲，举党欣然应如响。某公唯讲最当行，唾沫星飞声润朗。尔日讲堂座无虚，大言炎炎任疾徐，引经据典盘空语，三纸无驴信不如。讲毕登车飘然去，行踪缥缈不知处，而今公仆最多能，万贯扬州凭鹤驭。金屋藏娇在广州，呼卢挟妓澳门游，争赇自有黠商贾，一掷万金鬼见愁。闾巷喁喁纷言说，此公倏已陷缧绁，有司公诉罪多般，五毒俱全证如铁。揭去麟皮现狼形，国妖至是服上刑，肃贪惩腐人称快，犹悯或人梦未醒。铨部可呈尴尬相，此公三讲考评上。画皮今比昔时多，奸蠹乔装、金玉衣冠好模样。某公三讲欲谁欺，身败名裂世人嗤。衮衮诸公应取鉴，休作聪明讨便宜。

注：已被处死刑的原江西省副省长胡长清在刚刚过去的"三讲"学习中得到"政治上坚定，坚持四项基本原则，在政治上与中央保持一致"的考评。见《半月谈》2000年第5期。

爱书谣

斜阳只乞照书城，先哲爱书久闻名，高山仰止踵前武，我亦爱书惜后生。山间文化如沙漠，欲读诗书解饥渴。薪金微薄不足论，买书买米费斟酌。工资新发笑颜开，忽报新书成捆来，付毕书钱阮囊涩，喜忧参半搔首独徘徊。爱妻见此娇容怒："竟尔痴书家不顾，娇儿待哺米柜空，尚缺寒衣愁岁暮！"我谓贤妻且心宽，衣袋掏出取款单："稿酬五十凭君取，买粮权且济朝餐。"妻投白眼一撇嘴："五十元钱算老几？明星一曲动万千，五十有谁看得起！"我闻此语凉半截，开口欲言舌先结，劝道"卿卿气莫生，为谈故事当愉悦：杜老无酬长吟哦，风破茅屋犹作歌；韩公谀墓捞外快，看来与此差不多！人生知足犹未足，既得陇兮复望蜀。温饱之馀何所求，精神丰裕自脱俗。"妻闻此语笑且哗："开门七件事，让你来当家，餐风饮露解饥渴，看你且锄明月种梅花！"语罢我如秋蝉咽，思量我愧谋生拙，放眼大千世界斑斓光彩正迷人，爱书无奈我心早如铁。异日新书上市仍买书，负书回屋兴有馀；兴馀之际心打鼓，妻归见此复何如？归妻见我正忙碌，手理新书口哼曲。日落西山复停电，无人相劝自秉烛。默然相望杂嗔怜，樱口居然飞戏言："闻道书中也有颜如玉，从今畅好伴书眠！"我闻此语兼啼笑，戏言无须锱铢较，下不为例又重谈，锁眉舒作春风貌。学足三馀我不闲，却恨买书成负担，昨接订单惊且惧，书价翻番翻番再翻番。噫！书似美人身价重，芒鞋布袴情难共，尔来几经书店门，遥望玉颜空目送。

中山兔毫歌谢宋大儒惠毛笔

中山兔毫自古长，管手精心巧样装，金亭标识号极品，新都老友邮寄忙。邮使叩门声急促，邮封新样颇殊俗，启封见此管城侯，雀喜胜如百杯沃。我学笔耕不辞劳，常嫌秃管多贼毫，晨昏苦作三千字，春蚓秋蛇乱蓬蒿。感子深情来惠贶，颠狂拟和兰亭唱，欣然展纸书数行，仔细端详仍旧样。技道两疏笑我愚，无师无法自迷途，曾闻先贤用拙笔，惭愧今朝对鼠须。搁笔徘徊添惶恐，源流伫看群峰涌，艺无止境竞登攀，欲上昆仑先越陇。见说人梦笔生花，我今新梦杳无涯，痴人更有梦中梦，不见毫端五色霞。荷君美意云生席，如扇春风舒倦翮，跋涉何畏仰弥艰，琢磨荆璞见赤璧。

注：王羲之《笔经》："诸郡毫唯中山兔肥而毫长可用。"又云："兔毫无优劣，管手有巧拙。"《南齐书·王僧虔传》载，南齐孝武帝欲擅书名，"僧虔不敢显迹，常用拙笔书，以此见容"。

川大校庆盛典不克与会走笔寄蒋起阡同窗

"相见亦无事，别来每忆君。"借他先哲句，写我远怀殷。庆典诚堪重，同窗念亦勤。当年率尔别，每忆辄思纷。际此千秋节，会当一乐群。何期困二竖，难与共欢欣。濯濯牛山麓，孜孜自勉耘。春风促花信，时雨润英芬。小圃思苞茂，九畹待兰薰。获望虽难必，犹堪健骨筋。感君来眷顾，书此一相闻。校庆双花甲，再期锦水渍。

由都匀赴蓉喜赋并序

1962年秋，笔者再次在黔南都匀参加高考，被四川大学中文系录取。通知书姗姗来迟，匆匆就道，欣然命笔。

轫发黔南路，驱车向锦城。
娄关青嶂险，乌渡碧波清。
昔日闻天府，今朝事远征。
岷峨如在望，负笈觉身轻。

春日游都江堰

岷江春色满平川，灌口凭高视野宽。
玉垒山前绿成海，宝瓶口外浪滔天。
堤分人字千秋水，堰号飞沙万顷澜。
天府嘉名悬日月，二王福泽永流传。

读宋大儒来翰欣然有作

壮士乘风入晋中，笑言抵掌气如虹。
曾经蜀道连云栈，来育吕梁傲雪松。
情激高歌掀夏浪，兴豪彩笔舞春风。
新雷一夜来甘雨，会看芳林万树红。

晋中复伟明五首

畏途蹇步费腾挪，休嗟此树意婆娑。
后生未必输前辈，来者难诬信可歌。
何事巴山烟欲蔽，遂教锦水剑虚磨。
一朝广宇尘埃尽，复还生气露思多。

都忘词笔是何人，愧与眉山久接邻。
蜀里曾思毛颖美，晋阳更望柳条新。
谢君艳彩过函谷，添我平生得意春。
韩子送穷无乃晚，不痴不醉到于今。

表里关河路万重，舟车蓬转任西东。
五津雪浪摇天落，三晋云山接塞空。
独立汾涯惊岁月，困怀江水涤心胸。
岑遥寄远音书贵，三月传烽几处同。

北国阴霾笼晋城，汾流几度镝飞鸣。
或闻平野阵云密，时见前村弹洞深。
难靖山头增暗堡，将亡鬼蜮出悲声。
新雷会震嚣尘散，春入烧痕百卉生。

临邛分手到今兹，三晋犹思风雨时。

报国忘家常有志，轻身履险应无辞。

四邻未静虎狼视，再度将看羽檄驰。

休因小困繁霜鬓，投笔与君共誓师。

和起阡同窗题军垦农场照

龙门剑阁路迢迢，一展音书解梦劳。

照显英姿足神俊，诗言壮志羡情豪。

蜀山初透三春色，汾岸遥思万里桥。

拟把蓉城旧风采，飞舟击楫誓江潮。

宋大儒自西山来访欢谈竟夕留宿于晋机窑洞宿舍喜作

咫尺何殊隔万程，重逢竟尔一冬春。

黔山蜀水来宵梦，晋俗唐风遣暮云。

冗务令忘窥谷趣，忠言更激向阳心。

吕梁共望秋山瘦，安得移山作比邻。

注：窑洞，原是山西军阀阎锡山兵营，1949年后作为工厂职工宿舍。

朝发武汉二律

喜沐朝晖别汉阳，迎风逆浪向宜昌。

溶溶雪水来天际，亘亘金桥跨大江。

云梦畴平秋稼茂，洞庭湖熟紫菱香。

涛声似奏丰收乐，伴我高歌作上航。

楚天极目我神驰，绿水青山入画诗。

江岸红旗留胜迹，龟蛇碧树挺新姿。

航轮鼓浪添豪兴，霞绮流波启藻思。

无限风光无限意，船头骋望立移时。

注：1973年调回四川途中作。

自题小照

寻常小照见精神，犹似当年太瘦生。

数尺微躯何足道，一腔浩气自堪争。

关山迢递虚归计，岁月峥嵘更远征。

莫讶秋霜袭青鬓，奋身贾勇正忘情。

戏题《九朵金花图》寄内

九朵金花寄小汪，任挑一个认姑娘。

因崇节俭无华饰，为便参详着泳装。

四体匀图称健美，五官俏丽压群芳。

当年你怨差一个，今日引来一大帮。

注：笔者之妻汪子渝每以计划生育只产一男、未能再育一女为憾，因有此此题相谑。

暇日偶书

休闲日月四时天，寄傲南窗兴自阑。

或把双勾摹古帖，更将只眼觑尘寰。

浊醪偶品倾微盏，俗客时来侃大山。

会意诗书怡倦眼，观潮闹海各悠然。

览川大同舍旧照感赋一律

住川大学生五舍136室的同学于1963年有一次合影。室住八人，笔者之外，还有蒋起阡、赵令闿、黄家骧、江莲、邵健、张新元、聂茂树。临照相时张新元缺席，而参加留影的七人中，赵、聂早登鬼录，览之慨然。

少年同学本寻常，虎变而今在四方。
似我无才犹健在，嗟渠有志竟夭亡。

久疏音问思馀子，漫展素笺理结肠。
草罢新诗何处寄，山头伫立望卷茫。

即事走笔二绝

公差由晋赴豫途中，车出故障，左额外伤后颅骨增生为外瘤，手术伤愈留瘢，信笔以纪。

曾闻刮骨愈创伤，今遇良工试此方。
一阵斤风祛瘤疾，头颅康复面生光。

伤口弥缝缀数针，肌肤旬日渐匀生。
休嫌额上留坷坎，诸事人间亦未平。

退休戏笔书怀三绝

少年豪气九州横，习武研文两未成。
将老心情真个似，山亭小憩更长征。

投老未能万里行，闲来文亩学归耕。
心田但挽春风驻，何必阳关听渭城。

铁骑秋风气独遒，剑南词客梦无休。

执鞭我欲随君去，不是当年旧九州。

注：文亩，纸的别称。

无　题

道路多坷坎，征人苦万难。

英雄亦有泪，不向子孙弹。

无　题

见帅思偷剑，遇仙即窃桃。

虽然盗案发，伎俩亦堪豪。

伟明诗词选后记将贱字列为诚谢之首，览之惭惶愧荷，因有此寄

洪波震壑乱流中，片版险攀我亦穷。

濡沫当年殊细事，感君情重古贤风。

长相思·川大毕业返黔南且将赴晋感题

别蓉城，忆蓉城，风雨三千里外程，几番新梦萦。　　才行行，复行行，明日中原更远征，关山无限情。

江城子·赴晋途中于武汉长江大桥留影，喜填是阕

山河万里着新装。望荆襄，水天长，渺渺烟波，风送稻花香。万树参差江岸碧，鸣笛过，骋车忙。　　风华正茂少年郎。意轩昂，笔波狂，步履霓虹，信手点春光。我愿人间春永驻，欣起舞，向东方。

满江红 · 汾西春日晓望有怀寄蜀中故人

紫雁南来，三晋地，乐犹思蜀。年少梦，长风助我，临邛游瞩。喜友鹓雏翔浩宇，羞同鹁鸶泥塘宿。正春风、送暖至天涯，辞巴麓。　　长城下，汾水曲；家万里，心如夙。爱风高原迥，纵横驰逐。岂为名园留指爪，何须乐事称心足。向人间，处处报春知，驱霜酷。

六州歌头

骑单车逛蓉城，距此前骑单车之游已二十馀年矣。依贺铸体并用其韵。

廿年阔别，今日又重逢。单车控，情豪纵，沐春风，发城东。一路人车涌。机声重，铃声弄，笛声送，街心壅，塞还通。行道花鲜，更得晨曦宠，点缀玲珑。继环城览遍，转辙贯城中，古蜀新容，势添雄。　　趁朝曛拥，再旋踵，凭高垅，访遗踪。昭烈冢，临邛瓮，草堂松，兴尤浓。更仰新楼耸，连云栋，追苍穹。圭璧拱，珠光动，画图宏。处处商场，讶似仙游洞，舞凤悬虹。令游人眼底，收尽万千峰，馀韵无穷。

江城子 · 渝州旅次记梦寄内

清宵复梦到荣昌。上中堂，启轩窗，正见荆妻、碌碌剪裁忙。恰遇疑难轻问我：襟何短？袖何长？　　端然泥我为梳妆。发凝香，面生光，挽结乌云，作浪似鸢扬。女伴相看齐拍手，呼大姐，叫三娘。

注：内子在娘家为长女，适杨氏行三，故有此称。

水调歌头 · 蓉城访伟明，分手二十九年矣

偶得东风便，锦里喜重逢。相看老眼如炬，眉宇著棱锋。应是三巴峭绝，保爱人间芳烈，植此万年松。纵使霜添白，难改旧时容。　　造斗室，啜清茗，豁幽悰。论交如水，何必尊酒助情浓。漫品年来世味，共仰

千秋浩气，白眼看鸡虫。不待作风雨，端已辨蛇龙。

注：鲁迅《哀范君三首》："华颠萎寥落，白眼看鸡虫。"

贺新郎 · 望江公园聚会川大毕业三十年矣

重聚真情惬。正蓉城、炎炎盛夏，拟和心热。握手驱车寻旧路，更访江楼认薛。三十载，人间离别。指点名园添新样，算流光、一代成交接。谈往事，酸咸啮。　　同窗几个称豪杰？望征程，素衣尘土，画图明灭。我自匆忙天不肯，烈士心头滴血。休回首，中流击楫。便向锦江倾一盏，证此心，去路仍如铁。虽万险，从头越。

注：刘过《念奴娇 · 留别辛稼轩》："我自匆忙天未许，赢得衣裾尘土。"

水调歌头

与宋大儒、滕伟明游桂湖，暌违二十馀年，幸此一游感慨良多。

携手桂湖畔，犹记化客头。当年不速之客，鸡黍醉西楼。国步多艰岁月，身世彷徨蹉跎，相呴以微讴。众草疾风里，劲节辨薰莸。　　幸此生，遭此际，得此游。湖山照眼，如对人我说春秋。世路人云已变，应怪吾曹未惯，无怨亦无尤。莫负好光景，且学采莲讴。

注：太原西山上化客头公社北头中学为宋大儒最初分配的工作单位，笔者曾于此做客。

水调歌头 · 马年迎春喜赋

狂舞金蛇罢，天马喜腾空。河山入目霞灿，万象倍春浓。申奥成功才报，入世佳音又到，称贺醉瑶钟。已越重关险，待上更高峰。　　聚群英，商大计，鼓鹏风。和平发展，机遇出此实难逢。铸剑铸犁一辙，调整扶优汰劣，竞进也从容。奋翼长空阔，并世角群雄。

注：申奥，申办2008年奥运会。入世，加入世贸组织。

水调歌头·寄黔南诸同窗并序

高中同窗蒙思儒、张德扬自黔南三都县来电话相邀，拟作四十五周年之会，因故未能应命。分手迄今未能谋面，思之怅然，填是阕以纪高谊。

明月照都柳，一别几经年。同窗何在，依约古道绕黔山。壮志豪言曾许，踏遍千山万水，何惜此躯捐。风雨平生趣，信步越重关。　　英雄志，烈士风，复平凡。长征人健，遥望桑梓路漫漫。想象江边笙鼓，共起九州龙舞，生气正凛然。难与华筵会，忆故寄新笺。

附记：此词成而未寄，颇有王子猷雪夜访戴之趣，可发一噱！

唐正环 (1940—)

四川宜宾人。

斥游医

扯个圈儿信口嘈，胡拳乱舞两三招。
千金散可疗心疾，百宝丹能治肺痨。
活血端凭鸡骨草，安胎惯使狗皮膏。
诸般杂症皆宜用，包治雷轰电火烧。

乡村竹枝词

乳燕高飞向晚晴，新篁垂箨拂梢青。
阿爷饭后闲无事，孙女拉来作老鹰。

君报归期已到期，枝头喜鹊叫吱吱。
千车过后皆不见，急向腰间掏手机。

马大骏 (1941—)

　　四川成都人。成都发动机公司职工。1965年从方少渊先生学习书法。1971年从陈子庄（石壶）先生研习中国画。四川省花鸟专委会委员、成都市书法家协会理事。

攀　登

泥滑行坡路，相搀弟子情。
桂香弥壑谷，栗实落湫坪。
乱树藏村舍，秋阳镀古亭。
豆浆新磨出，犹带众山青。

彭州丹景山牡丹花品三首

玉重楼

一枝清绝玉重楼，香染丹溪碧水幽。
参破龙门花世界，山村原是小瀛洲。

状元红

溪桥转过小园幽，侍客香茶白玉瓯。
一瞥状元红照眼，镶边也着赤金勾。

白玉盘

玉盘轻舞映丹湫，羽化春风百蝶柔。
泽润娇花三昧水，金华钟磬暮云收。

游终南山

长安生气郁葱葱，太乙高寒古木封。
欲觅坐观云起处，林泉几度尽松风。

题孤村夕照图

寂寞孤村降暮烟，打工青壮滞城寰。
西风遍染层林树，绚丽谁看夕照山。

向洪亭（1941—　）

女，笔名野鹤。四川广汉人。中专毕业，当过工人、教师、报社副刊编辑。1989年中国作家协会鲁迅文学院结业。有《向洪亭诗文选集》。

凤栖山漫游

远眺云天外，迎来万叠峰。
山空蝉自唱，林茂鹤相从。
数点青松露，双溪贝叶风。
钟闻心气爽，高咏对苍穹。

杨升庵祠感怀

桂蕊飘香满苑开，含情花月入诗来。
荒烟南诏传家著，巨笔西川盖世才。
气瘴永昌悲梓里，云浮蜀郡自徘徊。
故居依旧词人去，泪浥清风万古哀。

黄鹤楼抒怀

江城似画任遨游，碧浪烟天系远舟。
黄鹤偶乘沧海月，白云常戴楚山秋。
谪仙送友吟千载，崔颢题诗盖九州。
仰慕前贤情不禁，凭栏极目水东流。

七十感怀

浪迹人间七十秋，萧萧暮雪早盈头。
沧桑历尽书中乐，花月常临笔下讴。
山影风摇千嶂翠，桥虹雨洗一天幽。
襟怀洒落空明境，冉冉斜阳伴我游。

吴应鸣（1941—　　）

四川广元人。广元市龙潭乡小学高级教师。

春日偶成

古城北望万重山，蜀主当年行路难。
栈道于今遗址在，兵魂长忆剑门关。

和煦春风拂陌尘，利州山水醉人魂。
诗翁不用骑驴去，朗日乘车出剑门。

鹧鸪天·回乡抒感二阕

一路风尘日暮回，闲庭旧院掩苍苔。还巢紫燕鸣声细，欲雨遥天暗云堆。　　人不寐，杜鹃催，阴晴早起莫徘徊。曙光初照农家女，箪食壶浆陌上来。

油菜新收麦正黄，南风拂柳柳轻扬。山塘引水插秧早，梯地催牛种豆忙。　　恋故土，爱吾乡。炊烟袅袅隐幽篁。怅然难舍田园乐，每欲归来护稻粱。

沈元瀚（1941—　　）

四川内江人。四川财经学院农业经济系毕业后留校工作。政协四川省委员会副秘书长。

别盐亭

古道依稀辨，当年诗圣行。
青山过蜀北，黄叶送秋声。
与可高低竹，颖坡兄弟情。
匆匆一夜别，日夕望盐亭。

望海潮·奉化行

初临溪口，乍登武岭，剡溪波映重楼。千文岩前，妙高台上，勃郁雪献青幽。隔海望孤鸥。忍长峡隔岸，苦度春秋。驹隙韶光，宝疆千里裂神州。　　匆匆日月如流。叹分离骨肉，泪湿书邮。风逼岁华，霜催鹤鬓，人间悲剧当收。憾事应无留。愿炎黄大义，指引归舟。早向中山祭告：重整我金瓯。

郭汝愚 (1941—)

别名芝瑜，四川郫县人。国家一级美术师，四川省诗书画院专业画师，四川省花鸟画会副会长。

杜鹃花鸟图

似火花开照眼明，一丛红艳满园惊。
春去鹃城花满树，枝枝皆是血涂成。

马球图

袅袅腰肢出禁闱，红尘滚滚走如飞。
挥鞭相唤如莺啭，意正浓时上皇催。

题梨花鲤鱼图

初生春水绕农家，四面白红桃李花。
锦鳞摆尾穿波出，疑是蟾宫落彩霞。

游西岭雪山住天涯山庄

车入重山暑渐消，林间别墅傍溪桥。
云过峰头听骤雨，风吹碧海看奔涛。

詹光富 (1941—)

四川富顺人。退休前为宜宾市五交化公司工艺美术师。

奇石馆奇观

朝阳永驻石头中，少女披纱望彩虹。
芳草萋萋吆鸭女，碧塘森森牧牛童。
照临水泊三垂柳，直入云端一巨松。
肖妙神形谁刻画，天然成趣意偏浓。
注：吆，四川土语为驱赶、放牧之意。

留守儿童

爷孙奶奶守农家，儿想妈妈女想爹。
数尽指头何日返，门前梅树快开花。

打工妹

中秋明月挂窗前，幺妹三更才入眠。
刚梦双亲和宝宝，报时钟响破团圆。

廖军武（1941—　）

　　四川仁寿人。贵州大学历史系毕业后进入机关工作。曾任中共中央西南局组织部干事，东方电机厂厂办秘书，成都市委宣传部宣传处处长，四川省监察厅三处副处长，《四川监察》杂志社副总编、正处级监察员。四川省纪委杂志社社长兼总编，副厅级。有《三连环童话》《都市风情》等。

桥

俯首躬身甘作桥，为人不怕累弯腰。
一江春水身边过，半世何曾取一瓢。

敦煌行

敦煌落日暗边关，丝路沙埋商旅残。
欲觅沉浮千古事，莫高窟里问飞天。

鸣沙山

鸣沙独立望边关，大漠苍茫落日寒。
客影驼铃来复去，钟情唯有月牙泉。

春　风

春风吻脸不留痕，恰似相思梦里人。

片刻相逢长久别，难依倩影却牵魂。

鹧鸪天·春回

　　曲径春回草嫩黄，枝头鸟乐唱春光。牡丹带露红腮美，细柳摇姿翠影长。　　蜂采蕊，蝶寻芳，观花人已满头霜。娇姿丽态难持久，堪慰心留一瓣香。

王世淳（1942— ）

四川绵阳人。退休前在绵阳市百货站工作。

秋到西山拾景

一犁秋雨钓烟蓑，雨过苍岩长碧萝。
洒洒清泉醉玉女，水临丰谷泛金波。
闲云野鹤无人管，断戟残戈出地多。
古往今来兴废事，都随白日尽消磨。

长城赠剑

万里长城上，君来共与攀。
天高银汉远，月白故人还。
说剑增慷慨，临风若等闲。
初秋云岭碧，把酒祭雄关。

赴上海又转杭州

古道秋风拂短亭，客心万里故园情。
江南一夜听秋雨，频打芭蕉梦不成。

山乡春节

草舍阳回待燕来，春烟半谷早梅开。
山家不设豪门宴，爆竹声中饮旧醅。

王 蓝（1942— ）

女，笔名蓝天。1965年大学本科毕业。长期在企业从事技术、管理及领导工作。现为东坡诗社编辑室工作人员。

驼铃队

千骑蜿蜒远翠微，驼铃响处燕双飞。
鸣沙山上凝眸处，不尽蹄痕映落晖。

戈壁滩

戈壁茫茫日落迟，长车孤驶路何之。
四围极目人难见，红柳萧疏肠断时。

卜算子·思念

痛断十馀年，仿见音容瘦！难忘当初夜送迎，缱绻弦歌奏。 物是已人非，悲苦君知否？总忆荷塘漫步时，细语亲依久！

甘光地（1942—　）

笔名念一，四川荣县人。内江市中区教师进修校高级教师。

丙亥夏在金沙得奇石，石上刻痕如甲骨文

石现金沙遂古文，神功鬼斧示天痕。

莫非仓颉丹书里，借此奎星鸟羽纹。

注：《春秋元命苞》记：仓颉"生而能书，又受河图录书，于是穷天地之变，仰视奎星圜曲之势，俯察鱼文鸟羽，山川指掌，而创文字"。

贺阴世全吟长《逍遥集》付梓

人生原本乐逍遥，文字偏将自作牢。

只待菩提树下坐，方知来去赤条条。

刘开垠（1942—　）

女，重庆九龙坡人。成都无机校毕业，退休前在国光电子管厂工作。曾做过报社通讯员。

过慈云寺

鹤矗云松傍紫霞，回廊碧瓦着飞花。
山僧扫叶沏蒙顶，香客随缘静品茶。

菩萨也艰难

心香一瓣跪蒲团，来世今生结胜缘。
舍得解囊求必应，菩萨打点也须钱。

剑门行

难辨当年古栈痕，奇峰耸翠入天心。
我今披氅雄关立，一阵清风出剑门。

遣　怀

少小豪言不着边，光阴荏苒种荒原。
青苗日烤已无梦，榆树风吹哪有钱。
雨打葛衣珠化泪，花簪裙带蝶成仙。
公平最是阎王好，胖瘦都爬火焰山。

读聂绀弩旧体诗后作

皆因华盖运，才到北荒郊。
讥尔九头鸟，笑伊三脚猫。
牧牛苏武节，拾穗小蛮腰。
诗句凌风舞，秃柯自解嘲。

行香子·春情

梅隐香消，罄绿菖茅。望南山、日上林梢。人行柳岸，蝶渡溪桥。看桃花艳，樱花媚，杏花娇。　　春播大地，露浥新郊。醉芳菲、把酒江皋。芸窗逸趣，剑谱酬劳。听鸟声喧，书声琅，笛声遥。

行香子·秋思

叶坠清江，岸草惊凉。远登临、寂静崇冈。云峰耸黛，鹤影横塘。见枫林染，枞林暗，柏林苍。　　篱虫怕冷，涧草愁黄。叹人生、几度秋光。难言坎坷，惯看沧桑。又栈桥风，沟桥月，板桥霜。

刘泽斌（1942— ）

四川泸州人。农民兼石工。泸州市诗书画院创作研究员。

悼曾德康君

曾君德康，少为游伴，长为诗友。因其介绍，使我得附胡惠溥先生之门墙。1984年，君为四川泸州市援藏施工队队长，入藏支援建设。同年，在西藏建筑工作中遇泥石流，因公殉职。恸而赋此。

苦乐人生变幻多，匆匆聚散奈情何。鸣鸡舞剑五更月，流水高山一曲歌。一曲未终人在否，杏花时节午桥酒。忽传噩耗报秋风，闻者神伤忍回首。回首当年君正婚，兰门喜气娶云英。遥怜儿女渐成长，人境结庐无限春。春梦无痕容易过，同庚卅载重然诺。金分鲍叔应思君，琴碎伯牙真愧我。辛巳生我亦生君，坠地呱呱便作邻。我生六月君十月，牙牙学语便相亲。相亲朝夕共啼笑，寒暑嬉玩同侧帽。庭院掀泥掏蟋蟀，竹竿击树拾红枣。红枣花开七八年，儿时岁月去如烟。童子何知逢鼎革，人间沧海变桑田。桑田数亩我厮守，从此城乡两分手。乡里艰辛我牧牛，城中君亦飘零久。投笔飘零觅稻粱，少年圬墁遍江阳。抑强每作嗣宗眼，扶弱常倾郭解囊。囊中颖脱风尘间，赢得河汾刮目看。折节读书能强识，困劳难阻地天宽。艺巧高楼平地起，苏江诸友能知己。谋生不弃王承福，交友皆同齐晏子。几回风雨济同舟，把酒悲歌弹蒯缑。要得千间营广厦，须将万里织云裘。云裘广厦愿不空，万里千山去藏中。朔气寒风日喀则，残阳冷照文成宫。征人一去几时还，讵料泥流泻雪山。惆怅裹尸无马革，忍言生入玉门关。闻笛山阳增感慨，天涯闺妇朱颜改。昨夜梦君同笑谈，今朝欲祭疑君在。年年望断关山月，节序催人驹过隙。塞雁南来声惨凄，江河东去水呜咽。

春日遣兴

南亩耕耘晓霭中，何劳布谷也催农。

沙头草色呈新碧，陌上桃花似旧红。

陈迹论评惊雾豹，江山指点问元龙。

东皋独啸清明日，展望春云过远峰。

春耕即事五首（录四）

春风绿树万千枝，浅草如茵雨似丝。

又是前村听布谷，催人切莫误农时。

喧喧堂外沸田蛙，早晚殷勤育谷芽。

竹引豆棚绳缚架，墙边篱角亦栽瓜。

桐花小雨冻阴阴，料峭春寒薄暮云。

应赞而今科学好，地膜覆盖护秧针。

日长夜短气氤氲，春种归来睡易沉。

最是昨宵疏雨好，莺声破晓醒耕人。

夏日即事三首

风飘处处送山歌，除稗薅田涌绿波。

落日衔山人影乱，惹人笑眼看秧窝。

端午人家笑语哗，篱边正放石榴花。

豆棚结实瓜盈架，青翠千重映晚霞。

江天雨过夜风凉，蛙吹喧喧动野塘。
月色流光千里白，稻花盈亩满田香。

秋日遣兴

修竹茂林景色幽，晚收紫穗遍田畴。
怜他世上皆争鹿，笑我村居问喘牛。
物与秋声来飒飒，心随鸿雁去悠悠。
黄花烂熳疏篱外，独自无言眺小楼。

唐多令·七夕

肠断可怜宵，经年望鹊桥。恰相逢、又怕明朝。地久天长烟水隔，情脉脉、恨迢迢。　巧拙意难描，烟云过眼消。向阿谁、领赏风骚。万籁沉沉天不语，箫声起、动江皋。

金缕曲·中秋

一抹斜阳落。看东方，云移罗幕，婵娟初出。玉面团圆新睡起，妆罢十分颜色。步清虚，徘徊摇曳。碧海青天缥缈处，似长空淡淡吹仙乐。秋风里，桂香扑。　容光彻照江山白。问江山，古今能有，几回圆缺。多少世间儿共女，俯仰年年今夕。同领赏，悲欢离合。万事茫茫过一瞬，只江山依旧馀陈迹。物不尽，情无极。

刘树诚（1942— ）

四川广元人，生于湖北襄阳。大学毕业。先后供职于旺苍文化馆、旺苍师范、旺苍中学、广元师范、重庆民生职业技术学院，曾任教务主任、系主任，广元市人大常委会委员。

鱼河写生二首

山　雨

纸上方行笔，沙沙似有闻。

雾从山下涌，云向地头沉。

檐水垂新幕，瓦当拨素琴。

田边红袖嫂，察水雨中巡。

秋　雨

淫淫秋雨落，旬日湿涔涔。

久洗山光淡，长滋树色森。

墨香临褚帖，书润读韩文。

窗外伞花动，红黄蓝绿橙。

阿坝掠影（录二）

理县夜游

逛遍宽街迷小巷，羌楼藏院未能详。

黑裙曳逸红袈走，山月斜窥小木窗。

四姑娘山

东方神女在青霄，欲睹玉容云雾缭。

今日芳心忽大悦，任君拍摄任君瞧。

贵州古镇暴雨

暴雨狂浇青石镇，条条街巷涌涔涔。
店家笑揽雨中客，你买苗银我买埙。

浣溪沙·走马苍溪亭子口

夜梦朝思五十年，年年叹水逝湍湍。何时广沃万村田？　　得见江流今截断，料知洪道已凿穿。平湖大坝梦将圆。

阴世全（1942— ）

四川内江人。重庆师范大学毕业。中学语文高级教师，内江市诗词楹联学会会长，会刊《沱风》编委会主任。出版有诗词联文选集《逍遥录》一书。

临江仙·清明祭

取道汶川致祭，驱车映秀焚香。沿途都见菜花黄。新居连碧野，陈迹变清塘。　　绿草全封土墓，白花敬献灵堂。死生相隔断愁肠。抚胸瞻新宇，回首对斜阳。

忆秦娥·观建军90周年阅兵有作

蓝空阔，三军将士沙场列。沙场列，声威浩荡，寒光钢铁。　　又逢八一豪情烈，长城刀剑干云月。干云月，高科利器，海天奇绝。

鹊桥仙·内江三元塔山采风

画师挥笔，诗翁吟曲，一路轻讴慢走。桃红梨白满山头，遍山野、春光如绣。　　塔周探骊，三元寻趣，水碧花繁草茂。一坡坡姹紫嫣红，远近里、朝晖染透。

夜读坡翁词并李白诗

明月时时有，心宽自坦然。

仰头天上见，扶案镜中圆。

太白清新赋，坡翁豪放篇。

一同消永夜，今古共婵娟。

忆先母

酸辛老母育顽童，白发苍苍小足弓。

日下解衣消暑气，雨中送伞御寒风。

痴心盼望飞龙凤，闭眼奢求折桂宫。

今遇儿孙薪不薄，泪沾双鬓奠香丰。

念奴娇·遣怀

光阴飞泻，骤然见，头上青丝添雪。桐梓江边，园圃里，此处留连击节。沱水清清，山花艳艳，顿挫书声悦。渝州攻读，也曾操笔批阅。　　长忆施教时辰，热诚捐智慧，全抛心血。中教科研，三五载，何计严冬风冽。酣梦初惊，倏年趋六秩，壮心枯灭。天高江阔，闲情还寄星月。

【双调】得胜令·内江新貌

十里碧湖弯，千顷绿波闲。北郭楼台灿，东城灯火繁。河湾，放步观霄汉；亭栏，倚身望桨帆。

杨正康（1942— ）

四川叙永人。1967年毕业于四川师范大学。1982年先后任叙永县县长、县委书记。退休前曾任泸州市副市长、泸州市人大常委会副主任等职，退休后任泸州市诗词学会会长。

过古北口

车过雄关外，缅思烽火台。
君王成一笑，万古有馀哀。

坛厂行

路烂心情好，阳光伴我巡。
鸡鸣三省地，高处属诗人。

老窖旋转厅听谢老守清谈诗

天星流火坠青空，彩映长沱飘曳中。
论道谈诗惊四座，千杯不醉一仙翁。

部分曾管三农朋友聚泸州

萦回天地两江行，已属无官犹有情。
恰似当年田坎上，相逢总是问农耕。

苗乡世变三首

岩崩泥石势汹汹，夺命毁房添困穷。
眼下山坡披绿翠，一天明媚乐融融。

几番进出几番忧，路入苗乡险不休。
欣见村村通大道，凤凰坪下放歌喉。

昔日苗家上学难，危房破桌对残垣。
如今喜入明堂坐，无限春光满杏坛。

上泸县云锦山

重来此地访烟霞，笔底行云句亦佳。
况是梨花香四野，更分春色到田家。

黑坪村赏梨花

半坡白雪半坡花，奇石依山映月华。
竹织篱笆添锦绣，灰墙青瓦是农家。

致都江堰受震灾亲友

房坍物毁盼难回，振作精神抑大悲。
应庆青山松柏在，举杯邀月我相陪。

抢　险

狂风暴雨袭泸阳，瞬息居民斗志昂。

楼上呼声人紧急，街头作恶水汪洋。
指挥若定排千险，奋勇当先战两江。
众志成城歌不止，端杯祝捷酒芬芳。

过黄龙雪山观云海

滔滔白浪涌身前，疑在太空银汉间。
不觉登高心广阔，天边还有万重天。

友邀茶叙

馥郁春风荡碧波，云中漫步对江沱。
沉浮碗底由人品，但启心扉信任多。
注："云中漫步"乃茶楼名。

天岛湖览胜二首

轻舟荡漾乐无穷，朝看晓霞夜浴风。
栈道逶迤临碧水，猕猴觅食入楼中。

山花野果满湖香，戏水青鱼作队忙。
嫩笋尖尖才出土，清泉滴翠树蛙黄。

读《倪为公书法艺术》

神清意淡写春秋，砚海龙蛇自在游。
狂素颠张增气韵，枯藤老树济刚柔。
不因厄运抛书法，赖得贫穷解百忧。
落笑云翻波浪涌，九州大地尽风流。

陈元洲（1942—　）

四川剑阁人。退休前任广元市教师进修学校副校长、党支部书记。

西江月·名片

时下通行名片，一看眉目眩然。头衔职务概书全，惟恐他人花眼。　　我有一张别致，皆无只字刊镌。萧骚两鬓皱纹连，岁月耕耘门面。

浪淘沙·谷雨

谷雨雨飞空，远近迷蒙。雄关内外正春浓。绿染千峰苍似墨，窃笑残红。　　杨柳自青葱，漫舞临风。归来燕子觅前踪。镇北村南皆不见，一派新容。

南歌子·普安镇

山邑千年越，闻溪万载流。三山对峙话春秋。细数秦砖汉瓦古城楼。　　白鹤凌空去，青龙伏地忧。昔时胜景梦中收。关外时听浊浪打沙洲。

陈本厚（1942— ）

四川乐至人。长期做建筑工人。

登泰山

云盘十八拥天门，历代崇封岱岳尊。
寒压北疆三尺雪，暖怀东海一轮暾。
大河九曲飘罗带，沃野千畴捧玉盆。
览尽群峰皆足下，回眸天外觅昆仑。

抗日阵亡将士纪念碑前

铜像岿然数十春，游人凭吊正斜曛。
川军将士几人识，童稚争呼解放军。

题竹扇

惠我清风带竹香，炎炎夏日纳秋凉。
入冬未肯安闲度，扇旺红炉春满堂。

成都赴温江车中口占

一片青青一片黄，凭窗欲觅美风光。
而今沃土追时尚，竟产高楼不产粮。

注：首句借郭定乾诗。

风陵渡二首

黄河南泻势如龙，直扣潼关又向东。
闪闪鳞光斜照里，隆隆雷震怒涛中。

波光万点水蒸云，莽莽游龙跃古津。
纳渭吞汾咆哮去，携雷挟电下三门。

骆驼草

骆驼名赐我，瀚海是吾家。
灼砾盘根固，寒风扑面斜。
情何钟朔漠，志在蕴春华。
浇得天池水，绿洲岂有涯。

注：骆驼草又名骆驼刺，是沙漠深处唯一能见到的草本植物。

遥寄稻城游诸友

未践同游系远思，云天西望每痴痴。
沿途胜境羞相问，待诵盈囊画与诗。

又寄漠北友人

依窗一梦趣悠长，并辔挥鞭恣意狂。
忽觉化身腾格尔，豪歌一曲颂天堂。

陈盛文（1942—　）

四川富顺人。富顺第一中学高级教师。

晚秋寄兴

枯荷残梗满横塘，红叶封山晚罩霜。

一片落霞连远水，几只寒鹭点斜阳。

桥头旧院空房寂，巷口黄花嫩蕊香。

且赋闲情寻易洞，西湖南路采秋光。

注：易洞，即读易洞，富顺西湖古迹之一。

林蔚泽 (1942—　)

四川安县人。大专学历。1963年参加工作，曾先后在四川省绵阳县、绵阳市中区、涪城区党政机关担任主任、局长、书记等职，副县级。2002年退休，应聘做涪城区党史、地方志编辑。绵阳市诗词楹联学会副会长、绵阳市富乐诗社社长和《绵州诗联》常务副主编、《富乐诗词》主编。

访韶山

久仰龙飞地，登临夙愿酬。
山高红日出，地净宿霾收。
韶乐垂千载，尧歌动九州。
试看湘水畔，熙攘客如流。

佛道青城

长居左绵地，独卧富临东。
暮听清庵鼓，朝闻碧寺钟。
西山道观紫，圣水佛云红。
甚喜尘嚣外，徐来无欲风。

春游段家庄

邀朋初访段家庄，满眼春光似画廊。
百草菲菲花艳艳，一溪曲曲水浪浪。
蝶飞蜂闹鸦栖树，犬吠鸡鸣燕绕梁。

最是主人华屋里，红笺尺幅满西墙。

平武虎牙山庄早望

晨起开门望，周遭万仞山。
风吹烟雾袅，月照夜空寒。
寂寂摩天岭，悠悠雪浪川。
谁言无静土，斯地可流连。

夏夜散步

夏夜科城散酒香，与君携手上河梁。
红楼灯下齐身影，白发肩头浸月光。
忆友同嗟人事改，论今共喜寿年康。
一声走好各归去，雾淡星稀夜转凉。

望龙山忆亡妻

独上高楼望九龙，云烟障目总成空。
离愁不禁丝丝泪，别恨难消寸寸衷。
幽梦几曾随蛱蝶，残春谁与吊芙蓉。
年来多少相思苦，惟诉斜阳入晚风。

卖书有感

拂地柳丝笼白堤，贩书叫卖古城西。
可怜乐府无人赏，多士今成麻将迷。

钟定维（1942— ）

四川泸州人。毕业于自修大学汉语言文学专业。四川省泸州市自来水公司职工。

梨 花

一片春心一片云，深情款款扮乡村。
风霜不敢浸颜色，玉骨冰肌月是魂。

望海潮·酒城颂庆祝泸州省辖建市二十周年

滇云携手，黔山挽臂，江船直下三巴。车水马龙，虹霓闪烁，泸州一派繁华。风醉酒旗斜。市廛列陈酿，甘洌堪嘉。北运南销，窖池声誉满天涯。　　香醇且慢矜夸。看三桥锁浪，二水流霞。山岭绮窗，临川绣户，滨江十里园花。城邑著青纱。草树终年绿，春满人家。廿载龙翔凤翥，勋业付琴琶。

凌华光（1942—2017）

四川屏山人。1965年毕业于四川师范学院（今四川师范大学）化学系。四川富顺第二中学特级教师。

峨眉金顶上

谁道峨眉不可攀，人登金顶自为山。
云涛压地千峰矮，旭日悬天一点丹。
多少啼猿惊古刹，数群飞鸟渡峦渊。
居高临下风光异，可惜幽深望不穿。

注：一点丹，太阳初出，赤红如丹，高寒地带的景象。

黄宗壤（1942— ）

生于重庆，祖籍四川自贡，自贡市文联退休。曾任四川省诗词学会理事、自贡市诗词学会顾问。

自钟云山迁居楠桂苑，喜友人来访

云山起病鹤，楠桂卜新巢。上下须兼顾，龙虫可并雕。退闲颇自适，名利已全抛。四壁图书杂，一腔块垒消。懒随时作秀，喜与孙藏猫。独坐芸窗下，时来车笠交。放怀真痛快，向隅假清高。咳唾皆珠玉，齐谐共楚骚。清谈胜美酒，相对一酕醄。

注：上下：指形而上，谈玄、治学也；形而下，啖饭、谋生也。雕龙：出精品也；雕虫：琐屑应酬也。

秋 夜

竹林书屋雨如丝，正是深宵奋发时。
素楮拈毫书晋字，青灯展卷读唐诗。
忽睁倦眼金鸡唱，已沐熹光晓露滋。
毁誉由人能励己，自家甘苦自家知。

诺水河写生赠导游小彭

泱泱诺水漾清波，欲济无舟可奈何。
援臂负余三涉险，入山联句满途歌。
江心捉鳖神乎技，旅次聊天兴也多。

交友如君真快事，歪诗一首喜欢么。

退休三律

眠床何虑艳阳高，从此为臣不早朝。
乘兴大挥行亦草，开怀一唱美而豪。
当然首选车三套，偶尔自摸嵌二条。
遁入方山谁似我，忘忧得趣任逍遥。

卅六工龄弹指间，一朝退省我心安。
苦劳应比功劳著，清誉争如恶誉喧。
小马识途成老马，散心无事胜天仙。
报端戏说盐都事，急就章多豆腐干。

童山濯濯顶萧疏，老眼昏花不废书。
文革飙摧原上草，明时曦照竹林居。
已无锐气争轩轾，尚有闲云共卷舒。
布袋一抛真自在，何妨闭户作衣鱼。

注：俄罗斯民歌有《三套马车》。本人属马。布袋和尚有偈："行也布
袋，坐也布袋，放下布袋，何等自在。"

感事戏为三律

报国无长策，经年作病夫。
友朋多赤胆，囊橐少青蚨。
学舞腰肢硬，打油格律粗。
四圈牌桌上，难得不糊涂。

吾书非墨宝，一索便挥毫。

纸墨贴钱买，珠玑随手抛。
虚名何足道，年岁不相饶。
蜗角牛毛事，纷争笑尔曹。

女儿双毕业，啖饭事维艰。
启齿求人苦，违心送礼难。
脸皮厚着闯，脑袋削尖钻。
所恨非关系，侯门铩羽还。

填拔尖人才推荐表有感

虚名一出驷难追，人到拔尖事可危。
平日未栽皂角刺，此身忽变蜂窝煤。
三人成虎虽闻训，众口铄金今识威。
却羡东篱采菊客，自耕自煮损阿谁。

世纪之跤并序

20世纪最末一日，与友人聚会夜归，惊避顽童沿街掷放炮仗，竟触石而踣。赖冬衣甚厚，仅右膝皮下出血而已，数日而愈。老妻笑谓此乃"世纪之跤"也，意义非常，可喜可贺。顿悟，得俚句。

世纪之跤几破皮，掸尘翻笑自家痴。
保留一片空明境，髡却数茎烦恼丝。
再也不喝烈性酒，忽然想写爱情诗。
积年晦气消除日，且看龙蛇幻化时。

赠书法班学员二首

一登绛帐十年多，四望苍颜两鬓皤。

临帖勉能追汉晋，诲人焉敢误公婆。
偶然欲书风神焕，率尔操觚点画讹。
美意延龄真至理，毫端流韵应如歌。

匆匆又是十年过，清减腰围鬓亦磨。
喜与诸君成莫逆，欣凭妙墨养天和。
休将闻道夸先后，但惜同堂共切磋。
总是投缘挥不去，黉门霞映醉颜酡。

注：余执教于老年大学十二年矣。尝对人言："若敷衍塞责，误人公婆者，其咎甚于误人子弟，当罪加一等。"——自惕也。孙过庭《书谱》谓书有五合五乖，乖合之际，优劣互差：合则流媚，乖则凋疏。"偶然欲书"是五合之一也。

题刘立行《家在山水间》图

家居山水间，晴翠沁炊烟。
垂钓清流急，参禅虚室闲。
屋梁悬腊肉，场院晒苕干。
忽听邮差唤，孙儿又寄钱。

贺　岁

恬淡辞旧岁，从容对新年。
喜忧常接踵，否泰总联翩。
世道天行健，民生有倒悬。
诗成竟何用，惟祝大平安。

宜宾马君道荣赠诗六章次韵奉和兼预为吾身六秩自寿（录四）

退闲已免应官差，喜得心扉任意开。

落落浮生看过隙，悠悠思绪总萦怀。

远他灵府深而闼，爱我矫情对又来。

不是山人藏海量，为君舍命勉干杯。

不贪赞助嗟来食，会若无聊懒去开。

自费出书圆旧梦，帮人改稿助登台。

书房扃怕偷儿劫，花气香闻隔壁栽。

作秀包装时代病，芸芸自乐隐蒿莱。

半生碌碌老何求，避地逃名觅自由。

捐却闲愁如百衲，修成正果净三秋。

存真野史忘情读，讽世民谣刻意搜。

岂效帮闲鹦鹉舌，不教假话溷清流。

名壮钟云实土山，户门虚设不常关。

鱼书迟复非因傲，马齿徒增早卸鞍。

人若无行难与语，书虽盗版不妨翻。

要能五味都尝遍，未必心忧满百难。

浣溪沙三首

益信浮生满百难，行年五五已隳颠，尚馀肝胆怕人拈。　　俯仰张弛由在我，穷通生死奈何天，留将空白莫轻填。

反是退休不自由，文思汩汩涌难收，轻敲电键任神游。　　如鲠在喉思一吐，天花乱坠散仙楼，文章何必照千秋？

音不左兮气尚遒，遏云绕柱自忘忧，卡拉一曲胜封侯。　　白雪巴人凭好恶，美声通俗别刚柔，清升浊降乐悠悠。 .

注：余病肝，又胆有息肉，或劝割去，或劝保守治疗，余从后者。余尝撰《人生如画》，主张人生适当留出空白，劳逸结合。余退休后即学习用电脑写作。新名山居曰散仙楼。

浪淘沙·难得不糊涂

难得不糊涂。难得糊涂。非禅非道非鸿儒。半世蹉跎今退隐，方显真吾。　　已在未归途。已在归途。自眠自唱自成书。留出馀生几处白，直到虚无。

彭淑君（1942—　）

女，四川乐山人。中国人民保险公司泸州公司财会科长。

绝　句

书斋独坐对朝阳，风引后庭黄菊香。
一卷苏词吟诵久，凭高眺远入苍茫。

蝶恋花·相聚都江堰

把手廊桥话浪漫。五秩春秋，相聚都江堰。冉冉桐花雾里看，滩头流水青春唤。　　放水滩前人影乱，千万情思，浪涌斜阳岸。底事无端愁容暗，十年再约锦江畔。

程立家（1942—2017）

安徽太湖人。1966年合肥工业大学毕业，四川齿轮厂高级工程师。曾任公司总工程师、总经理等职。四川省诗词协会理事，成都市诗词楹联学会副会长。

咏　竹

虚心拔节挺云霄，舞罢狂飚未折腰。
欲避尘嚣何处去，碧丛深处听长箫。

三亚湾

椰廊如画远山低，十里银滩不染泥。
畅沐海风人若醉，浑然不觉夕阳西。

无　题

人生得失任由之，切慎是非颠倒时。
江上无风常有浪，心中有理可无辞。
天良至贵守红线，学识本真求达知。
且看滔滔东去水，奔流入海不言迟。

朱大公（1943—　　）

河南博爱人。幼居四川乐至，现居成都。1966年毕业于电子科技大学，高级工程师。

竹溪湖

清风细雨竹林行，隐隐可闻溪水声。
一路风光看不尽，深山峡谷碧湖清。

壶

蒲江成佳盛产名茶雀舌，一农家乐内耸立一造型超过一米的硕大茶壶，观之良久，感而赋之。

茶马人家景物奇，相逢正值雨前期。
一壶煮尽世间味，苦涩甘醇唯自知。

浣溪沙·别同窗

荷伞穿行细雨中，浣花溪畔话由衷。笑谈月后各西东。　　雨霁风凉升玉兔，人稀离影远双瞳。天涯一念互联逢。

杜传勇（1943— ）

四川人，现居外地。历任矿工、教师、企业干部、公务员。

黄帝陵

黄土文明地，青铜时代天。
轩辕三百载，华夏五千年。
英武苍苍柏，温馨袅袅烟。
桥山萦浩气，四海梦魂牵。

洞　庭

荡涤万千忧，烟波泛自由。
水平双月白，天净一山秋。
指点湘君竹，心仪渔父舟。
恍然如梦觉，身在岳阳楼。

水调歌头·步朱熹韵

天外大风起，岭上乱云飞。登高四望，江海漠漠雨霏霏。走过千山万水，小憩松间草舍，入胜不思归。耳顺方闻道，渐省往年非。　　身常动，心能静，两无违。人生如旅，冲寒破雾步朝晖。馥馥花开野甸，恰恰鸟鸣深涧，万类冒生机。回首叫妻子，检点换春衣。

邹祖贵（1943—   ）

四川泸州人。毕业于成都科技大学。曾任中共四川宜宾五粮液厂党委书记兼经营厂长，后任中国人民保险公司宜宾分公司党组书记、总经理。

水东门

水东门上纵遥观，白塔如锋欲刺天。
排浪岷江云际泻，轻舟一叶踏波还。

回　首

青丝瞬见鬓添银，几度沧桑几度春。
往事如歌回首逝，年华似水念中存。
清清白白无奢欲，雨雨风风历苦辛。
赢得心平人有寿，再轮花甲乐无垠。

合江门远眺

临江举目正高秋，两岸繁华眼底收。
落日红霞天半染，波涛滚滚下渝州。

张幼矩（1943—　）

　　四川成都人。国家一级美术师，成都画院专职画师。曾任四川省诗词学会理事、四川省楹联学会理事、四川省诗书画国际交流协会副会长。有《张幼矩山水》《半窗艺语》。

伊　犁

近代英雄第一豪，瘴烟断去赖金刀。
边风应悔吹疲马，银砌天山月正高。

咏令箭荷花

昨夜风雷动九霄，雄师列阵浣征袍。
前锋驰领将军令，簪得红缨一箭高。

桂湖观荷

处处无家处处家，蜀云滇月泣风华。
根深洁白难迎日，只付馨香上碧花。

冯灌父《天彭丹景》

云雷泼出漫天霞，岩上竞开风骨花。
谁道牡丹皆富贵，大师笔下绝尘沙。

黄遵宪

百年雷雨激天云，万里狂澜托死生。
诗笔一支惊魇梦，高怀七尺醒风尘。
民权民治探民主，国耻国光呼国魂。
信有疾飙知劲草，五更而后是黎明。

攀枝花市

万山重叠绕金沙，地老天荒亦有涯。
灯火万家连晚照，钢城百里带朝霞。
劈将混沌开云路，惊破鸿蒙贡物华。
二十馀年艰苦甚，蔽空高树灿红花。

题袁志权君《云山图》

源泉画上笔生烟，啜玉餐霞自大千。
半剪春衣怜绿岫，三回净练爱芳川。
不忘神韵功夫外，难得风流指顾问。
莫怨东君谁是主，雪莲清采照冰山。

题画《三清图》

乍暖还寒怨未消，斯人一去卷风涛。
百年心事归沧海，清蕊长传冰雪操。

忆吴一峰老师

巴蜀川滇万里行，窦圌飞渡有奇人。

剑门明月嘉陵雨，夔府清风峨岭云。
白发不知天地老，青春总向画图寻。
一峰霞照青山远，谁往平湖系柳舲。

湾仔港望澳门

花开花落梦难收，秋水南天意未周。
故土百年多苦雨，亲情一线怨鸿沟。
归鱼时有珍珠泪，去马常怀歧路忧。
引颈来冬团聚日，迎春梅雪映芳洲。

题《日薄淮关图》

几多悲壮递征尘，白草犹过弹雨痕。
擂鼓攻坚飞虎将，衔枚破阵蛰龙鳞。
大川绿去留高塞，茂岭青来掩古城。
最喜江山临朗照，碧霞晴翠染长云。

雪宝鼎题《高路入云端图》

群峰争势一峰雄，雪浪千层尽向东。
旭日摇红鎏宝鼎，琼宫坠玉啸天风。
龙涎紧傍蚕丛路，禹迹长襟望帝松。
关口赤旗清醉眼，江源还在白云中。

虎门炮台感赋

森森如铁虎门榕，覆地参天欲化龙。
苍臂犹排南海浪，霜根尚控百年弓。

香江喜拭还珠泪，澳岛同归世纪风。

莫道伊犁皆旧事，从来国脉系孤忠。

为中国美协赈灾义卖捐画红白梅题记

红是轩辕血，碧是女娲泪。

今年崩蜀山，祖宗心亦碎。

地球只一个，生命最珍贵。

人间有大爱，神韵更精粹。

旱湖吟三首

报载，今岁春夏以来，旱袭江南，有河断流。尤以诸大湖泊见底为甚，致以湖谋食者生计趋艰。

鄱阳湖

千秋万代碧波连，一夜突成大草原。

裸底鞋山无倒影，搁浅渔舟唱晚难。

洪　湖

一曲洪湖浪拍天，紫菱银藕少穷年。

修成正果鱼虾蟹，只待飞升跑旱船。

放　学

我家新对断流滩，不怕河宽任往还。

裤脚一提蹚过去，何须绕路望炊烟。

陈德忠（1943— ）

　　四川乐山人。早岁从戎，退伍后先在工厂，后调机关，长期从事文艺创作的组织辅导工作。乐山市电视台国家一级编剧，乐山市诗词学会会长。

抒　怀

戎装早岁客京华，豪气凌霄笔梦花。
廿载风云人聚散，半生湖海路横斜。
嫁衣苦织谁迎娶，垫石甘铺任踩爬。
解甲归来犹未老，荧屏尚可绘烟霞。

宣汉江口湖行吟

水碧风轻白鹭飞，青峰玉带绕城围。
巴山深处船来去，网起浪翻鱼正肥。

自　嘲

经商炒股两无缘，冷椅孤灯又一年。
背直皆因多补钙，心宁只为少沾钱。
庭前不种闲花草，桌上常存乱稿笺。
跳舞玩牌盲待扫，书痴自许亦神仙。

闲 居

豪情壮志忍消磨，半世浮生眼底过。
独坐芸窗心淡泊，闲居陋室气平和。
惟欣俗事相缠少，但恨藏书未读多。
枕上偶成诗一卷，二三野老共吟哦。

丙戌夏年满六十三岁自寿

倦鸟归林恋旧巢，秋霜红叶看今朝。
相如宿疾期糖降，太白闲愁怯酒消。
读报已求花镜助，吟诗不会键盘敲。
馀年乐在嘉州老，日听江声夜枕涛。

喜何厚荣兄离兰州返乐山定居

离家少壮老还乡，谈健依然见热肠。
漫步街头惊陌路，品茶江畔叹参商。
凋零亲友知多少，流逝韶光孰短长。
吊脚楼边成大道，星霜满鬓阅沧桑。

遍能法师圆寂五周年祭

绿影虹桥忆遍公，乌龙古刹见遗踪。
万松深处千竿竹，曾沐慈恩法雨中。

忆马边

别梦依稀四十年，前尘旧影淡如烟。

当时明月今何在，远水遥山忆马边。

丁亥秋初学电脑有感

点击鼠标初上网，开通宽带遍寻师。
虚无世界飞菜鸟，网络空间充粉丝。
手按键盘荒旧业，心随电脑学新知。
老来始去追时尚，落伍多年换笔迟。

蝶恋花 · 寄人怀远

沧海曾经云出岫。怕向桥头，再折新枝柳。风絮飘零君去后，音尘绝处心伤透。　　卅载欣传花信有。拂水丝柔，永系人长久。荏苒流光难断藕，此身更惜春衫旧。

调笑令 · 中秋明月夜

佳节，佳节，举杯独邀明月。碧空遥望银盘，千古团圆景观。观景，观景，凉夜清辉桂影。

赵德泉（1943—   ）

四川盐亭人。大专学历。做过农民、工人、干部。

北川行

废墟重建过三年，羌寨一新羌笛欢。
燕子归来浑不识，穿花问柳语呢喃。

窦圌山

双峰对峙白云间，犹似情人河两边。
月老见怜牵赤线，弹琴约会几多年。

从 戎

离开桑梓去，谈笑上沙场。
哨所枪挑月，家园梦正香。

忆去神坝抬树

披霞踏露出书斋，前去遥天运木材。
日暮脚疼山路暗，月儿为我送灯来。

俞 源 (1943—)

四川射洪人。大学本科学历。中央储备粮绵阳直属库行政办退休。

过石宝寨

遥望玲珑如托塔，近观奇伟耸云霄。
钟声阵阵迎轮渡，虹彩摇摇艳浪涛。
怪石天然形若印，寨楼古朴险而骄。
游船似引山河转，风景醉人诗待敲。

观峨眉山日出不遇

夏日峨眉高处寒，山中上下不同天。
朝阳疲惫今休憩，望断云霞未露颜。

新 月

远去烦嚣渔唱晚，芙蓉溪水荡星辰。
何人伸出拿云手，错把青天掐一痕。

滕伟明（1943— ）

四川成都人。毕业于四川大学中文系。历任重庆城口中学与四川艺术职业学院教师、《四川文艺报》《四川文化报》《岷峨诗稿》副主编。现任蜀文献编委会主编、四川省诗词协会会长。有《滕伟明诗词集》《诗海探骊》《山海经物语》等。

八台雪歌

巴山峰头逼天街，天街之上有八台，八台四万八千丈，雨雾霰雪常不开。双河谷口风夜吼，八台直向云中走，长冰结岩牙参差，古栈石磴压雪厚。锦江青灯庞眉客，风雪独上八台北，气蒸眉睫旋作冰，两耳欲堕指脱节。八台冻云何崔嵬，雪山万重扑面来。千年老鳌凝江底，山君战栗鹧鸪死。山中松柏直如桴，琼枝玉叶银珊瑚，天帝猎罢赏骑射，轻撒八台万斛珠。我登八台望四面，前江后江皆如线，我家应在西南隅，雪云迷茫看不见。正是八台飞雪时，千里赴任多佳思，如此江山如此景，大笑痴儿来何迟。

感盛清遗问太原木刻刀歌以谢之

并州刻刀刀刃长，檀木为柄古铜黄，启匣周遭青气合，锋头白霜结屋梁。把刀四顾忽失意，问今刀师何处是，辜负巴山千年桐，百尺无枝文理细。忆昔与君同注书，自刻蜡版自插图，个中乐趣谁解得，片纸不肯易商於。当时苦求干将刃，错毂砍杀如削笋，何当刻作仰射身，悬之中堂常凛凛。今审穷荒万事空，庠序草深走牧童，河图洛书尽付火，大吏不辨雅与风。感君殷勤蒙君抚，千里寄刀良辛苦，灯下再三拂拭看，愧我才薄非其主。呜呼时不遇兮岂特人，难为霜刃一片心，弃置床头不为用，谁念利器暗生尘。

自注：1969年春，余被分配到城口印刷厂劳动锻炼，杨盛清以太原木刻刀一盒见赠。

夔门行

夔门天下壮，沉沉镇千秋，江头抢见骨，方许一线流。白帝城头望江渚，乱石槎枒挂肺腑，滟滪潮头百丈高，狼犹入门声如煮。江流万转排屏障，屏障欲锁不相让，水排嶂锁雪浪飞，摇荡乾坤生万象。我入夔门惊鬼工，穿崖错开十二重，虎贲林立未及睹，乘波已过神女峰。凌波夔门兮叩舷而歌，昔日畏途兮今化平莎，东坡山谷兮别来无恙，夜航可观兮小游若何。

重庆棒棒军

君不见嘉陵长江锯华蓥，石头凿出重庆城。君不见重庆街头棒棒军，石磴千级走如奔。彩电冰箱图腾柱，君家宝器一肩负，泰山压顶汗淋漓，主人摇扇行且顾。君家高楼十二层，左旋右旋咬牙登，可怜棒棒陷肩胛，心忧压价不稍停。主人坐堂主妇呵，指挥布置再三挪，自知卑贱敢作色，所幸毫发无差讹。拜谢得钱如受拯，饥肠辘辘胡可等，烤鸭喷香馋涎滴，心念妻儿市一饼。身居闹市觉凄凉，赖有方音辨同乡，商场门外日中立，且看何人呼捧棒。

乐山女儿行

乐山女儿骨肉匀，明眸皓齿小腰身，贫在水曲无人识，乍入省城惊若神。饥来驱我不自主，荐入人家做保姆，伙矣君家富且豪，每视挥金贱如土。初来主妇频指挥，洗衣扫地复治炊，主人稍稍假颜色，暗从夜市置春衣。保姆不复慎言笑，有时覆杯主不较，只缘亲近还生娇，不知步步落圈套。也曾驱车郊原飞，石林竹海相攀追，恩爱尔汝渐入秘，暂忘身世想非非。河东狮子嗔且怪，指桑骂槐不稍息，坐堂故故苦其役，心身交瘁难忍耐。烦劳君家更问津，辞行只收旧衣裙，可怜痴情如流水，主但颔首不出门。

杨丽萍孔雀舞歌

杨丽萍，白孔雀，锦官城里忽飘落，亭亭玉立追光中，八千鸟喙顿忘啄。冰肌玉骨月中仙，缟裙开屏光灿然，俯饮曲身十二段，体态段段皆可怜。饮罢振翅婆娑舞，西双版纳忽焉睹，蕉寨泼水情欲狂，傣家健儿击象鼓。独立香木尾垂文，映日佛塔朗耀金，万人合十观吉鸟，顶上三毛自在伸。座客咨嗟叹观止，舞师神奇乃如此，反扬两臂能抒波，翻令孔雀愧欲死。北人饰神威有加，南人饰神貌如花，请到大足石龛看，可知菩萨是娇娃。

自注：1994年8月四川举办国际民间艺术节，杨丽萍赴蓉献上《雀之灵》舞，一座皆惊。比利时艺术团长史蒂文·伊田叹曰："此生安得再见此舞！"

将进酒

琉璃盅，琥珀浓，颠倒淋漓醉颜红，虹吸鲸吞意未足，九丈高堂生回风。掌为棰，髀为鼓，年少放歌白发舞，倒海翻江出诗囊，珠玑乱溅如急雨。青眼还对二三子，蜀中英物咸聚此，一日题尽锦城绢，笔底龙蛇腾跃起。君不见子昂恸哭幽州台，志士中夜起徘徊。又不见杜公雨夜茅屋破，至今秋风不忍过。人间至情惟在兹，可废帝王不废诗。但有一脉未断绝，咳唾随风堕五色。富贵于我如浮云，皮囊难存诗自存，试看俗物冥器论斤卖，天下谁人能识君。良辰会，难再得，忘年交，肠内热，今宵醉死不足惜，莫负秦时雄关汉时月。

邓玉娇歌

　　不得了，了不得，修脚女工杀顾客。董超薛霸一何怒，银铛捉将官里去。巴东小邑不足传，何事一夜闹翻天，亿万网民伸正义，方知烈女杀淫官。淫官乃里正，官小淫威盛，逼良沦为娼，饮刃得报应。法庭门外拥狂蜂，雷震声援玉蛟龙，拍案而起律师团，誓与黑幕决雌雄。权衡良久葫芦判，防卫过当宥初犯，又云此女病痴呆，好与死鬼留体面。玉娇玉娇叹观止，仓皇一割垂青史，能令贪官尽胆寒，中华第一奇女子。

康巴曲

　　跑马山头月如鉴，跑马山下月如练，二水穿城流水银，水银河边开夜宴。康巴汉子气粗豪，康巴女儿小蛮腰，落肚三盅青稞酒，席间起舞卷狂潮。甘孜牛仔来踢踏，靴底生电风飒飒，恍若雪原牦牛阵，一鼓作气声鞳鞳。巴塘弦子思转深，长袖对舞何温存，望断金沙牧羊女，牛皮筏子几时临。主人引吭众客唱，康定情歌久回荡，晒佛节上早目成，人海苦寻生惆怅。夜阑花气枕边吹，馀音绕梁光入扉，锦城游子心都醉，留连醉乡不思归。

得盛清书不觉汪然出涕

群山环绕若旋涡，窝底观天一筐箩。
长是梦回灯暧瞹，忽闻书至泪滂沱。
乱离不合乾元比，感慨真如老杜多。
海晏河清终有日，凌云壮志莫消磨。

田　歌

桃红李白映江开，西子酡颜小小腮。

花下倩裙踏歌舞，雨中青笠并排栽。

迭湾招手卿难会，隔水抛秧仲可怀。

莫道农家无雅乐，竹枝本自野村来。

自注：城口犹有刀耕火种之俗，田歌即薅草锣鼓，劝力之歌也。

村　饮

有山则可不须名，有酒便倾何必清。

巫峡行云殊恍惚，荒村流水也娉婷。

现烹赤鲤犹疑跳，才泡黄瓜略带生。

饮罢凉床扪腹卧，悠然大字向天横。

别城口

长年茹苦怨穷荒，临别穷荒又感伤。

赴任诗书才一箧，归时儿女忽成行。

山川已纳行吟客，父老早容狂放郎。

路转溪桥猛回首，翻疑城口是吾乡。

长安吟

终南山色尚妖娆，河岳英灵想未消。

汉将威仪铜剑柳，唐宫富态美人蕉。

聊从雁塔怀三馆，只有城乌阅九朝。

不见旗亭画壁客，灞陵风雪为谁飘。

洛阳吟

闻道宓妃从此过，周公营造铲陂陀。

江干游女弯眉好，月下敲诗秀句多。
白马钟声才入定，袭人花气又生魔。
可怜九转唐三藏，几度推窗唤奈何。

黄鹤楼

挥杖狂登第五重，下临蚁冢上摩空。
三吴明灭烟霞里，百代兴亡指顾中。
贾傅可能逢盛世，叶公未必好真龙。
西风落日红垂地，槛外长江水不雄。

阅江楼

狮山楼耸叹高危，浩荡天风拂面吹。
虎踞龙蟠存气势，银泥金粉剩伤悲。
孝陵鸦噪台城渺，白日光寒暮霭垂。
毕竟南朝格局小，女墙月上细如眉。

新　娘

送亲小队过乡场，一样梳头一样装。
里巷小儿齐拍手，就中红脸是新娘。

深　谷

两村世世结婚姻，倚户招呼声可闻。
莫怪裹粮看女婿，中横一谷骇人深。

自注：城口山高谷深，居家相望，而实隔一日之程。

小儿将赴救灾前线口号壮行

慷慨登车鼓角鸣，但凭注目送宵征。
此行纵有千千劫，莫负军旗细柳营。

探身水火莫辞劳，野有哀鸿啼未消。
知尔从来重孝悌，好生推及到同胞。

阿　母

坠叶飘窗夜已阑，几番叩问得无寒。
可怜我已垂垂老，阿母一如襁褓看。

阿　妹

犹记咿呀要我推，而今兄老妹衰颓。
安能扳得时光转，再置童车推一回。

浣溪沙 · 柬成都魏启鹏

雨打浮萍任一身，诗囊在挂未全贫。天涯为客亦登临。　　三昧能言茶博士，万夫难敌酒将军。逼人豪气是唐音。

虞美人 · 柬北碚王君

当年夜话巴山里，拔剑闻鸡起。那年夜话锦城中，报国无门相对听秋风。　　他年夜话知何处，只有情如故。我今老大一无成，遥想君推残卷此时声。

自注：王孝询，西南师范大学历史系教授，与我同在城口工作十余年。

念奴娇·老友傅力来访宛如再世人

当年执教，小书案、曾与先生吴楚。圈点批评声乍乍，笑骂辄挥长麈。天上神仙，人间圣哲，谬误条条数。一言不合，摘头拼作豪赌。 深怪吾子今来，心平如井，讷讷殊和煦。馀及卿言皆大好，想见先生城府。如我颓唐，似君才气，焉得无冤苦。何时醉酒，再听肝肺倾吐。

浣溪沙·夜起自抚

早岁昂昂欲戍边，几回风雪梦天山。兵书自注十三篇。 久矣无心谈塞外，居然有味读花间。庸夫事业女儿笺。

贺新郎

丁丑八月，与盛清、大儒重逢，阔别已二十九年矣。因同游升庵桂湖，而盛清诗先成。

携手桂湖畔。想当年、秀眉初嫁，唱酬香艳。底事宫花簪未竟，廷杖纤腰欲断。待苏醒云山漫漫。著述休夸三百种，被村夫裹了银丝面。犹未入，循良传。 中年不复伤心叹。料应闻、七娼八丐，儒冠最贱。五十多年穷不死，已遂冬烘素愿。早耐得粗茶淡饭。信是湖山西蜀美，又何妨老眼昏花看。荷渐卷，桂将绽。

贺新郎

京师遇城口故人，因忆山中事，相对嘘唏。

相顾童头叟。叹流光、暗中偷换，新荷病柳。犹记当年豪放甚，广野鞲鹰走狗。共目作文心绣口。最是巴山风雪夜，火塘边大碗高粱酒。嚼鸡肋，啃猪手。 打窗白雨朝来骤。细思量、腰身尚健，休伤老丑。庆幸红羊逃浩劫，消受鱼竿竹篓。也唱个梁兄访友。一事难言唯尔汝，为儿孙南北拼衰朽。但关切，能饭否。

汉宫春·谒崇州陆游祠

仗剑从戎，过雄关古道，通判西川。行吟驴背，仍披一袭青毡。出师名表，写千回、费尽官笺。堪仰止、放翁遗像，至今神气巍然。　　想是南窗风雨，梦三军甲马，动地银山。冰河乱刀砍杀，追击扬鞭。醒来落寞，只伴狂、醉墨灯前。聊胜却、年年此夜，空闻雁唳霜天。

念奴娇·三关怀古用萨都剌韵

外三关路，正天高雁尽，空无一物。检点历朝征战处，只剩断垣残壁。摩戛弓刀，嘶鸣骐骥，想见鹅毛雪。凌烟阁上，可怜多少豪杰。　　诗侣相聚重阳，焚香酹酒，野冢黄花发。转顾滔滔东海里，隐约戈船明灭。钓岛芦沟，新仇旧恨，愁损青青发。悲歌达旦，长城尚带钩月。

自注：雁门关、宁武关、偏头关称为外三关，向为兵家必争之地。

王老五进城（自由曲）

【王老五】几辈人不进城，逛乡场算上街。谁知道年来时运改！学养了乌骨鸡，试种了紫薇菜，发了一笔小洋财。有道是银钱烧口袋，这几日便有些异想天开。穿一件皮夹克，打一根花领带，成都省咱也走去来。

【盐市口】好一个十里洋场花世界！看得我王老五两眼发呆。果然是人上重人，谁知道街下有街！左倒拐，右倒拐，每道门都大打开。看吃的有龙肝凤肚，看穿的有金鞋银鞋。看得我不自在。这厚扑扑的红地毯，好意思随便踩？

【俏男女】到处是人山人海，拥过去又拥过来。鸟男人伸展气派，娇小姐水嫩刮乖。一个个走得风快。也有些胖婆娘优哉游哉。看穿着又精怪。一顺风光着膀子，故意现半截奶奶。

【柜员机】大地方真是千奇百怪，不亲见梦也难猜。你看你看那个妹崽！你看你看那个牌牌！她不慌不忙、大摇大摆，上柜一捅，捅出一叠票子来。新崭崭逗人爱。也没个人来逮！

【矿泉水】走饿了又想打幺台。猛记起老爷子一夜聊斋：肉包子不能买，油炸饼不能揣。我跟着学生娃子不戳拐。呀，又出一回乖。我道是醪糟水，却原是半斤凉水装了个瓶儿卖。

【皇城坝】一走走到皇城来。好大个坝子平铺开。也不种萝卜，也不种青菜，种了些细草做甚么？兴得怪！不许人去踩，又没个羊儿在。

【三轮车】过来架三轮车喊让开。你一个洋车夫跩什么跩？原来是老熟人挣外快。几月里不相见，狗娃子发了财，胀鼓鼓一个钱腰袋。你那脑壳不要摆，我又不是蹬不来。喂，你这种洋马儿到哪去买？

王老五拉车（自由曲）

【第一课】进了城才知道不好过，这子儿每天都朝外摸。咬咬牙买辆旧三轮，憨蛩蛩当个土的哥。只要我不闲着，好歹都要挣几个。呀！不好说：买到一个簸落货。又要换轮胎，又要换后座，换得来只剩个壳壳。说穿了我买的是牌照，他吃的是抹和，这就是城里人给我上的头一课。

【埋头干】讨价犹如开战火，乡巴佬你还争什么！别人要三块我少一块，别人要两块我少五角。这活路不怕挣得少，就怕没人坐。来的都是老祖先人，你府上都是金窝银窝。你说我尖就尖，你说我拙就拙，总之是笑呵呵。走错了，咱就重新走过。积水了，你干脆就踩我脚。

【咽苦水】也拉过电视机，也拉过瓦钵钵，也拉过半边猪，也拉过骨灰盒。反正东西不属我，吉凶祸福挨不着。沾沾草，望天凿。卖蛮力，省吃喝。挣钱是油锅里抓，攒钱是牙缝里夺。也曾想打个牙祭，吞口水买个馍馍。

【休胡想】小孩子性子急，老太太嘴又多。挣一块钱都不松和。只有拉情侣，银子才大砣。呀，罪过！罪过！那女的千娇百媚，那男的一阵乱摸，都是些电影动作。看得我走了火。呸！王老五，你癞蛤蟆也想吃白天鹅？赶快攒点血汗钱，回去讨个丑老婆，歪瓜咧枣生一窝。那才是你的货。

【晴天雷】车夫们见我挣得多，高矮要我请一桌。这明明是拉肥猪，又拿他没奈何。席子底下掏存款，顿时我我哇——三魂七魄都吓脱，捶胸顿足喊哦嗬！原来我的汗水多，票子已霉成一大砣。狗娃子长了副驴心肺，只见他笑得前仰后合：这就是你的儿女！这就是你的老婆！此时我欲哭无泪，一门子心思只想跳河。

【城管会】祸不单行才是祸，门口又来一大拨。自称是城管会奉了命令，专门整治烂角落。这个工棚不准坐！这种车儿不准拖！你们损害了城市形象！老外见了嫌你们龌龊！当时就收缴家伙，每人打发两千多，叫我们另去讨生活。

【不是尾】罢罢罢，王老五你就从头再来过，就算是这两年打了黑摸！明说，霉登顶你还怕什么！卖西瓜只要一块板板，卖衣裳只要一根索索。只要不撵我，石板上都栽得活。唉，挪窝！挪窝！狗娃子你来帮帮我，穷哥们到底是秤不离砣。

王老五结婚（自由曲）

【上门汉】新学了个文词叫光阴荏苒，这成都省我也蹭打多年。我扛过水送过盒饭，我看过相装过半仙。少不了坑蒙拐骗，挨了些占道罚单。攒！拼命攒！赚了些冤枉钱。有那些托儿就来引线，狗娃子又当高参。东看西看，千选万选，做了个上门汉。

【假场合】蹬一双换底的老巡洋舰，穿一件冒牌的皮尔卡丹。请几个无店铺的小老板，收几张大作怪的伍拾圆。糖是私厂歪糖，烟是私厂歪烟。张鸭子一盘，陈醪糟一坛，狗不理包子穿两串。拜堂！谢天！似笑非笑，你憨我憨，大家都在帮我瞒。寒酸！凄凉了半辈子，当一回新郎官。

【乔媳妇】洞房里把新娘细看，实在是有些难堪。说是姑娘她又绾了个纂，说是大嫂她又面带羞颜。手短脚短，腰粗膀圆。涤纶料子充锦缎，烧料珠子做耳环。恰似进了杂货铺，切莫开口问新鲜。最滑稽是那张盘子，咱心知肚明，做的是韩国脸。

【苦女婿】天一亮便赶忙倒尿罐，收了工又赶忙做晚餐。吃了饭就去刷锅洗碗，上了床又须如此这般。累得我骨架散。新娘子说：夫呀！我还少颗南非钻。丈母娘说：儿呀！我还缺点麻将钱。呀，凶险！头上已压了两座大山。还有一座在肚子里，生下来就会叫赔款，我这是戴起碓窝跳加官。

【热锅蚁】没结婚我是日夜思念，结了婚我是日夜为难。房租水电，柴米油盐。今天涨点，明天涨点，这物价就像涨潮的船。城里人讲究体面，乡巴佬讲究简单。我现在是风箱里的耗子无处钻。一日里少了贡献，回了家就要闹翻。钱呀钱，追命的钱。你为何就不下蛋！

【自作孽】没奈何我只得加班加点，十八般武艺样样使完。公园前去发打折卡片，巷子头去散春药传单。一会儿传销臭氧罐，一会儿兜售阴府钱。也不知这行市谁来管！最倒霉是收下歪货，转眼间找不着老板。剩下的奶粉只好喂女儿，谁知道喂出了麻烦。我默倒是肠胃疾病，医生说是三聚氰胺，你要仔细点！

【喝闷酒】惨惨惨！五岁的女儿如花似玉，肚子上就插根管管。这是我的报应，这是神的严谴。呀！天在变世道也变，做个人实在艰难。这城市户口有啥稀罕，恨不得仍回我的棒子县。唉！后悔药，无人拣，狗娃子你来陪我喝两碗！

乡情三首（中吕）

【山坡羊】故乡才到，心儿直跳，依稀记得儿时貌。北门桥，熨斗糕，买风车是在城隍庙。白妹崽黄狗儿都哪去了？呀，怎生好？呀，梦里找！

自注：白妹崽是当年著名旦角，黄狗儿是当年著名丑角。

【山坡羊】当年学校，当年小道，猛回头认出发尖叫：蒙绍尧！李道高！齐上前来打拱哈哈笑。那时节就数滕兄你成绩好。我，淘气包！他，淘气包！

自注：蒙绍尧、李道高是我小学同学，

【山坡羊】你提老窖，我提洋炮，大杯大碗哗哗倒。醉今宵，不许逃，猪蹄羊腿通通要。这阵仗把儿孙吓傻了：爹，也不老。叔，也不老。

自注：洋炮，指波尔多葡萄酒。

雷友惠（1943— ）

女，重庆大足人。1967年毕业于四川师范学院（今四川师范大学）。历任重庆城口新城中学、四川省舞蹈学校、四川艺术职业学院教师。四川省诗词协会会员。晚岁学诗，有《涂鸦偶存》。

中秋望女归

十五月儿偏，十六月儿圆。
十七月儿没，女儿犹未还。

送弟归天

西天垂暮云，姊妹泪淋淋。
纸钱随风起，好去到新坟。

八台棋盘山

仙者摆棋盘，巍巍数座山。
千年吃一子，地上变良田。

学　画

返老还童赖眼睛，纤纤巧手习丹青。
有朝一日随师去，也送村民五尺屏。

长相思 · 重逢安祯芳同学

泪水流，露水流，流到交河古渡头。独上望乡楼。　　思悠悠，恨悠悠，执手相看一扫愁。好自与重游。

长相思 · 回忆安祯芳同学出奔西域

汗水流，泪水流，千里投奔定远侯。死也不回头。　　风飕飕，雨飕飕，白首还乡满目秋。父母早休休。

苏幕遮 · 回忆那年高考

一行行，相思泪。记得那年，记得那年累。枕上摊书夜不寐。正值红颜，正值红颜媚。　　背诗文，温史地，相互抽查，相互抽查细。只道双双高中矣。分手愁肠，分手愁肠碎。

长相思 · 怀念城口

任水流，汉水流，何年何月可回头。除非水倒流。　　月月愁，岁岁愁，十年白了少年头。何日更重游。

刘治荣（1944— ）

　　四川成都人。石室中学高中毕业后入伍。在部队历任步兵战士、班长、军事院校学员、武汉军区情报部参谋。复员后为成都40信箱工人、设计三所工程师。四川省诗词协会理事，成都市诗词楹联学会副秘书长、成都市诗词书画协会办公室主任。

游青羊宫

静观吕祖纯阳剑，拜读先师道德经。
尊教北囚悲宋室，归宗南幸话唐廷。
重回铜兽三清殿，再塑金身八卦亭。
笑问真人遭冷脸，蒲团美女展娉婷。

新都桂湖

金桂风荷美女香，亭台楼阁半城墙。
黄峨怨曲留青史，杨慎文光照永昌。

登金陵新凤凰台

台高不见凤凰游，二水中分楼下流。
明殿娇娥葬花径，伪宫残骨掩林丘。
城中重建乌衣巷，眼底难寻白鹭洲。
湘上阴云常蔽日，南疆东海使人愁。

黄鹤楼

乘鹤费祎飞不返，蛇山辉耀五重楼。
南思万里芙蓉国，北望千年鹦鹉洲。
东海巨轮三峡坝，西陵爽气百湖鸥。
江城如画楚天阔，心醉梅香玉笛悠。

颂左公宗棠

改革纷繁话振邦，雪山大漠忆文襄。
身无半亩忧天下，袖满清风正庙堂。
百战举人光内阁，三膺总督固金汤。
西征舆榇白发往，植柳新疆云路长。

马先达（1944— ）

四川阆中人。退休前为阆中市文化局主任科员。

川沙银湖

茫茫浩泽起烟波，芦苇花香引雁鹅。
水似江南秋正好，依依不肯过黄河。

咏崂山太清宫松柏同心树

风摇雷打两千年，叶茂枝繁圣气沾。
共结同心天地永，尘缘高洁即仙缘。

定风波·荷塘秋情

柳岸蝉声透晚凉，沙洲水暖睡鸳鸯。莲动惊醒千里梦，谁共？低飞一路起彷徨。　　北雁哀鸣归远去，秋暮，横塘风雨卷残阳。一样愁肠分两地，同醉，情思更比藕丝长。

踏莎行·城南夕照

霞裹山崖，雾生芦浦，淡烟紫霭迷空树。锦屏钟鼓打残阳，轻舟慢载游人去。　　恋水沙鸥，低飞白鹭，依依不舍天将暮。霓虹夹岸映江城，渔歌隐隐归何处？

注：空树，指空树溪。

天仙子 · 秋情

薄雾寒衾昏睡懒,霞抹山川颜色淡。悲鸣阵阵破沉寥。声绕岸,归来雁,秋水嘉陵常眷恋。　　浪里轻舟帆影乱,两鬓霜花芦苇染。一年一度对西风,长喟叹,时如箭,往事烟云终不散。

诉衷情 · 长堤漫步

长堤柳岸漫无涯,秋草护坪沙。茫茫字水城廓,十景锁烟霞。　　情未尽,夕阳斜,笼轻纱。橹声悠荡,水鸟双双,飞进芦花。

踏莎行 · 春访山友

桐子飞花,莺儿引路。低云带雨频飞渡。声声布谷绕春畴,唤人莫把清明误。　　犬吠邻家,童呼老妪。客来不速心无措。旧醅漫举话桑麻,真情邀我长相住。

行香子 · 锦屏春晓

入眼春光,又绿屏山,鸟争鸣,四处关关。桃花带雨,夺锦亭前。喜坐中客、杯中酒、雾中帆。　　暖风拂面,归燕频穿。叹流光,独自凭栏。烟霞十景,阆苑花环。任鬓丝长、情丝乱、柳丝牵。

风入松 · 嘉陵秋色

芦花柳岸又秋风,岁月太匆匆。嘉陵不舍东流去,凭栏处,漫数归鸿。梦里屏山依旧,豪情常忆诗翁。　　萧萧落木叹无穷,徒手对长空。丹青画笔抒胸臆,任涂抹,满纸熏浓。莫使年华虚度,夕阳待染山红。

邓天宇 (1944—　)

湖北荆沙人。退休前为四川石油管理局川南矿区资管员。

临江仙·山村小茶馆

一店临街陈设少，土杯竹椅铜壶。但将好水煮风炉，热心烹世态，冷眼煮江湖。　　座上农夫和小贩，言谈总是桑榆。莫嫌话语似乎粗，杯花开远梦，茶沫涌宏图。

南歌子·磁器口拾趣

又见茶寮屋，重游吊脚楼。光阴仿佛在回流，勾起孩提人叫小泥鳅。　　油炸麻花脆，红糖豆汁稠。推窗忽见古渡头，难找儿时玩耍那条舟。

行香子·老夫妻

我选中伊，你应承斯。同锅灶，吃饭穿衣。没争过福，未怨过饥。是冤家命，同林鸟，连理枝。　　白头偕老，形影依依。那缘分，只有天知。酸甜有共，苦辣扶持。这方为爱，堪称道，应深思。

念奴娇·难忘温水溪

江河看遍，温溪水，犹自眷然回顾。往日疏林来远客，啸聚城乡妇孺。叙永茶农，纳溪锁匠，都把高炉筑。砍柴烧炭，火光红透江浦。　　还有骁勇青年，砸锅捐铁，动作何其酷。天不从人，炉温限，毛铁难成钢杵。故地重游，心谁解我，此番凄楚。风潮深处，几多功过能数？

冯修齐（1944— ）

四川成都人。曾任新都文物管理所副所长，新都杨升庵博物馆副馆长。四川楹联学会副会长。有《不惑吟稿》《繁阳斋楹联选》等。

桂湖杨柳楼

高楼突兀露丰姿，仿佛巴蛮唱竹枝。
杨柳依依无限意，桂湖情缕系滇池。

过太史巷

巷缘太史碑铭古，路接琳宫屐印新。
戍客旧居今不见，重瞻遗像一伤情。

过翠云廊驿道

古柏接青山，翠云拥绿天。
金牛通蜀道，铁马出秦关。
驿冷人行少，风清鸟语喧。
停车寻往事，抚树意绵绵。

李芸德（1944— ）

四川富顺人。大学毕业后，长期从事建筑设计及管理工作。退休移居成都。加入成都诗词楹联创作研究学会，四川省老年诗词创作研究会，任《天府诗苑》《成都诗词》编委，《巴蜀诗词》责任编辑。

心声随笔

勤跳吾家炊帚舞，懒观商海万花筒。
蹉跎流寓艰难旅，磨合相依情愈浓。

鹊桥仙·只有新娘的婚礼

芦山"4·20"大地震发生，新郎受命赴芦山抢险救灾。在新郎缺席的情况下婚礼如期举行。

红装雅绣，高堂迎友。谁道新娘独秀？礼花吻面惦郎君，悄拭泪、芦山安否？　　声声咽读，心心连就，风雨征程共佑。多情催我咏新词，祝春燕，归期莫负！

西江月·赏荷三首

习习荷风吹拂，悠悠丽境萦香。连天红缀碧波扬，引我怡神一唱。　　叶卷几多凉热？芳迎几度吟觞？河山花事共沧桑，欲把青莲细赏。

谁伴粉荷清唱？谁凌翠浪留芳？彩鱼追曲跃晨塘，何意催舟戏傍？　　流盼循音飞橹，邀吟卷叶倾觞？荷衣玉藕送清凉，新采莲歌咋样？

又到莳红香熟，相邀湖畔新尝。催波晚照送回忙，招手迎船递桨。　　遥想当年欢宴，竞吟漫步寻芳。此时林下眺荷塘，华发莲心两望。

卜算子

远岫暮云沉，倦鸟归巢树。一霎东风伴雨来，花落飘何处？　　往事总萦心，谁解流光误？烟水朦胧入梦时，缥缈山乡路。

鹧鸪天 · 游壶口跳安塞腰鼓舞

谁舞红绸谁伴歌？客来试跳影婆娑。花儿宛转山川漾，腰鼓高亢天地和。　　身似柳，步如梭，古今世事曲中过。遥询壶口滔滔浪，战鼓当年怎渡河？

玉蝴蝶慢 · 清明怀吾夫阿炳

又是节时心绪，难眠辗转，恍梦潇湘：月照河滨，牵手唱和轻扬。晓催醒，梨花雪涕；风掠后，柳絮弥塘。黯凄凉，十年相隔，痛断肝肠。　　难忘。时莘祭扫，几因伤病，几度相妨。遗嘱揪心，未亡人苦早知详？病中吟，年年长伴；偕旅照，历历星霜。望呈祥，味江青岭，佑度沧桑。

李 莉（1944— ）

女，云南文山人。四川省广元市中心医院副主任医师。

黄 昏

暮色嘉陵碧水柔，柳丝轻挂钓鱼舟。
凝思小伫凭遥望，弯月牵云略带羞。

端 午

五月花香药草肥，鼓声惊得乱鸦飞。
碧波依旧汨罗水，一缕诗情迓友归。

青玉案·夏游成都黄龙溪

琼台曲岸江河古，锦城外，流芳圃。见有黄龙溪口渡，草青花艳，蟹肥雀语，瓜果凝晶露。　　日开碧涧风车舞，暮色笼烟盖苍树。人戏潺湲消夏暑。竹筒喷水，石头击鼓，溅起阳光雨。

杨人杰（1944—　）

四川泸县人。退休前任泸县远大煤矿医院院长。

诗

又到芳花欲放时，山溪水碧柳垂枝。
村姑一曲传林外，也是茶歌也是诗。

黄桷树

翠洒浓阴叶色鲜，娟娟秀影美亭园。
遮阳避雨关津立，总让劳人歇一肩。

广厦心声

当年茅屋破秋风，广厦心声千载同。
纵目华楼鳞次立，依然寒士叹飘蓬。

打工者

别子离亲忘记春，几回清梦泪沾巾。
华楼万栋花飞处，不住风霜汗落人。

2011年元旦抒怀

又到新年送旧年，银花火树丽寒天。
难忘地坼埋舟市，每痛泥流毁稻田。
币贬币升民叹气，波凶波险舰生烟。
潇潇雨雪河山冷，众盼春回袋涨钱。

《滕王阁序》读后

犹听渔歌唱晚舟，长天秋水映重楼。
西山暮雨添红叶，南浦朝云隐碧洲。
几度星移催物换，千年阁影付江流。
王孙帝子随时去，槛外涛声永不休。

江城子·柳

昨宵好雨润春时，翠盈枝，绿临池。玉镜湖光，月夜照柔姿。倩与东风轻弄影，花落意，有谁知？　　人生离别最相思。灞亭辞，但吟诗。杨柳依依，伤折太情痴！我愿人间春满地，山水秀，遍垂丝！

何永忠（1944— ）

　　笔名铁波乐，四川资中人。曾任资中县火柴厂供销科科长。内江市作协副主席，资中县作协主席、政协常委。

过乌江项王祠

　　拔山举鼎霸图空，不渡江东怒发冲。
　　荒草斜阳祠宇废，英雄何处哭秋风。

海南岛观海

　　神州社稷最南端，一望无涯三亚湾。
　　离蜀方知夜郎小，川江汹涌是微澜。

春游康定

　　故地重游打箭炉，二郎山上月如梳。
　　鹃声依旧春山闹，不见当年小藏姑。

何光娣（1944—　）

女，笔名何耘，网名千秋雪。高中肄业。四川西充人。退休前为广元市实验小学高级教师。

白龙湖所见

一路轻车一路花，隔湖遥望半山崖。
双飞仙鹤云中绕，相伴青岚四五家。

采桑子·空巢老人

清明三月阴霾日，孤冢青烟。纸撒坟前，近日邻翁赴九泉。　　愁言儿女谋生去，房舍新添。疏落田原，老妇看家抚幼艰。

陈应鸾 (1944—   )

四川万源人。毕业于四川大学中文系。四川大学文学与新闻学院教授，历任文艺学教研室副主任、文艺学研究室主任。成都毛泽东诗词研究会常务副会长兼创作研究室主任。有《诗味论》《蓼莪室吟稿》。

闻某君事有作

昔我同窗友，身着农家装。质朴而勤奋，性敏好文章。三载互切磋，交谊非平常。汇征分两地，千里遥相望。时变逢板荡，渝州枪炮狂。彼笔曾推波，奔走故仓皇。惊鸿飞锦城，月馀重相将。就业各分镳，前程自主张。彼早从政去，腾达逾飞黄。我滞杏坛上，销蜡度时光。从此音信绝，人事两茫茫。昨逢传道师，言彼事甚详：握篆心即变，垂涎爱孔方。屡受四知金，百万入私囊。腐化追红粉，枉法为贪赃。狡兔营三窟，自以得计良。一朝搜索急，难躲猎者枪。机事尽败露，囹圄锢银铛。来日不可测，亲旧皆凄惶。乍闻甚震惊，久久费思量。多谢为政者，质性应贞刚。慎勿贪青蚨，贪者必有殃。

迁居感怀

昔尚寒人俗，蜗居四十年。
世虽多美奂，囊却少馀钱。
地厚金芝出，穹高北斗悬。
明时蒙德泽，今日喜乔迁。

赠友人

何必青春叹白头，十年反顾未为羞。
江楼淅淅芙蓉雨，山舍萧萧草木秋。
灵景不辞天地阔，赤心常鄙古今愁。
光阴一去虽难返，犹待乘舟溯上游。

大水灾后

叹息天于人寡恩，骤来暴雨似倾盆。
涛翻浪涌千家没，堤毁墙坍万象昏。
山顶烟飘新屋陋，田中禾死积沙存。
幸凭政体非畴昔，未见哀鸿遍蜀村。

到儿时旧居遗址

童稚蜗居常入梦，丘墟触目顿心酸。
木筎葺宅全无迹，泥石垒墙唯剩残。
越坎揪藤惊鼠窜，持竿拨草畏蛇盘。
别时一路频回首，老矣天涯再至难。

过二郎山

车过二郎山，穿梭云雾间。
上方摩绝壁，下界瞰深湾。
百转羊肠细，千奇古木闲。
登临最高点，前路正阳关。

独步江畔

江边俯首履沙尘，小草足娱如寄身。
隔水风光无限美，欲登彼岸不知津。

观　涛

狂浪兼天涌，临河叹楚吟。
原无周处力，徒动斩蛟心。

听民族民歌演唱有感

天籁奇音夜夜闻，百花争艳色缤纷。
泠泠妙手弹清响，霭霭飞仙舞彩云。
甘露沁心生有幸，醍醐灌顶乐无垠。
儿曹不解其中趣，却笑牙琴误钟君。

观青白江菊展

触目传奇舞凤凰，秋高风送蕊寒香。
叹斯玄绿为观止，千亩膏田不种粮。

注：菊展入口处一墙如城楼，上以盆菊组成"凤凰传奇"四字。玄绿，菊花花瓣为黑色、绿色者，余昔不曾见。

梦见先兄

夜半元神游，我立于山口。分明见兄来，精神甚抖擞。迎面致问候，殷勤紧握手。南柯境忽散，喜悦化乌有。兄逝近五年，梦中方聚首。可堪人生短，枕湿泪流久。

浣溪沙 · 回乡第一日作

十六年馀未返乡，初归心绪转凄凉，群山无语对斜阳。 　　少壮入城留老幼，多家迁土剩空房，荆榛满地沃田荒。

玉楼春 · 夏夜卧窗下

南窗清梦翻身觉，乍见太空星闪烁。悬思离我几光年，忽遇层云蓬勃作。 　　达人隐显都堪乐，一寸心田容寥廓。璇玑人手测天倪，大象何时曾失落！

周邦培（1944— ）

四川彭州人。现在彭州市中医医院工作、中医副主任医师。彭州市中医药学会副理事长，曾当选彭州市第十三届人大代表，中国民主同盟彭州支部成员。有《梓园诗草》《梓园词草》未刊稿。

金陵杂咏五首（录三）

雨花台

木末亭边草色青，孝孺祠宇已凋零。

苍山处处先人血，借问何来风雨腥。

秦淮河

水榭千年人未老，花船日夕听弦歌。

庭花落后春何在，万古销金是此河。

鸡鸣寺

香烟缭绕古鸡鸣，信女虔男醉若醒。

梁武舍身三礼佛，何期饿死在台城。

戊寅洪灾举国震动感赋二题

洪峰数卷下匡庐，德化江防铸也无。

才报金汤磐石固，便闻堤决电传呼。

钢筋巧借竹筋换，循吏偷安贪吏污。

顶上醍醐谁与灌，雷霆震怒发中枢。

伐木丁丁动九边，青山不见见荒山。

怒龙难锁冲天怒，蛮干终将报野蛮。
人祸犹堪新记忆，天灾难保再流连。
封山明令来何晚，盼到山青四十年。

莲花湖诗

春山锁梦到莲花，层叠峰峦深雾遮。
忍听杜鹃啼别院，难为翡翠筑新家。
当时风景依然在，此日情怀每况差。
月到中秋虚旧约，丹枫芦荻似云霞。

赵洪银（1944—2012）

四川苍溪人。1969年毕业于东北林学院。历任苍溪县人民政府县长、中共苍溪县委书记、中共广元市委常委组织部部长、广元市人民政府副市长、四川省林业厅常务副厅长。曾任四川省诗词学会副会长兼秘书长。有《青山集》《绿水集》《康巴诗稿》等。

春日寄内

脉脉情何似，春江日夜流。
东风知我意，吹梦到巴州。

林场绝句（录五）

进　山

声声汽笛唤群山，水复山重过眼前。
风雨兴安迎学子，暂开林海作书坛。

注：东北林学院于1968年秋，从哈尔滨迁往小兴安岭南麓带岭，采运系住凉水林场。

惊　梦

一从举校入深山，林海茫茫锁雾烟。
疾雪狂风不眠夜，松声惊梦倍增寒。

林　海

喧涛涌浪动诸天，叠翠崇峦势欲翻。
秀木林间倒多少，深埋野草竟谁怜。

雪　原

银花飞舞火冲天，冰冻伐柯人未闲。

季值黄金林海闹，百年古木下长川。

集　材

隆隆铁履破冰来，谷转山回轧道开。

凭借少年粗犷气，会拖老木下苍崖。

注：将木材从山上运到储木场谓之"集材"。此项工作由履带式拖拉机
完成。

苍溪雪梨

名冠沙梨举世稀，天分灵种下苍溪。

香甜最是中秋后，玉齿晶冰令客迷。

步翠云廊

翠涌长天云涌廊，炎威熄尽袖襟凉。

李公治绩乔公句，一步一吟一挂肠。

寄张健同志当选剑阁县长

天将大任付张郎，七十二峰肩上扛。

弥漫烟霞风雨后，崔巍剑阁待诗行。

题苍溪红军渡

沧江激浪诉西征，铜像凌云说壮行。

三万健儿齐赴敌，几人得见会苍城。

陪中国林科院江泽慧院长登绵阳富乐阁，阁在三国时涪城会旧址

高阁光风满，层楼四望开。

巴山横地出，蜀水接天来。

绿掩涪城会，沙埋铜雀台。

苍崖诗刻在，谈笑论雄才。

随省春节慰问团慰问甘孜藏族自治州理塘县，县在海拔四千米以上

莽莽白云外，高原访理塘。

年关逼瘦腊，风雪打毡房。

戚戚悲儿女，哀哀叫犬羊。

使君休再问，流泪已浪浪。

广元天台山森林公园

华顶寒空迤逦开，莲峰秀出捧天台。

云间兰若松间径，四季风光自剪裁。

康巴行草（录二）

越折多山至道孚

折多山外路，莽莽野原长。

石阁临鲜水，经幡飘藏房。

壮观惠远寺，漫话果亲王。

康藏由来重，治平应不忘。

白玉县感遇

忽入桃源境，物华刺眼新。

阅文知僻县，证史问边民。

流水千官去，清风百代存。
摩挲河畔柳，默默想前人。

丹巴女

明丽丹巴女，嘉绒彩绣衣。
未老莫相见，相见惹相思。

答友人问康巴行程

西巡穷绝域，观化入寥天。
圣洁神山雪，澄明雅水源。
风熏冰蕊放，野廊白云闲。
得领高原趣，今生亦是缘。

途次苍溪县政协主席刘文龙招故旧同饮

故里苍溪县，殷勤梦屡招。
一杯今夜酒，十载昔同僚。
所喜身犹健，无忧气便豪。
放船亭畔路，回首兴滔滔。

重访苍溪农村

梨花有约故乡行，画里山村处处迎。
最是难忘拓荒事，手牵翁媪忆曾经。

亭子口水利工程开工

嘉陵流碧玉，恨不润丘山。
焦渴三千里，呼声五十年。
良工忙筑梦，父老话耕田。
待到平湖出，层波绿到天。

鹧鸪天·山野

竹杖芒鞋绿野亲，朝朝秃笔写苍生。清流每向源头觅，诗句常从闲处寻。　　松竹翠，岭峦奔，水流犬吠两三声。喝牛老妪犁荒土，数落挥鞭问古今。

减字木兰花·大渡河源头访丹巴林业局及大渡河水运处

千流汇聚，集合丹巴归大渡。雪浪排空，十万军声指向东。　　苍山回首，突兀碉楼凝望久。逝水悠悠，汇入汪洋作大流。

减字木兰花·泸定访农家

林园小路，碧李红桃山下树。试问阿妈，笑指层楼是我家。　　山中万木，郁郁葱葱看不足。热浪奔腾，未许空流到海门。

诉衷情·随省春节慰问团慰问峨边彝族自治县

峨眉山外数重山，大渡绕峨边。烟溪云岭深处，褴褛苦耕田。　　年欲尽，腊将残，访贫寒。雪中嘘暖，古寨迎春，处处开颜。

水调歌头 · 自建楼顶小园

空旷吾庐顶，恬淡拟园林。青天荡荡头上，脚下欲生云。且借昆仑瑞霭，还剪蓬莱幽韵，流水伴鸣琴。梅竹垂清露，兰桂吐奇芬。　静观乐，反真趣，放怀吟。一朝了却公事，便向此中寻。容与春风秋月，自在清凉境界，心气渐通神。花下时携酒，招客与同斟。

临江仙 · 应邀题广元琴台

占得利州形胜，雄关古道相偕。清风明月抱琴台。碧波曾有约，白雪管弦开。　一曲高山流水，披霞鸣凤归来。翩翩起舞自舒怀。当歌将进酒，谈笑拂氛埃。

清平乐 · 康定县雅拉乡朱总理题字碑前

云蒸霞蔚，郁郁连天翠。此是朱公巡视地，处处引人沉醉。　心悬万里河山，情留雪域高原。举目青山绿水，如何不忆当年！

郭绍清（1944—　）

四川绵阳人。大学本科学历，中学语文教师。四川省老年诗词创研会理事、四川省嫘祖文化促进会理事、绵阳富乐诗社副会长、绵阳市老年大学诗词学会会长。

浣溪沙·送郎打工

刚过小年雁早飞，千言万语暖心扉。问君出外几时归？　　本欲与郎相伴去，家中老小更谁依。夜来风紧有毛衣。

黄培锦（1944—　　）

四川珙县人。曾任宜宾丝丽雅集团副主任医师。

初夏见闻

鲜菜香瓜不散筵，温棚四季少农闲。
杜鹃不晓耕耘改，布谷声声叫下田。

西江月·回乡

溪里抓鱼有趣，林间听鸟开怀。潭边饮水拂青苔，天籁当年甚爱。　　五味人生尝遍，今朝故里重来。平常心境看荣衰，还是儿时自在。

临江仙·山路

记得少年求学路，危岩刺破云霄。斜坡陡坎满蓬蒿。鸟飞愁折翅，猴望也心焦。　　今日吉祥白缎带，盘山绕岭轻飘。险峰着意化为桥。路难从此逝，不再叹山高。

牛裕民（1945—　）

河南洛阳人。退休于四川省泸州市四中。

沁园春·饮马长城

饮马长城，烽火诸侯，暮雨潇潇。唯秦关汉塞，堪悲永夜；胡笳戍鼓，占断深宵。天上黄河，人间白刃，自古春秋血泪滔。咸阳道，逐兵车杳杳，音绝尘消。　　民魂烛照今朝。更力斡千寻大海潮。涤乾坤陈腐，频呼廉洁；中华旷举，再著风骚。驰骋征骓，长鸣号角，拔地苍山气正豪。排闼至，看四时苍翠，日月高标。

满江红·千古离骚

底事倾巢，浑翻作、荆云郢树。林漠漠、汨罗迁客，洞庭渔父。求索徒然天地阔，行吟总被蛾眉妒。欸乃声、渺渺唤先贤，怀沙处。　　羲和远，沅湘暮。浩歌发，中情诉。礼魂长无绝，泪倾如注。九死问天终不悔，一生报国荃无顾。揽风骚、民族振雄姿，昆仑柱。

刘先澄（1945—　）

四川阆中人。曾下乡插队多年，参加工作后函授学习大专汉语言文学和装潢美术设计。当过工人、教师、企业干部。高级工艺美术师职称。四川省诗词协会理事、阆中市诗词学会秘书长。

阳台赋

我家阳台三尺五，无篷无窗作小圃。素心惟爱清芬气，买来嘉苗植盆土。倏忽年馀花草茂，枝叶交错蔽牖户。文竹如云势遮天，榴枝若臂欲揽雨。幽兰盆菊缝中泣，难见天日沐甘澍。不意茂密渐枯萎，叶黄枝瘦花不露。勤施肥料勤浇水，终难挽回青葱驻。我持快刀几剪裁，时日不久还如故。门内一隅尺寸地，何忍无言争与妒。本欲养花花难见，恶枝俗叶惹我怒。分盆只留嫩竹芽，带土移走石榴树。未几兰叶渐葳蕤，秋来硕菊香艳吐。榴盆仅馀小草苗，墙角细竹小枝妩。次年榴盆草蹿藤，爬上山墙无拦阻。盛夏满墙披翡翠，邻人艳羡爬壁虎。紫藤不争寸金地，自在延展空阔处。于今阳台花相宜，吾庐更有青簧护。赏心悦目享幽芬，我心常省时有悟。

老 宅

百载烟云屹未斜，漏痕蜗迹缀墙花。
当窗展读知风雨，望匾残书感岁华。
几股狂飙摧欲尽，数株老树死犹丫。
门前如鲫无人识，古院幽幽是我家。

刘公传弗逝世十年祭

磊落胸襟扫积霾，神思冲越禁门开。
挽弓射虎飞扬志，呵壁书空抑郁怀。
壮岁冰霜销傲骨，白头歌哭见心裁。
骚坛永忆黄牛老，每读三吟气自恢。

工　友

一斤肥肉胜团年，下岗何堪幼子馋。
菜市流连羞议价，校门局促愧差钱。
鄙由邪道成新富，欣幸劬劳耐弱孱。
愁煞赈灾些许子，贤妻莞尔摘双环。

钟点工

乡下青春岗下老，株黄未许任花凋。
天涯枝叶凌风惯，地缝根须漱雨牢。
长日三缄堪寂寞，临时一顾报燃烧。
素心从不嫌些许，陶育新芽耐旱涝。

承租荒山

曾于此处误春华，小路茅庵便是家。
檐后荒坡依旧在，梦中锄把重新拿。
蓝图沥血山山润，科技随心处处花。
莫笑知青今老矣，村头更唱艳阳斜。

自主创业

当年折翅往南飞，骨健毛丰返向西。
打破大锅当是幸，锤成铁碗未为奇。
厂兴拾级攀科技，恩报衔环肇地基。
漫道人生浮若梦，霜鸿万里不知疲。

提前退休

厂破岗离举步艰，鬓衰眉锁忍潸然。
手长袖短求人累，力竭功亏责己难。
烛泪不干光尚炽，蚕丝未尽意犹酣。
偶观群蚁移蝇劲，枥骥三嘶报盛年。

登赛锦屏

踏过芳丛上顶巅，俗尘落尽自心宽。
明珠聚气周山卫，巍阁通灵字水环。
云树长堤银带绕，霓虹锦浪彩桥悬。
荣哉此是吾乡土，愿做泥砖不做仙。

木兰花慢·上山下乡三十年祭

问沧桑衍序，正堪数，几春秋？忆弱臂移山，笈抛炬火，泪洒田畴。搓揉。看鸿翅展，总腾空趺地自萦愁。花谢花开十载，雁啼最悯穷陬。　　心揪，冷月如钩。相慰藉，有村俦。幸送暖冰崖，扶危浪底，砥砺滩头。辟榛莽路，敢中流击水渡飞舟。今日苍颜壮臂，铭心岁月悠悠。

西河 · 下岗馒头赞

能不记，当年创业何易。翻身做得主人翁，顶天立地。掬心奋力石成金，重楼高耸天际。　　世间路，无笔直，大锅铁碗流弊。僧多粥少债沉沉，赖谁赐与？忍离岗位忍牢骚，情深难忍挥泪。　　自强不息有志气。小馒头、宏业开启。叫卖最难头句。闯雄关、亮嗓高扬，如唱春晓新歌，朝阳里。

水调歌头 · 赞十三义士

打仗亲兄弟，上阵父子兵。湖湘战罢冰雪，又扛蜀山倾。任尔塌天摇地，原是钢肩铜臂，救难擅奇能。百战争分秒，多少死还生。　　再生幸，恩长报，不留名。唐山往事，八方支援复重城。历劫当年孤仔，最谙忠诚仁爱，天柱敢高擎。闻难先飞马，举国赞豪英！

西江月 · 金融海啸

次贷竟摧山垮，忽传神话崩盘。西风搅乱自家园，举世哀声一片。　　阵阵流星天外，潇潇寒雨门前。民生为本自岿然，润我春花烂漫。

刘盛源（1945—　）

四川泸州人。泸州市教育科学研究所语文教研员。

莫斯科二战纪念广场方尖碑

碑如利剑指云天，二战归来庆凯旋。
泉涌鸽翔花怒放，路旁独坐写诗篇。

菩萨蛮·长江漂流

江流七月波无阻，漫天细雨飘江渚。挥手别方山，人随波浪翻。　　高桥横一线，击水忘疲倦。聊发少年狂，江长情更长。

鹧鸪天·游雅安上里古镇

雅雨初晴上里行，溪旁茶舍颇舒心。二仙桥畔细观望，水映芦花陪竹林。　　游客至，嚷纷纷，广场歌舞也销魂。大街小巷人如织，塔插青山树绕云。

陈瑜成（1945— ）

重庆人。曾任四川省石油管理局《石油战报》美编。退休前为四川油建总公司宣传部干事。

剑门古驿道观柏

千奇百怪势参差，蔽日遮天盖世奇。
三百里程十万树，翠云朵朵展风姿。

过任丘初见杨花

此生足迹半天涯，有幸任丘睹絮花。
夹道杨林成绿幛，漫天大雪泼铅华。
凌空能上九霄外，落地还归百姓家。
潇洒乘风飘万里，自飞晴野古来夸。

窦圌山

梦绕圌山又几回，风光乍展锦屏开。
双峰绝顶连霄汉，一缆腾空接帝台。
仙境堪夸人世有，丛林更似画中来。
谪仙昔日行吟处，丽句清词净客怀。

罗永嵩（1945— ）

　　四川广汉人。首都师范大学书法艺术学专业毕业。广汉市群众艺术馆副馆长、副研究员。广汉市第十四届人大常委，广汉市第八、九、十届政协常委，德阳市第三届人大代表。

康定放怀

一曲情歌天下闻，梦回几度尚馀芬。
李家大姐今何在，跑马山头一朵云。

风车村

胜日驱车北海滨，造原填海迹犹存。
百年木屐作坊在，林立风车此一村。

阿尔卑斯之歌

　　崇峻接天际，阿尔卑斯峰。横亘千百里，高速多国通。云岭辉白雪，山鹰抟碧空。林壑苍岩秀，坪坡绿草丰。河流清且畅，构筑丽而工。农舍散牛羊，教堂闻晚钟。鳞栉丹顶屋，错落欧陆风。日行山川几百里，尽在锦绣园林中。

姚圣冰 (1945—   )

四川资中人。历任四川硫酸厂政宣组负责人、行政秘书、厂子弟校教师等职。

杂　诗

歌厅棋布竞豪华，盛世应须众口夸。
难得夜深人睡稳，后庭一曲透窗纱。

题贮春亭

半世飘零水上萍，桑田沧海几曾经。
此中尽泯炎凉态，总贮春光在小亭。

兰

底谷留芳不自嗟，年来蓄势又生芽。
劳迁未出行家手，老去何尝肯着花。

雪

暴降高天骤不哗，总将祥瑞与人家。
春来一化清溪水，红润东流两岸花。

冬 日

雪白葩红俏一株，暗香陶性自堪娱。
携壶独向梅花问，有客今宵伴醉无。

暖冬杂咏

四九馀温不让寒，泥虫窃喜又平安。
今冬变节花期紊，只恐明年正季难。

空手道者

投机赤手弄风潮，转手官商获利高。
天马行空凭特技，谁云致富靠勤劳。

草木吟二首

松

绝壁盘根阅世迁，风摧雨折见悠然。
由他曲卧闲云老，也把针锋对向天。

竹

竞发同根蔽日阴，篦风筛雨类诗吟。
虚怀高节修身备，青史凭伊始贯今。

三角梅

枝繁叶茂拂清风，长架花堆路影红。
四季容人餐秀色，多情只在不言中。

靳朝济（1945— ）

四川叙永人。大学本科学历。退休前任《泸州日报》主任编辑，退休后任泸州诗词学会副会长。

红 岩

乱石峥嵘曲径通，苍苔冷露隐蛇虫。
当时应是补天剩，度尽劫波未改红。

股市咏叹调

股市风烟似战场，青春白首竞奔忙。
争传某股一翻十，新进诸君慨而慷。
出货庄家赢满贯，追高散户痛清仓。
崩盘在即忽疯涨，舌结目瞠悔断肠。

诗书画院中秋茶话会听李安娜女史弹古筝

华堂挥素手，空谷鸟啁啾。
明月筝间出，清泉指上流。
春江花月夜，孤雁汉宫秋。
曲罢抚焦尾，凉风两袖悠。

望江南·听邓晓莉女史弹古筝数曲

挥酥手,绕室有清新。秋月春江来雅韵,高山流水有知音,百鸟正和鸣。 千秋事,无奈注心头。陌巷颜回夫子泪,乌江项籍虞兮愁。风冷月如钩。

马育林（1946— ）

原名马毓麟，四川叙永人。大学本科学历，曾为中学教师，广播电视台编辑，四川省古蔺县广电网络公司常务副总经理。

岁末偕内子返川

雪降山林险，风吹野岭寒。
今宵何处宿，遥指二郎滩。

秋 思

落叶随风坠，秋山万木悲。
孤身关岭外，怕见雁南飞。

怀 乡

遥想铁炉滩，槐花半已残。
乡书岂胜意，前路正艰难。
人向长亭泣，风吹夜露寒。
安知窗下梦，可否到家山。

徒步从太平渡至回龙岳家

安步当车楫，偕妻返旧巢。
临崖观赤水，踏雪过危桥。

古道依山险，烟村隔市遥。
灵台终不悔，何计路迢迢。

春 日

桃李花开映日鲜，红男绿女笑声甜。
白头虽有赏春意，无奈身心不少年。

登菩萨冈观雪

琼枝玉树满山陲，大地寒凝鸟绝飞。
莫道冰霜长肆虐，请君试看雪中梅。

秋日登叙永玉皇观

登高小憩斩龙台，旭日临空紫雾开。
坐看群峰云散处，秋花一片映丹岩。

注：斩龙台，位玉皇观三天门之上，玉帝宫未建前，有石龙被雷击断，故名。

二郎滩即景

石级横斜瓦屋稀，榴花艳艳柳依依。
谁家举酒留行客，一叶扁舟傍石矶。

注：石矶：二郎渡口有一巨石，上镌"商旅蒙麻"四个大字，字体遒劲，令人玩味。

红原即景

牧草青青接远天，帐篷洁白漾炊烟。
牦牛遍野经幡艳，远处人歌套马杆。

西江月·古蔺黄荆老林

鸟道烟云葱岭，荆溪木屋箐林。新松古柏聚浓阴，空谷繁花似锦。　　流瀑滩连水急，环岩嶂叠泉清。桫椤枝上杜鹃鸣，独坐横桥细品。

八声甘州·登黔灵山感怀

晓风寒，更蔽日浓阴，薄岚绕林间。望弘寺外，空亭阶冷，古径苔斑。几许颓楼断阁，却在玉山巅。不胜苍凉意，泪洒青衫。　　虽是秋深如许，然游人如织，不异春天。羡风掀翠袖，朝昱耀银簪。笑声喧，相知顾眄，意缠绵，共话菊篱边。伤心是画廊枯坐，我独无言。

采桑子·荔波泛舟

眼前凸现儿时梦，湖在林中，林在湖中，满目诗情画意浓。　　忘情误把兰舟弄。才出迷宫，又入迷宫，林鸟惊飞向远空。

任 惊（1946— ）

女，重庆万州人。工程师。南油科技部《南海石油》编辑。

鹧鸪天·阆中行（录二）

滕王阁

彩榭云端吸远眸，玉山遗迹见琼楼。杜公有句添神韵，佛老无声送故侯。　巴水绕，锦屏收，风光览尽自堪留。花中已醉消魂乐，哪管人间万种愁。

题张飞铜像

跃马戎装守汉城，持戈嗔目气如腾。黄埃已纳英雄骨，天地犹存忠勇名。　虓虎立，寇仇惊。当阳据水退曹兵。铁鞭怒打贪赃吏，何不威风再显灵？

一剪梅·听少友话情伤

滴沥窗前雨乱敲。风语声消，竹泪犹抛。林花瑟瑟夜寒潮。帘外秋凋，帘内神摇。　底事新来万绪缭？爱也懵懵，恨也懵懵。前欢难续绿杨桥。桥下波高，桥上情寥。

减字木兰花·秋怀两阕

冰轮暗转，忽感衣衾皆欠暖。常自临轩，坐看寒江落日残。　如烟往事，怅怅不知何处至。静水微澜，明月青空珠泪悬。

流年细算，多少光阴抛汗漫。冷落慈亲，忘了巴山乡土馨。　云山梦老，梧叶疏枝归倦鸟。抖尽尘埃，蓦见黄花闲处开。

沈伯俊（1946—2018）

重庆人，原籍安徽庐江。四川大学外文系毕业。四川省社会科学院研究员、哲学与文化研究所所长、文学研究所所长，四川大学文学与新闻学院教授、博士生导师。四川省学术带头人，享受国务院政府特殊津贴专家。有《校理本三国演义》《三国演义新探》《诚恒斋诗草》等。

归家船上作

年年雁过盼花开，今日免登望乡台。
好梦不合旅次作，和风原为送行来。
数行白鸥草木近，一船红灯星月回。
多情莫过山城雨，喜泪涔涔洗我怀。

游天涯海角

海角知何处，远游到天涯。
云外红霞影，望中碧浪花。
欢歌拾彩贝，浅笑踏白沙。
汽笛涛声里，珠女唤买家。

赠何满子先生

奇才灵秀育江南，颠沛峨眉陇上寒。
正气如枪批腐恶，豪情似剑刺奸贪。
沧桑历尽作诗客，世事洞明成酒仙。

八秩未辍凌云笔，华章永在天地间。

赠石柱诸友

初识每忆稻菽黄，重聚又逢桂子香。
倾力育人春日暖，会心谈艺夏夕凉。
廿年风雨思难断，千里山河情愈长。
莫道沧桑霜染鬓，犹堪把臂赏佛光。

丙戌除夕有感

书山跋涉又一年，世事偶从网上看。
沧海曾经人未老，且凭新著论媸妍。

津门行赠诸友

万里北行牵梦魂，友朋四代在津门。
切磋原为文章事，游赏岂关帝后坟。
带笑粉荷留共影，含啼烟雨送离人。
临别犹自谈说部，语罢依稀见月轮。

2007岁末赠师友

世间良莠天难语，学界清浊人自分。
守定素心山海业，云霞满纸喜迎春。

2008年初雪灾小记

天寒地冻交通断，水阻山隔停电频。

慈母牵肠儿女泪，遥瞻风雪未归人。

贺弟子获博士学位

数载攻读成正果，几番心血化津梁。
林间谈艺春花艳，灯下衡文秋桂香。
遥望鹏程多险难，须知人世有沧桑。
诚恒守定应无愧，不论中州与五羊。

百花潭吹笛人

竹管劲吹微闭眼，老妻相伴小潭边。
笛声婉转穿云去，往事悠悠忆少年。

2011岁末赠师友

东张西望觅津者，攘往熙来逐利徒。
满眼浮云心自醒，梅香盈袖且观书。

癸巳秋日登滕王阁

欣偿夙愿又三秋，赣水东西一望收。
孤鹜落霞逐远客，长洲旧馆隐高楼。
文章星斗耀青史，冠盖秕糠埋紫丘。
胜友相携真乐事，纤歌曲曲伴归舟。

百花潭梅林

寒凝嫩蕊月如霜，树下流连肺腑香。

我与梅花约已久，年年此刻浴清芳。

蓉城赠叶毓中兄

一年三聚首，喜在心意通。
清浪出翠岭，骏骐跃黄钟。
君描汉唐宋，我写三水红。
携手期后会，大羊走花丛。

注：叶毓中，历任中央美术学院副院长、《美术》杂志主编。立志创作"汉魂"（三国）、"唐风"、"宋韵"三大系列。2015年乃农历羊年。

七十周岁感怀

白发已疏星半落，从心未至叹蹉跎。
风云满眼倩谁赋，江海荡胸由我歌。
思旧知音哀渐少，览新识器喜犹多。
诚恒守定享余岁，翰墨梅菊兼夏荷。

自注：2016年于锦里诚恒斋。

李洪仁（1946— ）

四川平昌人。四川省工商管理学院工商管理专业毕业，研究生学历。曾任四川省委组织部副部长、南充地委副书记、四川省民政厅厅长、省政府办公厅主任、四川省政府秘书长、四川省人大常委会副主任。作品主要发表在《岷峨诗稿》《诗词四川》《四川经济日报》上。有《李洪仁诗词选》。

都江堰赞

滔滔都江，千年古堰。李冰首创，世界罕见。年年淘滩，亘古不变。日本专家，拊掌称赞。水旱从人，不须提灌。天府扬名，饥馑不见。当代水工，再做贡献。扩大灌区，沟渠连片。幸甚至哉，重修史传。

人生如茶

人生如茶，众生品味。时而香肝，时而苦胃。香时莫飞，苦时莫坠。五味俱全，方知进退。幸甚至哉，歌以咏志。

巴山背二哥

巴山背二哥，练就钢铁脚。打杵铿有声，背篓若山岳。篝火解饥寒，凉风解干渴。倘能拔穷根，再苦也是乐。

观看电视剧《壮士出川》有感

抗战八年间，四川多贡献。莫笑草鞋兵，赴难六十万。滕县尽忠日，天昏复地暗。师长舆尸归，列国皆吊唁。后方聚钱粮，财政扛一半。至今铜像在，冻饿可想见。一声"吃汤圆"，哀哀泪如霰。

注：铜像指刘开渠所塑"川军出川抗战纪念碑"。当年成都市民在铜像下端汤圆祭奠烈士，哭声动天。

贺吴伟仁入选工程院院士

巴山杜鹃世所羡，今秋杜鹃色更艳。吾兄荣登院士榜，家乡父老交口赞。寒门弟子志尤高，航空航天发宏愿。探月工程列国元首皆瞩目，百年梦想终实现。我为吾兄歌一曲，我为吾兄舞千遍。酒满杯，殷勤劝，要与吾兄通宵痛饮不分散。

范敬超回乡创业赞

无官一身轻，不怕走泥泞。回乡十馀载，偏向荒山行。果园今繁盛，柑橘香气腾。远客来采摘，个个笑盈盈。不意田舍翁，巴蜀传美名。

为官心中常有民

当年邓公曾有语，上头来到下头去。如今习总常嘱咐，干部必须接地气。民心向背定天下，载舟覆舟皆江水。为官心中常有民，楼高万丈平地起。

贺中国女排奥运夺冠

里约奥运鏖战激，女排使尽洪荒力。谁知抽中死亡签，征程步步皆荆棘。绝境挺立郎教头，娘子军旗仍猎猎。朱婷扣杀不绝声，收复失地何惨烈。咬牙拼搏定乾坤，十万万人皆感泣。呜呼中国女排不倒威，奇迹之后复奇迹。

注：中国女排曾于2004年雅典奥运会获得冠军。

纪念红军长征胜利八十周年

红军长征二万五，四渡赤水脱围堵。彝海结盟情义深，泸定飞渡气如虎。雪山草地只等闲，壮丽史诗传万古。

送李树人先生归道山

美食泰斗树人兄，驾鹤归去辞亲朋。酸甜苦辣都尝遍，未完菜谱定恢弘。琴棋书画样样通，诗友酒友乐融融。君今持勺入月宫，嫦娥吴刚喜相逢。呜呼霎时桂苑厨房起香风。

注：李树人先生是四川省美食家协会主席，终年八十九岁。

贺赵裕荣校长八十华诞

黉宫耆旧大名传，立雪程门我有缘。
不释诗书学未已，遍栽桃李过三千。
自嘲老骥甘伏枥，其实壮心无暮年。
弟子山呼齐奉酒，华堂共祝老神仙。

酬退休诸公

定时定量日三餐，荤素相兼又慢咽。
歌舞场中休恋眷，棋牌桌上莫流连。
平平淡淡心情好，健健康康筋骨安。

接送儿孙多乐趣，开怀享受晚霞天。

注："咽"用方言韵。

王子豪入世界银行诗以贺之

胸怀壮志渡重洋，夺路斩关登世行。
苦读芸窗十八载，穷搜典籍五车厢。
康庄大道从兹始，合作云天逐日长。
会看腾挪身手健，中华信有好儿郎。

告别平昌西兴中学到县委报到

亦修学业亦农耕，永记师生鱼水情。
今把一麾江海去，又添从政一新兵。

剑门关

往昔一关当万夫，而今天险变通途。
游人四海如云至，剑阁雄风天下殊。

杭州湾大桥

千古钱塘喇叭口，一桥飞架碧波中。
萧山旅客来何处，滚滚车流若巨龙。

观椿树重生有感

嗟尔香椿命太轻，三夭三折又重生。
一茬更比一茬壮，历尽艰辛始长成。

贺爱华学院建院二十周年

鲲鹏击水三千里，风雨兼程二十年。
红烛成灰终有报，芬芳桃李满花园。

贺川商联合促进会成立

川商促进利川商，各显神通闯八方。
铲尽崎岖成大道，铙歌一曲唱朝阳。

观邵仲节先生画展

我与洛阳同样栽，天香惹得万人来。
心花怒放又一境，巴蜀牡丹墙上开。

注：邵仲节先生以画牡丹出名，人称邵牡丹。

江苹先生八十华诞

恭贺江公晋八旬，大千弟子万人钦。
金蝉高树声声脆，能在先生纸上闻。

注：江苹先生善画蝉，人称江蝉子。

国庆登高

欢聚放歌传九霄，中华崛起梦非遥。
重阳国庆皆佳节，乘兴攀登步步高。

抗战胜利七十周年大阅兵

利器徐徐现广场，重中有重各成行。
诸将以身先士卒，何人气宇不轩昂。

贺《岷峨诗稿》创刊三十周年

岷山雪化起波澜，蓦地回头而立年。
陟彼华堂齐举酒，九州诗侣舞蹁跹。

登庐山

人说庐山无好天，我来雨过白云闲。
心香一炷祭陶令，惟愿江天一色蓝。

为白衣古镇撰联

巴河渡口水浅深，上下码头今尚存。
不惜通宵写对子，难忘古镇故乡人。

四川火锅

割牛牛肉鲜，围炉炉火旺。
更唤壶中天，岂止麻辣烫。

七十一岁自寿

古稀又添一，遵守自然律。
此生只等闲，儿孙当努力。

李仕龙（1946—　）

四川盐亭人。盐亭县柏梓教育体育办公室教工委主任。

中　秋

串串笑声亲小屋，顽皮孙子最开怀。
给爷喂饼笑相问，我与熊猫哪个乖。

求　医

呼痛声声无奈何，忙寻妙手起沉疴。
求医苦我银钱少，救命恨他门槛多。

踏莎行·冬临莲花湖

淡淡寒烟，悠悠白鸟，舟犁碧水云撕了。深潭盈乐扣渔心，天天静坐争迟早。　　日满冬山，波浮远岛，岸山苍木连云表。牛铃隐隐静如无，频闻笑语人难找。

杨宗平（1946—　）

出身于大邑农家。1964年考入四川大学中文系。1970年入伍。参与编纂《中国大百科全书》（军事卷）和《中国军事百科全书》，受上校衔。1991年转业到四川人民出版社。策划、编辑的《读懂毛泽东》获中宣部第八届"五个一工程"奖。

蒲江樱桃节白描四首

我摘君攀树半空，尚留果实缀高丛。
恨无小鸟双飞翼，直上梢头啜嫩红。

摘果人潮笑语催，情人树下自依偎。
他人摘果知多少，我摘芳心只一枚。

攀条捋叶探玲珑，缓摘轻拿放小笼。
一不留神溜出手，遗珠委地惜残红。

呼朋唤友到农家，品果搓麻并饮茶。
本为休闲城外去，休闲之处更喧哗。

吴明贤（1946— ）

　　四川平昌人。1978年考入山东大学中文系读研究生，师从萧涤非先生，毕业获硕士学位。四川师范大学文学院教授、博士生导师。曾任李白研究学会理事，杜甫研究学会副会长。有《陈子昂论考》《听蝉居吟草》等。

题照《海婴与鲁迅一岁与五十》

人生七十古来稀，半百世间得子微。
南北东西欢聚少，妻儿父母苦离依。
回眸怜子深情在，以沫相濡本性归。
但令春华秋实继，为牛俯首未堪非。

贺成都毛泽东诗词学会成立

马背哼成气势雄，民歌古典两相融。
波澜笔底悬秋月，锦绣诗坛贯彩虹。
文字激扬惊鬼魅，风骚壮丽满苍穹。
今日群彦重聚首，析评指点建新功。

巴山吟八首（录四）

晨披朝露暮归霞，三尺讲坛已当家。
淡饭粗茶浑未顾，笑看桃李满山崖。

石砌平房土筑墙，书声朗朗震山梁。

清华北大高材至，秋菊春兰处处香。

晨曦初现映田庐，户户家家有读书。
山里儿童心气广，农耕求学不荒芜。

古朴民风礼节纯，亲戚朋友往来频。
年年正月客不少，宴请东西南北邻。

戏为四绝句

识字儿童称大师，如今国学几人知。
天高地厚何须问，狂傲夜郎付一嗤。

矜夸携肉访名师，作秀拉旗只自知。
马褂长袍瓜皮帽，满清遗少使人嗤。

精深国学有名师，北斗章王谁不知。
未到门墙三五步，效颦终被众人嗤。

才疏学浅愧大师，传道无能鲜有知。
真慕钱黄贤国手，堂深庑奥敢相嗤。

  注：《商报》记者称访"国学大师"某某于川师，感赋。章王：指章太炎、王国维。钱黄：指钱穆、黄侃。

读二周诗

  吾读二周诗，顶若灌醍醐。清凉透心脾，薄荷入口腹。橄榄嚼有味，品茗神韵足。漫吟细斟酌，各有新面目。欣托诗逸放，唐音骎骎馥。奇思又妙想，情真亦脱俗。读君将进茶，盘中滚珠玉。茶酒天然趣，太白相诮酷。洗脚与天谴，嬉笑亦肃穆。莫作等闲观，应视血泪哭。梦蝶性深沉，宋调江海覆。博学而多思，追踪苏黄陆。拟骚吟九哀，屈子泪如烛。香草与美人，寓意婉而曲。演雅效庭坚，调笑戏谑熟。青更胜于蓝，气势如潮瀑。石室有仪形，一脉承西蜀。争流看两艘，又若双剑蠤。我亦行吟者，浩歌无拘束。踵武继前修，雕虫非碌碌。寄语同道人，前行莫退缩。驰骋追二周，诗坛万马逐。

注：啸天号欣托，裕锴号梦蝶。

听央视百家讲坛

百家划一又何谦，学术原当讲肃严。
燕说郢书人议论，移花接木更遭嫌。

旅美竹枝词（录三）

哥伦比亚大学

哥大端能算大哥，创新科技发明多。
不拘一格人材降，引领潮流实可歌。

硅谷科技园

兵强国富论谁先，自断此生休问天。
大厦终须梁栋举，楚材晋用到何年。

注：吸引人才以中国、印度为多。北大清华高材生比比皆是。

夏威夷所见

休言老美月儿圆，天下月儿总一般。
不见街边行乞者，牵衣讨要也堪怜。

天台山二首

名山胜水一条沟，香草天台十里游。

竹筏轻摇将对岸，蜿蜒曲径更通幽。

天台有路贯云端，傍水沿溪一线牵。
飞瀑流泉银汉下，惊雷响彻碧溪烟。

蜀南竹海

竹海千山复万山，汪洋一片碧波翻。
飞泉似练屏风立，恍若吾人在画间。

云影天光映碧潭，青山绿水入溪湾。
绕湖仙女迎佳客，竹筏穿流去复还。

玉蝴蝶·央视江油中秋晚会

气爽风轻云淡，霾方散去，久雨初晴。十里荷香，黄菊桂蕊峥嵘。柳条柔，疏星几点；霜露冷，霁月微明。庆时亨，佳人何在？梦绕魂萦！　心倾。中秋晚会，笙歌悦耳，妙舞怡情。更有同怀，来招白也与偕行。细评点，蓉泣兰笑；漫赏析，石破天惊。祝清平，无穷韵味，有限人生。

何应辉（1946— ）

重庆江津人。大专学历。国家一级美术师。先后任四川省诗书画院副院长、四川省书法家协会主席、四川省文联副主席、中国书法家协会副主席。现为中国书法家协会顾问。诗作载入《当代中华诗词选》《岷峨诗稿》等选集中。

跋魏哲草书长卷

此书老铁展风仪，化取明清气更弥。健笔纷披势如织，长林奇树万千姿。交柯掩映幻虚实，惊鸟出丛未可期。一派神行真好手，其中得意只君知。我来展卷续题尾，柳色新笼摩诃池。

叙永丹山写生雨中记行

不辨云中与雾中，雄姿奇幻隐空蒙。谁施破墨神来笔，绝壁枯松飞渴龙。忽涌海潮失前路，转崖缥缈瀑惊空。画由却碍暮春雨，一酌雨窗千岭从。峰壑摄魂奔腕底，丹山归后梦中红。

重回西昌

来觅屐痕归路长，此中风骨几多霜。
画沙颓指骄阳炽，抚卷惊心残月凉。
且抱江河润肝胆，但凭风雨铸词章。
一挥千楮十年去，还识西昌是故乡。

遣兴赠老友王澄

南帖北碑何所师，挟风带雨兴来时。
云龙赴腕犹神助，鱼鸟忘机岂自知。
未及前贤图破壁，每观今迹尚存疑。
眼中百代归陶冶，莽莽江天大野奇。

咏秦汉刻石

秦汉雄风千载基，摩崖书刻尤称奇。
浑茫潜运金刚杵，放逸惊飞野鹤姿。
直夺真魂岂皮相，每成大巧合天仪。
由来素朴散仙骨，不悟玄机那得知。

自题蜀山峥嵘图卷

除夕挥毫写蜀山，已非昔日旧山川。
天崩地裂曾为患，国奋民争共克艰。
安得神工归造化，忽惊鬼斧换桑田。
新图一卷灯前尽，云涌奇峰万万千。

云南腾冲写生壮游归赋

滇山浑莽蜀山苍，驾越金沙气自慷。
盘上峰沿怒江绰，飞来眼底彩云长。
三千里外惊陈迹，七十年前壮国殇。
史话腾冲兴浩叹，清茶数盏月如霜。

自题瓶松图

昨日出归两袖风，清泉一勺土瓶中。
只缘五色能盲目，不插娇花却插松。

自题松亭写生图

风吹雨打也精神，十载天涯浪迹人。
何管狂花逐波去，万山入卷是真纯。

乙未立夏由郑赴洛

驱车百里莽中原，到此伊黄汇转旋。
一豁心胸夕阳丽，北邙山北水连天。

多伦多秋深别西昌知青老友幼鹏

遍野金涛声渐歇，幼枫秀挺红犹烈。
门前好景独君家，北美知青情系月。

何昌权（1946— ）

四川乐山人。宜宾市商职校教师。

远眺三亚超七星豪华酒店式公寓

海市蜃南天，仙姿不可攀。瑶池飞玉露，紫府聚金鸾。一座双游艇，三岗九保安。廊桥连陆地，灯火接虚涵。世上无双岛，人间不二山。奢华超迪拜，价格薄云端。只许遥遥望，焉容近近观。恐惊天上客，难惹洞中仙。可叹殷红土，终成逐利源。

注：该公寓建在一人工岛上，据闻每平方米造价超过十万元人民币。

观爱女教育外孙感赋

教育休迟迟，当从幼小成。理应循序进，慎勿揠苗生。性急焉尝烫，情深不厌争。师严眉易锁，母厉目常瞠。恐落他人后，唯追身外名。苍天何浩渺，只手岂撑擎。可叹娇娇女，难承四海倾。

张先峰 (1946—)

四川荣昌（今属重庆市）人。供职自贡市自流井中山口腔门诊部。

六十抒怀

天生少小好吟哦，险伴诗魂入网罗。

常取妙文灯下读，偶来佳句梦中歌。

愁居另册身名贱，愤走江湖意气多。

恨不早生三十载，横刀跃马去平倭。

寻师访道走江河，落魄天涯奈若何。

败寇成王悲项羽，崇仙尚侠慕荆轲。

徇情重义柔肠在，斗勇轻生铁胆磨。

三教九流归不得，萍飘蓬转误潘幡。

泛舟瑶池

西域寒潮动，瑶池秋味深。

琼浆方凝翠，榆柳早披金。

薄霭烟岚意，冰峰雪岭心。

水云交合处，长待我归寻。

陈朝华（1946— ）

四川简阳人。1960年小学毕业，父母去世，在家务农，借《全唐诗》抄录数百首诵读，遂学写诗。

九寨沟珍珠滩瀑布

难分瀑布与云烟，谁撒珍珠满碧潭。
王母瑶池天上有，不知仙境在人间。

感答成都杜甫草堂书画家侯正桂先生

吾昔轻狂曾画虎，画虎不成反类狗。弃虎不画学吟诗，十载题诗三百首。赋得新诗值几钱？一诗刊出费倒补。敝庐守困读春秋，全家生计土三亩。丰年摊派名目多，歉年强征难糊口。换种购肥成本高，除却本金何所有？上令减免已三申，可惜乡官不收手。吾女初中费两千，吾子入学米百斗。邻里杨二地丢荒，三年经商南北走。地瘦田荒无人耕，随它秋花换春柳。君今有画世有名，卖得丹青沽美酒。君将美酒邀我饮，酒入愁肠思千缕。感君怜我贫如洗，艰难际遇一双手。

林福民 (1946—)

四川乐至人。乐至县通达建筑有限公司副总经理。

剑门关怀陆游

翠云依旧掩山村，细雨秋风满剑门。
堪叹骑驴人不见，朗吟佳句觅诗魂。

冥 币

阴曹也有金融业，新近流通用美钞。
面额张张都上亿，阎君油水定丰饶。

好友下岗远出打工饯别

举杯欲饮好心酸，半百飘零感万端。
孤雁高飞风雨路，盼将短信报平安。

抛 荒

打工人去半村空，竹外桃花映日红。
杜宇声声唤不转，野田荒草舞东风。

选村官

衣冠俭朴座无空，村委公推民意通。
怎奈青年都市去，满堂尽是白头翁。

空　巢

半生劳苦盖新房，岂料儿孙不返乡。
闹市迎将二老去，空馀小院沐斜阳。

周祥熙（1946— ）

四川富顺人。富顺下筠连知青，四川大学、四川省自考委党政专业大专毕业。曾任筠连县林业局党组书记、局长，县政府办公室副主任，县志办主任，县志编委常务副总编等职。筠连县诗词学会副会长。

杜　鹃

渐近天明音愈昂，啼血千声米贵阳。
以食为天民为本，肥田沃土岂能荒。

假日兜售侧耳根

篾箢野菜白嫩鲜，串巷走街处处喧。
阿姨夸我真乖巧，要为爹妈减负担。

故乡云

东西南北慢飘零，心系故乡一片云。
遭旱秧田多降雨，幼苗遇晒好遮阴。

侯晓林（1946— ）

女，四川南溪人。宜宾市二医院主治中医师。

浪淘沙·雨中游漓江

绿浪送轻蓬，烟雨蒙蒙。青山隐隐雾中融。江畔杜鹃红欲滴，仙境朦胧。　　留影挽春风，含笑双瞳。关山一去万千重。别后思情凭尔送，吹梦江中。

秋波媚·再游北京龙潭西湖

秋光淡染绿杨堤，拂岸袅枝低。残荷带雨，碧波生晕，寒入花蹊。　　几枝红叶斜阳里，摇曳曲廊西。低徊雁阵，穿梭鱼影，尽入诗题。

雨霖铃·送友人

朝霞成绮，正晨烟尽、汽笛声起。轻车不载离绪，欲挥手时，模糊眼底。难阻飞轮远去，孑然默无语。想友朋已待前程，应醉诗酒欢声里。　　今生有幸诗缘拟，忆程门聆教肩曾比。龙潭袅袅垂柳，轻拂拭，伴师游履。弹指经年，今又同赏，戎州山水。长记取，江畔渔灯，高阁危栏倚。

高森信（1946— ）

大专学历。经济师，原成都床垫厂副厂长、巴蜀印刷厂厂长。先后参加东坡诗社、四川省老年诗词创作研究会，任《巴蜀诗词》栏目责编，省作协《天府诗苑》编辑部成员。

滨海柔情

泸岭青松擎日月，邛池碧水照千秋。
群山含黛牧歌起，快艇犁波白鹭悠。
滨海华灯迎远客，渔村篝火唤归舟。
花前畅饮春宵短，一抹红霞月带羞。

泸沽湖风情

草海银湖格姆山，鸥翔鸭戏水云间。
佳肴野果迎新客，花屋经堂傍浅湾。
马壮人勤风送爽，星稀月朗夜添欢。
桃园百里如伊甸，阿夏奔婚拂晓还。

寸草吟

羹汤半碗太寻常，饥馑荒年救命粮。
稚子无知羹尽食，娘亲把碗水充肠。

三个点心换架床，慈亲临别让儿尝。

孩儿莫怪娘心狠，独在他乡当自强。

乘知青专列返西昌

夕照群峰薄霭侵，凭窗又见鸟投林。
三湾聚酒宁无悔，两列归车自有寻。
小树成材人去后，高楼碍眼月还临。
风尘已惯怜霜鬓，漫与涛声向晚吟。

注：三湾指毛家湾、应龙湾、月亮湾三次知青聚会。两列指1998年和2010年两次知青专列返乡大型活动。

读宋元谊《采蔽词》

沉香瀚海胜涛笺，惟望传灯追易安。
一幅鲛绡惊旧梦，红羊血泪泣春鹃。

注：宋为沈祖棻高足，"文革"中自缢于川师。

青玉案·春归

流年似水关河度，老将至，春归去。却忆桃林花满树，情添疏影，伊人伴坐，笑语林深处。　　苍天泪洒倾盆雨，莽莽荒原起惊鹭，莫问韶华谁共舞。凉州飞絮，月城芳草，识得当年路。

黄芝龙（1946— ）

四川巴中人。大专学历，经济师。曾任广元宾馆总经理。原广元市第二届政协委员，四川省诗词协会理事，广元市老年书画学会理事。

乡村夜话

客从城里至，老屋电灯燃。
茶热迎人暖，醅温逐夜寒。
激昂评国事，感慨话村官。
焦点缘民意，真心在访谈。

村　居

碧峰房后耸，树拥小山溪。
午过新蝉唱，更深杜宇啼。
瓜藤垂土坎，豆蔓绕藩篱。
惟有阴凉处，青林好采诗。

大　理

青石铺幽径，红花竞出墙。
清溪流巷陌，古树伴荷塘。
洱海波中月，苍山岭上霜。
风来帆点点，飘过水云乡。

玉龙雪山

四季银光闪，滇西第二峰。

晨曦呈玉白，夕照染绯红。

峭壁人难上，危颠鸟绝踪。

旅游无限美，雪域睹飞龙。

白族民居

白族民居古，飞檐翘角留。

家家修照壁，户户立门楼。

彩绘玲珑透，雕窗画栋遒。

三坊天井雅，工艺占鳌头。

山道遇村姑

手机不响惹心烦，一唱彩铃山路欢。

满脸春光关不住，见人喜告丈夫还。

村头望

牛铃几处响寒陵，静寂山乡鸡犬声。

孙望爹娘翁望子，打工是否踏归程。

选村官

民权民意系心间，致富领头人举贤。

寒夜家家炉火旺，畅谈明早选村官。

西江月·天天乐健身舞

几个知书女性，一群半老娇娥。雄鸡刚唱一声歌，欢跳黄莺白鹤。　　脚踩茸茸草地，面朝澹澹南河。无忧无虑迪斯科，怎不天天快乐！

一剪梅·见深山青年农民大部出外打工有感

唤友呼朋兄弟邦，一脸迷茫。一束轻装。打工出外别山乡。留下妻儿，留下爹娘。　　珠海新疆走四方，多少沧桑，多少心伤。薪金拖欠似寒霜，包里钱光，家里田荒。

渔家傲·赶圩场

天接云涛山接雾，三山四岭匆匆步。赶集圩场背负重，乡音吐，长街货断行人路。　　山里香菇山外布，德阳豆油山西醋。已近年关多主顾，农民富，也搬彩电回家去。

渔家傲·夜读

几点残星窗外坠，一帘风月流明媚。何处杜鹃啼不累？蛙声脆，五更鸡叫山如睡。　　短卷长篇真够味，墨香铅字新奇汇。莫道洛阳宣纸贵。探幽邃，金轮已上斯人醉。

行香子·贺剑门豆腐申报吉尼斯纪录

豆种云间，水涌山泉。历千年，天爱西川。石磨卤点，技胜淮南。令农家喜，酒家赞，吃家馋。　　甘浓细腻，美食垂涎。忆当初，伯约开颜。今逢盛世，豆腐如山。使百人做，千人品，万人观。

注：2003年剑门豆腐节上，村姑二百四十余人用四千五百斤黄豆，现场历三十六个小时，做成长二米、宽一点二米、高九十厘米的世界上最大的豆腐。

鹧鸪天·浇园

未待鸡鸣一担挑，老翁早起润青苗。成畦菜地肥先灌，满架瓜藤水漫浇。　　新豆角，嫩茼蒿，高攀翠蔓缀花苞。相间红绿晨曦里，哂笑朝阳上小桥。

黄荣武（1946—　）

四川中江人。退休前在四川省社会科学院历史所任职。

寿晏公济元一百零五华诞

作家士气两相融，绝顶登临一望空。
寿庆百年欲逾五，艺惊四海不言工。
江山有幸出宗匠，云水无心起卧龙。
物我浑忘信难老，群峰踏遍笑扶筇。

壬午人日游杜甫草堂感怀二首

兵车行剑外，流寓远胡沙。
寺静蝉声落，江清岸竹斜。
盘飧酬故旧，樽酒话桑麻。
忧思孰能却，诗成神鬼嗟。

卜宅浣花溪，林塘幽可期。
白茅披栋宇，青竹绕疏篱。
卧地胡尘绝，望乡北斗移。
飘零千里外，乞食亦凄凄。

何　崝（1947—　　）

四川成都人。字士耕，号啃轩，又号腐公、锦里先生。四川大学历史系教授，四川省人民政府文史馆馆员。

民国廿八年湘北大胜纪念宝砚歌

余藏一砚，上镌"制于北温泉，廿八年国庆日，适湘北大胜"十六字，抗战中物也，藏四十年矣，今值抗战胜利七十周年，乃为作歌。

此石或出涂山陲，随山浚川禹所遗。琢成一砚素且朴，陈于市肆人未奇。细审此砚无他异，质地平平饰未施。廿八国庆湘北胜，一十六字铭砚眉。我见顿生欢喜心，倾囊购归不迟疑。藏诸锦匣贮高阁，偶供挥毫充墨池。笔底似有紫气生，案头氤氲光陆离。恍觉此砚已通灵，墨浪中见羽檄驰。倭寇铁蹄西犯急，肠断灵均惊冯夷。将军受命麾指东，回风卷起龙虎旗。生门死门各排阵，秋风肃杀芦花肥。中枢忽命暂避锋，君命可违志难违。刚中行险应而顺，阵中猛士严军威。奔霆摧崩汨罗岸，飞熛烧残湘江湄。倭队蜂出肆披猖，我阵如山不可移。溃倭空诩武士道，捞刀河头自舆尸。蜀将示敌如处女，动如脱兔持军机。蹑后猛斫长蛇尾，首不能救力难支。渥凶覆悚鼎折足，倭酋惊呼遇虎貔。辙乱旗靡争退却，此时且作缩头龟。巍如衡岳作屏障，此役陪都系安危。捷报传来逢双十，教人如何不泪垂！采石作砚志狂喜，此砚虽小实丰碑。不慕蕉叶鹆鸲眼，蒙难历劫自光辉。一物沧桑岂能忘？子子孙孙永宝之。

注：琢砚者高爽，字心泉，民国时北京篆刻名家，王福厂入室弟子，能刻竹牙，为时人所珍。

食马蜂子

马蜂俄盈野，丑螫复悍慓。出入如蚊阵，抢突逾林鸟。蛋芒能毙牛，闻者舌皆挢。有客奋武勇，猱腾升木杪。取巢鬻之市，购者相环绕。我亦得若干，剔子付煎炒。啖之快朵颐，堪为食中宝。鬼蜮毒相埒，滋味谅亦好。谁能缚之至，供我饕腹饱。

拜观先师徐中舒先生致易稆园手札影件

素笺应溢麝煤馨，藻翰清辉照眼青。
流寓西川同气味，相投长物泯门庭。
鬻珍总为贫到骨，卧雪还将书作屏。
终易契文龟册返，辗饥正甚更翻经。

汉中博物馆观龙门十三品

崖字曾经对砚池，石门诸品是吾师。
褒河水涨其移此，阁道灰飞某在斯。
人辩史书兴讼久，我耽残拓访碑迟。
娟娟缺月藏精魄，且效米癫膜拜之。

谒汉张留侯祠

平生心折汉留侯，征战无功只运筹。
椎中副车谋未密，履加黄石性方柔。
握奇浑似登龙蹻，辟谷自能安季刘。
计定储君应不忍，可堪人彘血长流。

乘船游尼罗河旋舍船登岸观门农石像

快游世界最长河，几处角帆凌碧波。

夹岸椰丛方绰约，中洲蕉苑已婆娑。

车行移晷苍黄变，地现流沙荆棘多。

寂寂门农危坐久，竭来远客听悲歌。

注：此石像为新王国时期法老阿蒙荷太普三世所造，原为其享殿前之守护神，后希腊人来此，呼为门农，遂沿用至今。门农者，希腊神话中之神人也。石像有罅，风吹发响，游人至此，如闻悲歌。

赫嘎达红海滩漫兴

两陆滔滔夹海涛，黄沙到此失矜骄。

迎阳岸尽张华盖，破浪船疑在碧霄。

半岛北望云黯澹，摩西东渡路迢遥。

他邦成败谁能说，饮醉不知生晚潮。

剑门关

骈峰向天立，锋锷破苍穹。

无复雄关险，都缘驰道通。

云崩添涧石，岩秀拥幽丛。

蜀汉旌旗在，泠泠受晚风。

拦马墙

葱茏石牛道，任势作萦蟠。

古柏遮天立，蜀山行路难。

墙低拦走马，云起绝飞翰。

羁客当年苦，今成奇境看。

【南吕】一枝花·查封成都华通博物馆叹并序

　　成都华通博物馆者，华通投资公司旗下之博物馆也，其址在成都高新区科技孵化园9号，始建于2004年。华通公司老总名李炎，又名索郎多吉，1962年生于威远新店镇，曾任自贡市荣县公路段技术员，以创办华通路桥公司起家，渐发展为规模庞大之集团公司。其旗下有华通投资、华拓实业、腾中重工、旭光资源等四大集团。近阅报知腾中重工陷破产疑云，老总李炎卷巨款潜遁。因忆2012年曾往参观华通博物馆，见其藏品实多赝品，不禁窃笑。当时不知李炎其人，然观其收藏可知其人必贫儿暴富而附庸风雅者也。今报载谓其藏品值四亿元，又一窃笑。感慨系之，因谱此曲。

　　琳宫天际明，华屋城南壮。珍奇聚瑶馆，爽垲灿辉光。漫步广场，俄见那招牌亮，不由得欲观赏。及入内惊叹伙颐，真个是华堂高敞。

　　【梁州】纵横设檀橱玉案，陈列得炜炜煌煌，铜瓷玉器眼前晃，名家字画，牙轴缥缃，讲究装潢，仔细看却少光芒。那瓷瓶左低右昂，那铜佛狼犺银铛，那铜镜簌新锃亮无锈斑，那玉璧凹凹凸凸如干鲞。那间距道是钤着缶老章，点画软似瓜瓤；那墨竹与板桥仿佛像，却竹叶茸沓竹竿胀。当代名家多秕糠，把声势虚张。

　　【尾】指顾间偌大公司罹法网，老总不知何处藏，忽喇喇大厦将倾魂应丧，只剩些梦幻泡影非非想，有人犹道垃圾藏品值白镪。

鲁贵娣（1947— ）

四川成都人。幼时即随伍瘦梅、吴一峰先生学习书画，同时随梁伯言、丁野庵、白敦仁等先生学习诗词。现为四川省人民政府文史研究馆馆员。

小 寒

一瞬匆匆过小寒，霜风凛冽百花残。
云涯起伏秦关渺，雨脚崎岖蜀道难。
安忍吴牛嗟丽日，信知燕雀怯泥丸。
三更灯火无人问，南望尧天夜已阑。

西子湖记游

烟波浩渺水连天，花港观鱼觅画船。
放鹤探梅青浦后，寻幽揽胜断桥前。
莺闻柳浪熏风醉，春晓苏堤碧草怜。
远眺双峰云外插，望湖楼上正堪眠。

普陀山纪行

休言鹭岛枕微茫，紫竹禅林觅道场。
两洞潮声惊日月，一陀磐石见轩昂。
大乘六度缘魂梦，普济三生悟短长。
法雨海天嗟佛国，洛迦山下叩慈航。

八声甘州·丙戌九月，游小寨子沟

蓦霜风破晓对群山。禹甸袅轻烟。正峦寒壁冷，姹红嫣紫，摇曳人前。是处淳风聚落，小寨映花钿。万籁悠悠起，笑醉酡颜。　　我欲登高长啸，任天音跌宕，大瀑鸣弦。更扬鞭特特，揽辔赋吟笺。望青冥、涤埃尘尽；纵琴心、携手笑声还。云天外、在销魂处，梦断桃源。

高阳台·与有中、与义、宗培诸兄草堂拜谒先师敦仁夫子藏书室

霜叶回风，寒枝破蕊，等闲不尽苍凉。冷雨廉纤，儒冠自整疏狂。千秋大雅堂前伫，向孤怀、料理诗肠。隔蓬门、花径深幽，烟霭微茫。　　当年兴会知何处？想江楼临眺，情恸吟觞。唤尽哀蝉，伤心不是斜阳。水明楼畔悠悠月，傍杜陵、万卷馨香。算今宵、人在花潭，梦到平羌。

祝英台近·乌镇

月朦胧，波溟漾，垂柳小窗伫。苔绿桥横，欸乃橹声渡。凭栏虹影流霞，经年旧巷，引多少、盈盈莲步。　　挹朝露，不尽空翠江南，参差万千树。水阁凝烟，枕河送寒鹭。残荷半卷秋风，蓦闻软语，向人道、乌墩佳处。

金缕曲·谒岳王庙

耿耿心中塞。想钱塘、风波跌宕，抚膺长息。极目栖霞云岭下，犹见遗碑乱壁。叹四野、荒烟岑寂。暮雨潇潇襟袖冷，怅夜阑人静情凄戚。残梦绕，鄂王魄。　　当年鏖战沙场激。破胡奴、朱仙列阵，剑鸣飞镝。未搏黄龙身先死，争奈奸谀谗惑。似易水、悲歌横笛。魂断青山倾砥柱，化苌弘碧血凝萧瑟。洒热泪，叩鹏跡。

马道荣（1947—　）

　　四川江安人。大专学历。当过农民、教师、木工、泥工。宜宾市翠屏山索道联营公司经理。中山书画社《春碧诗苑》编委，政协书画社《僰道吟》编委。有《眠溪诗词选》。

竹枝词·底蓬河放筏

任他四海卷狂澜，遁入仁和竹里山。
摘取竹枝飘竹筏，一篙春水下江南。

绿影迷蒙似翠帘，连天烟雨罩空山。
竹篙轻点长流水，行过一滩又一滩。

乘车成渝高速路

轻车高速邀云途，穿过龙泉景特殊。
雨后芙蓉迎日放，看花一路到成都。

蝶恋花·晨练

　　雨后翠屏真热闹，踏叶层林，都道霜晨早。日坐愁城容易老，舞回剑气惊飞鸟。　　面对青山狂发啸，春去秋来，淘尽人怀抱。似水流年空草草，何如学会强身好。

邓 科 (1947—　)

四川自贡人。曾任自贡市文联主席等职,自贡市诗词学会副会长。

盐都春节观灯

火树银花不夜城,釜溪河畔庆新春。
龙峰山下星如海,誉满中华第一灯。

晚晴垂钓

水碧山青映夕阳,退休有空勿须忙。
悠闲老叟垂竿久,不钓游鱼钓健康。

樱　桃

颗颗樱桃坠满枝,如痴如梦惹相思。
江南红豆可堪比,赠与佳人知不知。

登剑门关

巍峨剑阁入云中,险隘雄关自古同。
多少英雄多少泪,群山低首雨蒙蒙。

谒戚继光庙

都是横戈马上行，威名最数戚家军。
水城战舰今犹在，壮我中华大国魂。

岳阳楼感怀

天下洞庭水，人间岳阳楼。
雄文三百字，一范足千秋。

晚晴杂感录二

人生长路总艰辛，两鬓秋霜漫步行。
莫谓心疲身渐老，相扶有你特温馨。

梦里相逢亦是缘，两只蝴蝶舞翩翩。
醒来不觉霜风冷，独听鹃声又一年。

成都孙中山铜像

锦里春熙日月新，先生独坐久沉吟。
贫穷富贵悬殊大，天下为公壁上春。

浪淘沙·龙年作

暴走觅春风，初五行龙。平康桥下水流东。不是真心牵手客，何必强同。　　聚散且从容，水阔天空。人生来去苦匆匆。偷得浮生闲半日，应惜春红。

苏金华（1947— ）

河南郏县人。1963年纳溪中学初中毕业。退休前在泸州长江起重机厂工作。四川省诗词协会理事、泸州市诗词学会副会长兼秘书长。

携侄儿苏畋拜祭河南郏县三苏坟

曾谒眉山宅，复寻先祖茔。
庙堂风雨急，襟抱玉壶清。
古柏疑生面，残碑著令名。
祭台思仰止，墓草碧无声。

重阳感怀

明时多雅兴，诗酒度重阳。
雨霁霜天白，秋深野菊黄。
登山思仲弟，掩泪念高堂。
谁似东篱叟，忘机自引觞。

蓬间鹦雀绕篱飞，垂老生涯触景悲。
聊学古人潇洒意，鬓边斜插菊花归。

每见黄花不胜情，流光迟暮客心惊。
拈须偶读龟虽寿，肝胆油然豪气生。

水调歌头

与妻侍奉母亲，携子苏放、外侄女马艳游峨眉山金顶题壁。

方信峨眉秀，金顶久徘徊。佛光奇异，云海诡谲费疑猜。幽谷蒸岚吞绿，翠壁悬泉注玉，古木倚天栽。移步换清景，探手拂烟霾。　抚危栏，攀峭石，咏襟怀。天门犹在咫尺，长啸欲呼开。闻道舍身岩底，曾是涅槃乐地，一笑尽馀杯。真谛何由在？报国献涓埃。

鹊桥仙·贺牛裕民兄六十华诞

历经困苦，踏平荆蔓，夫子豪情万状。诗词歌赋笑拈来，便斜倚、蓬窗高唱。　江湖载酒，旗亭买醉，人道风流偶傥。耆年指使正当时，莫辜负、风清月朗。

调笑令·思友人

秋色、秋色。凋尽梧桐碧叶。孤鸿引我新愁，柔情空逐水流。　流水、流水。半是离人涕泪。

满庭芳·和陈明生同学

晓月朦朦，霜风渐渐，舞剑惊起鸡鸣。元龙豪气，闲里亦穷经。俯仰乾坤自问，谁怜我，书剑飘零。秋山外，朝云舒卷，拂落几残星。　丹心，当共许，岂将肝胆，换取浮名。有屠龙手段，何惧潭深。酬志还须努力，莫辜负、十载寒衾。凄然怕、红颜老去，对影说高明。

水调歌头·感怀和郭新谱伯父

何处无松竹，独我困家山。浮生祸福谁料，悲笑总无端。惊顾亲朋聚散，领略人情冷暖，却恨月如盘。回首伤心事，遗迹不堪看。　　惜流光，叹歧路，意茫然。闻鸡起舞，自信功力可回天。疾挽鲁阳戈吼，漫握江淹笔走，喋血不辞难。岂必求闻达，只恐负华年。

临江仙·四十遣怀

消尽豪情栽五柳，厌言逐鹿称雄。夜来忽梦缚苍龙，缨挥牛斗暗，血溅旆旌红。　　何事途穷心未已，家传报国全忠。不悲潦倒恨无功。重温诸葛表，低唱大江东。

杨廉仕 (1947—)

四川简阳人。1980年毕业于内江师专中文科。历任简阳石板中学、平泉中学高中语文教师兼任语文教研组组长，1987年任平泉中学教导主任。

登广元凤凰楼

危楼高踞凤凰头，独立凌虚望九州。
秦岭巴山曾共雨，锦江渭水自分流。
天低吴楚江湖阔，雪拥珠昆宇宙浮。
一曲高歌歌未歇，置身疑是广寒游。

乡　心

长途行路艰，三伏雨馀天。
闷气烦胸臆，热风涌汗颜。
夕阳留晚照，绿树绕炊烟。
别久归心切，他山认故园。

暮秋还家

向晚归心切，还家意兴催。
天云生雨态，草木卸春衣。
野旷秋风劲，山空暮鸟飞。
桂香何处发，缕缕送人归。

春日杂咏二首

自辟小园名沁心，几经修葺陋颜新。
独怜幽静能圆梦，总怕喧嚣易乱神。
如意薰风晨送爽，多情明月夜窥人。
蛰居斗室潜风雨，富贵无缘懒问津。

粗茶淡饭尚随和，酒美何须颜醉酡。
腹有诗书矜自重，客无老少喜相过。
家藏敝帚金难买，橱拥丛刊读未多。
幸得青箱勤护惜，闭门展卷独吟哦。

观钱塘江潮

闻名宇内看江潮，倒海排山卷怒涛。
拍岸壮观空眼界，震天巨吼胜狂飙。
波翻浪涌惊魂荡，海啸山呼撼地摇。
千古如斯缘日月，临江人恐舞潜蛟。

伍蔚冰（1947— ）

四川开江人。1965年参加工作，先后在达县地区机械厂、达县地区汽车修理厂、达县地区筑路机械厂、达县地区经协总公司、柳州汽车厂、广西汽车市场工作。2007年退休定居成都。1982年取得大专文凭，1988年取得工程师资格。曾在多家文学期刊和报纸副刊发表散文、小说、诗歌。

看老照片

转瞬青丝尽作银，唯从旧照认青春。
强强紧傍莲莲妹，定是当年暗恋人。

偶　感

半世沉浮空手回，踌躇轻叩旧时扉。
乡亲不问功名事，纷说五儿携眷归。

访母校

旧貌无踪旧事泯，升平气象竞时新。
座中谁识还乡客，原是凄惶失学人。

明月水库

草色苍茫上坝台，梦中明月我回来。
一声呼喊青山应，五岔三湾久荡徊。

重九登高步小杜韵

天高气爽白云飞，漫采黄花吟翠微。
叙旧抒怀须痛饮，传杯联句不思归。
孤峰放眼千山矮，九曲流金万点晖。
莫问罡风凉意晚，岭南九月乱穿衣。

答友人

嘤其鸣矣友其声，知我如君能几人。
焉敢高标称斗士，唯求低调作公民。
半生惊恐耻余悸，满耳谎言羞当真。
自此山呼当闭嘴，情非心底莫为文。

阿里山见余出生年月所植柳杉

猝然入眼已倾情，疾步趋前拍老庚。
虬势曲回亲沃土，雄姿伟岸出榛荆。
在山伫立狂风遏，出世巍然大厦撑。
那似蜀中华发子，时光虚掷事无成。

初见东方诗友

相指相呼唤网名，其文真个若其人。
行云流水神飘逸，举止言谈性率真。
梦里依稀曾晤面，劫中感慨共沉沦。
何当斫竹蓬莱地，诗酒随心长作邻。

忆江南·记梦

真耶梦？山里乍相逢。四野回声催布谷，一枝含露绽芳容，崖上映山红。

难入梦，崖上影朦胧。咏叹长歌犹在耳，勾魂明月又当空，还照赤城峰？

悠悠梦，又到映山红。满耳鹃声思阆苑，一天云雾隔仙踪，心事待秋鸿。

真耶梦？白首竟重逢。长执此生初执手，难倾前世未倾衷，惆怅烛光中。

渔家傲·边关怀古

拔地峥嵘峰似铁，将军跃马登城堞。马革裹尸何壮烈！交趾捷，边关平定皇舆阔。　　　教化蛮荒翻一页，汉风唐典行雒越。后世伏波谁仗节？空洒血，恩威无度心难折！

李德明（1947— ）

笔名西苑居士，四川开江人。四川省开江县工商局股长。

街子古镇怀一瓢诗人唐求

白发诗翁未足哀，青牛载酒踏霜回。
辞召挂印还乡野，问道参禅傍古槐。
山路常经山月照，峡云漫待峡风开。
江边耸仰公孙树，传是先生手自栽。

暮　雨

暮雨潇潇卧小楼，天行寒露近残秋。
堂前柳绿知难续，池畔枫丹未解愁。
但剩闲情羞入咏，已倾覆水恐无收。
骑驴尚羡放翁雅，欲出剑门伤白头。

万花岭公墓阅碑戏作

青龙白虎护坟园，地府碑林别有天。
怪道街头故人少，原来渐向此中眠。

殷明辉（1947—　）

别号定静斋主人，四川成都人。中医师。《濯锦诗词》主编，《天府诗苑》副主编。有《溯洄集》《锦城五百咏》等。

拟古诗十九首（录六）　1999

昨日城南过，偶然逢故人。问讯无他语，谓离几道婚。初听疑谐谑，继闻乃甚真。故人富机巧，商战颇称能。十年竞逐后，积资金满籯。城南买别墅，城中布商局。名车代其步，倩女随其身。故妻伤老丑，差似嫫母形。新人娇且酷，举止类明星。去彼而取此，协议永离分。拨财二百万，老妻亦无瞋。故友届六旬，新郎梦重温。浪财须浪使，言罢意欣欣。君听流行语，何不戏人生。

并世盛炒作，炒项日纷纷。炒庄多如雨，炒手密如云。炒市由来久，炒技日翻新。小炒破冷局，大炒造热氛。慢炒推新秀，爆炒出巨星。被炒台前跳，炒家幕后营。炒家藏深算，被炒有会心。炒家抖猛料，被炒喜不禁。被炒领风骚，炒家进斗金。谁知不炒者，闻风抱膝吟。窃恐被人炒，懒慢力难任。

儿女飘洋去，茕茕守空屋。一去难重返，倏如远飞鹄。虽为博士母，却类看家仆。儿女非不孝，其身甚忙碌。异国奋拼搏，不尔难立足。隔洋通电话，安能释心曲。何如在目前，有血又有肉。日用虽不缺，难以遣孤独。里人赐雅号，呼作留守族。留守竟何趣，黄昏独踯躅。

落叶尽归根，游子思故园。故园不可辨，但见新楼盘。楼盘多如林，幢幢入云端。居人互不识，相逢无片言。里巷早易名，旧邻散如烟。恍如隔世人，临风独怅然。

广告多误导，常人无所据。欲益反招损，期寿却生沮。减肥体增胖，美容颜难驻。营养已过剩，悻悻犹思补。方信肾有亏，又疑血不裕。恍惚度日月，形役心亦苦。何如之山野，试与农家处。且复观稼穑，心迹庶无迕。乃知自然乐，畴昔未相遇。数升口服液，不如一筐蔬。

行人但匆匆，难得一从容。都云活甚累，几时获宽松。文凭决生死，职称定愚聪。于事岂其然，相因已成风。终生忙应试，何暇建事功。

锦城五百咏（录十）

繁雄风物称天府，水旱从人是沃洲。
石郭金城纷绮错，两江春色任优游。

美曲新声遍六街，成都多少好楼台。
开樽喜诵雍陶句，吹笛人过唤却回。

两江如带抱城流，碧水清波喜泛舟。
九月芙蓉初吐艳，秦淮及得此间不。

既崇且丽望江楼，辉映名城逾百秋。
画栋朱栏成伟构，飞檐翘角俯丹丘。

十里春风罨画阁，交飞白鹭掠沧波。
招贤栋宇回环碧，映日廊轩雅趣多。

诗家胜景在东郊，如画如诗九眼桥。

最是风清月白夜，玉人楼上自吹箫。

见得伊人著锦衣，回头顾盼顿生辉。
锦衣本自蜀都出，铺地雨丝天下稀。

由来蜀戏冠天下，妙道真君始肇端。
源远流长呈异彩，锦官城内广吹弹。

饮茶爱上鹤鸣园，此是城中一洞天。
竹椅铜壶芳树下，浑忘尘事似神仙。

插霄玉柱峙名区，碑字淋漓耆老书。
保路风潮虽远去，蜀都标记尚如初。

咏攀枝花

唐苑蜀都难续种，危巅绝壑广生丫。
红裙舞袖世稀见，绛萼裼袍雾半遮。
入梦优昙饶有韵，催诗妙境果无差。
山茶掩面羞相对，信是人间第一花。

昆明升庵祠

碧鸡山下旧堂庑，古柏苍然剩几株。
祠宇曾留高士住，野人能辨罪臣诬。
寒泉络石邻僧院，幽谷回风扫净庐。
应喜雕成新塑像，大星闪亮耀昆都。

陈立和（1947— ）

四川阆中人。广元市审计局助理调研员。

问　责

报载，近年高调追责的官员有的低调复出，不禁愕然。

人生若戏口头禅，孰料官场着意诠。

这出红袍拘幕后，那厢紫蟒复台前。

轰轰烈烈民平愤，静静悄悄吏过关。

问责原来防火诀，逢凶化吉两周旋。

高考热炒有感

如今高考状元多，放眼神州次第罗。

市县区乡皆取仕，理文艺体广开科。

张张金榜当街显，幅幅红绫傍校拖。

但得虚名能钓誉，簧门不耻唱南柯。

鹧鸪天·菊颂

羞作春花噪一时，秋来独树傲霜枝。渊明为赋东篱曲，清照因吟婉约词。　　甘露润，彩霞脂，长妍不怨蝶蜂痴。抱香宁可枝头老，守洁曾无媚俗姿。

陈继远 （1947—　）

四川阆中人。函授中文本科毕业。阆中市枣碧乡小学副校长。现任阆中市诗词学会副会长，四川诗词协会理事。

过年（录三）

跑马灯笼故意深，纸糊竹扎系童心。
今朝买个红球挂，空对荣华字字金。

荧屏未觉技全穷，岁岁联欢岁岁钟。
抉择剧终鸡报晓，冲天破雾出新红。

户户熊熊火一团，浓情都向笑中燃。
小丫只举空杯碰，偏要老夫满盏干。

题张飞牛肉

铁头黑脸若张飞，佐酒佳肴更让谁。
人到富时重颜色，香红惟有剖心知。

生　涯

锄犁笔砚老生涯，三径不栽富贵花。
情义最怜桃李重，枝丫伸臂吊丝瓜。

退休在即二首

残月冰涵剑，鸡鸣舞罢时。
一腔血喷火，两鬓雪飞丝。
坐听风前竹，行吟泽畔诗。
嘶空怜老马，刨地奋双蹄。

逍遥鹏翼折，秋水已微澜。
守拙师先哲，创新慕后贤。
琼木花灼灼，绛帐意拳拳。
夕阳西窗满，松风试管弦。

注：《逍遥游》《秋水》为《庄子》篇名。

答友人问讯

碧云深处我为家，雨润琅玕上架瓜。
青鸟时传高格调，短藤新补旧篱笆。
荣枯淡出三生梦，甘苦浓煎半夜茶。
欲赋南风山月老，杜鹃弦断鼓鸣蛙。

云雾山行

空蒙羽湿鸟叽喳，太古云生梦雨斜。
犬吠遥知人户近，求浆一壶老阴茶。

杨老林由九十五岁新疆行

蜀客南来海鹤姿，计程已过玉关西。
天山早定一支箭，要拾边关千首诗。

院中金桂吟

佛云金桂直，护院绝炎凉。
雨细怀人曲，晴青窥宋墙。
明窗回短梦，玉兔捣玄霜。
解得中秋意，隔河人扑香。

菩萨蛮·答老同学辗转问讯

当初已负东君意，少年不解相思字。隔座纸揉团，微嗔笑抢传。　　垂
垂霜鬓改，风雨童心在。翠袖别时招，几回入梦飘。

定风波·龙舟节

沙际初开一线红，蛰龙疾走大江东。鼓急旗飞争击水，雄起。欢呼潮
涌动青峰。　　观礼台前频寄语，听取，弄潮谁夺第一功。手把鸭儿波上
笑，年少，豪情染得透江浓。

菩萨蛮·山大爷赶车二首

提兜拎伞背包裹，孙奔侄窜逗肝火。只道假期闲，儿催下海
南。　　亲朋三五个，捎带过年货。哥子可同车，同车照应些。

送行莫堵车门口，小心背后三只手。久在背旮钻，簸箕大个
天。　　凭他声喊破，独自掂量个。人说出门难，倒些零用钱。

菩萨蛮·病房

吊瓶点滴幽幽静，白衣天使从容影。添得腹中春，缝痕一缕新。　　人
生凝恨炽，梦压单衣湿。栏倚一江横，听涛万种情。

姚远骏（1947— ）

四川三台人。退休前在盐亭县文同小学任教。

观广元城南建湿地公园

南河两岸绿葱葱，一路黄花恋老翁。
仰视龙峰烟渺渺，斜观凤岭雾蒙蒙。
逢湾截角防欺水，遇阜镶亭好纳风。
莫道苍天专造化，三分绣塑赖人工。

袁如刚（1947— ）

四川梓潼人。长期从事基础教育工作，2007年退休。

晨　钓

晨曦初露鹅溪湾，朝雾升腾白鹭翻。
早有岸边蓑笠客，丝纶抛云钓悠闲。

夜半诗韵

夜半忽生诗意境，轻掀棉被忙披衣。
床灯遮半敲平仄，写就一词窗露曦。

高莲英（1947—2016）

四川成都人。大学本科学历，高级政工师，成都电业局电力培训中心退休教师。东坡诗社《景苏吟》编委。

思 亲

人说家乡山水美，缘何游子不思归。
故居慈母盈盈爱，小径阿哥款款追。
笑貌音容犹在目，坟头钱纸已成灰。
秋风夜滴寒窗雨，缕缕相思和泪飞。

雨

春润鲜花碧草茵，夏多赤旱盼甘霖。
银河流泻如人愿，可解田间望岁心。

农民工

铺路修桥又建房，风吹雨打四时忙。
勤劳岂敢留馀力，只盼工钱早入囊。

蒲公英

春光灿烂绽绒花，撑伞凌空傍晚霞。
借得东风游四海，明朝归宿是谁家。

鹧鸪天·丁亥冬抒怀二首

岁末登临九丈楼，锦城美景眼前收。重重琼宇云间入，滚滚思潮胸底流。　　珍岁月，越鸿沟，琴心剑胆翰中求。诡波云谲休闲看，不改丹心到白头。

忍看年华似水流，红衰翠减志难休。浣花溪畔吟诗韵，陋室屏前识网俦。　　抛往事，解闲愁，喜观斜日映山头。心如鸿鹄张双翼，万里霜天任我游。

郭广岚（1947—   ）

四川富顺人。供职于四川省自贡盐业历史博物馆。曾任四川省诗词学会理事。

五通桥紫气堂访画家李道熙先生未遇

芒河一棹水云深，路出溪桥第几层。
紫气堂高车马绝，榕阴遮绿不开门。

燕京菜市口悼乡贤刘光第先生

燕市黄尘掩夕曛，天涯来哭未招魂。
清廷百日维新史，半是先生血染成。

送王塘学兄归山东威海

诗书万卷富行囊，花落花飞古帝乡。
泰岱云深秦岭隔，时凭烟海望王郎。

邛　海

泸山连水水连天，沧海扬尘指顾间。
试上泸山山上望，渔村烟岛即桑田。

行经简阳

凭窗西望路迢迢，客里诗肠待酒浇。
三十六滩秋水瘦，芦花堆过石栏桥。

寄芦山故人

十年笔砚绝尘嚣，琴酒笙歌漫寂寥。
榴树花残人易老，文君眉远恨难描。
斜阳欲落宜斟酒，夜雨来时好听潮。
寄语青衣江上月，更深还照沫东桥。

玉簪花

幽姿原不计风流，一寸柔肠挂个秋。
琢就花胎浑似玉，无心插上美人头。

兰　花

小花小草敢称王，气转阳和天下香。
风雨凄凄山鬼泣，只邀明月向潇湘。

月　季

绿浅红深玉影斜，凭将幽梦付篱笆。
春风不到何须怨，一月犹开一度花。

葫 芦

画师依样实难描，不作长瓢价自高。
腹内金丹藏一粒，随仙过海也堪豪。

题画芋头

乡村几处有炊烟，人祸天灾度日难。
疗得饥肠消得肿，赖渠撑过六〇年。

深圳观海

击水东溟老自狂，阅他人世几沧桑。
瘴开粤岭蛮云动，风送潮湾海气凉。
一线银滩延北望，三秋鹏翼待南翔。
梅沙应是题诗处，容我参差韵几行。

三道堰

鱼凫开国事茫然，天汉分源出雪山。
月缺月圆歌锦瑟，花开花落听啼鹃。
忘怀世事宜偷乐，贪恋邮筒好放颠。
堰上四时风物美，几番清梦落渔船。

黄代燮（1947—　）

四川广汉人。高中毕业后回乡做民办教师。1979年考入四川师范学院中文系函授本科学习，毕业后先后在兴隆中学和广汉六中任教。1994年被评为中学语文高级教师。广汉市诗词学会秘书长。

余纯顺

上海余纯顺，当今徐霞客。志在徒步行，遍考全中国。吃得苦中苦，饱历八岁月。病来如山倒，猝死罗布泊。志士天不永，奇功中道绝。

青城山

青城卅六峰，都在碧林中。
郁郁阴遮日，霏霏雨带风。
寒泉清见底，幽鸟脆鸣空。
曲径穿云上，蜿蜒达道宫。

雨后金雁湖漫步

好雨初收后，平湖赏嫩晴。
枝头花带露，树上鸟梳翎。
水澹和风细，人闲意境清。
妪翁桥畔坐，娓娓话升平。

程志强（1947— ）

四川邻水人。毕业于四川教育学院中文系。达州职业技术学院教授，主要从事书法与古代文学的教学与研究。

巴中背二哥

巴农精壮短胡茬，硕大背筐似喇叭。
负重如驼春色里，江南江北走千家。

故人家

山南农舍近东巴，桃杏娇妍似彩霞。
惟愿此花开不败，春光常在故人家。

石　林

壁立群峰入紫云，千形百态甚逼真。
猩猩驼骆阿诗玛，天造奇观举世闻。

阿米子赶集

索玛花香数里闻，赶集少女似流云。
一身环佩一身彩，一路歌声过杏林。

邛海湿地公园

长天蓝碧水茫茫，湿地花繁草亦香。
鳞次新楼邛海外，满城红树映斜阳。

思乡曲

西风大雁各匆匆，孤旅情牵蜀水东。
柿子满山红艳艳，家乡夜夜梦魂中。

去鱼泉山看红叶，晚宿万源大酒店

篱下黄菊带雨寒，鸟惊客至叫林间。
秋风一夜吹不尽，枫叶明朝红满山。

村 妪

八旬老妪太龙钟，面似胡桃背似弓。
满室儿孙闲不住，种瓜傍柳晚霞中。

客中作

月照高楼水映城，客中无尽念乡情。
黄莺不解离人苦，一夜花枝唱到明。

靳朝忠（1947—　）

　　四川省作家协会会员，四川诗词协会会员，叙永作家协会主席，儿童文学作家。2013年获冰心儿童文学新作奖。

雪山关

蜀川黔岭一碑间，小月滇池赤水寒。
盼得关山双鬓雪，将军夜渡几时还。

李庄古渡行吟

春风江畔碧茵茵，寂寞行吟柳眼新。
古渡几回伤紫色，断肠草对断肠人。

题林徽因李庄故居

万古人间德艺嘉，一身诗意绝芳华。
冰清玉洁谁堪似，皎月中庭栀子花。

题鱼凫南郊农家院

疑是空庭落晚霞，梅开三角有人家。
荒村野老多闲趣，醉里棋敲马炮车。

湖畔兼葭发嫩芽，诗家兴会水之涯。

浓情几盏声声劝，不醉佳人醉落花。

插 秧

雨过村村啼子规，如烟小满水盈时。
千丝万缕留针迹，绣出行行碧玉诗。

暮 春

奈何春夜总凄迷，寂寂荒林残月西。
往事伤怀惊晓梦，杜鹃偏向五更啼。

怀恋四月

铺笺觅句觉茫然，握别人间四月天。
几瓣落红相对语，一声杜宇入窗帘。

裴继光（1947— ）

四川宜宾人。四川电大专科结业。曾任百货公司经理。宜宾市诗词学会副秘书长，宜宾市中山书画社常务副社长。

述 怀

谁云艺事是雕虫，半世钟情兴正浓。
敢把真情酬故国，还将秃笔作青锋。
阴晴雨雪忙中度，画印诗书老后工。
蔬食菜羹充鼎味，人之好恶古难同。

读曾渊如先生《挑灯看剑录》

匣里龙泉彻夜鸣，挑灯细读见心声。
苏辛落难增豪气，雪雨摧花留赤诚。
健笔凌云诛腐恶，铜琶慷慨颂苍生。
有缘古驿识君面，话语谦谦一座倾。

虹口突围

报载5月13日虹口四勇士一把砍刀，劈开十公里山路救六千游客、受灾群众突围。

虹口山崩讯不通，数千人困路全封。
砍刀一把开生路，脱险毋忘勇士功。

肉　票

披星戴月不知寒，凭票排班买肉难。
一月半斤城里事，可怜农友只能看。

兔年说兔

无心捣药下凡尘，尾短毛长与草亲。
虽是善良乖巧物，无端虐逼也伤人。

吐鲁番

吐焰红山热气狂，安知宝扇在何方。
挖成雪水坎儿井，浇出葡萄琥珀光。
善舞能歌维族女，如诗似画水云乡。
渠清影倩题佳句，树下琴声韵味长。

游中俄蒙哈边境喀纳斯自然保护区

初宿喀山维族家，夜阑寒气透窗纱。
乡愁淡若云中鹤，诗兴浓如奶里茶。
北国湖边吟碧水，纳斯林下看黄花。
扬鞭策马草原上，雪映蓝天幻彩霞。

丙戌秋泳飞龙湖

独占长湖一点秋，波光雁影乱云流。
霜风骤起游人渺，碧水平铺野鸭稠。
仁者无忧多乐水，青春长驻爱登楼。

兴来挥臂湖湾里，桂蕊飘香景最优。

丁亥初春泳飞龙湖

欣看小草绽新芽，乍暖还寒冻噪鸦。
燕子未归湖面寂，东风渐劲锦城哗。
人无勇气终为憾，山缺清泉应有瑕。
泳者少增观者众，退而结网也堪夸。

一剪梅·丁丑年到宋家乡

碧野青青烈日高，熟了葡萄，黄了香蕉，高粱玉米满山腰。一阵风摇，一阵香飘。　　镇日辛劳不歇稍，汗似珠抛，背似火烧，收完夏熟间秋苗。郎把田蘑，女把肥挑。

管遗瑞（1947— ）

四川彭州人。大专学历。先在军队工作，后转业至地方，曾任彭州市委宣传部副部长、彭州市委党校常务副校长。四川省杜甫学会理事、彭州市作家协会主席、彭州市政协诗书画院副院长。有杜甫诗歌及古典文学研究专著《浅尝集》《管见集》等出版发行。

蜡　梅　1967

满园冷落断芳菲，幸有寒枝独绽蕾。
料峭霜风吹不尽，暗香疏影报春回。

游陶然亭　1977

陶然亭里自陶然，翠柳环堤噪午蝉。
独驾扁舟摇双桨，油油绿水荡漪涟。

洞　庭　1978

烟波浩渺水连天，鸥舞帆翔碧玉田。
他日狂潮风浪起，来看砥柱是君山。

吊蔡锷墓　1978

烽烟滚滚涌滇桂，鼙鼓喧喧震蜀黔。
世有将才天不永，共和未死战方酣。

秭 归 1979

离骚熟读但衔杯，路转峰回至秭归。

楚殿细腰何处是，青山默默对斜晖。

注：《世说新语》王孝伯言：痛饮酒，熟读离骚，便可称名士。

题《秋瑾集》 1979

慷慨悲歌不让男，笔挟雷电震山川。

可怜志士身先死，读罢遗编一泫然。

诉衷情 · 黄河滩纵马 1975

扬鞭飞鞚卷轻尘，昂首怒嘶鸣。沙滩开阔无际，单骑任驰骋。 收缆䌱，立河滨，正黄昏。夕阳还照，浑水苍凉，咆哮有声。

刘时和（1948—　）

四川成都人。大专学历。曾在水电部九局、成都酒厂、成都市审计局工作。《成都审计志》主编。

南歌子·陪老妻访桃花故里

路折穿丹霭，车停入彩霞。诗情画意品闲茶。放眼龙泉山上万株花。　　红雨缤纷下，青鸢仿佛斜。都人士女竞相夸，吸饮东来紫气梦无涯。

瑞鹧鸪·忆儿时重五

巴蜀端阳效楚风，鼓桡竞快锦城东。众擒水鹜波翻碧，船泊江楼霞染红。　　九眼桥头虹卧处，百花潭畔鹭翔空。艾蒲角黍香囊佩，半世风情萦梦中。

颜伟邦（1948— ）

四川渠县人。大学本科学历。退休前为渠县教师进修学校物理高级讲师、副校长。

电视剧《七剑下天山》

乱世遗民泪，风云拭眼看。
只巾飞大漠，七剑下天山。
国破渡河急，旗擎饮马寒。
复明心似火，万死一氅难。

赠中国赴南极科考队

极地风光孰敢游，男儿健步出神州。
企鹅每日寒洋戏，狐迹经年冰盖留。
放眼银川连玉岭，思乡赤子梦金秋。
雪龙满载深情到，汽笛欢呼热泪流。

注："雪龙号"为破冰船名。

摊破浣溪沙·初二随幺弟一家上卷硐赏雪

打虎上山唱几声，拜年把酒见亲情。如画新村来远客，小龙惊。
素裹银装疑幻境，菜畦土屋忆知青。雪仗雪人三代乐，梦温馨。

注：四十年前作者和幺弟曾在公社参加过知青宣传队。

李良怀（1948— ）

老三届高中生，宜宾师专中文系毕业。泸县二中教务处主任。泸州市诗词学会常务理事、泸县诗联学会副会长。特级教师。有《良怀诗稿》。

三峡人家三首

龙溪柔媚挽峡江，一叶渔帆挂夕阳。
收网拉来山涧月，停舟燃火煮沧桑。

龙进溪边吊脚楼，猿声鸟语伴春秋。
推窗抛出山人钓，远客如云笑满沟。

峡江石岸上摩天，土族木楼峭壁悬。
举酒邀来窗外月，醉依巴楚彩云边。

潇湘夜雨·题浙江淳安千岛湖

湖水融金，湖光如梦，斜阳彩染淳安。渔舟唱晚，好一派江南。渔女笑，满船鱼跳。渔夫乐，千岛酒酣。湖边店，南腔北调，醉享大头鲢。　　一弯新湖月，轻描近岛，淡写远山。一声鹤唳，万顷湖山。凭桡望，青螺点点。摇棹看，碧鬟娟娟。欣然想，富春山隐，长钓子陵滩。

武成炳 (1948—　　)

四川泸州人。曾下乡插队多年，后为泸州六中语文教师。

上青城山

道入青城曲曲通，千重冷翠转空蒙。
行皆石润山无雨，坐尽亭凉谷有风。
仰日光从林上淡，听泉声在壑中洪。
我于幽境无尘垢，一任清游上顶峰。

龙马潭泛舟

几寻龙马到仙潭，竹影莺声共一船。
借得悠悠千古水，春风迤逦入桃源。

峨眉遇雨

漠漠烟岚袖底飘，清凉世界路迢迢。
半山云木容奇雨，一壑雷声泻绿涛。

宿云峰寺

鸟鸣枕上听山溪，月照僧楼磬静时。
一宿云峰花气满，故园春梦拂征衣。

听刀郎演唱《阿瓦尔古丽》

真诚演绎听刀郎，情爱可随天地荒。
人世几回轻媚语，动人深处是沧桑。

车过江汉平原

一车迤逦越平原，江汉茫茫秋色间。
数十年来人事改，青蔬黄土认从前。

游贵阳花溪

脉脉花溪水，悠悠十八湾。
轻桡撩翡翠，明镜映霞天。
瀑树清歌发，亭桥秀女喧。
叶花深邃处，疑是到桃源。

访大足石刻

东方有绝色，万国聚衣冠。
大匠挥椽笔，青山结佛缘。
云生千手相，雨润一天禅。
千古留真迹，行来尽仰观。

南乡子·重返大坪插队处

握手叙亲情，瘠土多年共苦耕。谋尽稻粱春已老，知青，伴我蹉跎是大坪。　蓦地破坚冰，树掩楼台舞燕莺。久历沧桑人识否，门迎，一院欢歌花满藤。

陶武先（1948— ）

四川射洪人。中央党校研究生学历。曾任共青团成都市委书记、成都西城区委书记、四川省委秘书长、成都市委书记、四川省委副书记、四川省政协主席，现任全国政协人口资源环境委员会副主任。有《陶武先诗词选》。

白衣天使

一身青白鲜，十字春秋暖。
妙手植仁慈，良方驱厄患。
查房扫倦容，坐诊酬初愿。
善解疾殃难，惟思心体健。

感　悟

云卷云舒天地苍，人来人往古今忙。凌风振羽谁无梦？拔萃含英自有香。才逢春雨柳枝荣，又见秋霜雁影空。无色辰光催白发，有情夕照耀苍穹。花开花谢香自在，蝶飞蝶舞影徘徊。痴情常与愁情伴，钟爱犹从博爱来。休言四野朔风喧，莫叹三秋黄叶旋。心地无霾存浩气，韶光多彩绘长天。

科技星光（录五）

难穷岁月鉴精英，不尽乾坤毓大成。
汉纸术昌文化史，浑天仪转宇寰星。

情深地脉油龙现，愿宿蟾宫火箭升。
功炳汗青酬壮志，道昭华夏耀勋名。

贾思勰

齐民要术兴邦策，济世宏篇生产经。
首析天时偕地利，广推肥水备时耕。
南研汉族丰收技，北改鲜卑游历程。
农副牧渔诠体系，古今中外仰精英。

孙思邈

药王羽翼神州履，黎庶膏肓妙术匡。
愚智华夷同一等，衰微龙虎更无妨。
精通百草扶伤法，独著千金祛病方。
博涉儒禅通史册，长垂今古正医纲。

屠呦呦

竭力寻根矢志求，毕生觅术疟魔休。
采标涉险穷千岭，炼药悬壶济五州。
化合双氢蒿素出，攻研百草论文留。
以身效命兴中药，得道酬勤耀晚秋。

贝聿铭

姑苏望族不凡孙，构架蓝图俊杰魂。
借景筑园挥画笔，采光入厦耀乾坤。
香山美秀图书馆，品位精华故国根。
宫殿楼堂皆造极，大师理念永留痕。

日月潭

舸发平湖圆旧梦，身披夕照荡青峦。
情深日月千重浪，目极河山一片天。

中台禅寺

百丈禅楼浮画境，千灯圣殿诵心经。

悠香磬伴天边月，明镜缘生海内情。

注：中台禅寺位于台湾南投县埔里镇一新里，由惟觉老和尚（1928年生，四川营山人，法名知安，字号惟觉）于1994年创建。

庐　山

读苏轼《题西林壁》即景明理，耐人寻味；馀兴未尽，拙和一首。

层峦叠翠雾萦峰，洞府丛林道不同。

要识匡庐真面目，还须出入此山中。

太湖晨遇

倒影菱花映日红，鸥吟苇荡一帆风。

湖天残梦谁惊醒，剑舞晨曦几老翁。

苍海小岛

浩瀚孤山夕照残，迎风披浪碧波间。

云根不动霄烟散，疑似艨艟出港湾。

锦水流芳

波浮丽日流粼灿，燕剪清风细叶温。

两岸英姿情集锦，一江春色水为魂。

蓉城即景

凭栏目极少城廓，绕户莺啼天府村。
曲径飞红诗撷彩，轩窗透绿梦凌云。

深山春早

雾绕苍山千嶂画，春催绿叶半坡茶。
杜鹃破晓啼空谷，笑语村姑采朝霞。

雨后晴曦

鸟啭梢头吟郁翠，霞飞岭上绘长天。
清风尽扫阴霾去，碧宇当偕绮梦还。

岁月留痕

历尽沧桑留傲骨，等闲名利夺先声。
平生不负凌云志，勋业尤凝报国情。

邛海星月

玉镜流光入锦屏，鳞波对影跳繁星。
谁持火把天庭照，落户姮娥闹月城。

天府春回

风梳大地花千树，影画长空雁一行。
扫去峨眉三月雪，归来天府万家香。

书 院

清流绕宅润芬芳，翠竹梳风秀栅廊。
雅兴犹随诗兴远，书香更比蕊香长。

银杏秋色

琼枝金叶灼西窗，尽染高天淡抹墙。
飒飒秋风飞梦想，煌煌大地跳诗行。

河心岛

翠锁江天泊舫舟，烟霏岸柳戏沙鸥。
弄潮可荡千堆雪，合律方随万古流。

农 家

一径双门帘影斜，千篁四季笛声姱。
答歌父子播青垄，逗犬婆孙绾彩霞。

喜 雨

轻风得意催红蕊，好雨知时润绿茵。
才荡阴霾千里远，又吟锦绣一朝新。

春 播

岸柳含烟半缕霞，畦田泛彩一群丫。
林莺不解东君意，偷眼村姑抹汗花。

踏　青

一群燕雀闹青丛，十里春红映碧空。

山约斜阳天地外，人迷香径画图中。

竹　韵

叠翠凌风啸茂林，虚怀拔节吐幽芬。

几番寒暑几番雨，一样清新一样春。

思　念

细雨寒枝伴暮雾，孤灯倦眼闪残痕。

何时得约千秋月，扑面春风迎可人。

震情三首

2008年5月12日14时28分，中国汶川发生了里氏8级特大地震；震源浅，烈度高，山河破碎，伤亡惨重。灾情发生后，党和政府迅速部署，灾区民众奋起自救，各路大军紧急驰援，各界人士真情倾注。

破阵子·震难援情

地动惊涛裂岸，山崩乱砾飞烟。霾压丛林留断壁，风啸边城落废垣。悲啼血雨天。　　童叟相依冻馁，寡鳏互慰孤单。疾渡悬危泥泞路，痛解生灵破碎间。爱怜同宇寰。

临江仙·震难医情

敧缝针联期盼，托瓶手挽蹒跚。杏林叠影鸟惊天。掌灯驱沌雾，护诊掩疏帘。　　泪伴轻刀除患，汗催柔线还原。相思沁色素衣沾。但求人愈健，宁可我无眠。

巫山一段云·震难居情

雨打禾流悴,星沉帐掩悲。残灯瘦影泪光陪。故里几时回? 挺力撑梁臂,推窗握玉晖。稚童戏逐燕喃飞。锁梦杜公归。

注:玉晖:透过云层的日光。元马祖常《春云》:"岚翠含玉晖,景采满岩屿。"

雨后新景三首

灾后重建,三年实现。记忆风雨兼程,喜看三川如画,感慨万千,作词三首。

注:三川指地震重灾区的汶川、北川、青川。

鹧鸪天·民居

掩翠廊檐映晓霞,连云画栋起山洼。清风荡去无休雨,紫燕归来不识家。 燃爆竹,赏庭花,抚今追昔品新茶。人生旦出门前路,踏过崎岖气自华。

菩萨蛮·医院

杏林又绿丘墟地,悬壶高挂琼楼里。CT照衰颜,良方祛旧瘵。 温馨愁绪锁,点滴沉疴破。何处寄康宁,此间听庶声。

唐多令·学校

操场嵌重林,黉门挂彩云。沐朝晖、郁郁清芬。笑脸同窗声朗朗,一园景,满园春。 瞬刻圮残尘,三秋扫旧痕。借长风、沥沥甘霖。谁染芳华光灿灿? 仁人愿,蜀人魂。

画堂春·兰

婆娑弄影映南窗,风回几缕幽香。楚辞相识度炎凉,含笑伴春光。 不慕浮华尘市,钟情宁静萧墙。清妍何必抹浓妆,素雅自流芳。

南歌子 · 竹

碧叶层峦染，苍丛两岸蕃。梳风引凤拨琴弦。寒暑葱葱本色沁山川。　　戆直留清影，虚心向昊天。残云翠卷放歌还。雷雨亭亭劲节鉴人间。

踏莎行 · 菊

淡蕊流黄，纷华叠浪，金风剪彩繁英放。吐滋饮露逗寒霜，芳菲秀映云霞朗。　　陶令篱边，易安袖上，悠情绮韵千秋唱。疏枝至老抱馀香，清魂素影离尘壤。

归自谣 · 道别

声点点。经诵落霞香炷短。禅师妙理来生愿。　　石门道别归云淡。星星灿。崎岖漫绕歌声远。

满宫花 · 乒乓球

带弧圈，拉落点。健步凌风舒腕。推冲撇吊几多还，轻影脆声争艳。　　攻短边，防变线。手握乾坤旋转。技臻精湛小台宽，汗逐高歌悠远。

注：带、拉、推、冲、撇、吊均为乒乓球的打法和技法。

留春令 · 帆船

宇空蓝灿，岸林青艳，海波沧湛。满挂征帆荡霞丹，鸟回唪，人骁健。　　剪浪邀风吟浩瀚。载花轻舟远。极目天涯灏茫间，破云水，还弘愿。

蓝启发（1948—2017）

四川泸州人。当过农民、代课教师、排字工人。《泸州日报》副刊编辑。泸州市作家协会副主席。

题青城山竹杖

余亦堂堂一丈夫，登高岂肯赖君扶。
悬于陋室随迁变，不使华笺气节枯。

游叙永丹山

不在云中即雾中，雄姿万仞傲苍穹。
归来取得丹山石，度尽沧桑不改红。

赠玉龙湖

云山深处锁龙吟，入世何愁未出名。
只怕红尘污染后，再无碧水洗诗心。
注：玉龙湖位于四川泸州，为一新开发的旅游区。

冬　梅

冰封雪压展才华，野地荒村亦是家。
无奈繁华迷眼目，有谁春日说梅花。

题　雪

莫道汝身柔似绵，张开傲气冷山川。
雄心岂肯飘零尽，酿出春歌第一篇。

画稿溪

只把深情付故乡，身居水尾又何妨。
已成画稿兼诗稿，无意争名到海洋。

注：画稿溪，位于泸州市叙永县水尾镇，为著名风景区。

品　茗

浓淡汤中知世味，浮沉叶里读人生。
清流日日萦心地，五十年来远俗尘。

题薛涛塑像

柳影兰香一女郎，风摧雨折亦堪伤。
平生幸有锦江集，不怕流言说短长。

泸州"屈原魂"学生诗词大赛喜赋

少年豪气漫天涯，一代诗舟卷浪花。
蘸取屈原千古泪，长空作纸写烟霞。

兰　市

一改当初君子型，亦争高利亦争名。

何因骤起兰花热，阵阵幽香寒透心。

西江月 · 苍松

百战重重风雨，一身累累伤痕。九天只恐志无成，岂有闲愁幽恨。　　正直堪称史笔，雄奇每入诗魂。心声吐处卷诗声，一阕携来作证。

西江月 · 悼著名书法家陈天啸先生

犹记笔翻春水，哪知魂到蓬山。生如劲竹立人间，阅尽浮沉冷暖。　　豪放情飞诗酒，宏深学揽云天。墨香飘处一星寒，任尔风云变幻。

注：陈天啸先生为四川省诗词学会理事、泸州市书法家协会副主席，日前因病逝世。

周啸天（1948—　）

号欣托，四川渠县人。安徽师范大学中文系唐宋文学研究生毕业。四川大学文学与新闻学院教授，安徽师范大学中国诗学中心研究员，中华诗词学会副会长。第六届鲁迅文学奖诗歌奖得主。有《将进茶——周啸天诗词选》《唐绝句史》等。

将进茶

余素不善饮，席间或以太白相诮，退而作《将进茶》。

世事总无常，吾人须识趣。空持烦与恼，不如吃茶去。世人对酒如对仇，莫能席间得自由。不信能诗不能酒，予怀耿耿骨在喉。我亦请君侧耳听，愿为诸公一放讴：诗有别材非关酒，酒有别趣非关愁。灵均独醒能行吟，醉翁意在与民游。茶亦醉人不乱性，体己同上九天楼。宁红婺绿紫砂壶，龙井雀舌绿玉斗。紫砂壶内天地宽，绿玉斗非君家有。佳境恰如初吻余，清香定在二开后。遥想坡仙漫思茶，渴来得句趣味佳。妙公垂手明似玉，宣得茶道人如花。如花之人真可喜，刘伶何不怜妻子。我生自是草木人，古称开门七件事。诸公休恃无尽藏，珍重青山共绿水。

邓稼先歌

1958年邓稼先被约见，说国家要放个大炮仗，令其领军。遂与妻一别二十八年。1971年杨振宁出席宴会得知，中国制造核武器并无外人插手，为之泪流满面。邓主持核试验十五次无不利，向称福将。然"文革"中一次降落伞事故，使核弹头坠地。邓驱车寻到弹头，超吃剂量。1985年查出癌症晚期，两报专版报导称"两弹元勋"，终年六十二岁。

炎黄子孙奔八亿，不蒸馒头争口气。罗布泊中放炮仗，要陪美苏玩博戏。不赋新婚无家别，夫执高节妻何谓。不羡同门振六翮，甘向人前埋名字。一生边幅哪得修，三餐草草不知味。七六五四三二一，泰华压顶当此际。蘑菇云腾起戈壁，丰泽园里夜不寐。周公开颜一扬眉，杨子发书双落地。惟恐失算机微间，岁月荒诞人无畏。潘多拉开伞不开，百夫穷追欲掘地。神农尝草莫予毒，干将铸剑及身试。一物在掌国得安，翻教英年时倒计。公乎公乎如山倒，人百其身哪可替。号外病危同时发，天下方知国有士。门前宾客折屐来，室内妻儿暗垂涕。两弹元勋荐以血，名编军帖古如是。天长地久真无恨，人生做一大事已。

徽州民居

一湾牛腹堰，两面马头墙。三雕皆吉画，四水收明堂。闲过南屏篱落疏疏访菊豆，偶来西递牌坊巍峨话甘棠。明清建筑旧貌在，徽州民居天下扬。伊昔"文革"大动乱，毁宗谤祖处处忙。山野之人觉悟低，水洒泥封苦珍藏。黠书语录称万岁，投鼠忌器小将惶。时过境迁还故物，前人种树后乘凉。财源滚滚来行旅，天下始得重徽商。君不见成都老皇城，千百年间费经营。一朝墙倒众人推，老街易作反修名。名易改，城何辜，至今痛煞老成都。

洗脚歌

洗脚房之崛起于服务行业，乃九十年代事。世人于吃喝之外，兼请洗脚，竟成时尚。

昔时高祖在高阳，乱骂竖儒倨胡床。劳工近世闹翻身，天下久无洗脚房。开放之年毛公逝，香风一夕吹十里。银盆滑如涧底石，兰汤浑似沧浪水。健身中心即金屋，中有玉女濯吾足。大腕签单既得趣，小姐收入颇不俗。别有蜀清驻玉趾，转教少年为趋侍。游刃削足技艺高，捏拿恭谨如孝子。君不闻、钱之言泉贵流通，洗与为洗视分工。沧桑更换若走马，三十河西复河东。尔今俯首休气馁，侬今跷脚聊臭美。来生万一作河东，安知我不为卿洗？

人妖歌

京剧旦行梅派工，越剧小生范徐红。反串之妙补造化，何须台后辨雌雄。五色灯光人其颀，初见烟雾蒙玉质。回眸启齿略放电，伴舞女郎失颜色。一身宛转二重唱，男声浑厚女声泣。美发一挥何飘柔，踏摇四体皆魅力。人妖本出里巷中，父母养儿为济穷。勾栏一入深如海，绝世无由作顽童。心性先从教化改，形体渐受荷尔蒙。吞声学艺近残酷，不比寻常事委曲。注射自戕违养生，服食尤惜年光促。年光促兮终不悔，惟效昙花放异彩。竞技选美作生涯，舞台得有绚丽在。观光客自天外来，一方经济为翻倍。舍身奉献非凡庸，我诚敬畏讵宽容。漫哂琉璃不坚牢，尔曹百岁总成空。亭亭净植宜远观，尤物从来拒亵玩。海外归为知者道，莫便逢人作奇谈。

葡京赌城

人生何处无博弈，胜败由来事不期。丈夫赌命报天子，股市平地有险巇。曾经沧海伤怀抱，荡子归来天欲老。邓公一言九鼎重，五十年间马照跑。东方赌城数葡京，葡京风水甲澳门。年输巨亿作国帑，赌王乃能均富贫。殿堂中西聚文物，件件美奂连城璧。七尺珊瑚只自惭，石崇休夸富敌国。门前居民迹如扫，挥金十九大陆客。海角归来说双规，使我达官失颜色。

注：澳门以博彩业为主要经济支柱，赌城即葡京酒店，在澳凼大桥北端。

毕节行

2012年11月16日，贵州省毕节市一垃圾箱内发现五具男孩尸体，警方确认他们是辍学儿童，来自一个农村家族，是夜曾在垃圾箱内生火导致一氧化碳中毒死亡。他们的名字是陶中井、陶中红、陶中林、陶冲、陶波。

眼前突兀楼盘广，毕节街箱亦宏敞。夜来寒风驱五儿，可怜身是父母养。髫发才近一之日，入此室处犹梦想。不祈温度岂穿室，暂得光明剧耗氧。天明竟与鞋履别，拾荒老姥呼不得。昨夜火柴微光里，儿曹可曾睹天国？一方网站苦噤声，四海壮夫难辞责。君不闻、忍寒切肤甚忍饥，饥可画饼哺肉糜。赤县宁无推恩者，苏俄尚有教育诗。螟蠃能及人之幼，曷不先负毕节儿！

恶之花

千尺楼高双子座，黄鹤之飞不得过。北塔懵为客机袭，南塔莫逃飞来祸。黑云压城白絮喷，合众秋防势若崩。寰球争睹啊买噶，不知尚伏几天兵！西风猎猎日高起，坠楼人落如红雨。仰天布什神形沮，基地拉登魑魅喜。血色失处毅色壮，人须疏散君须上。吹火蜡屐不再著，四百义士凌烟葬。日轮西下寒光白，真主无言上帝默。紫气渐随双塔移，妖光暗射星条蚀。恍惚偷袭珍珠港，广岛长崎应若响。高句丽挟洲际弹，黑客指破互联网。文明魔道递相高，恶之花发久夭夭。君不见反恐反更恐，天方兵气何时销。

注：啊买噶，Oh my god（我的天哪），为2001年度关键词。

Y先生歌

流沙河本名余勋坦，著《Y先生语录》。

自古读书得通人，成都今有Y先生。迻言杂字得甚解，作书瘦硬取风神。少谓躬逢时不忌，掂得好句辄色喜。造化小儿诗弄人，划作右派狗不理。罚为贱役守书城，乃效蠹鱼肆其勤。得成字汇补段注，在劫莫逃秦火焚。祸延慈母那便哭，痴绝红颜惜穷途。好水好山天下有，剩男剩女世间无。一为解匠归去来，几家高举几沉埋。我生竟为刀锯余，忍看大柴化小柴。故园惊蛰寒蝥鸣，迩来新诗绝无闻。不喜大人常闭关，偶娱小我颇为文。早起见鬼龚夫子，龙潭放尿云飞君。时月不见Y先生，鄙吝之心竟复生。不趋时尚且追星，对岸还有Y先生。一只蟋蟀叫今古，真作假时假亦真。粗茶淡饭杂时蔬，厕上床前几卷书。兴来颜戳李敖厚，得间微挑金庸疏。市场炒作视行情，以不行行行不行。诗客或为门外汉，书家岂是社中人。时人错把比庄子，心中犹有杜意存。先生姓Y实不Y，瓦釜喧喧已雷鸣。

玉　树

不往高原去，焉知抢险难。

有风氧气薄，无雪夹衣单。

滥震何为地，精诚可动天。

昔闻格萨尔，定力至今传。

章太炎

天下才如斗，先生富五车。

东渡再亡命，南冠三系衔。

座仍灌氏骂，鼓任祢衡挝。

白首穷经夕，崇陵噪暮鸦。

　　注：章炳麟，号太炎。早年投身革命，两度亡命日本。尝以大勋章为扇坠，大骂袁世凯于新华门，被羁龙泉寺。时称"民国祢衡"。晚年主张读经，不与南京政府合作。

秋　瑾

荒鸡正阒寂，风雨不胜秋。

万古英雄气，一时班左流。

千金买宝剑，九月当貂裘。

华夏怜儿女，岐黄莫乱投。

注：秋瑾，字璇卿。留学日本，投身革命。回国后与徐锡麟等密谋起义，事泄被捕，就义于绍兴轩亭口。有"不惜千金买宝刀，貂裘换酒也堪豪"之句。鲁迅著《药》，以华家人影射麻木之国民，而以夏瑜隐喻秋瑾，用心深矣。

翁杨恋

二八翁娘八二翁，怜才重色此心同。

女萝久有缠绵意，枯木始无滋润功。

白首如新朝露冷，青山依旧夕阳红。

观词恨不嫁坡髯，万古灵犀往往通。

酬雍先生赠《野鹤集》

在昔风骚皆善怨，怨真实录亦成诗。

谁挥白发老夫泪，自纂黄丝幼妇词。

野鹤闲云倾浊酒，涌泉滴水报清时。

人间信是晚晴好，梦笔宜留到耄期。

雅安行

炼石补天馀一方，雨城牵梦岁华长。

时将大雪摧残叶，车过名山见夕阳。

十里滩声岚气湿，四围巇色水风凉。

夜来客舍重衾薄，无奈鸳鸯瓦上霜。

聋哑人舞千手观音

天人千手妙回春，族类同痴泪不禁。
失语时分存至辩，无声国度走雷音。
花光的历飘香久，法相庄严蕴慧深。
引领慈航成普度，神州除夕降甘霖。

天泰园白鹭

漠漠水田凭尔翔，争知稠院隐回塘。
三餐不素偷为乐，独腿常拳佯忍伤。
观赏鱼劳贼惦记，珍稀鸟待客端详。
主人抓拍成惊扰，一片孤飞雪打墙。

贵州某地斗牛，两牛于对撞一刻罢斗，同胞相认故也

声息潜通两觳觫，临场罢斗色凄凉。
人心恐未安于此，兽道元来狠有方。
萁豆相煎伤尺布，原田偕作恋斜阳。
凭君莫话斗牛事，必不甘休易以羊。

注：《孟子·梁惠王上》："对曰：'然则废衅钟与？'曰：'何可废也，以羊易之。'"

红军文化陈列馆

万家墨面苦秦久，半卷红旗张楚来。
子弟八千均土地，妇姑十九做军鞋。
若非猿鹤虫沙友，都是樊滕绛灌才。
试问初心何处觅，疏行大字凿苍崖。

注：馆在达州通川区罗江镇，"将星璀璨"展区陈列王维舟、张爱萍、陈伯钧等五十余位将军及老一辈革命家事迹。

马渡关李家院听歌

斯人惯作溜溜调，故里犹开淡淡花。

风物偏于雨霁好，江山直待赋诗夸。

老公绝唱八台雪，幺妹甘分六口茶。

歌到面红心跳处，素娥羞被暮云遮。

注：李依若相传为《康定情歌》歌词的原作者，故居在宣汉县马渡关。

竹枝词七首（录二）

会抓老鼠即为高，不管白猫同黑猫。

思到骊黄牝牡外，古来唯有九方皋。

注：1962年秋，中央书记处开会讨论"包产到户"的问题，邓小平讲"怎样恢复农业生产"，引用俗语"不管黄猫黑猫，捉到老鼠就是好猫"，以说明哪种生产形式有利于发展农业生产，就应采取哪种形式。

峨眉自古路朝天，最是公来不禁山。

半边容我与君走，尚与路人留半边。

注：1980年邓小平来成都休假、视察，由四川省委书记谭启龙陪同上峨眉山。安全部门原计划封山，邓小平不同意，说："我们也是游客，人家也是游客，大路朝天，各走半边。"

锦里逢故人

涸辙相嘘以湿同，茫茫人海各西东。

对君今夕须沉醉，万一来生不再逢。

注：《庄子·大宗师》："泉涸，鱼相与处于陆，相呴以湿，相濡以沫，不如相忘于江湖。"

牧马山庄

清时有味胜无聊，诗律棋牌各细敲。
牌到和时律已就，一时兴会两相高。

春 运

岁尾车行京郊，路旁木叶尽脱，时见空巢，怵目惊心。

京郊地冻艳阳高，客至年关咒路遥。
木落平林天远大，枝头留守有空巢。

朝天峡

乱石当空累十丸，网箍桩铆冀平安。
人心毕竟思维稳，便到千钧一发间。
注：《己亥杂诗》："弹丸累到十枚时。"

流 水

流水高山自古弹，鼓琴不易听尤难。
凤凰安得麒麟合，旷世无胶续断弦。
注：相传西海中有凤麟洲，仙家以凤喙及麟角合煎作胶，名之为续弦胶。

草 船

今夕凭君借草船，逢逢万箭替身穿。

同舟诗侣休惊惧，与尔明朝满载还。

张飞夜画

画到虞姬别婿情，兔毫重似虺矛轻。
图成不见丹青手，炅炅双瞳暗恨生。
注：明卓尔昌《画髓元诠》谓张飞喜画美人，善草书。

江 难

羊角天方夙有闻，猝逢十九莫逃生。
血写文章教尔汝，万般不可顶风行。
注：龙卷风多发于美国，长江闻所未闻。其夜风雨交加，行船是错误选择。

主家变故致小狗失所日与之食忽寻之不遇

丧家叵耐久承欢，路遇嗟来每乞怜。
今夜不知何处去，明朝须有倒春寒。

"五·一二"短信

检得年前短信息，温情骤起一丝丝。
等闲三字君安在，发自天摇地动时。

苏幕遮·上青藏

及良辰，将胜友。与子偕行，与子偕行久。小别重逢一握手。唐古拉山，唐古拉山口。　　镜湖平，阴岭秀。雪积云端，雪积云端厚。好客人家处处有。熟了青稞，熟了青稞酒。

行香子 · 塔尔寺

户有香茶，邻有娇娃。爱风流、一品袈裟。望穿秋水，不愿还家。想乔达摩，梁武帝，宗喀巴。　　朝霞堆绣，壁画当衙。话当初、枉自嗟呀。披红着紫，偏宜喇嘛。问骆驼草，菩提树，格桑花。

行香子 · 印象高原

影已离乡，心向天堂。转经筒、百转回肠。天蓝云白，隆达飘扬。有火之红，水之绿，土之黄。　　风过湖面，人上山梁。等身头、四季糇粮。弥空幄帐，遍地牧场。点野耗牛，大青马，藏羚羊。

注：隆达即经幡。

行香子 · 八台山日出

巴山绵亘，八叠为峰。几千转、跃上葱茏。气违寒暑，服易秋冬。竟霎时雾，霎时雨，霎时风。　　雀呼起早，目极川东。浑疑是、开物天工。阴阳一线，炉水通红。看欲流钢，欲流铁，欲流铜。

注：贾谊《鹏鸟赋》："天地为炉兮造化为工，阴阳为炭兮万物为铜。"

浣溪沙

又值风清月白时，书传云外梦先知。绿窗惊觉细寻思。　　亭合双江成锦水，桥分九眼到斜晖。芳尘一去邈难追。

浣溪沙 · 读陆放翁《天彭牡丹谱》步刘锋晋先生韵

天马南来一代愁，湖边西子忒温柔。洛阳春色在彭州。　　春雨杏花鸿北去，秋风铁马水东流。花伤客意近高楼。

柳梢青 · 眉山作

三苏名重，岷江源远，眉山如画。遥想当年，一门双桂，伊人初嫁。　　去来弹指匆匆，惜风月，悠闲无价。唤起词仙，衔杯屏妓，为予清话。

柳梢青 · 高中六七级同学会，有四十年一相逢者

竹马观花，青梅压酒，并长赉城。巷尾悲歌，街头辩论，不是书声。　　重逢乍见须惊，却道是、人间晚晴。六十年华，四十体魄，二十心情。

注：渠县土著民为赉人，明代合广安为县，称赉城。

一剪梅 · 重访狮子山

弹剑当年奏苦声，不愿他生，惟愿今生。来逢千里共长行，窗外眸明，柳外花明。　　十载萍踪访旧程，鬓尚青青，树尚亭亭。芙蓉城到牡丹城，去也关情，住也关情。

周英如（1948— ）

　　四川成都人。大学本科学历，成都翰林艺术学院会员、中国工笔画学会会员、四川省美术协会会员、四川省诗词协会会员。

扫　红

昨夜雨兼风，扫红三叹息。
忆昔花季年，亦当此风急。

闲　暇

独坐小院中，春日暖融融。
风唤枝头鸟，报道杜鹃红。

题画诗

身置翠微间，山幽人自闲。
凭栏极目眺，江阔一帆悬。

自　乐

喧嚣市井内，纸醉复金迷。
陋室饶真趣，琴书不亦宜。

秭归写生

生长明妃几个知，深山尚有屈原祠。
平湖漫漫山河改，那得滩声似旧时。

好事近 · 春到太行山

山径满春花，烂漫十分春色。壁立太行深处，有羊群点白。　　梨花带雨似何人，桃红伴身侧。更有暖风轻拂，听鸟鸣声悦。

蔡长宜（1948—　）

又名吴静，四川屏山人。有《姐弟诗弦》《长宜诗词赋精选》等。

满江红·上山下乡

宵月晨鸡，香梦里，骤然惊觉。忙洗漱，刷锅烧饭，折柴操勺。一碗稀糊苞谷面，半斤生脆洋山药。涎欲滴，虎咽入饥肠，翻沟壑。　　斗天地，凭赤脚；挥汗水，湔魂魄。与贫农一道，垦荒耕作。炙火骄阳薅草魅，倾盆大雨登山岳。待归时，又复点油灯，眠茅屋。

忆旧游·怀旧

叹相知一别，海角天涯，劳燕分飞。北辙南辕去，任柔肠几断，信息长违。奈何似隔山海，从此闭心扉。想往昔高情，宏才侃论，解我伤悲！　　回回。忍倾诉，对白壁青灯，孤影空杯。最是凝神处，渐朱颜清减，缄口攒眉。欲言又止休也，回首寸心灰。奈作茧千遭，添愁又把思绪追。

御街行·夜感

丝丝冷浸香衾透。足渐冷，衣添厚。无眠慵倚到三更，重数盈盈星斗。天堂有路，世尘无计，凡步维艰走。　　悠悠抱负奚能够？苦等待，强回首。花开花谢了无痕，还去当垆酤酒。他年难料，白头抒恨，春梦犹依旧。

倾杯·感怀

一点悲凉，半丝凄苦，依然昼夜难掷。病体恹恹，泪滴串串，怕人相怜惜。何当望月思亲故，惹一怀愁积。今生命定，犹似万里渡孤舟摇楫。　　谁道芳华莫负，韶光珍重，才干堪横溢。正自问心宇，思酬敬业志，空闺沉寂。琐事非情，凡庸违愿，枉我丹心泣。落霞暗，华盖重，海天凝碧。

沁园春·心声

天籁清音，一抹流云，直下海东。似雷鸣号角，龙腾万里；风摇大纛，虎跃千峰。易水荆轲，中流祖逖，自古豪情一脉通。回旋际，唤炎黄赤子，竞逐英雄。　　身同不系孤蓬，去何处瀛台觅汉宫？愿心弦抖擞，与天同命；思涛跌宕，返朴归宗。燕语呢喃，莺歌婉啭，流水高山韵律丰。抒怀抱，共金声玉振，舞破春风。

木兰花慢·望月

独凄然望月，广寒殿，叹嫦娥。仗一粒灵丹，抛丢后羿，永断丝萝。蹉跎。鹊桥枉顾，积胸中悔恨化沉疴。惟醉吴刚桂酒，抚偎玉兔梭罗。　　嗟哦。现世尘缘，恩义寡，怨愁多。比仙子凄清，孤鸾冷寂，更少平和。撕磨。待鸳梦醒，怅为妻为母又如何？他日乘风弄影，与卿共舞婆娑。

莺啼序·题旧照

佳人绮年玉貌，更仙灵汇聚。眼波里、千万清纯，那识身世酸楚。最难信、红颜薄命，为人作嫁伤心句。出青山，遐想他年，必成梁柱。　　美色天成，好女自许，耀家邦故土。对鸾镜，娇靥如花，暗抛多少情愫。绾乌云、香凝发辫，扎蝴蝶、痕留丝缕。相机前，神采飞天，目光惊鹭。　　高唐赴会，洛水凌波，怎堪际遇处？未料得、运交华盖，足缚红绳，梦醒江湖，泪垂珠雨。春蚕作茧，鸳盟囚命，无穷羁绊萦凄旅。渡关津、每被风烟阻。天涯海角，孤帆远影飘萍，失群满腹愁绪。　　情难与共，话不投机，忍戟言剑语。只落得、黄莺声断，噤若寒蝉，碧树桃僵，不知时序。三生石上，缘为何物？纠缠生死难自主。望蟾宫，空羡嫦娥路。先知恩怨情仇，早懂人生，汝还笑否？

徐有忠（1949—　）

四川合江人。民革成员，大专学历。四川省人民政府文史研究馆特约馆员。

题自画云台山色图

笔写潇湘记旧游，衡阳雁去又惊秋。
峰峦起伏连资水，云树幽深掩画楼。
安化黑茶臻妙品，梅山石像足风流。
客行万里归来久，翰墨情怀总未收。

题真来画仕女图

谁家庭院半开门，寥落梅花又一村。
燕子归飞寻旧主，佳人惆怅掩啼痕。
白头吟罢情难尽，红袖歌残酒未温。
回首绿杨深处里，空留倩影也销魂。

丙申春日游南充即兴

春风拂面百花香，缓步闲游意兴长。
杨柳楼台歌盛世，丝绸儿女换新装。
泊舟江岸惊飞鸟，回首天边下夕阳。
待到华灯初上后，街头又见舞霓裳。

春　柳

翠绿新妆意若何，风前自许舞婆娑。

不怜少妇忧思远，只恐离人摘取多。

尽日飞花飘白雪，疏枝弄影荡青波。

长条哪系南朝恨，勒马低垂响玉珂。

丁酉初夏自嘲有记

白驹过隙太匆忙，岁月催人两鬓霜。

变色泣丝悲墨子，读书映雪叹孙康。

挥毫法外求新意，落日楼头赋短章。

闲罢桥边重揽胜，肖家河畔漫疏狂。

灌县春游感赋

漫步离堆客未闲，置身宛在水云间。

索桥饱览都江堰，古道行吟玉垒关。

天外霞光垂夕照，山边楼阁壮城寰。

聂郎故事流传久，总是教人热泪潸。

次韵贵娣兄西子湖纪游

钱塘柳绿早春天，湖面波光泛客船。

山色迷人新雨后，南屏寻梦晚钟前。

雷峰夕照空留影，曲院风荷甚可怜。

印取三潭今夜月，梅妻鹤子尽无眠。

贺新郎·回复湖南殷老先生《黑茶赋读后感》题

话别湖湘地，望资江，云山路远，水流无际。旧日游踪安化旅，传有奇闻妙趣。引多少，名家高士。更上崇楼观胜景，读先生，盛世茶都记。襄壮举，尽人事。　　声波信使来书至。想当初，承君晚宴，偶然相遇。见说楚风民俗久，三宝犹生底气。黑茶赋，千秋文字。锦绣华章高格调，续茶经，堪补前贤句。垂典范，合天意。

王远仲（1949—　）

四川富顺人。川北医学院外语组英语讲师。

沥鼻峡

江花满目扑胸怀，绿嶂青屏次第开。
流到高崖无泻处，峡中飞出白帆来。

华光楼

指天拔地八方开，曾是古人观象台。
汉代星空今异否，三更寻梦上楼来。

许天林 (1949—)

四川阆中人。成都科技大学毕业。曾任技术副厂长、厂长，1992年任阆中皮革集团公司副总工程师。退休后为私营大英县回马明胶厂总工程师。

木　筷

瘦骨伶仃尽日忙，为人驱使饱人肠。
一生尝尽辛酸味，梦里几回作栋梁。

过果州火车站

打工今又向南行，别路非遥恨亦生。
无奈生机似蓬转，可怜春柳为谁青。
深宵睡意强睁眼，侵晓泪痕宛在巾。
回首南来北往客，多是背包扛被人。

回清泉二首

孑然一影独徘徊，满眼春光谁剪裁。
青瓦粉墙围竹树，杏花红出短篱来。

清溪堤畔有人家，明镜西窗映落霞。
曲折梯田青瓦屋，数竿新竹护桃花。

雨馀登阆中滕王阁远眺

远景天然入画图，半含秋色总模糊。
古城江绕双桥小，山路腰缠一线孤。
风送鸟声轻欲碎，雨馀人影淡如无。
景佳不减江南胜，何必扁舟泛五湖。

木兰花慢 · 回插队旧居

弱冠来插队，此番去，又三年。看叠叠群峰，黄增翠减，枫老苔斑。彳亍遍寻往事，惹无端思绪苦还甜。山上松针滴露，门前乌柏凝丹。　　临窗明月又依然，秋虫也声喧。叹岁月欺人，青春不驻，旧梦难圆。柴烟忍催客泪，忆油灯如豆夜无眠。月落衾边枕上，鸡啼灶后庭前。

鹧鸪天 · 春回大地

点点鹅黄绽桑拳，菜花铺锦柳如烟。几株桃杏招蜂舞，数架蔷薇任蝶眠。　　莺啭媚，鹭翩跹。乡村四月少人闲。赶集姑娘偎伴笑，光腚儿童依牛眠。

鹧鸪天 · 春归

信步山乡觅春踪，麦香胜酒桐荫浓。风吹杨柳飘香絮，雀啄樱桃散落红。　　秋千荡，上九重。纸鸢喜逐碧云空。谁言春归无觅处，春在游人笑靥中。

李兴辉（1949— ）

四川成都人。大专学历。退休前供职于西南民族学院图书馆，从事民族文献编撰工作。

将进酒 并序

戊寅仲夏，四川省诗词学会代表大会毕，滕伟明倡作《将进酒》。今现《诗讯》此题诸君华章，策我继踵，爰成俚句。

君不见黄河之水也断流，平沙一泻海东头。君不见乐府传唱将进酒，大雅谁继李杜手？我曹今续诗酒缘，举杯未饮亦欣然。欣然开怀同心照，思绪万端发长啸。人说时风划地起狂飙，推波助澜涌高潮，繁华竞逐泛尘嚣。但见车水马龙贯长街，绿窗灯火照楼台。目迷五色炫歌舞，物欲横流滚滚来。只今谁买相如赋，不重斯文重貂裘。乱雨摧花花失色，阳春白雪孰与俦？直面浮云歌浩叹，诗心百折仍缱绻。任他情因景迁随世变，覆雨翻云蜃楼幻。我自视，万象纷呈原无碍，行迹殊途走百派。放舟择流归棹去，沉浮清浊各自在。腰金骑鹤非吾求，愿作高天厚地一诗囚。将进酒，吾与汝，博清娱，醉诗友。嘤鸣相应吐肺腑，勉从诗翰烁今古，容与红尘之中此净土。

报载绍兴争夺孔乙己为商标有感

百结青衫究可哀，箪瓢谁个慕颜回。
茴香豆浸寒酸泪，残病躯求冷淡杯。
白傅琵琶传誉后，荻花枫叶借光来。
迅翁乙己谁能料，假尔斯文为发财。

观马一浮纪念馆感赋二首

国学师尊万柳堂，晴湖吹浪絮飞忙。
弥天一老无人问，空顾南屏吊夕阳。

声名自与湖山青，莺啭萍风诵课经。
准信后缘三十载，瞻韩有札拜西泠。

注：国学大师马一浮纪念馆设花港观鱼园内，是处原为小万柳堂。观鱼游人如织，瞻纪念馆者仅余一人。马先生曾任浙江省文史馆长，馆址位于西泠。先生已去世近三十年，不意今年竟有人寄信至彼馆，欲拜谒先生。

游陶渊明故里

依旧南山在，东篱菊已无。
高风泽故里，五斗易寒襦。
醉石轻当道，茅庵乐酒壶。
低徊凭吊处，夕照染平芜。

游绍兴沈园

缠绵冷雨望迷蒙，柳絮池塘婉转风。
一自钗头凤题壁，伤心百代哭惊鸿。

游九江琵琶亭有感二首

浔阳江上望无涯，隐隐涛声入远沙。
枫叶荻花皆不见，谁从遗韵弄琵琶。

琵琶一曲去何之，逝水那从觅旧词。

千古哀弦谁会意，苍凉月白夜深时。

临　江

青峦翠壁绕嘉州，何必邀封万户侯。
放棹浩歌乘兴去，一鞭雪浪拍天流。

华山道中口占

团将蚁步走栖迷，俯目流云千嶂低。
堪羡雄鹰舒健翮，奋飞一搏与天齐。

游乐山阿中远眺

雨丝万缕失春江，望里空蒙物色藏。
何处一声闻欸乃，烟云揉破见渔郎。

过重建万里桥

易地重修徒费劳，克隆难复认前朝。
请君浣水溪边看，万里桥成半里桥。

过零丁洋

凭舷幽思望零丁，惨雾愁云带血腥。
千古英雄终不死，丹心化作海潮音。

桂河大桥

劫灰腥血已无存，桂水扬波抹战痕。

只有铁桥铭史事，一根枕木一亡魂。

注：第二次世界大战，日寇强迫泰国劳工和英国战俘约二十万人修筑泰缅铁路、桂河大桥。桂河为泰缅界河，河宽水急，桥系铁木结构。据载工程艰巨，死亡人数众多，有一条枕木一具尸之说。桂河大桥现辟为二战遗迹，游者甚众。

芭堤雅海滨

呆呆秋阳望眼中，一帆红晕一帆风。

纵眸辽阔迷茫处，万顷波涛上碧空。

大理纪游五首

依然洱海浪晴沙，肠断芳魂何处家。

蝴蝶泉边歌婉转，苍山脚下找金花。

白族姑娘众口夸，头冠雪月与风花。

娉婷解舞清歌啭，举案还斟三道茶。

南诏风情在眼中，波光万顷湛晴空。

唐标铁柱今何在，化作巍巍世纪钟。

佳肴美酒赞名庖，席上鲜鱼味最饶。

别有拼盘添一绝，树皮野菜炸参葵。

古道华灯蒙雾纱，奇珍刺绣萃商家。

雕窗帷幔咖啡馆，烛影摇红射酒吧。

注：芳魂指已故著名电影演员杨丽坤。白族姑娘帽饰由风花雪月组成。三道茶是白族待宾的茶道程序。参茭是竹根类油炸食品，又称地参。大理多外国人所开咖啡馆、酒吧，用蜡烛照明。

读报有感

关内封侯始滥觞，如今学步又何妨。
镶枪银样看批发，学位方冠用集装。
博士真如茶博士，导师更似领头羊。
绿荫望去无重数，育得樗林作栋梁。

注：陈鲁民《到底要培养多少"水"博士》一文见2003年2月16日《羊城晚报》。《后汉书》民谣："烂羊头，关内侯。"

泸沽湖纪游四首

摩梭少女宴宾来，服饰斑斓耀眼开。
笑语声中寒意散，献歌拥抱酒交杯。

风俗已非原始时，女儿国里展新姿。
舞旋达体才揩汗，又步蹁跹华尔兹。

澄湖山月人平波，篝火光中好对歌。
情意相投抠手板，小阿妹子唤阿哥。

猪槽船上览湖皋，款皱碧波才半篙。
极目游云舒远旷，山风过处听松涛。

注：摩梭姑娘迎宾有献歌唱酒、拥抱唱酒和喝交杯酒的风俗。达体为少数民族舞蹈名。摩梭青年男女谈恋爱先以抠手心示爱，故称抠手板心。

丽江纪游二首

团花灿锦对门襟，白发蟠然拂雅琴。
中外宾朋齐洗耳，水龙八卦大唐音。

玉龙冰雪沥幽弦，仙韵飘洋载誉还。
流水高山心上过，始知文艺在民间。

前总统、拳王、球王接踵来华淘金二首

纷纷走穴到吾华，铁腿铜拳演说家。
片语赢来盆钵满，黄金掷去竞豪华。

破财何惧国人讥，乞得馀威鼓大旗。
生意场中传奥妙，巨星咳唾有商机。

姜维墓

夕照秋风日色寒，萧萧古木乱云间。
山崖独立将军墓，留取英魂护剑关。

南江光雾山

群峰如炬灼晴空，光雾斑斓飒飒风。
万点纷飞红叶落，酡颜醉在此山中。

感　时

一人得道噪神州，鸡犬登台气亦遒。
非调非腔哗众赏，不男不女逞风流。
传媒电驰吹新秀，瓦釜雷鸣捧沐猴。
举世贪欢看他去，绝尘宝马暖貂裘。

康定情歌

绝塞封疆路万千，画图谁识白云间。
只缘一曲溜溜调，四海名扬跑马山。

李松安（1949—　）

四川仁寿人。军队退休干部。四川省诗词协会理事，绵阳富乐诗社副社长。

鹧鸪天·夏日抒怀二首

漫向溪山觅丽踪，娇花谁个岭前红。榴裙舞漫烟霞里，鸢尾魂牵岁月中。　　帆影远，燕声匆。凭栏寂寞小楼东。芳菲去后空馀恨，绿草如茵带露浓。

谢幕芳菲尽付春，夏初美景更迷人。风荷梦扰池中月，沙鹭眠依雾里津。　　山知意，水含情。绵绵遥思足弥珍。声声杜宇林间叫，聚散匆匆月影昏。

鹧鸪天·秋日抒怀

萧瑟西风百卉凋，人生几度锁春宵。十年菊梦描花影，一点秋心上柳梢。　　山寂寂，路迢迢。尘封往事雨潇潇。栏杆倚遍空馀恨，满目银霜逐浪高。

李德成（1949—　）

　　四川泸州人。四川师范大学中文系汉语言文学专业毕业。中学高级教师、国家注册高级教育咨询师。从事基础教育工作四十余年。泸州市现代教育评估所所长。

月夜种瓜

两三茅屋数丛花，寂寂山中树影斜。
一片蛙声明月下，撬开乱石种南瓜。

游凤凰湖

马庙清溪玉树滩，香车已过七仙潭。
云烟缭绕莺声里，一路春风直到山。

游古楼山回泸途经五里山

驱车五岭白云间，一路春光是故园。
欲问乡情人不见，风吹稻麦碧连天。

冬夜病题

老病泸阳郡，孤灯夜雨长。
更深思往事，药苦感前伤。
卧榻诗三首，翻书泪两行。

衾寒开倦眼，帘外已苍苍。

游尧坝上鼓楼山

了却尘缘事，闲来古镇游。
溪花红惹眼，野竹绿摇畴。
石板思秦路，街衢望鼓楼。
四围山色静，清夜月如钩。

苏幕遮·无题

永丰桥，平远路。拂晓樟林，青鸟鸣香树。小路塘边多眷顾，人面桃花，惹得同窗妒。　　古楼山，天雨雾。苦乐年华，育养才无数。月夜登高还独步，寂寞愁肠，也是相思处。

齐天乐·晚岁

晚风轻拂霜林路，飘摇柳丝无数。月下琼楼，笙歌缈缈，此景此情谁诉。倾樽醉处，想几度人生，譬如朝露。眼底云烟，岂非应了相如赋？　　流光最难绾驻，念今宵过去，莫为辜负。诵读诗书，经营菊草，消得残年日暮。登临漫步，看河山万里，碧云青树。洗尽闲愁，此生天不误。

蝶恋花·惊闻汶川大地震

夜半悄悄流泪处，满目凄凉，梦里汶川路。万栋楼台皆作墓，青山战栗神难度。　　起坐徘徊还失步，忽报天兵，已入荒墟驻。急救苍生朝复暮，人间自有情无数。

何少飞 （1949— ）

女，中国民主促进会成员。成都理工大学附中退休教师。中学语文高级教师。东坡诗社《景苏吟》编委，《丛中笑》编委。

游船对歌

白沫江中荡绿波，竹船破浪似穿梭。
古稀戏学撑船女，错对山歌逸趣多。

揽胜寻幽

揽胜西山佳景寻，水天一色荡芳心。
层峦耸翠迷如梦，剪片彩云作锦衾。

石板路

青青石板接蓝天，古道千年悲喜传。
仿佛驼铃声脆响，沧桑岁月渺云烟。

赞和顺

远山沐雨醉空蒙，叠水声喧万木葱。
路转石桥通胜地，村环秀水赛天宫。
沿塘杨柳含烟绿，隔岸山花映日红。
漫步陂陀回顾望，人家尽在画图中。

小河流水

小河流水自涓涓，村女浣衣秀目妍。
青石条砧漂彩带，鸭鹅戏水叫声欢。

鹧鸪天·花源柳河新居

苑外清溪拾翠游，碧波如镜映层丘。鹭鸶俯吻桃源岭，净水欢吟花果畴。　　朝露浥，晚风柔，柳阴深处荡轻舟。白云寺内禅声慢，伫看山川久倚楼。

高　峰（1949—　）

四川广汉人。六六届初中毕业生。从军为某省军区文化干事，转业分配到广汉电影公司，任文艺编辑。曾任公司书记。德阳市书协理事，市诗词学会《雁江诗稿》主编。

扬州行

正是烟花三月稠，买船千里下扬州。
酒斟天下二分月，茶品南朝五百楼。
击赏朱弦弹越调，清听软语谱吴讴。
最怜西子蛮腰瘦，湖柳依依挽去舟。

注：扬州有瘦西湖。

游平乐李家大院

路作天梯云作桥，四合大院枕重霄。
鎏金御匾昭恩宠，嵌画雕棂叹艺高。
遗墨犹分黑五类，古苔尚隐红十条。
百年陈事知多少，溪水徒牵一梦遥。

题画马蹄莲

声出中南海，西花厅里开。
清标伴良相，端雅共高怀。
朝暮殊相惜，春秋不染埃。
今移白缣上，时有暗香来。

洛水秋意图

白水剪为绸，平铺十里秋。

江汀着环珮，枫色绣重楼。

云外高吟鹤，沙边浅唱鸥。

化工情未了，苇出一篙舟。

气温骤降，晚归有作于榻上

骨透朔风刀，市声渐次消。

香车争入泊，园雀尽归巢。

胃借火锅涮，肝教烈酒烧。

问余何所乐，拥被啃离骚。

注：泊，指酒肆饭馆前停车泊位。

修鞋匠

短凳围裙老花镜，一丝不苟缀人生。

莫嫌足下丁丁事，关尔前程万里行。

马 春 (1950—)

北京人。郑州大学中文系毕业。曾下乡、做工多年，当过干部、编辑。现定居成都，为企业负责人。

山中独行偶得

青霭悠悠意，鸣泉飒飒风。
故乡千里外，游子万山中。

孤舟夜行

白露横江天未明，悠悠帆影浪中旌。
烟波万里君行早，惊落晨星是橹声。

一江风月独行舟，野岸苍茫白浪柔。
得意人生山水里，好诗多在异乡求。

春日赏花戏题二首

一方水土一方人，蜀地民风趣又淳。
院坝梨花开正好，蹄花佐酒对芳邻。

市野青青晓日斜，川西春色漫无涯。
郊居别有鲜滋味，窗外声声卖豆花。

己丑春节回乡在挚友家中喜听蝈蝈鸣叫

乡愁难断语难倾，聊借小虫寄我情。
回首故园多不识，幸存蝈蝈旧时声。

邛崃山吟四首（录三）

看村童戏水
身子光光入水游，捉鱼摸蟹戏清流。
倦来随意浮江上，捞朵白云当枕头。

听 溪
岭深自有野溪生，清浅潺湲乱石行。
柔和纵是山中水，路过不平也放声。

山村小饮
举杯相对醉山林，话罢桑麻话古今。
酒过三巡谁助兴，蝶飞莺唱水如琴。

浙西山村即景

绿掩墟村第一家，白墙黑瓦杜鹃花。
群鹅引颈溪中唱，唤醒山翁醉眼斜。

丙子末伏，一螳螂误入我宅，怜之惜之，感而即兴

窗外蝉声紧，螳螂误入门。
空调无季节，彩电伪天真。
刀臂垂垂弱，漆眸黯黯昏。
愿离人世远，宁做一秋魂。

闻陕西省书协主席周一波先生辞职

书坛多怪相，权位尽官人。

耻没诸公仆，贪惊众国民。

涂鸦充雅士，画符乱真神。

终有清风起，先生出俗尘。

元旦游上里古镇山中　　2002

千峰竞秀晓寒天，溪水淙淙送旧年。

山色欣欣青竹笋，日光暖暖白鹅旋。

解衣游子行如雀，开伞野花飘似仙。

休向新春说人老，岭云深处万重缘。

刘 霞（1950— ）

女，1978年考入大学并留校任教，后调入中国工程物理研究院工作至退休。

抗震救灾中致儿

霁日初升望北川，临危受命几时还。
飞车夜月曲山镇，恶雨朔风泥水滩。
张翅雏鹰三万里，回眸艰险数重关。
今朝美酒千盅少，家宴呼儿坐上边。

壬辰初秋回插队小村庄

村头吠犬紧相围，邻院乡音出竹扉。
曾有青春同草绿，今来远客踏花归。
山田犹辨旧时景，老少难分梦里谁。
满坐新庭挑蒜种，炊烟夕照久相违。

癸巳秋再次参观核盾科技馆

戈壁荒原罗布泊，春雷耳畔动心波。
浩然万古英雄气，敢道氤氲此最多。

孙和平（1950—　）

　　四川开江人。曾为下乡知青，修襄渝铁路，做代课教师、县文化馆辅导人员。毕业于西南师院中文系，结业于上海师大现代文学研究生班。先后任教于达县师专、四川行政学院、四川省委党校。兼任四川省社科院客家研究中心工作。

康　巴

雁阵长天一字横，蓝空万里溅秋声。
征衣昨夜青霜染，铁马金戈又启程。

田园二首

青山游牧笑春秋，牛背诗书气自幽。
困了轻云一阵卧，清泉笛管向天流。

春童竹笛不曾归，最爱青山卧夕晖。
牛角挂书多记诵，雏鹰岩下试高飞。

自　题

春去无人问落花，秋来有菊笑山家。
乡村自得风光意，不与城中比岁华。

观 棋

棋阵攻防不见城，楚河汉界静无声。
街边对弈人休笑，看我胸中百万兵。

川 戏

嵯峨楼筑月华开，锣鼓兵戈际会来。
一碗清茶泡进戏，悲欢离合怎幺台。

登嘎云亭怀元稹

三冬司马与民同，更付诗心慰苦穷。
水水山山人不在，登高元九仰苍松。

农民工纪实四首（录二）

长年工地砌高楼，家在心中空自留。
夙夜露天人不寐，施工架下月如钩。

廿年今日又还乡，屋厦将倾蒿草长。
收拾从头人笑我，青峰补缺作山墙。

开江薅秧歌列入非遗名录

薅秧兴会闹年开，赤脚神仙天上来。
锣鼓咚咚追复沓，青山绿水大歌台。

重　逢

东出夔门去，长江怀故人。
瞿塘惊滟滪，白帝踏歌颦。
神女不输志，青峰岂染尘。
我今归梓里，犹是少年身。

答友人

风雨泥墙旧，秋霜白了头。
叶红堪惬意，花谢不知愁。
石瘦苔多润，心清水自悠。
长相知会处，诗卷忆通州。

填四川

湖广云西路八千，巴山蜀水断人烟。
百年空宅藏荆莽，千里平田废草鸢。
指手天宽为业界，栖身地广着牛鞭。
新乡世代拈烟火，祀庙堂堂总焕然。

下广东

生生世世不堪穷，洒泪乡关下广东。
罚款因无居住证，加班但有月华宫。
打拼终悟天和地，创业须追事与功。
家国百年圆梦日，新城崛起木棉红。

母亲祭

油灯又忆亮三更，夜梦童年喜光明。
麻线针针操持意，衣裳件件剪裁情。
江山破旧何堪补，黎庶贫穷怎地生。
念我母亲家国计，追怀儿女泪吞声。

山中即景

率性青山绿水中，人生步履放轻松。
溪边濯足跳波碎，花下闻香溅叶红。
古庙深幽思禅韵，炊烟散淡见田笼。
辉光最是林梢亮，春涧鸣莺声自空。

无　题

春花秋月照空明，人坐窗前静气生。
平仄敲来拈字字，宫商推罢究声声。
夕阳一度清波远，牯岭几番松鹤鸣。
卷帙三千咏大汉，长风万里走东瀛。

登散花楼

大唐千载数风流，西去成都第一楼。
上去青云天地大，沉潜浮世庶民忧。
当年锦水留诗客，今世动车驰九州。
仗剑天涯遥望处，幽幽古国自春秋。

知青记忆

半是青山半是花，弯弯小路半岩遮。

宽云窄雾耕耘事，小白长红雪月家。

心苦乡村多困厄，气追家国少繁华。

一蓑烟雨归来后，旋点青灯读早霞。

屋顶花园喝茶

半种瓜蔬半种花，妍然都市小农家。

楼高四面云横岭，气静三秋叶映霞。

绿意沁心和茗品，清音悦耳伴琵琶。

东风倏忽迎君至，笑语欢声夕照斜。

临江仙·通州

一去千山巴水远，挥觞载筏同俦。此身花月几多愁。青云空负志，白了少年头。　　浪激川江西蜀地，青峰城阙通州。扶摇登临六相楼。京华总北望，家国笑春秋。

李思和（1950—　）

四川江油人。大专学历。长期从事基础教育和教育教学管理。2011年从中国工程物理研究院退休。有《思和吟》。

阿坝嘉绒行

壤塘支教走嘉绒，朋友欢谈图画中。
深峡紫烟绕碧树，高山白雪射晴穹。
泛鳞溪水若琴趣，浸血秋枫似火红。
更喜藏童北京话，渝蓉俚语亦相融。

阴平古道摩天岭

古树披苔葛绽筋，悬崖峭壁路难分。
挟风飞石无由坠，砸碎山腰五彩云。

蜜　蜂

春来日日阅群芳，不畏辛劳酿蜜忙。
弱小心齐谁敢犯，舍身抗敌亮锋芒。

李小华（1950—　）

四川营山人。硕士学历。中华诗词学会会员、四川诗词协会副会长。四川省南充市委政研室副主任，四川省社科院南充分院副院长。

小外孙写真

学语咿呀日，吐音还不明。
先前只会爬，现已任随行。
好动难停息，精灵喜异声。
稍微不注意，花架亦攀倾。

巴黎物候

阳光昨尚丽，今却雨绵绵。
冬夏时偏短，春秋季若连。
丛林随处是，群鸟广场旋。
塞纳向西去，城中百卉鲜。

用餐法国老人

年纪过花甲，边幅亦少修。
手中半杯酒，桌上一方兜。
安睡狗相伴，依墙杖质优。
走时呼老板，欧币碗旁留。

巴黎歌剧院

细刻精雕耀眼明，琼楼一座令心倾。

流音婉转千秋事，唱彻人间悲喜声。

巴黎飞至成都

银翼冲天起，航标直向东。

欧洲景已去，锦里水重逢。

思接千年上，视通环宇中。

客人皆不识，打的各匆匆。

家山好·异邦

异邦喜遇国中人。情相系，话相亲。殷勤问讯家山事，夹浮沉。国之大，实难均。　敢言创业到巴黎，助子太艰辛。老来拼打，也知未必跳龙门。爹爹一片心。

卜算子·三杰颂

千古是英雄，永世英名在。革命生涯若史诗，长受人民爱。　赣水打头枪，相会黄洋界。独步毛公镇宇环，辅佐同担戴。

注：三杰即毛泽东、周恩来、朱德。

雷长诗（1950—　）

四川泸州人。曾任叙永县建设委员会主任。叙永县诗书画院常务副院长、叙永县文学协会主席、硬笔书法家协会主席、泸州市诗词学会副会长。

风过泸州带酒香

仪狄兴来欲举觞，神州何处觅琼浆。
云游天府谪仙醉，风过泸州带酒香。
万里长江新梦觉，千年古郡彩旗扬。
蜀南山水多奇秀，无尽甘泉待杜康。

注："风过泸州带酒香"为胡耀邦同志20世纪80年代视察泸州时即兴句。仪狄，中国酒神。

游剑门翠云廊

石栈天梯蜀路长，剑州古柏郁苍苍。
千年铸就擎天盖，群树连成碧翠廊。
细检碑文怀翼德，情牵史页忆沧桑。
将军驿道留身后，异代常存一瓣香。

花莲玉雕馆

万千思绪已经年，宝岛环游仅数天。
玉刻花莲期璧合，蚌开野柳盼珠联。

垦丁路近回归线，嘉义潭清日月悬。

一隅江山连故国，炎黄两岸待重圆。

注：花莲、野柳、垦丁、嘉义均为台湾县名或地名。

达州新农村文化艺术演展基地

气势恢宏演艺楼，巴人故里望中收。

凤台高筑霓裳舞，毓秀钟灵古达州。

访泸县响水坨天一农庄

长堤柳绿间桃红，处处春山爱意浓。

静水一泓沉璧影，金峰两岸觅花丛。

撩人秀色观中景，拂面清香世外风。

向使谪仙临此地，何须美酒醉千盅。

咏泸州张坝桂圆林

长江万古经行地，毓秀钟灵重此身。

玉坠九天成碧海，香飘十里赏荷村。

园中美果尊龙眼，舫内金盘盛异珍。

凝目小桥花伞动，鸳鸯倩影最销魂。

临江仙·咏梨花

靓丽何须添彩色，本真凝固心中。飞盐撒絮压桃红，素颜倾百媚，美奂妒夭秾。　　玉骨冰肌香淡雅，天姿卓荦芳丛。杨妃恍若映花容，一枝春带雨，流韵艳东风。

周先云（1950—   ）

四川成都人。画家，民革中央画院理事。

绣球花

欣逢三月艳阳天，粉蝶无声簇作团。
红粉楼头一撒手，玉郎生死愿同欢。

题画海棠

东风送暖小庭芳，西府海棠浓淡妆。
深藏姹紫更嫣红，一枝横出泄春光。

狮山溪塘

春山日暮云脚低，喷雪樱花似落梅。
池边白鹭乘风起，飞向高枝去又来。

题　画

纵使从来不遇春，挥毫写罢也精神。
不用天公施雨露，花开笔底香风生。

洪君默（1951—　）

福建晋江人。中华诗词学会会员、四川省作协会员、四川省诗词学会常务理事、晋江市南英诗社副社长。有个人专集《衔远庐诗草》《衔远庐吟稿》、合集《五人行》《味远吟草》《涛声集》等。

种　苔

墙角溪边绿万堆，人云不是栋梁材。
我偏移向盆中去，报与松筠一处栽。

咏　梅

不管山边与水涯，能生根处便安家。
殷勤迎得东风至，又被东风谢却花。

扬州元宵

十里春风载酒桡，美人何处学吹箫。
而今又是月明夜，觅遍烟波廿四桥。

染　发

创意新花样，追星鼻眼高。
苍黄悲墨子，皂白乱州曹。
鬓染三分锦，头栽五色毫。

西人虽可法，岂是在皮毛。

山村春雨即事

遥山何处认轻痕，陋室春寒独有温。
一树楝花飘曲陌，半帘杏雨滴孤村。
邻家柴湿正吹火，稚子衣单乱叩门。
幸有相知同促食，且耽书卷到黄昏。

锦城西郊夏夜

盛夏虽云夜不长，周身如坐火炉旁。
徒劳轴转电风扇，忽忆空调洗脚房。
隔树禽声犹乱耳，开窗竹影欲穿肠。
抛书宜早关灯睡，料定天明事又忙。

寄三味子

迎张接李已神疲，等外公民鬓渐丝。
十口油盐须料理，几层关系要维持。
合该眠少上班早，恨不贪多落日迟。
可恶余姚三味子，天天来电迫赓诗。

手　机

机关用尽待深论，清净何时到六根。
仰俯无须观面色，甘辛可不对人言。
坏消息少看为妙，大道理多听觉烦。
昨日亲朋来短讯，今年肉价已翻番。

月 光

一从皎洁出蟾宫，料得万邦仰望中。
饥腹还能充画饼，修眉端不似望中。
盈亏自负年年是，贵贱无私处处同。
官宦而今谁学我，长留清白在高空。

刘静松（1951— ）

　　四川自贡人。毕业于西南师范大学中文系。先后当过工人、干部、教师，2007年退休前为重庆文理学院（原渝州教育学院）中文系教师。

退休四律（录二）

清宵别棠邑，白首向龙泉。
岂有鄞城气，堪吟彭泽篇。
草堂终在眼，花海欲沾天。
千载仙桃熟，刘郎是宿缘。

二人成世界，绗眼对霜髭。
老子诗书癖，阿婆影视痴。
笑她钱太省，嗔我睡何迟。
闲忆向平事，唠叨四耳吹。

注：小儿年过而立未娶。

奉和坤栋兄赠别大作

辞里赴庠序，星旋十五周。
心甘食苜蓿，志岂竞沉浮。
鬓发灯前白，风霜天下秋。
行行别知己，望望出渝州。

奉和仲兄冬梅

东风容易送华年，回首沧桑事几迁。
已别行云销旧梦，忽逢流水写新篇。
精禽有愿填沧海，箫凤何时向碧天。
万里关山如有待，驱驰还喜共吟鞭。

望 海

眼底平涂一色蓝，无边浩浩接漫漫。
敞开灵府三千界，要与沧溟共窄宽。

天涯海角

蛮荒万里几人还，逐客千秋泪未干。
此日凭高开远目，石头之外海天宽。

西 岛

一刹神壶在眼前，飞天潜海乐千般。
椰荫独坐听仙乐，何憾囊中是小钱。

黎寨风情

黎妹情多似海涛，迎新送旧日千遭。
一背一抱完婚礼，笑被温柔宰一刀。

注：约十分钟完成婚礼，索聘礼、小费计六十元以上。

游剑阁步韵温庭筠《利州南渡》

白头难得见清晖，捉酒登车向翠微。

老柏千秋如我待，高谈一盏复安归。

雄关久立风犹烈，彩笔狂歌墨正飞。

天下诗人同一粲，远红尘处暂忘机。

沁园春·洪

石破天惊，泣雨呼风，蓦然涨洪。看高城入浴，舟行屋脊；怒涛上卷，月落江中。气欲吞山，势如倒海，万里狂奔走毒龙。俱往矣，笑淫威一瞬，扫地无踪。　　青山依旧从容，且雨霁朝来日更红。有长风浩荡，复苏大地；神娲勤奋，补缀残空。四化新征，千秋大业，赤帜翻飞号角雄。平心问：赖何来伟力，胜得天公？

梦江南二首

窗微掩，书案耿孤灯。冷月高悬秋一片，乱蛩交奏夜三更。寂寞读人生。

沉沉夜，四野动鼾声。峻岭有形皆酩酊，浮云无力尚拼争。孤独是寒星。

贺新郎·咏火柴

读叶氏白话《火柴》诗，因增删其意改作此阕。

瞧这一家子：小房儿、百来人口，不忧其挤。个个直如擎天柱，要把颓空撑起；躺下是、待燃诗句。瘦骨嶙峋头脑在，但平生发言惟一次。光与火、灿如炬。　　明知言罢难逃死。叹男儿、成仁取义，前行后继。天降我材何所用？一逞胸中豪气。遭劫难、可能天意？休羡火机华且贵，吸他人、膏血成肥己。藏机巧、赚公喜。

满江红 · 悼母

入得门来，环望处、几多萧瑟。抚旧物，棋书针线、还馀温热。骨肉相依五十载，悄然一坐成长诀。念平生、勤苦为夫儿，燃膏血。　三年难，茹藜蕨；十年劫，见风骨；更衰年求道，壮心如铁。佛说因缘应不假，儿愁赓续茫难测。叹人间、母爱太深洪，谁酬得。

踏莎行 · 赠穗风主人

泉响空山，莺啼杂树。纤纤玉笋挑心绪。流霞对酌唤春回，月明还诵梅花句。　好梦难常，知音乍遇。一番风散神仙侣。无情尘海有情痴，彩笺欲寄知何处！

鹊踏枝

昨夜东风开海雾。诗酒刘郎，独向天台路。依约桂华明绮户。回阑小榭闻筝语。　玉盏频挥还斗句。弱柳盈盈，共我翩翩舞。一霎浓云兼密雨，梦回人在凄凉处。

王广林 (1951—)

女，大专学历，祖籍湖南，生于上海，1962年随父母内迁四川成都，1969年上山下乡当知青，1976年返城。曾做过宣教、组织干事、人事等工作。曾为《天府诗苑》编辑。

参观腾冲国殇园

远征滇缅执干戈，炮火硝烟壮士多。
浴血抗倭天地鉴，后人凭吊泪滂沱。

游蝴蝶泉有感

蝴蝶泉边花满蹊，红飘绿摆压枝低。
翩翩彩蝶今何在，惟见清风拂锦旗。

春游·西羌新水磨镇

十里平湖，碧波拍岸千行树。迷人花路，虹彩廊桥渡。　漫步华街，村寨金箫鼓。西羌妩、耒耕多助，春到人间舞。

少年游·思故乡

晨炊薄雾绕田园，芳树绿峰峦。风吹旖旎，晓露沁春寒。　萋萋芳草天涯路，云破月儿残。故土难归，旧魂何寄，惆怅枉潜然。

王艾蓉（1951— ）

女，天津人。原华西医科大学制药厂工人。

游乐山大佛寺

大佛脚下三江流，寂寞东坡载酒楼。
水阔山空星月小，云凝雾绕嘉州浮。
长风不语归帆动，骤雨多情伴客愁。
赤脚涟漪鸥起处，童心无束展眉头。

祭扫松山旧战场

清风吊影祭松山，百感当年血战艰。
动地一声横破处，硝烟卷灭敌三千。

注：当年松山驻有日寇坚固工事并精锐三千，中方久攻不下牺牲颇大。后用坑道颠覆法，以十吨TNT将整山颠覆，将其攻破。

望海潮·游青岛崂山、栈桥

参天接海，石碓胜景，瀑飞云树清泉。秦帝汉皇，登临颙望，蓬莱一片茫然。惆怅牡丹残，问谁是香玉？可记流年？看雾听潮，野鸥飞绕打渔船。　　空桥暮色如铅，雨狂欺过客，对海凭栏。风卷怒涛，千军万马、奔腾竞起天边，呼啸到人前。动魄惊心处，激壮缠绵。可叹人生易老，沧海却难填。

王和春 (1951—   )

四川广汉人。大学本科学历。1969年入伍，先后在黑龙江省军区独立师、辽宁省军区独立师服役，历任排长、政治指导员、宣传干事。1984年转业回原籍，就职于中共广汉县委统战部，任统战部副部长。广汉市诗词学会会长。

春　柳

东风拂动绿丝绦，宛似仙姬舞细腰。
莫谓长条欠风韵，无花却比有花娇。

老　农

山上牛羊院内花，遍栽蔬果间桑麻。
口衔烟袋穿阡陌，阅罢丰收阅晚霞。

朝阳湖

平湖山色映朝霞，翠幕风帘缀百花。
客驭春光迎碧寺，舟缘绿水到僧家。

灾后桃花

灾后春阳格外红，催开桃李满山中。
童心摇曳随筝远，一线牵回和煦风。

邓小军（1951— ）

四川成都人。1990年陕西师范大学博士研究生毕业。先后任四川师范大学中文系副教授，首都师范大学文学院教授。有《诗史释证》《唐代文学的文化精神》等。

安安诗

安安好女儿，襁褓常笑颜。爷爷奶奶爱，不独妈妈怜。安安满周岁，爹爹千里还。安安乐何似，不知有夜阑。爹爹持抱汝，出门看天天。星星都睡了，安安也应眠。安安合眼睡，英气双眉间。安安学走路，颇不耐人牵。一日忽自走，摇摇穿房间。摇摇终不倒，爹爹至喜欢。月馀爹爹行，临行别安安。安安大痛哭，爹心万箭攒。妈妈书信至，封封说安安。每欲找爹爹，里外四处看。爹爹读书去，妈妈为汝宽。汝手指画册，仰头若能言。长安清秋夜，十五月正圆。爹爹不能寐，梦寐亦潸然。写成安安诗，迢迢寄回川。安安好女儿，学诵待他年。

读章太炎衡三老

太炎衡三老，船山最为清。亭林开朴学，虏世假其名。梨洲导浙派，难以寂其声。惟有船山独完发，始知此老齐嵩衡。君不见南岳之高回飞雁，何况榛莽隔膻腥。君不见南岳之南有瑶峒，瑶峒之天犹汉宋。胡尘天下已颎洞，四岳为轻南岳重。

读陈寅恪文集

寒柳堂边魂梦萦，天风海浪不堪听。

月明南海波光闪，知是鲛人珠泪莹。

癸亥冬读熊十力先生《新唯识论》

应与先生有宿缘，绝编照眼出丛残。

似来活水共云影，如坐春风忘岁寒。

秦火劫馀周典籍，金源变尽汉衣冠。

江河万古斯文在，瑶洞龙场一例看。

甲子春读梁漱溟先生《人心与人生》

荆榛蔽地海扬尘，始见金刚不坏身。

摩诘心期传绝学，召公肝胆系生民。

弦歌旧绕嘉陵水，礼乐曾还洙泗滨。

俗谛廓清人鬼泣，先生会有后来人。

颐和园鱼藻轩

故宫都在夕阳中，绿水青山别样红。

大节湘纍身殉道，奇哀辛有夏将戎。

魂消七十年间事，泪洒昆明湖畔风。

不敢西台恸声哭，吞声还与少陵同。

寄张学渊兄

绿野苍烟两少年，斜阳绚映谒师还。

君家丞相祠堂畔，地入剑南诗稿间。
五夜论文河汉耿，卅年回首鬓毛斑。
人生哀乐关家国，诵读雁书双泪潸。

春日读杜寄呈迟庵师渝州

几日忘形读杜诗，忽从温故忆吾师。
讲吟不觉重飞动，研习因能有所思。
巴峡江花应吐蕊，湖城柳眼已繁枝。
春宵寂寂星光暖，注目遥天又一时。

黄　山

不似峨眉绿韵浓，丹崖石柱映晴空。
谁知太古洪荒意，留在江南锦绣中。

西　湖

湖山初见已消魂，疑是重寻旧梦痕。
西子有情添远韵，着人烟雨亦温存。

禹门口

唐源追溯到河汾，一路心情似骏奔。
万里黄河来眼底，春光无极过龙门。

黄颊山

绿野神州几点烟，人寰俯看吕梁巅。

汾南疏属千秋事，只在人心不在天。

水　仙

谁散天香如袅丝，含羞素面半开时。
凌波风致亭亭直，不减梅花疏影姿。

黄桷兰

绿阴高自九天垂，花放如栖万鹭鸶。
昨日行经香似海，香留衣上到今时。

玉楼春·别书城师

江南未作从容驻。点点飞红相伴去。魂消黄鸟两三声，情系绿杨千万缕。　　天长地远归何处。生小峨眉山下住。门前春水縠纹平，流向江南如尺素。

李必强（1951— ）

四川巴中人。大专学历。曾任攀枝花市委组织部处长、市政府农业办公室副主任等职。

为失业人忧

红消翠减近黄昏，渐有秋霜泊巷门。
酒入金杯光烂漫，风摧白屋夜深沉。
家贫但觉亲朋少，米贵咸知货币真。
天道之公今信否，锦衣难解布衣人。

牟尼沟夜宿

枕畔溪声绕耳厢，藏家楼寨夜生凉。
梦中瀑雨真消暑，醉里身心半作狂。
蓝水涵幽天照影，青林寓秀鸟添裳。
山高自有风光好，慰藉人生痛与伤。

车过川西高原感景致别开

重山顶上是高原，眼界新开未有边。
牧马帐房皆入镜，逸情乐趣暂忘年。
闲时尽有景中景，绝处方知天外天。
管领逍遥谁似我，此时胜过小神仙。

为纪念真理标准问题讨论三十周年作

山穷水尽费疑猜，忽有先声宇外来。
警语如匙开锈锁，狂飙携电扫沉霾。
重嘶暗马呼真理，始唤翔翎竞九陔。
一自神州冰雪后，嫣红姹紫满春台。

丁亥春莅观犍为文庙

尊贤礼圣偶登台，侵雨廊坊日见衰。
嬗变人间风俗异，大成学问世人怀。
但凭八郡夸新政，也听三江说隐灾。
所幸名楼今尚在，先师殿下久徘徊。

生日自题

诗意人生半是痴，凭今吊古费新词。
读书每念躬耕苦，处事难消误会疵。
情趣当然容理趣，工资权且付茶资。
行无诡诈心常坦，惯看晴时变雨时。

杨振兴（1951— ）

四川简阳人。曾任成都饮料厂车间主任，成都丽景湾国际俱乐部工程师。戊子书画院画师。

春 兴

燕归新绿锦江头，万里桥边泊小舟。
一路香风动垂柳，迎人直到散花楼。

远 游

南疆北国任驰驱，眼底风光若画图。
万里之行犹读史，胜他通览五车书。

杂 感

酒绿霓虹夜正兴，奔驰宝马送来宾。
谁知厅外下岗客，索倚南窗望市灯。

丽景湾黄昏

听得林中宿鸟喧，炊烟袅袅歇鸦船。
柳堤枝挂弯弯月，拢理垂丝莫互缠。

观谢无量先生书法展

宠辱皆忘竟涅槃，匠心独具益重观。
横斜倒薤悬针处，烂漫天真无量禅。

罗巨白先生画葡萄

虬龙盘舞玉珠垂，俄尔纷飞挂翠微。
捧手脂凝仙掌露，开轩清映夜光杯。

题秋蝶兄画八哥

君之妙笔总多情，栩栩灵禽似有声。
疑在桃源春色里，时时天籁耳边鸣。

人日游草堂和礼台兄

杜祠春色早，随伴众贤来。
灰鹭浑鱼草，金乌亮腊梅。
兔年词客拜，花事草堂开。
痛饮无馋胆，归家嗅老醅。

赵仁春（1951— ）

四川郫县人。毕业于唐昌民中，后入伍。成都市八二信箱物业公司工作。

乙酉读谢无量壬辰致马一浮书

银钩铁画画钟王，书史千秋自一堂。
燕瘦环肥同入妙，颜筋柳骨各称强。
剪裁魏晋真能事，熔铸古今自主张。
识得孩儿真体势，心罗万卷发天香。

丁卯有作

混迹江湖岂自容，年来身世感飘蓬。
兔园册笑遗冯道，干将锋虞喻李邕。
布谷鸟呼南亩雨，羲皇人卧北窗风。
平生豪气消除尽，一样沉沦涧底松。

有 感

唾壶击缺竟如何，苦恨新来鬓白多。
世路崎岖经九折，人生落拓受千磨。
烟云过眼争意气，风景怡心亦幻魔。
谢却人间烦恼事，挥毫泼墨任讴歌。

谢长生（1951— ）

四川成都人。毕业于成都第二十三中学。成都中医药大学附属医院工勤人员。

如梦令·怀友

愁遣除非诗画，夜静无如潇洒。邀月醉西楼，还有几分风雅。窗下，窗下，诉说一丝牵挂。

望江南

家乡好，百尺望江楼。万里桥边飞白鹭，浣花溪畔宿沙鸥，西岭雪千秋。

家乡好，二水抱城流。才过杜翁清水槛，又登太白九天楼，遥看水中鸥。

万德友 (1952—)

四川自贡人。曾任职于自贡市大安区何市供销合作社。

抬 工

滑竿石料荷双肩，步履沉沉汗满衫。

远道绵延行自缓，陡坡曲折上尤难。

抬人始信人分等，扛石方知石最顽。

七尺长躯弓似蠖，若能糊口不呼天。

驶牛匠

背犁负耙又牵牛，下了田头上地头。

雨里蓑衣支斗笠，风中涩眼走泥沟。

转弯拐角频回首，竭力劳神每望秋。

牛喘疲劳人喘累，虽非同类却同俦。

满江红·哭汶川

眨眼鳌翻，惹尘世、缘生缘灭。天地转、倒悬河岳，人埋砂砾。八级震馀无可状，九州连臂同输血。下半旗、泪雨若倾盆，天悲切。　　川人脊，未曾折。中华脉，焉能绝？看一方罹难，四方提挈。天府休教沦地府，地维重续回天劫。聚人心，十亿结成团，谁能裂？

帅仕平（1952—   ）

四川成都人。电大汉语言文学专科结业。成都市粮食局职工，成都市文联"第三产业"管理成员，成都市华联有限公司董事长兼经理。《玉垒诗刊》编委。作品发表于《中华诗词》《诗词四川》等刊物；曾入选《观山悦·中国当代山水诗人精品集粹》《当代诗歌选粹》。

抽思三首（录二）

长日如奔月似梭，性灵诗草漫研磨。
穷搜歪句酸肠涩，猛灌黄汤蹒步拖。
险世运乖非志士，桃花命犯有娇娥。
何当勘破红尘劫，做得神仙或佛陀。

立秋未捣秋娘杵，一任夏姑黏夏荷。
天地游魂何圣哲，云霞玉马又青螺。
凸磨头角峥嵘故，得失仙山缥缈罗。
谁识子非鱼者也，百年悲壑起嵯峨。

好事近·山居六首（录四）

新采蕨薇根，家酿玉芝陈酒。乘夜好煨山药，剪凌曦菘韭。　　竹芽紫芋野香芹，腊肉去年后。本是僻乡风味，惹老饕夸口。

高卧正酣然，草阁竹扉谁叩。探首一声憨笑，是风尘霞友。　　西家十七俏山姑，东邻拾樵叟。烟里隔峰相告，问山珍何有？

春日试新醅，昨醉半坡林岫。犹觉古琴空响，或夜风松吼。　　山清心肺水清魂，烟云去尘垢。得了二三佳句，任骨销人瘦。

初醒怨莺啼，啼断昼眠依旧。起看雾开云聚，正发呆时候。　　懒敲长调废琴棋，莫说雅风有。捡段煮茶香木，道其兰如臭。

破阵子·青城山观云二首

漫起苍冥泉壑，飘摇淡荡勾魂。或许并龙天外降，拔地排空万象吞。垂天擒北鲲。　　涌出青螺玉马，烟闲堆个仙津。最是苍生欣此物，风为良媒水为神。无心雨打春。

昨驻西峰北坳，明跟南斗东君。纵使变通诸色相，也就虚无缥缈根。随他万丈尘。　　惯看湘巫祷雨，每伤羁客凭云。高士合当时伴卧，都是披纷风雨魂。休言聚或分。

佘彪林（1952— ）

四川苍溪人。大专学历。1969年入伍，任雷锋生前所在团副政委兼沈阳军区"雷锋纪念馆"馆长。1997年转业到广元市广播电视局，长期做党建工作，任局党组成员、机关党委书记、局工会主席、正县级调研员等职。有《佘彪林诗词》。

庐　山

险峰晴接翠，五老远峦奔。
涧碧鸣飞瀑，山幽涌乱云。
香炉烟袅袅，松竹叶茵茵。
好个仙人洞，封关好避秦。

小三峡野渡

野渡少人行，孤舟独自横。
艄公残梦醒，静听水流声。

家乡小路

小径崎岖无处寻，荆藤满道路难行。
还林还草山岚翠，绿荫深深布谷鸣。

初　秋

蝉声渐老试天凉，乱叶随风扑绿窗。
时令频催秋夜雨，秦云晓渡蜀山苍。

乌　镇

水上人家水上城，绿杨荫里小桥横。
波间荡出轻舟影，知是溪山是画屏。

张 蜀（1952— ）

籍贯陕西西安，生于四川温江。曾插队安县为知青，后进温江机械厂做工，停薪留职经商。

越王台

古越王台隐柏林，卧薪尝胆霸图兴。
可怜文种孤坟上，啼鸟声声意不平。

吊张煌言墓

石陵古道树苍苍，剩有荒藤掩断墙。
欲问忠魂何寂寞，弯弯秋月照钱塘。

古运河

黄衫红袖宴船楼，几度繁华几度秋。
剩有江波流不尽，追随残月到杭州。

绍兴轩亭口

轩亭遥对旧闺楼，秋雨秋风不尽愁。
碧血河山生死路，英雄肝胆女儿头。

姑苏三首

落日霜风过拱桥，轻舟流水渡秋宵。
楼台隐隐钟声起，远望寒山一寺遥。

重过姑苏月照台，天涯流水对门开。
长桥驿馆繁灯处，弦笛声声入耳来。

茫茫细草夜昏昏，船远桥高水色沉。
一树啼鸦惊社鼓，半江渔火下吴门。

西安路小学同学会

忆昔琴台草木深，平桥三洞水流横。
当时谁谓青春贵，此际同惊岁月骎。
拔地高楼迷梦境，参天老树认巢痕。
重逢莫叹音容改，犹有童心一样诚。

忆塔桥八首（录三）

忽见楼头燕子飞，春光又老柳条垂。
塔桥旧日偌多事，涌上心头杂喜悲。

古树盘根绕磨房，板桥碧水映柔桑。
一肩担子羊肠路，四月知青卖夏粮。

观音寺外黑沉沉，冈上鹧鸪三两声。
夜永春寒听细雨，昏灯屈指算归程。

岁暮有感

当年追梦逐蜃楼，岂信飞花染白头。
变幻风云翻岁月，炎凉红绿自春秋。
燕歌赵舞荣枯恨，剑胆琴心寂寞愁。
感慨世间多少事，沉浮沧海任飘流。

农家二首

隔溪青雀噪田庄，古堰平坡小路长。
竹瓦茅檐辉落日，黄花细草映南墙。

几树桃花垄上开，横塘柳色倒成排。
清风明月凉亭下，水酒轩窗故友来。

熊光明（1952— ）

四川三台人。东塔中学教师。有《红枫集》。

山 居

世俗纷争有，山居势利无。
不弹三尺剑，闲阅五车书。
倚户看新月，临池钓鲤鱼。
胸中诗渐熟，村外酒频沽。

登骊山秦始皇陵

断简残碑识暴秦，独夫岂得百年春。
五经焚处灰堆里，埋下阿房火一星。

秋兴（录二）

丹桂朝阳逞艳姿，又闻老虎出京师。
谁知黑手捞钱日，正是红人得势时。
惟有包公能护国，更无伯嚭不营私。
奸臣背后千只眼，天下民心岂可欺。

梧桐凋落叶知秋，几许欢欣几许愁。
虎辈滋生除未尽，狐群狡诈何时休。
谨防暗室藏奸鬼，不让乌纱戴沐猴。

夏后难忘殷鉴在，众星捧月护神州。

注：殷鉴，《诗经·大雅·荡》："殷鉴不远，在夏后之世。"

定风波·七夕

寥廓星空淡月光，银河东去正茫茫。七夕鹊桥重聚首，永久，相偎伉俪诉衷肠。　　下望尘凡佳丽地，可气，芙蓉帐宿野鸳鸯。闹市易求无价宝，烦恼，当今难觅有情郎！

满江红

2011年5月28日晚央视《焦点访谈·县城里的大公司》称：四川三台县政府将九千四百多万元"五·一二"抗震救灾及灾后重建专用资金非法转入下属宏达公司搞房地产牟取暴利。

黑幕惊天，震碎了，锦堂风月。茫茫夜，几人恐惧，几人欢悦。算尽机关蝴蝶梦，撬开暗室黄金穴。卸粉妆魔鬼现原形，一窝贼。　　权位重，头颅热。名利惹，是非绝。视民间痛痒，冷冰如铁。霸树欺花蜂采蜜，瞒天过海蝇争血。掌利剑守住国民财，谨防窃。

蝶恋花·登高

重九登高，同行某官大谈当老百姓好，过隐居日子好。众人嗤之，因赋是阕。

峻岭崔嵬遮日照，捷足先登，互道君行早。觅食斜坡麻雀吵，采花曲径黄蜂闹。　　在位休谈归隐好，利禄关头，虚实成分晓。北望长安云杳杳，谁人不羡邯郸道？

安全东（1953— ）

四川平昌人。曾任职于达州市通川区委宣传部。中华诗词论坛绝句专栏首席版主。有《云水集》。

夔 门

造化夺天功，夔门一道雄。
大江流日夜，飞鸟没虚空。
云气百千变，涛声今古同。
轻舟稳稳过，早晚下巴东。

白帝城怀古

白帝城危峙，天秋我独来。
孤云依断壁，落叶满晴隈。
社稷三分国，君臣一代才。
杜陵千古韵，吟罢久徘徊。

步吴昌硕五律诗韵（录三）

须臾临岁暮，村郭又秋风。
人去十之七，家馀媪及翁。
儿孙漂泊际，天地醉醒中。
无力求生计，衰年运未通。

欲习蒙庄去，无聊困社翁。
年临甲午岁，心骛马牛风。
野色忙于我，春花总是空。
近来诸念少，白眼看鸡虫。

日月双轮转，江山独自行。
浮名真浪得，好运赖天成。
有梦常开眼，投琴任鼓铿。
勿为尘世宰，早晚乐升平。

十八大寄意

都门嘉会揽群英，天赋雄关不喜平。
大国精神属龙马，九州风气要清明。
小康须著数年力，特色当辉万里程。
眼底河山行处好，雪梅花伴玉蹄声。

怀鲁迅

生就崚嶒桀骜身，江山端不负斯文。
群氓无路唯馀死，万马齐喑敢自贲。
俯首牛能沥肝胆，如椽笔合扫尘氛。
大星隐曜知谁继，绝后空前迄未闻。

步吴昌硕七律诗韵（录二）

耕耘事业三千亩，课竹生涯十万竿。
未必穷经能换酒，当前内幕岂无端。
有情不作出家计，钳口曾为用世官。

问尔闲心安置处，野梅花共雪渐寒。

俗世芸芸未足悲，暮年活计止于诗。
追风马有死生托，蹈海鹏真羽翼疲。
石不能言犹悟性，事无可做总荒时。
登楼纵目苍山远，老木寒波有所思。

山中杂咏（录五）

白鸥浮远水，绿竹掩疏村。
一犬当阶卧，青山欲到门。

五月稻秧绿，秧根时窜鱼。
山中一夜雨，活水满沟渠。

宵眠每睡迟，日上是醒时。
东邻谁家子，临风折露葵。

急雨千条水，滔滔入大江。
最爱晴时好，飞云自涌窗。

月上空山静，林幽鸟不鸣。
风吹云北去，岭树似移兵。

秋

万里长空一镜凉，晚来云树共苍苍。
儿孙更在南云外，独立柴门数雁行。

入春有感云南大旱

人居环境几酸咸，涝旱交加苦不堪。
若是春风能化雨，乞分一缕到滇南。

朝中措·忆昔

门前梨树树巢鸦，早晚闹喳喳。几个毛头小子，一团砌下泥巴。　　今天也打，明天也打，折了枝丫。最是年光老我，昨宵梦到梨花。

阮郎归·村姑

一溪寒玉笑呵呵，人歌对面坡。好风依约动枝柯，阳光得地多。　　莺上下，蝶穿梭，牵牛桥上过。忽然红脸向清波，不知为什么。

浣溪沙·在路上

豆黍花开稻正青，蝉声撩乱伴人行。夕阳红处是边城。　　未必前村仍卖酒，可能此际更多情。凉风洒面觉身轻。

鹧鸪天·雨中过民工工棚

秋雨潇潇乱若丝，工棚逼仄觉天低。可堪屋漏床床湿，浸我民工件件衣。　　饭钵接，面盆支，到头还是一身泥。出门愁看天公脸，依旧浓云遣不飞。

崔兆全（1953—　）

字瑞安，四川剑阁人。作品发表于《中华诗词》《岷峨诗稿》《星星》等刊物及网站。诗作入选《二月二诗书名家雅集》。

百花潭古银杏

出生唐代越千年，历尽沧桑鹤语虔。
气若龙蟠黄锦上，状如虹饮碧云边。
一身刚直馋虫远，五味和齐瘦果鲜。
但与百花长作伴，何愁寿不及神仙。

赞川航英雄机长刘传健

万米高空险象行，游鹰抱病有谁生。
凶风肆虐云窗破，恶鬼张狂客泪倾。
九宇八区观独绝，千钧一发保安平。
孤超萨利神奇出，天上人间久播名。

一带一路国际合作高峰论坛圆满成功

五月京都格外红，万邦云集议言同。
三春播种三秋获，一路联姻一带通。
鹏翼再升珍宇上，神州又起大唐风。
雁栖湖美装天下，续梦千年盛世雄。

火 锅

围炉坐一圈，妙趣尽常言。
桌上香风醉，锅中小火煎。
红汤腾细浪，绿蚁泛新涟。
麻辣尤须烫，浮生百味鲜。

椰子树

直挺云霄碧宇开，琼浆酿造自心怀。
一身豪气天涯站，不惧狂飙海上来。

柿 子

曾斗风霜比菊高，一心飞梦脱青袍。
时来红透全身软，卖相虽佳骨气消。

理 发

多年长发为谁留，在位常须外表牛。
今日歇闲无所谓，开心最是做平头。

何明杰（1953—　）

四川苍溪人。苍溪县公安局民警。

忆童年

独把松明照砚池，燕雏相向火边依。
灯前慈母忙缝补，正是孩童苦读时。

参观亭子口水利工程

曲岛烟霞锁大江，巨雕列阵战疆场。
降龙驭虎擒盘石，抱地吞天铸铁墙。
五老放歌山水笑，九雷震谷叟童忙。
喜看巴蜀添新景，频鼓扬帆启远航。

唐多令·忆旧游

　　明月上西楼，馀晖恋恋留。晚风吹，夕雾轻收。一别无音谁与诉，归雁远，又深秋。　　携手画中游，垂杨荡绿舟。竞风流，鸿志方遒，遥想当年多少事，菊花酒，遣浓愁。

张明发 (1953—)

四川旺苍人。1972年入伍，历任中国人民解放军某部副教导员、师司令部正营职参谋，少校军衔。1990年转业，历任中共旺苍县委组织部科长、副部长，县委党校常务副校长。富乐诗社副社长兼秘书长，四川省诗词协会理事。有《岁月放歌》。

滕王阁

画栋雕梁薄暮曛，层台耸翠入青云。
落霞孤鹜双飞远，秋水长天一色新。
穷且愈坚休坠志，老当益壮莫移心。
子安有序名天下，万古千秋现墨痕。

太白楼

玲珑剔透阁流丹，斗拱飞檐抱玉栏。
四壁云山开夜幕，一簑烟雨锁江关。
狂吟未觉秋声急，豪饮不知更漏残。
灯火辉煌人尽醉，满楼风月话诗仙。

岳阳楼

欣然直上岳阳楼，碧水青山一望收。
云影波光轻雾绕，长烟皓月大江流。
怀乡去国三春梦，把酒临风万里舟。

梦泽钟声惊世语,先忧后乐壮千秋。

甲秀楼

朱楼照水映晴空,碧瓦流光气势雄。
雾隐骡山消盛暑,霞生象岭掩苍松。
烟窗水屿轻云淡,岸柳亭台翠色浓。
胜迹千秋天下秀,一层更上揽黔中。

浔阳楼

万叠云山入晓窗,一江烟水下浔阳。
雕栏映日辉千丈,画栋飞云耀四方。
九派潮来扬浩气,三吴浪过带疏狂。
蓝桥风月倾杯尽,千古评书说宋江。

注:蓝桥风月。酒名,传说为当年宋江在浔阳楼所饮之酒。

陈代富（1953— ）

笔名岱夫，四川资中人。四川省内江市石油容器厂铆焊车间工人。

西　行

列车飞速过陇西，风卷尘沙盖草泥。
不见峨眉天上月，秋凉戈壁玉门低。

天下第二泉

二泉无水月流霞，阿炳琴声感万家。
塑像苔侵双鬓冷，春来满院发樱花。

赏心库尔勒

晴烟芳草草萋萋，霞映平沙夕照低。
三界迎风悬皓月，半城堆翠品香梨。
吟怀雁影村回望，随意秋光客入迷。
库尔勒游人醉眼，赏心丝路绿杨堤。

关河令·幽谷清风

云山烟水美如画，梗概观桑柘。幽谷清风，红蕉疏雨打。　　伊谁花前柳下。咋留影，鸳鸯竹瓦。绿满仙乡，听蝉知报夏。

文 敏（1953— ）

女，四川内江人。筠连县芙蓉矿务局职工。筠连县诗词楹联学会副会长。有诗文见诸《中华诗词》《中华诗词学会通讯》《岷峨诗稿》《诗词四川》等刊物。

有 忆

桃花庵畔忆青春，十里轻烟锁翠痕。
欲把风情调墨里，梅兰竹菊伴佳人。

偶 拾

常备闲书乱打钩，几行诗句度春秋。
个中情趣无人识，细雨林花小径幽。

巫山一段云·五尺道

磅礴关山隘，秦开五尺宽。沧桑风雨一何难，巴蜀接云南。　　商贾千年聚，丝绸随路延。山间铃响马帮还，岁月石磨穿。

赵义山（1953— ）

四川南部人。1979年南充师范学院（今西华师范大学）本科毕业，1982年同校研究生毕业，获古代文学硕士学位，留校任教，1994年破格晋升教授。后调任广东佛山大学中文系教授。2003年为四川大学博士生，获古代文学博士学位。2006年为首届天府学者特聘教授、西华师范大学文学院院长。现为四川师范大学中国语言文学学科首席教授。兼任中国韵文学会副会长、中国散曲研究会会长。著有《元散曲通论》《明清散曲史》《斜出斋韵语》等。

蜀道难

噫吁嚱，拥乎堵哉！蜀道之难，难于上青天。内环与外环，车流何壮观。远近不过七八里，三五小时难往还。东绕西堵气未死，精疲力竭抛锚马路边。上有遮天蔽日之飏尘，下有入心入肺之油烟。三轮两轮尚不得过，宝马奔驰更熬煎。立交何盘盘，百步九停油空燃。闷心憋气干着急，拉好刹车坐长叹！问君出门何时还，小心车车贴罚单。但见灯火照高楼，五颜六色入云端。又闻喇叭鸣夜月，愁义山。蜀道之难，难于上青天，使人听此凋朱颜。桥头桥尾不盈尺，车不能动如绝壁。红灯绿灯空变换，车流不动人如织。其堵也如此，嗟尔乡下之人胡为乎来哉？剑阁峥嵘而崔嵬，万夫当关，一弹可开。街道如棋盘，堵车出不来。蜀道之难，不在茶马道，不在剑门关，不在玉垒铜梁，只在成都驾车出门上下班！锦城最宜家，哪得不想还。蜀道之难，难于上青天，侧身四顾一喟然。

乌江歌

骚人竞赞长江美，只缘未见乌江水。墨客争吟三峡诗，只缘未见巫峡奇。乌水流春碧玉色，峡峰耸翠峥嵘姿。乌江水，万古流，何时净洗长江明如秋？乌峡峰，千年长，何时再闻巴东猿鸣泪沾裳？我作乌江歌，我歌咏我怀，乌江不污长江污，我有好怀何日开！

三代树歌

甲午秋杪，携内子游香山碧云寺，至金刚宝座北侧，进一院落，甚幽静，曰水泉院。院内有卓锡泉，自岩缝渗出，为池。据闻，水盛时，便潺潺成溪，直流院外。院中奇石怪柏，苍然古貌。有银杏一株，亦斑驳老态矣。树旁有字牌，书曰："据文献记载：该树'生于枯根间，初为槐，历数百年而枯，在根中复生一柏，又历数百年而枯，更生一银杏，今已参天矣'。有诗为证：'一树三生独得天，知名知事不知年。问君谁与伴晨夕，只有山间汩汩泉。'"余睹树览文，感叹良久，归而作歌。

大都西北碧云寺，香山东麓聚灵气。古刹禅堂绕祥云，松柏森森擎日丽。冠盖纷纷去复来，膜拜芸芸如蝼蚁。日居月诸春复秋，佛光处处显灵异。水泉院里古木盘，银杏挺拔入云天。此树已为孙子辈，苍然古貌不记年。老祖初为老槐根，灵泉汩汩伴槐生。不知何年逢劫难，多少香客吊槐魂。槐之精魂化为柏，枯根新生树二代。铜枝铁干千年高，此木霜寒亦不凋。德与松并铮铮骨，莫言二代尽不肖。生灵世世有轮回，数百年后柏魂销。柏根之上银杏长，枝干苍然泛灵光。槐柏银杏次第出，一代更比一代强。千年灵泉涵佛瑞，三代灵根聚佛祥。泉之灵兮树之生？树之灵兮泉之清？树之精魂滋清泉？泉之甘液养灵根？物之灵兮何如此？道法自然法天真。呜呼！可叹世间窍作混沌死，何人能将大道存！

庐山春寒

九江梅谢早，牯岭雪消迟。
江岸杏衫薄，岭端棉大衣。

庚申秋乌尤山听江涛

山前环望去仍回，岩下忽闻响巨雷。
白日当空何处雨，三江水击古离堆。

甲午正月初三游剑门关感赋

剑峰高耸出云天，绝壁横空飞鸟还。
自古兵家争战地，游人只作画屏观。

甲午仲秋登太白山至泼墨岩遇雨

危崖泼墨溅云霄，太白豪情万丈高。
逸韵千年流已淡，我凭雨砚写风骚。

奉陪恩师临川先生登览青城山

转壑回峰势，青城天下幽。
浓阴藏晓日，曲径上危丘。
古观云端立，清泉涧底流。
神仙五洞府，方壮兴来游。

丙申孟秋观敦煌月牙泉感赋

何须沧海水，应爱月牙泉。

四面鸣沙地，一泓漾碧天。

也能涵日月，同样纳坤乾。

大漠洪荒地，神龙卧九渊。

壬申仲秋得星汉兄和诗塞外感而再和前韵

肯将诗赋耗年华，北去南来怎顾家。

少小雄心水里月，盛年壮志镜中花。

浮云高殿看苍狗，烟雨平湖羡钓槎。

莫道嘉陵江水浅，泛舟正好品山茶。

壬辰中秋怀远

又见园中桂子开，蟾宫仰望恨难裁。

朱颜岂忍镜中换，玉臂何堪月下怀。

欲赋新声句已老，将吟旧调韵初衰。

若怜巴蜀闲云客，湘瑟清音入梦来。

念奴娇·舟过夔门

古城白帝，矗尘外，人世沧桑惊阅。峻险夔门，曾锁浪，终被飞浪劈裂。白盐破云，赤甲隐雾，两壁危如切。强流依旧，笑盈舒纾千叠。　　弹指孙述雄图，刘郎壮志，都作沉屑。十二碧峰终古在，逶迤千寻成阙。妄说瑶姬，虚传大禹，万岭谁开掘。千回百转，滔滔东去何歇！

注：白盐、赤甲，瞿塘峡口二山名。东汉末年蜀郡太守公孙述，曾割据称帝。三国蜀主刘备，兵败夷陵，临终前曾于白帝城托孤。

鹧鸪天 · 咏梅寄远

翠减红消恨炎凉，风霜无奈锦心肠。吐蕊冰姿别有韵，催春玉貌自含香。　　蜂怎戏，蝶难狂，芳馨只共诗魂扬。莫言月地梦孤独，还有清辉影作双。

解佩令 · 寄远

蜀东赋瘦，岭南吟苦，晓人生世相滋味。红烛画楼，不过是自弹自醉，谢相围艳红香翠。　　客舟闻雁，僧庐听雨，已无缘九霄蟾桂。幸有馀馨，且属意衡山湘水，纵消魂也应无悔！

解语花 · 忆旧

风柔雨润，四月晴明，心事总萦绕。想卿娇笑。江南忆，动魄便为斯调。相谈夜杳。卿虽去，别情未了。花解语，因甚无言？心事应难表。　　忍看汀兰渐愀。望衡湘千里，雁去鱼杳。泪临清晓。相逢日，已在孟门环眺。长宵懊恼。数日里、痴狂年少。怀恨归，依旧相思，待发白心老。

江城子 · 流连老屋

百年老屋绕榆槐，我归来，户谁开。福寿花窗，俱已蒙尘埃。纵有画梁思旧主，情不怡，眼难抬。　　垂髫记忆此间埋，事萦怀，泪盈腮。邻舍鸡声，唱晓一何哀。梦里慈亲犹苦别，揽衣起，独徘徊。

留春令

小园芳艳，悄然别去，都无留恋。手把空枝久徘徊，费思量，缘深浅。　　妖桃艳杏归梦幻，叶底幽思满。一朵枝头似多情，应怜我，昨宵怨。

绮罗香·和韵寄远

万树红飘，千山绿染，何以此情难尽。叶底莺声，疑告春归难信。谁无情，早已姿残，谁有意，犹然色润。叹痴儿，惜玉怜香，魂销心碎肠萦损。　　灵心不免天问，已过摽梅也未？琴音拟准。帝里名媛，惠我丽词芳韵。为解语，一任红销，惜多情，岂愁霜鬓。幸何如、相忆相思，日边人远近。

【双调】凌波仙·吊萧自熙先生

衰残贫病五独全，陋室蜗居百意宽，玲珑曲作千夫羡。负行窝不漏天，舔笔叟磐石剑岚。巴国鹃声细，蜀江月影圆，唤曲魂万水千山。

注：先生字剑岚，笔名磐石剑岚，别号风光富有翁、不漏天蜗居主人、负行窝先生、舔笔叟，其室名不漏天蜗居。先生病一目，因戏称独眼儿；病一耳，又戏称独耳朵；病一腿，又戏称独脚儿；每饭，一人食，又戏称独食客；常年一人，别无伴侣，又戏称独居叟，因谑称"五独俱全"。

【正宫】塞鸿秋·甲午仲秋登太白山

终南千里山山翠，太白千仞层层媚，紫云千载峰峰瑞，诗赋千首篇篇绘。前贤才气高，我辈应无愧。曲成妙境仙人醉。

【正宫】塞鸿秋·甲午秋科尔沁草原纪行二首

草原千里牛羊壮，草原篝火熊熊旺，草原汉子舞粗犷，草原小妹歌嘹亮。秋风边塞人，明月穹庐帐。此情此夜何时忘。

手抓羊肉多滋味，手捧烈酒喝不醉，手牵手挽民歌会，手足相抵并排睡。鼾声已似雷，还有人不寐。帐边篝火熄灭未？

【正宫】塞鸿秋·甲午季秋湖北纪行三首

二七长江大桥
长江千里东流下，白虹万丈云端挂，南北天堑瞬间跨，磅礴大构惊欧亚。滔滔日夜流，滚滚晨昏压。凌空应是神龙架。

屈子行吟阁
怀王昏聩顷襄误，荆山璞玉终遭拒，行吟泽畔朝朝暮，骚魂夏口归无路。求索一生劳，悲苦歌无数，秋兰辟芷香如故。

东坡赤壁
黄州潇洒闲日月，舟中把盏歌风月，水落石出看山月，大江歌罢酹江月。千秋赤壁赋，万古江山月，坡仙遥拜仰星月。

【仙吕】一半儿二首

《当代散曲》杂志创刊十周年致贺
中华散曲第一刊，惊世骇俗惊孔颜，关马遗风今又传。创业难，一半儿卓识一半儿胆。

题山西原平农民散曲社
真诗自古见歌谣，当代农夫曲韵娇，放下犁锄挥兔毫。弄风潮，一半儿年轻一半儿老。

【双调】沉醉东风三首

山西原平市郊，越滹沱河而东，有天涯山，峰顶犬牙交错，故又名天牙山，取其形似也。山麓有二绝，一曰石莲花，一曰石棒槌，共天牙而三，天地间奇观也。

峰蠹天牙

峰高蠹牙排绝顶，齿破云尖利天生。风酸寒露飞，云冻牙根冷，雪纷纷齿尖尤疼。暮卷朝飞铺晚晴，最妩媚滹沱河倒影。

石槌天籁

石棒槌一槌千载，举棒人何处扛来？风停悄无声，风起发天籁，鼓咚咚过客惊呆。金棒银槌迤逦排，总不似天槌出彩。

山涌玉莲

山石涌峰呈祥瑞，玉莲开岭出奇堆。风狂一样开，霜冻从不坠。有晨曦夜月相陪。千载英姿映夕晖，月影里朦胧更美。

【双调】凌波仙·忻州遗山墓园有吊

高才乱世屈求全，玉壶冰心可鉴天，中州千古存文献。赋诗词歌浩然，打新荷曲引新篇。文脉接华夏，忠魂归故园，柏森森苍翠千年。

注：元好问有《中州集》，又有"骤雨打新荷"等小令，影响甚大。

【正宫】塞鸿秋·川西毕棚沟深秋览奇

蓝天湛湛流云媚，碧湖静静澄波翠，雪峰皑皑琼花坠，红叶簇簇秋光瑞。无须携酒来，也令诗仙醉。春秋冬夏景齐会。

贺木俊（1953— ）

四川江油人。双专科学历。从事教育工作四十一年，中学高级教师。

过武都桃花岛谒马邈妻李夫人墓二首

碧草萋萋上石栏，一堆荒冢墓碑残。
轮回日月凭天道，赴死夫人为哪般。

了却红尘国与家，丹心一片葬江洼。
多情蜀汉谁怜惜，夜夜涛声起浪花。

夜宿剑门道中

欲上雄关看旧痕，贤妻买酒与鸡豚。
会当一醉平安夜，丽日和风入剑门。

夏国泰（1953—   ）

四川绵阳人。中国工程物理研究院退休职工。

阿翁沟逢雨雪

阿翁沟上翠微寒，红叶深深照水妍。
泉落长崖飞白练，树笼古涧锁青烟。
峰峦入梦浮云涌，海子迷人细雨缠。
回望雄山天地合，江源积雪映流川。

农村行

布谷声声叫，催黄豆麦丛。
庭中春茧实，坝上夏粮丰。
神小庙门阔，鼠多仓室空。
种田难合算，去打远乡工。

丹云峡

徒步丹云峡，游踪至上关。
雪峰天地映，烟树石泉攀。
紫气蒙林壑，青霞洒涧湾。
涪江源水壮，一路下岷山。

溪山行

鹃啼岭上夕阳斜，绿隐溪山处士家。
漫步客从林下过，满头香落女贞花。

清平乐·雨后

云舒雨霁，天净山如洗。翠涌林涛闻杜宇，碧野风光画里。　　小村
竹树清溪，牛耕犬吠鸡啼。还是田园自在，远离污染东西。

渔家傲·迷路

不见青山流水顾，夕阳西下烟尘雾，且向村中寻旧路。停脚步、群楼
林立知何处。　　地产兴隆谁发富，良田被占儿孙误，后世方知赢与负。
无语诉，归来难把新诗赋。

杜泽九（1954— ）

四川达州人。大学本科学历。四川诗词协会副会长、达州诗词协会主席、《大巴山诗刊》主编。

万源棋盘山

高处八台放眼宽，群峦气象布棋盘。
输赢不在结论早，当予来人细细观。

白衣古镇

当年印象久难消，古老石铺道一条。
烂瓦破檐摇欲坠，残祠旧庙掩荒蒿。
文重发掘出深蕴，人善穿衣见美娇。
眼前焕然如幻景，这边秀丽近风骚。

冬日看蔬菜基地

走进山乡烦燥远，菜蔬村中客人来。
高棚隔阻严冬进，温室照样花儿开。
廊间小苗生翠嫩，墙边蕉树育多胎。
门前水映亭廊画，业主奔忙喜满腮。

达州北山诗歌陈列馆开馆

遐迩声名起，诗乡此地扬。

一泉浇巨树，千滴汇深塘。

峨峨生豪句，清清润华章。

根须留厚土，万古韵流长。

注：北山乡为梁上泉故乡，诗人群体近五十人。

江振华（1954— ）

　　女，四川广元人。毕业于成都地质学院社科系（现为成都理工大学文法学院）。当过知青，曾任中学语文教师、宜宾日报社主任记者。在报社工作期间，先后任新闻部、理论部、办公室主任等职。退休后开始学习传统诗词创作，近年来创作有近百首诗词刊于诗协诗词刊物《金岷藻》。现为宜宾市诗词楹联家协会副主席兼秘书长。

竹海三江湖泛舟

短棹扁舟自在行，长天倒映碧波盈。
叶飘树动清凉意，野旷云低隐逸情。
喜掬山泉涤尘面，欲离俗世远浮名。
而今觅得桃源境，也似神仙步履轻。

游流杯池公园

云根惊鬼府，曲水自天成。
举盏品佳酿，吟诗论友情。
新词锦绣盛，妙句珠玑呈。
共赏戎州美，涪翁留美名。

游竹海忘忧谷

步入忘忧谷，惟闻笑语喧。
闲愁遗壑底，翠竹耸云端。

飞瀑来天外，鸣蛙响耳边。
流连不忍返，秀色亦堪餐。

翠屏山赏海棠

翠屏二月春来早，粉蝶殷勤相伴绕。
犹喜海棠无俗姿，嫣红满目花开好。

悼大学室友淑娟

惊闻学友别尘寰，独坐孤灯泪黯然。
绛帐当年成永忆，人间天上各萦牵。

长宁古河茶林村赏牡丹

花中夺冠占春光，嫩绿娇红带露香。
抗旨虽曾蒙贬谪，依然高贵压群芳。

雨中游龙背山

龙背青竹秀，仙雾绕峰丛。
雨景添神韵，疑游图画中。

贺　文 (1954—)

四川遂宁人。曾供职于眉山市人大常委会。

瓦屋山

眉山有山名瓦屋，东坡诗里几回读。登顶顿觉群峦轻，只有峨眉堪与蠹。杉林皆为十丈树，绕膝箭竹生无数。绿苔石径曲入幽，迷魂凼边告止步。有言深处隐熊猫，未敢寻踪上碧霄。满树仿佛停鸽子，细瞧珙桐花似绢。时当夏初日已烈，昨夜忽来一场雪。杜鹃红蕊闪寒光，水结冰钻天工切。崖上悬瀑岂三千，惜挂西川非前川。好游李白恨未到，轻将绝句美庐山。白云一片浮悠悠，谁见惬意谁见愁？目极如洗空寰宇，怎容纤尘落心头。道观相传起东汉，教传青衣江两岸。变通五斗米换鱼，羌舍鱼雕今可判。炳灵古镇下湖底，何为沧桑何为涕？湖面颠倒天与山，更疑瓦屋仙人邸。香风不知起何处，空谷回响鸟归语。青霭渐浓山渐昏，斜月还向山影去。

石渠记忆

2010年5月初，带队去石渠县，慰问从眉山市抽调支援玉树地震灾区于石渠县保障公路畅通的交通警察，在石渠县城住宿一夜。海拔四千多米的地方，确实别有风景。

> 何方可与比荒凉，五月犹然死草黄。
> 坡面有心天积雪，平原无故地生霜。
> 锅中易沸非开水，枕上难眠白卧床。
> 石渠停留才一夜，十人三病问谁强。

长相思·金川三首

秀金川，俏金川，小水弯弯浅浅滩，看花万万千。　　峻金川，莽金川，一上高坡似上天，上头还有山。

铁金川，血金川，哪炷烽烟起哪山，古碉堪与言。　　爱金川，恨金川，兄弟阋墙手足连，总能消孽缘。

碧金川，绿金川，另类江南春夏间，丝岚惹柳烟。　　赤金川，白金川，谁把秋冬挂大山，美如佛晒毡。

望海潮·遂宁风致

遂宁风致，山低水阔，天高云静流霞。禅院鼓钟，东西次第，悠扬总到人家。老柳笼烟纱。拥涪江平岸，十万莲花。轻鹤翩翩，小舟点点，缀清嘉。　　佛光偏照繁华。有馆藏瓷器，千古奇葩。唐宋旨旌，元明敕表，龙碑玉印长夸。楼宇竞奢佳。看路桥车挤，往返天涯。身在观音故里，心隐净喧哗。

鹧鸪天·青神春韵

峰线起伏接远天，黛峦低矮笼纱烟。菜花成海江堤后，村舍连珠山麓前。　　风细细，水宽宽。停车放眼为情牵。心思展翅随云鹤，几度人催不忍还。

青玉案·观音渡

香风十里清荷浦，觉点点、杨枝雨。悠远声沉来寺鼓，渔夫指引，扁舟横处，便是观音渡。　　归飞仙鹤知天暮。向晚炊烟起庄户。着岸浮萍歇脚步，江湖倦客，无涯心语，似欲寻人诉。

忆王孙·洪雅野鸡坪四首（录二）

纳凉夏上野鸡坪，近看葱茏远看青。邀友消闲林下亭，品新茗，却与蝉曲成共鸣。

采风秋上野鸡坪，久对斑林寻语评。求爱琴蛙远近鸣，露初凝，日隐西山月渐明。

清平乐·柳江风韵

大楠小柳，恋恋相牵搂。古镇木楼晨起后，对景迷情许久。　　觉天似晓人心，安排烟雨同临。迎送高峰隐现，依依细水鸣琴。

何开鑫（1954— ）

别号开心堂主人，四川蓬溪人。四川省书法家协会副主席兼行草书专委会主任、遂宁市文联副主席。四川省"德艺双馨艺术家"。

都汶道中遇雪

春节将至，省书协精心组织众名家赴阿坝甲米村写春联送万福进万家。山高坡斜，峭壁如削，时大雪纷扬，久不见此景矣。

仰望冰峰幻亦真，琼枝玉叶绝凡尘。

漫天雪对汉儿舞，写出藏羌又一春。

南岳祝融峰观云海

天风海雾挂仙图，入眼峰峦气势殊。

万壑烟云铺作纸，敢挥椽笔写天都。

张掖平山湖大峡谷

神公巨斧劈天涯，亘古洪荒卷暗沙。

持剑将军戈壁望，玉轮一片照丹霞。

遂州湿地公园

雨霁欲山行，爽然游兴生。

青葱横远近，花草立晴明。

野径无人语，清溪有浪声。
涪江流日夜，气象自峥嵘。

中书协草书委员会定兴系列活动寄怀

展卷识真情，平生未易更。
风标宗浩荡，元气自峥嵘。
随意书遵法，聚毫墨尚精。
定兴起甲鼓，草性见豪英。

涪江观月

今夜涪江月，清辉凝淡烟。
虚帏笼野渚，暮霭隐州船。
岸柳遥新火，江波拥古泉。
三桥缀玉锦，五色绘潮弦。

草圣怀素故里游

半生存一愿，今始访零陵。
蕉叶千张绿，禅堂万古青。
狂书非乱象，醉笔以神行。
畅豁胸中气，伊谁可复登。

送文化下基层行旅成巴途中

车驰川北道，岭汇蜀东风。
渺雾绕村落，云岩笼黛松。
窗前骋目远，箧内缱怀空。

山垭古槐绿，初心与故同。

晨起南岳观云

团团白絮山边来，七十二峰隐秀腮。
曲径微栏三重暗，湖湘江表数峰开。
玉阶衡岳凝冷露，刻烛福严禅心回。
古寺忽闻钟磬晚，月斧风斤妙剪裁。

廖亦龙（1954— ）

四川盐亭人。四川医学院口腔系毕业（现为川大华西口腔医学院）。自幼受父亲影响，写作诗词，尚未成集。

九寨沟

谁把珍珠撒满滩，晶莹剔透聚光寒。
欢歌笑语悬空落，纯净无尘恋雪山。

飞云撞破镜中天，古木长生水底眠。
不管往来谁是客，清风几缕便成仙。

三　亚

异木奇葩炽太阳，白沙碧海泛银光。
招来多少漂游客，已把天涯作故乡。

新西兰二首

月动星空漫舞纱，谁人泪洒露凝花。
清风可寄蜀国去，天地当知送哪家。

春风夏日无春年，北望重洋两个天。
无限星空悬皓月，有情海浪恋沙滩。

鹧鸪天 · 七夕

浓睡醒来酒半消，晨曦穿户梦逍遥。夜长风雨残红落，月下青山松柏高。　　愁郁郁，叹迢迢，凭栏但念蛾眉娇。几回梦觉知何处，望断南飞大雁凋。

浪淘沙 · 三亚过春节

击水海坡湾，放眼无边。沉浮自古羡江山。卧敞椰风星月淡，水暖心闲。　　落日映沙滩，浪打声喧。云追万马仰高天。闪烁金波游梦幻，胜似神仙。

甘平山（1954— ）

四川富顺人。曾任泸州市审计局副主任。

打工仔与留守儿

归是欢欣别是愁，十分无奈上行舟。
非因劫火伤离别，欲把茅檐换小楼。

说好分离带笑姿，沿途叮嘱莫归迟。
一声凄厉妈不走，嚎在登舟欲别时。

同学会

诸君五载共寒窗，坎坷崎岖路漫长。
总角求知逢乱世，青春报国赴穷荒。
文凭有限难高就，薪水无多况下岗。
莫叹镜中生白发，樽前意气尚能狂。

纤　夫

逆水全凭一缆行，隆冬曲背汗如倾。
抢滩犹是千钧发，十里惊闻吆喝声。

忆儿时嬉戏长江边

沙洲赤足捏泥忙，一叶芭蕉权作床。
日暮相嗤尘垢面，反身扑逐水中央。

红岩沟十二瀑布

堪与峨眉秀比肩，云梯曲栈势参天。
吁嘘直道山奢侈，一水铺张十二帘。

洞口湖

翘首泉飞万仞山，一湾碧玉索桥悬。
由他猿啸蛙鸣急，已陟云梯十八盘。

竹　笛

采自苍岩竹一根，置箱从未泛宏音。
家仇国恨忘不得，赋予玲珑七窍心。

唱　诗

当年任性唱阳关，唱到如今两鬓斑。
依韵赓和断肠句，会声容易达情难。

乡间偶见茅屋

楼阁参差谌蔚蓝，茅斋独立点秋山。
劝君且慢道怜悯，不日或当文物看。

伍开金（1954— ）

四川双流人。双流县中和中学高级教师、文学顾问。

农家乐

天府西川最可嘉，芙蓉城外好桑麻。
新年院坝鹅儿酒，六月瓜棚盖碗茶。
春架葡萄尝夏果，秋培梅树赏冬花。
农闲更喜龙门阵，会友怡情串客家。

望海潮·成都吟

蚕丛兴国，嬴秦设郡，华阳古属梁州。城御二江，窗含西岭，桥通万里平畴。津渡泊吴舟，看芙蓉妩媚，锦水温柔。丽阁回廊，玉人如画月如钩。　　名都再著风流。有高新热土，广厦高楼。城市中心，风姿绰约，岷峨秀色无俦，鼎革焕春秋。叹画图难足，情寄飞鸥。借力东风正好，奋翮上云头。

孙建军（1954— ）

天津武清人。1979年成都十九中毕业，1980年就职于五七〇一厂。1989年就读于成都社会大学艺术系国画研究班。

庚午仲春偕友人踏青得句

闲云白日菜花黄，问野寻芳寄兴长。
幽径人稀风送爽，新芽枝绿柳成行。
近郊酒洌频飞盏，小肆茶清漫品香。
细论沧桑情更切，颓墙半倚望斜阳。

无　题

微风小雨细无音，纵目遥灯却可寻。
一段柔肠千滴泪，为谁惆怅为谁吟。

如梦令·梦

梦里与君重见，梦醒与君离散。屈指路三千，遥望一声长叹。如愿，如愿，明夜梦魂相伴。

周裕锴（1954—　）

四川双流人，生于成都。四川大学文学与新闻学院教授、博士生导师。兼任中国宋代文学学会副会长。曾受聘为日本大阪大学文学部客员研究员、台湾东华大学中文系客座教授、台湾大学中文系客座教授。有《中国禅宗与诗歌》《宋代诗学通论》《中国古代阐释学研究》等专著，主编《苏轼全集校注》。

拟楚辞·九哀

哀哉夏之为气兮，燥欲潺而潺欲燥。萎群芳之摇落兮，繁荆棘之排桀。蔽九畹之兰蕙兮，蔓天涯之恶草。婉莺燕其噤声兮，徐槐柳之蝉噪。叹清池以混浊兮，忍行舟于泥淖。称余服之修洁兮，制芰荷以高蹈。鄙众女之固宠兮，反指白以为皂。若不修其内美兮，徒外饰以炫耀。既隆胸以画眉兮，复倚帘而卖笑。世竞进以贪婪兮，羡骄奢与淫巧。极诣谀其受赏兮，惟谏诤而致诮。叩君门以九重兮，无阍者之介绍。闷殿庭之深幽兮，猖猛犬而迎叫。感子产之治郑兮，庶不毁其乡校。嗟厉王之弭谤兮，俟川决而横潦。孰吁谟之定命兮，岂远猷而辰告。何天意之难问兮，震丰隆以施暴。日月迫其叵追兮，痛回光之返照。丛林郁而阴翳兮，畏蜂虿之噬咬。彤云缤其填填兮，纷龉牙之赤豹。锁关扃以防闲兮，乃焚笔而自悼。驾神尻以远游兮，抚无弦而独啸。

注：2008年5月12日14点28分因大地震而停笔。

祭季羡林先生

炎炎仲夏，遽起悲风。先生讣闻，山河改容。九十八年，生虽有终。

伟词硕德，惠及无穷。我观世界，有北南东，文化互隔，武力交攻。公于其间，会合圆融，如古丝路，中西贯通。我观震旦，儒释分宫，夷夏大防，孔老相冲。公识其间，名理攸同，如大洋海，万派朝宗。昔我负笈，论著童蒙，先生称许，诗禅化溶。泰山其颓，吾将安从。薪火相传，国学新弘。噫嘻途远，祭奠未躬。述此哀辞，痛写我胸！

枕上偶作拟寒山诗

上床脚别履，入睡魂离体。
枕上片刻间，梦中千万里。
我形既未动，我神乃如此。
方知身是妄，形灭神不死。

柏梁体留别大阪大学文学部中国文学全体师生

关西名庠待兼山，池柳庭樱争媚妍。怀德堂古薪火传，先生敬业弟子贤。杂剧传奇开讲筵，荆刘拜杀任精研；讽诵少陵诗史篇，涵泳东坡万斛泉。书册环堵乐其间，焚膏继晷恒穷年。乘槎客星浮日边，瀛洲欲与五奎联。香茗数碗明窗前，疑义相析文字禅。夜饮石桥忘后先，胸吞碧海气浩然。谁知岁月如云烟，杜宇唤我归西川。欲行不行复流连，寄语明月共婵娟。

新疆杂诗十首（录三）

吐鲁番

达坂城边客，日长愁远途。
心清坎儿井，眼热艾丁湖。
熠熠迷阳焰，腾腾苦火炉。
凉风生倏忽，何处不蓬壶。

注：达坂城乃乌鲁木齐至吐鲁番必经之地，以《马车夫舞曲》享誉神州。坎儿井乃吐鲁番戈壁滩上之地下水渠，盛夏至此，凉沁心脾。艾丁湖为吐鲁番最低处，低于海平面一百五十五米，温度近五十摄氏度。阳焰，日光中浮动之尘埃，亦佛教大乘十喻之一。蓬壶，即蓬莱，清凉之所。宋王令《暑旱苦热》："蓬莱之远常遗寒。"

饮马奶大醉

穹庐邀远客，马奶溢银瓯。

堪敌千钟酒，能消万古愁。

狂歌身偃仰，乱舞影沉浮。

饮少成酗醉，主人为我羞。

注：吾侪尝自伊宁往尼勒克县雪山沟牧场，哈萨克朋友邀至蒙古包内，出馕饼、砂糖、马奶以饷。同行诸人见马奶，面有难色，吾因感主人厚意，乃代饮五椀，大醉，出穹庐，于草地上狂歌乱舞不已。高适有诗曰："虏酒千钟不醉人，胡儿十岁能骑马。"然不知马奶醉人如此。

胡杨树

沙白云黄处，荒寒老树孤。

尚留皆实相，已落尽皮肤。

虬屈枝犹劲，槎枒色不枯。

摧残何所畏，风骨自清癯。

注：寒山诗曰："有树先林生，计年逾一倍。根遭陵谷变，叶被风霜改。咸笑外凋零，不怜内纹彩。皮肤脱落尽，唯有真实在。"此胡杨之谓乎？

汶川大地震震馀杂感（录四）

救 灾

四海惊天祸，万方助善资。

愿抒心一股，最怕政多歧。

抚弱依元弼，攘灾仰义师。

民间真爱在，对此感良知。

堰塞湖

痛哉陵谷变，高峡出平湖。

坝险如悬剑，民危欲化鱼。

嘉谟周以慎，小决导而疏。

治水思神禹，何时复坦途。

书 愤

有情空博客，无用一书生。

愧作安居颂，悲刊瘗骨铭。

檄文期问责，建策敢相争。

每对冤魂语，中宵气未平。

歌 功

已殁千家破，虽存四壁空。

军民犹喋血，喉舌忍歌功。

堰塞残河外，城危破竹中。

有司思拯溺，纳谏可从容。

台北淡江观落日

客心如落日，西走急投梭。

未度关山道，竟沉沧海波。

影摇千迭泪，涛唱几支歌。

羁旅寻常事，年光可奈何。

海东观月示晓峰立翔妮庭二十四韵 并序

戊子冬月，晓峰约至海边赏月，同行者妮庭、立翔。骑摩托车经台11号公路，跨木瓜溪桥、花莲溪桥，至海岸山脉观景台。海上渔火点点，天空繁星闪烁，当头三星一排，正猎户座之腰带。大熊星座模糊，只见两三星而已，皆因北方花莲市灯污染之故。9时10分月出海上，初微露半面，橘红，波面橙光一道，甚直，如登月之路；渐升渐白，及至当空，其辉如昼，星光渔火，渐次消失，而波面亦银光万顷矣。所谓"海上生明月"之景，终得一观，不虚此行。作诗纪之。

友生邀赏月，胜事待今宵。抛卷欣狂舞，驱车喜猛飙。试奔观景道，先渡跨溪桥。据岭临危岸，凭栏听暗潮。树低风正冽，街远市无嚣。数点渔舟火，三星猎户腰。斗东青雾薄，水际黑云饶。海线迷难辨，空花翳渐消。方忧虾食魄，倏见蚌生毫。初似含红橘，转如亮白刀。光浮仙路阔，势接帝阍遥。激滟翻银浪，晶莹洗碧霄。玉潢垂素练，珠泪洒鲛绡。镜缺明犹在，璧沉彩未销。城寰灯惨淡，贝阙影飘摇。夜静鱼龙泣，霜轻鸿雁高。泠然虚御列，莞尔恍闻韶。鹤羽疑飞举，蟾宫若见招。太清尘滓绝，肝胆雪冰浇。表里俱澄澈，人天共寂寥。鄙心除蔓草，浩气挹琼瑶。妙想思攀桂，忘情欲占鳌。一姝相语笑，二子对倾醪。居士不堪饮，诗成兴最豪。

重访大阪丰中寻寓居旧迹用东坡诗韵

谁家粉壁漆新门，樱井谷旁朝日村。
桑宿岂无三夕恋，雪泥犹有两年痕。
市喧不碍长街静，夜冷相偎斗室温。
尝记顽童怜稚燕，旧巢难觅独销魂。

注：壬午春至癸未秋，余尝挈妇将雏寓居于大阪府丰中市樱之町朝日公寓。

京都感怀

银沙金阁久盘桓，美景奈何秋已残。
红树不知山渐老，白鸥应怯水初寒。
故人如镜霜添鬓，旋磨无情日走丸。
传舍归来惊客梦，满天星斗正阑干。

注：与内山精也、朱刚、佐藤浩一、藤原佑子、陈珏诸友同游京都金阁寺、龙安寺、大德寺。

旅日纪行诗（录三）

奈良博物馆

高髻云鬟仿大唐，文明丝路接扶桑。

开元通宝元和镜，锈迹犹凝日月光。

新干线上初见富士山

蹑电追风桥隧间，晴窗惊睹不周山。

雪峰疑插浮云破，玉嶂欲撑天柱坚。

东京地下铁

蚁旋磨盘箭脱弓，势如潮水阵如蜂。

熙来攘往红尘里，只见行程不见终。

春日有感

海棠如火柳如烟，燎尽层阴付旧年。

多谢东君消瓮蔽，决堤春色漫晴川。

水龙吟·访射洪金华山陈子昂读书台

涪江一派南来，抱山环镇清如许。壁丹门宇，苔青庭院，闲行轻屦。画阁烟凝，危亭风细，寂无人语。试循碑辨字，遗踪犹在，怀浩渺，思飞举。　　不见来今往古，问苍茫，倩谁为侣？西川剩有，匡山暮霭，浣花秋雨。冠冕三唐，驰驱万卷，雪萤寒暑。对无边落木，高台独上，望天涯路。

鹧鸪天·咏荷

邂逅无言柳影长，亭亭摇曳意彷徨。已愁怯露风裳薄，争忍凌波舞袖凉。　　消翠盖，褪红妆，晓来秋雨过池塘。玉容斜坠千行泪，不待回眸已断肠。

鹧鸪天·秋思

乍热还凉八月天，桐阴清昼影阑珊。碧云空合人何在？黄叶初零鸟自怜。　　慵问道，懒参禅，偏从晓镜悟流年。平塘骤雨浮沤破，底是无圆抑有圆？

满庭芳·元旦

月照千门，星临万户，百迭蜗壳蜂窠。眩红迷碧，车影乱投梭。鱼雁彩铃频急，银屏上、劲舞雷歌。新钟歇，欢声渐悄，旧历又消磨。　　蹉跎，堪叹处，成金有术，挽日无戈。笑追腥裈虱，赴火灯蛾。占尽人间盛事，繁华梦、一觉南柯。凭谁问，江寒水冷，无语送流波。

风入松·锦城冬雾

非烟非絮总盈盈，惆怅满空庭。笼梧罩柳凝衰鬓，更那堪、触处凋零。不雨偏如欲雨，有晴终似无晴。　　书窗翳眼困银屏，聊向小园行。梅丸蜡破春消息，暗香送、扑鼻柔情。只道蚩尤无赖，斜阳却傍楼明。

渔家傲

牛年腊月二十八，偕妻逛人民南路，自川大华西校区至天府广场，往返步行，作此纪之。

幻彩迷灯楼影壮，花栏簇锦如屏障。十里长街空荡荡，宜照相，随心取景无人挡。　　寂寞红歌谁与唱？千家都在搓麻将。时有烟花临水放，新气象，画瓢依旧葫芦样。

青玉案

由北京飞赴纽瓦克，途经蒙古、西伯利亚、北冰洋、加拿大。自东半球横穿北极而至西半球，睹窗外天光景色之变，有感作此。

风鹏送我重霄去，纵河汉，从容渡。穷发苍茫频俯顾，碛沙如漪，霰云如絮，裘裹冰洋素。　　紫霞列缺殷勤御，直北翱翔泰西处。忽讶天经分子午，枉同寰宇，不同朝暮，银箭空相误。

青玉案·晨游普林斯顿大学

林筛日影何清皎，印青藤，涂芳草。小径纵横连古堡。坪间松鼠，叶间枫鸟，珠露凝晴晓。　　名庠才俊知多少，尖塔峨峨入云杪。册府艺廊储秘宝，拱门深邃，院庭幽悄，壮思长萦绕。

注：壮思堂（Jones Hall）为爱因斯坦研究室。

郭定乾（1954—　）

四川彭州人。小学四年级辍学，在家务农。自学诗词。曾任四川省诗词学会副会长，现任四川省诗词协会《诗词四川》编辑部主任。

修　竹

春日行竹间偶忆谚云："养儿不如种竹，三年即能获福。"心有所感，归而有作焉。

修竹有幽姿，猗猗满山谷。引步行其间，凄然动感触。子猷爱此君，终日赏未足。东坡爱此君，宁可食无肉。与可爱此君，胸中有成竹。我亦爱此君，其趣不相复。忆昔髫龄时，家无隔夜蓄。时斫两三竿，换米填饥腹。或避风雨侵，以之补破屋。或避炎蒸苦，织席资偃伏。织笼以养禽，织簟以晒谷。日与此君亲，夜共此君宿。悠悠数十年，其情愈转笃。人生天地间，万事徒碌碌。养儿或不孝，父子犹反目。不如拓荒园，广种千竿绿。莫辞一春劳，三年即获福。可以济老衰，非为风雅逐。

银　杏

家有银杏树，高十馀米，粗可合抱。有客以二千元问价，余实不忍卖，以境况所迫，遂从其请。彼约五日后偕买主当面议定交付事宜。届时，买方以道途艰阻为由，遂未能成交。然先此一日诗成矣。

银杏何亭亭，孤生西园里。耸翠拂烟霄，垂阴数十米。秀色真可餐，清芬来叶底。归燕识高标，幽禽时一止。行人每称羡，余亦窃自喜。如何深爱日，翻作别离始。抚干意依依，中心苦不已。不因家计艰，安忍遽舍尔。伤如失弟兄，痛如割妻子。我父亲手栽，我手亲移徙。卅年风雨共，相伴如知己。避暑息其阴，读书时一倚。念尔天涯去，未能卜生死。明朝即汝别，伤心泪不止。

留尔留不得

园中银杏树自去年有客问价以来，时有花商树贩相顾及。余固无意出售，彼虽屡为说辞，犹未之心动也。今秋小女就读高中，因乏学费，不得已而售之。怅怅之情不能自已，因作短歌以纪其事而志其感。

没奈何，留尔留不得。伟干幽姿空自好，终须去傍他人宅。我欲强留不可留，家人邻里俱我责。都市环美正高潮，佳木奇花争寻觅。此时不卖待何时，千载一时机莫失。况有女儿入高中，月月耗资逾两百。树人树木孰重轻，请自权衡莫迂阔。我闻此语意感伤，无言以答唯太息。除荆斩莽辟新途，挖根掘本不暂歇。花商树贩指挥忙，支架扶轮巧借力。历经三日大功成，一车载得出林樾。我来相送不胜悲，林头脉脉倚斜晖。汽笛一声看不见，唯馀冉冉黄尘飞。

清　明

谢了桃李花，又是清明节。携家事祭扫，行行往山北。望望白云深，郁郁青松色。中馀一抔土，慈亲此安息。日月去匆匆，青山长默默。经年不相过，墓门春草碧。逝者日以远，渺茫泉路隔。思亲不可见，往事犹历历。忆昔童年时，家为饥寒迫。老父常卧病，幼弟复夭折。剩余兄妹五，依依绕母膝。母兮何劬劳，持家任独力。东山负柴薪，西山采薇蕨。冒寒收薯芋，戴月刈荞麦。除草顶炎天，汗透衣衫湿。大麦趁凉风，夤夜声拍拍。未曙备晨炊，哗哗磨新麦。浣衣寒江上，手冻赤如血。为我洗冻疮，为我护疟疾。督我夜读书，纫衣坐我侧。促我与晨耕，东方始露白。儿若将远行，行李代打叠。儿若远归来，忙问可曾食。当时虽无知，心中犹感激。忧劳致早衰，此理人皆识。我母尚中年，发已花花白。满面皱纹侵，茧手更皴裂。身躯渐佝偻，牙齿半落缺。体弱不胜劳，往往致休克。感此伤我心，暗中酸泪滴。所愧为人子，无能致亲逸。几番思奋起，有以报母德。尔来数十年，曾无一孝答。事业了无成，光阴任虚掷。一朝别我去，终天恨莫及。志墓曾无文，表阡亦无力。忧来松下坐，松风响瑟瑟。仰天一长叹，蝉鸣共凄切。

故　乡

故乡山水秀，画幅终难比。雨过万山青。日出千峰紫。浅丘松竹幽，高丘白云里。渐远山渐高，直到雪山止。登高俯平川，万象奔眼底。大江一痕白，溪流歧如指。茫茫十万家，散落如棋子。稼禾连云秀，岁岁丰鱼米。生民乐此居，歌哭无穷已。钟灵能毓秀，伊谁云此理？何无英雄人，挺生在桑梓？负此好江山，亦为乡关耻。

注：杜牧诗"人歌人哭水声中"是从《礼记·檀弓下》"歌于斯，哭于斯"一句化出。今袭其意。

春　望

入望长郊景浩茫，菜花春麦泻晴光。
是谁泼彩川西坝，一片青青一片黄。

古松吟

峻岭郁孤松，峥嵘出太空。
龙鳞辉日色，马尾啸秋风。
自有千年寿，无劳九转功。
山山黄叶落，此木独青葱。

村　晚

村烟漠漠晚云高，清露无声上绿苗。
好是前山疏竹外，牧童引犊过溪桥。

提灌站

百尺高冈卧铁龙，吞琼喷玉响隆咚。
凭君大展回天力，一洗家山万古穷。

插　秧

白水汪汪万顷田，一田拟作一诗笺。
疏疏写下千行绿，如此文章最值钱。

放　鹅

手执长竿一曲歌，门前放眼好山河。
农夫也有羲之好，春草青青放白鹅。

秋收杂咏二首

姐妹双双割稻忙，丢成稻把一行行。
瞬间布就无名阵，要困赳赳打稻郎。

一担嘎吱趁夕阳，息肩南陌汗如浆。
摘来草帽权当扇，暂取秋风一片凉。

农　忙

农务临初夏，山村事倍忙。
黄收冈上麦，绿插水中秧。
夜灌陪星月，朝耕待曙光。
不因劳作苦，谁识饭羹香。

犁　手

犁罢江村一片田，归来晌午日炎炎。
铁牛不用缰绳系，放在浓阴古树边。

写春联

自撰春联恨未工，俗书尚可哄村童。
狂挥一管涂鸦笔，写得千家万户红。

震后访青城山

地劫天灾剩此身，重来九室益精神。
岩崩乱石偏寻道，水涸澄湖尚问津。
树倒休惊横蟒影，瓦倾莫讶蜕龙鳞。
奇峰峻阁欣无恙，今日相看分外亲。

晒玉蜀黍

平生诗句乏豪吟，大半嗟贫怨苦音。
今日居然成暴富，庭前扫叶晒黄金。

除 草

草盛苗稀不惬情，山田半亩费经营。
苗如弱者扶难壮，草似贪官铲又生。
漫说天恩多雨露，谁知物性有侵争。
欲师治国经纶手，剪莠存良慰耦耕。

题乐山大佛

稳坐江边不计年，眼中见惯浪翻船。
问他哪得全身术，不倒原来有靠山。

叱 犊

叱犊梯田闹五更，四蹄双足共兼程。
一鞭喝醒东山日，好替凉蟾照晓耕。

幽 谷

路转溪回古谷幽，数峰高下白云浮。
忽听鸡犬云中闹，知有人家在上头。

暮春即景

爱此春三月，山居画意饶。
雏鹅初试水，新燕正营巢。
柳色迷村路，桐花落野桥。
几家庭院寂，乱鸟啄樱桃。

月夜灌秧

夜色浑如梦，村原入望迷。
江声来灌口，月影现蛾眉。
晃晃山田白，淋淋野露滋。
万家酣睡里，而我尚奔疲。

五　月

五月村居好，寻幽意兴浓。
椒悬牛角辣，黍散马缨红。
护果驱山鸟，切瓜饷牧童。
晚来炎气酷，还沐大江风。

仲春遣兴

渊鱼林鸟乐幽栖，地远尘嚣悦性宜。
无事且攻怀素草，多情还赋落花诗。
欲邀旧雨谈心曲，强说春愁付手机。
偶上南山舒望眼，万峰晴翠扑须眉。

雨中游白龙池

细雨蒙蒙湿，浓云久不归。
真堪玄豹隐，疑有白龙飞。
野水秋无际，平林叶半稀。
漫游迷远近，伫立待晴晖。

注：白龙池在都江堰市西北六十里，为国家级森林公园。

挽启明师

青城十载论玄玄，翰墨文章炳洞天。
道授函关思老子，梦游天姥仰诗仙。
哭公泪湿重阳节，抱恨人生百岁关。
一自灵车归汶后，灌阳顿觉暗江山。

注：公姓李，灌县人，善书，工诗文，曾任青城山道教协会秘书长。

水写布作草

淋漓字迹逞霜毫，隐显龙蛇七尺绡。
今日不须愁纸墨，可怜怀素写芭蕉。

吊赵洪银副会长

先生长已矣，清誉万人传。
宦迹苍溪路，诗心锦水澜。
离分才数日，恸哭已千年。
留得手机号，迟迟不忍删。

丹景牡丹

认得仙源路，清贫未可嗟。
功名身外物，富贵眼前花。
蝶舞迷香阵，莺声送晚霞。
谁持空色悟，一为访丹砂。

注：丹景山旧有明张三丰真人咏牡丹残句："功名身外物，富贵眼前花。"余爱其精警绝伦，颇具弦外之旨。然，恨非全璧，暇日因仿其口吻足成一律，遂成鱼目混珠矣。

归　燕

寂寞空庭几树花，打工儿女在天涯。

多情惟有双飞燕，来伴阿婆守旧家。

小鱼洞山村做客

江干馀丙穴，山势接龙门。

绝爱松间路，远通云外村。

川芎香漫谷，果酒绿盈樽。

一宿农家乐，从兹惹梦痕。

注：小鱼洞，彭州山乡名，以境内湔江边有小鱼洞而得名，其西北与龙门山镇接壤。

阎宗晖（1954— ）

四川苍溪人。苍溪实验中学高级讲师。

离　别

东房大嫂煮鸡汤，北屋幺姑送杂粮。
道别村头抓把土，提包装满我家乡。

卷　尺

尺子拉开须可度，计长步短不须评。
珠峰量得分毫准，唯独人心测不明。

贾智德（1955— ）

四川南部人。大学中文系毕业，从事师范及高中语文教学四十年。《诗词四川》编辑部主任。

观戏台演出有感

激越鸣金战若何，登场粉墨放高歌。
劝君演好人生戏，莫学川腔变脸多。

空巢老人

缠树枯藤绕竹篱，果熟蒂落总离枝。
老人心事同谁诉，只有身边犬与鸡。

忆　旧

蒹葭无意惹闲愁，雁过长空草木秋。
好友不来天渐冷，残红飘进集云楼。

插　秧

面朝泥水背朝天，退步原来是向前。
秧作绿针田字绣，绣成彩绘满仓年。

玻璃栈道

峭壁山边乱石横，玻璃栈道傍崖生。
心惊只得朝前看，脚下风光太透明。

红月亮

浩浩苍天夜色浓，冰轮艳艳挂长空。
嫦娥学得人间事，暗盗霞光去美容。

游边城翠翠岛

骄阳竟落水，孤岛绣闺帏。
岫石苔生绿，江村壁映晖。
青山一鹤静，碧浪数鸥飞。
满树花如蝶，犹招翠翠归。

游光严禅院

溪流伴彩霞，歧路问山花。
林茂飞莺噪，山高落日华。
潜龙佳话久，栖凤美名遐。
暂别红尘处，禅心不用赊。

眼儿媚·回乡

春水柔柔岂人知？春鸟惹乡思。故乡风物，绿肥红瘦，杨柳依依。　　当年老屋墙生隙，满院草离离。桥东溪畔，捕鱼掏蟹，醉忆儿时。

兰桂英（1955—　）

女，生于成都。曾在四川石油管理局某厂矿工作。

登天台山

来到天台上，深惊盛夏寒。
冷杉萦绿雾，流水下幽滩。

游黄龙溪

雾掩溪边绿，轩窗见古姿。
钟声传佛意，梦醒鸟鸣时。

香草叠溪

清溪百叠水流长，日照幽兰风送香。
今到天台寻美景，纷纷彩蝶绕裙装。

潇湘神·西昌泸山

山月辉，山月辉，重重倒影映雄姿。自是深山藏古寺，钟声伴月忆
相知。

朱 文（1955— ）

  生于重庆，随父母迁北京，1970年又随父母下放四川汶川映秀。四川师范学院（今四川师范大学）汉语言文学专业毕业，退休前为国家电力公司成勘院《水电站设计》编辑。

新 秋

天气骤寒热，人情乍暖凉。
时芳几开落，世事一沧桑。
愁里看明月，闲中思故乡。
倏然惊白首，怕忆俏红妆。

无 题

往事遥遥天一涯，望秋兀自忆芳华。
三更灯火读今古，千纸怅惘忧国家。
乱世迷茫早沾酒，荒畴辛苦妄思茶。
几多坎坷催人老，说到青春仍是花。

遥闻旧曲有感

遥闻急管间繁弦，未始动容忆已翩。
落魄春秋思父老，漂萍南北梦团圆。
花逢雨季香流散，人过中年夕照天。
旧曲悠悠勾往事，前尘落定又生烟。

李宗友（1955— ）

　　四川泸州人。大专学历。农业技术推广研究员，泸州市老科协副会长兼老专家科技服务营地专家组组长。

遛　鸟

晨曦慢步手提笼，红幕撩开竞唱功。
引出林园交响曲，悠悠清韵裹风中。

泸县山村风情

岭上梯田似月牙，雾烟缥缈地披纱。
但闻牧笛悠扬曲，不见山腰牛背娃。

初春时节三首

推窗举目满天霞，俯看枯枝缀嫩芽。
尤喜邻家梨独秀，羞羞答答两三花。

山光绮丽蔚蓝天，莺啭雀飞春盎然。
才近农家心已醉，桃园别墅燕呢喃。

开花油菜漫山川，蜂蝶穿梭享自然。
我欲花间共蝶舞，裹身春气把家还。

听瀑沟

叶岩片片垒千山，沟壑深深听瀑泉。
天籁之声惟此有，我融山水尽陶然。

冬　泳

岸边预练小哆嗦，浪里白条花样多。
雪虐风侵非我惧，敢将热体熨寒波。

张 健（1955— ）

笔名剑直，四川阆中人。曾任四川省剑阁县人民政府县长，国家电监会成都监管办专员。

芷江受降纪念坊有感

一纸降书墨未销，年来钓岛甚尘嚣。
当知贫弱无宁日，强国毋忘甲午朝。

沈阳访戴君俊良

白山黑水亦前缘，客里班荆佐茗烟。
见识关东豪宕气，今宵不负子猷船。

乌 海

吟鞭久未向边庭，塞上今宵酒半醒。
徙倚乌湖良夜月，马头琴曲静中听。

阴 山

穹庐一曲几回闻，大漠长河落日曛。
梦里曾来征战地，阴山今说李将军。

武连觉苑寺

鲁公墨迹不须疑，佛祖生平画里知。
乡思宦情谁解意，溪桥三复放翁诗。

青神中岩山

向晚春花淡淡香，鲜烹岩鲤客先尝。
但交觥爵声如磬，一阕苏词一尽觞。

拟　赠

斗诗夺锦不须猜，骚雅元知楚有材。
蜀道行吟千客过，剑门今日为君开。

与初中同学绵阳约聚

左绵相聚尽欢然，弹指光阴四十年。
姓甚名谁何用问，一声诨号又从前。

旅次亚特兰大，时值端午，因作

湘累楚些惜离骚，异客孤灯对寂寥。
会得诗人忧乐意，我心随泛洞庭潮。

《浮生六记》读后

亦友亦妻思古风，记情记趣识泥鸿。
沈郎文字芸娘范，半在书中半梦中。

感　遇

感时怀旧意难分，往事真成过眼云。
今我来思里仁巷，门前窘似故将军。

读罗隐

遑论运去与时来，索米京都究可哀。
今醉明愁聊自遣，云英未必解怜才。

过纱帽街

半尺乌纱笑沐猴，优伶小技亦风流。
古今一出官场记，戏里人间演未休。

腾冲国殇墓园

萧萧风雨怒江寒，报国惟存一寸丹。
十万健儿同赴死，个中多少戴安澜。

海　瑞

直廉二字岂从容，未许英声记景钟。
流水夕阳叹明社，南天一拜海刚峰。

上亭铺

五妇山前说五丁，郎当驿上意飘零。
一从夜雨闻铃后，此曲凄然不忍听。

公选入围

十年磨剑几多工，且向秋闱一试锋。

吏制革新倡四化，官场赛马鉴三公。

高翔有赖扶摇力，薄发全凭厚积功。

今夜佳音人不寐，擎杯引满状元红。

梓潼文昌祭祀大典感赋

星君自在紫微垣，祭祀春秋肇宋元。

古柏轮年秦伐后，灵楗佐殿蜀宣源。

淳风有美钧天乐，化俗毋忘大道言。

脉脉潼江新柳绿，人文是处即家园。

甲午重九

一年难得二重阳，蒿目霾天懒举觞。

故国还期新气象，离骚不是旧文章。

登高三叠吟梁父，开道两分论蜀王。

白露丹枫秋渐老，去留步武自堂堂。

东湖宴文耀兄步剑知韵以赠兼致晨光、梅哲二君

罗衫已著褪春衫，节序如流道若参。

久别传情惟短信，重逢快意是长谈。

梅开二度原无忝，酒过三巡尚可堪。

头白不须嗟往事，仰天俯地又何惭。

宜宾纪游

宜宾缘主好，携侣作重游。
酒酿千年誉，江开万里头。
传觞黄鲁直，享庙武乡侯。
日夕闻潮起，翩翩看笑鸥。

青城山逭暑

后山聊小住，清景不须寻。
一径苔痕绿，群峰树色深。
溪桥连别院，沟瀑杂鸣禽。
自许青城客，惟微思道心。

鹧鸪天·赵公洪银祭日感怀

君在九霄第几层？年年今日独思君。月宫可有桂花酒，吴质还当斫树人？　天作诔，地招魂，一声薤露一沾巾。青山绿水康巴草，往事依依入梦频。

临江仙·春感

欲问东君先问柳，春风一剪成丝。柔条袅袅拂长堤。几多将息意，寄与故人知。　漫道尘中心事累，偏教花信栖迟。乍寒乍暖付迷离。会当红湿处，白首共襟期。

袁　林（1955— ）

　　四川富顺人。1985年曾入四川大学进修档案管理专业。富顺县城北中学党支部书记。

鸟　韵

天光透树丫，林鸟啼喳喳。
敲韵青山石，赏心幽谷花。

渝州卧听

阵阵轻雷阵阵风，潇潇春雨润花红。
谁家婉转早啼鸟，啼得渝州绿更浓。

春游安泰山庄

红桃碧柳菜花黄，夹道林阴古树苍。
快艇犁波翻雪浪，凭栏赏景醉斜阳。

月夜蛙声

一轮明月亮楼台，万顷秧田将绿裁。
抓把月光他日用，蛙声跳到枕边来。

袁祖辉（1955—　）

四川营山人。营山化育中学教师。

故乡情五首（录四）

台湾林泉寺惟觉大师刘效明，祖籍四川营山。1949年前饱经社会动乱而去台湾。临别时，初恋情人远程相送，彼此柔肠寸断，不忍卒别。后在台皈依佛门。几十年来，大师既思念大陆亲人，更渴望早日完成祖国统一大业，以解两岸人民骨肉分离之痛。惟赖鱼雁传书，以寄托对亲人、故土的相思之情。暌隔五十馀年后，大师荣归故里，终偿夙愿，惜乎初恋情人已于几年前离世，大师哀痛不已。为报效桑梓，大师为家乡修桥、铺路、凿井、建房、捐款办学等，耗资百万元，受到家乡人民的高度赞扬。

红壤伤离五十秋，豆分瓜剖缺金瓯。
几时盼得团圆月，常洒清辉遍九州。

红豆逢春又簇新，一篇吟罢月偏痕。
晓来但见霞如绮，翻忆巫山一段云。

菩提树内起祥云，槛外来人轻叩门。
世事勘明贝经里，蒲团坐破暗销魂。

玉露生凉染菊枫，欣逢七夕鹊桥通。
何期泪洒三生石，红豆依然入梦中。

赠宁平学棣

璞玉浑金传令名，伊谁白屋识精英。
萧斋尽日无人到，萤案深宵有烛明。
宝剑发硎霜刃就，梅花历雪暗香生。
锦江正是春潮涌，好挂云帆万里行。

游龙王寨极顶松林

又上岩峣云岭深，芒鞋一路踏松针。
今来我赴林泉约，漫把游仙足迹寻。

金缕曲·观《人间》而感诸多移情者

发尽千般愿。忆初逢、花前月下，热衷相恋。蜜语喁喁倾无尽，恨不朝朝相见。纵短别、难收思念。藻采铺陈芸笺丽，更手机、短信频见。情缱绻，人堪羡。　　晴天难免乌云现。问人间、情为何物，一朝倏变？自赏西园花事好，从此心迷意乱。竟折得、枝头红艳。昔日甜言今恶语，苦相求、难挽恩情断。见此景，人心颤。

【北双调】沉醉东风·休闲

打老后对万事旁观袖手，乐山水游林泉无虑无忧。呷一杯龙井茶，交几个忘机友，吟几句打油诗晃脑摇头。管甚么沧海桑田春与秋，酡颜常醉陈年老酒。

徐家勇（1955— ）

四川苍溪人。苍溪县公安局民警。

江堤漫步

漫步江堤独自思，仕途能有几多时。
清风一缕烟云过，只剩江山镌好诗。

蝶恋花·秋日寄友

秋叶飘零拦不住，斜日馀辉，雀闹滨江树。眼下风光真叫趣，人生太
少辉煌处。　　莫道诗书将己误，种月锄云，不应官家渡。一任时潮追显
富，豪情还唱归来去。

蝶恋花·访友

又过当年青石铺，犬吠春风，柳绿桃红处。笑问主人衣食住，敞怀直
把肝肠诉。　　富贵荣华瓜菜务，一亩薄田，几棵梨花树。日换油盐兼打
醋，闲来也学诗家趣。

刘道平（1956—　）

　　四川平昌人。中央党校研究生学历。历任四川省司法厅厅长、甘孜州委书记，省政协副主席、省人大常委会副主任等职。现任《岷峨诗稿》社社长。诗词作品散见于《光明日报》《中国新闻出版广电报》《中华诗词》《星星》《岷峨诗稿》等报刊。

咏　竹

拔节青山入翠微，虚心惯见白云飞。
一朝截作短长笛，便喜人间横竖吹。

花　椒

曾经忍刺度青春，高挂枝头香可闻。
一着紫袍开口笑，含珠吐玉更麻人。

都江堰

千秋郡守盛名传，浅作长堤深凿滩。
鱼嘴争流何太急，向前一步自然宽。

高压锅

一阀千钧头上重，天旋地转口难封。
若无舒缓盈胸气，便付安危儿戏中。

簧门街戏作

主意难辞客捧场，簧门笑语酒飘香。
醉崖不勒人头马，跌倒泥潭恨孔方。

春　江

二月春风拂益州，满城杨柳渐消愁。
一江锦水依然好，短羽身轻更自由。

鼠啃书

慵斋白日影踪无，夜发摸爬乱啃书。
未见耽思文字碎，磨牙枉自费功夫。

晨洗漱

轻揩尘面振衣衫，更刮银髭已再三。
明镜无声相与笑，一身干净向人前。

打工告别

惜别依依步又停，回头掩袖泣无声。
哽喉一句叮咛语，莫让手机空响铃。

玫　瑰

此君岂是等闲身，佩玉晕红独傲群。
曾尽温柔何憾有，一生带刺不由人。

途经茅台酒厂

九天云气曲香浓，月自逍遥醉碧空。
万户千家齐煮酒，是人都敢论英雄。

蜘　蛛

网上经营未落空，众昆每遇打秋风。
蜘蛛到死丝方尽，不与春蚕作茧同。

春节盼归

愁傍柴门望早归，逢人怯问百千回。
小名只在喉中哽，立尽斜阳泪暗垂。

立式风扇

忽尔西行忽又东，炎炎赤日著凉风。
可能摇摆不摇摆，俱在君侯掌握中。

六旬吟

总觉光阴捉弄人，暗惊转眼六旬身。
儿童笑我朱颜改，我笑儿童不惜春。

月　夜

月透轻云薄似纱，露凝芳草便成花。
世间几个闲如我，竹椅瓜棚盖碗茶。

笼中虎

也许从前称霸王，未曾相遇景阳冈。
欲知任性今何在，凝望笼栏说短长。

蕨　草

贫在深山叶若梳，牛羊斜视一何愚。
运来绿嫁飞云殿，谁复相讥草不如。

夏日读书

长夏何言正好眠，窗开不废读书天。
有情风恐人将老，总是来回为我翻。

劝　蝉

横竖抱枝声动天，细听疑有领头蝉。
相安何必瞎胡闹，无理成群也枉然。

潺　暑

连暑无情四十天，清风不至枉凭栏。
蒸笼盖子何时揭，莫教空调泪滴干。

种　牙

岁不饶人老掉牙，补天还得赖灵娲。
一张血口真无齿，唯有牙根知肉麻。

打吊针

怀疴卧望吊瓶悬，滴滴相连落九天。
玉液无非身外物，缘何最易入心间。

网　络

一点知天下，几敲成锦文。
千千结你我，都是网中人。

节日信息

手机频作响，信息夜连晨。
抄袭加群发，掏心有几人。

壶口瀑布

一倾壶口水，声响似惊雷。
未近衣先湿，黄河天上飞。

将退吟

晴光又染锦江头，屈指宦游髫鬓秋。
心欲长奔千里骥，力难更上一层楼。
浪中孤鹭裁春影，柳下闲鸥卧草丘。
回首夕阳天尽处，馀霞尚有几分留。

蝉　鸣

雨后微风送晚晴，群蝉奋力竞相鸣。
馀音长短天知道，分贝高低地测评。
何必抒怀千万语，唯能入耳两三声。
行人各有烦心事，哪得功夫仔细听。

漫游南部县

无限情怀潜水长，最难忘是菜花香。
同朝宰辅三兄弟，隔壁君临一凤凰。
立佛顶天风拭泪，凌云拔地日梳妆。
凝眸夕照晴霞短，恨不饶人两鬓霜。

　　自注：北宋陈尧叟、陈尧佐、陈尧咨兄弟，两进士一宰相，南部县人。潜
水乃渠江古称。

访　贫

泥径孤村冒雨行，打工人去暗心惊。
几多触目几多叹，一半抛荒一半耕。
孙傍柴门呼客到，翁停竹帚带愁迎。
脱贫事业谈何易，不觉东山新月升。

观树叶感怀

凝望枝头叶色匀，忽添敬意两三分。
繁华犹报东风暖，清爽常思月径深。
撒绿经年成远忆，知秋镇日未伤心。
人前不饰黄婆脸，笑自飘零护老根。

阆 中

暮色满山馀晚霞，江烟淡抹访渔家。
一杯渌酒神堪醉，几点晕灯影渐斜。
儒雅无须拘谨语，疏狂注定自由嗟。
聊天转论桓侯事，太息英雄逐浪花。

示 儿

秦风汉雨几时销，可赴钱塘看涨潮。
人小岂能心志小，位高未必水平高。
择门不负齐王使，裁锦犹需针线包。
天道公平明月在，万千莫向水中捞。

开卷学诗

每忆当年便摆头，胸无点墨更含羞。
蒙童不见诗书易，经岁唯知春夏秋。
块垒淤凝曾放下，银髭拈断枉推求。
自知补拙无天赋，纸碎千回亦打油。

重读《将进茶》

将进茶楼万丈梯，凌空信手挽红霓。
隋珠和璧由人鉴，雾幄云冠待曙晞。
欲借草船诗侣会，不同灌绛殿堂依。
春风若品新茗妙，便释胸中块垒羁。

婚 礼

结亲唢呐吹，请帖满天飞。

郎抱新娘去，客循旧路归。

人人存面子，处处有榔槌。

薄礼今朝挂，明天又是谁。

再咏黑龙滩

再泛黑龙滩，微风挟嫩寒。

清波如皱縠，碧底似沉天。

海若终无语，醉翁疑化仙。

扁舟何处去，明月照鸥眠。

菩萨蛮·清明

桃花谢后平芜碧，锦江北望斜阳立。暮色入江流，归鸦柳上啾。　　老来多染疾，更有馀寒逼。慈母望还乡，痴儿欲断肠。

卜算子·蜗牛

驼背老蜗牛，漫漫崎岖路。一步一停负重行，多少愁和苦。　　后面是悬崖，执意朝前去。可惜登高坠草丛，知否为何故？

卜算子·小草自语

不畏疾风摇，何必嫌身小。何必伤心忆旧寒，何必愁虫咬。　　不为自由生，只为春风早。只为千山送绿情，只为阳光好。

刘雅兰（1956— ）

女，四川成都人。成都市公共礼仪学校创办人、校长。成都市诗词楹联协会会长、四川省诗词协会副会长兼秘书长。

临歧次韵上无为先生

归卧东山两鬓秋，何妨故地作重游。
久凭栏处吟怀古，再进觞时逸兴悠。
纵有沧桑飞乱劫，依然悃愊俟清流。
会须扶袂登高望，一抹斜阳照白鸥。

思友人

望穿秋水百花残，思念情深梦里颜。
悸动流光寂寥度，乌云帘卷锁心间。

寒　梅

质本凌寒铁骨身，芳心自不染纤尘。
天宫曼舞鹅毛雪，透出凝冰早报春。

新津梨花沟

赏花不觉过千门，树有灵根香有痕。
花意花情谁解得，春山空锁玉梨魂。

望　月

金桂飘香满地花，无边芳沁到人家。
一泓秋水两轮月，对影成双细品茶。

情未了

前世姻缘未了时，羊城一别已残姿。
相思锁在琴中奏，岁月如梭诵旧诗。

嫁　女

惆怅他乡夜幕缠，秋风顾影怯衣单。
窗前眺望星稀月，棉袄离身透体寒。

赏　月

相思每日愁中过，昨夜楼台顾影重。
独酌观花人以静，何时月满与君逢。

张文彦 (1956—)

四川合江人。四川江油工业学校高级讲师。

自 嘲

半生岁月等闲过，忧患频经志未磨。
憔悴几曾如杜甫，达观尤愿效东坡。
偶伤人向愁边老，却喜诗从劫后多。
雨过天青心境旷，西山一上且高歌。

忆 游

年少轻狂踏九州，江南江北每登楼。
而今老倦囊羞涩，只把神游续卧游。

秋 风

无用书生自笑痴，只堪覆瓮案头诗。
鲈鱼价贵休轻问，空有秋风惹旧思。

山中见酸枣

黄叶残枝悬异果，个中滋味孰能知。
酸辛苦涩归平淡，令我长思插队时。

邓建秋（1960—   ）

笔名山那边、玉箫清音，四川渠县人。毕业于西南师范大学中文系。四川省渠县人大常委会副主任。达州市诗词协会常务理事、渠江诗社名誉会长。

彩亭会

云间烜赫起层台，戏与神奇次第开。

熔铸古今凭社火，铺陈生旦惜童孩。

行香但趁春三月，走会还须轿八抬。

彩阁移时观者拥，西乡去后北街来。

注：彩亭会为渠县非物质文化遗产，2009年入文化部《中国非物质文化遗产名录》。

耍锣鼓

呕哑嘲哳响不休，东锣西鼓自淹留。

曲牌可入梨园谱，乐韵曾经汉阙秋。

闹处酒开街若市，歇时人散月当楼。

此间悲喜莫相问，但立江干看水流。

光雾山红叶

疑似春花故放迟，嫣红万点满秋枝。

崇山尽染谁同醉，胜境初来我已痴。

空里流香知雅意，桥边倒影认芳姿。
拾回片叶藏书底，留待他年忆此时。

绝句二首

微风轻拂碧窗纱，渠水西边有我家。
但认九重楼高处，阳台还种数盆花。

画船沿岸两三条，随意东西不用桡。
于此呼朋成小聚，何妨酒醒是明朝。

赴德格道中

云上关河险，天边客路长。
千山开眼界，百感入诗囊。
甘冒雪瓢泼，来经地莽苍。
深秋时正好，牧野看鹰扬。

注：同行司机称所遇之雪为瓢泼大雪。

老折山垭口遇徒步去拉萨朝圣藏族三女子

圣地犹天远，关河望不穷。
行行足当尺，落落气如虹。
有梦浑无畏，驰心但任风。
千山暮雪里，只影渐迷蒙。

理塘怀仓央嘉措

东山又是月华明，鹤在荒原第几程。

十万冰河应有渡，三千季节总无晴。

格桑花落天涯冷，青海湖遥斗极横。

于此凄凉听梵唱，暗中不禁泪如倾。

探中虎跳峡

大江到此落千寻，顺势开山裂地心。

留与两崖容虎跳，倒从半壁听龙吟。

罡风过眼叹苍莽，浩气冲霄化肃森。

欲借天梯成勇者，举头冷汗已涔涔。

泸沽湖印象（录五）

走婚桥
身影来回暮复朝，风情最数走婚桥。

一湖碧水深如海，何处花楼正寂寥。

杨二车娜姆家
院门长掩日长移，秋树春花杳不知。

一片浮云海涯去，如今可记在山时。

同心湖
湖呈心字现奇观，天故留情悟定端。

回望伊人秋色里，横波浅笑正依栏。

篝火晚会
盛装阿妹自多娇，环舞人前不待邀。

连袂踏歌歌婉转，声如天籁最魂消。

宿大洛水村
从来重女未尊儿，无父无夫众所持。

此俗游人难究诘，村头延望立多时。

藏游杂咏（录五）

羌塘大草原

高原何壮阔，一路锦屏开。

野草连天涌，羚羊逐水来。

花如秋灿烂，云共雁徘徊。

取景车窗上，为图不用裁。

扎什伦布寺

青灯共黄卷，堂奥一何深。

殿秘人难测，幡高日易临。

香涵秋雪气，呗送海潮音。

叹我恒沙粒，能无感佛心。

做客藏家

莫道天涯远，偏饶遗俗淳。

格桑犹满院，哈达每迎宾。

一曲藏歌殢，三杯羌酒春。

情长似江水，正可洗风尘。

注：青稞酒，藏语叫作羌。

跳锅庄

饮罢三杯酒，还同一首歌。

易装呈烂漫，舒袖看婆娑。

欲效邯郸步，堪羞鬓发皤。

嗟余称海客，涉世虑犹多。

藏 獒

疑从穆天子，腾雾上昆仑。

百兽浑无敌，千峰尚遗痕。

山为汝之骨，雪作汝之魂。

一啸狂风起，苍原日遽昏。

罗 扬 (1957—)

女，四川成都人。早年为量具刃具厂技工。成都市龙泉驿区诗词楹联学会会长、龙泉驿区作家协会副秘书长。作品发表于《星星》《诗刊》等刊物。

鹧鸪天·夜揽雁江

夜雁江城璀璨行，画船炫彩酒楼旌。广场歌舞翩翩起，小院香茗月色盈。 寻古迹，探文明。苌弘绛帐传精英。三贤故里留佳话，四杰家乡存美名。

长相思·游崇州街子古镇唐求故里

瑞龙桥，御龙桥，桥下轻抛诗一瓢。清波洗素袍。 山相招，树相招，欲隐山林种绿蕉。红尘烦事消。

踏莎行·房奴

十里平湖，一行白鹭。小桥流水菁华路，叶浓枝密隐鹧鸪，高楼窗亮居家处。 半辈存储，一生倾注。节衣缩食难堪度。购来此屋变房奴，苦衷只向春风诉。

醉花间

毋相见，又相见。相见还添怨。含泪锦江边，一恨将丝断。 无缘思绪乱，往事如烟散。孤峰插碧空，何作多情燕。

伤春怨 · 武胜定远塔观景

雨过阴云散，水满嘉陵江畔。定远塔悠然，一览沧桑轮换。　　翠堤芳菲岸，有友人相伴。目送往来船，此去后，难相见。

鹧鸪天 · 游湘西凤凰古城

吊脚楼前古树边，沱江水碧半坡山。清晨鸟语人稀少，傍晚灯红纵酒欢。　　千缕柳，一池莲。雕梁画栋说经年。名流逸事知何处，漫看边城绕紫烟。

一剪梅 · 重游三苏祠

三十年前此地游，院旧兰秋，墙老林幽，三苏祠内静悠悠。不见斑鸠，难见萤流。　　春雨潇潇今重游。柳摆庙舟，竹隐书楼。晚香堂里把人留。看过眉州，又去彭州。

鹧鸪天 · 中秋思乡

金桂飘香又一秋，时光飞逝奈何留。嫦娥添岁吴刚老，玉兔流年人白头。　　思故土，念乡州，寄回月饼到村楼。不知山路有无月，归梦悠悠似水流。

任文刚（1957—　）

四川广元人。广元市台办工作人员。有《布谷叫了》。

抢种抢收

布谷声中麦穗黄，山村四野尽芬芳。
当年抢种耕耘日，新月如钩赶早凉。

年　少

艰辛年少乐无穷，呼伴拾柴山野中。
四季风光任我采，淡妆百合杜鹃红。.

赵仕诚（1957— ）

四川剑阁人。大专学历。1982年在剑阁县通用机械厂工作，历任财务科科长、供销科科长、生计科科长、经营副厂长等职务。1999年底因企业改制下岗。剑门诗词楹联学会副会长。

剑门关

突兀起群峰，凌霄两剑雄。
千崖横绝壁，一径漫青葱。
石透英雄胆，松兼壮士风。
凭栏空怅望，夕照万山红。

戊子晚秋

序近重阳秋渐浓，纷纭思绪任西东。
三川劫后惊魂绕，一雁浮来满目空。
云树天边腾薄雾，黄花篱畔斗寒风。
无情苦雨催何急，落叶萧萧意未穷。

翠云廊

自西向北缈无边，黛色凝云丘壑连。
传是张飞亲手植，胡为李璧惠心牵。
虬枝轻曼思唐雨，铁干坚贞署汉天。
驿路风尘迷野渡，剑门关隘望烽烟。

残 荷

一任秋寒摧落英，仍撑瘦骨对柔晴。
清姿宁可经霜老，残叶犹堪听雨声。
柳鹭池边酬故梦，根茎塘底续馀情。
春来又现凌波影，更立娉婷弄玉筝。

齐鲁出行感述

欲驭长风出剑门，秦天楚水望中奔。
诗心一聚泉城后，缕缕衷情化满樽。

秋游唐家河

推窗勾画卷，迈步醉溪声。
山染千层血，鸟鸣万壑晴。
风轻松伴唱，云淡雾翻腾。
梦入桃源境，休将名利萦。

鹧鸪天·戊子初春游孤玉山谒邓艾墓

彻骨风寒未觉春，绵绵细雨织愁云。山中岁月偷闲过，陌上桑榆别样新。　　循曲径，辨斑痕，阴平往事总撩人。征西疑冢今安在，剑胆犹昭碧血温。

彭传鼎（1957—　）

四川隆昌人。大学本科学历。现就职于四川省泸州市龙马潭区政协。泸州市诗词学会理事、泸州市楹联学会常务理事。

仲夏夜宿古蔺黄荆老林

山谷飞泉碧水滩，晚溪篝火小桥南。
林涛虫喊窗边月，一枕清风伴我眠。

抚琴台揽春

蝶舞亭栏春意早，樱花含媚两三枝。
半山人醉斜阳处，水涌江天二月诗。

青玉案·登嘉峪关城楼有感

苍凉戈壁斜阳里，大风吼，旌旗立。往昔铅华来眼底。征衣寒月，墙楼御敌，凛冽英豪气。　　荒原雁叫飞沙急，商旅驼铃远天际。漫路丝绸连广莩。绿洲歌舞，繁荣再起，醉了边城地。

蝶恋花·己丑樱花诗会

和煦山乡春拥抱，碧瓦红墙，满目风光好。二月樱花白里俏，惹来啼鸟枝头笑。　　莫道田园桑树老。白髪吟诗，一样多情调。摇曳心舟天地小，层林尽染斜阳照。

青玉案·沱江游泳

江天白鹭微风起，彩旗展，欢声里。楼岸花飘来眼底。宽衣沱水，寒冬冷浴，凛冽英豪气。　　阿哥靓妹春光丽，劈腿翻腰抖天际。漫路崎岖多广茔。老夫尤爱，渔舟晚曲，情系烟波碧。

眼儿媚·秋到翠屏山

翠屏山上雨初晴，烟柳小茶亭。嵯峨寺庙，云间露影，草木风清。　　黄昏何计闲愁处，叶落鸟啼声。登楼吟唱，两江秋色，梦里豪情。

蔡 竞 (1958—)

四川射洪人。西南财经大学经济学博士。曾任四川省人民政府副秘书长、省政府办公厅主任等职。现任四川省人民政府参事室文史研究馆党组书记、参事室主任，四川省社会科学联合会副主席。

读《诗词若干首——唐宋明朝诗人咏四川》

过眼西郊近六旬，缅怀主席众情真。
地偏秦塞连三峡，天佑蜀川开五津。
唐宋遗篇椽笔在，大明旧咏故园新。
当年圈点恩尤重，厚泽神州四海春。

注：1958年3月8日至26日，党中央在四川成都举行政治局扩大会议，在此期间，中共四川省委委托四川省政府文史研究馆为中央领导准备四川的文物、名胜古迹和历史人物概况等资料，供中央领导参阅。张惠昌、谢慕沙等十八位馆员接受任务后，在四川省图书馆、四川大学图书馆普查了有关资料三万多册，反复筛选核实，整理校勘，呈送毛主席与中央领导参阅。4月20日，毛主席在下榻之成都西郊金牛宾馆之平房（即今银杏庄）亲自圈定了唐宋明朝诗人歌咏四川的一些诗和词并题写书名，并嘱：抽出时间读一些杜诗。1979年1月8日，四川人民出版社请刘开扬先生对这些诗词作了注释并正式出版发行。

川西坝子荷赞

水乳共相融，花开色正红。
身倾泥不染，风起势无穷。

冬已慧根稳，春来气象隆。
均为别样品，何许尽相同。

再游天府源及古灌县鱼嘴

青峰玉垒锁烟霞，水截都江涌浪花。
但缅李冰驯沃野，且由鱼嘴笼拦沙。
飘蓬宦迹空迢递，浩劫山川吐艳葩。
颂得鸿恩逾万里，我沽村酒谢勋华。

青城山居晨咏三首

飒飒天风最动情，秋阳朗照满城新。
敲诗更有陶然乐，自是幽居月下人。

幽居独享陶然趣，敲点新辞目转明。
雨浸窗棂疑入谷，倚栏深陷咏诗情。

何用兼程赴远游，青城道上意方遒。
转身莫叹村夫老，叨絮犹能破别愁。

偶登剑门雄关二首

万仞剑山绝，谁知啼鸟心。
金戈犹在耳，聊以动诗情。

古道记沧桑，仅存拦马墙。
绿阴三百里，饱览翠云廊。

自鹿城南行拜谒成吉思汗陵感怀

红柳香兰翠竹摇，秋阳碧野露痕消。

青峰渺渺阴山月，黄浪依依大漠潮。

辟土开疆空塞外，擒龙射虎仰天骄。

何期浩气盈河汉，都付苍烟话寂寥。

咏赞晋代蜀人李密并读《陈情表》

往事堪哀人渐老，炎凉世态休烦扰。

慈乌反哺报恩多，君子安贫瞻顾少。

孤寂书衔陋室铭，潸然泪下陈情表。

百年犹记春晖暖，罔极悲风天又晓。

再访东坡故里感怀　　2016

东坡故里隐蓬庐，夜色凄清觉钝愚。

忧患始由多识字，坦言率直不阿谀。

文章自可翻江海，竹韵飘然入画图。

一去岭南谁慰藉，雪泥鸿影世间殊。

时隔卅四年再谒白马关——汉庞桓侯祠墓

蜀关襟带此墙垣，落凤坡前谒士元。

草掩谋魂青冢静，色空翠柏鸟声喧。

江山一统风摇帜，汉室万安云挂幡。

耳畔犹闻鼓声起，金牛古道锦花繁。

访新都桂湖寄念杨升庵黄峨

话别江陵再见难，永昌戍所隔关山。

相思痛洒伊人泪，薄幸犹污学士颜。

片纸尺书称国宝，乡心几日梦刀环。

云南垂老归无计，空负香城水一湾。

欣闻《东坡海南》首演抒怀

行船陆次顶骄阳，谪转蛮荒陷傯疆。愤弊斯时奸佞惧，忧叹系国降重光。身心一袭贫还乐，笠屐多艰屈且张。济世怀柔筹社稷，登崖揽胜谱篇章。神闲气定交相映，劝学研深教化匡。三策治河民意顺，半壶浊酒鹤胸琅。情倾委着终无悔，月落寒窗未必凉。五指函开海南旺，芳踪骋远赤诚刚！

注：《东坡海南》为海南省歌舞团据苏东坡贬谪海南史料编排而成之大型原创民族史诗舞剧，此剧意借"翁媳南荒""黎汉兄弟""桄榔劝学""天涯学堂""鸿雪大梦"五则叙事，生动刻画演绎"海南东坡"。

沐川秋行四题

五马坪

一径杉香还雅风，满盈碧翠入峥峒。

琴蛙天籁心摇曳，恨不掸尘戴笠篷。

野猕猴桃

金茸仙果浑身毛，酸酽奇香胜酒醪。

堪比歧黄通七窍，斯民莫负此脂膏。

天　池

情醉田园步履徐，虚居久与世情疏。

天池陋肆茶胜酒，原本气和追始初。

琴　蛙

一泓圣水碧池泉，数只琴蛙天籁旋。
慢步绿廊风色漾，回眸心境尚宛然。

丁酉中秋游拜麦积山石窟纪言

神奇石窟漫勾留，巉岏初开细雨收。
绿野空林容寄兴，黄花满径欲登楼。
夕阳残照千山外，雁阵惊寒万户秋。
把酒临风酬远别，今番蜀客醉秦州。

拜观南阳汉画馆走笔

三千存史灿，两汉跨神奇。秉烛何能待，乘时绝美比。先民聪慧颖，传世誉名熙。勾线勤梳理，强筋贯法司。沉雄皆共享，硕大浩然垂。意在无言状，锋端巧妙夔。祥和天象纳，流丽暖阳弥。征战轻骑勇，巡耕乐植居。

喜听戊戌狗年马日蓉城夜雨　2018

结柳作车千载情，媱歌处处合箫笙。春光接气迟来后，细雨催花晚竟成。九野玉堂承霁色，一宵甘露厚苍生。楼台山馆声消歇，暮霭怡人夜漏倾。

午后乘快艇登舟山群岛普陀山三首

光铺海面水天宽，浪遏飞舟壮大观。
放眼东南神气爽，波翻云影耐人看。

堪羡空山不老松，常闻暮鼓与晨钟。
慈航普度三千界，参拜虔诚大礼恭。

洛迦山下水云高，海浪天风涌碧涛。
老干虬枝遮夜月，小轩把酒乐陶陶。

入北盘江高家古渡冒雨偕游即句

薄雾笼纱滴翠泉，高峰险峻锁江天。
嵯峨峭壁连青嶂，迤逦云屏泛紫烟。
西望牂牁山列阵，北盘峡谷水回旋。
他年不倦登临意，倘记兹游竟慨然。

黔中韭菜坪远眺

风云开六合，大野入苍茫。
骤雨生岚雾，天光泻夕阳。
雷霆源北岭，晴翠染南荒。
纵目群峰乱，高吟此脊梁。

水城梅花山放歌

天风轻拂面，梅岭望岩峣。
雅聚人三地，韵留花百娇。
蝶翩云万朵，蝉噪柳千条。
解甲归来日，山行试脚腰。

行游水城县百车河入观江南别院

百车河水畔，诸葛劝耕农。
泉落山边涧，云飞岭外峰。
江南欣别院，法那喜乔松。
指点清凉处，诗心漾晚钟。

李荣聪（1958—　）

　　四川平昌人。达州职业技术学院副教授。达州市诗词协会副主席、达州市戛云亭诗社常务副社长兼《戛云亭诗词》副主编。有《川东散人诗集》。

登剑阁

百战硝烟尽，关楼落日闲。
西风情未了，吹皱数重山。

古镇吊脚楼

小楼江畔坐，翘着二郎腿。
垂下柳丝丝，钓来舟一尾。

宿黑宝山

山中千籁静，夜与客同眠。
梦醒烟霞里，秋深若故园。

高洞观瀑

浪奔雷声起，瀑下水烟飞。
问尔急何事，小河忙减肥。

夜 归

山深月冒芽，溪静竹遮家。
柴门忽闻犬，惊醒一窗花。

清明祭亲

墓草青青节又来，杜鹃声里雨哀哀。
儿时懒散老尤甚，好想听娘骂一回。

客 舍

醉眠客舍梦回家，醒倚孤窗看月斜。
一树清辉应不重，三更压落紫桐花。

春山行

青山隐隐雨如麻，石径斑斑苔覆花。
崖上忽闻人语响，白云吐出二三家。

打工人家

新年刚过又离村，临别低头脉脉亲。
待到明晨儿醒后，爹妈已是外乡人。

游成山头

步出邓祠听海声，乱风吹发有余腥。
簪花一片拍山浪，天到尽头潮不平。

注：邓祠，邓世昌祠。成山头又名天尽头。

打工归来

丢开行李入泥墙，小狗尾摇儿却藏。
门边露出半张脸，只接香蕉不叫娘。

乘机口占

验票登机一展眉，腾空万里挟风雷。
谁知少岁凌云梦，及到衰年做雁飞。

古　渡

陆运繁华水运衰，恩阳古渡绝船桅。
千年逸事沉沙底，唯见石梯爬上来。

雨中宿飞云温泉宾馆

夜卧飞云窗未关，梦中总觉与谁眠。
醒看林木站着睡，叶上沙沙雨打鼾。

八台山观落日

残峰跳起欲吞日，云海苍茫竟作台。
我攀危栈长挥手，却恨西山撵不开。

访风波亭

扶栏怅望月朦胧，湖上欢声隔绿丛。

旷世风波亭不语，夜蝉犹唱满江红。

别孙回国

吻别轻轻不扰眠，临门回首拭眸看。

此去天涯孙莫怪，常来梦里荡秋千。

注：2017年于美国泽西市。

遥　祭

钱纸燃升缕缕烟，随风速递去蓬山。

双亲来梦日稀少，儿坐松阴听杜鹃。

船　女

篙点波心天冒芽，春风拔节水开花。

船儿载着山歌走，小辫飞飞飘入霞。

晨望巫山

一江如线缠香粽，霞煮云蒸出屉笼。

欲知三峡真滋味，先赏巫山十二峰。

胥 健（1958— ）

四川岳池人。南充农学院农学专业毕业，大专学历。现任达州市人大常委会党组书记、主任。

临江仙·游印山

半壁翠岚环曲径，千秋俯瞰嘉陵。落红雨后复初晴。近绿犹带润，远黛更清新。　　唱晚渔舟夕照里，碧波渐隐蓬旌。听涛赏月夜风轻。万家灯火映，又见露华生。

小重山·翡翠峡

山下修竹山上松，长廊嵌翡翠，映苍穹。白云深处寨独雄。斜阳里，万绿几枝红。　　幽谷水淙淙。涧深飞瀑布，汇双龙。欲将仙景荐新朋。谁与共？彩笔舞当空。

行香子·翠湖农家乐

水碧山涯，竹染湖汊。隐几许，黛瓦篱笆。晨舟暮钓，采豆摘瓜。看湖中岛，园中柚，蝶中花。　　劳当觅乐，忙偶偷暇。问放翁，乐在谁家？呼童访老，共话桑麻。品一壶茶，一杯酒，一盘虾。

菩萨蛮·游玉印山

州河如带环龙爪，江澄峦翠春光好。榕古寺朝阳，塔高风御香。　　城中车马热，山上音尘隔。禅意未及参，先摘一叶闲。

清平乐·北湖观雪

漫天飘白，举目皆银色。玉树琼花风曳曳，湖水更添冰澈。　　红衣绿伞如云，倾城兴奋出行。桥上谁开雪战？雪团追逐笑声。

满庭芳·登峨城山

古寨虎踞，峨城雄峙，将军石傲苍穹。沧桑历尽，故垒镇川东。千古几多征战，风云会，谁是英雄？只留下，残垣断壁，几度夕阳红。　　登峰，极目处，群山竞秀，竹海春浓。喜禽鸟争鸣，草木欣荣。多少如烟往事，休回首，一笑而空。春为伴，山花烂漫，共与舞东风。

清平乐·李花飘雪

层层叠叠，万树芳菲绝。一夜东风飘瑞雪，玉蕊犹呈高洁。　　踏青可趁芬芳，缤纷更在山乡。花季人间三月，行吟莫负春光。

忆秦娥·清明祭英烈

清明雨，梨花洒后杜鹃泣。杜鹃泣，苍天同泪，神州同祭。　　英雄壮志多豪气，江山万代长相忆。长相忆，忠魂犹舞，浩歌犹继。

长相思·夜望金门

岛影明，灯影明，相望恨犹一水横，旧还炮火闻。　　我厦门，我金门，同拱海天岂可分？怒潮夜夜鸣。

叶 红 (1958—)

女，四川成都人。曾任四川省方志馆馆长。有《四川省地方志目录》等。

机场送别恩师

幽怀谁与共，极目送归鸿。

自是长南望，七闽梦寐中。

谒红军纪念馆

前人种树后人凉，旧塔新堂证海桑。

楠木溪旁人若织，凌烟功合日重光。

注：红军纪念馆馆址在邛崃楠木溪，旁有宋塔。

遣 怀

三年共学忆同群，一事相帮即有恩。

对手逢棋每让我，为君从此肯饶人。

注：忆昔同窗课间辩论，至不可开交处，君每一笑了之。今忽下世，哀哉！

远 游

眼见为实耳听虚，彼昏我晓倒差时。

山青水碧经行处，记起儿时涂炭词。

过石子坡，维老曾指挥战斗于此，事迹见载红军纪念馆

耿耿真情一望中，风轻云淡下飞鸿。

石子坡前无丑叶，霜天不改旧时红。

陪八旬老父谒中山陵

寝宫高处入青云，四百台阶徒步登。

形容变尽英姿在，黄埔当年一老兵。

注：八十三岁老父亲为黄埔第二十二期学员。

乘舟游瘦西湖，恰逢万花园举办万花节

桃红柳绿鸟关关，画舫荡波竟日观。

万花节里万人醉，三月本是养花天。

高中毕业四十周年同学会

重逢否泰若云泥，三十河东四十西。

我有当年春服在，犹能想见舞雩时。

注：云泥是指容颜大变。末句出《论语·先进》。

哀江萍

共惜良辰景不长，儿时同伴老还乡。

又进校门君不见，哀思连绵似涪江。

杨吉成（1958—　）

　　四川南江人。兰州大学中文系毕业。历任崇州市副市长、成都市民政局副局长、成都市文联党组书记、成都市政协文史委主任。有《素心集》《寸心集》《西窗絮语》等。

崇州市街子古镇吟

暂别喧嚣欲歇凉，唐求故里阅新妆。
缘循雅意新知好，细品古街馀味长。
味水清波一瓢饮，鸣钟古寺大音扬。
弯弯小径知何去，汉韵唐风若画廊。

郫县农科村小聚

寻芳觅胜不辞远，川西小院故人来。
夜来喜雨知时节，豆麦群花次第开。

重登光雾山香炉峰

山岚生处看云松，曲径斜斜覆碧丛。
险中求趣登高处，绝景还藏云雾中。

双色茉莉花又发

无意闹春偏与春，一年翠绿一回新。

与君述说分离后，多少相思入梦频。

四季春

翠岭平畴色色新，赤橙黄绿长半匀。
肩挑车载东西市，催进锦城四季春。

胡跃先（1958—　）

四川大竹人。成都市青白江区委党校高级讲师。有《胡跃先诗稿》。

慧　园

绿架满窗秋叶嘉，慧园常有四时花。
一庭香草争春色，万里云山共绮霞。
流水门前闻大鸟，欢歌堂内奏琵琶。
幽幽最是篱边竹，犹照夕阳透碧纱。

黄河壶口

大河崩涌浪声波，万里惊魂是处多。
一壶倾开天下水，人间从此有佳禾。

夜过琼州海峡

轮渡声声过海峡，天涯一别即回家。
阑珊灯火销长夜，醒梦时来饮早茶。

夏游井冈山八首（录四）

五指峰红军宿营地
五指峰高上接天，井冈翠柏绕云烟。
当年鏖战藏身地，今日犹听红杜鹃。

茨坪枪械厂

铁锤溅火飞红星，赶造刀枪夜未明。

呐喊声声传岭下，原来武器已先行。

黄洋界哨口

一山扼制万山雄，小道羊肠鸟难通。

滚石巨雷飞下阵，白军弃甲化为虫。

五龙潭风景区

五龙潭水响如雷，曲折蜿蜒草上飞。

人自崖边快马过，依然细雨湿征衣。

秋　雨

大野无晴日，周遭流水深。

金风方过眼，秋雨便来寻。

江右麦多霉，山前谷又淋。

农夫何所得，老泪满衣襟。

大足石刻

大足有石刻，天下久闻名。

卧佛昏昏睡，牧牛栩栩生。

千姿并百态，万法归一情。

宝顶山葱郁，客来重庆城。

王国成（1958—　）

四川成都人。个体工商业者。大邑诗词楹联学会理事。

冬至感吟

雪气催冬至，冰封万物枯。
烹羊滋酒美，搜句坐梅疏。
诗冷凝壶漏，月明照髻珠。
岁来春意近，遁世俗尘无。

游成都龙泉驿

林丘依水绕，绿竹挂流苏。
桃李村边合，菱塘白屋虚。
花边容我醉，情动逐春舒。
吟啸宜山水，但求此卜居。

街子谒唐求故里

我至江源里，芝兰满僻陬。
俨然见大隐，不复有青牛。
曲径堆黄叶，清溪绕小丘。
诗瓢遗韵在，长诵解闲愁。

村　夏

树绕村庄水带烟，秧针摇露涌天边。
鹅儿喔喔追鸡戏，低岸垂杨浅系船。

散　步

野老闲来冗事除，十年信步志如初。
青丝谢顶生华发，已步三千气始舒。

舞　剑

雾里看花一阵烟，莫邪在手势冲天。
追风赶月乾坤步，戏水如鱼总泰然。

斜江春晓

水绕江村沙水明，野棠疏影映波横。
春分未到花先发，一夜清霜枝上晴。

初夏闻雨

丝丝细雨泻枝丫，叶滴晶莹雾暗花。
道是斜江潮早发，临轩还听夏蝉哗。

王　星（1959— ）

四川自贡人。自贡市疾病预防控制中心门诊部主任。自贡市诗词学会会长。

赠万德友

悲歌匝地有谁闻，炼骨锤肌气聚身。
半百蹉跎伤壮志，三更辗转写烝民。
葛衣长短精神旺，棘路崎岖家国亲。
如此男儿真血性，却遭路鬼笑清贫。

浣溪沙十首（录二）

斜插酒旗树树苍，半围苦竹做门墙，绕山湖水荡金阳。　　坶石高横
孤犬立，鹭鸶飘过满湖香，浣衣人没菜花黄。

僻壤居然度假村，洋楼土灶走鸡豚，主人好客炖牛筋。　　水上沙禽
摇白羽，坐中花雨落红尘，个中滋味实难陈。

颜　陵（1961—　）

女，重庆梁平人。四川诗词协会理事、富乐诗社副秘书长。退休前系四川华西集团经济管理职员。

攻　书

坐拥书斋万虑休，乍忘天际乱云流。
神思似动青山退，灵感如随碧水游。

春

翩翩黄蝶逐溪水，杨柳春回新绿起。
三五孩童望碧天，风筝钻入白云里。

五十感怀

人生半百远春风，剩有开心似幼童。
得失欢愁人淡定，真情已醉夕阳红。

重阳登高

葱葱秋岭秀，淡淡白云闲。
独立遥天望，相隔万重山。

白　峰 (1962—)

大学本科学历，曾从事教育工作，后在乡镇及区级机关工作，现任广元市利州区委组织部副部长。

回乡随感

2010年秋随天津援建学校的代表团到罗家小学举行竣工剪彩。

汶川地震后，重建焕然新。村民置新瓦，通道无泥泞。学校得援建，书声随笑声。昔今相比照，定让世人惊。我辈应努力，不负时代心。

登庐山随感

登临正是小阳春，挂瀑流云险峻生。
妙境天工随造化，庐山面目怎识真。
钩沉已被风吹皱，史迹还经雨洗清。
世事沧桑时不悟，何须辗转叙昔今。

念奴娇·冬至赋怀

菊残香泄，又梅绽、冬日幽窗斜照。乱絮初飞，留粉萼、万里千村换貌。凛冽号空，天寒地冻，且听长呼啸。江山如画，旧朋新友难表。　　遥想堆雪当年，旧交何处了？忘年知晓。志气高扬，风险路、莫道偕行君早。爱惜今生，求新应奋发，力争分秒。几时归去，觅章敲韵诗好。

詹　敏（1962—　）

　　女，重庆人。大专学历。绵阳市富乐诗社理事、绵阳市老年大学诗词学会副会长、绵阳市老年大学楹联学会副会长、绵阳市老年大学书法学会副秘书长。

游洞庭湖

八百洞庭惊拍岸，君山几度夕阳红。
烟波缥缈前生事，水远山长觅旧踪。

重阳节登高

登高眺望飞鸿远，露冷风寒涧水凉。
采朵茱萸头上戴，黄花红叶染诗行。

平武平通镇赏青梅

几树青梅小院香，农家淳朴热心肠。
席间捧赠家酿酒，乐在深山细品尝。

魏在俸（1962— ）

字玉隆，号未来晚风、葛藤野老，四川剑阁人。

春 种

春光明媚燕莺啼，种豆种瓜牛套犁。
二月龙头抬望眼，育秧陈水过三堤。

夏 除

荷花扶叶鹭惊鱼，车水龙头翻浪渠。
队队秧歌从绿起，行行玉臂下银锄。

菩萨蛮

千堆雪浪声依旧，芭蕉着雨黄昏后。望断远行舟，岷江依旧流。　　春花开又早，花落知多少？昨夜醉残觞，子规啼断肠。

满江红·癸巳年秋日登剑阁鹤鸣山寄怀

何处停云？惊回首、崔嵬剑阁！漫看取、重阳亭外，雨收云薄。犹自酒痕兼细雨，寥无画角催鸣鹤。凭栏处、过客去匆匆，思量着。　　望明月，晴漠漠。空记省，今非昨。纵雄关漫道，咏怀无托。古柏苍茫云海雾，翠屏峰秀城寰郭。俱往矣，放眼看今朝，梦初觉。

何 林（1963— ）

女，四川泸州人。泸州市粮食部门职工。曾入泸州财贸校粮食企业管理班进修。

家居和谢老《家居四首》（录二）

庭院深深满树花，偶成一绝记芳华。
春归何处留无迹，绿尽枝头且作家。

晓风和月淡无愁，检点诗书短案头。
春有长篇冬小令，诗思尽在大江流。

顾建德（1963— ）

四川资中人。四川省中学语文特级教师。四川省老年诗词学会理事、内江市诗词学会理事。

水调歌头·贺中国首艘国产航母下水

港湾烟花起，大海走银龙。十年磨剑出鞘，环宇耀青锋。旧有长缨缚虎，今拥重器御敌，舷塔越旗红。下水布罗阵，他日建奇功。　　白马庙，刘公岛，史盈胸。国殇难忘，发愤图强步匆匆。列弩张弓望远，逐浪踏波挥戟，气势振苍穹。魍魉缩头去，天下祖邦雄。

水调歌头·闲居

江湖人隐退，把酒酹斜阳。从今尘事远去，权责躁烦忘。对月花前吟啸，沐雨风中歌舞，云客自疏狂。抚琴莺伴唱，提笔墨含香。　　邀旧友，挎鱼篓，步荷塘。携壶持卷，赏景垂钓拟辞章。摘赋索情觅意，拈句斟平酌仄，鱼动醉羁肠。文字为知己，山水共我长。

水调歌头·随感

鬓白人闲赋，自得意徜徉。唤朋呼友徒步，持卷走他乡。北岭晴岚郁莽，南浦碧波逶迤，天地壮辉煌。远眺民村小，凌顶气轩昂。　　驻松亭，赏日落，观梅桑。清风侑酒，挥聿追效宋和唐。你究起承转合，我酌平仄粘对，吟啸竞张狂。笺咏诗词妙，尘世且相忘。

水调歌头·秋日偶感

楼外丹枫舞，风动送清凉。凌霄棠桂，着绿披艳尽登场。欣看荷塘池月，醉闻桥边鸟唱，人伫木樨廊。沱水萧萧去，鸿雁欲归乡。　　过曲岸，走阡陌，坐龙冈。拈花抚笛，静穆远眺望穹苍。犹忆春山叶绿，却赏疏枝瘦影，遍地菊花黄。人比天公慢，秋已第二章。

水调歌头·独坐

村野丹枫舞，阡陌菊花黄。友朋三两相约，明日觅韶光。夜更风凉雨骤，晨起叶零花落，云雾笼秋阳。敛消出门意，回首待书房。　　对西窗，煮香茗，弄卷章。幽思情动，胸纳四暝自徜徉。伏案纵观今古，杖笔游浪山海，斗室胜华堂。天地入心里，独坐又何妨。

水调歌头·别愁

残阳古渡口，寒水伴孤舟。长亭揖别，暮色烟柳暗幽幽。慈母低眉凝泪，老爹哽咽垂首，稚子把衣揪。此去归期渺，妻叹不胜忧。　　汽笛鸣，篷帆远，乱云浮。情随影动，极目肠断恨离愁。足下江流湍急，两岸枯枝摇曳，忍痛再回眸。惟愿亲安好，相见在明秋。

邓 勇（1964— ）

　　笔名逍程，四川射洪人。大学本科学历。1983年开始从事教育工作，现为剑阁县柳沟中学语文教师，副校长、工会主席。中国规范汉字书写专委会会员、剑门诗词学会副会长。

千佛山

看似花如锦，丹枫野谷妍。
闲云施黛粉，落日弄轻烟。
野鹤青山外，游人瀑布前。
凭栏诗兴起，出口即成篇。

无　题

自是天涯客，他乡少故人。
孤灯愁永夜，疲马倦征尘。
雁阵天边杳，衰蓬塞外陈。
一朝沾雨露，朽木又逢春。

赠　女

乳燕高飞去，轻盈试长空。
初经巴蜀雨，再历浦东风。
治业他乡远，思亲讯息通。
风和天正好，展翅任西东。

吴祥春（1964—　）

　　女，籍贯铜梁，生于重庆石油沟。1981年毕业于成都输气技校，分配在四川石油管理局川西北矿区。先后在净化厂、计量站和工人文化宫工作，其间自修汉语言文学专业获专科学历。2006年移居成都。

螺髻山

云托青螺弄海潮，冰川万古倚天高。
黑龙潭水寒如许，还照仙姑秀发飘。

窗外芙蓉

仿佛仙姬出镜台，长白小红托香腮。
百花只解争春色，唯尔经霜为我开。

回乡过滨江路

江水悠悠忆旧家，河滩卵石带汀沙。
蓝田渡口几回望，总被高楼密密遮。

大梯步

暑往寒来岁序移，台阶漫步记当时。
年来自恨还乡少，负我双亲望眼迷。

梦里水乡

几番风雨梦凫鸥，正与娘亲踏浪柔。
甘蔗烤鱼馋小嘴，彝家装扮俏丫头。

丽江印象

花树婆娑芳草鲜，丽江水滑锦鳞闲。
小城巧匠擅工艺，画坊紧邻银器轩。

辛卯夏与原单位买断职工欢度六一

榴火迎宾喜庆添，童装斗艳尽中年。
早生华发君不见，已被童心藏帽沿。

辛卯夏与技校同窗聚于江油欧顿咖啡厅

洋酒咖啡胆气豪，徐娘半老笑声高。
今朝同忆青春梦，半世豪情逐浪淘。

孟夏夜之梦

窗外繁星戏枕边，高楼独醉卧云天。
倏然一梦三千里，追扑流萤正少年。

游植物园过青杠林

夹道婆娑照眼明，萧萧落木寂无声。
几张笑脸迎枯叶，惊起啁啾几处鸣。

题风信子

百度冬花春汛传，未谙世事展娇颜。
凝香曾费瑶池水，花剑横抽非等闲。

题赠空间好友情谊

一花一木总关情，一叶金秋玉手擎。
踏遍江山谁最美，伊人自在画中行。

眼儿媚·土林

亿年风雨出奇观，百态绕凉山。谁言卑贱，等闲黄土，为我魂牵。　　神来命笔轻轻削，许是会群贤。雄狮怒吼，默然罗汉，万象朝天。

采桑子·醉芙蓉

芙蓉楼外秋光美，粉嫩红腮。不染尘埃。难得秋高少雾霾。　　满怀心事枝头挤，摇得风来。冷艳相猜，篱上黄花何日开？

胡传淮（1964—　）

　　四川蓬溪人。毕业于四川教育学院中文系。历任四川省蓬溪县政协常委、文史学习委员会主任。蓬山诗词学会常务副会长。有《张问陶年谱》《张问陶资料汇编》等。

读《船山诗草》

张氏诗名播九州，船山豪气最风流。
江南齐鲁留遗爱，满腹经纶志未酬。
诗辟新境惊玉宇，画含天趣数墨猴。
遂州灵秀多才子，诗草风行几百秋。

澳门回归

珠江南海浪淘沙，游子天涯总恋家。
喜庆明珠还合浦，情深最是白莲花。

春绿赤城

青青翠竹伴苍松，灼灼桃花笑晚风。
最是春风春雨后，满城人在绿阴中。

青城山揽胜

叠叠青城路几重，白云生处杳无踪。
登临绝顶凭栏望，山外岷江山下峰。

蒲汉林（1964—　）

四川剑阁人。剑阁县图书馆职工。

贵妃池

怅对承恩浴，清愁已满池。
江山堪易主，何复怨胭脂。

柴火鸡

锅藏秘技味初回，老灶木柴文火煨。
麻辣鲜香宜佐酒，龙门阵里慢推杯。

自　矜

进退循规矩，身心两自由。
诗书清彻骨，烟酒戒从头。
偶尔招人恨，常无隔夜仇。
画墙标润格，俗媚不同流。

风入松·剑门赋

群峰壁立耸崚嶒，蜀道古难行。线天鸟迹危崖断，更当时、雾锁云横。惆怅哀猿惊梦，苍波激石鸣筝。　　金牛没处野烟轻，几度说峥嵘。放翁细雨消魂处，漫相问、恃险何凭？检点关头残照，扶疏驿外风清。

成德群（1965— ）

女，湖南新化人。现供职于广元市某机关。为广元市诗词楹联学会理事、副秘书长。

春 夜

欲收星盏上高楼，还借窗前月一钩。
钓得清辉贮小阁，素娥饱蘸写温柔。

临江仙·雪

漫舞精灵春信使，谁言心冷如冰。试看六月诉冤情。世人悲别散，寒阙叹零丁。 浩浩乾坤无宁处，随风飘舞无停。往来尘世与天庭。此情应是重，沉梦似烟轻。

巫山一段云·水磨沟晨景

旭日窗纱透，青枝鸟雀喧。清流漱石惹人怜，水底小鱼欢。 山上松葱郁，房前花正妍。雏鸡觅食在田边，阿奶笑眉弯。

南歌子·中秋

昨日烟花冷，今宵月色浓。瑶台素袂舞金风，醇酿桂花半盏颊双红。 曳地霜如旧，依窗影不同。人生羁旅步匆匆，聊托雁飞字递与亲朋。

南乡子·咏竹

　　破土沐春光，瘦骨虚心倩影长。无畏夏炎千万苦，呈祥，劲节悠然傲雪霜。　　碧翠素颜妆，惯看风云日月忙。任是百花争妩媚，寻常，不改初心气自昂。

王　聪（1965—　）

四川成都人。大专学历。1982年参加公安工作至今。四川省诗词协会
理事、全国公安作协诗词分会理事、四川戊子书画院副院长。

月下独酌戏作

花间一壶酒，白也曾我有。思之成四人，共醉重霄九。身浸月色中，
握之不在手。放手月飞去，去与长庚友。独余颓花前，心事向谁剖：世态
观愈多，愈就喜欢狗。

漏室吟

震后屋顶溢，渍浸纷落垩。几度诉物管，物管真拖得。几欲诉媒体，性
懒厌周折。更不上法院，垫资费口舌。日久壁上观，变换山水迹；或又人与
物，出意有妙墨。近日春雨绵，霉渲黄绿黑。不忧忘多霖，年来旱情渴。杜
翁思广厦，大庇寒士死何惜；香山思大被，覆盖洛城融冰雪。无可子，岂矫
态，心同古贤太迂阔。君不见浣花溪畔草堂东，路人视指谁豪宅。

锦江春早

春回锦水碧萋萋，嫩柳才黄望已迷。
未落桐花晴易变，渐沉烟霭日初低。
尘飞隔岸疲车马，坐看新年换犬鸡。
旧识鹧鸪犹四顾，张皇漫说早忘机。

渔　父

山远天寒水不波，横空雁阵带霜过。
一竿投向蛟龙窟，那管江流有漩涡。

归乡祭扫，采得山花移栽盆中

采得山花不识名，如兰似蕙但无馨。
只缘根带家乡土，日日看来日日亲。

新　居

三十有三方有家，已无多喜已无嗟。
艰难世运犹如此，荣辱人生莫管他。
寒士房忧高价住，浮图日造七层爬。
今朝做得顶天事，楼上编篱学种花。

春游龙泉写生作

龙泉振袂望空晴，浩荡风来满眼新。
种作悉如武陵郡，桃花不是晋时春。
江山有待丹青手，轩冕无非粉墨人。
大好画图宜远写，近坳居处见民贫。

农家清景

篱外清溪涨，庭中聚浅沙。
风前指燕子，雨后拾槐花。
残日馀墟落，新藤满豆瓜。

喧阗歌舞地，怎及我农家。

蒙山晨望

高天横莽莽，宿雨意森森。
风疾溪声乱，云崩山色昏。
大江流一线，平野落千村。
欲踏峨峰上，挥戈叩帝阍。

书肆偶得

偶过青羊肆，地摊收好书。
章钤故老讳，角损数篇污。
风雅当时重，斯文至此无。
慨今君子泽，身后便萧疏。

车行高原

林尽高原出，天低草莽苍。
群山亘太古，残雪覆洪荒。
旷野衣冠异，平川歌舞昂。
雕盘觉日小，处处见牛羊。

咏　柳

无聊终日意徬惶，倚阁丝丝正渺茫。
燕子影中飞絮静，佳人额上远山长。
才看清露抽新碧，别有惊心透浅黄。
细雨微风莺独语，疏罾冷火下莲塘。

赠友人

为政清廉治吏本，频颁法约视文章。
一丘貉聚驱难尽，百足虫多死不僵。
惭愧锋芒枉在手，逍遥日月却忧肠。
少年同学相逢笑，笑我风吹两袖长。

过武侯祠

森森堂庙起巍峨，古柏金声撼铁柯。
扶斗终亡蜀基业，补天难整汉山河。
风云帷幄奇谋在，龙虎君臣遗恨多。
此事古来成永叹，碑前赑屃欠摩挲。

无　题

喜怒随心难预知，阴晴乍变两间眉。
情多才子思偏苦，天逗骚人招出奇。
无药可医常忤世，来生岂敢再拈诗。
今朝识得东坡老，不合时宜一肚皮。

记　得

记得龙亭负郭遥，草堂四望尽青郊。
千林万竹缘溪路，东拐西弯出石桥。
风里高挑一旆酒，篱边葺整两重茅。
今来车马霓虹起，月色柴门何处招。

夜 航

星月乾坤大，山川烟雾昏。
苍茫动酒魄，浩渺逸诗魂。

登青城后山口占

杖舞高寒处，笑谈天地宽。
云中红叶落，知有更高山。

无 题

洛水湘波去渺然，孤心系日入寒烟。
谁知十五凄凉夜，似雪芦花更可怜。

城 楼

日照秋原万井烟，风尘柳色灞河边。
往来千古伤心事，总在依依惜别间。

草堂独坐

深郊薄霭接云垂，叶逐荒禽野渡飞。
坐到黄昏花径湿，林梢细雨滴霏微。

暮雨中观海棠

人去楼空雨又斜，落梅风散到谁家。
林间忽有胭脂湿，道是春来第二花。

老　屋

燕子已无踪影来，梁间空落百年埃。
能经岁月为何物，檐角野花春自开。

观儿戏

拈来竹叶折成船，随手溪中只欠帆。
已有两三青草绊，看谁到底出河湾。

戊子中秋兴感

清空万里一冰蟾，无限风光无意看。
多少人家戊子后，中秋不再月团圆。

念奴娇·雨后望贡嘎雪山

雨馀残照，西南眺，贡嘎千秋凝雪。皑皑层霄冰玉府，省识人间奇绝。宇阔天低，蟠萦蛛绕，莽莽云翻黑。岷峨诸岫，逶迤朝拱如谒。　寂寞亿载春秋，无心风雨，却顾尘寰热。万丈青光寒透日，几许炎蒸消得。入望苍茫，横空浩渺，襟抱皆高洁。宵深夜转，送来一片凉月。

念奴娇·三峡

大江东去，奔流此，千叠群山如障。顿是乾坤同失色，众曜隐辉凄向。沸谷襄陵，摇峰撼柱，怒水喧天上。云嘶霆击，共工酣斗犹畅。　漫道嶙峋金汤，滂沱汹涌，试看谁能挡？万刃劈开高峡出，一泻沧溟浩荡。渺石痕深，经年战激，造化悲歌壮。轻舟似箭，雾崖深处猿唱。

望海潮 · 立春日乘机由滇返蓉

　　风生鹏翼，身轻燕羽，云天万里奔来。残照顿明，长河骤细，群山点簇如苔。莽莽雾腾埃，渐苍茫星宇，浩荡胸怀。意比羲和，八荒吞吐策神骙。　　蛮烟鸟道曾哀：阻千重绝壁，棘走狼豺。诸葛渡泸，升庵谪宦，知愁多少英才。今日画图开：看铁龙飞啸，鹰举崇垓。灯火蓉城在望，已报驾春回。

念奴娇 · 题《赤壁怀古》

　　岿然赤壁，千秋在，雄屹江天寥廓。遥想当年鏖战酷，巨焰焚空云灭。触斗曹刘，蛮争吴魏，枉溅生灵血。汉家天下，却归司马阴贼。　　莫以成败英雄，垂髫黄发，喜说三分国。乱石惊涛残照岸，疑有蛟龙呜咽。折戟沉沙，空台遗垒，又送清风楫。重来苏子，一樽还酹江月。

勾文静（1965— ）

四川盐亭人。盐亭县黄甸镇政府农办主任。

汉寿吊屈原

墨夜寒星耿，孤魂万古漂。
一腔悲愤血，千载苦离骚。
祸国奸臣恶，怀瑜皎节高。
行吟沧泽畔，夜夜有狂涛。

农　家

水泥公路划平畴，绿抱清溪竹掩楼。
电脑屏前看世界，手机声里卖猪牛。

李俊生（1965—　）

四川通江人。武警广元市消防支队干部。广元市诗词学会会长。

黄　茶

层波叠浪千丛好，嫩叶初芽一色新。
淡若鹅黄娇似玉，雅如新月最宜人。

樱　桃

欲歌欲颂总无词，谁染红珂挂满枝。
设若才高三五斗，定将颗颗作成诗。

插花扶贫

定点帮扶不问因，小康路上插花新。
嘘长问短山中客，俱是南腔北调人。

注：插花扶贫，即结对帮扶。

春　游

车行春日早，哪是杏花村。
伸手指他处，回眸乱我魂。
急寻芳世界，渐入小园林。
只见翩翩蝶，何留落雁痕。

春游小景

诗情任有无，也向白云呼。
游赏皆惊讶，问询何畅舒。
寻她千百度，折柳两三株。
赠与东邻女，邀君入画图。

自剑门关下古剑溪桥

名关旧友问行程，碧涧幽溪捷足登。
云栈新铺青石厚，天梯常绕紫烟轻。
嶙峋应赞山还险，坎坷休嗟路不平。
曾是当年征战处，犹听水哭似雷鸣。

南乡一剪梅·旧梦

烟柳笼书斋，语燕双双闹画台。可借春风寻旧梦，朝也同来，暮也同来。　　新月为谁开，半是娇羞半费猜。柳外诗情君记取，圆也抒怀，缺也抒怀。

鹧鸪天·寄《红楼梦》

莫道诗从胡说来，雪芹原本巧安排。可怜天下情长事，数尽红颜十二钗。　　垂血泪，抱愁怀，补天顽石窍难开。了歌一曲红尘乱，玉碎宫倾岂不哀。

宋光辉（1966— ）

四川富顺人。四川省自贡市蜀光中学教师。自贡市诗词学会理事、副秘书长。

元旦回乡偶成四首

村村有道可行车，柳陌山乡连路衢。
隔壁陈三先动手，买回解放跑传输。

苔满庭除草挡门，去年楼起画檐新。
客呼惊鸟无人应，道是打工在广深。

竹抱桑园曲水环，斜阳依旧带炊烟。
遍巡满院旧邻里，唯见髫年并老年。

归栏禽唳日沉西，灯下爷孙睡意迟。
闪烁荧屏歌舞劲，同看超女扭腰肢。

曾训骐（1966— ）

四川资中人。中国辞赋家协会理事。《西南作家》杂志主编，国家一级作家，《人民文学》奖得主。代表作有《朱德诗词曲赏析》《末代状元骆成骧评传》《破碎的星空》等。

临江仙·谒得荣翁甲神山翁佳寺

一道盘旋而上，市廛渐渐朦胧。羊角扭扭若悬空。心惊其势险，抬眼望巅峰。　　画栋云天深处，飞檐静对苍穹。人生无奈苦途中。圣山朝圣寺，天地渺飞鸿。

临江仙·乙未七夕

梦里鲜花铺地，醒来难说凄凉。五更惆怅叹巫阳。天河星闪烁，轻抚鬓微霜。　　往者已然流逝，此身飘向何方？兼葭无际正苍苍。伊人秋水望，无语泪茫茫。

临江仙·吊黄山谷

迤逦寻春归去，长将山水牵怀。秋千荡过乱红来。浮云虽有意，世事总偏乖。　　州府任中迁转，仿佛沧海尘埃。吁嗟骐骥柱天材。此生余晓梦，酒醒却徘徊。

临江仙·四十九岁生日感怀

最怕离人归去，今生偏又飞蓬。凭阑心事影重重。浮云帆去远，天际暮烟浓。　　岁月空伤流逝，雕龙翻作雕虫。庄生一梦付春风。青山残照里，浊酒醉颜红。

临江仙·中国散文名家南宁笔会、越南采风

海内文人欢会，大旗高举狂飙。长嗟浊浪浪滔滔。药良当苦口，盛世乱琼瑶。　　吾等飘零游子，耕耘方块多骄。键盘深夜又轻敲。当初心不改，终始必成豪。

临江仙·贺长孙舒予三周岁生日

三载辛勤劳累，阖家喜气洋洋。天伦有乐享初阳。童声呼唤处，字字暖衷肠。　　小马顽皮揪髯，老夫笑尔何妨。万千琐事不言忙。一词深祝愿，翰墨胜红妆。

临江仙·怀远

梦觉仿佛还梦，镜中泪眼红红。欲将双鲤付飞蓬。西山云隔阻，伫望画桥东。　　转瞬三春归去，惟馀醉月朦胧。浮生逝水怅秋风。桃源何处觅，白发太匆匆。

何　革（1967—　　）

　　四川旺苍人。就职于四川省广元市水利农机局。广元市诗词楹联学会副会长，《广元诗词》副主编。

韶　山

不谙龙脉事，朝拜自多情。
一代人作主，千秋山有名。
风雷从此激，乐趣与谁争。
神思何其漫，悠然到北平。

风雨夜读《茅屋为秋风所破歌》

屋破何其幸，文章千古传。
情怀自可悯，风雨岂相怜。
歌吹和谐夜，梦游尧舜天。
先生今莫问，寒士已高眠。

冬至前夕锦城与啸天老师及叶子等诗友雅聚欣得新书数册

谁言冬又至，朱阁暖融融。
举目多时尚，开樽见古风。
何妨年齿异，翻使性情同。
黁夜读新作，浑忘腹已空。

京都逢故人

莫问北漂事，十年滋味深。
未曾迁户口，岂敢改乡音。
额上风兼雨，杯中古到今。
华灯光影暗，知是夜沉沉。

雨中送儿游学赴津门

此去三千里，岂惟慈母牵。
几番情切切，不尽雨绵绵。
笼鸟初张翼，昏瞳久瞩天。
幽居忽空阔，沉寂到何年。

阿蓬江神龟大峡谷

绿袖飘深涧，蜿蜒无尽头。
天门疑断水，地缝复行舟。
曲唱原生态，岩涂意识流。
神龟初露面，略带几分羞。

凭窗有感建筑工人冒雪劳作

一窗相隔两重天，我沐春风他冒寒。
往日偏怜白雪美，今朝何忍用心看。

清　明

化帛焚香情意真，何堪身后复清贫。

残灰今日高三尺，也怕阴间房价新。

岁末杂感（录三）

忽南忽北似飘蓬，话不普通人普通。
万里归来行色倦，新诗几句未加工。

文字堆中路半斜，忙忙碌碌总无涯。
一年诸事从头理，几件堪同妻子夸。

一任繁华过眼频，十年安坐不销魂。
平生快意几多事，人已成名我已婚。

翠云廊

百里连绵翠盖新，披云抱石远风尘。
当时若起栋梁念，廊庙空留腐朽身。

小儿读初中住校第一夜

十载牵于视线中，今朝终得出樊笼。
不知这个冷清夜，你我谁先作狗熊。

马尾瀑

鞭出危崖遍体痕，飞珠溅玉下瑶津。
好凭尾上千斤力，来扫人间百丈尘。

注：朝天区水磨沟中一景，细流从断崖而下，形似马尾。

清溪古镇

雕梁翠幕映清流，草茂花繁不见秋。
远处谁将油纸伞，凭空撑出小街幽。

还乡感老屋凋敝

长为游子渐无根，每忆乡关托梦魂。
谁料归来倍伤感，蓬蒿蛛网欲封门。

中秋日回乡省亲时两儿游学未归

殷勤奔走未辞劳，缱绻乡情不忍抛。
说道团圆心忽冷，而今我亦守空巢。

泸州购油纸伞

重见梦中清雅身，油衣暗着旧风尘。
与卿携手悠然走，也似当年雨巷人。

登滕王阁

聊凭名气苦支撑，远近高楼气势横。
当日有缘逢檄手，今番无计破围城。
阁中已泯刀兵劫，海上难教风浪平。
功业千秋谁记取，湖山惟识几书生。

注：王勃乃渡海溺水受惊而死。

登黄鹤楼

复将威武作蛇冠，国运昌时楼运安。

城郭无边没天际，舟车不尽出江干。

千秋鹤影非而似，一笛梅花落未残。

欲附登临风雅兴，题吟搁笔两为难。

注：现黄鹤楼建于蛇山之巅。

偕子登山

试问同游能几遭，相扶直上半山腰。

我将变老先知累，儿渐成人不撒娇。

千级阶梯开眼界，十年甘苦卷心潮。

林间雏雀独来往，仰面时时窥碧霄。

参加作协采风谒勉县武侯墓

旧匾新联论未休，伤今怀古到坟丘。

我将名号托文士，谁使书生成武侯。

王业终须万骨垒，烽烟空耗一身谋。

当年敌手今何在，寂寞山前沔水流。

登泰山南天门

蓦地霜花凝发梢，书生啸立九重霄。

千寻石级影飘荡，万壑松风山动摇。

挤占天街多俗物，连通神界有仙桥。

休言已在红尘外，几件行囊不肯抛。

注：山顶寒冷，片刻工夫，游人的头发上就结起了霜花。

伊川谒范仲淹墓

老树残碑黯土丘，殷勤参拜竟何由。

文章一纸楼增色，烽火十年人白头。

立像尤须子孙富，修身难远庙堂忧。

可怜今日江湖上，夜半歌声唱未休。

注：范氏陵园塑像，乃当世范氏后裔出资建造。

节前回乡有感

信是脱贫先脱农，几家安乐到城中。

田生荒草桑麻废，窗覆苍苔院落空。

偶遇路人多老病，新添坟土满蒿蓬。

夜来忽梦笙歌响，恍若当年五谷丰。

乔迁于八十米高楼顶层戏作

嗟吾何德与何能，今日飞居最上层。

寥落晨星结新党，恓惶街蚁是苍生。

胸间忽有风云气，耳畔全无疾苦声。

已远红尘多少事，酣然一梦到天明。

沪上相逢某诗友

前读文章今见人，人文钦羡两精神。

投缘无奈萍逢水，列坐何须主让宾。

海上生涯居可易，杯中话语饮还亲。

长街相看茫茫路，耀眼霓虹迷客身。

重阳后六日独登南山用老杜九日蓝田崔氏庄韵

渐知天命渐心宽，尚可登高聊自欢。

气少豪雄休问事，发馀萧索不冲冠。

千山列嶂乡关杳，一雁失群归路寒。

眼底风光皆旧识，行来且作故人看。

闻黄海现甲午海战沉舰遗骸

沉埋深海恨难伸，故国飘摇风浪频。

累累弹痕伤到骨，丛丛岩藻覆于身。

饱尝苦涩谁如我，始信存亡自在人。

底事今朝见天日，雄心至此未能泯。

悼蒋琬墓

苔碑老树影相怜，往事悠悠落照寒。

一将病身鼙鼓息，千秋沥雨马蹄残。

幸无勋烈能酬主，赖有仁和不愧官。

天下三分何足论，民心王业总为难。

云台山近望

何年造物削危峰，兀入青天十二重。

地势巉巉疑断路，檐牙隐隐似闻钟。

久熏香火云霞异，长列仙班灵气从。

今日非为朝圣客，悠然瓦舍访耕农。

注：云台山，位于剑门古蜀道昭化区大朝乡境内，危峰高耸，顶上建有寺庙。

见国共抗战老兵同车参加阅兵式有感

犹如当日并肩冲，守到残年冰始融。

浴血疆场何惜命，寄身篱畔岂邀功。

头颅惟愿酬家国，主义谁知有异同。

眼角不禁双泪滚，听人呼作老英雄。

满江红·定军山怀古

横亘川原，数千年，兵家竞逐。举头望、新村旧市，风烟满目。不尽车流驰古道，无边霜色明深谷。任思绪、飞上九重霄，时空覆。　　谁曾恨，兵戈促。谁曾怨，流民哭。叹木牛流马，至今难复。号角已随遗史远，功名合向残碑读。细看来，不变是山河，年年绿。

金缕曲·谒风波亭

识得名声久，漫凝眸，雕梁画栋，淡烟疏柳。如此湖山佳妙处，扑面凄风怒吼。屈指算、空前绝后。千古奇冤谁之过？望亭台，总是三缄口。当日罪，莫须有。　　重来已觉形容瘦。问苍天、称心如意，几时能够。岁月蹉跎人渐老，独剩豪情依旧。怕只怕，豪情难守。我自心中无限恨，恨此生、长被红尘囿。心有愿，路难走。

注：风波亭，位于杭州西湖，为岳飞父子遇害之地。

八声甘州·剑门蜀道查勘拟建水利工程现场

任几番断路耸危峰，我自不经心。听莺鸣翠谷，泉流清涧，车放高吟。知是骑驴已往，无处觅知音。剩有溪桥畔，古木森森。　　一径苍苔荒草，叹千年驿道，湮没难寻。更宏图欲现，高峡水幽深。想他年泛舟湖上，怕人弹，秋夜雨霖霖。人若问，石牛何在，有泪难禁。

西江月·翻旧时照片

眼蓄清波澹宕，眉凝剑气盘桓。根根瘦骨挺而坚，一扣铜声四溅。　　岁月真如刀斧，形容彻底新翻。刻雕额皱肚皮圆，生怕当时人见。

扬州慢·游圆明园遗址

凉骨西风，幽湖衰柳，萧萧落向黄昏。对枯荷满眼，正百感愁人。更几处、残梁断础，疏星点点，乱入荒尘。任时光，凋尽琼花，漫没龙纹。　　楼台十里，想当时，处处销魂。叹条约千章，白银亿两，未免灰焚。试问百年风雨，今能否，尽洗伤痕？望长天无语，茫茫一片寒云。

高阳台·春柳

雨润珠玑，风裁翠箔，芳姿摇曳无边。根老心空，青丝欲挽流年。应时最是知春早，更比春，先到人间。把殷勤，催唤桃醒，招揽莺穿。　　长条恰够佳人手，念香如瑶草，柔似绸绵。莫笑多情，几回誓海盟山。伤心最易韶光逝，到而今，漫说从前。枉凝眉，灞水衔愁，隋岸笼烟。

李宗原（1967—   ）

四川渠县人。供职民营企业。习作发表于《诗刊》《中华诗词》《星星》及其他省市诗刊。达州市诗词协会副秘书长。

夏至开江金山寺

殿宇抱清旷，疏烟涵逸宕。
登临已释然，别去应无恙。
钓暑柳垂丝，赊凉松买账。
有风越岭来，隐隐闻樵唱。

小七孔咏桥

一桥照水抹长眉，看尽青山只半规。
顽石不通音或律，偏生七孔让谁吹。

打席子

劈竹分层到二黄，挑三压四做文章。
编成我梦栖人梦，梦里相同是月光。

宣汉峨城山记游

古寨幽林大氧吧，经途每见莫名花。
松风洗耳穷三界，竹榻栖闲此一家。

纠结稻粱曾有我，缠绵病酒更无他。
漫将山水从头读，向晚批红几抹霞。

山　行

岭上斜风未觉寒，早春花气正阑干。
曾经雨雪晴方好，认取根株路渐宽。
掬影流连飞瀑下，长身傲啸白云端。
红尘不老疏狂客，日落乌梅酒一坛。

罗杜林（1967— ）

四川犍为人。1983年起从事教育工作，中学语文高级教师，2003年后兼从事法律服务，作品散见于国内报刊。现为乐山市诗词楹联学会会长、犍为县诗词学会会长。

和一泓

五岳归来橘正黄，惊寒雁阵疾飞忙。
空山云起洗尘雨，阳谷泉生伐性肠。
白首方知情怯怯，青春总爱意茫茫。
夜深每觉蛩吟苦，皓月无声送桂香。

和黄德彰先生七三自寿（录一）

白发萧萧心未残，肯将岁月付栏杆。
笔惊天地江湖老，情动古今日月寒。
塞上风云堪傲骨，胸中画卷任幽兰。
高冈鹤振松涛急，看透穷通处处安。

无 题

一晌清欢一世歌，春江好雨忆姮娥。
北冥有酒鲲何醉，南海无风鸟更多。
禹步涂山门未启，云生巫峡夜难磨。
魂飞万里散还聚，碧水新荷自在鹅。

粟舜成（1967— ）

四川广元人。广元市朝天区委宣传部副部长兼区作协主席。广元市第六届科技拔尖人才、朝天区第五届政协常委。有《大山情韵》《历代诗人咏朝天》等。

走进曾家山

久苦人间暑，初尝世外秋。
松涛千壑静，云海万山游。
弃路寻幽境，穿林上岭头。
俯身呼日出，天地共悠悠。

述　怀

云一重兮水一重，蓬莱仙境在其中。
雁行历历离秋浦，鸳侣翩翩逐晓风。
月到更阑人已散，云行尽处路难通。
人生漫漫苦求索，别有花开满树红。

王道义（1968— ）

四川什邡人。毕业于四川师范大学，西泠印社社员、中国书法家协会会员、四川省书法家协会理事。有《响山堂吟草》。

壶口写生

九月十九秋气高，又来壶口看洪涛。吞天沃日云雾逼，奔雷长吼信天谣。万马脱缰巨壑窄，铁蹄腾踏透龙槽。忽放虹霓横浩气，丹顶双鹤共翔翱。禹门峰势九万里，催我展卷濡霜毫。玄黄历落点复染，天地罗胸待钧陶。泼剌一声腾赤鲤，姜椒汉鼎佐芳醪。

历山雅集听琴

听琴历山下，玉指拂清风。
雨霁龙吟湿，情移雪浪空。
峨烟点苍翠，岱骨染丰隆。
斜日猗兰远，馀音巨嶂中。

题广汉政协书画院微信推送

家近星堆枕雁桥，几回日出看江潮。
夜来客梦花溪上，明月窥窗慰寂寥。

三圣乡清源际雅集

一勺清泉寻得到，蓼花深处墨香浓。
了然阁畔书楼上，共数岷峨三四峰。

与诸社友问道孤山

藕花照水叶田田，又是西湖六月天。
石径云横最高处，心香一瓣拜先贤。

咏瀞园所示霞浦大庙堂图

百代流芳吉士家，海天佛国送流霞。
春风万古英雄气，吹著墙头栀子花。

注：霞浦镇，古称下浦，在浙江省宁波市北仑区，与普陀山隔海相望。据传下浦张姓，为南宋爱国将领张千忠后裔。

峨眉写生

幽谷云寒未见花，高冈木末欲抽芽。
静摹一段仙峰去，从此峨眉驻我家。

会东老君峰

云里江声云外松，老君滩上老君峰。
写将紫气弥东谷，丽水金沙起蛰龙。

咏艺友所赠星月紫石砚

丽水神峰别有天，金睛碧眼耀三千。

紫云一片昆刀割，共续人间白雪篇。

注：三千，即"大千世界"。攀枝花市仁和区有大宝哨岩，别称"上岩"，产绝佳"金瞳石眼"等苴却砚名品石料。

报国寺旁格桑花

八瓣娇花玉手搴，相逢净土亦前缘。

锦官城外清江曲，乞得灵根护砚田。

刊王火印边款

郁郁庭槐啸海风，丁香含雨鼎庐东。

天涯秋水兼蕸路，一种相思似火红。

吴 江 (1969—)

四川遂宁人。大学本科学历。四川省遂宁市国开区上宁学校教师。遂宁市诗词学会副主席。作品发表于《诗刊》《中华诗词》《岷峨诗稿》《星星》等诗词报刊,在各级诗词大赛中获奖多次。

新春打工辞别妻儿

小站人声沸,乡园折柳稀。
笛催牛女别,车载鹊河违。
稚子犹怀抱,寒风复拽衣。
当妻不能语,仰面看云飞。

村 晚

薄暮山为枕,烟村竹作帘。
花香飘院落,燕语歇房檐。
灶孔干柴火,盘中嫩菜尖。
风闲云挽月,好酒与妻添。

初春乡行

落落路边村,行行每忘言。
溪环新院静,柳发早莺喧。
春色清无价,东风香有源。
农人荷锄立,万顷菜花繁。

雨后山林

日昏雨后林，山水觅佳音。
瀑落潭为鼓，溪环石作琴。
谷风清到骨，苔色润于心。
物我皆如洗，埃尘不可寻。

做客农家鱼塘

新开半亩塘，客主坐垂杨。
鱼戏山泉冽，蝉吟竹榻凉。
抛竿试身手，品茗话农商。
日影随风碎，波光映锦囊。

夜宿山村

山乡偶为客，野蔌更加餐。
日落园田静，星明天地宽。
柴门花吐艳，土路犬追欢。
村妇多能舞，晒场歌未阑。

春节归途

忍泪雨潸潸，年关真是关。
车于高速堵，儿自异乡还。
故宅炊烟袅，高堂衰鬓斑。
同生千里目，望断万重山。

谷雨与妻郊游

怜春逢谷雨，万象始平成。
水暖鱼无迹，林幽鸟息筝。
草间寻四叶，石上许三生。
执手风云淡，归山远沸羹。

月夜乡行

静夜单车疾，空天万丈青。
蛛丝牵独月，锦幔缀疏星。
墨彩凝睛看，风弦洗耳听。
行行何所似，邃野一微萤。

与妻忆旧

我读诗书妻种花，黄昏小院两杯茶。
笑谈初恋几多事，争说当年是傻瓜。

春到村校

映窗桃李各纷呈，墙外新禽促早耕。
自有春风怜学子，花香浸透读书声。

暮江听蛙

疏星欲隐月迟迟，江静风微烟露滋。
桥栈行如田埂路，步随蛙鼓到儿时。

元宵自遣

亦知今夜又元宵，顾后瞻前识路桥。
绿染山川身渐老，暖生灯火梦何遥。
诗书拾起功名淡，桃李开成儿女娇。
四面笙歌皆可乐，一杯佳茗抚心潮。

街边老者弈

黄榆张伞享风清，大战无烟街角枰。
炮镇重山奔健马，车巡九道伏奇兵。
四围献策群贤辩，一着擒王满座惊。
白发黄昏欣结局，棋中自乐淡输赢。

春入斗室

蜗居能有几多愁，深谢春风过小楼。
香满方知花烂漫，耳清偏喜鸟啁啾。
拂尘琴匣调新曲，纵目江天忆旧游。
且向阳光生处去，吾心不复自为囚。

闻蛙有思

绿满城南向晚天，于无人处久流连。
蝉声疑似家乡调，蛙鼓初闻新水传。
曲欲迂萦翻往事，风还裹挟返童年。
鸡鸣犬吠炊烟袅，随父荷锄看稻田。

忆童年

吾生万事若随波，屡见童年回漩涡。
砍嫩竹筒烧腊肉，为邻家妹采莲荷。
连环画里三分国，放学时间一路歌。
流水落花人独立，沿江芦苇白头多。

丁酉岁末

回眸终岁类旁观，狗逐鸡飞大转盘。
儿望龙门争一跃，妻劳蓬室奉三餐。
忠勤补我德才薄，幸运随君天地宽。
鹊语梅香此无价，鞭声远近又催鞍。

乡　思

村口绿杨枝上禽，几回迎送泪沾襟。
年来都市无眠夜，尽作高山流水音。

桃花开

碧草黄莺已报春，桃花红似女儿唇。
娇羞难掩芳心动，除了东风不许亲。

胡勇前（1969—　）

　　笔名南江，生于四川西昌，祖籍四川宜宾。初就读于四川师范大学，后考入四川省社科院，攻读文艺学专业，获硕士学位。

布衣还乡赠费大

　　江城八月秋正爽，江城月出波声响。江城归客枯坐庐，江城费大来相访。入门惊问归如何？故人复见忧思多。半城江色映孤月，金沙一带扬轻波。当年把臂长江头，万里青山万里流。我方十八君十九，开怀击掌意相投。少年旧事散如烟，今夜复对故人前。故人故人先莫问，直笑当时太少年！富贵原非我辈有，布衣而去布衣走。肥马轻裘岂敢攀，还来共君三杯酒。一杯先饮告故人，耿耿此心未蒙尘。二杯代君洒江水，人生失意无彼此。三杯一碰剑在手，万丈豪情一如旧。日月高悬天地阔，岂有丈夫空白首！

雅州遣兴二首

　　蜀国多宝地，雅州暗通灵。女娲昔补天，石落化为城。既经仙人手，万载有馀温。天河由此缺，甘露滴纷纷。百日浇一山，千年江乃成。江作青衣色，山似玉屏横。月圆天女浴，闻声不见人。明晨寻水迹，直挂东山云。

　　雅州少人知，城小山四塞。天遣一江来，平地生秀色。云气屡翻山，雨师常作客。雅女居水畔，腰肢多绰约。语娇若江南，肤白胜吴越。疑是东海珠，飞嵌天府国！风情动游子，幽态比明月。但使一倾心，何忍遽相别。

乘 凉

夏夕一杯茶，先坐家门口。鸡已归窝去，狗犹满地走。见我逐承欢，憨态时复有。妻来共此兴，俨然成三口。坐久群蚊出，妻逃狗随后。门前复空空，独剩茶在手。低头饮我茶，仰天望星斗。良明隔九霄，竟夕徒搔首。

爱 庐

敝庐不足夸，但喜无杂物。新妇移素手，言笑有馀裕。时开一卷书，坐向东窗读。好风从天来，轻尘穿户出。户前三五株，久住与人熟。常恐人忽去，依依还相拂。桃源更何处，乐此即忘俗。日暮对蛾眉，夜阑共灯烛。

金沙见纤者

金沙向西去，乱石列如斧。天寒水欲滞，谁人踏江浒？发号风吹骨，一索重难举。拼尽纤中力，船移复几许？壮者犹不堪，少者十四五。隔岸鸣汽笛，咫尺多酸楚。我亦一江人，焉知一江苦。落地如弟兄，长成永隔阻。悠悠苍者天，同怀何异哺？今欲共子忧，此愿终虚语。生人限南北，金沙横万古。乾坤分离久，长痛莫能补！

短歌行寄天南马阔

少年结伴游翰墨，锦城空赋三春色。君向南方写滇云，我来金沙咏江月。别后红尘烟雾中，旧词新曲等飞蓬。锦官少年今何在？老去鱼雁不相通。我欲与君宽离苦，缩地开天达君府。天开不得任我行，骚客原非江湖主。沉吟此事意悠悠，诵君昔作聊破愁。新声新景还当寄，便如携手续旧游。

去家行

天地生浮云，四海多游子。朝辞宿雾去，暮随归风止。岂欲长无依，但恐局促死。所趋或不同，俱已失故里。有时门前过，传声入我耳。西见昆仑崩，东泛沧溟水。乾坤正翻覆，一室安足倚？应去便须去，振衣吾往矣。

答长者

长者劝我勿太直，少年气盛有何益？才高不早学保身，大难来时空叹息！子昂当日何壮战，小吏杀之荒草埋。祢衡嵇康逢乱世，不思通变皆成灰。自古直者几人好，宰尔文人如割草！李杜侥幸得全命，奈何穷愁直到老。漫说孺子未成名，名动四海不足凭。古来遗训须斟酌，举止何必异众人？长者长者言一席，只知其二不知一。天降造物天自取，生死皆非世人力。但有文章贯苍穹，岂无丹心比皓日？天遣神明来扶持，鬼魅何能使夭折？人生匆匆过百年，不在高官不在钱。官高若不廉，粪土飞在青云端。为富若不义，大鱼大肉狗舔盘。人之初，皆清白，长叹后日尘埃没。耻将才智学保身，羞与土狗为同列！土狗得势奈我何，吾本天地远行客。令我弯弯曲曲绕到死，归去岂不惭日月？

江水如有应书以赠内

三春栖息地，去后十秋经。相对如未别，仍共一江青。当年天地闭，一江忽为开。停云虽还去，深恩自永怀。大觉化私爱，轻菁逐新枝。自古奇男子，终不负妻儿。去后江声杳，瀚海迷益深。一夕星光炯，彻见一罪人。感君悠悠怀，终得报君知。君看娇娇女，秋瞳略似谁？

冷柏青（1970— ）

湖南衡阳人。中国艺术研究院艺术硕士，国家二级美术师。现为四川省诗书画院专职书法家。

游杜甫草堂

闲来无事草堂游，笔走龙蛇佳句留。
好雨知时吾最爱，浣花溪水自悠悠。

独　坐

独坐书斋里，不闻窗外事。
魏碑临几篇，喜气盈眉际。

京师遇故友

打从南方来，此地北风劲。
师友喜相逢，举杯同一庆。

李春晓（1970— ）

网名槐安浪客。四川省叙永县乡镇教师。有电子诗集《曲径通灵》。

记儿时夏夜分田水

互嗑年时坐草丛，旱烟密密撵蚊虫。
农家六月田分水，一夜蛙声晃电筒。

重回母校见旧日课桌所刻"三八线"感赋

二十年来一梦中，天南海北各西东。
桌间犹见刀痕在，此刻心情大不同。

邻家女孩

曾经摊手问哥哥，哪是箐箕哪是箩。
割草喂牛书早废，打工养口事多磨。
胖胝长入兰花指，岁月填平米酒窝。
透用馀年服房役，娉婷身影渐成婆。

怀　母

纸隔阴阳十八春，分明梦去又还循。
游方影落慈心镜，教子鞭遮爱眼神。
每向神台烧药稿，常将夜幕掩啼痕。

诚知此恨人人有，我比常人胜几分。

山　居

路随峰壑转，暧暧见村居。
楼舍参差折，梨花错落疏。
鸡栖檐露石，水响竹遮渠。
复爱池沿柳，垂丝不钓鱼。

贱售老屋

些些二亩田，相守复多年。
饭熟娘呼子，灯昏月照笺。
时清勤可贵，家窘朴居先。
惜我多行役，临辞一怆然。

周世伟（1970— ）

　　重庆巴县人。毕业于四川师范大学中文系，获文学学士学位。曾赴山西大学中文系攻读研究生课程，四川宜宾学院中文系副教授。

暗　香

萧瑟冬风百草衰，寒梅一树傲霜开。
常觉行色匆匆过，惟有暗香慢慢来。

阿　坝

蜀中景致绝天下，阿坝风光炫五洲。
九寨黄龙清四季，彩林红叶醉三秋。
土司官寨成遗迹，百姓院墙变画楼。
共抗天灾书奋进，藏汉同舟竞上游。

冉长春（1971— ）

网名休休子，四川平昌人。达州市委宣传部常务副部长。达州市诗词协会副主席。曾获中镇诗词足荣杯丙申年度好诗词、纪念邓小平诞辰110周年全国诗词大奖赛特等奖等奖项。

老 兵

解甲已多年，山中二亩田。
新闻南海事，五指又成拳。

老丝瓜

向是青衫子，朱门多不喜。
经纶满腹时，落落秋风里。

见 雪

一夜千山雪，腌臜无不灭。
天公毕竟高，粉绘功夫绝。

某机关速写

密密三重守，高高一座楼。
方庭平又大，正好踢皮球。

上　街

裙短不遮腿，人称时尚美。
村翁识见稀，说是缩了水。

题盆景柏

一自娱人目，堪称大用材。
虬腰倘伸直，定不得登台。

万源黑宝山

秋山三五里，秋水一二声。
自是无缨濯，沾来洗眼睛。

烟霞山漫笔

日傍岭头生，云从树梢起。
无名自在花，独坐烟霞里。

未名湖

欲得风光绕岸行，秋蝉几树不稍宁。
呼来呼去均知了，湖水犹然道未名。

谒王国维碑

清华园里夜阑珊，欲抚方碑问静安。
不识人生三境界，惟扪石上几重寒。

八达岭见人作狂吼有感

不到长城非好汉，长城到得又如何。
登台纵可高分贝，未必回音即见多。

过文天祥墓

血色江山入眼来，西天落日不徘徊。
低头更看零丁处，一树梨花寂寂开。

彭德怀旧居

门前有竹未遮阳，七月高山渐转凉。
展柜玻璃新换过，万言书纸已翻黄。

湛江口占

道是相邀领奖台，乘风一翼下南垓。
雷州岛上行囊大，为拾东坡足印来。

秦岭道中

日挽行肩不许归，青葱四面总相围。
流连岂为终南径，最爱山中氧气肥。

成都某旧厂前见一对翁孙

老树新花处处同，分明失业是烟囱。
儿童不解当年事，笑指墙头口号红。

见妻白发初生

公园长凳那年同，五指摩挲秀发丛。
讶一银丝偏不说，轻轻拨入夕阳红。

读靖节达旦忽忆三十年前栽秧事

快趁天光快插苗，秋来无计避征徭。
田人效得陶彭泽，五斗米应千折腰。

打工竹枝歌

但有鼾声上屋梁，腰酸背痛又何妨。
难堪最是三更醒，隔壁人犹唱小芳。

李靖林（1971—　）

四川富顺人。任职于中昊晨光化工研究院宣传部。

丙戌年仲冬寄友

故国平居有所思，飘零书剑意犹迟。
偕君倘得长风御，抱月归来未可知。

西江月·飞虹入梦

昨夜飞虹入梦，当年故地重游。偕伊同上望江楼，玉腕香腮如旧。　　问讯驿边杨柳，别来多少离愁。相思欲语又含羞，不敢轻抛红豆。

段焰军（1971— ）

四川简阳人。供职于中铁二十三局集团养马河工程有限公司。

游马湖

净瓶倾玉露，崇岭聚云珍。
潋滟如流翠，氤氲似沐薰。
焚香朝旧庙，荡桨采新莼。
渺渺山歌袅，飘然忘俗身。

注：马湖，凉山第二大湖，水清冽，产莼菜，最深处一三四米。湖中有岛，岛上有庙，供当地彝人奉为祖先之孟获像。

汶川大地震志哀

大难平明降北羌，天崩地裂日无光。
山摧路毁房坍塌，断壁残垣人死伤。
岷水静波血凝滞，苍穹落雨泪淋浪。
伤心难谱安魂曲，遥举烛光悼众殇。

霜天晓角

雨疏风骤，绿了池塘柳。眼底青山无限，抱膝坐，看云走。　　啜浓茶一口，做歪诗几首。万事且由天定，笑拍手，指苍狗。

曾　群（1971—　）

女，四川成都人。大学本科学历，成都市公共卫生临床医疗中心护士，副主任护师。

雪

夜半风寒气转凉，天明看取雪花扬。
谁家稚子园中立，小口思将盐粒尝。

新　春

荏苒星霜节候催，弟兄相告岁朝回。
娘亲急弄佳肴出，老父忙盛腊酒来。
围坐笑谈童龀乐，举杯忧话壮年哀。
今宵醉把馀欢尽，再聚何时不愿猜。

王 强（1972— ）

四川成都人。高中毕业，自由职业者。从十五岁起自学诗词。

羁旅抒怀

江水自东流，萧萧芦荻秋。
月明添客恨，酒浊解人愁。
梦得文章著，身成羁旅游。
华年惆怅去，早作稻粱谋。

无题二首

鱼书雁字隔流年，昔日音容尚宛然。
明月有情飞玉镜，银河无意落冰盘。
每将后梦接前梦，只说新缘续旧缘。
直到相思愁苦处，个中滋味万千般。

仙迹飘飘隐翠微，罗浮叠嶂势崔嵬。
石开和璧昆仑陷，蛇吐隋珠明月垂。
此意此情难再续，如烟如梦不堪追。
当时纵有千年约，天上人间总与违。

粟文明（1972— ）

四川宣汉人。大学本科学历。中昊晨光化工研究院人力资源部部长，工程师，培训中心主任。

夜游龙泉湖有感

无浪平湖千古月，有情岸柳万枝柔。
晚风若解游人意，送我梦归白鹭洲。

踏莎行·离愁

雨过冬云，蝶迷春草。兰舟远渡江心岛。桥头风送绮罗香，江边影泛人儿小。　　绿水常清，红颜空好。几回梦里相思老。长生殿上泪眼多，牡丹亭下欢歌少。

谢南容（1972— ）

女，重庆永川人。重庆永川区疾控中心微生物检验主管技师。永川诗词学会副会长。

含鄱亭遥望

五老峰连太乙峰，九江烟雨隐苍龙。
天光水色任吞吐，夕霁云生何处钟。

高　台

高台挂月水回萦，混沌初开接太清。
十二云峰谁拂拭，欲来山鬼听琴声。

采　荷

隔水凝腮一点红，低头无语向西风。
无端采得馨香颗，掐断相思悔煞侬。

乙未秋寓洞廊崖

信是山中不染尘，更兼崖上草成春。
出山那似在山好，一滴清泉亦动人。

阳关曲

风霜历尽剩天真，家住棠城竹与邻。
此身本是山中子，来作青峰一抹云。

漓江清晓

石叠巍峨岸，漓漓晓雾开。
一峰穿镜出，九马对江来。
水托青螺髻，裙飘碧草堆。
涟漪初日下，竹影鸟相偎。

西江月

枕上墨香幽梦，吟边水样年华。种春馆里写烟霞，盈得清香堪把。　　南国三千曲径，清芳几朵生涯，自耕自种卖兰花，忘了春秋冬夏。

卜算子·湖堤

水上一层纱，径里深深雾。我问林中缥缈云，谁在其中住？　　谁采向湖边，手执蒹葭絮。谁看轻轻空里飞，怕被风吹去。

浪淘沙·兰

溪水碧如云，恰及清晨，抽丝碧草涧边新。岂让空山添雨恨，来写芳痕。　　且与你来亲，还我天真，相思一曲醉心魂。莫待寻时无可觅，低到微尘。

钟建明（1972— ）

四川成都人。双槐中学语文教师。创办槐乡诗韵文学社，主编《槐巷》季刊。

端　午

为儿伸指点雄黄，青粽摊来栀子香。
当此倾杯何惜酒，楚歌声里过端阳。

浣溪沙

二十年前旧梦来，漫天飞白拾层阶。沾衣成笑两无猜。　　呵手犹怜松玉指，随风带恨入天涯。飘于何处化花开？

浣溪沙·三峡大坝观景

铁锁横江三斗坪，坝高万尺立坚城。平湖浩渺水云轻。　　天地中间夺造化，是非之外听涛声。夔龙过处沫珠腥。

卷珠帘

禅院晨钟声渺渺，独立窗前，天外星儿少。花事琴歌都负了，红轻绿重春行杳。　　春去须归君不老，且放幽香，靥染柔柔笑。夜梦蟾光来又照，蟾光影里花妖娆。

曾登地（1972— ）

四川叙永人。经济学研究生学历，成都市青羊区文联副主席、作家协会副主席。

西窑觅古

万里平畴皆黑地，何缘黄土更作丘。
断瓦砖窑烟早灭，古事今情两相勾。

咏白屋诗人

永宁逢芳吉，婉容播九州。护国宏词在，嘶马壮千秋。教职锦城西，苏坡得君猷。吾乡虽僻里，名士自风流：凫关杨慎笔，铁炉沧白楼。讨袁松坡寨，补天明仁勾。佩弦春秋诵，晗公讲坛留。读君思乡事，豪情上心头：效我先贤事，快刀斩民愁。移风淳教化，涤水见清幽。微事无拘大，小石建高丘。躬身查行考，空谈不言谋。

张建兰（1973— ）

女，四川射洪人。毕业于射洪明星镇初级中学。曾在江苏张家港务工，遂宁船山区桂花镇从商。今在成都八益家具城从商。作品发表于《诗词月刊》《诗词四川》《诗词百家》等刊物，有获奖。

黄峨泪

日升日落度春秋，漫卷珠帘独倚楼。
风误花期增怅恨，天公欠我一缘由。

雨 荷

雨疏白荷弄晴波，习习香风若棹歌。
百亩婷婷温润玉，不知哪朵是黄峨。

鹊桥仙·长夜漫漫

那边人倦，那边心乱，酒后胡言乱语。情缘错尽叹沉沉，失魂处，徒留悲绪。 这端神黯，这端魄散，五内俱焚难诉。有缘无分怅深深，落寞处，凭谁安抚？

浣溪沙·平生

轻触疤痕痛欲呻，满腔屈泪倍伤神。苦心最是诉无人。 一寸柔光驱冷暖，半生劳命度晨昏。慢将酸楚腹中吞。

清平乐·漫兴

春秋几度，漫漫人生路。风雨蹉跎休细数，总教不堪回顾。　　清贫怎不心酸，奔波哪计霜寒。商海沉浮经惯，淡观似水流年。

一剪梅·别离

送至南桥惜别离，风自依依，柳自依依。怅今此去聚无期，梦断幽居，愁锁蛾眉。　　咫尺天涯东又西，酸楚心知，冷暖心知。与君来世永相依，生不分离，死不分离。

一剪梅·寄远

夜色无言罩四周，思绪悠悠，底事悠悠。痴情一片寄凉州，花面含羞，月貌含羞。　　辗转时光染白头，风自生忧，柳自生愁。奈何无计永相酬？情满双眸，泪满双眸。

朱任新（1973— ）

　　笔名放马草原，四川巴中人。大学本科学历。巴中市诗词楹联学会副会长，平昌县诗词楹联学会会长。现供职于中国农业银行平昌县支行。

决战贫困三首

泥墉茅屋避风霜，乱石坑洼落叶扬。
交迫饥寒曾困绕，贫穷潦倒怎能忘。

新政铿锵传四方，扶贫精准不迷茫。
全民上下齐拼战，立志兴华求富强。

山环水抱柳芽黄，座座新村画里藏。
遥望田畴添锦绣，九天霞彩耀东方。

吴丽琼（1973—　）

女，四川广元人。四川省诗词学会理事、昭化区诗词楹联学会会长。

秋日登牛头山

诗心搁浅好郊游，不向峰颠誓不休。

足踏清风追鸟翼，肩摩霜叶立牛头。

开襟纵览千山矮，回首长吟古木幽。

有凤来仪天作美，隔空遥唤一江秋。

大朝驿问秋

苍松古木草溪肥，秋染虬枝霜色微。

信是西风催驿道，任凭枫叶渡斜晖。

仰天问史残碑寂，绕指寻踪底事违。

一径苔痕深又重，浮云漫顶自飘飞。

【越调】天净沙·仲秋

疏篱小院人家，犬声飞过山洼，桂子纷纷落下。斜风吹罢，香融一盏清茶。

丁 颖 (1974—)

四川江油人。江油李白纪念馆副馆长。江油青莲诗社副秘书长。

读书有怀

长夜思君君不知，回行雁字总嫌迟。
十年多少河山泪，散入春风散入痴。

水调歌头 · 观《把酒问青天》一剧题方旭

快马踏飞燕，少年著征衫。流花诉尽春心，岁岁又年年。边塞镝鸣烽起，宝剑长虹争丽，铁血撼云天。从此乡音远，儿女梦难圆。　　尘缘散，刀锋冽，漫凭栏。亲仇细论，方晓忠孝古难全。回首东君往事，不忍情伤折柳，明月冷关山。双肩家国重，把酒忆婵娟。

李晓宇 (1976—)

四川乐山人。2000年入四川大学哲学系读硕。2004年入四川大学历史文化学院读博,毕业后留校任教。

答 辩

文翁兴蜀学,近世起群英。
故老辞章重,今人笔力轻。
不期风雨至,空许鬼神惊。
五载尊经史,先生助发明。

师 门

陈公多弟子,济济立门墙。
施教无群类,因材各短长。
后生方入室,先进已升堂。
绛帐青灯里,余音绕栋梁。

闲 聊

节物时时换,师恩日日深。
谈天观往古,阅世论来今。
夕照花移影,云停叶惜阴。
纵然居室陋,一刻似千金。

聚　会

毕业成星散，音书彼此消。

惊闻窗友故，巧遇舍朋邀。

佳节师生聚，春风桃李摇。

年年当此夜，岁岁记今朝。

游富顺仙滩访宋育仁故居步王微斋先生原韵

世外仙滩古埠头，一川烟景掩风流。

借筹心计难吞日，献赋才思漫倚楼。

亡国羁臣千里雪，断肠倦客五湖舟。

青衫不解悲华发，聊寄诗文奠此愁。

悼梁羽生

大树倾颓始觉高，废书一吊寄哀号。

发蒙业已开新派，任侠初曾谤旧槽。

云海萍踪闲洗剑，天山魔影乱飞刀。

正邪莫辨如今日，企仰先生有特操。

向咏梅（1978—　）

　　女，重庆奉节人。毕业于奉节师范学校。先后任奉节吐祥中学、成都洛带中学语文教师。龙泉作协会员、四川省诗词协会会员、香港诗词论坛版主。多篇词作发表于《星星》《漱玉》等诗刊以及网络论坛。

三峡红叶

　　借得天边一片霞，三山染就绛云纱。
　　隔江忽有情歌起，红叶折来当鬓花。

奉节吐祥汤圆

　　团得冰脂裹肉丁，明珠浮动倍晶莹。
　　玲珑一颗和汤下，余味萦回此半生。

人月圆·别来

　　别来多少伤心事，凝结半生愁。依稀似有，青衿玉影，和梦沉浮。　　十年重遇，泠泠情绪，欲语还收。满城灯火，隔街挥手，怎忍回眸。

临江仙·春色

　　柳钓一湖春水，风匀半岭烟霞。竹林深处有人家，黄莺鸣暖树，蛱蝶吻梨花。　　几个闲人围坐，消磨数盏清茶。座中谁抱旧琵琶，平生无限事，指上换年华。

唐多令·梅落

梅落冷香浮，月明尘暗收。怅情思，欲写难邮。都道蓉城春色好，只恹恹，宅中囚。　　杯酒酌成愁，夜风湿眼眸。叹平生，万事都休。往日襟怀还记否？望天际，水东流。

踏莎行·送别

晓月灯昏，寒街风起。匆匆步履尘烟细。愁肠已转百千回，此回转折还馀几。　　切切叮咛，盈盈凝涕。道来珍重人声里。此番归去种梅花，梅花开后君归未？

淡黄柳

荷枯柳老，云外蝉声歇。一抹斜阳空照叶。雾薄烟凝水远，眉底忧思与谁说。　　百肠结，山盟怕轻别。霜风紧，芳草咽。菊花残，满地何堪撷。北雁南来，问伊能否，捎我红笺玉蝶。

鹧鸪天·眼底秋风

眼底秋风送菊黄，云边雁字又成行。浮生堪较长和短，世事何凭暖与凉。　　花戴雨，叶经霜，人心道是最难量。繁华落尽苍山外，谁在苍山看夕阳。

鹧鸪天·相思

已放相思入我门，琴心未许负三春。朝来凉意无关雨，晚去风寒不是云。　　秋又近，语犹温，帘边月影恰如君。斜斜探尽深窗里，痴了人儿断了魂。

鹧鸪天·黄昏

小径深藏一路春，斜红倚翠蝶纷纷。轻风惹梦无关我，飞鸟牵情有锦邻。　　寻往事，数心痕，浑然不似去年身。晚亭竹椅悠闲坐，只是身旁少个人。

鹧鸪天·有寄

汽笛声催暮色来，谁人惘惘立长街。车流似水身旁过，底事如烟人海埋。　　心字梦，者边排，云笺和泪不堪裁。从今漠漠晨昏里，只把光阴寸寸挨。

鹧鸪天·未必

夜色微茫冷月侵，丁香不解素琴音。春鸿归去凭谁问，浮叶拈来对柳吟。　　愁易结，梦难寻，胭脂泪染绿衣襟。情深始有深情句，未必君心是我心。

鹧鸪天·火车上有感

已付情深未许收，谁人心上竟三秋。长车满载清凉月，晓梦萦牵竹叶舟。　　山渐远，意难休，此番思绪不堪邮。平生惆怅因君起，落在天涯云水头。

鹧鸪天·无题

唯恐深情不若初，漫将诗意乱乘除。清词留待南风剪，底事堪凭柳叶梳。　　曾醒悟，又糊涂，几番云梦醉心湖。与君采得薰衣籽，种下前生草一株。

鹧鸪天·倦矣

倦矣尘情百事疏，溪山有约结衡庐。烟波枕上掬明月，绿水汀前钓野凫。　　朝弄曲，晚观书，清茶半盏酒扶苏。此中真意谁能解，风卷浮云一梦乎。

鹧鸪天·寄月

又把鸳鸯纸上涂，春花写尽藕花孤。相逢或恐尘缘浅，别后犹怜情分疏。　　云缱绻，雨扶苏，琴心依旧似当初。胭脂惹醉扬州梦，忍教阑珊对不觚。

鹧鸪天·月夜

梵我尘心证一如，菩提树下恨难沽。情深缘浅凄然泪，梦暖衣单惆怅书。　　思过往，忆当初，情怀是否已萧疏。来生若得移心术，奴作君来君作奴。

鹧鸪天·夜深有寄

欲把深情视若初，怜君心事已成孤。回文写到三千遍，红豆题来十万珠。　　愁易结，恨难梳，相思泪尽似荷枯。尘笺堆满凄凉句，换取丹心总不如。

满庭芳·三十八岁生辰

红萼盈香，新晴浮蕊，陇头几许清寒。不期光景，回首又经年。目送酸风渐老，云波净，心海回澜。谁曾记，今生有我，好梦不容删。　　悠然。从此后，缤纷世事，何为相关。问桃柳如今，犹剩喧妍。细数流光暗度，青山外，吻鹤吟泉。斜阳下，横琴煮雪，闲赏绿罗烟。

念奴娇·登剑门关

西川古道，尽峰峦叠翠，梯悬绝壁。峭冷青崖云海处，铁索横飞天隔。烟树擎空，怒涛卷雪，万壑雷声急。险关犹在，英雄何处寻迹。　　长叹伯约诚忠，列营守据，梦断阴平北。诸葛深谋终不抵，魂尽五原荒陌。逝水湮留，青山如旧，有恨凭谁释。扶栏望远，斜阳销尽岑碧。

梁晓霞（1979—　）

女，四川泸州人。毕业于四川师范大学汉语言文学专业，现供职于泸州市人民政府办公室。

泸州白糕

可爱莲蓬盛玉盘，羊脂皓玉出尘寰。
芙蓉未见香妃色，一啖清甜浅笑间。

过泸州老窖国宝窖池

龙泉井上龙泉桥，云瑞霞飞美酒飘。
过客寻香流连久，窖泥深处话前朝。

无　题

西风憔悴鸟飞还，正值伤秋衣带宽。
阅尽千山深浅碧，云天杳杳一孤帆。

清平乐·山花

浓浓淡淡，点点香馨染。媚媚娇娇桃花眼，三三两两蝶现。　　欲寻春归何处，问之碧水云天。人在软语风檐，笑吟花舞群山。

虞美人·除夕烟花

龙飞凤舞冲天焰，焕彩灯千盏。繁花渐谢兴犹酣，欲觅旧踪寥落怅无眠。　千般往事心头绽，品色相浓淡。幸得今夜笑开颜，锦绣东风如水照来年。

小重山·与中学同窗重逢

执手言欢话短长。觉青丝暗减，倍凄凉。心湖有泪细珍藏。情切处，当日共书香。　别后各奔忙。看繁花似锦，黯流光。浮生一梦起彷徨。人不寐，夜色两茫茫。

卜算子·夜深沉

三两醉星语，幽梦帘卷淡。灯映江湖远路途，野水流云散。　忆往事深浓，尘起浮生叹。最是销魂黯然时，袖满清风卷。

鹊踏枝·与二三子夜吃烧烤

忽忆儿时香串串，葱绿椒红，唇齿和烟颤。萍聚今宵慵换盏，听君八卦绵绵侃。　人到中年心亦淡。事业无成，只是飞尘染。莫问他年何处见，柳笼缺月清江畔。

青玉案·棋局

江山图卷风云聚。阅不尽，梅花谱。铁骑金戈垓下渡。巡河车疾，卧槽马狠，楚汉惊心路。　一招痛失嗟千古，力拔山兮悔无据。算到先机权让步。轻颦浅笑，铿然子落，松荫局残处。

郑　韬（1980—　）

四川叙永人。泸县二中语文教师。

龙脑桥三首

龙种天生志九霄，海云万里任逍遥。
忽闻人世风波恶，来隐千年作渡桥。

狮象龙麟各有神，浮沉随浪几疑真。
桥名已伴涛声响，谁是当年斫石人。

一河九曲尽幽然，神兽卧波流水闲。
钓罢渔翁桥上坐，龙头指点话从前。

农家即事

四月农家一片忙，晴收菜籽雨栽秧。
屋前屋后无人管，几树枇杷兀自黄。

雨中骑行

急风乱雨促车行，轻掠群山暮色暝。
百里奔驰身正倦，峰回忽见一城灯。

濑溪春忆寄良怀师

泛舟往岁趁春阳，夹岸花开十里香。
流水春花两依旧，何时携酒再同狂。

春游洞窝

东风微雨过高冈，路远喧嚣绿近凉。
长谷云烟遮不住，涛声十里到春江。

游玉龙湖

玉湖十里眺茫茫，碧水青天一色凉。
忽见轻舟林外过，流云白浪映斜阳。

游水尾画稿溪

探幽知水尾，画稿一溪春。
瀑落生清气，潭闲驻白云。
桫椤随峡古，竹笋应时新。
偶遇山中牧，疑为世外人。

玉蟾春行

循驿出城东，春风渐见浓。
黄花杂嫩麦，白鹭点苍松。
日照江山秀，路升天地通。
凭高驰目力，林寺一声钟。

三十二岁感怀

生逢大世意如何，锦瑟年华好啸歌。
绿绮抚成新弄瓦，青衿洗旧竟安窝。
衣冠能振诗书老，桃李常芳岁月多。
一品风流唯自在，高冈放眼任吟哦。

王 雷（1981— ）

女，吉林九台人。2004年毕业于东北师范大学历史文化学院。2007年毕业于首都师范大学历史系，获硕士学位。巴蜀书社编辑。

青 团

野麦自枯荣，藉藉少人喜。素手撷以归，濯尔清流水。烹之入稻粳，碧玉差可拟。味冷香益幽，得无一尝耳。

青白江赏花

不畏蚕丛路，来依杜宇魂。
一行纤鹭影，几树碧桃根。
愁起青江冷，云生暮色昏。
明晨衣上雪，犹殢玉梨痕。

西湖访故

西湖一片水，十载梦曾经。
柳浪莺初绝，兰舟雨未听。
相留知昼短，恨别正衫青。
从此断桥路，无人问白蘋。

厚雨嘱题奉和勉成一首

万里犹为客，霜风入袖迟。

笛残回雁阵，月满抱香枝。

未觉庄生梦，焉知宋玉悲。

聊将执柳意，吩咐断肠词。

无　题

井梧零落藕花残，故国秋思正莽然。

玉笛掌中犹自抚，冰心指上倩谁传。

前尘已许侯门误，往事空留汉史谗。

挥断情丝终不恨，当时月下语呢喃。

鹧鸪天

桃李春风旧酒樽，当时惆怅只天真。一襟杜宇相思血，十载云英未嫁身。　　晨月悄，暮烟昏，等闲了却故人恩。游踪剩已成荒径，休向苍檐费泪痕。

杜　均（1984—　）

四川阆中人。毕业于成都大学中文系。长期从事报刊编辑工作。有《纵鳞台诗稿》。

过秦岭

万峰拔地向天奔，翡翠倾翻玉作盆。
乱石轰雷声若进，惊风掀浪势如吞。
正伤山远无馀力，忽见云深有野村。
回首苍茫吟啸罢，履常行处道常存。

长沙访贾谊故居

惝恍重回大汉初，繁阴草木绕庭除。
闲飞鹏鸟随风落，乍暗斜阳带雨疏。
异代伤心还一恸，他年怅望更何如。
古来多少英雄泪，湘水清波无限储。

游修水黄庭坚纪念馆

青山不碍大江横，拦得风涛怒作声。
命似回廊成九曲，才如碎玉洒千顷。
还教浊世开生面，每向高楼弄晚晴。
华发归来君识否，堂前尽日白鸥轻。

姜维墓

一夫斗胆万夫雄，正复当关锁钥重。
后主原无天下志，大军空立阵前功。
山河自困苍黄内，汉贼谁分魏晋中。
满目兴亡看不尽，萧萧草木著秋风。

阆中天宫院

须看翠岭耸天宫，地气浑然独擅雄。
袖手风云谁是主，藏身造化自为翁。
谶言多在兴亡际，霸业剩将谈笑中。
当日长安声价满，携来霭瑞入空蒙。

驷马桥

驷马高车着意喧，红尘扰扰惯惊翻。
长安道上多行客，几个心中无誓言。

李治波（1984—　）

贵州仁怀人。2006年毕业于西南大学思想政治教育专业，大学本科学历。就职于四川省人大办公厅。

病中得句

无药治心伤，冬来夜正长。
更忧多做梦，久病怕还乡。

赏　花

尝见玫瑰艳，也夸茉莉鲜。
世间花万种，吾独爱青莲。

打工送别

站台送客向南飞，掩袖频频泪暗垂。
抽泣声中人远去，哪知下次几时归。

下　厨

灶台之事亦非轻，哪有三餐免费成。
挽袖拿瓢忽感叹，真难一碗水端平。

陪文子图书馆看书

不知何事惹尘埃，无奈关窗避雾霾。
闲坐多时寻去处，神清气爽乐书斋。

广德寺石狮

经年炯目耸山前，身付罡风雨露间。
迎送万千来往客，百般见罢更无言。

钓夜鱼有感

繁星点点夜风寒，水草丛中隐钓竿。
钩上饵香藏利刃，波澜深处有鱼馋。

思 乡

闲来独自上高楼，远望家山又一秋。
最怕相思愁酌酒，相思饮尽更添愁。

登 山

嵯峨万丈入云霄，绝壁何曾惧路遥。
待到峰巅极目望，那山或比这山高。

三亚行吟

此次天涯会几人，南山寺品梵门心。
万千足迹难留住，叹罢童儿问海深。

陈言熔（1984—　）

女，字文熹。四川泸州人。四川省诗词协会会员，泸州市诗词协会会员。获2015年冰心文学新作奖。

西溪晚景

琼纱烟雾画中游，翠竹含香远黛幽。
十里莺歌吟浪漫，一弯眉月掩风流。
年年紫笛为谁醉，代代诗魂与子愁。
多少天涯惆怅客，闲来此处写三秋。

注：西溪在四川省叙永县水尾镇境内。

过官渡桥

桥头隐约几人家，逝水依依映落霞。
夜静霜寒寻去路，河湾月白浸芦花。

玉蝴蝶·叙永春夜

柳絮舞，花枝剪，远山暮色，情满凫关。入夜春风，君欲醉是茶丹。结灯彩，悠悠丝竹，正月里，香溢窗轩。曲如环，碧帘美酒，红了衣衫。　　朱颜，娇娇素语，付与流水，淡若尘烟。离散依稀，长愁空绪问青天。数年去，卿卿旧影，寻处难，几念人还。玉相怜，汉霄昙梦，粉泪妆残。

王 森 (1985—)

笔名牧歌，四川高县人。2013年当选宜宾市诗词楹联家协会副主席。《人文四川》微信公众号发起人之一，有《学诗百法译解》。

翠屏鸟鸣

翠屏山雨喜初晴，入耳佼佼玉鸟鸣。
婉转清音何处觅，梅花枝上说新声。

登翠屏山

携手登临践晨霜，赏心道故友情长。
淡烟满径翠屏碧，秋菊飘香老圃黄。
七嶙横青罗带绕，三江拖练金波扬。
层峰更上云天外，俯瞰城厢意气扬。

四月九日登红岩

千仞丹崖翠云浮，半山垂炼玉珠流。
寻幽何畏峰峦峻，揽胜宜攀绝顶游。
寺前晚霞红胜火，天外新月曲如钩。
牧童归去横牛背，画意诗情把客留。

浪淘沙·结伴游红岩

　　碧落覆高丘，壑秀峰幽。烟云缥缈望中收。傍石青松天际立，夭矫龙虬。　　结伴且同游，鸟语啁啾。晨风拂来柳丝柔。艳丽红岩游客醉，笛韵悠悠。

王　煜（1985—　　）

四川汉源人。2004年入四川大学历史文化学院考古专业学习。毕业后留校任教。

车赴江安即景

再赴南郊若梦游，窗前放眼恨悠悠。

欺天哪念儿孙福，圈地频添海市楼。

骤雨飘风不终日，骄阳赤野近中秋。

范公一句虽千古，太息谁先天下忧。

注：《老子》：故飘风不终朝，骤雨不终日。

老家过年　　2008

新春白糯老鸡黄，熏肉半肥拼腊肠。

巴蜀烹调重麻辣，乡村口味嗜甜香。

寻常言语皆伦理，自在诗书入汉唐。

最爱荧屏歌舞好，山前世事任苍茫。

温德米尔湖　　2014

似海情仇转眼空，时光哪及别莎翁。

白帆云水低山外，青草牛羊细雨中。

岁月早知三世石，江湖迟到一天风。

从来几滴诗家泪，流落人间各不同。

冬野漫兴　2015

雾压荒原天色微，敢从衰草记芳菲。
横斜寒竹厌风雨，乱举枯杨欲是非。
律句渐随人事老，衣裳一任野云飞。
徘徊扰起南柯雀，几顾北风归不归。

故乡半日　2017

落尽梨花落杏花，春山处处接云霞。
樱桃未熟勾人唾，栈道初成揽物华。
藜杖相扶呼幼稚，鹿车共挽事桑麻。
却怜千里归来燕，飞遍新楼何处家。

鹧鸪天 · 无题　2011

秋后心情薄似纱，经年故友隔天涯。残荷过雨无心举，老柳因风着意斜。　思往事，记年华，华年多在旧时家。已醒还梦依稀处，一夜清寒落桂花。

沁园春 · 白山天池　2017

雨走云奔，日照烟腾，瞬息万千。对奇峰并起，逶迤眼外；飞湍遥下，跌撞身前。都说无情，我来有幸，一点深蓝滴落天。晴空里，任长风浩荡，不动波澜。　雄哉如此山川，在造物神工鬼斧间。有鱼龙发怒，惊雷海底；鲲鹏激变，垂翼云端。或作虹霓，或为霹雳，大化蜩鸠岂识焉？长歌后，向松林深处，欲辩忘言。

卢 笙（1986— ）

四川广元人。现供职于川北高速广元管理处，从事道路养护工作。广元市诗词楹联会学青年部部长，《广元诗词》编辑。

相 思

君面久未见，君信久未闻。
我心如硬盘，一直存着君。

下班途中作

归去雨霏霏，行人渐已稀。
长街一回首，灯火尽沾衣。

专家称风小致雾霾严重

一夜霾浮万里空，是谁张口欲呼风。
书生若有芭蕉扇，也为人民立大功。

登牛头山

阳光此日最温柔，漫遣诗心作浪游。
一字长空横雁影，几番高论到牛头。
回身树隐千阶石，放眼云舒万里秋。
缥缈危亭倾耳处，松风听得似江流。

临江仙·观手风琴演奏《梁祝》有感

十指翻来似浪，曲音流畅如泉。声声入耳总悲欢。在心中起伏，到恨里缠绵。　　无奈时光老我，情思不复当年。泛黄光线落窗前。咖啡拌往事，忆灭一支烟。

车其磊（1989— ）

原籍山东章丘，客居四川西昌。大学本科学历。就职于西昌俊波外国语学校。有《未老白发诗》（旧体诗集）、《王国维词评注》等。

暖　阳

万里河山孰镀银，林花冻草不精神。
冬来风雪长欺客，独有阳光似旧人。

丙申同学聚会

人皆旧识貌谈新，交错觥筹笑叹频。
不见十年多子女，重逢今日老青春。
谁留故里谁孤客，或据穷庐或要津。
日暮杯盘狼藉甚，夜深握别尚逡巡。

博　弈

马车方喜作长驱，倏转残危将守孤。
本谓满盘筹胜定，却因一误又成输。

夜　归

月下人归急，草间虫细鸣。
开门无热食，冷饮一杯羹。

客中除夜

窗外烟花频烁目，壁间语笑倍撩人。
不眠惟有盆中树，与我无言守岁晨。

偶　书

不逃辛苦作文章，偶一排成铅字行。
老父家居懵腾甚，剪将报纸贴炉墙。

秋　兴

弱怯秋风难退热，空欺木叶作微黄。
过时犹有残花在，邀誉争相捷径藏。
法改俗移看渐渐，人非物替忆茫茫。
欲新欲旧终何择，暂任街歌助断肠。

闻　蝉

短枕南窗独卧时，秋蝉鸣在最高枝。
文人多是闲题咏，几个心中解此悲。

李林桔（1994—   ）

四川乐山人。大学本科学历。岷社社员。

李琼久峨眉山月图歌

蜀国仙山邈难匹，峨眉风月古来逸。岷水之英岷山精，丹青不负如椽笔。十年契阔入仙山，先生心似野云闲。胸中丘壑烟霞隐，身没浩荡天地间。笔底云烟正满纸，天心皓月凉如水。下照万物以光明，一草一木生清美。秋气渐爽露为霜，白石峥嵘出微茫。鸿蒙元气钟神秀，忽放渺冥之幽洁。三峰两峰太古雪，幻作墨色韵奇绝。造化为师究天人，中得心源归皎洁。翰墨飞扬何快哉，淋漓可以绝尘埃，我尝观之不得忘，游子欲赋归去来。人间事，皆尘土；峨眉高，高万古。

湖　上

白蘋洲冷慰襟期，不负鸥盟胜旧时。
春草渐生清入梦，岭云初动缈无涯。
久销剑气苍茫外，独抱诗心万古思。
回首烟波湖上月，冰壶载酒水之湄。

寄怀曹孝松兄并呈帅慕颜先生

岭外浮云久不开，故人慰我以琼瑰。
三年海峤风尘际，万里岷峨雪浪来。
清似梅花动疏影，淡于秋水绝纤埃。

何当剪烛犍为墅，回首苍山入酒杯。

红 豆

红豆生成缥缈身，玲珑入骨净无尘。
邀来淮上三分月，占取江南一半春。
总为相思易憔悴，却因惆怅得天真。
几回清梦销魂后，独立幽窗忆美人。

附：作者姓名音序检索

Z

詹　敏（1187）　詹光富（794）

张　健（1133）　张　榕（494）　张　蜀（1066）　张爱萍（095）

张白帆（456）　张伯通（129）　张昌仁（464）　张福秋（518）

张建兰（1254）　张克纯（548）　张明发（1078）　张起苏（391）

张天健（606）　张婉萍（519）　张文瑞（319）　张文彦（1152）

张先峰（918）　张星辅（369）　张修智（349）　张宣和（457）

张幼矩（831）　张志烈（733）

章继肃（287）　章润瑞（231）

赵德泉（838）　赵洪银（874）　赵仁春（1059）　赵仕诚（1160）

赵义山（1082）　赵蕴玉（158）

郑　畅（373）　郑　楚（714）　郑　韬（1268）　郑大谟（096）

郑临川（173）

支尚琼（726）

职子龙（748）

钟定维（818）　钟建明（1252）　钟树梁（160）　钟佑杰（229）

周邦培（872）　周北溪（116）　周开岳（641）　周孔思（322）

周汝森（370）　周世伟（1240）　周先云（1040）　周祥熙（922）

周啸天（989）　周虚白（045）　周英如（1001）　周玉清（665）

周裕锴（1109）

朱　洁（514）　朱　文（1130）　朱大公（828）　朱德文（672）

朱光瑜（769）　朱华耀（331）　朱任新（1256）　朱纵舫（345）

邹博爱（711）　邹祖贵（830）

左　毅（487）　左培鼎（656）

曾　缄（001）　曾　群（1247）　曾　实（355）　曾道吾（425）

曾登地（1253）　曾静涵（620）　曾孔恕（534）　曾青石（112）

曾学骥（652）　曾训祺（1211）　曾渊如（562）　曾忠恕（535）